FAMA

tilly bagshawe

FAMA

Tradução de
Mariana Kohnert e Michele Gerhardt

EDITORA RECORD
RIO DE JANEIRO • SÃO PAULO
2013

CIP-BRASIL. CATALOGAÇÃO NA FONTE
SINDICATO NACIONAL DOS EDITORES DE LIVROS, RJ

B134f   Bagshawe, Tilly
      Fama / Tilly Bagshawe; tradução de Mariana Kohnert, Michele Gerhardt. – Rio de Janeiro: Record, 2013.

      Tradução de: Fame
      ISBN 978-85-01-09663-0

      1. Romance americano. I. Kohnert, Mariana. II. Gerhardt, Michele. III. Título.

13-1825   CDD: 813
                                       CDU: 821.111(73)-3

Título original em inglês:
Fame

Copyright © 2011 by Tilly Bagshawe

Texto revisado segundo o novo Acordo Ortográfico da Língua Portuguesa.

Todos os direitos reservados. Proibida a reprodução, no todo ou em parte, através de quaisquer meios. Os direitos morais da autora foram assegurados.

Editoração eletrônica: Abreu's System

Direitos exclusivos de publicação em língua portuguesa somente para o Brasil adquiridos pela
EDITORA RECORD LTDA.
Rua Argentina, 171 – Rio de Janeiro, RJ – 20921-380 – Tel.: 2585-2000,
que se reserva a propriedade literária desta tradução.

Impresso no Brasil

ISBN 978-85-01-09663-0

Seja um leitor preferencial Record.
Cadastre-se e receba informações sobre nossos lançamentos e nossas promoções.

Atendimento e venda direta ao leitor:
mdireto@record.com.br ou (21) 2585-2002.

Para Viorel Rezmives
e em memória de Abel Teglas

Heathcliff nunca há de saber do amor que lhe tenho. E não é porque ele seja bonito, Nelly, mas porque ele é mais eu do que eu própria. Não sei de que são feitas nossas almas, mas sei que a minha alma e a dele são iguais.
Emily Brontë, O Morro dos Ventos Uivantes

Você pode tomar toda a sinceridade de Hollywood, colocá-la nas asas de uma mosca-das-frutas e ainda terá espaço suficiente para três sementes de alcaravia e o coração de um produtor.
Fred Allen

AGRADECIMENTOS

Agradeço a todos da Harper Collins, principalmente minha editora de santa paciência, Sarah Ritherdon, e à incrível equipe de vendas, Oil Malcom, Laura Fletcher e Lisa Doyle. Também agradeço a meus empresários, Luke Janklow e Tim Glister, e a todos da Janklow & Nesbit. *Fama* se passa, em parte, na Romênia, um país que vim a conhecer muito bem por meio de nossa caridade, F.R.O.D.O. (Foundation for the Relief of Disabled Orphants, ou Fundação para Assistência a Órfãos Deficientes). Meu marido Robin fundou F.R.O.D.O. para ajudar a melhorar as vidas de milhares de crianças institucionalizadas esquecidas na Romênia, e o trabalho deles é nada menos que milagroso. Qualquer leitor interessado pode saber mais a respeito de nossos programas em www.frodokids.org. Este livro é dedicado a duas dessas crianças, o corajoso e lindo Viorel Rezmives e Abel Teglas, cuja vida curta mudou tanto a minha como a de Robin para sempre, e de quem jamais esqueceremos. Eu gostaria de prestar homenagem especial a Sarah Wade, que transformou a vida desses dois garotinhos e de tantos outros. Você é uma verdadeira inspiração. Finalmente, gostaria de agradecer a toda minha família pelo amor e pelo apoio infinitos durante um ano difícil. Eu estaria perdida sem vocês.

PARTE 1

PRÓLOGO

No Kodak Theatre em Hollywood, a 85ª premiação do Oscar estava prestes a começar.

No luxuoso auditório, em frente ao amplo palco de 40 metros projetado por David Rockwell especialmente para o prêmio da Academia, dois homens ocuparam seus assentos. Naquela noite, a amarga rixa entre eles seria resolvida, para o bem ou para o mal. Seria resolvida na frente de seus colegas de trabalho, os 3 mil filhos e filhas de Hollywood escolhidos e convidados para a cerimônia da noite. Seria resolvida na frente dos 60 milhões de americanos que assistiriam à transmissão em casa, assim como de centenas de milhões de espectadores em todo o mundo. Para um daqueles homens, a noite traria uma vitória tão doce que ele sabia que ainda sentiria seu gosto no leito de morte. Para o outro, traria uma derrota tão catastrófica que nunca se recuperaria dela.

Enquanto a cerimônia se arrastava interminavelmente — *Melhor Curta-Metragem, Melhor Trilha Sonora; será que alguém no mundo se importava com essas coisas?* —, os dois homens olhavam para a frente, ignorando da mesma forma os sorrisos de boa sorte e as intrusivas câmeras de televisão que constantemente lhes filmavam, querendo captar alguma reação.

Decepção.
Esperança.
Humor.

Desespero.

As câmeras não conseguiam nada. Nenhum dos dois chegara ao lugar onde estavam hoje revelando suas emoções. Decerto não de graça.

Finalmente, após quase três longas horas de tortura, o momento chegou. Martin Scorsese estava no palco, um envelope branco nas mãos. Fez um breve discurso ensaiado. Nenhum dos dois homens escutou uma palavra. Atrás do pequeno italiano, uma montagem aparecia na enorme tela, clipes dos filmes mais aclamados pela crítica naquele ano. Para os dois homens, aquilo não era nada além de formas e cores.

Odeio você, pensou um deles.

Espero que apodreça no inferno, pensou o outro.

— E o Oscar de Melhor Filme vai para...

CAPÍTULO 1

— Não estou pedindo, Sabrina, estou mandando. Você *tem* que aceitar este papel.

Sabrina Leon fitou seu empresário com claro desdém. Ed Steiner era gordo, careca e estava longe da sua melhor forma (se é que já estivera em forma algum dia). A calça de um terno cinza barato e a camisa branca com manchas de suor embaixo dos braços faziam com que ele mais parecesse um vendedor de carros usados do que um empresário de Hollywood. Ele também possuía uma postura irritante, autoritária. Sabrina não "tinha" de fazer nada. *Eu sou a porra da estrela aqui,* pensou ela, de maneira desafiadora. *Eu fui a protagonista de três filmes da série* Destroyers. *Três!* Destroyers, *a franquia de ação mais bem-sucedida de todos os tempos. Você trabalha para mim, lembra?*

Ignorando Ed, Sabrina ficou de pé e atravessou o quarto até a janela. Do lado de fora, um florido jardim privativo explodia em cores e aromas. Flores de gengibre de cor laranja abriam espaço entre as mais tradicionais rosas brancas e amarelas, e laranjeiras e limoeiros esbanjavam frutas sob o perfeito céu sem nuvens da Califórnia. E também havia a vista. A casa fora construída no topo de um desfiladeiro íngreme; assim, mesmo do térreo, a paisagem era espetacular: logo à frente, os telhados das mansões de Malibu, o lar de algumas das maiores e mais ricas estrelas de Hollywood, e mais além o infinito e brilhante azul do Oceano Pacífico. Não fossem os móveis de aparência hospitalar em todos os quartos — camas de metal brancas e cadeiras desconfortáveis com espaldar duro —, era quase possível imaginar que se estava em uma suíte do Four Seasons, e não trancado como um prisioneiro na Revivals — a famosa clínica de reabilitação para os jovens de Hollywood, cuja diária custava 2 mil dólares.

Ed Steiner forçara Sabrina Leon a se internar na Revivals. Duas semanas antes, Ed fora à mansão de sua cliente em Benedict Canyon às oito da manhã, arrumara uma bolsa de viagem enquanto ela observava, e a arrastara até sua nova Mercedes E-Class conversível novinha em folha.

— Isto é ridículo, Ed — protestara ela. Ainda com as roupas que usara para ir à festa na noite anterior, um minivestido de couro preto Dolce & Gabbana, saltos muito altos Jonathan Kelsey e maquiagem carregada nos olhos borrada, Sabrina parecia ainda mais desejável e megera que as caricaturas que os tabloides vinham publicando dela e que estavam destruindo sua carreira. — Não sou viciada. Não tem nada de errado comigo.

— Amadureça, Sabrina — respondera Ed Steiner. — Isso não tem a ver com você. Tem a ver com a sua carreira. Sua imagem. Ou pelo menos o que sobrou dela. Quantos paparazzi viram você sair cambaleando da Bardot ontem à noite *assim*?

— *Assim* como? — Sabrina se enfureceu, estreitando os olhos amendoados como um gato prestes a atacar. — Sensual? É disso que está falando? Achei que ser sensual fosse parte do meu trabalho.

Ed conteve a vontade de estapear o rosto adoravelmente sedutor de sua mimada cliente. No auge dos seus 22 anos, Sabrina sabia muito bem que não deveria ter ido àquela boate na noite anterior, ou a qualquer outra. Podia ser tola e imprudente, mas não era burra. Ele ligou o carro.

— Neste momento, seu trabalho é parecer arrependida — disse ele, irritado. — Você sente muito pelo seu comportamento e pelo que disse a Tarik Tyler, está cuidando de seus problemas e pede privacidade enquanto se recupera desse período difícil, blá-blá-blá. Você conhece o jogo tão bem quanto eu, garota, então pare de bancar a idiota, ok? — Ele olhou para o banco do carona. — Que merda é essa?

No bolso externo da bolsa que ele arrumara para ela, a ponta de uma garrafa estava claramente visível. Puxando-a para fora, Ed Steiner se viu segurando uma garrafa de Jack Daniel's pela metade.

Sabrina nem tentou se desculpar.

— Me ajuda a dormir.

— Você acha isso engraçado?

— Ah, fala sério, Ed. Dá um tempo. Reabilitação é um saco. Não vou sobreviver a isso sem um drinque.

— Está achando que é a Marianne Faithfull ou alguém do tipo? — Para consternação de Sabrina, Ed jogou a garrafa em um canteiro de alecrim que margeava a entrada para carros da casa. — Você acha que as pessoas vão perdoar essas merdas porque é rock and roll? Bem, deixe-me dizer uma coisa, Sabrina: não vão. Não desta vez. Falta isto aqui para você estar acabada nesta cidade. — Ele mostrou o indicador e o polegar, um bem próximo ao outro, e levantou até bem perto do rosto de Sabrina. — *Isto aqui.* Agora coloque o cinto de segurança.

Sabrina bocejou desafiadoramente, mas colocou o cinto mesmo assim, pondo os óculos estilo aviador da Oliver Peoples para proteger os olhos do brilho do sol da manhã. Por fora, ela continuava bancando a rebelde — era só o que sabia fazer. Por dentro, porém, sentiu um aperto no estômago, uma combinação do consumo exagerado de álcool com o estômago vazio da noite anterior e um medo visceral, que lhe corroía por dentro.

E se Ed estivesse certo?

E se realmente perdesse tudo?

Não. Eu não posso deixar isso acontecer. Se tiver de voltar para a minha vida de antes, eu me mato.

Todos nos Estados Unidos conheciam a trajetória do lixo ao luxo de Sabrina Leon, *A Verdadeira História de Hollywood.* Menina sem-teto de Fresno sai da obscuridade ao ser descoberta pelo famoso produtor de Hollywood Tarik Tyler, torna-se uma superestrela graças ao papel de protagonista nos filmes *Destroyers* de Tyler e sai dos trilhos.

Bocejos.

Ninguém estava mais de saco cheio do passado de Sabrina do que a própria Sabrina, e ela fazia questão de deixar isso bem claro nas sessões de terapia em grupo da Revivals.

— Oi, eu sou Amy. — Uma mulher tímida de meia-idade, usando uma pesada blusa de tricô, se apresentou. — Estou aqui porque sou viciada em álcool e metanfetamina. Prometo respeitar o grupo e manter tudo em sigilo.

— Sou John. Estou aqui porque sou viciado em cocaína. Prometo respeitar o grupo e manter tudo em sigilo.

— Oi, eu sou Lisa. Estou aqui porque sou alcoólatra. Prometo respeitar o grupo e manter tudo em sigilo.

Agora era a vez de Sabrina.

— O quê? — Ela olhou à sua volta, como se acusasse todo mundo. — Ah, até parece. Todos vocês sabem quem eu sou.

— Mesmo assim — disse a terapeuta gentilmente —, gostaríamos que você se apresentasse ao grupo. Como uma *pessoa*.

— Ah, "como uma *pessoa*" — repetiu Sabrina, sendo sarcástica. — E qual seria a alternativa? Como um cachorro?

Ninguém riu.

— Meu Deus, tudo bem. Sou Sabrina. Estou aqui porque meu empresário é um babaca. Satisfeitos?

As coisas pioraram na hora em que os pacientes deviam falar sobre suas infâncias. Sabrina suspirou com petulância.

— Papai era drogado; mamãe, prostituta e o orfanato era uma merda. Próxima pergunta.

— Tenho certeza de que você tem mais para nos contar do que isso — sondou a terapeuta.

— Ah, claro. Tinha os idiotas que tentavam me estuprar — disse Sabrina. — Dos 12 aos 15 anos, vivi nas ruas. Coitadinha de mim, né? Errado, eu não era nenhuma coitadinha, porque entrei para o teatro e deixei as ruas. Deixei porque tenho talento. Porque sou diferente. Porque sou melhor.

Aquela foi a primeira vez que Sabrina expressou alguma emoção real na sessão. A terapeuta considerou isso positivo e ficou satisfeita.

— Melhor que quem? — perguntou ela.

— Melhor que *você*, madame. E melhor que esse bando de viciados. Não posso acreditar que vocês realmente quiseram participar dessa merda de programa por livre e espontânea vontade.

Todo mundo sabia que Sabrina Leon não estava na Revivals por vontade própria. Que seu empresário, Ed Steiner, conseguira uma intervenção como uma última tentativa de salvar a carreira dela.

Ao sair cambaleando de uma boate em Hollywood algumas semanas antes, com resquícios visíveis de pó branco embaixo de seu nariz perfeito, Sabrina desdenhou de Tarik Tyler, o produtor que a descobriu e fez dela uma estrela, chamando-o de "motorista escravo". Tarik, que era negro e cuja bisavó tinha sido escrava, ficou ofendido, assim como todo mundo na indústria do cinema, que exigiu que Sabrina se desculpasse. Ela se recusou, e um escândalo no melhor estilo Mel Gibson entrou em erupção, com injúrias se espalhando pela blogosfera como lava. O programa *Access Hollywood* apresentou o desentendimento de Sabrina com Tyler como tema principal, dedicando três quartos da edição noturna para mostrar a reação das celebridades à ingratidão de Sabrina, todas elas convenientemente enojadas e horrorizadas. Até mesmo Harry Greene, famoso produtor da bem-sucedida franquia *Fraternidade*, que vivia recluso, emergiu de sua prisão domiciliar voluntária para dizer que Sabrina Leon era "uma pirralha mal-agradecida e racista". Em uma única noite infeliz, a onda de afeto do público que levara Sabrina Leon ao sucesso — o país adorava uma boa história de ascensão social e Sabrina era um caso perfeito de menina pobre que se deu bem na vida — transformou-se de maneira tão súbita, violenta e absoluta que era como se sua carreira tivesse sido arrastada por um tsunami.

E quando a maré finalmente baixou, a onda a havia deixado na clínica.

— Não precisa ofender — repreendeu a terapeuta.

Será que não?, pensou Sabrina.

Precisava se ver livre daquele lugar.

Estava ali havia duas semanas, mas pareciam dois anos. Os dias começavam bem cedo, com comida saudável e insossa em todas as refeições e pacientes chatos que só olhavam para o próprio umbigo. Todo o fingimento de emoções nas sessões de terapia, os sentimentos constrangedores sendo compartilhados, as malditas mãos dadas. Tudo aquilo fazia com que Sabrina tivesse vontade de vomitar. Reabilitação era um tremendo clichê. E, segundo Ed Steiner, ela ainda tinha de ficar mais seis semanas.

Agora, dando as costas para a janela, Sabrina fitou o empresário de forma desafiadora.

— Não vou trabalhar de graça, Ed — anunciou sem rodeios. — Nem em um milhão de anos.

Ed Steiner suspirou. Estava acostumado com atrizes mimadas e ingratas, mas Sabrina Leon superava todas. Ela devia estar de joelhos, beijando sua mão em agradecimento. Ali estava ele lhe oferecendo o papel da sua vida — não apenas uma protagonista, mas *a protagonista* do remake, dirigido por Dorian Rasmirez, de *O Morro dos Ventos Uivantes* — num momento em que ela não conseguiria ser escalada nem para um comercial de Doritos. E ela estava implicando porque Rasmirez não ia pagar pelo trabalho. *Por que ele pagaria? Dorian Rasmirez não precisa de você*, sua *vaquinha burra. Você precisa dele. Acorde para a vida.*

— Vai, sim — disse ele com firmeza. — Aceitei em seu nome hoje de manhã.

— Bem, é só você "desaceitar"! — gritou Sabrina. — Eu decido os papéis que faço, Ed. É a *minha* vida. *Eu* estou no controle.

— Na verdade, de acordo com o documento que você assinou quando entrou no programa de oito semanas da clínica, *eu* estou no controle. Pelo menos no que diz respeito às decisões de carreira e negócios. — Ele entregou um papel a ela. Sabrina correu os olhos pelo documento, amassou-o e jogou-o no chão.

— E eu estou fazendo um bom trabalho — disse Ed, sem levar em conta o showzinho infantil da garota. — Não vamos discutir isso de novo, ok, Sabrina? É um saco e não leva a lugar nenhum, e você sabe que não vai me convencer. Sabe tão bem quanto eu que precisa desse papel. Você *precisa*. Neste momento, nenhum outro diretor de Hollywood colocaria a mão no fogo por você. Sente-se.

Sabrina hesitou. Vestindo uma calça jeans e blusa azul-marinho de manga comprida Michael Stars, sem maquiagem e com o cabelo preso em um rabo de cavalo, ela estava mil vezes mais bonita que da última vez que Ed a vira. Mais saudável também, menos esquelética e com o brilho restaurado em sua pele naturalmente morena. *Este lugar está servindo para alguma coisa,* pensou ele. *Ela só precisa perder a pose.*

— Sente-se — repetiu ele.

Sabrina obedeceu.

— Dorian Rasmirez teve lá seus problemas — continuou ele —, mas ainda é um nome de peso, e este filme vai ser incrível.

Ela amoleceu um pouco.

— Quando começam as filmagens?

— Provavelmente em maio. Ou junho. Ainda estão procurando locações.

— Locações? — Sabrina fez uma careta petulante. Filmagens em locação significavam meses longe de Los Angeles, das boates, das festas e de toda a agitação em que ela era viciada. — Qual é o problema com os estúdios da Universal?

— Problema nenhum — disse Ed, sendo sarcástico —, exceto que o filme não é da Universal. E é *O Morro dos Ventos Uivantes*.

Sabrina o fitou sem expressão. Nunca tinha ligado para literatura.

— *O Morro dos Ventos Uivantes*? Um dos maiores clássicos de todos os tempos? Cathy e Heathcliff? Que se passa num vasto pântano cortado pelos ventos? — Ed balançou a cabeça, desesperado. — Não importa. O ponto aqui é que será bom pra você passar um tempo longe de Los Angeles. Longe da vista do público, na verdade. Nós divulgamos seu pedido de desculpas no dia seguinte à sua entrada aqui, o que deve ter ajudado um pouco. Provavelmente divulgaremos outro antes de você sair. Mas ainda está tudo um caos lá fora. Você precisa desaparecer, e precisa trabalhar. Volte daqui a um ano, saudável e feliz e com um filme de sucesso na manga...

— Um *ano*! — interrompeu Sabrina. — Você ficou louco?

Ficar longe das festas de Los Angeles já era ruim. Mas a ideia de ficar afastada da mídia por tanto tempo — não sendo fotografada e não vendo seu rosto nas revistas — fez o coração de Sabrina acelerar de pânico. Era o mesmo que dizer a ela que não poderia respirar ou comer. Sem atenção, ela iria definhar e morrer, como um girassol trancafiado num porão.

Ignorando-a, Ed Steiner continuou.

— Estou sabendo que uma parte das filmagens vai acontecer na Romênia, no solar de Dorian Rasmirez. Falaram que vale a pena conferir o lugar — acrescentou ele, tentando adotar um tom de voz mais leve. — Ah, e eu não contei a melhor parte. Ainda não está cem por cento confirmado, mas parece que Viorel Hudson fará Heathcliff.

Sabrina revirou os olhos. *Essa era a melhor parte? Qual seria a pior? Eles filmariam pelados na Sibéria?* A única coisa boa na oferta de Dorian Rasmirez era que seria o veículo para conduzi-la de volta ao time das grandes estrelas. Se Viorel Hudson realmente estivesse envolvido, ela teria de lutar para que seu nome viesse na frente do dele nos créditos, e talvez pelo espelho do camarim também. Os boatos diziam que a vaidade dele era inimaginável: Viorel Hudson era provavelmente o único homem em Hollywood cujo sex appeal e arrogância estavam aos pés dos da própria Sabrina. Eles não se conheciam, mas o instinto de Sabrina lhe dizia que ela iria odiar Viorel Hudson.

Ed Steiner olhou para o relógio.

— É melhor eu ir. Tenho uma reunião no Roosevelt em uma hora.

Isso, esfrega na cara mesmo, pensou Sabrina com amargor. *Eu tenho uma reunião com um bando de alcoólatras chorões e uma curandeira espiritual riponga cujo último neurônio morreu em 1972.*

— Vou mandar um motoboy trazer o roteiro amanhã, para você ter alguma coisa para fazer entre as sessões. A propósito, como está indo? O lugar está lhe ajudando de alguma forma?

Sabrina abriu um sorriso meigo.

— Vá se foder, Ed.

Naquela noite, fitando o teto, deitada na cama de solteiro dura e desconfortável, Sabrina se encolheu e fez uma oração silenciosa de agradecimento.

Bancara a durona com Ed, assim como fazia com todo mundo. Mas sabia que a oferta de Rasmirez era um milagre. Dorian Rasmirez era um dos diretores mais respeitados de Hollywood. Atrizes fariam fila para conseguir o papel de Cathy. Atrizes que não estavam sendo injustamente acusadas de racismo. Mas, por algum motivo, Rasmirez a escolhera.

Destino, pensou ela. *Eu nasci para ter sucesso. É o meu destino.*

Agora Sabrina só precisava desempenhar o papel da sua vida. E ofuscar o presunçoso Viorel Hudson. *Mas isso não deve ser tão difícil,* tranquilizou-se. E se todo o resto desse errado, ainda podia seduzi-lo. Quando Sabrina Leon dormia com um homem, seu poder sobre ele passava a ser total.

Hollywood podia tê-la chutado. Mas Hollywood estava errada.

Sabrina Leon estava voltando.

CAPÍTULO 2

— Ah, isso, Vio! Não para! Por favor! Ai... Nossa!

Viorel Hudson não tinha a menor intenção de parar. A garota deitada embaixo dele com as penas escancaradas no sofá rosa claro do bangalô exclusivo do Château Marmont era Rose Da Luca, atualmente a modelo mais bem-paga dos Estados Unidos e número um da lista de "transa dos sonhos" da maioria dos homens. Diferente de outras garotas deslumbrantes como ela, Rose também era boa de cama: por baixo da superfície recatada, era uma louca fogosa e aventureira. *Na verdade, era mais que aventureira*, pensou Viorel satisfeito ao sentir o dedo indicador dela circundando seu ânus. *Ela é devassa. Acho que estou me apaixonando.*

Colocando Rose de joelhos — se ela continuasse com o dedo ali ele gozaria na hora —, Viorel a penetrou por trás, diminuindo o ritmo até senti-la se contorcer em uma deliciosa e agonizante frustração. Vendo suas costas arqueadas e os famosos cabelos ruivos espalhados pelo travesseiro como uma aura, a familiar sensação de triunfo tomou conta dele. Era a mesma sensação que tinha sempre que ia para a cama com uma mulher que desejava, ou quando conseguia um papel que sabia ser cobiçado por inúmeros outros atores. Para Viorel, a competição sempre aguçava o prazer de qualquer experiência. Atuar era divertido. Sexo era ainda melhor. Mas *vencer*... era o melhor de tudo.

Conquistar Rose foi o triunfo derradeiro no que fora um dia particularmente triunfante. Ele não apenas assinara o contrato para interpretar o papel de Heathcliff no remake de *O Morro dos Ventos Uivantes*, o que significava que trabalharia com um de seus ídolos, Dorian Rasmirez; mas também, para sua surpresa (e espanto de seu empresário), Rasmirez lhe ofereceu 5,5 milhões de dólares pelo privilégio. Cinco milhões era um número mágico em Hollywood, o número que separava atores de sucesso dos verdadeiros astros do cinema. Era uma fronteira que, uma vez atravessada, praticamente lhe garantia um lugar no panteão dos grandes. Até seu primeiro grande fracasso de bilheteria, claro, em cuja ocasião você poderia escorregar de volta aos 2 milhões, ou a cifras ainda menores. Para Viorel Hudson, porém, era uma situação em que todos tinham a ganhar. Apesar de sua ótima imagem pública (no ano anterior ele fora eleito o Homem Mais Sexy do Mundo, um reconhecimento que ele alegava deixá-lo constrangido, mas do qual secretamente se orgulhava), Viorel nunca havia ganhado mais do que 1 milhão de dólares por um filme. Isso era porque ele escolhera cuidadosamente projetos com mérito artístico em vez de *blockbusters* com orçamentos multimilionários. Como resultado, era respeitado por muitos de seus colegas como um ator íntegro, um ator de verdade: comedido, profissional, dedicado à sua arte.

No entanto, nada podia estar mais longe da verdade. Embora Viorel de fato preferisse trabalhar com roteiros bons em vez de ruins — quem não preferia? —, sua aparentemente eclética escolha de papéis era parte de uma estratégia cuidadosamente planejada, com o objetivo de tornar Viorel Hudson o mais rico e famoso possível, e o mais rápido. Ao talhar um nicho e um nome para si no circuito independente (naquele ano, já estrelara dois vencedores do Sundance e um segundo lugar em Veneza) e ao mesmo tempo pedir para seu agente vender sua imagem como a de um *sex symbol* popular, a intenção de Viorel sempre fora pegar um atalho para os grandes filmes comerciais. Com isso ele ultrapassou seus rivais muito mais rápido do que ele mesmo poderia esperar se tivesse aceitado papéis em vários filmes bem-sucedidos, mas pouco memoráveis. Mas nem em seus sonhos mais loucos Viorel imaginara que assinaria um contrato daquele porte em menos de três ou quatro anos. E ainda por cima num filme do Rasmirez! Poder combinar o cachê que tanto ansiava com um trabalho genuinamente de boa qualidade, do qual gostava, era, com certeza, a cereja do bolo. Teria aceitado o papel por 1 milhão, talvez até menos. Rasmirez devia estar realmente muito firme em sua decisão de escalar Viorel para ter oferecido tanto apesar de todos os problemas. Ou isso, ou ele era um gay enrustido com esperanças de conquistar Viorel; o que era pouco provável, dada a reputação de Dorian como o homem casado mais feliz desde Barack Obama.

O corpo perfeito de Rose Da Luca estremecia enquanto ela finalmente atingia o clímax, seus músculos firmes se contraindo em volta do pênis de Viorel.

— Isso, isso... — sussurrou ele, gemendo baixinho e explodindo dentro dela no que, sem a menor sombra de dúvidas, era o melhor e mais prazeroso orgasmo daquele ano. *Se aqueles imbecis que estudavam comigo pudessem me ver agora,* pensou ele satisfeito, saboreando o momento, sabendo que naquele instante todos os seus algozes da infância dariam a alma para trocar de lugar com ele.

Sim, hoje a coisa se tornara oficial.

Viorel Hudson era um vencedor.

Pouco depois da meia-noite, Viorel estava atrás do volante de seu Bugatti Veyron, seguindo para o oeste na Sunset Boulevard, quando sua mãe ligou.

— Querido. Você me ligou.

O tom de voz agudo de Martha Hudson deixou-o tenso na mesma hora. Inacreditável como bastavam quatro palavrinhas para que a mais famosa mãe adotiva da Inglaterra, eleita Membro do Parlamento por Tiverton e uma santa aos olhos da maior parte do povo britânico, conseguisse transmitir tanta decepção. *Por que fui ligar para ela?* pensou Viorel, furioso. Estava furioso porque já sabia a resposta. Ligara porque, no fundo, ainda queria a aprovação de Martha. E não ia consegui-la.

Tentou manter seu tom de voz casual.

— Liguei. Achei que você e Johnny iam gostar de saber. Consegui um papel de peso hoje. Vou fazer Heathcliff no novo filme de Rasmirez.

Johnny Hudson, o marido muito mais velho de Martha, era o pai adotivo de Viorel, mas este nunca o chamou de "pai" e Johnny nunca pedira que o fizesse. Os dois não eram íntimos.

— Heathcliff? — A deputada Martha Hudson soou crítica. — Quer dizer que vão refilmar *O Morro dos Ventos Uivantes*?

Eram oito da manhã na Inglaterra agora. Viorel imaginou o corredor da mansão de Martha em Devon — nunca vira o lugar como seu lar, apenas como a casa para a qual voltava nas férias do colégio interno: o papel de parede desbotado do período regencial, as cartas do eleitorado impecavelmente empilhadas na mesinha ao lado do telefone — e pensou em como aquilo estava distante agora. Não apenas geográfica, mas emocionalmente. Era outro mundo.

— Isso mesmo, mãe — disse ele, cansado. — Dorian Rasmirez está fazendo o remake. Ele é um dos...

— Mas por quê? — interrompeu Martha. — O original é uma obra de arte. Vamos encarar a verdade, meu querido, por mais boa vontade que você tenha, não vai conseguir fazer melhor que Olivier. Vai?

Pronto, você conseguiu. Simples assim, a mãe de Viorel conseguira arruinar seu triunfo e tirar toda a alegria dele. Como sempre fazia.

A opinião pública britânica reverenciava Martha por sua luta amplamente divulgada para resgatar o bebê Viorel de um terrível orfanato romeno. As memórias mais antigas de Viorel eram de pessoas estranhas se aproximando dele e dizendo o quanto ele tinha sorte e que mãe maravilhosa ele possuía. Na realidade, entretanto, sua infância fora terrivelmente solitária. Embora não lhe faltasse nada material, ele sabia que Martha Hudson nunca o amara de verdade. Não era nada pessoal. Martha Hudson nunca amou ninguém de verdade exceto Martha Hudson. Mas isso fazia com que Viorel se sentisse duplamente rejeitado, além de eternamente deslocado.

Sua carreira o distanciou ainda mais da mãe. Martha Hudson jamais quis que o filho se tornasse ator. Queria que Viorel fosse médico. Em suas fantasias, ele voltaria para a Romênia, país em que nascera, para ajudar as crianças pobres e órfãs que ainda havia por lá — o ideal seria se sua volta fosse documentada pelos fotógrafos do *Daily*

Mail, que nunca deixavam seus leitores se esquecerem do altruísmo de Martha (por adotá-lo, antes de mais nada) e de sua dedicação às causas das crianças de toda parte.

Mas as coisas não aconteceram assim. Viorel, de forma egoísta, decidiu buscar fama e fortuna. Martha até podia perdoá-lo por tentar. O que a atormentava era que ele tinha conseguido, a ponto de ser infinitamente mais famoso do que ela algum dia seria.

— Ganharei mais que o Olivier — disse Viorel. — Eles me ofereceram 5 milhões de dólares.

Até Martha Hudson respirou fundo ao escutar a quantia. Era mesmo uma quantia de tirar o fôlego.

Você está impressionada, sua vaca maldita, pensou Viorel. *Agora admita.*

Mas é claro que Martha não admitiu.

— Ah, bem. — Ela fungou de forma pouca graciosa. — Isso é muito bom, imagino. Mas dinheiro não é tudo, você sabe disso, querido. Agora preciso correr. Tenho uma reunião do comitê esta tarde e vou me atrasar para pegar o trem.

Foi Terence Dee quem salvou Viorel da Inglaterra e das ambições sufocantes de sua mãe. Martha Hudson sempre vira o filho como um instrumento para se autopromover, um boneco adorável e fotogênico para fortalecer sua imagem como a pessoa caridosa do Partido Conservador. Mas Terence viu algo mais em Viorel: talento.

Quando se formou em Eton, Viorel obedientemente seguiu a aposta da mãe e foi para Cambridge estudar Medicina em Peterhouse. Mas foi aí que o conto de fadas de Martha Hudson abruptamente chegou ao fim. Após entrar na Footlights, a famosa sociedade dramática de Cambridge, no final do primeiro ano, Viorel foi visto por um agente de Londres e escalado na mesma hora para fazer uma comédia romântica britânica, *Bottom's Up*. O filme foi direto para vídeo, mas a performance apaixonada de Viorel como um vigarista conquistador foi boa o suficiente para chamar a atenção de Terence Dee, na época o mais poderoso agente de elenco de Hollywood. Com 50 e poucos anos, uma cabeleira loura desgrenhada e uma paixão por suéteres em tom pastel jogados casualmente por cima dos ombros, Terence Dee era um gay tão afeminado quanto qualquer drag queen de Las Vegas, e pode-se dizer que o primeiro interesse dele no delicioso jovem inglês não fora estritamente profissional. Mas estava claro que Terence não se incomodara com a *falta* de interesse de Viorel pelo próprio sexo em geral, e por Terence em particular. Logo conseguiu um empresário e um apartamento em Los Angeles para que o rapaz pudesse largar a faculdade e correr atrás da carreira de ator em tempo integral.

Não foi preciso perguntar duas vezes para Viorel. Após uma breve e gelada despedida da mãe durante um almoço em Londres (e uma mais calorosa e longa de sua namorada Lucinda, a estrela de *Bottom's Up*, e a mulher que finalmente tirara sua virgindade; apesar de sua incrível beleza, Viorel demorara para desabrochar), ele pegou um voo para o Aeroporto Internacional de Los Angeles e nunca mais olhou para trás.

Isso fora cinco anos, seis filmes e várias centenas de mulheres atrás. E em todo aquele tempo, Viorel não voltara à Inglaterra nenhuma vez. Principalmente por causa de Martha, mas também porque queria deixar para trás sua infância tímida e solitária. O público americano podia idolatrá-lo pelo seu britanismo, aquele sotaque à *la* Hugh Grant que por alguma razão desconhecida fazia as garotas americanas desmaiarem, mas Vio Hudson se considerava um nativo de Los Angeles. Desde o primeiro dia, se apaixonara pela cidade: o brilho do sol, o otimismo, as mulheres lindas, liberais e sempre tão disponíveis. E o melhor de tudo: em Los Angeles, ninguém nunca ouvira falar da deputada Martha Hudson. Apesar de a imprensa americana inevitavelmente ter descoberto a história da adoção de Viorel quando criança, com a ajuda de uma excelente equipe de relações públicas, Vio conseguira afastar a imagem de vítima que o assombrara a vida inteira. Sim, ele era adotado. Sim, sua mãe era política. E daí? Agora a única coisa que importava era que ele era um astro, um jogador, um *vencedor*. Hollywood ofereceu a Viorel Hudson uma segunda chance para reinventar sua vida e, desta vez, foi nos seus termos.

Ele tinha conseguido. E não precisava agradecer a ninguém pelo seu sucesso, a não ser a si mesmo.

Depois do telefonema da mãe, Viorel chegou em casa em dez minutos. Deixara Rose Da Luca na cama no Château (mas não antes de pagar a conta e deixar o café da manhã e rosas encomendados para serem entregues a ela quando acordasse — não precisava ser um canalha com essas coisas). Por mais que gostasse de ir para a cama com mulheres lindas — e Rose era realmente linda, de um modo todo próprio —, Viorel tinha uma mania quase patológica de acordar sozinho e, sempre que possível, em sua própria cama. Usando hotéis para o sexo, ele conseguia compartimentar sua vida e proteger sua privacidade de forma satisfatória. Seu apartamento à beira da praia de Navy, um pequeno pedaço de terra entre Santa Monica e Venice, era seu santuário. Vio não tinha vergonha de adorar toda a atenção, o brilho e o glamour de Hollywood, mas até ele precisava saber que, no fim do dia, podia fechar a porta para toda essa loucura. O homem Viorel Hudson era extrovertido, sociável e charmoso. Mas o menino solitário e cheio de raiva que ele já fora um dia ainda precisava de uma fortaleza onde se refugiar.

Escondido da rua atrás de um proibitivo muro de pedra cinzento no qual havia dois portões de aço reforçado, como os de uma prisão, o apartamento de Vio era *literalmente* sua fortaleza. Uma vez dentro, porém, a sensação de espaço, luz e amplitude era incrível. Na sala de estar, janelas que iam do chão até o teto ofereciam uma vista do oceano de cair o queixo, o mar cinza azulado banhando a praia de areia branca, deserta à exceção de um ciclista ou outro que aparecia naquele tranquilo pedaço do litoral. Na varanda, bebericando seu café, Vio às vezes esquecia que estava na cidade, tendo apenas o grasnar distante das gaivotas e o suave som das ondas para quebrar o silêncio. O apartamento não era enorme, considerando o padrão dos astros do cinema: por volta de 200 metros quadrados. Mas Vio fizera com que parecesse infinitamente maior com sua decoração simples e moderna, com as linhas geométricas e retas dos móveis e a tranquilizante paleta de cores de tons de branco e cinza que, de alguma forma, conseguia esquentar o ambiente no inverno e refrescá-lo no verão. Costumava pensar que, se não fosse ator, seria um bom designer, talvez até arquiteto. Sempre que cruzava a porta da frente, sentia uma gostosa onda de orgulho, como um pai que chega em casa e encontra um filho querido. Era o primeiro e único lugar em que já se sentira completamente à vontade, e ele amava o apartamento.

Jogando as chaves no balcão da cozinha, ele tirou os sapatos e foi para a suíte master. Deixando o resto das roupas em uma pilha no chão — Cecilia, sua empregada, as recolheria pela manhã —, passou direto pelo banheiro e se enfiou debaixo de seus deliciosos e confortáveis lençóis Frette. Suas pernas e seus braços pulsavam de cansaço, Rose realmente o fizera suar, mas tinha muitas coisas na cabeça para conseguir dormir.

Cinco milhões e meio de dólares.
Por cinco semanas de trabalho.
Que Deus abençoe Dorian Rasmirez!

Viorel ainda não conhecia pessoalmente o grande diretor. Toda a negociação daquele dia acontecera através de seu agente. Imaginava quando seria chamado para a primeira leitura e quando terminariam de escolher as locações. Uma bizarra aura de sigilo já começava a envolver o filme, com Rasmirez fornecendo apenas as informações básicas para o agente de Viorel. Mas todo diretor tinha suas pequenas excentricidades. E algumas coisas se podia presumir como certas. Como se tratava de O Morro dos Ventos Uivantes, um clássico inglês, a maior parte do filme seria gravada na Inglaterra. Considerando todos os outros aspectos, conseguir o papel de Heathcliff era a realização de um sonho, mas Viorel não estava nem um pouco ansioso em voltar para casa. Pior ainda, de acordo com seu agente, corria um boato de que a maior parte das cenas internas seriam filmadas no antigo castelo da família de Rasmirez, que ficava justo na Romênia. Era uma reviravolta irônica do destino o fato de tanto Viorel como seu diretor terem nascido no mesmo país distante e pobre, embora estivesse claro que suas famílias vinham de extremos opostos da pirâmide social. *Meus antepassados provavelmente poliram a prataria dos antepassados dele,* pensou Viorel ironicamente. Se havia algum país no mundo que o entusiasmava menos que a Inglaterra era a maldita Romênia. Esperava que os boatos não fossem verdadeiros.

O que era verdade, confirmado dois dias atrás, era que Sabrina Leon fora escalada para fazer Cathy Earnshaw, a protagonista feminina. Isso também preocupava Viorel. Sabrina podia ter o mais belo par de pernas (ou melhor, o mais belo traseiro) em Hollywood, mas também era uma enorme encrenca, o maior desastre de Hollywood desde Lindsay Lohan. Viorel não conseguia imaginar o que levara um profissional como Rasmirez a contratá-la, principalmente com as chamas do mais recente escândalo dela ainda ardendo pela indústria como um incêndio na floresta.

Ela deve ter aceitado um cachê baixo. Talvez por isso ele tenha conseguido me oferecer um tão alto.

Preferia fazer o filme sem a Inglaterra, a Romênia *e* Sabrina Leon. Mas por 5,5 milhões, eram três cruzes que estava disposto a carregar.

Vá se foder, Martha.

Apagando a luz, ele finalmente pegou no sono, sonhando com a Inglaterra, Heathcliff e as coxas macias de Rose Da Luca.

CAPÍTULO 3

— Eu odeio você! ODEIO VOCÊ, seu filho da puta egoísta, odeio esta casa, odeio este país e quero o DIVÓOOOOORCIO!

Dorian Rasmirez desviou de outra porcelana bizantina de valor incalculável, que passou a milímetros de sua orelha esquerda antes de se espatifar espetacularmente na parede do quarto.

— Meu Deus, Christina! — gritou ele. — Calma.

— Calma? — Nua em pelo, seus pequenos seios rijos como maçãs apontando para o marido feito duas armas e suas feições delicadas contorcidas em uma máscara de raiva, Chrissie Rasmirez não tinha a menor intenção de se acalmar. — Vá se foder, Dorian, seu veado egoísta! Acha que tem o direito de me dizer o que fazer? — Procurando pelo quarto seu próximo míssil, seus olhos se iluminaram ao pousarem sobre a pintura a óleo na moldura ornamentada acima da cama.

— Não, Chrissie! — implorou Dorian. — O Velázquez não!

Feito uma pantera, Chrissie virou-se e atacou, voando na direção do quadro com os braços estendidos e perfeitamente torneados pelo pilates. Agindo instintivamente — não tinha tempo para pensar —, Dorian saltou em cima dela, derrubando-a sobre a cama como em um jogo de rúgbi. Dorian Rasmirez era um homem grande, passava de 1,80m mesmo calçando apenas meias, e tinha a estrutura física sólida e compacta de um trabalhador. Seus 90 quilos eram quase o dobro do peso de sua pequena esposa, que era uma rata de academia. Ainda assim, ele teve dificuldades em conter Chrissie enquanto ela se contorcia, mordia e chutava furiosamente embaixo dele, virando-se para encará-lo de forma a poder arranhar os braços e as costas dele com suas longas unhas recém-feitas.

O que eu vou fazer com esta mulher?, pensou Dorian, desesperado. Qualquer pessoa que assistisse à luta dos dois — ou melhor, à luta de Chrissie enquanto Dorian tentava em vão se defender — presumiria que havia sido ele quem fora pego traindo, e não que *Dorian* pegara *Chrissie* em um quase flagrante com um dos carpinteiros da propriedade. Dorian ia partir naquele dia para Los Angeles e saíra mais cedo de seu pequeno escritório local em Bihor para ir para casa e se despedir da esposa e da filha e terminar de fazer as malas. Ao entrar no quarto principal, encontrara a esposa já nua na cama deles e o jovem Alexandru, um trabalhador local de 19 anos, irremediavelmente entusiasmado enquanto tentava libertar sua ereção dura como pedra de dentro da calça jeans Abercrombie. Pelo menos o rapaz tivera o bom senso de sair logo, deixando a camisa e as botas pra trás, na ânsia de fugir dali. Era provável que já estivesse agora do outro lado dos Cárpatos. Mas, como sempre quando estava errada e acuada, Chrissie Rasmirez atacava, cuspindo acusações para cima do marido como se fosse ele quem tivesse sido pego com as calças arriadas.

Era alguma surpresa o fato de ela precisar ter amantes, considerando que Dorian nunca estava em casa?

O que ele esperava, mantendo-a presa naquele castelo no quinto dos infernos como uma maldita Cinderela, enquanto ele ia embora e vivia a boa vida de Los Angeles?

Ela odiava aquele lugar. Sentia-se entediada, presa em uma armadilha, sufocada. Era praticamente mãe solteira da filha deles, Saskia, uma adorável lourinha de 3 anos. E assim a vida prosseguia. Antes que se desse conta, Dorian estava na defensiva, se desculpando, tranquilizando-a, explicando. Passaria a ajudá-la mais com Saskia. Prometia que viria mais vezes para casa. A ideia de sua querida Chrissie sendo tocada por aquele rapaz, aquele *menino*, o deixava com vontade de cortar a garganta dele. Mas, no fim das contas, ele punha a culpa em si mesmo. *Sou o arquiteto da minha própria destruição*, pensou ele, infeliz. *Estou afastando de mim a coisa que mais amo neste mundo.*

Exausta demais para continuar lutando, Chrissie acabou desistindo. Cheia de ódio e muito frustrada sexualmente — já vinha querendo levar Alexandru para a cama havia semanas —, debulhou-se em lágrimas.

— Sinto muito... — Soluçou na camisa manchada de sangue de Dorian. — É só que... você não me olha mais como antes. Você nem me *nota* mais.

Dorian ficou perplexo.

— Não noto você? Não é verdade! Como pode dizer isso? Eu adoro você.

— É verdade *sim* — choramingou Chrissie. — Você me deixa aqui totalmente sozinha, dia após dia, sem vida, sem carreira, sem escapatória. Como se eu só servisse para cuidar da Saskia.

Dorian não comentou que, com três babás trabalhando em horário integral, era questionável se Chrissie realmente cuidava de Saskia.

— Quando Alexandru olha para mim, ele vê uma mulher, não apenas uma mãe. Ele faz com que eu me sinta viva, Dorian.

Dorian recuou.

— Pare. — Ele pressionou um dedo sobre os lábios dela. — Nunca mais fale o nome daquele garoto. Entendeu? Nunca. — Os olhos dele faiscavam de ciúme; o macho alfa protegendo seu território.

Chrissie respondeu na mesma hora, suas pupilas dilatando, seus lábios e suas coxas nuas abrindo-se com um desejo desvelado. Se não podia ter seu amante adolescente, seu marido teria de servir.

— Mostre que me ama — murmurou ela.

Aos 44 anos, Dorian Rasmirez podia não ter o corpo de Adônis de seu rival de 19, mas, diferente de Alexandru, ele sabia tirar a calça rapidamente. Livrando-se dos jeans enquanto Chrissie arrancava sua camisa, em poucos segundos estava nu, penetrando-a com a mesma paixão, o mesmo desespero, o mesmo desejo que o consumia por dentro desde o dia que a conheceu.

— Você é a minha mulher — sussurrou ele, correndo as mãos possessivamente por cada centímetro do corpo firme e musculoso dela.

— Eu amo você, Chrissie. Eu adoro você.

— Então me mostre — suspirou Chrissie. Já estava quase atingindo o clímax, revirando os olhos, perdida em alguma fantasia selvagem só dela. Passara a manhã inteira desejando o jovem carpinteiro romeno. O fato de não poder possuí-lo, seguido do pânico de ser pega e do calor da briga com o marido (brigar com Dorian sempre a excitava) havia levado sua já exagerada libido à estratosfera. Dorian sempre soltava todas as amarras sexuais quando estava com medo. Quando queria, transava como um campeão olímpico, tocando seu corpo como Nigel Kennedy toca um Stradivarius. Neste momento, enquanto ele a acariciava e a provocava, mais de uma vez levando-a ao limite e depois começando tudo novamente, Chrissie sabia que o desejava mais do que jamais desejara Alexandru ou qualquer outro de seus amantes.

Quando ele finalmente gozou, depois de fazê-la ter dois orgasmos, Dorian puxou-a para seus braços fortes como os de um urso e a abraçou tão forte que ela mal conseguia respirar.

— Faço qualquer coisa para ficar com você, Chrissie — sussurrou. — Qualquer coisa. Você sabe disso.

— Que bom — ronronou ela, fazendo carinho nas costas dele. — Bem, você pode começar deixando seu cartão Centurion comigo. Resolvi fazer uma viagenzinha para Paris enquanto você estiver fora, me distrair com um pouco de cultura. Lilly pode tomar conta de Saskia por alguns dias.

O coração de Dorian pareceu afundar. Controlou-se para não lembrar a Chrissie que eles viviam rodeados de cultura, e que ela nunca demonstrara o menor interesse em nada daquilo. Só naquele quarto, além do Velázquez acima da cama e do lindo vaso bizantino que ela acabara de destruir em um ataque de nervos, havia prateleiras de livros repletas de primeiras edições de clássicos em inglês, italiano e francês, uma penteadeira holandesa pintada à mão que pertencera a Maria Antonieta da França, e dois fólios emoldurados do *Messias* de Händel, assinadas pelo próprio compositor. Todo o castelo, aquela "prisão" para onde Dorian "arrastara" Chrissie, mantendo-a afastada de sua amada Los Angeles, era uma verdadeira caverna de tesouros do Aladim, com uma coleção de arte e manuscritos capaz de competir com a de algumas das maiores galerias e bibliotecas da Europa. E era tudo deles. Não deles para vender — os tesouros não podiam sair legalmente da Romênia —, mas deles para cuidar, apreciar, deixar de herança para a geração seguinte. Para Saskia, e talvez um dia — se Dorian conseguisse convencer Chrissie a tentar de novo — para um filho, um menino para levar o nome da família adiante.

A realidade era que a única coisa na qual Chrissie Rasmirez estava interessada em Paris eram as lojas de roupas caríssimas da Champs-Élysées. Da última vez que entrara na loja Louis Vuitton de lá, ela gastara mais de 100 mil dólares em uma única manhã. Se ela tentasse fazer isso de novo desta vez, a AmEx pediria os cartões de Dorian de volta. Mas ele não tinha coragem de negar aquilo a ela, principalmente depois da briga daquele dia.

— Claro, querida — suspirou ele, derrotado. — Deixarei o cartão. Vá e se divirta.

Chrissie abriu um sorriso triunfante.

— Não se preocupe, querido. É o que pretendo fazer.

Três horas depois, enquanto o Airbus A360 abria seu caminho turbulento entre as nuvens, Dorian fechou os olhos e tentou se lembrar das técnicas de relaxamento que seu terapeuta lhe ensinara. *Imagine-se em uma linda praia deserta. As ondas batem suavemente na areia. Escute o ritmo da maré. Deixe que ela o acalme. Sinta a água morna acariciar seus pés...*

Abriu os olhos. Aquilo não estava funcionando. Pegando a bagagem de mão, procurou seu Xanax e o colocou na boca, engolindo-o com o que restara do seu champanhe de antes da decolagem. O comprimido ia demorar um pouco para fazer efeito, mas o álcool o tranquilizou na hora, assim como saber que estava se afastando de Chrissie e de seus problemas por cinco dias. Não que aquela viagem a Los Angeles fosse como férias. Pelo contrário, as *verdadeiras* batalhas só começariam quando ele aterrissasse. Mas durante as próximas dez horas, pelo menos, ele teria a chance de relaxar. Se conseguisse lembrar como se fazia isso.

Aos 40 e tantos anos, troncudo, cabelo escuro começando a ficar grisalho nas têmporas e com um rosto agradável e simpático — não era exatamente bonito, mas atraente de um jeito um pouco bruto —, Dorian Rasmirez era um dos diretores de cinema mais aclamados do mundo. Com inteligentes olhos castanhos que se estreitavam em uma linha quando ele ria ou se irritava, maxilar forte e nariz torto (quebrara-o em um jogo de futebol no colégio e nunca o consertara), Dorian decerto não era a imagem de um ídolo adolescente. Mas havia algo inerentemente masculino nele que as mulheres consideravam encantador — e já achavam isso muito antes de ele se tornar famoso.

Dorian nasceu e foi criado em White Plains, Nova York, único e adorado filho de um casal de imigrantes romenos. Tanto o pai, Radu Rasmirez, quanto a mãe, Anamarie, haviam sofrido horrores inimagináveis sob a ditadura comunista linha-dura de Ceausescu e chegaram aos Estados Unidos com pouco mais do que o dinheiro que tinham nos bolsos. Membros de duas das mais proeminentes famílias aristocratas romenas, os Rasmirez e os Florescus, Radu e Anamarie viram membros de suas famílias serem presos e assassinados. Eles experimentaram na pele o que significava perder tudo: não apenas riqueza e privilégios, mas sua casa, sua liberdade, seu direito de viver sem intimidação, prisão e tortura. Foram para os Estados Unidos para fugir dos horrores do passado e para construir uma nova vida, e foi exatamente isso o que fizeram.

Radu tornou-se farmacêutico e acabou abrindo uma bem-sucedida rede de pequenas lojas em todo o Condado de Westchester. Sua esposa deu à luz o tão sonhado filho e dedicou sua vida ao tradicional papel de dona de casa, mergulhando na rotina suburbana americana com um inesperado entusiasmo. Graças à forma como Anamarie assimilara a cultura nova-iorquina e a seu amor por todas as coisas americanas, Dorian tornou-se quem era: estudioso, trabalhador e abençoado com uma confiança natural e tranquila que era o perfeito complemento para suas impressionantes habilidades acadêmicas. Para qualquer observador desavisado, Dorian Rasmirez era o epítome da juventude americana desde a ponta de seus mocassins até o colarinho das camisas Brooks Brothers. Foi excelente aluno na escola, conquistando uma vaga na Universidade de Boston, por onde se formou em artes dramáticas. Na época da graduação, já sabia que queria dirigir e, com seu foco e sua determinação de costume, conseguiu uma vaga na prestigiada Escola de Teatro, Filme e Televisão da UCLA. Contudo, por baixo do maravilhoso currículo tipicamente americano, Dorian era tão filho de seu pai quanto de sua mãe. Radu Rasmirez fizera questão de ensinar ao filho a história de sua família, pintando um quadro romântico de suas raízes na Transilvânia, e o castelo de conto de fadas que por direito devia ser de Dorian, se os comunistas não o tivessem roubado.

— Um dia — prometeu Radu —, a justiça triunfará em nossa terra natal e o que é nosso voltará a ser nosso. Quando esse dia chegar, Dorian, você saberá o que é viver como um rei. A honra e a responsabilidade, a alegria e a dor. Nós, os Rasmirez, sempre teremos uma dívida de gratidão com este país. Mas a Romênia continuará em nossos corações pela eternidade.

Claro, para Dorian, "Romênia" era apenas uma palavra, um reino místico que seu pai conjurava para ele, de um passado que o menino não conhecia e não compreendia. Mas o que ele podia compreender era o quanto a herança da família significava para Radu. Nos últimos anos, a sensação de deslocamento, a saudade de casa e a nostalgia que via em seu pai vinham influenciando muito seus filmes.

Havia outras influências também. Principalmente de Chrissie, a atriz enigmática e diabólica que Dorian conhecera e por quem se apaixonara em seu último ano na UCLA, e cuja beleza hipnotizadora (aos olhos de Dorian, pelo menos) o enfeitiçara desde então. Para os padrões de Hollywood, o casamento dos Rasmirez era considerado um feito excepcional. Dorian e Chrissie estavam juntos desde antes de ele se tornar famoso — cinco anos antes do lançamento de *Amor e arrependimentos*, o drama sentimental que catapultaria Dorian para o sucesso mundial como diretor. No começo, Chrissie era a estrela do casal, como a protagonista Ali, uma chef amalucada, na popular série de televisão *Rumores*. Uma atriz nata com um timing perfeito para comédia, aos 23 anos Chrissie Sanderson era reconhecida em qualquer canto dos Estados Unidos, com uma base de fãs formada principalmente por adolescentes leais, às vezes até fanáticos. Em pouco tempo estava ganhando muito dinheiro, mais de 50 mil por episódio: uma fortuna naquela época. Foi o suficiente para comprar para eles uma casa confortável em Beverly Hills e para financiar alguns dos primeiros projetos dos filmes de Dorian. Chrissie adorava ser o centro das atenções, mas, incentivada por ele, buscava mais sucesso com a crítica. No mesmo ano em que o lançamento de *Amor e arrependimentos* mudou a vida de Dorian para sempre, Chrissie estreou na Broadway num dos papéis principais da montagem de Jerry Zaks de *Chicago*. Foi um grande erro. Nervosa e pouco ensaiada, ela cometeu escorregões feios na noite de estreia. Se ela esperava que o status de queridinha da América fosse protegê-la, surpreendeu-se ao acordar no dia seguinte com as críticas dos jornais, que não foram apenas duras, mas avassaladoras.

"*Digna de riso*", disse o *New York Times*.
"*Não sabia para onde olhar*", escreveu *The Post*.
"*Constrangedoramente inexpressiva.*"
"*Tanto sex appeal quanto um prato de sopa.*"
Dorian aconselhou-a a esquecer.

— O que eles entendem da coisa? E daí que você cometeu alguns errinhos, confundiu algumas falas? Nada de mais. Eles têm inveja porque você é uma grande estrela de TV. Você sabe como esses críticos gostam de colocar as pessoas para baixo.

Mas Chrissie não conseguiu esquecer. Mortificada por tal humilhação pública, perdeu a cabeça completamente, abandonando o show da Broadway assim que o contrato permitiu e logo depois saindo do elenco de sua série da NBC. Durante meses, ficou trancada em casa em Los Angeles, recusando-se a participar de qualquer teste ou de dar qualquer entrevista sobre sua intempestiva saída de *Rumores*. Enquanto isso, claro, a carreira de Dorian decolava de forma espetacular, um sucesso pelo qual Chrissie jamais conseguiu perdoá-lo.

Quinze anos depois, Dorian ainda falava nas entrevistas de sua "esposa incrivelmente talentosa" e era famoso por ser imune às várias tentações de Hollywood. A fidelidade dele era considerada ainda mais admirável nos círculos da indústria já que, aparentemente, Chrissie se recusara durante anos a ter filhos com ele. A maioria das pessoas via isso como o cúmulo do egoísmo da parte dela. Na verdade, sua relutância em ter filhos partia do mesmo princípio de sua recusa a ir a testes, ou a aceitar qualquer uma das protagonistas que Dorian lhe oferecera embrulhadas para presente em todos os filmes dele. Chrissie tinha medo. Presa nas ciladas de suas próprias inseguranças na vida luxuosa que Dorian lhe oferecia, ela reclamava o tempo todo de Los Angeles, de como a cidade era superficial e de como ser esposa de um diretor famoso fazia com que se sentisse vazia e invisível.

Então, quatro anos atrás, três coisas aconteceram. A primeira foi que Dorian descobriu que a esposa estava tendo um caso com o protagonista de um de seus filmes. O romance, na verdade, era o último de uma série de várias aventuras extraconjugais que Chrissie tivera ao longo dos anos para elevar sua frágil autoestima. Mas foi o primeiro que Dorian descobriu, e ele ficou completamente arrasado. A segunda coisa foi que, finalmente, Chrissie concordou em engravidar e concebeu Saskia, o bebê Band-Aid que ambos esperavam que fosse consertar o casamento deles. E a terceira coisa foi que o governo da Romênia entrou em contato com Dorian, sem que ele esperasse, para informar que tinham começado o processo de devolução das propriedades pré-revolucionárias para seus donos de direito. Eles perguntaram se Dorian voltaria a sua "terra" para reclamar sua herança, o castelo histórico dos Rasmirez na Transilvânia, completo com todos os seus inestimáveis tesouros.

Na época, a Romênia parecia um divisor de águas, o recomeço que ele e Chrissie tanto precisavam. Ela o traíra porque estava infeliz em Los Angeles e se sentia uma fracassada lá. Dorian acreditava no casamento. Seus pais ficaram casados por cinquenta anos e foram felizes na maior parte do tempo, mesmo sob circunstâncias muito mais difíceis. Devia a Chrissie e a ele mesmo uma tentativa de consertar o estrago. Tinha nas mãos a chance de levar a esposa e a filha recém-nascida deles para bem longe da loucura de Hollywood. Dorian resgataria Chrissie em seu cavalo branco e a instalaria como rainha em seu castelo de contos de fadas. A pequena Saskia cresceria como uma princesa. E os três viveriam felizes para sempre.

Se fosse totalmente honesto consigo (o que nem sempre era o forte de Dorian), tornar-se pai não havia sido o acontecimento sísmico, emocionalmente transformador que ele esperava. A bebê era um amorzinho, mas, após esperar tanto tempo pela paternidade, Dorian começou a perceber que a ideia de ter filhos era muito mais encantadora que a exaustiva e maçante realidade. E também percebeu, um pouco envergonhado, que uma parte dele ficara decepcionada por Saskia não ser um menino.

Quanto a Chrissie, ela também costumava se deleitar com a ideia da maternidade ou, mais especificamente, com a ideia de si mesma como a mãe perfeita: dedicada, abnegada, instintivamente maternal. Era uma autoimagem à qual Chrissie se agarrava enquanto Saskia crescia, apesar das fortes evidências que indicavam o contrário, e a qual exigia que o marido validasse, elogiando suas habilidades como mãe sempre que possível. Mas a verdade era que, assim como Dorian, Chrissie Rasmirez achava crianças pequenas entediantes, e a própria filha não era exceção. Já sendo àquela altura uma mártir semiprofissional em seu casamento (Chrissie havia se convencido, muito tempo antes, de que sacrificara sua carreira por Dorian, e não no altar de seus próprios medos), seu novo papel como mãe incansável de uma criança exigente acrescentava uma nova flecha de ressentimento ao seu sempre crescente arsenal.

A paternidade recente não era o único problema dos Rasmirez. Apesar do desejo por um recomeço, Dorian tinha seus temores em relação à volta para sua terra natal. A Romênia era o sonho de seu pai, não o dele. E, diferente de Chrissie, ao mesmo tempo que nutria um senso de obrigação (e curiosidade) sobre a terra de seus ancestrais, Dorian gostava da vida em Los Angeles, e a ideia de ir embora não o agradava. Se quisesse continuar trabalhando, teria de se acostumar às terríveis viagens transatlânticas. Só de pensar em passar muito tempo longe da esposa, sentia um aperto no peito de ansiedade. Mas se salvasse seu casamento, valeria a pena. Devia isso a seu pai e a Chrissie.

Embora preferisse morrer a admitir isso agora, Chrissie ficou muito animada com a ideia no começo. *Transilvânia!* Até a palavra era romântica. Pelo que Dorian contara para ela, a casa — castelo! — estava cheia de riquezas que iam além de sua imaginação: centenas de milhões de dólares em antiguidades. Aparentemente, o governo romeno tinha algumas regras ridículas sobre todos os tesouros terem de permanecer no país, mas um bom advogado americano encontraria um jeito de driblar essa besteira do Velho Mundo. Se não podia mais curtir a própria fama, Chrissie poderia, pelo menos, experimentar a emoção de ser da realeza europeia e fazer parte dos círculos dos super-ricos. Além disso, trabalho doméstico seria baratíssimo lá, então poderia ter um monte de babás e empregadas. Seria a rainha do castelo, dando ordens a uma frota de serviçais, e iria para a cama à noite coberta de esmeraldas que um dia pertenceram a Catarina, a Grande. *Nada mau para uma menina do vale.* Talvez ela estivesse até pensando em dar a Dorian um segundo filho, o menino que ele obviamente ainda queria, quem sabe?

Desnecessário dizer que as coisas não foram bem assim. Praticamente desde o primeiro dia, Chrissie odiou a Romênia. O castelo era tão pomposo quanto ela poderia sonhar, os empregados tão obsequiosos quanto escravos, as esmeraldas tão grandes e pesadas quanto bolas de golfe. Mas não havia nada para se *fazer*. Ninguém para *ver*. Claro, a paisagem era de tirar o fôlego, tão exuberante, verde e espetacular que até parecia saída de um dos filmes do *Shrek*. A pequena Saskia ficou enfeitiçada pela paisagem da Transilvânia, com seus grandes rios de forte correnteza, florestas de pinheiros altos e montanhas românticas com picos cobertos de neve que cercavam o castelo como gigantes protetores. Toda vez que iam para a cidade, ela exclamava, toda animada: "Expresso Polar!", apontando para a neve sobre os Cárpatos com uma animação que mal conseguia esconder. Mas sua mãe não compartilhava do mesmo entusiasmo. De que valia ter o próprio reino da fantasia se, nas sextas à noite, não podia ir ao Cecconi e se gabar disso para as amigas?

Poucas semanas depois da chegada, o tédio de Chrissie já estava se transmutando em ressentimento. Era tudo culpa de Dorian por arrastá-la para lá. Estava castigando-a por causa do romance extraconjugal, mantendo-a, com a filha, naquela prisão de ouro, enquanto *ele* partia para curtir a antiga vida deles em Los Angeles, que, a 12 mil quilômetros de distância, não parecia tão ruim. Ela, Chrissie, sacrificara sua carreira pelo marido, e o que recebia em troca? Desprezo. Abandono. Usando a única arma que ainda tinha, deu uma guinada de 180 graus em relação a ter um segundo filho, recusando-se terminantemente a pensar em outra gravidez até que Dorian "vendesse aquele lixo" e eles voltassem para casa para gastar o dinheiro. Por mais que Dorian explicasse que isso era prática e legalmente impossível, que o castelo era deles para usufruírem mas não para venderem, ela jamais conseguia entender.

Além disso, embora Chrissie não soubesse, a situação financeira deles nos Estados Unidos estava indo de mal a pior. O último filme de Dorian, *Dezesseis noites*, um longa-metragem de guerra filmado com requinte, mas que superou muito o orçamento, havia sido um enorme sucesso de crítica. Mas eram as receitas de bilheteria que pagavam a hipoteca da mansão de Dorian e Chrissie em Holmby Hills e as reformas no castelo, além de financiarem o gosto de Chrissie por alta-costura; e a receita daquele filme tinha sido medíocre. Dois estúdios se ofereceram para financiar o filme, mas, incapaz de suportar a ideia de não deter o controle criativo, Dorian rejeitou as ofertas, enterrando na produção milhões de dólares do próprio bolso. Acabou ficando no vermelho.

Para piorar as coisas, desde a notícia da herança de Dorian, Chrissie aumentara seus gastos exponencialmente. Nada conseguia convencê-la de que não eram bilionários — eles tinham quadros de Renoir da sala de estar, cacete! —, e ela ria abertamente quando Dorian reclamava que a manutenção do castelo os estava deixando falidos.

— Você não entende? — dizia ele, exasperado. — Foi por isso que o governo da Romênia ficou tão feliz com a nossa vinda! Eles não tinham condições de manter o lugar e acharam que éramos ricos o suficiente para fazer isso por eles.

Chrissie dava de ombros, indiferente.

— Bem, nós somos.

Não, não somos! Dorian queria gritar. Mas tinha muito medo de que Chrissie fosse deixá-lo e, por isso, não queria forçar outro confronto, ou admitir a extensão de suas dívidas. Ele já a vira flertando com alguns rapazes mais jovens e atraentes que trabalhavam para eles, e vivia constantemente com medo de que ela tivesse outro caso. E Chrissie estava certa. Havia sido ele quem a levara para lá, levara a família toda. Cabia a ele fazer tudo dar certo, tirá-los do buraco financeiro onde os colocara e fazê-la feliz. Ou isso ou abrir mão do castelo, o que para Dorian seria a mesma coisa que sapatear em cima do túmulo do pai.

— Mais champanhe, senhor? Ou algo para comer?

A voz da comissária de bordo trouxe Dorian de volta ao presente. Estavam em altitude de cruzeiro, e os outros passageiros já estavam reclinando suas poltronas e ligando seus sistemas de entretenimento, escolhendo filmes em uma lista. Dorian já tinha lido o guia de bordo antes da decolagem. Três filmes de Harry Greene. Nenhum dele.

Dorian tentava não se importar com o fato de que *Fraternidade*, a horrorosa franquia de Harry Greene, continuava indo de vento em popa. Mas era difícil ser magnânimo quando parecia que a missão da vida de Greene era destruir a reputação de Dorian, falando mal dele não apenas em público, com a imprensa, mas também em particular, em conversas com os grandes agentes de Hollywood. Harry Greene era um homem muito poderoso em Hollywood. Também era recluso, tinha ataques de paranoia, principalmente quando se tratava de mulheres. Duas vezes, levou garotas ao tribunal: depois de dormir com elas, acusou-as de roubo simplesmente porque não se lembrava onde havia deixado um casaco ou um par de abotoaduras. Uma vez até tentou fazer com que sua empregada fosse presa por tentativa de envenenamento. Um ensopado de carneiro aparentemente lhe fizera mal e Harry se convencera de que a inocente avó mexicana tinha colocado arsênico no prato.

Sua rixa com Dorian começara por causa de um script. Harry se desentendera com um roteirista, e a briga ficou feia. Quando o roteirista teve a ideia de um filme novo, alguns meses depois, procurou Dorian em vez de Harry. A ironia era que Dorian nem cogitara fazer o tal filme. Era um romance comercial, doce demais para o gosto dele. Apesar disso, na cabeça de Harry Greene, Dorian e esse roteirista estavam "mancomunados" contra ele. Depois de um tempo, graças a uma mudança na mente perturbada de Harry, o roteirista saiu de cena, deixando Dorian como o único alvo de sua bizarra teoria da conspiração.

Não demorou muito para esse ressentimento profissional se tornar pessoal. Apesar de toda sua influência internacional, lá no fundo, Hollywood continuava a ter o espírito de uma cidade pequena, e decerto os caminhos de dois importantes produtores e diretores como Dorian Rasmirez e Harry Greene iriam se cruzar em um evento social ou outro. Após o incidente do roteiro, Dorian fizera o possível para evitar Harry. Mas há alguns anos, por razões que Dorian até hoje desconhecia, Harry colocou na cabeça que o outro falara mal dele para sua esposa, Angelica. E que fora a intervenção maliciosa de Dorian que acabara com seu casamento.

Na verdade, Dorian mal conhecia Angelica Greene e jamais comentou nada com ela sobre as conquistas amorosas do marido, que eram um livro aberto em Hollywood. A única pessoa culpada pelo fim do casamento de Harry Greene era o próprio Harry Greene. Mesmo assim, na época do divórcio, Harry deu várias entrevistas em que culpava Dorian, e fez o que pôde para que ele fosse banido da elite de Hollywood. Quanto mais forte ficava a franquia *Fraternidade* e a influência de Harry Greene, mais difícil se tornava a vida de Dorian.

Ele voltou sua atenção para a aeromoça, que ainda estava parada com o carrinho de bebidas.

— Não, obrigado — disse ele educadamente. — Estou bem.

— Ok. Bem, se mudar de ideia, sabe onde me encontrar. Só gostaria de dizer que gostei muito de *Dezesseis noites*. Adoro seu trabalho. — A comissária ficou corada.

— Obrigado — agradeceu Dorian. — Você é muito gentil.

Dorian percebeu que havia uma moça muito bonita por trás daquela maquiagem pesada tão comum em sua profissão. Era possível ver a cor natural da pele clara, e o decote mostrava a parte de cima dos seios fartos e convidativos por baixo da camisa branca do uniforme. *Sensual. Mas não chega nem aos pés da minha Christina.*

— Espero que vá assistir ao meu próximo filme quando for lançado.
— Ah, é claro que vou — exclamou ela. — Com certeza. Qual vai ser?
— Na verdade, é uma regravação — explicou Dorian. — *O Morro dos Ventos Uivantes*.

A comissária de bordo ficou encantada.

— Ai, meu Deus. *Amo* esse livro. É uma história tão romântica.

Dorian sorriu.

— Você conhece?
— Claro. — Ela riu. — Todo mundo conhece, não? Heathcliff e Cathy. São como Romeu e Julieta na chuva.

Pela primeira vez naquele dia, Dorian sentiu uma fração da tensão se esvair de seu corpo. Uma de suas preocupações em relação ao novo projeto era que a história poderia ser considerada muito erudita, clássica demais para despertar o interesse dos espectadores de filmes mais comerciais. Dorian lera o livro pela primeira vez quando estava no ensino médio e ficara fascinado pela trama na mesma hora. Heathcliff, um misterioso órfão, é adotado pelo bondoso Sr. Earnshaw e vai viver no Morro dos Ventos Uivantes, uma casa grandiosa e solitária nas charnecas de Yorkshire. A tragédia começa quando Heathcliff se apaixona pela filha de Earnshaw, Catherine, que também o ama, mas decide se casar com um vizinho, para ter um casamento mais bem-aceito pela sociedade. As ramificações de Cathy ter rejeitado Heathcliff — o arrependimento dela, a loucura dele e uma saga contínua de morte e vingança, de crianças inocentes sendo forçadas a pagar pelos pecados de seus pais — tornam o drama cativante de maneira singular, além de uma das histórias de amor mais duradouras da literatura inglesa. Cinematograficamente, porém, *O Morro dos Ventos Uivantes* era um desafio. Quem quer que interpretasse Heathcliff teria que envelhecer de forma verossímil e, ao mesmo tempo, permanecer atraente o suficiente para convencer como protagonista romântico. A Cathy original e a jovem Cathy, sua filha, deveriam ser interpretadas pela mesma atriz ou por duas atrizes diferentes? Como tratar Nelly, a governanta que narra o livro? E, claro, havia a questão da locação. Em uma trama na qual a casa era um personagem tão importante quanto os protagonistas, encontrar a locação certa era uma questão-chave.

Dois grandes estúdios tentaram aconselhar Dorian a cair fora, assim como seu agente e amigo, Don Richards.

— Você não vai conseguir se equiparar a Olivier e Merle Oberon, cara. Aquele filme de 1939 é um dos melhores de todos os tempos.

— Eles só filmaram metade do livro — disse Dorian. — Metade da história.

— Porque é impossível filmar a história inteira. Seria uma minissérie. — Don franziu a testa. — Você assistiu à versão dos anos 1970? Péssima.

— Eu sei. — Dorian sorriu. — Por isso vou fazer esse remake.

— Se fizer, vai precisar de dois nomes de peso como protagonistas — avisou Don. — E estou falando de estrelas mesmo, nada dessas besteiras suas de "respeitado ator de caráter". Ah, e Cathy vai ter que aparecer nua. *Muitas* vezes.

— Entendo — disse Dorian ironicamente. — A Jovem Cathy ou a Velha Cathy?

— Todas as Cathys têm de ser jovens — falou Don com firmeza. — E gostosas.

— Certo. Então só preciso conseguir uma grande estrela de cinema que esteja disposta a trabalhar em troca de migalhas *e* a tirar a calcinha gratuitamente.

— Não seria gratuito. — Don pareceu ofendido. — Teria um bom motivo para fazer isso.

— Sei. E qual seria?

— Venda de ingressos — respondeu Don.

Dorian teve a bondade de rir.

— Ok. Se pensar em alguém, não se esqueça de me avisar.

— Na verdade, já pensei em alguém. Que tal Sabrina Leon?

No início, Dorian presumiu que seu agente estivesse brincando. Quando percebeu que não, acenou com a mão, rejeitando a ideia. Sabrina era nociva naquele momento, uma intocável de Hollywood. Além disso, era conhecida por ser uma péssima influência no set de filmagens. Era cheia de exigências, se achava uma diva, imprevisível.

Sequer associar o nome de Sabrina a um projeto poderia ser suficiente para matá-lo antes mesmo de se gravar uma única cena.

— Tudo isso é verdade — concordou Don. — Mas ela ainda é uma estrela.

Dorian manteve-se firme.

— De jeito nenhum.

— Além disso, todo mundo está de olho para ver qual será o próximo passo dela.

— Eu não.

— *Além disso,* ela adora ficar pelada, no set e fora dele. A garota é alérgica a roupas.

— Eu sei, Don, mas preciso de uma atriz séria.

— Ela trabalharia de graça.

E foi isso. Jerry McGuire tinha conquistado Dorothy Boyd com um "oi". Don Richards conquistou Dorian Rasmirez com um "de graça".

Esticando suas longas pernas para a frente, Dorian finalmente começou a relaxar. Se as comissárias de bordo da American Airlines eram fãs da história, certamente não devia ser *tão* erudita. *Vai dar certo,* disse ele para si mesmo. Sabrina Leon já assinara o contrato. Claro, dar a ela o papel de Cathy — das duas Cathys — era um risco, uma espada de dois gumes. Dorian teria de mantê-la em rédea curta. Mas Don Richards tinha lhe convencido de que ela era um risco que valia a pena correr. Ele só teria de ser bem persuasivo com os distribuidores, convencendo-os de que, quando o filme fosse lançado, todo o furor sobre os comentários de Sabrina a respeito de Tarik Tyler já teria esfriado.

— E mesmo se não tiver esfriado, ainda assim as pessoas vão assistir ao filme — disse Don.

— Você aposta nisso?

— Claro. As pessoas gostam de vê-la. É como diminuir a velocidade em uma autoestrada para ver um acidente de carro.

Dorian esperava que ele estivesse certo. Porque, se não estivesse, o tal acidente de carro seriam a carreira, a vida e o casamento de Dorian. Quase com certeza um acidente fatal.

Para Dorian Rasmirez, tudo dependia do sucesso do filme.

Tudo.

CAPÍTULO 4

Enquanto o Dr. Michel Henri tirava a criança do berço, Letitia Crewe observava o bíceps dele, lindamente definido, contrair-se por baixo da camiseta cinza. *Preciso me conter. Estou aqui para brincar com as crianças, não para babar no Michel como uma pirralha apaixonada.* Mas era difícil. Quem mandava um pediatra ser tão atraente? Devia existir uma lei contra isso.

Tish Crewe fora para a Romênia em seu ano sabático para passar seis meses trabalhando com órfãos na cidade de Oradea. Cinco anos depois ela ainda estava ali, visitando hospitais como aquele, arranjando lares para tantas crianças abandonadas quanto possível. Era um trabalho duro, e às vezes estressante, mas era também recompensador, e viciava. O Dr. Michel Henri possuía a mesma opinião. Fora o que os aproximara: compartilhavam a mesma solidariedade e o exato propósito. Isso e o fato de que queriam arrancar as roupas um do outro desde o momento em que se viram pela primeira vez. Tish ainda tinha a mesma vontade, mas Michel havia mudado de ideia.

Observando-o enquanto ele ia decidido de cama em cama, estabelecendo contato visual com cada criança e conversando com elas com sua voz intensa e gentil antes de examiná-las, Tish percebeu que já estava apaixonada por ele havia um ano.

Uau. Um ano da minha vida.

Pareciam vinte.

Michel era tão sábio. Tão bom. Tão capaz. Tish Crewe também era capaz, proativa, determinada, e admirava essas características em outras pessoas. É claro que também não fazia mal o fato de Michel ser uma versão mais jovem de George Clooney em tudo, desde a barba por fazer até os olhos cor de café. Tampouco fazia mal o fato de ele ser tão bom de cama. No breve relacionamento de seis semanas que tiveram, Tish achara melhor restringir as transas ao apartamento dele, temendo fazer muito barulho na casa dela e acabar acordando Abel, seu filho adotivo de 5 anos.

Não foi culpa de Michel. Ele fora honesto com ela desde o início.

— Não quero compromisso — dissera ele sem meias palavras na noite em que se beijaram pela primeira vez, na ponte sobre o rio Crişul Repede, no centro antigo de Oradea. — Meu trabalho é a minha paixão. Se você quer alguma coisa séria, não sou o cara certo pra você.

Tish garantiu a ele que não estava a fim de nada sério. Após quatro anos de celibato quase total, morando em uma cidade que se mantinha tão austera, cinzenta e sem vida quanto havia sido durante o regime comunista, a ideia de diversão, e o tipo de diversão que o Dr. Michel oferecia, soava totalmente perfeita. Desde que fundara o próprio abrigo para crianças, três anos antes, e principalmente desde que adotara seu querido Abel, Tish mal tinha tempo para comer e tomar banho, muito menos para ter uma vida sexual. *Mereço um pouco de diversão*, dizia para si mesma. *Por que não?*

Mas é claro que tinha de estragar tudo se apaixonando por ele. *Sua tola*, dizia para si mesma, *mas como não se apaixonar?* Quando Michel começou a sair com uma cirurgiã ortopédica do Médicos Sem Fronteiras algumas semanas depois, o coração de Tish foi estraçalhado. Ela precisou de cada pedacinho de seu autocontrole para esconder sua angústia de Michel. Mas para todas as outras pessoas que trabalhavam com ela, era dolorosamente óbvio.

— Ele não vale esse sofrimento, sabe. — Pete Klein, chefe de uma das ONGs americanas, havia reparado no olhar perdido de Tish enquanto Michel saía pelo estacionamento do hospital, algumas semanas atrás.

Pra mim ele vale, pensou Tish, mas forçou um sorriso profissional.

— Olá, Pete. Como está?

— Melhor agora, querida.

Pete Klein era um gentil cristão renascido de 60 e poucos anos e tomara para si, como missão pessoal, encontrar o marido ideal para a adorável Srta. Crewe. Afinal, ela era uma moça linda. Não daquele jeito óbvio das modelos; não, a beleza de Tish era de um tipo totalmente diferente. Leve e naturalmente loura, nariz longo, estrutura óssea forte e aristocrática, e uma boca larga e gloriosa com lábios rosa-claro que Pete já vira expressar todo tipo de emoção: de compaixão a coragem, passando por prazer. Tish tinha um charme natural, livre de maquiagem, pelo qual alguns homens dariam qualquer coisa para encontrar em casa todas as noites. Como uma amiga de escola de Tish definira certa vez de forma precisa, mas com pouco tato:

— Você é a Jennifer Aniston, Tish. Caras como Michel sempre acabam indo atrás da Angelina. Você é legal demais.

Pete Klein não acreditava que uma pessoa pudesse ser "legal demais". E não conseguia ver o que jovens maravilhosas como Tish Crewe viam de atraente em vigaristas como o Dr. Henri, aquele francês nojento. Médicos Sem Fronteiras, coisa nenhuma. Michel Henri era um Médico Sem Escrúpulos, e havia magoado demais a pobre Srta. Crewe.

— Você devia sair para jantar com meu amigo Gustav — disse Pete para Tish.

— Ah, não sei, Pete...

— Devia sim, mesmo — insistiu Pete. — Um rapaz adorável, de uma família muito boa em Munique. Começou a trabalhar para nós há pouco tempo. Ele é brilhante na área de informática — acrescentou Pete, piscando de uma forma que fez Tish se perguntar se havia duplo sentido na frase. Exceto que nunca existia duplo sentido no que Pete Klein falava. Ele era sempre cuidadoso, paternal e gentil.

Então, como era "legal demais" para dizer não, Tish acabou saindo para jantar com o adorável Gustav, que era realmente brilhante em informática, embora não fosse tão brilhante assim em conversas nem em romance, a julgar por sua atrapalhada investida no banco de trás do táxi depois do jantar, fedendo a salsicha de alho e loção pós-barba barata.

— O que você está fazendo? — disse Tish, esquivando-se dele.

Gustav pareceu ressentido.

— Achei que você fosse solteira? — acusou ele.

— E sou — gaguejou Tish.

— Bem, então qual é o problema? — questionou Gustav. — Todo mundo sabe que os solteiros só vêm a essas missões voluntárias por causa do sexo. Qual é? Não estamos na Romênia por causa da paisagem, estamos?

Isso, pelo menos, era verdade. Tish não estava na Romênia por causa da paisagem. Mas por que *ainda* estava ali, afinal? Tish era a pessoa mais inglesa que ela conhecia e sentia muitas saudades de casa. Não se passava um dia sem que ela fitasse pela janela do carro a paisagem sombria da Romênia, sonhando acordada com as cercas vivas e Marmite[1] e *Eastenders*[2]. As coisas não ficavam mais fáceis. Ela dizia para si mesma que estava ali por causa das crianças — tanto as 16 que ela conseguira resgatar de instituições e trazer para o alegre lar familiar que construíra perto de Oradea, como as centenas de outras que foi forçada a deixar para trás, mas a quem ela e sua equipe visitavam regularmente nos hospitais. Mas agora, ao olhar para as mãos fortes e carinhosas de Michel enquanto ele trocava os curativos de um menininho, lembrando-se do toque dele em sua pele, uma parte dela sabia que também continuava lá por causa dele.

Tish estava fazendo o que todos os livros diziam para nunca fazer. Estava esperando. Torcendo, rezando para que, em algum momento, Michel visse a luz e percebesse que os dois tinham sido feitos um para o outro. Ele seria um ótimo pai para Abel. Tão nobre. Tão dedicado...

— Tish! — Carl, um colega de trabalho, estava batendo no ombro dela. — Você está me ouvindo?

— Hmmmm? — Ela corou. — Desculpe, eu estava... uh... distraída.

---

[1] Marmite: marca registrada de uma pasta salgada de cor marrom-escuro, feita de levedura e extratos de vegetais, popular na Grã-Bretanha. (*N. da T.*)

[2] *Eastenders*: famosa série de televisão britânica. (*N. da T.*)

— Há um problema no Curcubeu — repetiu Carl pacientemente. Curcubeu era o nome do lar para crianças de Tish. Significava "arco-íris" em romeno. — O serviço social acabou de aparecer por lá. Estão dizendo que a papelada do Sile não está toda assinada.

— Mas isso é ridículo. Claro que está tudo assinado. Eu mesma peguei os papéis.

— Não importa, eles insistem que falta mais alguma coisa. Tentaram pegá-lo na mesma hora.

— O quê? — Tish colocou o bebê adormecido de volta no berço. Com 2 anos e cabelos cacheados, Sile era um menino adorável, a mais recente adição à sua feliz prole em Curcubeu. Estava com eles havia apenas uma semana e o serviço social já estava de palhaçada, sem dúvida alguém querendo mais propina. — Como eles ousam?! — exclamou ela. — Eles não têm autoridade.

— Bem, enfim, não se preocupe — disse Carl. — Lucio não os deixou entrar. Mas eles vão voltar com um mandado pela manhã. Precisamos resolver isso ainda hoje.

Droga, pensou Tish. Ela queria muito falar com Michel naquele mesmo dia, pedir o conselho dele. Na véspera, tinha recebido uma carta bem perturbadora de casa, dizendo que ela provavelmente precisaria deixar a Romênia, pelo menos por um tempo; a ideia lhe causava uma mistura de sentimentos tão conflitantes que não conseguia formar uma frase completa desde que a lera.

Michel saberá o que fazer, pensou ela. *Ele é sempre tão equilibrado.* Mas agora não teria tempo de consultá-lo. Quando conseguisse resolver toda a burocracia sobre Sile e o serviço social, voltaria correndo para casa a tempo de colocar Abel para dormir, e Michel já teria partido para Paris. Ele ia passar o fim de semana em casa para ir ao casamento da irmã. *Talvez quando ele a vir com o vestido branco, fazendo os votos de compromisso, e vir como ela está linda e feliz...*

— Tish?

— Oi. Desculpe. Estou indo. — Com relutância, Tish deixou sua fantasia. — Desça e vá ligando o carro. Vou explicar o que aconteceu às enfermeiras e encontro você lá embaixo em cinco minutos.

O resto do dia passou como um borrão de atividade frenética e estresse, com Tish e Carl ultrapassando todos os limites de velocidade no velho Fiat Punto dela, indo de uma agência governamental para outra no intuito de provar que tinham a guarda legal do pequeno Sile. Duas propinas, um telefonema para o Consulado Britânico e inúmeras discussões acaloradas depois — o Serviço Social da Romênia não considerava Letitia Crewe "legal demais"; na opinião deles, ela era uma bruxa briguenta e metida a revolucionária, um calo no sapato deles desde o dia em que colocara os pés no país —, o problema foi finalmente resolvido. "Por enquanto", avisou o agente de Proteção da Infância.

Como se nós fôssemos alguma ameaça para ele, pensou Tish, furiosa, enquanto finalmente dirigia de volta para seu apartamento na cidade. *Como se alguém neste mundo tivesse dado alguma importância ao menino até que nós o recolhemos.* Às vezes, na maior parte do tempo, seu trabalho era tão frustrante que sentia vontade de gritar. O governo romeno parecia ser formado por dinossauros com pavor de mudanças, ressentidos com qualquer um que viesse de fora e tentasse ajudar. Como se alguma das ONGs internacionais *quisesse* estar lá. *Vocês não acham que nós adoraríamos se vocês mesmos cuidassem de seu maldito país e de suas crianças, para que nós pudéssemos voltar para casa?*

Casa.

A palavra vinha martelando em sua cabeça o dia todo. Logo teria de tomar uma decisão, provavelmente no dia seguinte, e começar a fazer planos concretos. Queria os conselhos de Michel hoje, mas bem no fundo já sabia o que ele teria lhe dito. *Vá. Vá para casa e faça o que precisa fazer.* Não havia outro jeito.

Casa, para Tish, era Loxley Hall, uma idílica construção elisabetana no coração do glorioso Hope Valley, em Derbyshire. Muito menor que a vizinha Chatsworth, porém considerada muito mais bonita, Loxley era o lar da família Crewe há oito gerações. Como fora criada lá, Tish nunca notou sua grandiosidade quando era criança, principalmente porque, por trás da fachada toda esculpida, das janelas em mosaico e das torres de contos de fadas, a família vivia de fato em um "apartamento" bastante dilapidado, com sete cômodos simples, e não nos salões de baile e de jantar imaculadamente preservados que o público via. Mas Tish *tinha* consciência da magia de Loxley. A beleza do terreno, com suas ancestrais cercas vivas bem-podadas, seus gramados infinitos e um parque natural repleto de cervos nos fundos, pontuado por enormes carvalhos de 400 anos. Na frente da casa, sob uma ponte de pedra medieval caindo aos pedaços, o rio Derwent corria preguiçosamente, pouco mais que um riacho, na parte mais estreita do vale. Quando pequena, Tish passava horas sentada na ponte, as pernas penduradas, jogando gravetos sozinha, ou torcendo para uma lontra aparecer. Seu irmão mais velho, Jago, nunca compartilhou a mesma fascinação pelo rio, nem de sua romântica crença de que Loxley Hall era uma espécie de reino mágico. Tish costumava se lembrar do irmão como alguém distante e indiferente ("sensível" era como a mãe o descrevia), sempre dentro de casa jogando no computador, ou com seus amigos sofisticados de Thaxton House, a escola preparatória para os meninos locais. Os amigos de infância de Tish eram seu cãozinho da raça Jack Russel, Harrison; a governanta da família, Sra. Drummond; e, às vezes, seu amado e velho pai, Henry.

Henry Crewe morreu havia dois anos e Tish ainda sentia muitas saudades dele. A morte de seu pai tinha dado origem à cadeia de eventos que levara à crise atual. Em meio a muitas reclamações e crises da família, Henry Crewe quebrara a tradição quadricentenária de Loxley e deixara a casa, com tudo que havia dentro, para sua esposa Vivianna, mãe de Tish e Jago. Por um lado, foi um gesto romântico. Apesar de Vivi ter abandonado Henry e os filhos duas décadas antes para começar uma nova vida na Itália. Ela visitava a Inglaterra apenas raramente e nunca se divorciou de fato de Henry. Para perplexidade de todos os amigos dele, sem mencionar de sua filha, que sentira intensamente o abandono de Vivianna, Henry mantivera-se nostalgicamente ligado à esposa, e esse sentimento só parecera aumentar com os anos. Os Crewe continuaram sendo amigos, e Henry nunca perdeu a esperança de que Vivianna visse a luz, se cansasse dos amantes mais jovens e voltasse para sua família.

Não é preciso dizer que isso jamais aconteceu. Mas a mudança no testamento não tinha a ver apenas com Vivi. Também fora uma tentativa de mitigar a influência de Jago sobre o futuro de Loxley. O irmão indiferente e distante de quem Tish se lembrava tornara-se um rapaz indeciso, egoísta e totalmente irresponsável. Abençoado com beleza e uma reserva financeira boa o suficiente para nunca ter de trabalhar para viver, Jago Crewe curtiu a vida entre os 18 e os 22 anos sob uma bruma narcótica, até acabar seriamente doente e deprimido em um hospital no norte de Londres. Quando emergiu de seu pretenso colapso, Jago decidiu que estava na hora de mudar de vida. Entretanto, não demonstrou o menor interesse por arregaçar as mangas em Loxley Hall. Declarando-se abstêmio, budista e vegano, ele então desapareceu em uma viagem espiritual que o levou do Havaí ao Taiti e de lá à Tailândia (de primeira classe, claro), gastando o dinheiro da família como água enquanto experimentava uma seita artificial e egocêntrica atrás da outra.

Enquanto isso, a saúde de Henry se deteriorava. Estava claro que algo precisava ser feito. E foi então que Henry mudou o testamento de forma a deixar a casa para Vivianna, com a intenção de que ela cuidasse da propriedade pelo resto de sua vida e, quando morresse, deixasse-a para o filho ou neto que lhe parecesse a aposta mais segura.

Mas as coisas não aconteceram dessa forma. Não tendo voltado para casa para o velório do pai, ou sequer mandado flores, Jago apareceu em Loxley dois meses depois, anunciando que sua opinião sobre seu dever filial mudara profundamente e que tinha voltado para reclamar sua herança. Vivianna entregou a casa para ele na mesma hora (ela não sabia dizer não para seu queridinho) e voltou para sua *villa* nos arredores de Roma, considerando que suas obrigações com o ex-marido tinham sido totalmente satisfeitas e que tudo estava bem quando acabava bem.

Enquanto isso, presa na Romênia, Tish estava preocupada com a situação, mas sendo mãe solteira e tendo um lar de crianças para administrar, já tinha problemas o suficiente. Além disso, conforme os meses foram passando e nenhum desastre aconteceu em Loxley, ela começou a relaxar. Talvez agora Jago tivesse realmente deixado de ser aquele garoto imaturo e egoísta e fosse se dedicar à propriedade. Afinal, ele só tinha 28 anos. Havia muito tempo pela frente para virar a página e recomeçar do zero.

Foi quando ela recebeu a carta.

A carta era da Sra. Drummond, a governanta da família Crewe pelos últimos trinta e tantos anos e mãe postiça de Tish e Jago. Segundo a Sra. D, Jago tinha saído de casa havia três semanas, dizendo que não voltaria, pois pretendia passar os restos dos seus dias como um ermitão contemplativo nas montanhas do Tibete. A Sra. D, que já escutara aquela história inúmeras vezes, não tinha acreditado muito naquela última mudança de planos, mas fora obrigada a encarar os fatos com um pouco mais de seriedade quando os amigos hippies e vagabundos de Jago, muitos dos quais viciados em drogas, se recusaram a deixar Loxley após a partida dele. Pior ainda, eles começaram a dilapidar a casa.

Ela escreveu: "Liguei para a polícia, mas eles disseram que como Jago os convidou para ficar e como ele havia ido embora apenas poucas semanas antes, eles não tinham poder para expulsá-los, a não ser que Jago desse as ordens pessoalmente. Eles não me escutam. Mas Letitia, eles estão roubando. Pelo menos dois quadros do seu pai sumiram e tenho certeza de que alguns objetos de prata também sumiram. Tentei argumentar com eles, mas eles sabem intimidar."

Foi essa parte que convenceu Tish. Pensar naqueles marginais drogados assustando a Sra. Drummond, a senhora mais doce e indefesa do mundo, despertou o instinto protetor que havia dentro dela. Precisava voltar e arrumar a bagunça que seu irmão tinha deixado. Como ele *pôde* ir embora e deixar a Sra. D para resolver tudo sozinha? Quando ele se permitisse voltar para casa depois de seu último exercício autoindulgente em busca de sua alma, Tish ia estrangulá-lo com as próprias mãos.

Após estacionar o Fiat velho em frente ao bloco cinza-grafite que ela chamava de casa, Tish subiu as escadas de dois em dois degraus. Seu apartamento ficava no sexto andar, mas o elevador estava quebrado havia muito tempo, então ela e Abel estavam acostumados a se exercitar carregando as compras e a mochila do colégio pela escada. Tish ainda procurava as chaves dentro da bolsa, tentando recuperar o fôlego, quando a porta da frente se abriu. Lydia, a babá romena de Abel, fitou-a de forma desaprovadora.

— Você estar atrasada.

Com seus braços gordos de açougueiro, o avental listrado e velho e o cabelo grisalho com uma franja imperdoável, Lydia tinha o corpo de uma atleta de arremesso de peso e o rosto de uma carcereira da Gestapo. Ela nunca foi com a cara de sua patroa inglesa, a quem considerava leviana e espantosamente *laissez-faire* como mãe. Entretanto, ela adorava o pequeno Abel, que por sua vez também gostava dela, e por isso Tish nunca a demitiu. Isso e o fato de que Lydia estava disposta a trabalhar longas horas, volta e meia em horários irregulares, por um salário ridículo.

— Eu sei, me desculpe. Houve uma pequena crise no Curcubeu. — Tish passou pela babá gigante e entrou no apartamento, largando a bolsa no chão. — Abel! Cadê você, meu amor? Mamãe chegou!

— Ele estar dormindo — disse Lydia friamente. — Esperou muito. Tomou banho muito tristinho, mas agora estar bem. Dormindo.

Tish se sentiu culpada. Não estava nem aí para a opinião da velha romena a seu respeito, mas detestava desapontar Abel. Será que ele realmente estava tristinho na hora do banho, ou Lydia estava apenas cutucando uma ferida?

A velha mulher vestiu seu casaco imundo e grosso de pele de carneiro e as luvas de tricô em cores vivas.

— Ele precisar dormir — disse ela para Tish num tom severo. — Não acordar ele. — E com essa ordem ela saiu do apartamento, balançando a cabeça e resmungando baixinho em romeno enquanto a porta se fechava atrás dela.

Vaca idiota, pensou Tish, indo na mesma hora para o quarto do filho. Lá dentro, a luz fraca do abajur na cabeceira de Abel serviu de guia até a cama dele. Puxando uma cadeira, Tish pousou a mão sobre o edredom quente e pesado do Thomas e seus Amigos e sentiu todas as pressões do dia evaporarem. *Minha vida está embaixo deste edredom*, pensou ela. *Como eu o amo.* Loxley e a Sra. Drummond, o lar de crianças, mesmo seu terrível amor não correspondido por Michel: todos se recolhiam à sua insignificância quando Tish fitava o filho adormecido. Puxando a coberta com cuidado, acariciou os cachos negros e inclinou-se para beijar a bochecha macia e redonda. Era difícil acreditar que este era o mesmo bebê malnutrido e coberto de feridas que ela encontrara em uma maternidade nos arredores de Bucareste, quatro anos antes. Hoje, Abel era tão saudável, gorducho e bagunceiro quanto qualquer outro garoto da idade dele. *Porém muito mais bonito, claro,* pensou Tish com orgulho. Fora uma longa e árdua luta para conseguir adotá-lo formalmente, embora Abel morasse com ela desde os 13 meses e Tish fosse a única mãe que ele conheceu. O único pesar de Tish era que seu amado pai, Henry, não tivesse conhecido o neto. A papelada de Abi demorara anos para ficar pronta, e Henry estava frágil e doente demais para viajar. O passaporte de Abel só foi finalmente concedido um mês depois do funeral de Henry, uma triste ironia para a pobre Tish.

Agora, porém, teria uma chance de levar Abel para casa. Para mostrar a ele a Inglaterra, Loxley e a Sra. Drummond, e apresentá-lo a sua cultura e família adotivas. Antes tarde do que nunca.

Será que ele vai amá-las tanto quanto eu amava?, perguntou-se ela. *Se amá-las, será que vai ser difícil para ele voltar?*

Essa era uma pergunta que ainda não havia lhe passado pela cabeça, e a preocupou, porque, claro, ela teria de voltar. Sua vida estava na Romênia agora. *Será mais ou menos um mês,* disse para si mesma. *Carl pode segurar as pontas por aqui enquanto eu expulso aqueles vândalos de Loxley e encontro inquilinos apropriados. Depois voltamos à rotina de sempre.*

Diria para Abel que eram férias. Para ele, seriam férias. Para ela, era mais complicado. Parte dela estava ansiosa para ver Loxley de novo, embora temesse o estado em que a encontraria depois da carta da Sra. D. Mas outra parte dela estava desolada com a ideia de se afastar de Michel, mesmo que por poucas semanas. Antes de morrer, Henry Crewe implorara à filha para que se estabelecesse e se casasse.

— Encontre um bom homem — dissera ele para Tish. — Um homem generoso, que a faça realmente feliz.

Esse é o problema, papai, pensou ela, triste. *Eu já o encontrei. Só preciso fazer com que ele corresponda ao meu amor.*

CAPÍTULO 5

Passando pelos paparazzi de plantão e ignorando os assobios e as vaias dos garotos na calçada, Sabrina Leon entrou no Il Pastaio, na Beverly Drive, sentindo-se a rainha do pedaço. Vestindo calças pretas Balenciaga apertadas e um colete de seda preta da Twenty8Twelve que marcava o corpo, usando como acessórios uma echarpe vintage Diane von Fürstenberg com estampa de leopardo e os enormes óculos Prada que eram sua marca registrada, ela parecia exatamente a estrela que era. Após dois longos meses subindo pelas paredes na Revivals, era bom estar de volta. Ok, a maior parte da atenção que vinha recebendo era negativa. Mas pelo menos *era* atenção. Sabrina tinha certeza que só precisava de tempo — e de outro filme de sucesso na manga — para a maré mudar. *Contanto que eu não seja esquecida. Posso lidar com o ódio. É a indiferença que me assusta.*

Ed Steiner, seu empresário, acenou para o maître.

— Vamos almoçar com o Sr. Rasmirez. Mesa oito, meio-dia e meia.

— Acompanhe-me, senhor. Na verdade, foram os primeiros a chegar.

Ele está parecendo mais gordo ainda, pensou Sabrina, observando enquanto Ed tentava passar por entre as mesas até chegar à de número oito, a melhor da casa. *E nervoso, também,* pensou ela, percebendo os rios de suor que escorriam pela testa dele e o olhar assustado. *É melhor ele não começar a bajular Rasmirez como se fôssemos uma porra de uma obra de caridade.*

Na verdade, nas duas últimas semanas, Ed Steiner movera montanhas tentando convencer Dorian Rasmirez do lado mais gentil de sua cliente.

— Ela é irritadiça, eu sei, e sabe bancar a difícil. Mas você precisa ter em mente de onde ela vem. A infância de Sabrina é um verdadeiro filme de terror. Sério. A mãe tentou vendê-la quando ela estava com 2 anos. Literalmente *vendê-la*. Para pagar uma dívida com um traficante.

Rasmirez foi compreensivo. Ele era um homem bom, mas não podia se dar o luxo de se responsabilizar pelos problemas dos outros, muito menos deixar que aquilo afetasse o restante do elenco. Ed jurara que Sabrina tinha mudado, aprendido a lição. Mas, em seu íntimo, ele rezava para que, naquele almoço, ela não estragasse todo o seu esforço.

Os primeiros sinais não eram bons. Encolhendo as longas pernas embaixo da cadeira e ignorando a placa de Proibido Fumar, Sabrina acendeu um Marlboro vermelho.

— Ele está atrasado — reclamou ela, soltando baforadas deliberadamente na direção das pessoas que a olhavam de forma mais reprovadora. — Se ele não chegar em cinco minutos, vamos embora.

Esticando o braço por cima da mesa, Ed tirou o cigarro da boca de Sabrina, apagando-o em um jarro de planta ao seu lado.

— Deixe de ser infantil. O homem chegou da Europa há algumas horas. Com a agenda dele, você tem sorte de ele ter conseguido tempo para nos encontrar.

Sabrina riu.

— Ah, sim. Tenho *taaaaanta* sorte. Sorte de dar um ano da minha vida, *de graça,* para esse filho da puta mão-fechada. Quer apostar que ele ainda vai me pedir para pagar o almoço?

Ela sabia que estava sendo infantil. Em parte, era para esconder o próprio nervosismo. Aquela reunião era importante. Rasmirez a escalara, o contrato estava assinado, mas ele poderia facilmente cair fora se a conhecesse e mudasse de ideia. Por outro lado, Sabrina era experiente o suficiente para saber que, em Hollywood, pose contava mais que tudo. No momento em que começasse a *agir* como uma fracassada, como se estivesse acabada e acenando desesperadamente para o salva-vidas que Rasmirez estava jogando, aí sim afundaria de vez sem deixar vestígios. Qual era o mantra de Jack Nicholson? *Nunca se explique, nunca se desculpe.* Ed já tinha se desculpado por ela, esse mal já estava feito. Mas Sabrina estava determinada a desfazê-lo apresentando a Rasmirez hoje nada além da qualidade de uma estrela de primeira grandeza. Não gostava que ninguém a deixasse esperando.

Enquanto escutava Sabrina reclamar de tudo, do cardápio ao ar-condicionado passando pelo brilho refletido nas janelas do restaurante, Ed sentiu os níveis de seu autocontrole baixarem perigosamente. Justo quando estava prestes a perder a paciência, um Dorian Rasmirez visivelmente cansado e desgrenhado entrou no salão e foi levado até eles.

— Desculpe o atraso — disse ele para Ed, que se levantou para cumprimentá-lo, e não para Sabrina, que continuou sentada. — Meu escritório está uma loucura. Passei três semanas longe, então você pode imaginar... Já fizeram seus pedidos?

Ed balançou a cabeça.

— Acabamos de chegar também.

— Que bom — respondeu Dorian, que não podia ver o olhar furioso de Sabrina por trás das lentes dos enormes óculos escuros. Olhou em volta, procurando uma garçonete, que se materializou na mesma hora.

— Oi, querida. Queremos três saladas verdes para começar, por favor, e nos traga a seleção de pratos principais que o chef recomendar. Espero que esteja bom pra você. — Ele se virou para Ed. — Hoje está sendo uma correria e temos muito o que conversar.

— Claro — disse Ed. — Agradecemos por ter conseguido nos encaixar na sua agenda. Não é, Sabrina?

Devagar, com um floreio melodramático digno de Zsa Zsa Gabor ou de uma jovem Joan Collins, Sabrina tirou os óculos, fechou-os e colocou-os sobre a mesa. Fitou Dorian Rasmirez, seus olhos varrendo o rosto dele com desdém. Era o tipo de olhar que uma imperatriz dá a um pajem despenteado. Quem ele pensava que era, chegando atrasado e pedindo comida sem nem mesmo perguntar o que ela queria? *Cretino presunçoso.* Ela chamou um garçom que passava.

— Quero um martíni de maçã com pouco açúcar, por favor. E lagosta. E gostaria de ver o cardápio de novo. Ainda não resolvi o que quero de entrada. Pode cancelar o pedido anterior.

— Claro, Srta. Leon — murmurou o garçom. — Agora mesmo.

Dorian observou aquela cena com um misto de irritação e diversão. *Então as histórias não eram exagero. Ela realmente é uma pirralha mimada.* Nem a reabilitação a ajudou a ficar mais humilde. Não era de espantar que o empresário dela estivesse a um Big Mac de ter um infarto fatal. Trabalhar para Sabrina Leon estava claramente levando-o ao limite.

Os boatos sobre Sabrina Leon eram verdadeiros em outros aspectos também. Dorian havia trabalhado com algumas das atrizes mais bonitas do mundo, mas poucas podiam competir com a eletricidade que faiscava daquela garota. Eletricidade era bom. Marra, por outro lado, era ruim, e Dorian não tinha a menor intenção de tolerar aquilo.

Debruçando-se sobre a mesa de forma que seu rosto ficasse a poucos centímetros do de Sabrina, ele sussurrou baixinho:

— Você tem 15 segundos para cancelar esse pedido.

Sabrina se recusava a ser intimidada.

— Ou o quê? — provocou ela.

— Ou você está fora do meu filme. — Dorian abriu um sorriso doce. — Sua escolha, claro. Mas não trabalho com prima-donas.

— É mesmo? — Sabrina levantou-se, cheia de arrogância. — Bem, acontece que *eu* não trabalho com megalomaníacos. Adeus, Sr. Rasmirez.

— Adeus, Srta. Leon.

O pobre Ed Steiner ficou tão desesperado que parecia que ia entrar em combustão espontânea.

— Ei, ei, gente. Vamos nos acalmar. Não precisamos começar uma crise internacional antes mesmo de sermos apresentados. — Ele colocou a mão de forma apaziguadora no braço de Sabrina. — Que tal começarmos de novo? Dorian Rasmirez, Sabrina Leon. Sabrina Leon, Dorian Rasmirez.

Nem Sabrina nem Dorian moveram um músculo sequer. Após alguns segundos de tensão, Sabrina cedeu primeiro, estendendo a mão de má vontade. Dorian hesitou, depois apertou a mão dela.

— Sente-se, por favor.

Ed lançou um olhar suplicante para Sabrina. Ela sentou.

— Sou um homem justo, Srta. Leon — disse Dorian. — Não tenho nada pessoal contra você. E também não tenho o menor interesse na sua vida privada.

— É o que eu esperava — falou Sabrina, empinando o nariz.

— Entretanto, devo lhe dizer que a partir do momento em que a sua vida pessoal interferir nas filmagens do meu filme, ou afetar o meu elenco e a equipe de qualquer forma, você estará na rua antes que se dê conta.

Sabrina abriu a boca para falar, mas Dorian levantou a mão, pedindo silêncio.

— Não terminei ainda. Você é uma boa atriz, Sabrina. E tem potencial para ser uma grande atriz. Mas também é mimada, imatura e, às vezes, burra feito uma porta.

Sabrina mordeu o lábio inferior com tanta força que tirou sangue. Ninguém desde Sammy Levine, o diretor do teatro jovem de Fresno, falava com ela assim. Nas mesas à sua volta, todos estavam de ouvidos em pé para escutar enquanto ela levava uma bronca como uma garotinha. Era mortificante.

— Nenhum dos grandes estúdios vai procurar você — disse Dorian. — Nem qualquer produtor independente que se preze. Você é um risco.

— Isso é besteira — replicou Sabrina, incapaz de continuar se segurando. — Eu recebi ofertas.

Dorian deu uma gargalhada.

— Graças a Deus você é melhor atriz do que mentirosa. Você não tem *nada*, Sabrina. Sabe disso tão bem quanto eu. Hoje, você não é *nada*. Agora, se quer se tornar alguém nesta cidade, nesta indústria, é melhor começar aprendendo a ser humilde.

O sangue de Sabrina ferveu, mas ela não disse nada. Dorian continuou.

— Estou assumindo um risco com você, mocinha, quando ninguém mais o faria. Essa é a realidade. Não preciso de você. Mas você precisa de mim. O que significa que durante o próximo ano, ou pelo tempo que for preciso para que este filme fique perfeito, você fará *exatamente* o que eu mandar. Você se levanta quando eu mandar levantar. Você trabalha quando eu mandar trabalhar. Você fala quando eu mandar falar. Você cala a boca quando eu mandar calar a boca. E você come o que eu coloco no seu maldito prato. Estamos entendidos?

Sabrina fitou-o com um ódio silencioso. Ele estava certo. Ela precisava dele. Mas, naquele momento, ela o odiava mais do que odiava alguém desde seu irmão adotivo que abusou dela quando criança.

— *Estamos entendidos?* — repetiu Dorian, aumentando o tom de voz de forma que todo o restaurante pudesse escutá-lo.

— Sim. — Sabrina assentiu, sua voz apenas um sussurro.

— Desculpe, não escutei.

— Sim — respondeu ela. — Estamos entendidos.

— Bom. — Dorian abriu um enorme sorriso. — Agora cancele o seu pedido e vamos tratar de negócios.

Nove horas depois, Dorian atravessou os portões eletrônicos de sua mansão em Holmby Hills totalmente exausto. *Que dia terrível.*

Depois do almoço com Sabrina, teve uma reunião após a outra com seu empresário, seu contador e Milla Haines, a diretora de elenco de *O Morro dos Ventos Uivantes*. Tivera a esperança de que fosse uma reunião breve, mas Milla quis rever uma lista extremamente longa de atores para o papel de Hareton Earnshaw.

— Que tal Sam Worthington? — sugeriu Dorian.

Milla tentou levantar a sobrancelha, mas a tarefa não era fácil com a testa cheia de Fraxel.

— Você não pode pagar por ele.

Magérrima, impecavelmente arrumada e com idade indeterminada graças a décadas de correções cirúrgicas, Milla Haines era tão sexualmente atraente quanto um saco de pregos. Ela era, porém, uma diretora de elenco de primeira categoria, além de ser uma pessoa direta. Dorian a respeitava.

— Chris Pine? — perguntou ele, com esperanças.

— Se você queria um segundo nome forte, não deveria ter estourado o orçamento com Hudson — disse Milla.

— Esse dinheiro foi bem-gasto — falou Dorian, com firmeza. — Viorel Hudson é Heathcliff. Eu não poderia fazer o filme sem ele.

— E não teria de fazer — disse Milla. — Poderíamos tê-lo trazido pela *metade* do que você pagou. Da próxima vez, deixe que eu faça a negociação.

Dorian esfregou os olhos, cansado.

— Vamos ver o resto da lista.

Anos antes, ele costumava achar o início da pré-produção uma das partes mais empolgantes e satisfatórias de seu trabalho, vendo suas ideias virarem realidade sob a palma de suas mãos, como um artesão moldando barro na roda. O roteirista Thom Taylor uma vez disse que, em Hollywood, "a negociação é o sexo; o filme, o cigarro". Dorian não iria tão longe, mas era verdade que as negociações, no plural — providenciar tudo, desde o financiamento até a distribuição e o merchandising —, eram o que tornava o filme real. Toda garçonete da cidade tinha alguma ideia para um filme, um sonho que as trouxe para a mais brutal das cidades. Sendo diretor ou produtor, você podia transformar seus sonhos em realidade.

Desta vez, porém, a empolgação havia sido substituída por uma ansiedade inalterada. Como Dorian — ou qualquer outra pessoa — poderia ser criativo com tanta pressão financeira? Ele sabia que Milla Haines estava certa. Oferecera um cachê alto demais para Viorel Hudson. O que Milla não sabia era que apenas 2 milhões do salário dele estavam sendo pagos pelo orçamento oficial da produção. Os outros 3 milhões Dorian teria de tirar do próprio bolso. Após o desastre de *Dezesseis noites*, precisava de um sucesso de bilheteria com *O Morro dos Ventos Uivantes*. Se não conseguisse, estaria arruinado. Simples assim. Perderia Chrissie. Perderia o castelo.

Tentou não pensar em como isso deixaria Harry Greene feliz. *Cretino.* Mas isso não ia acontecer. Ficara queimado com *Dezesseis noites,* o filme que Greene ajudou a enterrar, mas com *O Morro dos Ventos Uivantes* Dorian tinha uma nova estratégia.

O primeiro passo era manter a produção em segredo, para gerar o máximo possível de burburinho e curiosidade. Gravaria o filme todo em locações, bem longe da máquina de fofocas chamada Hollywood. (Supondo que conseguiriam encontrar a maldita locação. Até agora, a empresa que contratara para encontrar um lugar na Inglaterra não conseguira nada.) Todas as gravações seriam estritamente fechadas. Todo mundo envolvido com o filme — elenco, técnicos, até os contadores — tinha assinado contratos com cláusulas de confidencialidade e qualquer ator ou membro da equipe que dissesse mais do que um "bom dia" para a imprensa seria sumariamente despedido.

O segundo passo era esperar que todo o trabalho criativo estivesse pronto e a filmagem praticamente acabada, para *então* procurar investimento de algum estúdio e um acordo com uma ótima distribuidora. Àquela altura, se o trabalho fosse bom (e seria), a excitação em relação ao filme estaria no auge.

Vai correr tudo bem, Dorian dizia para si mesmo. Mas ele continuava nervoso.

Estacionando o Prius alugado na frente da casa (tivera de vender o Bentley no ano anterior, uma pequena contribuição para os gastos com o aquecedor no primeiro inverno no castelo), ele entrou cambaleando pela porta da frente e foi recepcionado pelo som do alarme. Jogando as malas no chão, digitou o código para desligá-lo e quase voou ao escorregar na pilha de correspondências, espalhadas pelo chão como óleo.

— Meu Deus! — exclamou ele, procurando o interruptor para acender a luz. Nada aconteceu. A lâmpada devia ter queimado. Um mau cheiro úmido de poeira e ar viciado tomou conta de suas narinas. Ninguém entrava ali havia quase um mês, e dava para perceber. Com tristeza, Dorian notou que a casa em estilo espanhol não lhe parecia mais um lar. Perguntou-se se havia algum lugar atualmente que visse como seu lar, depois se repreendeu pelo acesso de sentimentalismo. Estava exausto, só isso. Precisava de um banho quente, depois ligaria para Chrissie e cairia na cama.

O telefone tocou.

— Rasmirez — disse ele, de mau humor. Quem poderia ligar para ele àquela hora da noite?

— Nossa, cara, você parece péssimo.

Dorian sorriu.

— Obrigado, Emil. É exatamente como me sinto.

Emil Santander, amigo de Dorian há muitos anos e corretor imobiliário, soava otimista e animado como de costume. Emil e Dorian frequentaram a escola de cinema juntos muitas primaveras atrás, mas suas carreiras como diretor tomaram trajetórias totalmente diferentes. Inconformado por não conseguir ser o novo James Cameron, Emil desistiu da carreira dez anos antes e voltou a estudar para conseguir sua licença como corretor de imóveis. Ele nunca olhou para trás e ainda ganhou muito dinheiro vendendo as casas de seus colegas mais bem-sucedidos. Ele era um daqueles caras otimistas, animados, descomplicados. Daqueles que levantam, sacodem a poeira e dão a volta por cima. Dorian o invejava.

— Está tarde, cara. — Dorian bocejou. — Estou exausto. É muito importante ou posso ligar para você de manhã?

— É importante — disse Emil. — E tenho uma boa notícia.

— Adoraria receber uma boa notícia — falou Dorian, com ironia.

— Consegui uma ótima oferta para você!

— Ah — suspirou Dorian. Isso era um tanto inesperado. Quando se mudara para a Romênia um ano antes, ele tinha pedido a Emil que ficasse atento a potenciais compradores para a casa de Holmby Hills. Mas como não tivera nenhum retorno desde então, esquecera-se completamente do assunto. Se Chrissie tivesse a menor desconfiança de que Dorian estava pensando em vender a casa, ela fatiaria suas bolas com um canivete enferrujado. Por mais que sempre tivesse reclamado de Los Angeles, ela adorava a casa e gastara uma pequena fortuna reformando-a e decorando-a até que ficasse exatamente como queria. Mas a realidade era que, se Dorian conseguisse um bom preço pela casa, teria de vendê-la. Da forma como o castelo estava consumindo seu dinheiro, além de suas dívidas de produtor, não havia como conseguir manter uma casa enorme vazia.

— Nossa — reclamou Emil. — Quanto entusiasmo!

— Desculpe — disse Dorian. — É só que eu... ótima *quanto*?

Parte dele desejava que a oferta fosse baixa o suficiente para rejeitá-la. Aí não precisaria tocar no assunto com Chrissie, que já estava pronta para a próxima briga. Mas a outra parte, mais racional, rezava para que fosse alta o suficiente para cobrir seu débito com o cachê de Viorel Hudson.

— Bastante ótima, na verdade — disse Emil, incapaz de esconder o triunfo em sua voz. — Oito milhões e meio de dólares.

Rapidamente, Dorian fez as contas. Oito milhões e meio, menos 4 milhões de hipoteca, menos o empréstimo que conseguira dois anos atrás quando *Dezesseis noites* estava afundando, menos o excesso do cachê de Hudson... quitaria suas dívidas, e ainda sobrariam algumas centenas de milhares de dólares para comprar um modesto apartamento em Santa Monica, algum lugar para desmaiar quando estivesse trabalhando. Realmente era uma boa notícia.

— Isso é maravilhoso, Emil. Obrigado.

— De nada. Agora, só para ficar claro, esse obrigado quer dizer que você aceita a oferta? Porque se for, amanhã de manhã levo os papéis para você assinar. Os compradores querem se encontrar com você.

O coração de Dorian parou.

— Amanhã? Cara, estou com o dia cheio amanhã. Podemos marcar mais para o final da semana?

— Acorda, Dorian! — disse Emil. — Você está me escutando direito? Acabei de conseguir para você 8,5 milhões por uma casa que nós dois sabemos que vale uns 6, no máximo. Esses caras são fãs do seu trabalho e querem conhecer você. Amanhã.

Dorian resmungou.

— Ok.

— Eles também querem se mudar já neste fim de semana. Eu disse que isso não devia ser um problema.

Quinze minutos depois, cansado demais para tomar um banho, Dorian deitou na cama totalmente vestido. Sentindo o sono começar a tomar conta dele, pegou o telefone e discou o número do castelo na

Romênia. Não contaria a Chrissie sobre a venda da casa esta noite. Não aguentaria o escândalo. Queria apenas escutar a voz dela e dizer boa noite. Dizer que a amava. E a Saskia, claro.

O telefone tocou, tocou... e ninguém atendeu.

Que estranho, pensou Dorian. Era de manhã lá, antes das seis, mas Chrissie estava sempre acordada a essa hora. Era fanática por ioga ao nascer do sol. Desligou e tentou de novo, esforçando-se para apagar de sua mente as imagens de Chrissie nua nos braços de Alexandru.

Ninguém de novo. *Ela deve ter saído mais cedo que de costume. Ou talvez já esteja no banho. Não está escutando o telefone. Tentarei de novo daqui a pouco.*

Fechou os olhos, apenas por um segundo. Imagens começaram a dançar em sua cabeça.

Sabrina Leon, aquela linda garota grosseira, seus olhos felinos brilhando cheios de fúria para ele na mesa do Il Pastaio.

Chrissie gemendo de prazer na cama de algum amante sem nome.

Emil Santander entregando-lhe maços de notas de 100 dólares, mas assim que as notas tocavam suas mãos, elas se transformavam em pó, deixando as pontas de seus dedos sujas de cinzas.

Harry Greene rindo.

Finalmente, os sonhos se apagaram e Dorian viu uma casa: cinza, imponente, erma, suas janelas fechadas sendo lavadas impiedosamente pela chuva. Reconheceu-a na mesma hora como o Morro dos Ventos Uivantes da sua imaginação de menino. Era uma construção ameaçadora, gélida e distante; ainda assim, para Dorian, havia algo de maravilhosamente reconfortante nela e no som da chuva que caía, envolvendo tudo em uma mortalha fria e cinza.

Pegou no sono com o telefone ainda nas mãos.

CAPÍTULO 6

— Hein, mãe, você sabia? — Era a terceira vez que Abel Crewe fazia essa mesma pergunta no último minuto. — Se um dinossauro caísse no chão, ele *morria*.

— É mesmo? — respondeu a mãe, distante. — Caramba.

Tish e Abel estavam no banco de trás do táxi a caminho de Loxley, vindos do Aeroporto de Manchester. Os olhos de Tish estavam grudados na familiar beleza escarpada da paisagem à sua volta. Pensava nela todos os dias desde que deixara a Inglaterra, mas só agora percebia o quanto Peak District era de tirar o fôlego. Naquela tarde caía uma chuva leve, mas alguns raios de sol fracos abriam caminho bravamente entre as nuvens, banhando os cumes dos montes Peninos com uma suave luz celestial. Exceto por alguns chalés caindo aos pedaços dos trabalhadores das fazendas, aquela parte de Hope Valley não tinha construções, e parecia não ter sido tocada pelo homem. Acostumada à feia expansão urbana de Oradea, aquela visão era uma bênção para os sentidos de Tish, que a absorveu como um beija-flor sugando néctar.

Abel, por sua vez, estava muito mais interessado em falar do que em curtir a paisagem. Se houvesse uma equipe olímpica para máximo-de-tempo-sem-respirar, o filho de Tish, do alto de seus 5 anos, certamente seria o capitão.

— Você sabe *por que* ele ia morrer? — perguntou Abel, sem nem mesmo esperar por uma resposta. — Porque os dinossauros são alérgicos a cair no chão. Que nem eu sou alérgico a cogumelos. Você é alérgica a que, mãe? Algumas pessoas não são alérgicas a nada, alguns animais também não, mas outros são, como os macacos. Mas as girafas não são. Só se elas comessem um tronco de árvore, que com certeza ia ficar preso na garganta e depois... olha lá, outro trator! Sete! Com esse são sete, mamãe! Eu vou fazer 7 anos, depois que fizer 6. Onde vai ser meu próximo aniversário? Em casa ou na "In-gra-ter-ra"? Posso ter duas festas?

— Inglaterra — corrigiu Tish, que estava ouvindo sem prestar muita atenção. — Não In-gra-ter-ra. Tente ficar quietinho alguns minutos, Abi, Ok? Estamos quase chegando.

O táxi virou à esquerda, e a estrada ficou bem mais estreita conforme subia e serpenteava a lateral da montanha. As fazendas deram lugar a casas de pedra cinza, com seus jardins da frente cercados e desfloridos, exceto por alguma brava campainha branca nascendo antes do tempo. Estava nos arredores da aldeia de Loxley. Tish sentia seu coração ficar apertado conforme passavam por cada marco conhecido: a propriedade Bassets Mill, a fazenda do Sr. Parks, o pombal abandonado que as crianças usavam como uma casa na árvore improvisada. Poucos minutos depois, estavam entrando na aldeia.

Cinco vezes campeã da competição da Aldeia Mais Bem-Cuidada da Grã-Bretanha, Loxley era pequena, mas perfeita. Tinha uma área verde triangular dividida por um afluente do rio Derwent, que por séculos os aldeões cruzaram por uma passarela de pedra saxônica. Em um dos lados desse parque ficavam a agência dos correios e a loja da aldeia. No outro, ficava a igreja normanda St. Agnes, perfeitamente conservada; e na terceira lateral do triângulo, havia o ponto de encontro principal de todos os aldeões: o pub The Carpenter's Arms.

— O que está achando, meu amor? — Tish abraçou o filho, animada.

— É muito linda! — Abel sorriu. — Parece uma gravura do meu livro. — O pequeno e arrebitado nariz do menino estava grudado na janela do carro. Aparentemente, aldeias eram muito mais interessantes que pastos. — É um parque? Que horas fecha?

Tish apertou a mão dele.

— Não fecha nunca.

— Nunca? Legal! A gente pode ir naquela loja? Será que tem M&Ms? E Lego?

O táxi continuou a atravessar a aldeia descendo uma leve escarpa, Abel tagarelando animadamente durante todo o percurso. A pista estreitou até ficar com a largura de um único carro, cercada pelos dois lados por arbustos de rosas selvagens, fazendo parecer que estavam passando por um túnel. Então, de repente, sem nenhum aviso, o vale se abriu de novo, oferecendo uma vista de tirar o fôlego. Algumas centenas de metros depois, a estrada acabou abruptamente diante de dois portões de madeira cobertos de musgo, mantidos abertos por dois bancos de pedra. Os portões se abriam num caminho largo que serpenteava até perder de vista, mais parecendo a entrada para alguma terra encantada.

— É um palácio! — exclamou Abel, seus olhos arregalados. — Quem mora lá?

— Nós. — Tish riu enquanto atravessavam os portões. — Por um tempo, pelo menos. Na verdade, a casa é do seu tio Jago — respondeu Tish, com as palavras engasgadas em sua garganta —, mas ele não está no momento. Uma amiga da mamãe, a Sra. Drummond, está tomando conta da casa enquanto ele não está, e nós viemos ajudá-la.

Isso pareceu satisfazer Abel, que estava mais interessado nos carvalhos do parque e em qual deles seria melhor para seus planos de uma casa na árvore do Tarzan do que na complexa estrutura de posse de Loxley. A In-gra-ter-ra, ele já decidira, era infinitamente melhor que a Romênia; ele torcia para que as férias de seu tio Jago durassem muito, muito tempo.

Sua torcida ficou ainda mais forte quando viu a casa, um castelo de conto de fadas da Disney implorando para alguém brincar de cavaleiro ali. Enquanto Tish pagava o táxi e se esforçava para arrastar sua mala pelo caminho de cascalho, Abel correu na frente, subindo as escadas de pedra e entrando pela porta, que estava aberta.

Uma senhora rechonchuda, usando um avental listrado sobre calças de jardinagem e suéter, apareceu no saguão.

— Quem é você? — perguntou Abel na mesma hora.

— Sou a Sra. D — disse a mulher, sorrindo enquanto limpava as mãos sujas de farinha no avental. — E quem é você?

— Sou Abel Henry Gunning Crewe — falou Abel. — Você gosta de dinossauros?

Antes que tivesse tempo de responder, a Sra. Drummond viu Tish arrastando uma enorme mala pelo saguão.

— Querida! Deixe-me ajudá-la. — Ela colocou a mala ao pé da escada e envolveu Tish em um abraço de urso com cheiro de canela. — Você nem imagina como estou feliz em vê-la.

— Eu também, Sra. D — disse Tish, emocionada. — Já conheceu Abel?

— Conheci, sim. — A Sra. Drummond sorriu, virando-se para olhar o garotinho que agora estava subindo nos corrimões. — Ele é lindo.

— Não é? — Tish também sorriu. — Achei que ele fosse chegar cansado depois do voo e tudo mais, mas não parou de falar desde as seis da manhã.

— Não se preocupe — disse a Sra. Drummond. — Preparei bolo de canela. Depois de umas fatias, ele vai sossegar um pouco o facho. E aí, o que quer fazer primeiro, querida? Comer? Tomar um banho? Desarrumar as malas?

— Nada disso — respondeu Tish, determinada. — Quero conhecer os hóspedes da casa.

Uma nuvem de ansiedade recaiu sobre o bondoso rosto da Sra. Drummond.

— Acho que não deve fazer isso tão rápido, Letitia. Eles não são pessoas muito simpáticas. Espere até a tarde, então chamo Bill ou um dos outros garotos da fazenda para ir com você. Eles ficam a maior parte do tempo na Ala Leste, então não devem nos incomodar aqui.

— Nada disso — disse Tish. — Não preciso de guarda-costas na minha própria casa. Leve Abel para comer alguma coisa que vou resolver o problema com eles.

— Acho que você não está entendendo, querida... — começou a Sra. Drummond. Mas Tish já estava saindo do saguão, caminhando com passos firmes para a Ala Leste. *Ela sempre foi uma menina teimosa*, pensou a Sra. Drummond, observando-a se afastar. Talvez devesse *mesmo* chamar Bill Connelly, só por precaução.

Atravessando o corredor Leste, passando pelos grandiosos salões de Loxley, Tish ficou boquiaberta com a extensão dos estragos causados pelos "amigos" de Jago. A cada poucos metros, retângulos escuros no papel de parede revelavam os lugares de onde quadros tinham sido tirados e, segundo a Sra. Drummond, levados para Londres para serem vendidos, e o dinheiro usado para comprar drogas. Na biblioteca, estantes antigas estavam com suas portas penduradas pelas dobradiças enquanto primeiras edições lindamente encadernadas se espalhavam pelo chão. Na lareira, Tish viu lombadas rasgadas e páginas queimadas: algum bárbaro havia usado os livros do seu pai como lenha! Havia sujeira para todos os lados, passadeiras persas cobertas por pegadas de lama, canecas e copos vazios espalhados por cada pedacinho de superfície disponível, alguns com mofo esverdeado cobrindo o resto do líquido nojento que continham. Quanto mais Tish adentrava na Ala Leste, que um dia fora a parte mais esplêndida da casa, mais o lugar parecia uma ocupação de sem-teto, com latas de cerveja vazias e cinzeiros cheios por todo canto.

 Finalmente, ela se aproximou da sala de estar. Havia música vindo de lá — *Jimi Hendrix, se não me engano* — e uma gargalhada rouca de homem. A mão dela estava na maçaneta, mas ela hesitou.

 Ainda não. Há uma coisa que preciso fazer primeiro.

Na cozinha, a Sra. Drummond, assustada, observou o filho de Tish devorar sua quarta fatia de bolo de canela. O menino era uma máquina de comer. E ele *ainda* estava falando.

 — Se a senhora pudesse fazer os dinossauros se "desextinguirem" e escolher um para ser seu bicho de estimação, qual você escolheria? — perguntou ele, cuspindo farelos de bolo ao falar.

 — Meu Deus, Abel. Nunca pensei nisso. Acho que não ia querer nenhum deles. Você acha que os dinossauros seriam bons bichos de estimação?

 Abel olhou para ela com dó.

— É *claro* que seriam. Um tiranossauro rex seria o "mais melhor" bicho de estimação que você poderia ter, e sabe por quê? Porque ele ia matar e comer todos os bandidos, mas não ia matar você porque você seria a dona dele. Os donos dos bichos de estimação são como a mãe ou o pai deles, então eles adoram seus donos. Um tiranossauro também ia adorar o dono dele, mas você teria que ajudá-los a não cair no chão, porque você sabe o que acontece quando os dinossauros caem?

A Sra. Drummond balançou a cabeça.

— Eles *morrem*!

— Mesmo?

— Mesmo. E sabe o que mais?

De repente, o som inconfundível de um tiro de espingarda soou alto.

— Deus do céu! — disse a Sra. Drummond. Poucos segundos depois, outro tiro, depois outro, todos vindo da direção da Ala Leste.

— Isso foi uma bomba? — perguntou Abel, animado. — Bombas são legais.

— Fique aqui, querido. Não se mexa. — Correndo para o saguão, a Sra. Drummond pegou o telefone e discou o número da emergência.

Na sala de estar, um homem com *dreadlocks* no cabelo, aparentando ter seus 30 e poucos anos, fitou assustado a loura mignon diante dele.

— Mas que porra é essa? — gritou, enquanto os amigos covardes dele se jogavam no chão. — Você podia ter me matado!

— Podia mesmo — disse Tish. Devagar, ela apontou a espingarda de seu pai para a virilha do homem. — E se você e seus amigos não derem o fora daqui em dois minutos, provavelmente é o que eu vou fazer.

— Você não teria coragem, sua vagabunda — disse o homem.

Tish engatilhou a espingarda.

— Experimente.

O armário de armas de Henry ficava no andar de cima, no que antes havia sido o closet dele. Tendo decidido que era melhor prevenir do que remediar e que uma espingarda carregada seria muito mais eficaz que Bill Connelly, o velho administrador de Loxley, Tish pegara a chave em seu esconderijo habitual na estante e se armara para o confronto. Quando entrou no closet, seu coração quase parou. Era evidente que os vândalos já tinham estado ali. Marcas profundas nas portas de carvalho do closet documentavam as diversas tentativas frustradas de abri-las. Tish estremeceu ao pensar o que poderia ter acontecido se eles tivessem conseguido, totalmente chapados e com a pobre Sra. Drummond em casa.

— Somos hóspedes aqui, sua vaca louca — gritou o homem, saindo de trás do sofá Knole. — O seu irmão nos convidou e disse que a gente podia ficar quanto tempo quisesse. — O medo dele parecia estar diminuindo e sua postura violenta, voltando. Suas calças remendadas e a camiseta com o símbolo da campanha do desarmamento nuclear sugeriam um cara pacífico, um *hippie* amante da ecologia, mas seu olhar agressivo dizia outra coisa. *Você é um bandido,* pensou Tish. *Já vi homens do seu tipo inúmeras vezes na Romênia: Hitlerzinhos patéticos do governo local tentando intimidar os fracos e oprimidos. Vocês não me assustam.*

— Bem, infelizmente para vocês, meu irmão não está aqui. E eu estou mandando vocês darem o fora.

— Vá se foder. Você não vai atirar em mim. — O homem deu dois passos na direção de Tish, um olhar de ódio no rosto corroído pelas drogas. Por um momento, Tish sentiu uma onda de pânico. A Sra. Drummond estava certa. Ele *era* ameaçador. Todos eles eram. Sentindo uma mudança na dinâmica de poder na sala, os amigos dele, até então quase sedados, começaram a encorajá-lo, organizando-se atrás dele como se fossem backing vocals em uma banda sinistra de drogados.

— Pega ela, Dan — gritou um deles.

— Vadia metida — sibilou outro.

Em questão de segundos o líder do bando a alcançaria. Como tinha o dobro do tamanho dela, conseguiria segurá-la facilmente e tomar-lhe a espingarda. Tish não tinha tempo para pensar. Mudando a mira da virilha para o pé dele, ela atirou.

Por uma fração de segundo, o silêncio reinou. Depois, vieram os gritos. "Dan" caiu sentado no chão, segurando a perna. Sangue jorrava do pé dele, encharcando seus mocassins e manchando o carpete. Os amigos correram para ajudá-lo.

— Merda! — disse o menor, que tinha cara de rato. — A gente tem que levá-lo para o hospital.

— Isto é crime, sua piranha. Você vai pegar dez anos por isto. — Outro homem mostrou os dentes amarelos para Tish. — Vou ligar para a polícia.

— Fique à vontade — disse Tish, entregando o telefone com uma confiança que ela estava longe de sentir de fato. — Quando você terminar, eu conto a eles sobre tudo que vocês roubaram da propriedade da minha família. Posso pedir para que tragam alguns cães farejadores também. Embora eu ache que nem vão precisar deles. É só seguir a trilha das agulhas.

Dan levantou o olhar, o rosto branco como vela.

— Deixa pra lá — sussurrou ele entre os dentes. A dor era visivelmente excruciante. — Só me levem para a emergência. Chamem os outros e vamos dar o fora daqui antes que ela mate alguém.

Tish observou enquanto os amigos o levantavam do chão, cambaleando com o peso dele ao carregarem-no para fora da sala. Quando eles saíram, ela trancou a porta da sala de estar e esperou, com a espingarda de Henry ainda nas mãos. Ainda havia os sons abafados de alguma comoção no andar de cima. Após uns dez minutos, Tish escutou a última porta bater. Olhando pela janela, ela viu um grupo de oito homens e mulheres entrar em uma van caindo aos pedaços e sair, levantando o cascalho ruidosamente na ânsia de fugirem dali. Só depois que eles foram embora e que o barulho do motor deu lugar ao silêncio é que Tish percebeu que suas mãos estavam tremendo muito.

Esforçando-se para se acalmar, ela destrancou a porta e subiu, verificando cada quarto para se certificar de que ninguém tinha ficado para trás, escondido ou desmaiado em alguma cama. O andar de cima estava ainda mais imundo que o de baixo, se é que isso era possível. Detritos do uso de drogas cobriam as camas e o chão, além de haver roupas, lençóis sujos e pratos com comida estragada espalhados por todo canto. *Cretinos*. Apenas quando se convenceu de que todos já tinham ido embora, Tish guardou cuidadosamente a espingarda do pai no armário, trancou-o e desceu para ver como estava Abel.

Ela o encontrou na cozinha, com uma visivelmente abalada Sra. D e três policiais.

— Aí está ela! — gritou a Sra. Drummond. — Ah, Letitia, graças a Deus você está bem! O que aconteceu? Escutamos tiros.

— Está tudo bem, Srta. Crewe? — O policial mais velho deu um passo à frente. — Alguém se feriu?

— Está tudo bem, senhor — respondeu Tish calmamente, abraçando Abel e beijando-o. — Desculpe o incômodo. Infelizmente, houve um *acidente*. Um dos nossos hóspedes indesejados conseguiu arrombar o armário de armas do meu pai. Quando entrei na sala de estar, ele estava brincando com uma espingarda. Um imbecil. As coisas saíram do controle e ele acabou dando um tiro no próprio pé. Ele está indo para a emergência agora. Os amigos o levaram em uma van. Tenho a impressão de que eles não vão mais voltar.

O policial levantou uma sobrancelha. Não era idiota.

— Entendo. E essa é a mesma história que ele vão nos contar? O cavalheiro ferido?

— Bem, claro — disse Tish, abrindo seu melhor sorriso forçado. — Embora cavalheiro não seja a palavra que eu usaria para defini-lo.

— E onde está a arma agora, senhorita?

— A arma? Ah, guardei de volta no armário e tranquei. Não queria deixá-la por aí dando sopa para meu filho encontrá-la. — Percebendo que era sua hora de brilhar, Abel piscou os olhinhos para o policial e agarrou a mãe com força, a imagem da inocência. — O senhor quer vê-la?

O policial suspirou. Tivera um dia longo. A não ser que o vagabundo fizesse uma queixa, não havia necessidade oficial para inspecionar a arma.

— Por enquanto não, senhorita — disse ele. — Entro em contato se precisar de mais alguma coisa.

* * *

Naquela noite, depois que Abel e a Sra. Drummond já estavam na cama, Tish afundou em uma poltrona Chesterfield no antigo escritório de seu pai e se serviu uma dose de malte; estava precisando disso.

Que dia.

Apesar do puro pânico da Sra. Drummond por causa dos tiros, Tish não estava preocupada com a possibilidade de Dan e seus amigos contarem alguma coisa para os médicos ou mesmo para a polícia. Eles tinham muito a perder. Se há uma coisa de que vagabundos como eles gostam, mais que qualquer outra coisa, é de vida fácil. A partir de hoje, Loxley Hall tinha se tornado um problema que não valia o esforço. Eles não voltariam.

O lado ruim era que, para manter o silêncio deles sobre sua travessura com a arma, agora Tish não poderia denunciá-los pelos danos na casa. Ela mesma teria de encontrar dinheiro para fazer as reformas e reposições necessárias. Mas, após uma olhada rápida nas contas da propriedade, era difícil prever como fazer isso. Uma preocupação constante era que Loxley consumia muito dinheiro, como a maioria das propriedades daquele tamanho. Por isso a necessidade de ter inquilinos e/ou uma empresa profissional para administrá-las. Se a mãe de Tish, Vivianna, tivesse feito o que Henry esperava dela e organizado tal estrutura, em vez de entregar o lugar de bandeja para Jago, as coisas não teriam chegado àquele ponto.

Não era apenas a irresponsabilidade prática e financeira da decisão de sua mãe que perturbava Tish. Também doía o fato de que Vivianna deliberadamente a cortara de qualquer possibilidade de herança. Em seu íntimo, Tish chegara a ter esperanças de que viesse a assumir Loxley um dia, quando seu trabalho na Romênia estivesse acabado. Loxley representava muito mais para ela do que algum dia já representara para Jago.

— Mas, querida — dissera Vivianna no enterro de Henry —, você está sempre tão ocupada com seus órfãos e abandonados. Achei que não estivesse interessada. Além disso, a casa teria ido para Jago de qualquer forma se ele e seu pai não tivessem se desentendido. Não seria certo que Henry, do além, humilhasse o garoto.

Mas é certo você, aqui mesmo na Terra, me humilhar?, pensou Tish, furiosa.

Atrás da mesa de Henry, na parede mais extensa do escritório, ficava pendurada uma enorme fotografia emoldurada de Vivianna totalmente nua. Ela havia sido feita nos anos 1960, no auge de sua juventude e beleza, e graças a Deus era de bom gosto (Vivi estava com as costas meio viradas para a câmera, e apenas seu bumbum perfeito em forma de pêssego e metade de um seio ficavam à mostra). Ainda assim, aquilo teria de sair dali.

Você nos abandonou, pensou Tish com rancor. *Você abandonou todos nós. Que direito tem de ficar exposta na parede, com seu brilhante cabelo negro, seu sorriso encantador e esses olhos pretos sedutores, uma versão feminina de Jago?*

Vivianna Crewe abandonara seus dois filhos, mas só sentira saudades de Jago. Pelo menos era assim que Tish via os fatos. Talvez dar Loxley ao filho tivesse sido a forma de ela se desculpar com ele.

Independentemente de seus motivos, não havia nada que Tish pudesse fazer agora. Sua missão era clara: realizar os reparos necessários na propriedade, salvá-la da ruína financeira absoluta e então ir embora, deixando tudo para Jago, até a próxima vez que ele estragasse as coisas. Era um remédio amargo para engolir, mas não tinha escolha. A não ser, é claro, que Jago *realmente* passasse o resto da vida como um celibatário em uma caverna no Tibete. Nesse caso, talvez um dia Abel pudesse herdar Loxley como o próximo homem na linha de sucessão.

Mas estava colocando a carroça na frente dos bois. Naquele momento, não era nem certo se *haveria* uma propriedade para herdar, fosse pelos seus filhos ou pelos de Jago. Os vagabundos tinham ido embora, mas o trabalho de verdade começava agora. Precisavam cortar despesas. A primeira coisa que Tish faria na manhã seguinte seria desligar o aquecimento. Eles todos podiam usar muitas camadas de casacos.

Em cima da mesa de Henry, o BlackBerry apitou. Era uma mensagem de Michel. Contra sua vontade, o coração de Tish disparou.

"*Como foi? Tão ruim quanto você tinha imaginado?*"

"Pior", respondeu ela. "*Ainda em Paris?*"

"Sim. Estou com saudades."

Não tanto quanto eu, pensou Tish, seu coração se enchendo de esperança. Será que ele realmente sentia saudades dela? Michel nunca dissera nada parecido antes. Então chegou outra mensagem. Ao lê-la, Tish sentiu como se estivesse sendo apunhalada.

"*Conheci alguém :) Conto tudo quando a gente se encontrar. Beijos.*"

Tish desligou o telefone, atordoada. A depressão tomou conta dela. Sem nem mesmo se dar conta do que estava fazendo, abriu uma garrafa de uísque, serviu-se de outra dose de álcool e virou o copo. Queimou sua garganta, mas ela não se importou.

Michel tinha conhecido uma pessoa. E que não era ela. Alguém que o merecia. Tish tentou imaginar a mulher.

Ela provavelmente é uma top model. Ou uma neurocirurgiã. Você não é nada para ele, pensou ela, sendo cruel consigo. *Só uma menina boba com uma paixonite.*

Fechando os olhos, ela fez uma prece vinda do fundo de seu coração.

Por favor, Deus. Ajude-me a esquecê-lo.

Na casa fria e vazia, o silêncio era ensurdecedor.

CAPÍTULO 7

A sede da empresa de produções de Dorian Rasmirez, a Dracula Productions, ficava no último andar do número 9.000 da Sunset Boulevard, uma torre icônica que marcava a fronteira entre Beverly Hills e West Hollywood.

Após estacionar seu Mercedes conversível prata na Doheny Drive, Sabrina Leon entrou no prédio, rodeada pelo bando de paparazzi de sempre como uma galinha seguida por seus pintinhos.

— Nome? — perguntou o recepcionista na portaria, num tom grosseiro.

— Você sabe quem eu sou — respondeu Sabrina.

Ela estava certa, o recepcionista sabia quem ela era. Mas, como a maioria dos afro-americanos, ele a odiava com uma intensidade quase assassina.

— Nome — repetiu ele, sendo bem claro.

— Olha, seu idiota, não tenho tempo para isso, estou atrasada. Agora seja um menino bonzinho e interfone para a Dracula.

Se um olhar pudesse matar, Sabrina teria caído dura no chão.

— Eu não sou seu *"escravo"*.

Que merda, será que tudo que eu disser terá conotação racista?

— Não foi o que eu quis dizer.

— Não? Tudo bem, mas o que *eu* quero dizer é que ou você escreve o seu nome na lista de visitantes, como tooodo mundo — o recepcionista disse bem devagar, como se estivesse falando com uma criança retardada —, ou você não coloca o pé no elevador. Próximo. — E para a ira de Sabrina, ele voltou a atenção para o homem que estava atrás dela.

Sabrina sacou seu celular.

— Oi, aqui é Sabrina Leon. Estou aqui embaixo. O idiota da portaria não quer interfonar para me anunciar. Pode mandar alguém aqui, por favor?

Ela desligou, lançando um sorriso arrogante para o recepcionista. Com sorte, ele perderia o emprego ainda hoje.

Já fazia mais de três meses desde o deslize de Sabrina, bêbada, sobre Tarik Tyler ser um motorista escravo, mas parecia que ninguém tinha a menor boa vontade para deixá-la continuar com sua vida. *Se alguém estava esperando que ela pedisse desculpas, que fizesse um mea-culpa ao estilo Tiger Woods, era melhor esperarem sentados,* pensou Sabrina, orgulhosa. Estava cansada de se desculpar por existir para toda pessoa negra que encontrava em lojas ou nas ruas. *Eu não sou racista, inferno.*

Um minuto se passou. Cinco, vinte. Sentada sem jeito em um dos bancos de couro do saguão, Sabrina estava ficando cada vez mais irritada. Onde estava o assistente de Rasmirez?

Um toque em seu celular a distraiu. Era uma mensagem de texto de Brad, o gatíssimo dançarino australiano com quem passara a noite anterior. Ele havia sido o culpado pelo atraso dela naquela amanhã. Sabrina se orgulhava de sua vitalidade sexual, mas os dançarinos tinham um patamar só deles. Ela encontrara sua última conquista na pista de dança do Les Deux ontem à noite, girando seu perfeito abdome tanquinho e se esfregando em uma caricatura de modelo loura com quem ele chegara. Uma amiga lhe contou que ele estava em Los Angeles em turnê com a Rihanna, não que ela estivesse interessada. Ele podia ser chefe da Casa Civil da Casa Branca, contanto que largasse a loura, levasse Sabrina para casa e transasse com ela até que ela mal conseguisse respirar.

Desde que saíra da reabilitação, seis semanas antes, Sabrina só havia transado uma vez, com um ex-namorado que tivera um desempenho medíocre e com quem ela só dormira porque estava bêbada.

Ed Steiner implorara para que ela não voltasse a beber. Sabrina lhe fez uma promessa — que só beberia em casa —, mas rapidamente se cansou de sua prisão domiciliar autoimposta. Bancar a santa não combinava com ela. Além disso, de que adiantava se ninguém ia perdoá-la mesmo? Só tinha algumas poucas semanas em Los Angeles antes que o cretino do Rasmirez a levasse embora para alguma locação longínqua e sombria na zona rural da Inglaterra. Se a mídia ia crucificá-la de todo jeito, queria aproveitar seu último jantar. Brad havia sido uma deliciosa entrada.

Mas nem mesmo ele conseguiu distraí-la por muito tempo. A situação estava ficando ridícula. Hoje todo o elenco de O Morro dos Ventos Uivantes estaria reunido para a primeira leitura conjunta do script, e ela já estava quase quarenta minutos atrasada. Até parece que ia dar o seu nome para o idiota da portaria. Seu primeiro instinto era de se levantar e ir embora, mas uma vozinha de autopreservação fez com que hesitasse. A humilhação de seu almoço com Dorian Rasmirez no Il Pastaio no mês anterior ainda queimava em sua memória, e ela não estava a fim de passar por uma experiência como aquela de novo. Suspeitava que Dorian ficaria louco se ela não aparecesse, e estava certa.

Enquanto continuava sentada considerando suas opções, escutou um burburinho do lado de fora das portas giratórias. Os paparazzi de prontidão na frente do edifício, que tinham ficado quietos desde que Sabrina entrara, de repente ganharam vida, subindo um por cima do outro como animais famintos lutando para ganhar alimento. Como sempre acontecia quando outra pessoa que não ela era o centro das atenções, Sabrina sentiu uma pequena pontada de ansiedade — que se transformou em um soco no estômago quando viu quem era.

— Bom dia. — Viorel Hudson se aproximou casualmente da recepção. — Sou Viorel Hudson — disse, com educação. — Tenho uma reunião na Dracula Productions. Onde devo assinar?

Vestindo um blazer do designer Simon Spurr, de Nova York, sobre uma camiseta cinza desbotada James Perse e calças jeans escuras, ele parecia ao mesmo tempo confortável e cheio de estilo. Embora

Sabrina Leon preferisse morrer a admitir, ele era ainda mais bonito pessoalmente do que na tela, com seu cabelo muito preto, o maxilar forte e a pele perfeitamente bronzeada contrastando com os olhos muito azuis. *Bonitinho demais,* pensou ela. *Falta tempero.*

Pegando seu cartão de entrada temporário, Vio virou-se para olhar o próprio reflexo no grande espelho do saguão — *vaidoso,* pensou Sabrina — e de repente notou-a sentada ali.

— Sabrina.

Eles não se conheciam, mas Vio a reconheceu na mesma hora. Afinal, Sabrina tinha um dos rostos mais famosos dos Estados Unidos, mesmo que fosse pelos motivos errados. Ele estendeu a mão, perfeitamente feita por uma manicure.

— Viorel Hudson. Como tem passado?

Sabrina apertou a mão dele sem sorrir. *"Como tem passado?" Quem esse cara pensa que é, o Príncipe Charles?*

Ela seria sexy, pensou Vio, *se limpasse esse ar de desdém da cara.*

— Que bom que também está atrasada — disse ele, ignorando o jeito frio de Sabrina. — O trânsito estava terrível. Podemos subir juntos? Assim ficamos livres da bronca, já que seremos dois.

Sabrina analisou suas opções. Poderia continuar ali onde estava e deixá-lo subir sozinho. Mas então teria de explicar a ele a situação com o recepcionista, o que faria com que ela parecesse teimosa.

— Eles não lhe deram um cartão de entrada? — perguntou Vio, percebendo que ela não tinha nada nas mãos. Ele se virou para o recepcionista. — Esta é Sabrina Leon. Ela vai subir para a Dracula Productions comigo. Pode liberar a entrada dela?

O recepcionista abriu um sorriso de satisfação ao entregar uma prancheta para Sabrina.

— Certamente. Contanto que ela assine aqui como qualquer outra pessoa.

Sabrina rabiscou sua assinatura e devolveu para ele, com um olhar furioso.

— Agora sim, tenha um dia — O recepcionista sorriu.

* * *

Sabrina não teve um bom dia.

Na verdade, as quatro horas seguintes foram algumas das mais longas de sua vida.

Quando as portas do escritório da Dracula Productions se abriram e ela e Viorel Hudson entraram juntos, Dorian Rasmirez explodiu:

— Isso são horas, cacete? — O resto do elenco, sentado em torno de uma mesa oval, se entreolhou nervosamente. — Vocês estão quase uma hora atrasados!

Viorel pelo menos teve a decência de parecer constrangido, desculpando-se profusamente com todos por fazê-los esperar e assegurando a Dorian que aquilo nunca mais voltaria a acontecer.

— E é bom mesmo que não aconteça — disse Dorian, fumegando de raiva. — Ou vou querer a porra do meu cheque de volta. E você, qual é a sua desculpa?

Ele se voltou para Sabrina, que discretamente se sentara no outro extremo da mesa e parecia mais interessada em suas cutículas do que em acalmar o diretor. A partir do momento que entrara na sala, Sabrina havia inconscientemente atraído a atenção de todos, mudando o centro de gravidade de Dorian para si. Mesmo vestida de forma simples, com uma calça jeans Love Story e uma camiseta branca básica, ela o ofuscava.

— Liguei para sua recepcionista há 45 minutos — disse ela com indiferença, sem se incomodar em tirar os óculos escuros ao falar com ele. — Ninguém foi me buscar.

— *Ninguém foi buscar você?* — Dorian fitou-a com desprezo. — Você tem pernas, não tem? Era só pegar a porra do elevador como qualquer outra pessoa. Acha que minha equipe não tem nada melhor para fazer do que correr atrás de uma criança mimada como você?

Sabrina enterrou as unhas na palma da mão para se segurar e não reagir, não responder gritando como tinha vontade. Era ridiculamente injusto. Viorel chegara mais atrasado que ela, mas o máximo que havia acontecido a ele fora um tapinha no pulso. Estava claro que Rasmirez era um porco machista que tinha algum tipo de prazer doentio em humilhar mulheres em público. *Imbecil.*

— Eu espero que as pessoas façam o trabalho delas — disse ela, com calma.

— Eu também. — Dorian jogou o script de Sabrina por cima da mesa, por pouco não atingindo o rosto dela. — Leia.

Para Dorian, o comportamento de Sabrina naquela manhã havia sido a gota d'água. As últimas semanas tinham sido muito estressantes; ele estava à beira de um colapso nervoso.

Graças ao total fracasso da empresa de caçadores de locação em encontrar um Morro dos Ventos Uivantes ou uma Thrushcross Grange adequados na Inglaterra, eles ainda estavam presos em Los Angeles, seis semanas atrasados em relação ao cronograma. Sua intenção era filmar o máximo possível de cenas internas em sua casa na Romênia. O castelo era grandioso o suficiente, economizaria dinheiro e, mais importante ainda, lhe permitiria passar pelo menos uma parte do ano sob o mesmo teto que a cada vez mais impaciente Chrissie. Mas a maior parte do filme precisava ser filmada na Inglaterra. A leitura daquele dia deveria estar acontecendo no set, e não em um escritório espremido em Los Angeles como um bando de malditas sardinhas.

Além de seus estresses no trabalho, as coisas em casa tinham ido de mal a pior nas últimas semanas. Como era de esperar, Chrissie tivera um ataque quando ele contou a ela sobre a venda da casa em Holmby Hills. Ele tinha cometido o erro de dizer pessoalmente, em uma visita à Romênia na semana anterior.

— Você vendeu a *minha* casa em Los Angeles pelas minhas costas? — berrou Chrissie. Os músculos em seu pescoço estavam esticados de tanta raiva, como um filhote de pássaro gritando por comida. Estendida sobre uma *chaise longue* em um dos quartos palacianos do castelo, vestindo uma camisola de seda cor de café da La Perla e o robe com detalhes em renda que completava o conjunto, ela parecia a própria castelã mimada. — Como você teve coragem? Suponho que agora esteja achando que pode manter Saskia e eu presas aqui para sempre?

— Ninguém está tentando prendê-la, meu amor — disse Dorian, exausto. — Só estou tentando tomar as melhores decisões financeiras para todos nós como uma família, só isso.

— Como? — gritou Chrissie. — Vendendo a nossa casa para financiar outro de seus filmes artísticos de merda? Quantas pessoas realmente assistiram a *Dezesseis Noites?* Cinco?

Dorian recuou. Aquela tinha doído.

— Este vai ser diferente — disse ele, mantendo a calma. Mas Chrissie não queria escutar. Outro filme significava que Dorian ia passar ainda mais tempo longe de casa, meses a fio nos quais ela seria deixada sozinha para cuidar de Saskia naquele fim de mundo enquanto ele viajava por aí, se divertindo.

— Eu não vou estar de férias, meu amor — falou ele, tentando se defender. — No primeiro mês, pelo menos, vou ficar preso em Los Angeles, trabalhando feito um cão e morando em alguma espelunca alugada.

— De quem é a culpa?

— Vou me sentir muito sozinho.

— Ahhh! — Chrissie bufou alto. — *Sozinho*. Você não sabe o que é solidão. Eu e Saskia é que estaremos sozinhas. Você vai estar por aí comendo a sua protagonista.

— Pelo amor de Deus! — Dorian perdeu a paciência. — Você realmente acha que estou interessado em Sabrina Leon?

— E por que não estaria? — Chrissie fez beicinho.

— Porque ela é uma menina — disse Dorian. — Uma menina irresponsável. Vou ficar de babá dela, e não dormir com ela. Além disso, você sabe muito bem que você é a única mulher que existe para mim. Como acha que eu me sinto tendo que deixá-la aqui, sabendo que todos os homens desta propriedade a desejam? — Debruçando-se sobre a *chaise longue*, ele passou a mão pela coxa da esposa, rígida e torneada pelo pilates. Mesmo depois de tantos anos juntos, só de tocá-la ele se sentia ridiculamente excitado.

Devagar, Chrissie afastou as coxas, deixando à mostra sua virilha recém-depilada. Deliberadamente, ela fizera uma depilação bem cavada no dia anterior à chegada de Dorian, sabendo que isso o deixaria excitado.

— Então não vá — disse ela, num tom recatado.

— Preciso ir — sussurrou ele, sua voz rouca de desejo. — Preciso fazer este filme, Chrissie. *Nós* precisamos.

Chrissie se sentou, fechando as pernas como uma bibliotecária fecharia um livro.

— Tudo bem — disparou ela. — Mas não ouse vir reclamar comigo sobre como isso é difícil para *você*.

— Venha comigo — implorou Dorian.

— Para quê? Para morar em um hotel na minha própria cidade? Ficar arrastando Saskia por um set de filmagens gelado como se a menina fosse uma mala? Não, obrigada. Não tenho o menor interesse em andar atrás de você pelo mundo como sua *mulherzinha*.

Dorian percebeu que não conseguiria vencer. Ele havia oferecido a ela o papel de Cathy meses antes, mas, como de hábito, ela recusara, uma máscara de raiva e medo cobrindo seu rosto como um véu.

— Nossa filha precisa que pelo menos um dos pais esteja presente na vida dela — disse Chrissie então, com amargura. Era quase como se ela *quisesse* ser infeliz, e mesmo assim Dorian ainda se sentia um fracassado. As coisas entre eles não haviam melhorado antes de ele voltar para Los Angeles. Já estava na cidade havia cinco dias e ela ainda não retornara nenhuma de suas ligações.

Furioso e ansioso, ele precisava de uma válvula de escape para a sua frustração. Quando Sabrina Leon chegou atrasada para a leitura naquela manhã, ele encontrou uma.

O resto do dia não foi um ensaio, foi uma tourada, um combate mortal numa arena, e Sabrina era o touro. Enquanto todos podiam fazer a cena completa e Dorian avaliasse apenas no final, Sabrina era interrompida a cada fala. Estava sendo negligente. Falava rápido demais. Não conseguia reagir com emoção suficiente às falas de Viorel. Parecia emotiva *demais*.

Uma vez atrás da outra, Dorian repetia as mesmas três palavras para ela, as quais que Sabrina passou a odiar tanto quanto veneno:

— Faça de novo.

No fim do dia, até os membros do elenco que odiavam até o último fio de cabelo de Sabrina estavam começando a sentir pena dela. Podia ser mimada, querer sempre ser o centro das atenções, mas era de admirar a força com a qual ela refazia cada cena, uma vez após a outra, determinada a fazer certo, indo da Catherine jovem à velha com total profissionalismo. Como a Cathy mais velha, num minuto ela estava lendo uma cena de amor apaixonada com Viorel, depois pulava diretamente para uma cena dramática em que a jovem Catherine era atormentada por Heathcliff, forçada a viver como uma empregada na casa em que fora criada. Mesmo sem a implicância de Dorian, a montanha-russa emocional era intensa.

Às cinco da tarde, Dorian finalmente deu a batalha por encerrada.

— Ok, pessoal. Acabamos por hoje. Alguém tem alguma pergunta?

Eu tenho, pensou Sabrina. *Quando você vai cair morto no chão?*

Ninguém abriu a boca. Todos queriam ir para casa. Só assistir Dorian acabar com a performance de Sabrina tinha deixado todo mundo exausto.

— Eu tenho uma pergunta. — O sensual sotaque britânico de Viorel Hudson quebrou o silêncio. — Já sabemos quando as filmagens vão realmente começar?

Dorian estreitou os olhos.

— Em breve. Mais alguém?

— É só isso mesmo que pode nos dizer? — pressionou Viorel. — Não quero me meter onde não sou chamado, mas não entendo a necessidade de todo esse segredo. Quero dizer, ainda nem me falaram onde vão ser as locações. Alguém sabe?

Todo mundo balançou a cabeça.

— Independentemente de entenderem ou não, todos vocês assinaram contratos de confidencialidade — respondeu Dorian, impaciente. — Os detalhes, *todos os detalhes,* sobre a produção deste filme permanecem confidenciais, e as informações logísticas só serão passadas a vocês quando for necessário.

"Enquanto isso — continuou ele —, espero não precisar lembrar a nenhum de vocês que *todos* assinaram contratos. Posso chamá-los a qualquer hora, por qualquer motivo, e farei isso em um futuro próximo. Vocês devem receber o aviso de viagem com pouca antecedência, então sugiro ir para casa, arrumar as malas e esperar."

Dorian fechou seu script e se levantou, um claro sinal de que o assunto agora estava encerrado.

Sabrina foi a primeira a ir embora — mal podia esperar para sair dali. O restante do elenco rapidamente a seguiu. Apenas Viorel ficou para trás.

— Posso lhe ajudar com alguma coisa, Sr. Hudson? — O tom de voz de Dorian não era nem um pouco cordial. Não estava nem um pouco a fim de ser interrogado por seu protagonista. Levando em consideração o salário de Viorel, esperava que ele baixasse a cabeça e calasse a boca como todos os outros.

— Sei que não cabe a mim dizer, mas... — começou Viorel.

— Então não diga — murmurou Dorian.

— Mas você não acha que foi um pouco duro demais como a Sabrina? Toda vez que ela abria a boca, você praticamente cortava a garganta dela.

— Não fiz nada disso — disse Dorian. — Eu a dirigi em sua performance. Até onde eu sei, essa é uma parte-chave do meu cargo.

Viorel pareceu ficar aborrecido. Dorian suavizou um pouco as coisas. Não valia a pena se indispor com todo o seu elenco antes mesmo de começarem a filmar.

— Olhe, eu não choraria muitas lágrimas de crocodilo pela Srta. Leon, se fosse você. A jovem madame sabe muito bem se cuidar sozinha. Ela tem muito o que aprender como atriz e na vida. Se ela tiver que aprender no meu set... — Ele deu de ombros — Então que seja.

— E se ela não aprender? — perguntou Viorel. — Talvez ela acabe odiando você por isso.

Dorian sorriu.

— Desconfio que ela já me odeie. Mas não estou aqui para fazer amigos, Sr. Hudson. Você está?

— Não, senhor — disse Viorel com sinceridade. — Estou aqui para fazer filmes.

— Assim como eu. No futuro, chegue aos ensaios na hora, por favor.

— Sim, senhor.

— Faça o seu trabalho como deve ser feito, Sr. Hudson, e eu posso lhe garantir que farei o meu.

CAPÍTULO 8

Tish Crewe arfou quando a água fria do chuveiro bateu em suas costas nuas. Ela havia desligado o aquecimento de Loxley Hall seis semanas antes para economizar, e só tinha água quente disponível durante uma hora na parte da manhã. Geralmente conseguia tomar banho nesse período, antes de levar Abel para o colégio. Mas dessa vez dormira demais — depois de passar horas acordada na cama, atormentada por sonhos de Michel e sua nova namorada — e perdera a hora da água quente.

A namorada agora tinha um nome (Fleur) e uma profissão (era repórter do Canal Plus, tão impressionante que chegava a decepcionar). Tish vira a foto dela no Facebook e ficara preocupada ao perceber que sua vontade era atravessar a tela do computador e apagar o sorriso daquele rostinho lindo, feliz e bem-sucedido. Por mais bizarro que fosse, o que mais doeu foi o fato de a moça não ser a supermulher fisicamente perfeita da imaginação de Tish. Fleur era atraente, mas de um tipo bem comum: cabelo castanho na altura dos ombros, nariz longo e meio de cavalo, pele lisa, um sorriso adorável. Ela não fazia o tipo loura burra, nem vadia. *Na verdade, ela se parece muito comigo,* pensou Tish, infeliz. Era como se ela, de alguma forma, tivesse cometido algum erro terrível. Como se tivesse permitido que Michel escapulisse por entre seus dedos e caísse diretamente nos braços dessa mulher porque ela não tinha dito a coisa certa, ou usado o vestido certo, ou porque não estava no lugar certo na hora certa.

E o pior, Michel agora ligava regularmente para ela "como amigo", inundando-a com sua felicidade.

— Eu nunca me senti assim antes — dizia ele. Cada palavra atingia o coração de Tish como ácido. — Eu realmente achava que nunca ia me apaixonar. Mas você estava certa, *mon chou*. Todo mundo tem a sua metade da laranja.

Tish passava os dias tão ocupada — entre os consertos na propriedade, as finanças e os cuidados com Abel (que implorara para ser matriculado na escola da aldeia e estava mais feliz do que nunca) — que costumava não pensar em Michel. À noite, porém, ele a assombrava como o fantasma de Banquo no banquete de Macbeth. Conforme as semanas passavam, a exaustão acumulada ameaçava levar a melhor sobre ela. No café da manhã de hoje, brigara desnecessariamente com o pobre Abel, que mais uma vez parecia ter perdido tudo que precisava para a escola, da lancheira, passando pelo livro de leitura ao gorro (este desaparecia *constantemente*). Quando ela enfim conseguiu arrumá-lo, levá-lo para a escola e voltar para Loxley Hall, já eram nove e meia. Hora em que, claro, a água do chuveiro já estava estupidamente gelada.

— Puta merda! — Ela estremeceu, alternando os pés aos pulinhos e esfregando o sabonete embaixo dos braços na velocidade da luz. Virando-se, deixou os jatos gelados lavarem seu rosto antes de desligar o chuveiro e se enrolar na toalha mais próxima.

Pelo menos estou acordada, pensou ela, enxugando-se e sentindo uma onda de vigor físico tomar conta de seus membros quando eles começaram a descongelar. Precisava de alguma coisa para manter a adrenalina alta. Como de costume, tinha uma montanha de trabalho a fazer naquele dia.

Já estavam em maio — ela e Abel estavam ali havia seis semanas — e, embora continuasse frio, a primavera enfim desabrochara, cobrindo o vale em uma alegre explosão de prímulas e narcisos amarelos. Depois da desolação diária de Oradea, era maravilhoso poder abrir a janela toda manhã e sentir o ar puro do campo verde se estendendo por todos os lados. A tristeza por causa de Michel nunca a deixava, mas ela tentava encontrar conforto nos pequenos prazeres da vida em Loxley: chá decente, bacon, biscoitos McVities, maçãs que não pareciam ser feitas de lã. E só ajudava o fato de Abel ter se adaptado à vida no campo na Inglaterra como um patinho na água, correndo por todo o terreno de Loxley, construindo fortes e acampamentos, indo para a escola na aldeia toda manhã com um sorriso tão largo que mais parecia que estava indo para a Disney. Comparado com a vida a que ele estava acostumado na Romênia, de certa forma era.

Na véspera, ele havia anunciado para Tish, sem rodeios:

— Vou ficar aqui para sempre.

Estavam na fazenda de Loxley, Home Farm, uma bonita casa em forma de L com estábulos e outras construções espalhadas pelo pasto. Bill Connelly, o rústico morador de Loxley que administrava a fazenda há quase quarenta anos, havia concordado em deixar Abel ajudá-lo a alimentar os cabritinhos, tarefa que deixara o menino tão ansioso na véspera, causando tanto frenesi, que ele se recusou a tomar café da manhã e a almoçar.

— O Sr. Connelly disse que sou um excelente fazendeiro *e* um excelente ajudante.

— Bem, o Sr. Connelly sabe das coisas — comentou Tish.

— Ele falou que eu posso ficar o quanto eu quiser.

Tish teria de conversar com Bill. Ele tinha boas intenções, claro, e se Deus quisesse, Loxley sempre faria parte da vida de Abel. Mas eles também tinham uma vida na Romênia. Em algum momento, teriam de voltar. Precisava tratar de outros assuntos com Bill também. Como a maioria das pequenas fazendas em Derbyshire, Home Farm estava perdendo dinheiro. Mas só na última semana Tish descobrira o quanto estava custando a Loxley mantê-la funcionando, e há quanto tempo. Era uma fazenda mista, o que significava que tinham tanto plantações como animais, mas devido à exposição ao tempo e à posição do local, assim como a natureza fragmentada da propriedade (a fazenda era pontuada por bolsões de floresta antiga e, por isso, nenhum dos campos tinha tamanho decente para ser rentável), eles haviam sofrido mais que os outros fazendeiros locais.

A família Connelly arrendara Home Farm desde antes de Tish nascer. Não havia a menor chance de abandonar a fazenda ou pedir que eles se mudassem. Mas com os custos para manter Loxley Hall chegando a 800 mil por ano, sem contar as grandes reformas como reparos no telhado ou o conserto dos estragos que os amigos de Jago haviam feito na casa, era difícil ver *como* podiam sustentar uma fazenda falida também. O pai de Tish, Henry, fizera novas hipotecas para todas as propriedades menores de Loxley durante sua vida, incluindo Home Farm. Sem poder considerar a venda como opção, Tish tinha pouco espaço de manobra. O mínimo que precisava fazer era sentar com Bill Connelly e analisar os números.

Três semanas antes, Tish pedira a George Arkell, um consultor financeiro amigo da família, para vir a Loxley e ajudá-la a traçar um plano para tentar salvar a propriedade. O prognóstico de George fora desolador.

— O que você quer primeiro, as boas ou as más notícias? — perguntou ele.

— As boas — respondeu Tish.

— As boas notícias são que o Fundo Nacional provavelmente vai contribuir para os reparos nas alas públicas da casa. Isso pode acabar reduzindo o déficit que você projetou para o ano em uns 35 por cento.

Tish se animou.

— Essas são ótimas notícias! De quanto estamos falando?

— Meio milhão de libras.

— George! Isso é maravilhoso!

— É... — disse George. — Mas isso nos leva às más notícias.

— Que são?

— Você ainda precisa arranjar 960 mil libras só para cobrir os custos correntes, pagamentos de juros de empréstimos, essas coisas.

— Ah.

— Pois é. E o seu lucro projetado para o ano, proveniente de visitantes, da fazenda e de outras rendas combinadas, é de... — Ele fez uma pausa, consultando suas anotações. — Ah, aqui. Oitenta e cinco mil e cento e vinte e oito libras. Isso sem descontar os impostos.

Tish ficou arrasada, como não podia deixar de ser.

— Você precisa levantar capital — disse George com firmeza. — Isso significa que precisa vender terras, posses, quadros, de preferência um pouco de tudo. Depois que fizer isso, podemos trabalhar para consolidar suas dívidas. Então, com sorte, procuramos arrendatários confiáveis que paguem *preço de mercado* por todas as propriedades que sobrarem.

— Não posso despejar os Connelly — protestou Tish.

George continuou:

— E, finalmente, vamos traçar algum tipo de estratégia de longo prazo para o futuro. Algo que torne Loxley ativa e capaz de se sustentar.

— Tipo?

— Pode ser algo baseado em turismo, aluguel para temporada ou o que preferir; pode ser uma fazenda orgânica, lugar de conferências, casa de festas. Bicicross. Não sei.

— *Bicicross?* Você está maluco? No nosso vale sossegado? A aldeia ia se rebelar. E com razão.

— Entendo — disse George, sendo sincero. A família dele também perdera sua propriedade ancestral 15 anos antes, vítima do colapso da seguradora Lloyd's of London. Sabia o quanto era angustiante ser da geração que quebrou o legado da família, que perdeu sua propriedade depois de centenas de anos de administração cuidadosa. Mas os tempos eram outros. Por toda a Inglaterra, propriedades muito maiores e mais ricas que Loxley estavam afundando.

"Mas temo que, se não conseguir uma grande quantia de dinheiro nos próximos meses e adotar uma mudança radical para o futuro de Loxley, você terá que vendê-la. Sabe, o Fundo Nacional está com muito dinheiro agora. Cuidariam muito bem do lugar."

— Não. — Tish estremeceu. — Nunca. Loxley vai permanecer em mãos particulares. Nas mãos da família Crewe, se depender de mim. Meu Deus, se papai pudesse escutar esta conversa, estaria se revirando no caixão.

— Na verdade — disse George —, desconfio que nada disso surpreenderia o seu pai. Henry sabia o caminho que as coisas estavam tomando. Foi por isso que ele hipotecou tudo e mudou o testamento para cortar Jago. Mas ele deveria ter alertado você sobre como as coisas estavam difíceis.

Tish não conseguia culpar o pai. Ele fizera o melhor possível. Dia após dia, ela se debruçava sobre os papéis, rezando por uma inspiração, por alguma solução que não envolvesse despejar os arrendatários ou — o pior de tudo — vender sua alma para o maldito Fundo Nacional.

Tinha de haver um jeito de tornar Loxley rentável. Tinha de haver.

Depois que se secou, vestiu a mesma calça jeans e o suéter vermelho furado que vinha usando havia três dias e desceu para a cozinha, onde o fogão a lenha ficava sempre aceso. Era de longe o lugar mais quente da casa. Consequentemente, tornara-se o centro nervoso da Operação Conseguir um Milagre, como Tish agora chamava seus esforços para ressuscitar as finanças de Loxley, saindo do escritório frio e cheio de correntes de ar, pelo menos até o tempo melhorar.

— Você está com uma cara péssima — disse a Sra. Drummond com uma preocupação maternal quando Tish entrou. — Não vai poder ajudar ninguém se não dormir nem comer. Deixe-me preparar um café da manhã decente para você.

Tish suspirou, mas não protestou. A ideia da Sra. D de um café da manhã "decente" era uma bomba calórica frita tão encharcada de gordura que era capaz de entupir de maneira fatal a artéria de alguém só de olhar. Mas encher as pessoas de comida era a vocação da Sra. D, e isso se aplicava tanto para Tish quanto para Abel, que já devia ter engordado metade do seu peso desde que chegara a Loxley, mas a quem a Sra. Drummond invariavelmente ainda se referia como "miudinho" ou, às vezes, "pele e osso".

— Ainda pensando naquele Michel? — perguntou a Sra. Drummond, quebrando três ovos em uma frigideira bem quente, cheia de manteiga.

— Não — mentiu Tish.

— Bom. Porque você sabe o que penso sobre os franceses.

— Sim, eu sei, Sra. D.

Como Tish desejava nunca ter confidenciado à Sra. Drummond sobre Michel! Uma noite, depois de muitas taças de vinho tinto, parecera uma boa ideia abrir seu coração. Mas desde então, era submetida diariamente a sermões de como "nunca se podia confiar em um homem francês" porque eram "todos covardes". A xenofobia tinha boa intenção, mas Tish achava exaustivo.

— Ah, não. Não quero rabanada — protestou ela —, me dá indigestão.

— Besteira, querida. Você só está comendo rápido demais — disse a Sra. D, jogando alegremente duas fatias de pão de rabanada na frigideira do enfarte. — Vou a Castleton mais tarde. Precisa de alguma coisa?

— Não, obrigada — disse Tish. Mas aquela era uma notícia boa. Tinha várias ligações para fazer naquela manhã, para implorar mais tempo aos credores de Loxley, e ficou feliz em saber que a Sra. D tinha coisas para fazer. Aquele tipo de conversa ficava ainda mais difícil quando havia plateia.

Assim que a Sra. D colocou a montanha de café da manhã de Tish na frente dela, a campainha tocou. As duas ficaram surpresas.

— Estamos esperando visitas? — A Sra. Drummond usou um tom de voz levemente crítico, como se Tish ainda fosse uma adolescente e tivesse convidado amigos sem avisar.

— Não que eu saiba — respondeu Tish, levantando-se. — Provavelmente é só alguma entrega.

— Não, senhora! — A Sra. D ergueu o dedo. — Você fique sentada aí e coma, madame. Vou atender à porta. Você está exausta — murmurou ela, seguindo pelo corredor. — Não é de se admirar que pareça meio morta.

Tish tinha comido apenas duas garfadas de seu ovo frito quando escutou vozes alteradas. Uma era, sem a menor dúvida, da Sra. D, estridente e aguda, do jeito que ficava quando estava contrariada. A outra voz também era de uma mulher, porém mais jovem, e parecia conciliatória, apesar do volume. Pelo tom nasal, Tish teve a impressão de que era americana.

Ela foi até a porta para que pudesse ouvir o que estavam dizendo.

— Se eu pudesse ao menos conversar com o proprietário — implorou a moça americana. — Só levaria alguns minutos.

— Já falei. — A Sra. Drummond estava praticamente gritando. — A proprietária está ocupada. E mesmo se não estivesse, ela *não* estaria interessada.

— Ela? Ah, me desculpe. Achei que a casa pertencesse ao Sr. Jago Crewe.

— Tenha um dia — disse a Sra. D, grosseiramente. Tish escutou a porta da frente bater. Em seguida, a Sra. D voltou para a cozinha parecendo perturbada.

— Que diabos foi isso? — perguntou Tish.

— Ah, nada. Uma americana horrorosa. — A Sra. Drummond balançou a cabeça, enojada. — Muito insistente. Agora ela já foi.

— Bem, o que ela queria?

— O que ela queria? Vou lhe dizer o que ela queria. Ela queria comprar a casa! Pode imaginar isso? Ela ficava repetindo que Loxley era "perfeita" e que precisava consegui-la. Como se fosse um cachecol que tivesse visto na vitrine de uma loja! Eu disse a ela que a casa não estava à venda, e que ela estava passando dos limites, mas a danada não queria aceitar um não como resposta. Continuava pedindo para falar com... ah, meu Deus!

Tish seguiu o olhar da Sra. Drummond até a janela da cozinha. Uma moça de cabelo escuro estava com o rosto encostado na janela. Sorria e acenava, aparentemente tentando chamar a atenção de Tish.

— Aí está ela de novo. — Pegando uma vassoura, a Sra. Drummond sacudiu-a como se estivesse tentando espantar um morcego. — Xô! Vá embora!

Tish riu. Dera poucas gargalhadas recentemente, mas esta parecia uma cena de uma comédia muito engraçada, o filme *Carry On*.

— Acho que é melhor eu ir falar com ela.

— Falar com ela? Não seja boba, Letitia. A mulher é lunática.

Vendo a Sra. Drummond balançar a vassoura para a janela, era questionável quem era a lunática ali. Abrindo a porta da copa, Tish saiu para a horta.

— Posso ajudá-la?

A moça se afastou da janela. Era muito bonita, com longos cabelos escuros que brilhavam como em um comercial de xampu. Ela também usava pouca roupa para a primavera de Derbyshire, apenas uma fina blusa branca de algodão e uma minissaia de camurça, as pernas nuas. Parecia uma Pocahontas totalmente perdida.

— Você é a proprietária? — perguntou ela, estendendo uma elegante mão com unhas francesinha.

— Mais ou menos — disse Tish. — Não exatamente. É um pouco complicado. Sou Letitia Crewe.

— Rainbow — disse a moça, apertando a mão dela com vontade.

— Esse é o seu *nome*? — disse Tish, percebendo tarde demais como aquilo soara grosseiro. Por sorte, a moça pareceu não se importar.

— É, eu sei. — Ela sorriu. — O que posso dizer? Meus pais eram hippies da Califórnia. Ainda são. Eu tenho uma irmã que se chama Sunshine, acredite se quiser.

Sem saber como deveria reagir a essa informação, Tish não disse nada.

— Você se importa se eu entrar? — perguntou Rainbow, quebrando o silêncio. — Tenho uma proposta de negócio para lhe fazer e aqui fora está superfrio.

Cinco minutos depois, após convencer uma altamente desconfiada Sra. Drummond a ir para Castleton e deixar as duas sozinhas, Tish preparou um bule de chá Lapsang e se sentou com Rainbow à mesa da cozinha.

— Então, o que você quer?

— É simples — disse Rainbow. — Quero a sua casa.

— Ah. — Tish pareceu decepcionada. — Sinto muito, mas como a minha governanta explicou, Loxley não está à venda. Pertence à nossa família há séculos.

— Ah, *disso* eu sei — disse Rainbow, tomando um gole do chá e quase engasgando. Tinha gosto de borracha queimada. — Não quero comprá-la. Quero que me empreste.

Tish se animou.

— Você quer dizer alugar? — Embora não tivesse a intenção de fazer isso tão cedo, certamente fazia parte de seu plano encontrar um inquilino confiável para Loxley. Tinha de admitir que não imaginara essa pessoa como sendo uma índia americana hippie de seus 20 e poucos anos chamada Rainbow, mas de um cavalo dado não se olham os dentes.

— Não exatamente — disse Rainbow. Ela vasculhou o interior da bolsa, tirou dali um cartão de visita e entregou-o para Tish.

— *FSL Caçadores de Locação*. — Tish leu em voz alta. — Você trabalha para uma empresa de cinema?

— Trabalhamos para várias empresas de cinema — disse Rainbow. — No momento, estou trabalhando para um dos melhores diretores de Hollywood. Você já deve ter ouvido falar de Dorian Rasmirez, não?

Tish permaneceu indiferente.

— Ah, que isso — disse Rainbow, incrédula. — *Amor e arrependimentos, Dezesseis noites*? — No mundo de Rainbow, não ter ouvido falar de Dorian Rasmirez era como não conhecer o Papa ou presidente dos Estados Unidos.

— Não costumo ir muito ao cinema — admitiu Tish.

— Bem, acredite no que eu digo, Rasmirez é um nome de peso. Ele vai começar a gravar um remake de O *Morro dos Ventos Uivantes*.

— Ah — exclamou Tish. — Adoro esse livro! Que maravilha!

— Uh-huh — disse Rainbow. — A produtora dele, Dracula Productions, contratou a minha empresa para encontrar um lugar apropriado para as filmagens. Acho este lugar perfeito para ser Thrushcross Grange.

— Mesmo? — Por um momento, Tish ficou lisonjeada. Mas a realidade logo tomou conta. Loxley já estava com sérios problemas de falta de conservação. A última coisa de que precisava era de uma equipe de cinema correndo por ali, arrastando equipamento pesado e estragando os móveis. Tish lembrava-se de ter lido em um jornal de domingo uma matéria sobre danos causados a casas usadas como locações. Aparentemente, Groombridge Place em Kent havia levado vários meses para ser restaurada depois de *Orgulho e Preconceito*.

— Não sei — disse ela para Rainbow, hesitante. — O que envolveria?

— Bem, nós precisaríamos da casa toda. Vocês teriam de se mudar. E queríamos começar as filmagens assim que possível, de preferência na semana que vem. Sei que o orçamento do Sr. Rasmirez para esse projeto está bem apertado, então os atores, elenco e equipe técnica teriam de morar aqui durante as filmagens, ou pelo menos o maior número possível deles...

— Vamos parar por aqui — disse Tish. — Infelizmente, não tenho como me mudar. — As lembranças dos amigos vadios de Jago ainda estavam frescas em sua memória. Algumas semanas a mais e os estragos que eles causaram em Loxley seriam irreparáveis.

Rainbow hesitou. Normalmente, era um pré-requisito imprescindível que a locação estivesse vazia antes que as filmagens começassem. Em parte por causa do seguro, e também porque os diretores geralmente não gostavam de ter proprietários nervosos pegando no pé, reclamando sobre o trabalho e perturbando. Mas, neste caso, era o menor dos males. Rainbow apresentara a Dorian uma dúzia de locações nos últimos três meses, e ele rejeitara todas. Ele estava desesperado para começar a filmar, mas a lista de especificações dele era insanamente específica, e o cineasta não tinha a menor intenção de abrir mão de item algum. Loxley não era apenas literalmente *perfeita* como Grange, mas a fazenda sobre os morros também serviria como O Morro dos Ventos Uivantes (em forma de L, pedra cinza, ameaçadora, isolada). Rainbow não podia permitir que Tish dissesse não.

— Bem, podemos conversar sobre isso — disse ela vagamente. — Talvez não precise se mudar. Cheguei a dizer que o astro do filme será Viorel Hudson? Eu certamente não me incomodaria de dividir a minha casa com ele. — Ela piscou, como se estivesse em uma conspiração, mas se sua intenção ao tocar no nome de Viorel havia sido dar um incentivo a mais, não tinha dado certo.

— Viorel Hudson? — Tish se esforçou para se lembrar. — Não é o garoto romeno que Martha Hudson adotou nos anos 1980? Agora ele é ator?

— Há um tempinho — disse Rainbow, que resolveu tentar outra tática. — Bem, é claro que você seria bem recompensada.

Essa abordagem foi bem mais eficiente.

— Quão bem? — perguntou Tish. Começou a determinar limites em sua cabeça. Não faria por menos de 75 mil. Não valeria o risco à construção. Ou talvez 500 mil devesse ser o limite mínimo?

— Eu teria de conversar com meu cliente antes de dar um número final — disse Rainbow. — Mas deve ser algo em torno de 100 mil.

— Cem mil *dólares*?

— *Libras*. Por semana.

— Por *semana*? — A voz de Tish tinha ficado mais aguda de repente. — Entendo. E por quantas... quantas semanas vocês... vocês iriam precisar da...?

— No mínimo oito — disse Rainbow. — Talvez até 12. Depende de muitos fatores, e o principal deles é quando poderemos começar.

Tish se esforçou para esconder sua felicidade. *Cem mil libras por semana, por um mínimo de oito semanas!* Isso era quase suficiente para tirar as contas do vermelho. Não teria de vender Home Farm, pelo menos não este ano. Melhor ainda, se começassem a filmar logo, ela poderia voltar para a Romênia no final do verão. A ideia de voltar para Oradea e encarar Michel e Fleur pessoalmente a deixava em pânico. Porém quanto mais adiasse, pior sabia que seria. *As crianças precisam de mim,* dizia para si mesma. *Não posso me esconder aqui para sempre. Curcubeu não sobrevive sozinho.* Pela primeira vez ela se deu conta de que o nome da moça, Rainbow, era o mesmo nome do lar para crianças. *Talvez a vinda dela fosse um sinal.*

Rainbow pegou seu BlackBerry e começou a fazer anotações.

— Por acaso, você sabe o nome dos proprietários da fazenda que fica ali do outro lado do morro?

— Home Farm? — perguntou Tish.

— Acho que é isso. Só vi uma casa lá, cinza, meio feia? Se você puder convencer quem mora lá a nos deixar filmar também, posso lhe pagar uma comissão.

— Na verdade, Home Farm pertence a Loxley.

Rainbow abriu um sorriso.

— Mesmo?

Pensando com os pés no chão, Tish acrescentou:

— Sim, mas não vai ser fácil filmar lá. É uma fazenda produtora, com inquilinos fixos. Grande parte da nossa renda vem deles. — *Aproximadamente 68 centavos no ano passado.* — E os meses de verão são muito importantes. Não sei se eu me sentiria à vontade, com toda essa agitação...

— Dobramos a oferta — disse Rainbow, piscando os olhos.

De repente, Tish se sentiu zonza. Dobrar 800 mil. Isso chega a 1,6 milhão mil.

— Interessante — respondeu ela, com a voz falhando. — Bem, eu... ah, preciso pensar a respeito. Talvez seja melhor você conversar com seu cliente primeiro. Sr. Ramon, não é isso?

— Rasmirez — corrigiu Rainbow. *Em que planeta essa garota vivia?*

— Exatamente. Vamos ver o que o Sr. Rasmirez vai dizer. Quando tiver uma oferta concreta para me oferecer, conversaremos de novo.

— Certamente — disse Rainbow. — Posso tirar algumas fotos antes de ir?

A Sra. Drummond voltou de Castleton na hora em que Rainbow estava indo embora. Elas se cruzaram na entrada, Rainbow acenando animadamente ao passar, com óbvia indiferença para o olhar gelado da empregada.

— Conseguiu se livrar dela, então? — perguntou a Sra. Drummond, entrando na cozinha com sacolas pesadas do supermercado.

— Sra. D! — Tirando as compras das mãos dela, Tish levantou-a e rodopiou-a como se fosse uma criança entusiasmada.

— Meu Deus, Letitia. O que você está fazendo? — protestou ela. — Andou bebendo?

— Ainda não — disse Tish, sentindo-se triunfante. — Mas é uma excelente ideia. Temos champanhe na adega?

— Champanhe? — A governanta franziu a testa. — Ainda é uma hora da tarde.

— Eu sei — disse Tish, soltando a Sra. Drummond. De repente, começou a ficar emotiva, lágrimas enchendo seus olhos.

— Querida, qual é o problema? — A Sra. Drummond colocou as mãos sobre os ombros de Tish. — O que aquela americana magricela queria? Ela chateou você?

Tish balançou a cabeça.

— Ela nos salvou, Sra. D. Ela salvou Loxley. Tudo vai ficar bem, afinal.

PARTE DOIS

CAPÍTULO 9

— Não vou pedir informações de novo, está bem? Não vou.
Chuck MacNamee cruzou os braços musculosos na frente do peitoral largo, com ar de decisão. Ex-fuzileiro naval de 57 anos, Chuck, como ele gostava de dizer aos colegas de equipe, não "aceitava qualquer merda". Trabalhava na indústria cinematográfica havia 15 anos como motorista/montador cenográfico/segurança/pau pra toda obra, desde que saíra da prisão (um pequeno problema de fraude de cartão de crédito e um juiz sem senso de humor), e Dorian Rasmirez lhe dera a chance que ninguém mais daria ao contratá-lo como assistente de produção em *Amor e arrependimentos*. De lealdade fanática a Dorian, e em geral amado no set como um brincalhão bem-intencionado, até mesmo Chuck tinha seus limites.
Ele passara as últimas quatro horas tentando dirigir um caminhão com caçamba pelas estradas do interior, tão estreitas que teriam dificuldades em acomodar um asno obeso. Chuck já havia parado duas vezes para pedir informações a homens idosos com sotaques indecifráveis, e, a cada vez, tinha sido mandado mais para o fundo da natureza impenetrável de Derbyshire rural. E, ao longo dessa empreitada inútil, a cada cinco minutos Chuck ouvia sermões de Deborah Raynham, uma "operadora de câmera" de 22 anos, *Deus nos ajude*, que ficava suspirando e resmungando: "Bastava você olhar o *mapa*...", aos sussurros.

Eles agora chegavam a uma bifurcação em uma cidadezinha ridiculamente bonita, chamada, provocativamente, de "Loxley". Mas havia uma placa para Loxley Hall? Havia uma placa para *qualquer lugar*? Havia porra nenhuma.

— Tudo bem — disse Deborah, jogando o mapa no chão do carro cheia de revolta. — Eu vou perguntar, então. Você fica aqui fazendo beicinho como se fosse uma criança de 5 anos.

Deborah não era particularmente bonita na opinião de Chuck: baixinha demais e pálida, com nariz achatado e cabelos castanhos sem graça, presos para trás da cabeça em um coque apertado. Mas quando ficava com raiva, havia, de fato, uma ferocidade a respeito dela que parecia animar suas feições de um modo não desagradável. Chuck pensou em como Deborah ficaria irritada se soubesse no que ele estava pensando, então sorriu.

— Fico feliz que você ache isso engraçado — disparou Deborah ao abrir a porta do carona e saltar do caminhão, pisando na grama molhada da cidadezinha. — Vamos torcer para que o Sr. Rasmirez também tenha seu senso de humor *insano*.

Ao contrário do restante da equipe de filmagem, Deborah não era fã de Chuck MacNamee. Ele se sentara ao lado dela no voo de Los Angeles, caíra imediatamente no sono e roncara como uma porra de morsa gorda durante dez horas seguidas. Ninguém naquela cabine dormira sequer um pouquinho. Então, após chegarem à Inglaterra, com os olhos vermelhos de exaustão, Chuck imediatamente se nomeara chefe operacional, dando ordens à equipe de filmagem como um capitão tirano de navio, mas sempre guardando as observações mais condescendentes para Deborah. Uma frase ou outra começava com: "Quando se está nesse meio há tanto tempo quanto eu, senhorita..." *Senhorita?* O cara era um dinossauro total. E, para piorar tudo, Chuck tinha as habilidades de navegação de um morcego surdo depois de ter tomado Jack Daniel's demais.

O Morro dos Ventos Uivantes era o primeiro longa-metragem no qual Deborah trabalhava. Ela estava incrivelmente animada para conhecer Dorian Rasmirez, e esperava impressioná-lo com seu trabalho, seu profissionalismo. Mas agora, graças ao Capitão Chuck,

Deborah e a equipe chegariam tão atrasados que quase certamente perderiam o primeiro dia de filmagens. Os diretores raramente aceitavam bem esse tipo de desvio.

Pelo lado positivo, Deborah nunca tinha ido à Inglaterra. Na verdade, jamais saíra dos Estados Unidos, embora não tivesse intenção de admitir isso para Chuck MacNamidiota. Era encantador descobrir que o interior inglês parecia *mesmo* algo saído de um dos livros de Beatrix Potter. Loxley era charmosa, com um riacho e uma pequena ponte e um mastro para o festival de maio, com fitas orgulhosamente erguidas em meio ao verde. Ao sair da cabine do caminhão, Deborah ouviu o antigo relógio da igreja bater 15 horas da tarde. Então fechou os olhos e inspirou o cheiro inebriante de grama recém-aparada e o ar fresco e floral de verão, depois fez uma prece silenciosa em agradecimento por ter conseguido aquele emprego. Era difícil acreditar que 24 horas antes acordara na poluída Culver City.

— Boa tarde, minha querida. O que deseja?

A senhora atrás do balcão da loja da cidade era gorda e amigável. Tinha os cabelos azuis — literalmente azuis, de cor brilhante e forte como um M&M, o que era um pouco desconcertante — mas seu sotaque era inteligível, para o grande alívio de Deborah.

— Estou procurando Loxley Hall. Será que a senhora pode me mostrar a direção?

O rosto da senhora se iluminou. Marjorie Johns vinha gerenciando as Lojas da Cidade de Loxley pelos últimos 35 anos, e a coisa mais emocionante que aconteceu durante esse tempo todo foi quando Des Lynam passara por ali em uma manhã de domingo para buscar o jornal, em 1987. Mas isso? Isso era algo diferente. Um sotaque norte-americano em Loxley só podia significar uma coisa: essa garota devia ser uma das pessoas do filme. De Hollywood! Boatos de que Tish Crewe estava alocando Loxley como um set de filmagens inevitavelmente se espalharam pela cidade. Durante as últimas três semanas, não se falava de outra coisa nas conversas no pub The Carpenter's Arms.

— Posso fazer melhor que isso, minha querida. — Saindo rapidamente de trás do balcão, Marjorie enxotou um dos clientes para fora da loja com um rude "Agora não, Wilf", virou a placa da porta para FECHADO e sorriu para Deborah. — Posso levá-la até lá eu mesma.

Deborah Raynham provavelmente teria ficado aliviada ao saber que, a menos de 5 quilômetros dali, Dorian Rasmirez também enfrentava dificuldades para encontrar a locação.

— Merda! — Batendo com o punho no painel do Volkswagen Golf alugado, Dorian xingou os ingleses e sua obsessão com alavancas de câmbio. O país inteiro estava preso na Idade das Trevas? — Merda, merda e dupla porra de MERDA.

O escritório da Hertz no Aeroporto de Manchester não tinha carros automáticos econômicos ou de preços medianos disponíveis quando Dorian chegou, naquela manhã. Sua escolha seria pagar 1.500 dólares por semana por um carro automático esportivo de luxo, do qual não precisava, ou 200 dólares por um "confiável" Golf GTI verde-escuro de câmbio manual. Dorian aceitou o Golf, parabenizando-se presunçosamente pela atitude econômica, e seguiu, deixando aquela porcaria morrer a cada 15 minutos na aparentemente interminável viagem até Loxley Hall. Ninguém achara adequado avisá-lo de que a única maneira de atravessar os campos de Derbyshire era através de estradas de mão única com a largura aproximada de um canudinho de refrigerante, muitas delas dispostas em inclinações nas quais seria esperado utilizar cajados de metal para a subida. Dorian também não estava preparado para a espantosa ausência de placas (uma a cada cinco bifurcações parecia ser a norma), ou os sotaques carregados dos dois locais aos quais ele fizera a besteira de pedir informações.

Recostando-se no assento do motorista, Dorian inspirou profundamente e desejou que se acalmasse. Tudo bem, então ele estava horas atrasado, a caminho de uma locação pela qual pagara muito além do necessário, apesar de tê-la visto apenas em fotografias. *Por quê? Eu devia estar louco!* Mas pelo menos a paisagem era linda. Desta vez, o carro morrera de repente no topo de uma colina, bem onde a estrada estreita se abria em um panorama esplendorosamente amplo. Abaixo de Dorian, Hope Valley se estendia como um tapete esmeralda, entrecortado pelos fios prateados reluzentes do rio Derwent e sua miríade de minúsculos tributários. A paisagem era uma mistura intoxicante da aridez e rusticidade das montanhas e da beleza rica e abundante do fundo do vale, com as cidades de pedras douradas, fazendas exuberantes e bolsões de bosques antigos, uma tapeçaria da velha Inglaterra.

Dorian chegara à Inglaterra dois dias antes, e passara a maior parte das horas em que estivera acordado desde então reunido com seus banqueiros londrinos, da Coutts, tentando fazer com que eles aumentassem o já muito significativo empréstimo que lhe fizeram alguns meses antes. Dorian tinha reserva no primeiro voo até Manchester naquela manhã, mas, graças a um telefonema preocupado durante a madrugada com Chrissie na Romênia, ele perdera o avião. Saskia estava com uma febre baixa, ao que parecia, e Chrissie exigia que Dorian voltasse para casa para se juntar à mulher e ficar ao lado da cama da filha com ela.

— Mas querida — protestou Dorian —, você acabou de me dizer que o médico falou que não é nada sério.

— Por enquanto — respondeu Chrissie, de modo sombrio. — E se ela piorar?

Dorian mordeu o lábio e contou até dez.

— Quando eu pousar, ela já terá melhorado. Eu terei de dar meia-volta e voar para cá de novo. Não faz sentido.

— Ah, entendo. — Ele conseguia ouvir o ressentimento na voz de Chrissie. — Então o que você está dizendo é que seu trabalho é mais importante que sua filha.

— Não! É claro que não. Saskia é muito mais importante...

— Então venha para casa.

— Querida, seja racional. Hoje é o primeiro dia de montagem na locação. Tenho vinte integrantes da equipe para chegar. Meu elenco estará aqui em uma semana, e você sabe o quanto é preciso fazer antes que possamos começar a filmar. Não posso simplesmente voltar para casa por um capricho sempre que houver um problema.

Pensando bem, o uso da palavra "capricho" provavelmente fora um erro. De toda forma, Dorian já estava exausto quando finalmente pousou em Manchester, com os gritos de Chrissie ainda soando em seus ouvidos. As três horas subsequentes, passadas andando em círculos pelo interior de Derbyshire, fizeram pouco para melhorar seu humor.

Depois de puxar o freio de mão, Dorian olhou novamente para o mapa amassado no assento do passageiro. De acordo com aquilo, ele estava quase em Loxley Hall. Dorian rezava para que quando finalmente chegasse lá a dona não quisesse lhe passar um sermão a respeito de tomar conta do lugar, ou sobre a equipe se lembrar de tirar as botas quando entrasse. Eles estavam economizando dinheiro ao ficar na casa, em vez de procurarem abrigo em hotéis locais, um arranjo que também tornaria mais fácil manter controle sobre as inevitáveis fofocas sobre a produção. Até mesmo os atores dormiriam no local. Infelizmente, no entanto, a dona impusera uma condição ao negócio: que ela também tivesse permissão de ficar na propriedade ao longo das filmagens, um acordo que fizera o coração de Dorian se apertar.

Letitia Crewe. Era esse o nome dela. Parecia algo saído de um romance da Agatha Christie. Dorian conseguia imaginar a castelã de Loxley: uma velha intrometida num conjuntinho de cardigã e usando pérolas, mandando em todos como se fosse a rainha, enquanto seus cães de caça mastigavam o equipamento caríssimo de Dorian.

Deprimido, ele voltou sua atenção para o mapa. *Um problema de cada vez.*

Em casa, Tish estava tendo uma manhã difícil. Rainbow, a mocinha da empresa de locação, dissera a ela que não se preocupasse com a chegada da equipe de filmagens.

— Você nem vai notar que estamos aqui — assegurou Rainbow. — Dois representantes da minha empresa vão ficar no local, mais dois da Dracula Productions. Vamos fazer tudo: montaremos as vans do bufê e os banheiros químicos, inspecionaremos os trailers, conectaremos os chuveiros ao encanamento...

— Vocês vão trazer seus próprios chuveiros? — perguntou Tish.

Rainbow gargalhou.

— É claro. E a lavanderia. É uma equipe de 16 pessoas, além de nove integrantes do elenco que vão morar aqui. Pode acreditar, uma casa particular não dá conta de tanta roupa suja.

Tish deveria fornecer camas na casa para Dorian Rasmirez e quatro das estrelas principais do filme, inclusive Viorel Hudson e a infame Sabrina Leon. Todas as outras pessoas dormiriam, comeriam, tomariam banho e existiriam, basicamente, em um acampamento cigano improvisado na propriedade. Aparentemente, metade da equipe ainda estava perdida em algum lugar da parte rural de Derbyshire, mas, fiel à própria palavra, Rainbow aparecera em Loxley assim que o dia amanheceu com a outra metade, que martelava, furava e instalava como uma trupe de daroês dançarinos. A não ser que alguém fosse surdo ou cego, de preferência as duas coisas, era difícil entender como, exatamente, não poderia notá-los. Ou como uma pessoa poderia relaxar quando um diretor importante, e sem dúvida irascível, de Hollywood, ao qual jamais fora apresentada, estava prestes a aparecer na porta, quando não havia toalhas limpas em parte alguma da casa e quando o filho dessa pessoa disparava pelos corredores gritando animado e berrando "Ben 10 Força Alienígena! Arraia a Jato!" para qualquer um que se aproximasse 3 metros dele. Graças a Deus, apenas o Sr. Rasmirez chegaria hoje, pensava Tish. Abel precisaria de uma injeção de tranquilizante para cavalos antes que os atores chegassem.

— Ai, meu Deus. Acho que é ele. É ele?

Tish estava no andar de cima, no quarto azul, uma das suítes de hóspedes menos surradas e vagamente mais apresentável de Loxley, afofando os travesseiros pela terceira vez em sabe-se lá quantos minutos e enlouquecendo a Sra. D com pedidos de última hora — um diretor de Hollywood não ia querer uma saboneteira lascada, certo? Será que a Sra. D achava prudente deixar um vela da perfumaria Diptyque com essência de figo ao lado da cama, ou seria simplesmente um risco de incêndio? Pela janela aberta, Tish viu um Golf verde-escuro estacionar, as marchas gritando por misericórdia, até que finalmente o motor parou com um nada saudável "pop".

— Quem quer que seja, é um péssimo motorista — disse a Sra. D alisando a colcha da Liberty e enxotando Tish do quarto. A Sra. Drummond conformara-se com a decisão de Tish de permitir que Loxley fosse "invadida", em suas palavras, por um enxame de norte-americanos desagradáveis. Entendia a questão econômica. Mas não precisava gostar daquilo.

— Você acha que ele dirigiria um carro *hatch*? — perguntou Tish.

— Eu tinha imaginado uma Ferrari vermelha.

A campainha tocou. Envergonhada pela própria inquietude, Tish arrumou o cabelo esvoaçante e correu para o andar de baixo para atendê-la.

De pé do lado de fora da porta, sobre o pavimento de pedras que pareciam tão velhas quanto as montanhas ao redor, Dorian erguia o rosto com espanto para a casa. Era ainda melhor de perto do que havia sido da outra ponta da estrada, e mil vezes melhor do que parecera nas fotografias de Rainbow. Era mais grandiosa que a Thrushcross Grange de sua imaginação, com janelas panorâmicas e pequenas torres e a vastidão exótica do parque de carvalhos, mas, do ponto de vista de um cinegrafista, era a mais pura perfeição. Ele não poderia ter desejado uma casa mais romântica, mais inglesa. Ao se aproximar dos limites do jardim, atravessava-se um rio prateado, largo e serpenteante, por meio de uma ponte de pedras definitivamente shakespeariana (*que cenas eu poderia filmar ali?*). Até mesmo as cercas de teixo eram uma dádiva: escuras e sombrias, e tão grossas que provavelmente foram plantadas na época da construção da casa. Assim que pôs os olhos em Loxley, Dorian caiu de amores. De repente, a briga da noite anterior com Chrissie e as frustrações da viagem pareceram se dissipar, como bolsões teimosos de neve sob o sol da primavera.

Ninguém tinha atendido à campainha. Dorian tocou de novo e imaginou a dona idosa e rabugenta de Loxley mancando até a porta, um xingamento em seus lábios, comprimidos como a bunda de um gato. Instantes depois, a porta se escancarou. Dorian viu-se cara a cara com uma garota incrivelmente linda.

— Oi. — A garota sorriu. — Você deve ser o Sr. Rasmirez.

— Isso mesmo. — Dorian sorriu de volta. Ficou feliz ao ver que as empregadas não precisavam usar uniforme. Toda aquela pompa arrogante da classe alta britânica o deixava irritado. De fato, se as roupas daquela garota eram algum parâmetro, o código de vestimenta de Loxley Hall fazia a Califórnia parecer formal. Com quase 30 anos, magra e de tipo mignon, de uma beleza natural e com jeito de moleque que, sem esforço, ofuscava a aparência cirurgicamente aperfeiçoada das garotas de Los Angeles, ela vestia short jeans, sapatos *espadrille* e uma camiseta cor-de-rosa desbotada com a logomarca de alguma obra de caridade, que refletia o rosado das bochechas dela e sua incrível, larga e pálida boca. A garota não usava maquiagem e os cabelos louros indomáveis estavam presos com o que parecia ser, curiosamente, uma calcinha cortada. Mechas ficavam escapando para o rosto da moça, de modo que ela ficava constantemente assoprando-as e afastando-as conforme falava.

— A Sra. Crewe está em casa? Letitia Crewe? Acho que estou um pouco mais atrasado do que esperava...

— Sou Tish Crewe — disse a garota, e estendeu alegremente uma das mãos, com as unhas sem esmalte.

Dorian ficou tão surpreso que quase esperou ouvir o ruído de uma bigorna provocado pela mandíbula dele ao bater no chão, no melhor estilo desenho animado. A *garota* na minha frente *é dona* desta *casa*? Dorian precisou de uns bons dez segundos para que a velha rabugenta do Women's Institute em sua imaginação se dissipasse e para que ele retomasse o poder da fala.

— Oi — gaguejou Dorian, deixando cair a mala surrada para apertar a mão de Tish. — Sou Dorian Rasmirez.

Tish o olhou com curiosidade e Dorian percebeu que devia estar encarando-a.

— Perdão — disse ele, desconfortável. — Você não é exatamente como eu esperava.

— Nem você — respondeu Tish, sorrindo. — Pensei que ia chegar numa Ferrari.

Nesse momento, um caminhão de aparência destruída roncou pelos portões, sacolejando pela ponte para estacionar atrás de Dorian.

— Oi, chefe, desculpe o atraso. — Um homem de aparência corpulenta saltou da cabine do caminhão, seguido por uma jovem que parecia exausta e... *aquela não era a Sra. Johns da loja da cidade?* — Nosso GPS perdeu a vontade de viver em algum lugar no norte de Manchester.

— Não se preocupe — respondeu Dorian. — O meu também. Srta. Crewe, gostaria que conhecesse Chuck MacNamee, meu diretor de equipe.

Tish estendeu a mão. Conforme ela o fazia, um pequeno míssil humano surgiu do nada no corredor atrás de Tish e voou diretamente para o estômago de Dorian, deixando-o sem fôlego e quase derrubando o diretor no chão.

— Ai, meu Deus — exclamou Tish. — Mil perdões! Abel! Peça desculpas ao Sr. Rasmirez agora mesmo.

O míssil olhou para cima, envergonhado. Pela segunda vez em poucos minutos, Dorian estacou. *Minha nossa. É Heathcliff.* O garotinho tinha cabelos bem pretos e olhos azuis observadores e desconfiados.

— Desculpa — disse Abel de modo pouco convincente, considerando seu sorriso largo e forçado. — Eu era o Ben 10 e você era a Força Alienígena.

— Peço desculpas. — Tish corou quando o menino deu meia-volta e saiu apressado pelo corredor.

— Não tem problema — disse Dorian. — Nós, alienígenas invasores, somos mais durões do que parecemos, sabe?!

Depois que Chuck, Deborah e os outros foram apresentados e levados para o quintal da casa para se juntar ao restante da equipe, Tish levou Dorian para dentro.

— Desculpe-me de novo pelo meu filho. Ele está incrivelmente agitado com tudo isto — explicou ela. — Acho que a cidade inteira está, para ser sincera. Deus viu que Marjorie Johns já conseguiu sequestrar seu caminhão. Entre.

Dorian seguiu Tish pelo corredor. Vista pelo lado de dentro, a casa era consideravelmente menor do que a fachada sugeria. Os pisos eram da mesma pedraria áspera e desgastada, mais apropriados para uma fazenda do que uma mansão rural, e as escadas, embora amplas e espiraladas, estavam visivelmente arranhadas e o corrimão, manchado. Detritos de origem infantil estavam por toda parte: um velocípede encostado num baú antigo, um par de botas Wellington enlameadas, cada pé atirado negligentemente para cantos opostos, trens de metal alinhados cuidadosamente ao pé da escada, abandonados por uma brincadeira mais interessante. Dorian pensou no quarto de brincar primorosamente organizado de Saskia, no castelo. Chrissie tinha codificado todos os brinquedos por cor até quase destruí-los; não era uma tarefa simples quando tudo era em variantes de cor-de-rosa.

— Sinto muito pela bagunça — disse Tish, como que lendo a mente de Dorian.

— De jeito nenhum — respondeu ele, então acrescentou com sinceridade: — Você não parece ter idade para ter um filho.

— Eu me sinto velha o bastante, acredite. — Tish revirou os olhos.

— Reparei no sotaque dele — disse Dorian. — Seu marido...?

— Ah, não — respondeu Tish. — Não sou casada. — Involuntariamente, uma imagem de Michel e Fleur saltitando até o altar juntos, de mãos dadas, surgiu na mente de Tish. Ela a empurrou para longe.

— Ele é adotado?

Aquela era uma pergunta muito direta vinda de um completo estranho, mas, por algum motivo, Tish não se sentiu incomodada. Havia alguma coisa nos modos de Dorian, tão respeitoso e gentil e de maneira alguma o que ela esperava, que a acalmava.

— Ele é, sim.

— Da Romênia?

Tish pareceu espantada.

— Estou impressionada que você consiga perceber. A maioria das pessoas diz que ele parece italiano.

Dorian deu de ombros.

— Passo muito tempo na Romênia, então conheço bem o sotaque.

— É sério? — Poucos norte-americanos fora do mundo das caridades nem sequer tinham ouvido falar da Romênia, quanto mais passavam algum tempo lá. — Como assim?

Dorian fez uma careta.

— É meio que uma longa história.

— Perdão — desculpou-se Tish, interpretando erroneamente a expressão facial dele como tédio. — Olhe só pra mim, tagarelando sobre o nada depois de você viajar meio mundo para chegar aqui. Por favor, siga-me. Vou mostrar seu quarto.

O restante da tarde passou como um redemoinho de atividade. Tish teve dificuldades em manter a rotina normal de Abel com o dever de casa do fim de semana, jantar e banho, enquanto, por toda a casa e pela área externa, homens e mulheres estranhos passavam de um lado para o outro com câmeras, fotômetros e máquinas de som — de modo educado, porém atrapalhando tudo por completo. De vez em quando, a expressão de desculpas de Rainbow surgia em alguma janela; ela assegurava Tish de que estavam "quase terminando" e que deveriam sair do caminho dela "num instante", então era distraída por Chuck MacNamee e Deborah Raynham discutindo aos berros atrás de si. Enquanto isso, a Sra. Johns da loja da cidade ainda estava por ali conforme a noite caía, na esperança de esbarrar em Viorel Hudson ou Sabrina Leon, apesar de ter sido informada repetidas vezes pela Sra. Drummond e pela equipe que nenhum ator chegaria até a terça-feira seguinte. Somente quando Abel se deitou, às oito da noite, e a Sra. Drummond terminou de reclamar pela enésima vez que a casa parecia o centro de Londres de tão lotada, Dorian Rasmirez reapareceu, depois de ficar sumido desde o almoço.

Tish estava na cozinha, reaquecendo o *kedgeree* da véspera, quando ele entrou.

— Oi.

Tish se virou bruscamente. Dorian trocara os jeans e o suéter que usava mais cedo pelo que Tish podia apenas presumir ser a noção norte-americana de um modelito country inglês: calças de gorgorão verde com uma camiseta combinando, colete e uma jaqueta esportiva, e na cabeça uma boina de tweed verde e marrom. Em um dos braços, Dorian segurava um casaco Barbour que ainda estava com a etiqueta do preço, e no outro, um par de galochas (verdes) da Hunter. *Caco, o sapo, sai para caçar*, pensou Tish, abafando a ânsia de rir.

— Você por acaso teria um par de tesouras para me emprestar? — Dorian indicou a etiqueta no casaco. — Imaginei que poderia precisar disto amanhã. Vamos fazer tomadas de teste na fazenda o dia todo. É lindo aquilo lá, aliás. Você tem uma propriedade incrível.

— Obrigada. — Tish abriu uma gaveta e entregou a ele uma tesoura de cozinha. Então pensou em explicar que Loxley não era, na verdade, propriedade dela, mas então decidiu que uma história delirante dos diversos atos de desaparecimento de Jago apenas complicaria as coisas.

Dorian arrancou a etiqueta e vestiu o casaco.

— Como estou?

Ridículo, concluiu Tish, tentando pensar em uma resposta que pudesse dizer em voz alta. Finalmente, optou por:

— Quentinho.

— Não é muito a minha cara, né? — Dorian sorriu envergonhado, então tirou o casaco. — Sem querer ofender, mas este cheiro é normal?

Tish se virou.

— Merda! — Tinha esquecido o *kedgeree* no fogo. Um pequeno cogumelo de fumaça preta com cheiro de peixe agora pairava sombriamente sobre a frigideira. Depois de tirá-la do fogo com uma das mãos e abrir a janela com a outra, Tish olhou para o grude preto que restara. — Enfim. Acho que vai ter que ser feijão com torradas.

— Tenho uma ideia melhor — disse Dorian. — Que tal se eu levasse você àquele pub charmoso que vi no caminho para cá? É o mínimo que posso fazer depois de toda sua hospitalidade. "The Woodmen" ou algo assim, acho que era esse o nome.

— The Carpenter's Arms? — indagou Tish. — Não podemos ir lá.

— Por que não?

— Porque assim que ouvirem um sotaque norte-americano e o virem comigo, você vai ser atacado por uma multidão. Acho que você não está entendendo que muito pouca coisa acontece em Loxley. Seu filme é a coisa mais emocionante que já aconteceu aqui desde a invasão dos normandos.

— Bem, então onde? — perguntou Dorian. — Estou morrendo de fome. E, sem querer ofender, mas não tenho certeza se confio nas suas habilidades culinárias.

Tish fechou a cara, mas não tentou defender o indefensável.

— Tudo bem — respondeu ela, pegando as chaves do carro no gancho acima do fogão Aga. — Vou pedir para a Sra. D tomar conta de Abel. Siga-me.

O King's Arms, em Fittleton, ficava a cerca de 16 quilômetros de Loxley. Era um pub de cidadezinha pouco iluminado e aconchegante, com sofás surrados e baixinhos e uma grande lareira que vivia acesa, mesmo nas tardes de verão.

— É bonitinho — disse Dorian, ocupando uma mesa vazia próxima à lareira. Alguns dos moradores olharam ao redor com leve curiosidade ao ouvirem o sotaque dele, mas logo voltaram seu interesse para o tenso jogo de dardos que acontecia à esquerda do bar.

— Não venho aqui há anos — comentou Tish —, mas a comida costumava ser boa. — Dorian reparou em como ela pronunciou a palavra "anos". Nos filmes, ele sempre achara o sotaque da classe alta inglesa irritante, mas nos lábios de Tish era estranhamente charmoso e não parecia nada afetado. Ela pediu uma torta de peixe que estava no quadro do menu do dia. Dorian escolheu os mexilhões à la *marinière* e insistiu em pedir uma garrafa cara de Sauvignon Blanc para os dois. Ele devia estar exausto. A começar pela discussão às cinco da manhã com Chrissie, tinha sido um dia e tanto. Mas, por algum motivo, Dorian se sentia animado e revigorado. Tanto Loxley quanto Tish tinham sido surpresas agradáveis.

— Então, me conte sobre sua família — pediu ele. — Você mora naquela casa incrível sozinha?

— Não estou sozinha — esclareceu Tish, tomando um gole do vinho, que por sinal estava delicioso e tinha gosto de groselha. — Tenho Abel e a Sra. Drummont. E agora todos vocês. É uma verdadeira comuna aquilo lá. — Ela explicou que passava a maior parte do tempo na Romênia e contou a Dorian uma versão condensada da vida boêmia da mãe em Roma e da última aventura tibetana de Jago.

— Uma caverna? Ele mora em uma *caverna*? — Dorian inclinou a cabeça para um lado.

Ele é atraente, pensou Tish. *Não bonito, como Michel, mas de beleza pouco convencional. Um Gerard Depardieu norte-americano.*

— Pode explicar melhor?

— Não tenho certeza se consigo — respondeu Tish. — As escolhas do meu irmão nunca fizeram muito sentido para mim. Mas sabe, gerenciar uma propriedade é um trabalho difícil. Infelizmente, a "casa incrível" em que vivo tem um incrível apetite por dinheiro. Você não acreditaria em quanto custa mantê-la.

— Ah, você nem imagina — disse Dorian, e mordeu um pedaço do pão quente que a garçonete havia deixado sobre a mesa. Ele contou a Tish uma breve e resumida história de sua própria ascendência romena, e de como tinha herdado o castelo havia muito perdido da família. Tish reparou no modo como os olhos de Dorian se iluminavam quando ele falava do castelo e dos tesouros nele, e no modo como esse brilho sumia quando mencionava a esposa e como Chrissie achara difícil a transição para a vida na Romênia.

— Ela é atriz, sabe, então tem aquele temperamento.

Tish não sabia, mas assentiu de modo compreensivo mesmo assim.

— Parte dela ainda tem uma ânsia por agitação e aventura — explicou Dorian. — O castelo é indescritivelmente lindo, mas pode ser solitário, principalmente quando estou longe e Chrissie fica sozinha com Saskia.

— Saskia?

— Nossa filha. — Dorian pegou o último mexilhão da tigela e o chupou para fora da concha. — Tem 3 anos.

Tish achou estranho os dois estarem conversando sobre a vida familiar dele na Romênia e aquela ser a primeira vez que Dorian mencionava uma filha.

— Você deve sentir falta dela.

— Claro — respondeu Dorian, mexendo-se, desconfortável, na cadeira. Ao alcançar a carteira, ele pegou uma foto e a entregou a Tish. Ela esperava ver a foto de uma menininha, mas, em vez disso, viu a imagem profissional de uma mulher loura e atraente com feições rígidas e levemente angulosas. Aos olhos de Tish, a mulher na fotografia parecia fria como gelo, mas talvez fosse apenas uma foto ruim.

— Chrissie — disse Dorian, orgulhoso. — Um arraso, não é?

— Linda — mentiu Tish, imaginando se Michel andava com a foto de Fleur na carteira e a mostrava a qualquer estranho que encontrava. *Tenho que parar de pensar em Michel.*

— Fale-me sobre Curcubeu — pediu Dorian, mudando de assunto abruptamente. — Qual é o seu trabalho lá, mais exatamente?

— De tudo um pouco — respondeu Tish. — Há tantas necessidades. — Então ela disparou a falar, tagarelando sobre as falhas do governo romeno e da negligência vergonhosa das crianças abandonadas do país.

— Isso é muito impressionante — disse Dorian depois que Tish terminou, então pediu um bolo toffee para dividir e uma segunda garrafa de vinho, apesar dos protestos de Tish. — Não são muitas as garotas da sua idade que abririam mão de uma vida privilegiada em casa para sair e fazer algo assim.

Tish fechou a cara.

— Não pense em mim como algum tipo de santa. Gosto do trabalho. Oradea é uma lixeira, mas a Romênia tem uma magia estranha, algo que atrai a gente de volta para lá, apesar da corrupção e da burocracia e dos invernos terríveis. Mas imagino que não precise dizer isso a você.

— Não. — Dorian sorriu.

— Estranho, não é, nossos caminhos se cruzando dessa forma? — comentou Tish. — E nós dois termos uma conexão romena?

Os dois conversaram sem parar por mais uma hora e meia, sobre a Romênia, a vida e a literatura — Tish tinha um conhecimento quase enciclopédico do trabalho das irmãs Brontë, assim como Dorian, e podia praticamente recitar *O Morro dos Ventos Uivantes* e *Jane Eyre* — e sobre Viorel Hudson e Sabrina Leon, o Heathcliff e a Cathy de Dorian.

— Viorel tem uma ascendência romena também, não é? — perguntou Tish.

— Talvez seja melhor não mencionar isso quando o conhecer — avisou Dorian. — Tentei, mas Hudson não gosta muito da terra natal.

Tish, que passava a vida em orfanatos na Romênia como aquele no qual presumira que Viorel Hudson havia sido deixado, não o culpava.

— Mas digo uma coisa a favor dele: é um ator incrível — comentou Dorian. — Assim que pensei em fazer esse filme, sabia que queria escalar Viorel. Ele nasceu para o papel de Heathcliff.

— E Sabrina? — perguntou Tish. — Só a vi em revistas de fofocas, então não sei se é uma boa atriz, mas não parece uma escolha óbvia para Cathy.

— Não em termos de aparência, talvez. Mas se quer alguém tão teimoso, mimado e espontaneamente louco como Catherine Earnshaw, Sabrina é a garota certa.

— Catherine não era louca — protestou Tish. — Era sensata. Escolheu um homem decente em vez de um irresponsável.

Dorian olhou para Tish de modo confuso.

— Você admira isso, é? Ser sensata em vez de apaixonada?

Tish corou.

— Acho que a paixão costuma ser superestimada. — De repente, a conversa pareceu tomar um rumo bastante pessoal. — Mas imagino que, em um mundo ideal, não seria preciso escolher.

Houve um silêncio desconfortável. Tish mudou de assunto.

— Ela é tão bonita quanto parece nas fotos?

— Sabrina? Umas cem vezes mais bonita — disse Dorian, sinceramente. — Isso é parte do problema. Para Sabrina e Cathy.

— O que quer dizer?

— Que quando se é bonita assim, ninguém jamais diz não a você.

Quando saíram, era quase meia-noite.

— Eu dirijo, se você quiser — disse Dorian.

Ao lembrar-se do ruído emitido quando ele trocou a marcha naquela manhã, sem falar do fato de que a viagem de Manchester levara três horas e meia, Tish recusou a oferta.

— Tudo bem — disse ela. — Você bebeu a segunda garrafa inteira, então definitivamente passou do limite.

Eles voltaram para Loxley sem incidentes. Tish os levou para casa por outro caminho, por Home Farm, a qual parecia ainda mais sombria, deprimente e devastadora sob o luar. Dorian sonhava com aquele filme havia dois anos. Naquele dia, sentira como se estivesse entrando no próprio sonho. Passaria o dia seguinte inteiro na fazenda, mensurando a iluminação e a distância e planejando as longas tomadas exteriores com Chuck e a equipe de filmagem. Mal podia esperar.

— Sinto muito por toda esta confusão — disse ele a Tish depois que voltaram para a casa. — Vão ser alguns dias de loucura, mas depois que o elenco chegar, na semana que vem, e começarmos a filmar em horários regulares, tudo deve se tranquilizar. Tentaremos não ficar muito no seu caminho.

— Não precisa se preocupar comigo — respondeu Tish. — Abel e eu estamos bastante acostumados com o caos, acredite. Além do mais, você pagou pela casa. Durante as próximas oito semanas, deve considerá-la sua.

— Obrigado — disse Dorian, então beijou Tish na bochecha. — Boa noite

Dez minutos depois, encolhida na própria cama, Tish refletia sobre como a vida podia ser estranha. O simples fato de alguém ir até Loxley Hall para gravar um filme, para início de conversa, já era bastante improvável. Mas aquela pessoa revelar ser romena... que mundo pequeno! Tish não acreditava de fato no destino. No entanto, parecia mesmo bizarro Dorian Rasmirez ter encontrado o caminho até Loxley e, em um sentido bastante real, tê-los salvado de cair em um abismo. *Meu cavaleiro de armadura reluzente.*

Mexendo os dedos dos pés sob as cobertas, entregando-se à luxúria no calor da cama, Tish pensou no rosto gentil e animado de Dorian, na mistura estranha de ansiedade e amor com a qual ele falara sobre a esposa, e no desapego esquisito que Dorian tinha em relação à filha. Após semanas de preocupação a respeito de como ele seria, Tish ficou aliviada e surpresa ao descobrir que gostava de Dorian.

Será que aquele verão não se revelaria um transtorno tão grande no fim das contas?

CAPÍTULO 10

Sabrina Leon ajustou os novos óculos Prada aviador e arrumou os cabelos, deixando-os perfeitamente despenteados, no estilo *rock-chic*. Heathrow era o segundo aeroporto preferido de Sabrina, após o LAX. Havia sempre um monte de paparazzi esperando por ela quando passava pelas portas duplas automáticas no terminal três para lembrá-la de que ainda era famosa, ainda era relevante, ainda estava viva. Pelo visto, os ingleses idolatravam celebridades mais do que os norte-americanos, embora certamente se regozijassem ao ver os poderosos caídos. Sabrina estava preparada para as farpas inevitáveis e para as agressões que certamente receberia dos tabloides britânicos. Na verdade, sentia-se ansiosa por isso. Após três semanas "na encolha", conforme o agente dela dissera (*estava mais para "se fingindo de morta"*), mergulhada no roteiro genial de Sacha Gervasi até estar tão empanturrada de Cathy Earnshaw que poderia ter vomitado suas falas, Sabrina estava pronta para um pouco de atenção. Em Heathrow ela sabia que a receberia, e não passaria pela alfândega até ter certeza de que parecia completamente irresistível.

Escrevam o que quiserem a meu respeito, desgraçados, mas não vão tirar uma foto ruim.

— Pegou tudo?

Billy, o guarda-costas irlandês de Sabrina — que estivera com ela ao longo dos últimos tumultuosos quatro anos —, assentiu de trás de um carrinho empilhado até o alto com malas Louis Vuitton. Sabrina levara dois guarda-costas até a Inglaterra: Billy, que era na verdade mais um amigo e fora uma perfeita rocha desde que a vida de Sabrina se transformara em uma bosta no início do ano; e Enrique, um enorme pedaço de músculo hispânico que tinha a inteligência de um coelho com necessidades especiais e reações equivalentes, mas que ficava ótimo em fotografias e no qual sempre se podia confiar para agir como um vibrador humano caso Sabrina precisasse de um. Ela costumava viajar com pelo menos quatro guarda-costas, além de Camille e Sean, seus dois amigos mais próximos (oficialmente, o "estilista" e a "conselheira pessoal"), mas Sabrina sabia que Rasmirez daria um ataque se ela levasse qualquer coisa que se assemelhasse a uma equipe para o set de filmagens. O cara era tão tediosamente certinho a respeito de manter as coisas abafadas, sem falar da obsessão com o segredo e com ter o mínimo de pessoas possível na produção. "Menos pessoas significam menos chances de vazamento", dissera ele a Sabrina diversas vezes, como o papagaio mais repetitivo do mundo. Dorian divulgara a locação do filme para seus atores apenas 48 horas antes, esperando que eles largassem tudo e entrassem em um avião como se fossem um bando de lemingues.

— Tudo pronto, senhora. — O suave sotaque irlandês de Billy era reconfortante. — Tem certeza de que está mesmo pronta para isso agora? Quer que eu siga na frente?

— Não — respondeu Sabrina, os olhos escuros brilhando com uma combinação de medo e agitação. — Eu dou conta.

Mas, pelo visto, não dava.

O desembarque estava uma loucura total. Um zoológico de fotógrafos e repórteres literalmente escalava as pessoas, acertando as câmeras em mães e crianças e em idosos no desespero de chegar até Sabrina. Enquanto isso, de todos os corredores, repórteres gritavam perguntas cáusticas, desesperados para conseguir uma reação que pudessem transformar em uma história.

— É verdade que você veio para a Inglaterra porque nenhum diretor norte-americano queria trabalhar com você?

— Dorian Rasmirez é norte-americano, babaca — disparou Sabrina de volta.

— Por que você estava na reabilitação, Sabrina?
— Exaustão.
— Você é alcoólatra?
— Não. Você é retardado?
— É verdade que estava em tratamento por vício em sexo? Com quantos homens você já transou?
— Seis mil. Era por isso que eu estava exausta.
Alguns dos repórteres pelo menos riram disso.
— Não tem nada a dizer à comunidade negra deste país, depois de seus comentários ofensivos a respeito da escravidão?
O grupo da imprensa estava se aproximando. De repente, Sabrina sentiu pânico. Não havia polícia, nenhuma segurança para protegê-la. Billy e Enrique eram as únicas coisas entre ela e a possibilidade de ser despedaçada em público, ou pelo menos era como ela se sentia. O coração de Sabrina acelerou e as palmas de suas mãos começaram a suar.
— Vá se foder — resmungou ela aproximando-se de Enrique, que passou o braço, que parecia um tronco de árvore, ao redor dos ombros minúsculos de Sabrina. Uma cacofonia de câmeras entrou em ação: *clique-clique-clique*.
Enquanto isso, Billy chegou para a frente, utilizando o carrinho de malas como um escudo de defesa.
— Deem espaço a ela, por favor, rapazes. — Um profissional experiente, Billy sabia que uma postura educada e firme funcionava muito melhor que se mostrar agressivo nessas circunstâncias, e imaginou se Sabrina algum dia aprenderia a manter a boca fechada. A parte triste era que, apesar de todas as explosões de estupidez, ela não era de fato uma jovem ruim. Apenas assustada e insegura demais, como a maioria das atrizes.
Finalmente, eles saíram do terminal, onde, do lado de fora, uma limusine de vidros fumê esperava. Enrique enfiou Sabrina no carro, erguendo-a com uma das mãos só e afundando-a no banco de trás feito uma boneca de pano, ao mesmo tempo que empurrava dois fotógrafos para trás com a outra mão. Sabrina abaixou a cabeça entre os joelhos e esperou que todas as batidas e a gritaria paras-

sem. Mesmo depois que o carro se afastou, com Billy no banco da frente gritando "Vai, vai, vai!" para o motorista como um fuzileiro em direção à batalha, ela ergueu o rosto e viu alguns homens os perseguindo como um bando de hienas famintas, os flashes das câmeras fazendo *pop-pop-pop* inutilmente conforme o carro ganhava velocidade.

Somente quando chegaram à via expressa Sabrina ergueu a cabeção, se ajeitou e inspirou.

— Bem, aquilo foi uma loucura.

Billy se virou e deu a ela um olhar de reprovação.

— Você não deveria ter falado nada, sabe?! — disse ele. — Vão usar contra você.

— Eles estavam me atacando! — protestou Sabrina. — Se vocês não estivessem lá, teriam me partido em mil pedaços. Você viu.

— É. Vimos. Mas quem olhar aquelas fotos nos jornais de amanhã não verá isso. Só verão você atacando e xingando. É *tão* difícil assim abaixar a cabeça e não dizer nada?

É, pensou Sabrina. *É sim. Para mim é. Sempre fui uma lutadora. Se não tivesse lutado de volta, ainda estaria em Fresno, injetando alguma merda no braço e sendo molestada por babacas que sabiam que podiam se safar com aquilo.*

Recostada contra o peito de Enrique, ela se sentiu reconfortada pelo tamanho e pelo cheiro dele. A consciência da força e da proximidade do guarda-costas, combinada à adrenalina correndo em seu próprio sangue, de repente lhe deu uma descarga de desejo. Se ao menos estivessem sozinhos, Sabrina encostaria em algum lugar e faria com que Enrique a tomasse bem ali no banco traseiro. Transaria até espantar o medo e a tensão em sua mente.

Mas, infelizmente, não estavam sozinhos. Estavam com Billy, que, como sempre, estava certo. Ela não deveria ter dito nada aos repórteres. Aquele filme era a chance de Sabrina, o retorno dela, o bote salva-vidas para a adulação. Ela já havia concordado em passar o verão inteiro enfurnada na merda do fim do mundo na Inglaterra com um diretor que obviamente a odiava e com Vão-iorel "você está na minha luz" Hudson como coadjuvante, por *cachê nenhum*. Então, a ideia de que poderia ter estragado tudo antes de chegar ao set de filmagens a encheu de frustração e pesar.

— Quanto tempo até chegarmos lá? — perguntou Sabrina, deprimida.

— De acordo com o GPS, três horas — respondeu Billy. — Aqui.

— Ele atirou um travesseiro no banco de trás. — Solte o Sr. Músculo por cinco minutos e tente dormir um pouco.

— O que acha?

Viorel olhou do outro lado do parque de caça para a casa à distância. Ainda era muito cedo, e uma névoa matinal baixa pairava sobre a grama como uma mortalha de gaze. No ar, ele podia sentir cheiros profundamente familiares e há muito esquecidos — fumaça de lenha, grama aparada, chuva, madressilva —, aromas do campo inglês. Parecia bizarro estar de pé ali, ao lado de Dorian Rasmirez, entre todas as pessoas, com o diretor estendendo a mão como um pai orgulhoso, como se a mansão elisabetana exótica fosse o lar dele, e não alguma locação de filme que havia alugado por hora.

— Acho que é perfeita — respondeu Vio. — A quintessência da Inglaterra. A produtora Merchant Ivory não poderia ter sonhado com este lugar.

Viorel chegara de Los Angeles muito tarde na noite anterior e fora direto para o quarto dormir. A empregada que lhe mostrara onde ele iria ficar era uma verdadeira lembrança do passado no internato, do tipo matrona mandona e mal-humorada que não poderia estar menos impressionada com o status de estrela de cinema de Viorel.

— Há toalhas limpas no armário — dissera ela, bruscamente. — Os lençóis são trocados às segundas-feiras, e se quiser café da manhã quente precisa estar lá embaixo às oito e meia. — A mulher saíra com um farfalho do vestido tartan antes que Viorel pudesse perguntar o nome dela, muito menos onde seria servido o café da manhã ou se a mulher tinha algo como um despertador. Pelo visto, Viorel não precisava de um. Após uma noite de sono agitado sobre uma cama que parecia ter sido feita de um bloco de granito, ele acordou antes do nascer do sol ao som de corvos grasnando sobre as árvores e precisou se beliscar para se lembrar de que não estava em 1996, *não* estava no quarto do presbitério de Martha Hudson em Dorset, e que sua vida fabulosa em Los Angeles, a fama e o sucesso *não* eram meramente um lindo sonho do qual acabara de acordar.

Após um banho frio (não havia água quente até as sete horas, o que descobriu mais tarde), Viorel colocou um par de jeans Levis vintage e um suéter Armani de seda azul, então desceu as escadas à procura da cozinha e de uma xícara de café. Todos ainda dormiam, então a casa estava silenciosa e triste. Vio precisou de um tempo para se entender. O lugar era enorme, um verdadeiro labirinto de corredores, com escadas para criados surgindo em lugares súbitos que davam para outra seção da toca do coelho. Vio tinha estado em centenas de casas similares quando era pequeno: grandes, velhas, decrépitas. Centenas de quartos, nenhum banheiro. Todo mundo morava na cozinha. Mas as memórias dele da Inglaterra não eram felizes, e a familiaridade de Loxley Hall o deixava mais inquieto que nostálgico.

Depois de encontrar a cozinha, no entanto, Vio se animou. Era alegre e iluminada, com um enorme jarro cheio de narcisos sobre a mesa e desenhos feitos por uma criança presos com adesivos aos armários. Lá encontrou café de verdade e bacon na geladeira. Notou que alguém muito prestativo havia deixado pão Hovis branco fatiado e uma frigideira sobre a mesa. Dois sanduíches de bacon e uma xícara de café depois, sentindo-se infinitamente revigorado, Vio estava prestes a explorar o lado de fora quando esbarrou em Dorian, outro que acordava cedo. Ambos concordaram em caminhar juntos.

— Espere até ver a fazenda — disse Dorian, animado. — É como se tivessem projetado a coisa de acordo com as especificações exatas de Brontë. Você vai adorar.

Vio seguiu Dorian por uma trilha de ovelhas íngreme e serpenteante.

— Dá para atravessar o rio na base — explicou Dorian, ofegante, por cima do ombro. — Então é só subir pelo outro lado e cruzar a montanha.

— Como é a família? — perguntou Vio, puxando conversa enquanto os dois caminhavam com dificuldades. — Entendi que eles vão ficar aqui durante as filmagens. Isso não é muito ortodoxo, é?

— Era mais barato — respondeu Dorian, com sinceridade. — Precisamos economizar dinheiro com algum lugar se quisermos pagar seu cachê.

Viorel sorriu.

— *Touché*.

— De toda forma, pelo visto, só há uma jovem e o filho dela — disse Dorian. — Tish Crewe. Ela é incrível, na verdade.

Incrível? Os ouvidos de Vio ficaram mais atentos.

— Quantos anos ela tem?

— Vinte e tantos, acho. A criança tem cinco.

— Bonitinha?

— Ah, uma graça. Cinco anos é uma ótima idade para um menino. — Dorian tropeçou em um arbusto e quase se estabacou no chão, perdendo o equilíbrio.

— Não a criança. — Vio gargalhou e ajudou o diretor a se levantar. — A jovem.

Dorian franziu o cenho.

— É atraente. Não é seu tipo, no entanto.

— O que isso quer dizer? — disse Viorel. — Não tenho um tipo.

— É claro que tem — replicou Dorian. — Já vi fotos suas na imprensa. As garotas que aparecem com você são como amazonas do glamour. Tish não é glamourosa. Além do mais — acrescentou ele —, está apaixonada por um médico francês.

Viorel ergueu uma sobrancelha.

— Uau. Você realmente conhece essa mulher. Ela já está confidenciando a você coisas da vida amorosa dela? — Vio cutucou as costelas de Dorian. — Talvez ela goste de você.

— Deixe de criancice — disse Dorian, irritado.

— Talvez *você* goste dela? — provocou Viorel. — Estou chegando perto, Il Direttore?

— Não, não está chegando perto. Sou um homem casado e feliz.

Aquilo era um exagero naquele momento, mas era verdade que Dorian não tinha qualquer interesse romântico por outra pessoa que não fosse Chrissie. Tish Crewe era charmosa e gentil e, para ser sincero, Dorian talvez estivesse um pouco fascinado pela ascendência familiar dela. Podia ter herdado o que Chrissie insistia em chamar de "porra de castelo", mas os Crewe obviamente se originavam de um ramo muito mais antigo e longevo da árvore aristocrática. Nada disso equivalia a Dorian "gostar" de Tish Crewe, pelo menos não no sentido que Viorel Hudson deu à palavra.

— Estamos enfurnados na mesma casa há uma semana — disse Dorian, tentando se defender. — É claro que conversamos. E sim, eu gosto dela. Mas não do modo como está pensando.

Viorel pareceu cético, mas não disse nada. Os dois haviam chegado ao rio e começaram a curta, porém fustigante, subida até o outro lado da colina. Ainda eram apenas oito horas, e ao caminhar à sombra era possível sentir um frio distinto no ar.

— A que horas os outros vão chegar? — perguntou Viorel, mudando de assunto.

— Sabrina e Lizzie devem chegar mais tarde esta manhã — respondeu Dorian. — Jamie e Rhys chegaram ontem.

Lizzie Bayer, uma famosa atriz de TV norte-americana, interpretaria Isabella Linton, esposa de Heathcliff. Jamie Duggan, um ator de teatro escocês, interpretaria o marido de Catherine, Edgar Linton. E o desconhecido Rhys Evans fora escalado como Hareton Earnshaw, o interesse amoroso da jovem Catherine no fim do filme. Junto a Viorel e Sabrina, Lizzie, Jamie e Rhys formavam o elenco principal.

— Vou começar, então, com você e Sabrina amanhã bem cedo. Sabe disso, certo? A cena do retorno de Heathcliff do exílio, fora de Thrushcross Grange?

— Claro — respondeu Vio. Ele esperava que Sabrina chegasse na hora e em um estado apropriado para repassar a cena com ele em particular antes. Viorel tentara diversas vezes entrar em contato com ela em Los Angeles desde a leitura do roteiro e se oferecera para trabalhar nas cenas dos dois juntos, mas Sabrina o dispensara todas as vezes.

— Trabalho melhor sozinha — dissera ela, com arrogância, para Vio. — Se está nervoso com suas cenas, fale com Rasmirez. Tenho certeza de que ele *adoraria* ter notícias suas.

Vio ficara perplexo.

— Fiz alguma coisa que a ofendeu? — Ele tinha sido gentil e calmo com Sabrina durante a leitura, até a defendera depois para Dorian. Que porra de atitude era aquela?

— Você não é importante o suficiente para me ofender — respondera Sabrina, de forma grosseira, e desligou.

Guerra de nervos, pensou Vio, lutando contra a raiva. *Ela está tentando me provocar para que eu perca a cabeça no set de filmagens. Para que eu aja como um babaca na frente de Rasmirez e ela afaste um pouco da tensão do lado dela.*

Que pena, querida. Pelo menos um de nós sabe ser profissional.

Viorel esperava conseguir traduzir parte da hostilidade entre os dois em tensão sexual diante das câmeras. Mas, depois de semanas de espera, ele estava ficando cada vez mais inseguro a respeito de como trabalhariam juntos. Aquele era o papel principal de 5,5 milhões de dólares, a maior chance da carreira de Vio. Ele queria começar.

— Uau.

Após cinco minutos de subida, os dois haviam chegado a Home Farm. Vio ficou adequadamente impressionado.

— Estou vendo o que quis dizer — disse ele, maravilhado com a construção de pedras cinza desgastadas, em formato de L. Até a espessa porta de entrada poderia ter sido diretamente retirada das páginas do romance. — É exatamente como imaginei. Exceto...

— Exceto pelo quê? — perguntou Dorian.

— Talvez seja um pouco pequena.

— Pequena? Acho que não — respondeu Dorian, parecendo ligeiramente desapontado. Na verdade, ele pensara a mesma coisa quando vira pela primeira vez a fazenda, oito dias antes, e passara muito da última semana trabalhando em tomadas com grandes-angulares, de modo a criar uma ilusão melhor de tamanho, mas Dorian ficou irritado quando Viorel confirmou suas dúvidas. — Não vamos filmar do lado de dentro. Vou mostrar a você algumas das tomadas que fizemos na semana passada, do exterior. Dá para trabalhar com elas.

Mas Viorel não estava mais ouvindo.

A porta de entrada da casa de fazenda se abrira e uma figura emergira de lá, coberta, da cabeça aos pés, de fuligem preta espessa. Ao erguer o rosto, Dorian a viu também.

— Tish? — perguntou ele, hesitante. — É você? — Dorian se aproximou da figura. Um Viorel interessado o seguiu.

— Ah, hã, oi. Sou eu. — Envergonhada, Tish tentou limpar o excesso da poeira de carvão de si mesma, mas aquilo grudava rápido, como folhas de ferro a um ímã. Ela estava acordada desde as sete horas, tentando resgatar um ninho de pássaros do poço da chaminé dos Connelly, e não esperava ver Dorian ou qualquer integrante da equipe na fazenda tão cedo.

Inclinando-se para a frente, Viorel sussurrou no ouvido de Dorian.

— Estou imaginando coisas? Ou ela está pelada?

Infelizmente, ele viu, conforme os dois se aproximaram, que Tish não estava pelada. Pelo menos não totalmente. Sob o disfarce de fuligem, estava descalça e vestia apenas calcinha e uma camiseta ribana colada ao corpo. *Definitivamente não é uma amazona do glamour*, pensou Viorel, lembrando-se da descrição arbitrária que Dorian fizera de seu "tipo". *Pernas incríveis, no entanto. Minha nossa.*

— Eu estava... nós estávamos... com alguns problemas — gaguejou Tish, nervosa, de repente consciente de como deveria estar parecendo ridícula. — O rapaz que limpa a chaminé vem esta manhã, sabe, e tem uma família de andorinhas fazendo ninho...

Ela parou de falar. De trás da forma familiar de Dorian, como a de um urso, emergiu de repente, como uma aparição, o homem de aparência mais divina que Tish já tinha visto na vida. Uma visão vestindo azul, os cabelos pretos esvoaçantes brilhando como as penas de um corvo, ele estava ali, encarando Tish. É claro que ninguém jamais poderia esperar ser comparável a Michel, não em termos do pacote completo. Mas não se podia negar que somente pela aparência — no que dizia respeito à regularidade das feições, à proporcionalidade de braços e pernas ou qualquer outro padrão objetivo de beleza masculina que se pode ressaltar — aquele Adônis de pele morena e olhos azuis levava alguma vantagem.

O Adônis sorriu para Tish de modo lascivo.

— Sou Viorel Hudson. Você deve ser Tish Crewe.

— Hmmm? — Tish parecia ter perdido o poder de fala temporariamente.

— Um prazer conhecê-la — disse Viorel, satisfeito com o efeito que pareceu ter sobre ela. — Se importa se eu não apertar sua mão?

— Hmmm? — falou Tish novamente. Era como se tivesse desenvolvido um autismo tardio.

— A fuligem — explicou Vio.

— Ah! — Tish abaixou o rosto para as mãos escurecidas. — É claro. Desculpe.

Foi somente naquele momento que ocorreu a Tish que ela estava, para todos os propósitos, nua. Ficou tão corada que se surpreendeu por Viorel não ter sido queimado pelo calor que emanava de suas bochechas.

— Aqui. — Dorian deu um passo à frente e enrolou sua parca impermeável ao redor de Tish. — Você deve estar congelando.

— Estraga-prazer — disse Viorel. Dorian olhou feio para ele.

— Obrigada — respondeu Tish, agradecida. — Minhas roupas estão aqui dentro. Fiquei toda suja de poeira de carvão e mal conseguia me mexer, então... presumi... não achei que haveria alguém aqui tão cedo.

— Por favor, não peça desculpas por nós — disse Viorel, que estava começando a se divertir. Era difícil ver o rosto da garota direito por baixo de toda a imundície, mas a combinação da silhueta incrivelmente à mostra dela com o embaraço bastante evidente era verdadeiramente adorável. Assim como o fato de que a jovem tinha acordado às sete horas para tirar um ninho de pássaros de uma chaminé. *Que tipo de gente faz isso?*

Após mais algumas desculpas gaguejantes, Tish desceu a colina em direção à mansão, puxando o casaco grande demais de Dorian ao redor de sua minúscula forma, como se fosse um escudo, enquanto corria. Ainda sorrindo como o Gato de Cheshire, Vio abriu a boca para falar, mas Dorian o interrompeu.

— Não — disse ele com firmeza.

— O que quer dizer com "não"? Eu não falei nada.

— Quis dizer "não". Com ela, não.

— Tudo bem — disse Vio, interessado. — Mas, só por curiosidade... por que não?

— Porque ela é nossa anfitriã.

— E daí?

— E daí que vai causar tensão no meu set de filmagens — disse Dorian. — E porque ela é uma moça legal que não merece cair na sua conversa fiada. E porque eu mandei — acrescentou ele, com teimosia. — Há uma cidade cheia de garotas ansiosas do outro lado desses portões. Se precisa aliviar a tensão, faça isso com uma delas.

— Tudo bem, chefe — respondeu Vio, ainda sorrindo. — Como quiser.

A próxima vez que Viorel viu Tish foi no almoço. A Sra. Drummond tinha servido uma refeição de boas-vindas para os atores. Ao entrar no impressionante salão de jantar com painéis de madeira de Loxley, vestindo jeans e uma camiseta branca lisa, os cabelos recém-lavados, ainda molhados, presos em um rabo de cavalo, Tish ficou vermelha ao ver Viorel de pé ali.

— Ora, ora — brincou ele, divertindo-se com o desconcerto de Tish. — Não é que você fica bem quando está limpa?

— Ignore-o — disse Dorian, e apresentou Tish ao restante dos hóspedes temporários dela. — O almoço parece espetacular, aliás. Você não deveria ter tido tanto trabalho.

A grande mesa de refeitório de mogno fora posta com louça chinesa branquíssima e talheres de prata, e diversos alimentos cultivados na propriedade dispostos em bandejas grandes no meio. Havia carne de cervo com salada de tomates frescos e manjericão, um salmão inteiro defumado e diversos pratos com vegetais, inclusive uma pilha de aspargos de dar água na boca, cobertos de manteiga, a qual a Sra. Drummond informou orgulhosamente que tinha sido batida em Home Farm, proveniente de vacas de Loxley.

— O peixe está fantástico. — Rhys Evans, um galês atarracado de cabelos cacheados com uma reputação de pregar peças nos outros, enchia a boca de salmão com prazer indisfarçado.

— Está tudo uma delícia. Foi muito generoso da sua parte, Srta. Crewe — disse Jamie Duggan, e limpou um filete amarelo de manteiga derretida do queixo. Jamie era mais bonito que Rhys, era louro e de feições normais, mas Tish se pegou pensando em como ele era desprovido de sex appeal. Ela tentou imaginá-lo como Edgar Linton, fazendo amor com a Catherine Earnshaw de Sabrina Leon. Não foi fácil.

— Por favor, me chame de Tish — disse ela. — Creio que não possa levar crédito pelo almoço. Foi tudo fruto do trabalho árduo da Sra. Drummond.

Viorel observou Tish enquanto ela conversava com todos na sala, fazendo o papel da anfitriã interessada, como a bem-educada senhora da mansão que era. Tish trocou histórias de dança típica escocesa com Duggan, um homem tedioso e angustiantemente presunçoso, na opinião de Vio, e riu de todas as piadas fracas dele; depois tentou corajosamente puxar conversa com Lizzie Bayer, o que não era fácil, considerando que a garota tinha o nível de atenção de um peixinho dourado após uma concussão. O próprio Vio tentara conversar com Lizzie em Los Angeles, depois da leitura do roteiro. De beleza clássica, nos moldes escandinavos e de seios fartos, típicos da revista masculina *FHM*, ela parecia valer uma tentativa. Mas as aparências enganam. Na verdade, Lizzie Bayer era quase tão interessante quanto um arenque em decomposição. Ela só queria falar sobre seu programa de TV chato de matar e os índices de audiência dele.

— A revista *Variety* me nomeou um dos "rostos para assistir" da emissora NBC este ano — dissera ela a Vio pela terceira vez, embelezando-se em vão no espelho retrovisor do Veyron.

Sério?, pensou Vio. *Eu a teria nomeado um dos "rostos para estapear". Isso é que é ser obcecada consigo mesma.* No filme, Lizzie interpretaria a esposa-troféu que Heathcliff agride e humilha indiscriminadamente. Viorel já estava ansioso para isso.

Ao olhar ao redor do salão para seus colegas de elenco, Vio rapidamente decidiu que Rhys era, de longe, o melhor do grupo — engraçado de um jeito amigável com um brilho malicioso no olhar que dava a Vio esperanças de que pudesse se tornar um amigo. Ele flertava abertamente com Tish, mas de modo inútil: cada elogio elaborado entrava por um dos ouvidos da jovem e saía pelo outro, como uma bomba desperdiçada.

Consciente dos olhos de Viorel vidrados nela, Tish estava começando a se sentir desagradavelmente quente. O esforço de não retribuir o olhar lhe dava dor de cabeça e dificultava a concentração no que Rhys Evans dizia. Foi um alívio quando o telefone no corredor tocou e ela foi chamada para atender à ligação.

Dois minutos depois, Tish voltou para a mesa com aparência pálida.

— Está tudo bem? — perguntou Dorian.

— É meu filho — respondeu Tish, a voz em um tom uniforme. — Ele sofreu um acidente na escola. Chamaram o clínico local. Parece que teve uma concussão.

— Meu Deus. O que houve?

— Ele caiu de uma árvore. Estava brincando de *Alvin e os esquilos* com outro garoto, ou algo assim... o médico falou que ele está bem, mas está perguntando por mim. Preciso ir para lá imediatamente.

— É claro — disse Dorian. — Quer que eu leve você?

Tish olhou para ele inexpressiva por um momento, perdida na própria ansiedade. Estava certa de que lera em algum lugar que as pessoas pareciam bem após um ferimento na cabeça, mas então tinham hemorragia e morriam horas mais tarde.

— Tish?

— Hmm? Ah, não, obrigada. Estou bem para dirigir.

— Tem certeza? — Dorian parecia preocupado.

— Sim. Com licença — disse ela para todos no salão, e saiu correndo apressada.

Tish já estava no carro e ligava o motor quando Viorel a alcançou. Ele abriu a porta do motorista.

— Passe para o outro banco.

— O quê? — Tish pareceu transtornada.

— Vou dirigir.

— Mas...

— Isso foi uma ordem — afirmou Vio com firmeza, cutucando-a para que fosse para o banco do carona. — Vou dirigir. Você precisa se concentrar no seu filho.

Quando chegaram à escola primária St. Agnes, Abel tinha superado o estado choroso de "quero a mamãe" e estava gostando bastante de ser o centro das atenções.

— Eu quase morri — disse ele a Tish, animado, e apontou com orgulho para a compressa de gelo presa à testa com ataduras de Dennis, o Pimentinha. — Se eu tivesse morrido, o Michael teria de ir para a cadeia até fazer 100 anos.

— Não teria, não — discordou Michael, sem tirar os olhos do livro para colorir. — Foi um acidente, não foi, Srta. Bayham? Ninguém vai para a cadeia por um acidente.

A Srta. Bayham assegurou Tish de que tinha, de fato, sido um acidente, e de que o Dr. Rogers dissera que não havia necessidade de fazer uma radiografia da cabeça de Abel.

— Vou levar você para a emergência, só para garantir — afirmou Vio. Ele não conseguia tirar os olhos de Abel. *Esse garoto se parece muito comigo.*

— Quem é ele? — perguntou Abel, reparando no homem de cabelos pretos que o encarava enquanto Tish carregava o filho pelo parquinho. — Ele é motorista de táxi?

Tish pareceu envergonhada, mas Viorel gargalhou. Dorian estava certo: o garoto era muito bonitinho.

— Sou Viorel — disse ele, e ofereceu a mão para Abel apertar. — Sou amigo de sua mãe.

— Viorel quem? Nunca vi você.

Vio sorriu.

— Viorel Hudson. Por quê? Quantos Viorel você conhece?

— Dois — respondeu Abel —, da minha antiga escola.

As sobrancelhas de Vio se ergueram.

— Sério? Onde era sua antiga escola?

— Na Romênia — respondeu Abel.

Vio sentiu os pelos do braço se eriçarem. *Não é à toa que ele se parece tanto comigo. E nem um pouco com a mãe. Será que é adotado?*

— Meu nome completo é Abel Henry Gunning Crewe — disse Abel, mudando de assunto abruptamente. — Qual é o seu dinossauro preferido?

— Therizinossauro — respondeu Vio, sem parar para pensar. — Qual é o seu?

Abel olhou para Tish, os olhos arregalados de admiração. A maioria dos adultos era vergonhosamente ignorante a respeito dos répteis gigantes da era Mesozoica. O novo amigo da mamãe era legal.

— O meu é o ceratossauro, mas empatado com o fukuissauro. Minha mãe gosta do tiranossauro rex, mas é só porque é o único que ela conhece. — Abel revirou os olhos.

Vio assentiu em concordância.

— Garotas são assim mesmo.

— Eu sei.

No carro, a caminho do hospital, Tish disse a Vio:

— Você é bom com crianças.

Ele sorriu.

— Você parece surpresa.

Tish deu de ombros.

— Acho que estou um pouco.

— Por quê? Porque sou ator?

— Não sei. Talvez.

Vio tirou a mão da marcha e a pousou casualmente sobre a perna de Tish.

— Não julgue um livro pela capa, Srta. Crewe. Na verdade, sou bom com todo tipo de coisa. — Devagar, infinitesimalmente devagar, ele começou a acariciar com a ponta do dedão o tecido da calça jeans dela.

Aquilo era definitivamente uma investida. Tish sentiu um fluxo de sangue descer para a pélvis, algo que não sentia desde Michel. *Ai, Deus*, pensou. *Ele é incrivelmente sexy. Mas é um ator de cinema. Quero mesmo ser mais uma na lista dele?*

— Tenho certeza que é. — Gentilmente, Tish removeu a mão dele.

— Mas...? Estou sentindo que há um "mas".

— Mas sinto dizer que estou fora de romances no momento — explicou Tish. — Desculpe.

— Ah, sim. O médico fedorento — comentou Vio, como se fosse irrelevante. — Dorian o mencionou.

Tish pareceu estarrecida. Quando falou com Dorian sobre Michel, presumiu que ele fosse manter segredo.

— Ah, vamos lá, relaxe — disse Vio, ao ver o rosto dela se fechar. — Para início de conversa, ele é francês. Você não pode mesmo querer namorar um francês.

— Ah, é?

— Sim, é. E depois, ele é um idiota. Qualquer homem que deixe você escapar por entre os dedos é, por definição, um idiota.

Tish relaxou um pouco.

— Você é cheio da lábia, não é, Sr. Hudson?

— Eu tento. — Vio sorriu.

A viagem ao hospital durou uma eternidade. De acordo com o previsto, Abel estava bem, como evidenciado pela tagarelice incessante dele na sala de espera e pela arguição que fez a cada médico que o examinou sobre as minúcias de *Ben 10 Força Alienígena*. Quando foram embora, o jet lag de Viorel estava começando a se manifestar, então Tish se ofereceu para dirigir de volta a Loxley.

Abel falou por mais 15 minutos no banco de trás do carro antes de finalmente ficar sem energias e cair no sono, com a cabecinha de cabelos pretos encostada no vidro. Tish pensou que Vio também estivesse dormindo, até que ele de repente bocejou alto ao lado dela.

— Então, o que aconteceu? — perguntou Viorel. — Com seu médico francês?

Tish suspirou. Ela podia muito bem contar a ele. Será que dizer em voz alta ajudava?

— Ele conheceu outra pessoa.

— Sinto muito — disse Vio.

Ele parecia sincero. *Ele é um bom homem*, pensou Tish. *Provocador, descompromissado e tudo de que não preciso na vida. Mas um bom homem, mesmo assim.*

— Foi por isso que você saiu da Romênia? Abel mencionou que estudava lá.

— Não, não — respondeu Tish. — Não foi nada disso. — Ela o atualizou brevemente sobre a vida em Oradea. O trabalho com os órfãos, como adotou Abel e a versão censurada e resumida do caso condenado com o Dr. Michel Henri. Finalmente, Tish contou a Vio sobre Jago e os ocupantes que a forçaram a morar em Loxley.

É uma mulher incrível, pensou Viorel. Era muita vida e responsabilidade para se carregar aos 27 anos.

— Então você desistiu mesmo dos homens, é? — perguntou ele. — Tem certeza quanto a isso? Nada de sair?

— Por enquanto, não — afirmou Tish. — Mas é legal receber convites. Obrigada.

— O prazer é meu.

— E obrigada por hoje. Com Abel, quero dizer.

— Ele é incrível — exclamou Vio entusiasmado, então gritou de repente. — *Meu Deus!*

Tish quase morreu de susto. Do nada, uma limusine a uma velocidade irresponsável passou voando por uma curva e esteve a um fio de cabelo de bater neles. Somente graças às reações rápidas de Tish eles conseguiram desviar para o recuo de grama e evitar uma colisão.

— Que porra foi essa? — perguntou Vio quando Tish pisou no freio. — Você está bem?

— Acho que sim. — Tish ainda estava tremendo. Então se virou para o banco de trás. — Abi, querido, está bem?

Totalmente acordado de novo, após toda a comoção, Abel encarou o carro preto e longo conforme ele desaparecia a distância.

— Aquilo foi *tão legal!* — declarou o menino, sem fôlego. — Qual era a velocidade dele, Vio? Tão rápido quanto um jato?

— Estava indo rápido *demais* — murmurou Viorel. — Ridículo, em uma estradinha rural. Podíamos ter morrido.

— Rápido como um foguete? — perguntou Abel. — E quanto a uma mochila a jato? Ei, olha! Está voltando.

Para o espanto de Tish e Vio, eles viram que o carro estava, de fato, retornando, levemente mais devagar dessa vez. Talvez o motorista tivesse percebido que os tirara da estrada e estivesse voltando para verificar se estavam bem. Conforme a limusine se aproximou, reduziu a velocidade e parou. Tish abaixou a janela, fazendo uma expressão que esperava transmitir uma atitude de severa reprovação, e esperou pelas encarecidas desculpas do outro motorista.

Em vez disso, foi a janela do banco traseiro que se abriu. O rosto da mulher estava quase todo obscurecido atrás de óculos escuros gigantes, mas a voz dela era imperativa.

— Loxley Hall — disparou a mulher. — Imagino que saiba onde fica essa porra?

Tish estava lívida.

— Tem ideia da velocidade a que estava agora há pouco? Chegou a me jogar para fora da estrada! Se eu não tivesse desviado, talvez tivesse nos matado.

— Mas você desviou, não foi? — O sotaque americano estava mais claro dessa vez, assim como a arrogância. — Agora, sabe onde fica essa casa ou não? Não tenho o dia todo.

Viorel inclinou-se para a frente. Ele teria reconhecido aquela voz em qualquer lugar.

— Sabrina?

— Vio. Graças a Deus. — Sabrina tirou os óculos escuros e abriu um sorriso doce para ele. Tish viu os olhos felinos e semicerrados, as maçãs do rosto elevadas e os lábios grandes que tinham feito de Sabrina Leon uma estrela, então se esqueceu temporariamente da indignação. A beleza dela era neutralizadora, como uma arma de choque. Fora Dorian quem dissera isso? *Quando se tem aquela aparência, ninguém jamais diz não a você.*

— Imagino que *você* saiba o caminho para essa locação dos infernos? — disse Sabrina, como que ronronando, para Viorel. — Estamos dirigindo em círculos há horas. Estou ficando louca.

— É claro. — A raiva inicial de Viorel pareceu ter se derretido como um picolé gelado sob o sol. — Tish e eu estamos a caminho de lá agora. Por que não nos segue?

— Aquela era uma princesa? — perguntou Abel, para irritação de Tish, enquanto ela voltava para a estrada. — É *muito* bonita. E tem um carro legal. Com janelas legais.

— Aquela não era uma princesa — disparou Tish. — Aquela era uma mulher muito mal-educada. E você não pensaria que o carro dela é tão legal se ele tivesse batido no nosso. Por que você não disse nada? — acrescentou ela, com raiva, para Viorel. — Ela não deveria estar na estrada.

Viorel avaliou a expressão de raiva e tensão de Tish e pensou: *Ela está com ciúmes. Que lindo. Não gostou quando fui legal com Sabrina.*

— Vou falar com o motorista mais tarde — respondeu ele, em tom tranquilizador.

Viorel não estava ansioso para as filmagens. Tinha passado tempo demais de sua vida na Inglaterra rural, e sempre a achara incrivelmente tediosa. Mas talvez Derbyshire fosse exceção.

Havia esperança em Hope Valley, afinal de contas.

— Não! De jeito nenhum. Eles não vão para uma porra de hotel.

Uma hora mais tarde, os gritos de Sabrina Leon podiam ser ouvidos a uma boa distância de Loxley Hall.

— Bem, eles não vão ficar aqui, Sabrina. — A voz de Dorian Rasmirez estava dez decibéis mais baixa, mas era tão rígida quanto a dela. — Eu falei antes. Nada de equipe.

— *Equipe?* — Os gritos de Sabrina se ergueram uma oitava. — Em que porra de universo alternativo eles são uma equipe? São meus guarda-costas. Preciso deles para proteção. Como vão me proteger se estiverem em um hotel?

— Não vão, porque isso é conversa fiada — disse Dorian. — Conversa fiada egocêntrica. Ninguém mais trouxe guarda-costas. Precisa ser protegida de quê?

— Da imprensa! — gritou Sabrina. — De quem mais? Você deveria ter visto os jornalistas em Heathrow. Um bando de porra de hienas.

— Talvez devesse tentar ser educada com os repórteres? — sugeriu Dorian. — São sempre muito respeitosos comigo.

— Não estão interessados em você — disse Sabrina, inexpressiva. — Ninguém mais trouxe guarda-costas porque ninguém mais vende jornais do modo como eu vendo, entende? É simples assim.

Dorian não se comoveu.

— Pode gritar o quanto quiser. Esses neandertais *não* vão ficar neste set de filmagens e esta é minha palavra final sobre o assunto.

— Tudo bem. Então vou me hospedar em um hotel com eles.

— Não, não vai. Você vai ficar aqui. Está no seu contrato.

Àquela altura, tanto o nível dos decibéis quanto o linguajar ficaram tão ruins que Tish precisou abandonar a história para dormir de Abel e descer para confrontá-los.

— Sinto muito, mas tenho um garotinho dormindo lá em cima. Se não podem ter uma conversa civilizada, por favor, vão gritar um com o outro em outro lugar.

— Me desculpe — disse Dorian, envergonhado. — Esqueci que vocês estavam em casa.

Abel, parecendo mais adorável do que nunca no pijama de algodão branco com estampa do Peter Rabbit, surgiu ao pé da escada atrás da mãe.

— Adivinhe só? — indagou ele alegremente para Dorian.

— O que foi? — perguntou Dorian, ignorando Sabrina e concentrando toda sua atenção no garoto.

— Eu quase morri hoje.

— Ah, é?

Abel assentiu solenemente.

— Hum-hum. Duas vezes.

— Não exagere, Abel — disse Tish.

— Não estou exagerando! — insistiu Abel. — Uma vez quando Michael me empurrou da macieira e depois quando aquela moça tentou bater no nosso carro. — O menino apontou para Sabrina.

Os olhos de Dorian se estreitaram.

— Isso é verdade?

— Não! — disse Sabrina.

— Sim — disse Tish ao mesmo tempo. — Ela nos jogou para fora da estrada. Ou pelo menos o motorista dela fez isso.

— Isso é besteira — explicou Sabrina. — Ela estava dirigindo igual uma velha. Ultrapassamos o carro dela e ela entrou em pânico. Conte para eles, Viorel.

— Ah, não. Não olhe para mim. — Ao descer as escadas, Viorel parou atrás de Abel e pegou o garoto nos braços. — Oi, Abel Henry Gunning Crewe. — Vio deu um largo sorriso.

— Oi, Viorel Hudson. — Abel sorriu de volta.

Sabrina disse o que todos estavam pensando.

— Puta merda, vocês dois se parecem.

— *Olhe o linguajar!* — sibilou Tish. Mas ela estava muito irritada consigo mesma por se sentir tão agitada quando Viorel apareceu. Ele tinha tirado a calça jeans e o suéter que vestia mais cedo e pusera calças de linho brancas Paul Smith e uma camisa de botão Gucci com a gola aberta de um verde vibrante que fazia com que seus olhos definitivamente brilhassem. *Isso é ridículo*, pensou Tish, quando mais uma descarga de sangue chegou até suas bochechas. *Se ele vai morar sob meu teto pelos próximos dois meses, tenho de parar de corar como uma colegial sempre que estivermos no mesmo cômodo.*

— Escute — disparou Sabrina, irritada por todo aquele minuto em que a atenção fora desviada dela. — Não tenho tempo para isso. Estou cansada, preciso resolver essa merda com meus seguranças para poder descansar um pouco.

— Está resolvido — disse Dorian. — Eles vão. Você fica.

Ao sentir que as coisas iriam começar a esquentar de novo, Viorel intrometeu-se, passando um dos braços ao redor da cintura de Sabrina e erguendo a mala dela com a outra.

— Você deve estar exausta, querida — sussurrou ele, baixinho. — Tish já me mostrou onde fica seu quarto. Deixe-me levá-la para lá.

— Eu ajudo! — disse Abel, e saltou para o baú da Louis Vuitton de Sabrina como se fosse um macaco-de-cheiro. — Tenho músculos superfortes. Olha. — Ele flexionou o bíceps inexistente para Viorel.

— Acho que não. — Tish deu um passo à frente para recuperar o filho. — Você já se machucou bastante por um dia.

— Mas eu quero — resmungou Abel. — Quero ajudar a moça que tentou me atropelar com o carro dela.

Viorel gargalhou ruidosamente.

— Pelo amor de Deus — disse Sabrina. — Eu não tentei atropelar o menino.

— Não me importei — assegurou Abel. — Era um carro bem legal. Você é muito bonita.

Até Sabrina ficou encantada com aquilo.

— Obrigada. É Abel, não é?

— Abel Henry Gunning Crewe.

— Bem, obrigada, Abel. Mas acho melhor você subir agora. Sua mamãe parece irritada.

Não parece mesmo?, pensou Vio, maliciosamente. Tish era uma garota linda, e meiga, mas ele sabia ser cuidadoso. Rasmirez não tinha poupado palavras para alertá-lo, e, de qualquer forma, garotas de coração partido costumavam ser mais problemáticas e não valiam tanto a pena. Não tão problemáticas quanto Sabrina Leon, talvez, mas Vio já havia decidido que não comeria Sabrina. Como Terence Dee, o agente que o descobrira, dissera certa vez a respeito de dormir com colegas de cena: nem os cães cagam onde comem. Se oito semanas de celibato se revelassem ser tempo demais, Vio simplesmente aceitaria o conselho de Dorian e aliviaria a tensão com uma garota local.

Que pena.

Algumas horas mais tarde, Tish desabou na cama, exausta. Que dia fora aquele! Da expedição ao nascer do sol chaminé acima em Home Farm e o encontro estarrecedor com Viorel Hudson até a viagem com Abel ao hospital e a experiência de quase morte com Sabrina Leon, a chegada dos atores pareceu ter elevado o nível de estresse de Loxley à centésima potência.

Os flertes de Viorel eram lisonjeiros. Mas Tish era uma garota sensata. Homens como ele queriam a caça, o jogo. Assim que uma mulher dormisse com eles, perdiam o interesse e seguiam para a próxima. Até a chegada de Sabrina tinha virado a cabeça de Hudson, como um cachorro que vê um esquilo de repente.

Tenho drama suficiente na vida sem toda essa loucura, disse Tish a si mesma, desligando o abajur ao lado da cama. *Principalmente depois de Michel*

E então ela percebeu.

Aquele fora o primeiro dia em mais de um ano em que Tish não pensara no Dr. Michel Henri nem uma vez.

CAPÍTULO 11

Harry Greene recostou-se nas almofadas de veludo roxo e desceu a barra de rolagem para ver as opções na enorme tela diante de si.
Lisa
Gêmeas 1: Sandy e Dee
Gêmeas 2: Keisha e Joanne
Clara
A lista tinha mais de vinte itens, mas Harry sempre acabava escolhendo entre os mesmos três filmes. Ele basicamente desistira de pornografia comercial. Desde que começara a se filmar fazendo sexo, há mais de dois anos, achava sua coleção particular infinitamente mais excitante. Primeiro, as garotas eram mais bonitas. Segundo, ele podia dirigi-las exatamente do modo que queria: coxas bem afastadas, lábios semicerrados, olhos sempre abertos e na direção da câmera. Outros produtores tinham Hollywood a seus pés. Harry Greene tinha Hollywood de joelhos, chupando seu pau. Ao clicar em *Keisha e Joanne*, Harry atirou o controle remoto sobre a colcha de seda chinesa e enfiou a mão por dentro do cós do pijama Turnbull & Asser, já ereto com a antecipação.

Aos 39 anos, Harry Greene, de fato, era o homem que tinha tudo. Seus filmes *Fraternidade* eram a franquia de comédias de maior sucesso dos últimos tempos. Como resultado, ele não estava apenas mais rico do que jamais poderia sonhar — sua residência principal, em Beverly Hills, era um palácio de 2.800 metros quadrados que fazia Versalhes parecer apertado, mas Harry mantinha a vida interessante ao manter mansões com equipe completa em todos os continentes habitáveis do planeta, para as raras ocasiões em que sentia vontade de mudar de ares —, mas era também adorado pelos colegas do negócio do cinema como pouco menos que um deus. As mulheres caíam na cama de Harry Greene como maçãs maduras de uma árvore que nunca morre. Executivos dos estúdios se atracavam para fechar negócios com ele. Em Los Angeles, não havia festa à qual Harry Greene não fosse convidado, nenhum clube do qual não fosse membro, nenhum luxo conhecido ao homem que Harry não fosse capaz de se dar, dia ou noite, sempre que quisesse.

E, mesmo assim, Harry Greene não era um homem feliz.

Nascido em uma família de classe média, estável e carinhosa em um subúrbio movimentado de San Diego, Harry sempre fora abençoado. Inteligente, carismático e bonito, era popular na escola e um sucesso natural entre as mulheres. Quando conheceu a esposa, Angelica, em uma festa no vale, aos 24 anos, ele já era um produtor relativamente bem-sucedido, com dois filmes independentes lucrativos no bolso e consagrado como revelação na indústria cinematográfica. Esse modesto sucesso era mais que suficiente para lhe garantir acesso imediato a todas as muitas tentações de Hollywood. Como jamais se negou no passado, Harry não via motivos para tanto agora, apenas porque tinha levado uma mulher para debaixo de seu teto. Ele amava Angelica. Ela era inteligente, estonteantemente linda, leal e pouco exigente. Harry recompensara a esposa com um diamante de 5 quilates, um novo sobrenome e um AmEx Platinum ilimitado. Com esses presentes, ele se considerava completamente liberado dos deveres conjugais.

Foi um choque, portanto, quando, após cinco anos de casamento caracterizados por encontros sexuais desinibidos da parte dele, a mulher de Harry o deixou, entrando com divórcio com base no adultério dele.

— Não entendo — reclamou Harry, amargamente, para os colegas de negócios que confundia com amigos. — Dei a ela tudo o que queria. Jamais disse não a ela. *Jamais.* Como ela pôde me apunhalar pelas costas assim?

Durante o primeiro ano, Harry ficou tão amargurado com a traição explícita de Angelica que se recusou a sequer falar com ela, restringindo todo contato a conversas breves entre os respectivos batalhões de advogados. Mas, finalmente, como era uma alma grandiosa, Harry encontrou-se com a ex-mulher para almoçar em uma das antigas casas, e foi lá que ela jogou a bomba.

— Quando descobri? Nossa, Harry, não sei. Acho que a primeira vez que alguém me disse algo foi na festa de Halloween de Bob Grauman. Um cara fantasiado de Richard Nixon estava fofocando sobre você e Farrah James. Eu estava com uma máscara de lobisomem na hora; acho que ele nem mesmo sabia quem eu era. De toda forma, depois disso investiguei um pouco... Você tem a si mesmo para culpar, sabe disso. Mais Chablis, querido?

Harry Greene não se culpava. Tampouco culpava a pobre Angelica. Culpava um babaca tagarela fantasiado de Richard Nixon. Aquele desgraçado que jogou a merda no ventilador, quem quer fosse, havia arruinado um casamento perfeitamente feliz. Em uma cidade em que casamentos eram considerados bem-sucedidos se durassem mais que o leite na geladeira, Harry Greene se considerava seriamente injustiçado, arbitrariamente desprovido de algo raro e precioso, algo que era dele — que deveria ter sido dele — pela vida toda. Então investigou por conta própria. E eis que a nêmesis tem nome! Um nome que Harry Greene aprendeu a odiar ao longo dos anos com uma paixão que beirava a patologia: Dorian Rasmirez.

Então roubar meus roteiros não era o bastante para você, hein? Nem voltar meus roteiristas contra mim? Ah, não. Você precisa tirar minha esposa de mim também? Minha esposa!

O que doía mais era que o casamento do próprio Dorian era um exemplo em Hollywood. É claro que todos sabiam que a esposa de Rasmirez era uma piranha, uma atriz de TV de meia-idade e ultrapassada que trepava com tudo com menos de 30 anos que estivesse vivo, em uma tentativa deprimente de conseguir a atenção do marido. No entanto, Dorian permanecia ao lado dela, devoto, proclamando aos quatro cantos seu amor de corno pela mulher. Harry Greene queria destruir o casamento de Dorian Rasmirez, tirar dele a esposa do modo como Dorian lhe tirara Angelica. Mas os Rasmirez continuavam mais unidos do que nunca, um fato que corroía Harry como uma bactéria que decompõe carne.

Ele tentara entorpecer a dor ao magoar Dorian profissionalmente, usando sua enorme influência com os estúdios, os distribuidores e a mídia para prejudicar os filmes do rival. Harry gostava de pensar que ao deliberadamente alterar a data de lançamento do último filme *Fraternidade* de modo a coincidir com o drama de guerra tedioso e caro de Rasmirez, ele colocaria o prego final no caixão de *Dezesseis noites*.

— Ele terá sorte se for exibido por 14 noites — dissera Harry a um repórter da *Variety*, em uma citação que chegou às manchetes da indústria, e se revelou uma profecia precisa. O filme fracassou. Mas a satisfação que Harry sentira ao saber que Rasmirez havia perdido dinheiro foi passageira. Dinheiro sempre podia ser substituído. Um casamento, por outro lado, uma vez destruído, estava para sempre destruído.

Na tela à frente, duas garotas faziam sexo oral uma na outra. Uma delas era negra, a outra asiática. Ambas tinham físico perfeito, de quadris estreitos e andróginos, do modo como Harry gostava, mas com seios absurdamente enormes e redondos, presos às suas costelas como duas bolas de futebol. De vez em quando, elas erguiam o rosto da boceta uma da outra e encaravam a câmera, enquanto Harry sussurrava obscenidades para as duas. Como sempre, era o olhar delas que o fazia gozar. Tão desesperadas, tão completamente sob o controle dele. Harry Greene gostava das coisas sob seu controle. Isso o fazia sentir que a vida era como deveria ser.

Ao pegar um lenço da caixa ao lado da cama, Harry se limpou e estendeu a mão para o telefone. Era meia-noite em Los Angeles, mas a pessoa para quem ele ligava se encontrava na Europa e estaria acordada há, no mínimo, duas horas. Atenderam imediatamente. Somente ouvir aquela voz do outro lado da linha deixou Harry muito mais excitado que o orgasmo que acabara de ter.

— Sou eu. Harry. Ouça, preciso falar com você. Hum-hum, não, pessoalmente. Em quanto tempo pode pegar um avião?

Ele desligou dois minutos depois, tomado por um sentimento que não tinha há anos: satisfação. Dorian Rasmirez estava filmando seu remake de *O Morro dos Ventos Uivantes* em algum lugar da Inglaterra. Todos sabiam disso. Todos também sabiam que ele pagara muito além do que podia pelo jovem Hudson e ficara tão duro que fora obrigado a contratar Sabrina Leon como a protagonista feminina. Os detalhes da própria produção estavam envoltos em segredos. Alguns viam isso como uma tentativa proposital de Dorian de criar mistério, de fazer com que todos falassem sobre seu grande filme de "retorno". Mas Harry Greene via de outra forma.

Ele está se escondendo de mim, pensou Harry, com arrogância. *Ele está correndo assustado. E deveria.*

Harry Greene tinha o próprio segredo.

Estava prestes a destruir Dorian Rasmirez.

CAPÍTULO 12

Sabrina acordou tomada pelo medo. Um medo familiar: a porta do quarto dela estava chacoalhando. Era ele, Graham Cooper, o "irmão" adotivo de 20 anos que a molestara quando criança, em Fresno, voltando para "dormir abraçadinho", como ele dizia. Sabrina já podia sentir o cheiro da excitação asquerosa no hálito de Graham, as bochechas macilentas dele conforme se esgueirava para debaixo da roupa de cama de Sabrina, dizendo a ela para não fazer escândalo, que ele a amava, que ela era sortuda de ter um teto sobre a cabeça.

— Não! — Sabrina sentou-se, o coração batendo contra o tórax, como um animal preso. — Saia!

— Por favor, Sabrina. Já são quase cinco horas. Se não chegar aos figurinistas a tempo, Dorian vai escalpelar nós dois.

Levou alguns segundos para que a voz profunda com sotaque inglês de Viorel fosse compreendida. Não era Graham Cooper. Aquele não era o quarto da infância de Sabrina em Fresno. E ela não era mais uma garotinha indefesa de 12 anos. Era Sabrina Leon, estrela de cinema, no set de filmagens de seu mais recente filme. E, ai meu Deus, ela já estava atrasada!

Após empurrar as cobertas com um resmungo, Sabrina se levantou e caminhou até a janela, então abriu as cortinas. Ainda estava escuro do lado de fora, apenas feixes muito fracos de luz do dia abriam caminho, hesitantes, no horizonte. O quarto de Sabrina tinha vista para o bosque na parte de trás da casa. À meia-luz, ela viu uma família de cervos levantando-se sonolenta sob um carvalho acolhedor, esfregando-se uns nos outros na névoa do início da manhã. *Parece tão tranquilo*, pensou Sabrina, com uma pontada de dor. Como muitas pessoas que são viciadas na agitação da vida na cidade, ela desejou ter a habilidade de se desligar e aproveitar a natureza sem se sentir tão ansiosa o tempo todo, como se a vida, de alguma forma, estivesse passando por ela, deixando-a para trás em uma trilha de poeira. *Acho que quando se cresce em um lugar como este, aprende-se a fazê-lo. A estar em paz.*

Tish Crewe crescera ali, é claro. Será que era por isso que ela parecia tão irritantemente *cordial*? A garota definitivamente emanava bondade pura e rural. Os caminhos das duas haviam se cruzado por apenas alguns minutos no dia anterior, mas Sabrina já havia sido dominada por um forte desgosto pela senhora de Loxley Hall. O sotaque de Tish era tão refinado que não podia ser genuíno; além disso, Sabrina tinha uma regra de jamais confiar em uma mulher que não usasse maquiagem. *Olhe para mim*, elas pareciam dizer, *sou tão natural*. É claro que Rasmirez havia engolido aquilo. Sabrina percebeu de relance como o diretor estava caído por Tish Crewe, com aqueles olhos de corça e o filho bonitinho e toda aquela encenação maternal. Era o bastante para fazer alguém querer vomitar.

Dorian provavelmente acha que ela é uma dama. Ao contrário de mim.

Viorel Hudson parecia gostar da garota também. Ou talvez fosse apenas no garoto que ele estava interessado? Na noite anterior, quando mostrara o quarto a Sabrina, tagarelava sem parar sobre o pequeno Abel — sobre como ele era engraçado e inteligente. O instinto maternal da própria Sabrina havia sido removido cirurgicamente anos antes, junto com suas amídalas, mas era sexy ver um homem agir de modo paternal. Pelo menos era sexy quando Viorel o fazia.

— Está acordada? — Na deixa certa, ele enfiou a cabeça para dentro da porta. Viorel parecia nauseantemente revigorado de manhã tão cedo.

Sabrina se espreguiçou esticando os braços e dando um bocejo longo, como o de um gato.

— Estou acordada, estou acordada — suspirou ela. — Vejo você lá embaixo.

Os departamentos de figurino e maquiagem de *O Morro dos Ventos Uivantes* consistiam em dois trailers básicos em estilo casa móvel, estacionados ao lado dos estábulos de Loxley. Com as acomodações da equipe, as vans do bufê, uma ilha de edição e uma estrutura temporária que abrigava banheiros e instalações para lavanderia, eles compunham o que se chamava de "Cidade do Set" — o canto da produção. Viorel já estava caracterizado quando Sabrina entrou. Vestindo calças de montaria de cintura alta, botas de montaria e uma camisa bufante aberta no peito, ele deveria parecer a quintessência da Inglaterra. Na verdade, graças ao tom de pele bronzeado e uma barba de três dias, Viorel parecia mais um pirata que perdera a espada.

Sabrina, em comparação, parecia mil por cento Los Angeles em seu pijama cor-de-rosa da Victoria's Secret, um anoraque de seda cor-de-rosa da Silk Couture e um par de botas Ugg, com o rosto todo escondido por uma echarpe de estampa de leopardo da YSL. Tudo que se podia ver acima dela eram os olhos de Sabrina, inchados pelo cansaço e cheios de ressentimento porque se esperava que eles estivessem abertos em uma hora tão cruel.

Viorel a olhou de cima a baixo.

— Ora, ora. Se não é Aurora, Deusa da Manhã.

— Vá se foder — respondeu Sabrina, mas Vio conseguia ver o sorriso nos olhos dela. — Obrigada por me acordar. Acho que dormi apesar de uns seis alarmes.

— O prazer foi meu. — Após os chiliques e a frieza de Sabrina em Los Angeles, Viorel ficou encantado por ela ter decidido cessar as hostilidades entre os dois. Dorian fora tão duro com Sabrina durante a leitura do roteiro, e novamente no dia anterior, ao mandar os guarda-costas de volta, que ela provavelmente precisava de um aliado. Considerando que os dois passariam os três meses seguintes de suas vidas juntos, todos os dias, tanto na Inglaterra quanto na Romênia;

e que a única outra companhia do sexo feminino disponível era a descerebrada Lizzie Bayer ou a encantadora-porém-fora-do-alcance Tish Crewe, aquilo era um alívio.

— Com licença, querido. — Maureen, a moça gorda e maternal do figurino, enxotou Viorel para longe do caminho. De trás do trailer, ela arrastou um biombo de madeira dobrável. — Você pode tirar a roupa aqui atrás — disse a figurinista a Sabrina. — Vai lhe dar um pouco de privacidade.

O figurino de Sabrina, um vestido de crinolina bordado azul e amarelo, com saia armada e diversas camadas de fita, estava estendido sobre duas cadeiras ao lado de onde Viorel se encontrava. Era enorme, ocupava praticamente metade do espaço livre do trailer.

— Tudo bem — disse Sabrina. — Não preciso. É só trazer o vestido até aqui e eu pulo para dentro dele. — Viorel observou enquanto Sabrina tirava o casaco, as botas e o pijama. Em segundos, ela estava de pé diante dele, vestindo nada além de uma calcinha fio dental minúscula. As mãos de Sabrina cobriam os mamilos, mas todo o restante estava visível: os seios enormes, firmes e perfeitamente redondos, o bumbum um pouco masculino, sem um traço de celulite, tão bronzeado e liso como o resto dela, a barriga perfeitamente reta e definida, a qual, Viorel suspeitava, se devia mais à genética do que a horas de abdominais na academia. *Ela é incrível*, pensou ele, *e maravilhosamente despudorada. Mas quem não seria, com um corpo desses?*

Na verdade, Sabrina tinha plena consciência do que estava fazendo, e deliciava-se com o efeito que parecia ter sobre seu colega de cena. Ela se ressentira de Viorel quando os dois se conheceram em Los Angeles porque ele receberia 5,5 milhões de dólares por aquele filme e ela não receberia nada, e porque Sabrina temia que Viorel roubasse sua atenção, e talvez até arrumasse um modo de apenas o seu nome aparecer nos créditos. Certamente ele era ambicioso o bastante para tentar isso — *ele é quase tão ambicioso quanto eu* — e talvez até conseguisse. Ed Steiner tinha a coragem de uma ameba quando se tratava de defender os interesses de Sabrina, e Rasmirez já havia decidido descaradamente qual dos dois atores principais preferia.

Mas quando o viu novamente no dia anterior, Sabrina decidiu que havia mudado de ideia a respeito de Viorel Hudson. Não só ele era completamente transável, mas parecia genuinamente ansioso para ser amigo dela. Não precisava ter acordado Sabrina naquela manhã. Poderia tê-la deixado dormir e enfrentar o temperamento lendário de Rasmirez, mas não fez isso. Àquela altura da vida, Sabrina precisava de todos os amigos que conseguisse. *Além disso*, pensou ela, feliz, *se ele gosta de mim agora, imagine quanto mais vai gostar depois que eu o levar para a cama*. Sabrina precisaria de algo para fazer naquele cantinho sonolento da Inglaterra, principalmente agora que Dorian havia confiscado Enrique.

— Aqui está. — Maureen e a assistente carregaram o enorme vestido até Sabrina e enrolaram o corpete para que ela pudesse entrar na saia armada. — Pule aí dentro logo, antes que fique com hipotermia.

Sabrina fez o que foi pedido. Abaixou-se para subir o vestido e tirou as mãos dos seios, deliberadamente exibindo para Viorel uma visão frontal completa.

— Ops. — Sabrina o encarou e sorriu.

Vio sorriu de volta. *Cuidado*, pensou ele. *Ela é deliciosa, mas é problema.*

— Vou pegar um café para nós.

— E um bagel para mim — acrescentou Sabrina, sem quebrar o contato visual. — Estou *morrrta* de fome.

Eu também, pensou Viorel, seu pênis ficando ereto com uma velocidade alarmante sob as calças de montaria justas ao corpo.

A maquiagem levou uma eternidade. Ainda que só houvesse os dois na cena daquela manhã, e nenhum deles precisasse ser envelhecido ou coberto de cicatrizes ou, de alguma outra forma, transformado, o processo pareceu se arrastar indefinidamente.

— Quer repassar o roteiro? — perguntou Vio, fechando os olhos quando mais uma camada de sombra era aplicada às sobrancelhas.

— Podemos fazer uma verificação das falas enquanto estamos presos aqui.

Sabrina, que ainda tentava, inutilmente, ressuscitar o BlackBerry Pearl, estava prestes a responder "não". Os dois eram atores muito diferentes. Viorel parecia querer garantir-se constantemente e fazer ensaios extras, enquanto Sabrina preferia a descarga de adrenalina de saltar de olhos fechados para a primeira tomada. Mas, pelo interesse da amizade recém-estabelecida entre eles, ela cedeu.

— Tudo bem — disse Sabrina, fazendo uma careta enquanto seus cabelos eram presos com força dentro do chapéu de época. — Manda ver.

Enquanto repassavam a cena, Vio sentiu a tensão que carregava desde a leitura do roteiro se esvair como pus de uma bolha aberta. Sabrina se revelara promissora durante a leitura, mas estava inquieta, sem dúvida por causa da implicância de Dorian, e a dinâmica entre os dois atores jamais se desenvolvera totalmente. Aquilo era *O Morro dos Ventos Uivantes*. O relacionamento de amor e ódio entre Cathy e Heathcliff não era apenas a parte mais importante do filme. *Era* o filme. Viorel sabia que a atuação de Sabrina poderia reforçar ou esmagar a dele, e que a reputação dela de dificultar as cenas para os atores com quem contracenava era terrível. Então foi maravilhoso, milagroso, ouvir o quanto ela havia evoluído desde aquele dia em Los Angeles, o quanto Sabrina tinha para fornecer a Viorel. A voz, a atitude dela, aquela combinação precária de arrogância e ingenuidade — era a Cathy de Brontë personificada. Vio respondeu à altura, tendo encontrado a profundidade para Heathcliff que ele sabia que não havia alcançado antes, que sabia que não poderia alcançar se Sabrina não o ajudasse.

Sabrina também ficou feliz, ciente da química entre os dois. Tanto dependia daquele trabalho que ela achava difícil pensar nele de qualquer outro modo que não fosse este: um trabalho, uma tarefa que precisava ser terminada para que ela pudesse ganhar de volta sua vida. Agora, pela primeira vez em muito tempo, Sabrina se lembrava do que amava em relação a atuar. A fuga. A liberação. A paixão.

A porta do trailer se escancarou. Dorian Rasmirez avultava à entrada com o rosto cheio de fúria, brandindo a edição matinal do jornal *The Sun* como se fosse uma arma.

— Que porra de brincadeira é essa? — vociferou ele para Sabrina, tão alto que ela sentiu como se os cabelos estivessem sendo soprados para trás, como acontecia quando os vilões gritavam em um desenho animado. A pulsação dela se acelerou de forma desagradável conforme o medo assomava dentro de si, mas, externamente, Sabrina conseguiu manter a calma.

— Imagino que seja uma pergunta retórica?

— Sua idiota de merda — disse Dorian, ao abrir o jornal na página quatro e balançá-lo diante do nariz de Sabrina. Quando ela leu a manchete, seu estômago se revirou.

ATRIZ DE POLÊMICA RACISTA MANDA OS NEGROS INGLESES SE F******

Abaixo do título em negrito havia uma foto de Sabrina em Heathrow, no dia anterior, parecendo glamourosa e cintilante, caminhando ao lado de uma montanha de malas da Louis Vuitton. A expressão facial dela exibia uma atitude rigorosa e descompromissada, da qual Sabrina se lembrava como medo, mas que na foto parecia-se terrivelmente com arrogância.

— Leia — exigiu Dorian. — Leia em voz alta.

Sabrina respirou fundo.

— *A controversa atriz de Hollywood Sabrina Leon, a mulher no centro de uma cruel disputa hollywoodiana após ter tachado o diretor afro-americano Tarik Tyler de "motorista escravo", chocou os ingleses ontem ao cometer mais uma horrível gafe, desta vez contra nossa comunidade negra. Quando perguntada por nosso repórter se tinha alguma mensagem para os negros ingleses que poderiam ter ficado ofendidos com suas observações originais, a Srta. Leon, que está neste país para filmar um remake do clássico britânico* O Morro dos Ventos Uivantes, *respondeu que eles podiam "ir se f****".*

— Isso não é verdade — disse Sabrina, abaixando o jornal. — Eu jamais disse isso. — Seguiu-se um silêncio cortante. — Quer dizer, eu disse mesmo ao *cara* para ir se foder. Ao repórter.

— Meu Deus. — Dorian balançou a cabeça, incrédulo. — Por quê? Por que disse alguma coisa?

— Porque ele estava em cima de mim! — respondeu Sabrina. — O bando inteiro deles. Foi intimidador. — Ela olhou para Viorel em busca de apoio. — Você sabe como é, não sabe? É assustador.

Vio assentiu, mas Dorian não quis aceitar.

— Leia a edição, Sabrina. Há citações de um monte de testemunhas, todas elas, aparentemente, ouviram você insultar toda a população negra deste país.

— Bem, as testemunhas estão mentindo! — disparou Sabrina em resposta. — Eu estava falando dele, do repórter. Eu disse para *ele* ir se foder, e mais ninguém. Por que eu faria isso? Acha que eu quero reabrir esse baú de caos? Sabe, se você não tivesse sido tão incompreensivo e mandado meus guarda-costas embora, poderia perguntar a eles. Eles estavam lá. Dirão a você.

— Ah, ótimo — vociferou Dorian. — E vão contar às dez milhões de pessoas que leram *isto* no café da manhã hoje? — O diretor arrancou o jornal das mãos dela. — Tudo o que precisava fazer era manter a boca fechada. — Dorian deu meia-volta e disparou para fora do trailer, batendo a porta atrás de si tão alto que todos deram um salto.

Por um momento, Sabrina ficou ali, paralisada pelo choque. Vio percebeu as lágrimas nos olhos dela, viu o esforço de Sabrina para contê-las. Então, após alguns segundos, ela se ajeitou de novo sobre a cadeira de maquiagem, o rosto inexpressivo e ininteligível como uma tela branca.

— Você está bem? — perguntou ele.

— Estou — respondeu Sabrina, ríspida. Voltando-se para Maureen, ela perguntou: — Quanto tempo mais?

— Não muito, querida. Cinco minutos no máximo.

Chuck MacNamee bateu à porta.

— Estaremos prontos no set quando você estiver, Mo.

— Vamos — disse Sabrina para Viorel. — Vamos terminar de ler a cena. Acho que era sua fala. A partir de "Isso importa mesmo, Catherine?".

Você é uma atrizinha boa, pensou Vio. Mas ele podia ver o quanto Sabrina estava assustada. Esperava que Dorian pegasse leve depois que começassem as filmagens.

* * *

Dorian não pegou leve.

A gravação da manhã foi longa e exaustiva. O dia estava quente, uns bons dez graus a mais do que fazia no dia anterior, e às onze horas Sabrina estava assando dentro do vestido pesado e armado como um merengue. Mas Rasmirez não parecia se importar, mantendo-a de pé por horas sob o brilho das lâmpadas, recusando a Sabrina uma chance de se sentar ou tomar um copo d'água, e revirou os olhos quando ela insistiu em fazer uma pausa depois de três horas no set.

— Ou eu vou ao banheiro ou faço xixi bem aqui no chão — insistiu ela, desafiadora.

— Vá — resmungou Dorian. — Você tem dois minutos.

— Por favor — disse Viorel, depois que Sabrina não podia mais ouvi-lo. — Dê um tempo a ela. Meu cavalo está sendo tratado melhor.

Dorian olhou para o pônei malhado de Heathcliff, o qual se entupia satisfeito com um balde de aveia atrás da câmera dois.

— Bem, seu cavalo não hostilizou sozinho toda a imprensa britânica.

— É o primeiro dia dela — disse Vio.

— E ela já está fodida.

— Foi um erro.

— Sim, foi. Um grande. Olhe — disse Dorian, sentindo a reprovação de Viorel —, ela precisa aprender. Ações têm consequências. É claro que a imprensa estava atrás dela. O que ela esperava? É claro que a estavam provocando, tentando fazer com que perdesse a linha. É o que eles *fazem*. Mas isso é mais um motivo para manter a boca fechada. Se as pessoas estão tentando fazê-la cometer um deslize, se querem pensar o pior dela, Sabrina tem apenas a si mesma para culpar.

Sabrina estava voltando. Vio abaixou a voz até sussurrar.

— Tudo bem — disse ele. — Mas vamos pegar um pouco mais leve, está bem? Deixe-a terminar a cena. Sabrina não vai conseguir atuar direito se cair morta de exaustão. E nem eu.

Às quatro da tarde, eles encerraram aquele dia. Dorian seguiu direto para o quarto. Devia haver milhares de e-mails e mensagens de voz querendo saber a resposta dele à mais recente gafe de Sabrina, e o diretor precisava publicar algum tipo de declaração antes do dia seguinte.

A caminho de volta para a casa, ele esbarrou em Tish. A jovem tinha saído para um parque de diversões local com Abel. Quando viu Dorian, Tish lançou a ele um sorriso de iluminar uma rede elétrica, de vários megawatts, que o forçava a sorrir de volta.

— Como foi o primeiro dia de filmagens?

— Terrível. Mas obrigado por perguntar. Como foi a terra de Thomas e seus amigos?

— Ah, sabe como é. O inferno na Terra. — Tish deu de ombros. — Abel se divertiu. — Ela se virou para procurar o menino, mas ele já havia corrido para algum lugar. Tish esperava que fosse em busca de uma fatia de bolo com a Sra. Drummond, e não para infernizar os atores ou a equipe de filmagens. No café da manhã, ele já havia colorido três cartões: um para Deborah Raynham, a câmera que sempre dava doces a Abel, um para a "Princesa Sabrina" e um para Viorel, um therizinossauro.

Dorian seguiu Tish para dentro da casa.

— Gostaria de uma xícara de chá? — perguntou ela. — Comprei leite e biscoitos a caminho de casa.

— Não posso — respondeu Dorian. Entrando na cozinha, ele explicou brevemente sobre o artigo no *The Sun* e os problemas que Sabrina havia causado. — Eu deveria ter lidado com isso esta manhã, mas estava um dia tão lindo, não quis perder a iluminação.

— Tenho certeza de que ela foi malcompreendida — disse Tish, perguntando-se, enquanto colocava a chaleira no fogo, por que estava defendendo Sabrina, a qual, se o comportamento do dia anterior era algum parâmetro, era uma madamezinha detestável. — Nossos jornais têm um jeito para distorcer as coisas.

Dorian revirou os olhos.

— Você parece o Viorel.

Tish preparou para si uma xícara de chá Lapsang e perguntou, casualmente:

— Como ele se saiu hoje? Espero que não tenha ficado cansado demais ontem, com o hospital e tudo.

Dorian observou em silêncio enquanto Tish colocava chá demais na xícara, perdida nos próprios pensamentos.

— Isso não vai ficar um pouco forte? — perguntou ele, depois da sétima colher cheia de folhas de chá.

— Ah! — Tish corou. — Desculpe. Eu estava, hã... Estava a quilômetros de distância.

Droga. Dorian franziu a testa. *Por que Hudson não deixou a garota em paz?*

— Ouça — disse ele, ao pegar o chá fervido e jogar fora. — Viorel é um ótimo ator e um cara legal. Mas é jovem. Está querendo se divertir, nada sério.

Tish pareceu estarrecida. Era tão óbvio assim que ela achava Viorel atraente?

— Sei que não é da minha conta, e provavelmente estou passando dos limites aqui — disse Dorian. — Mas você é uma boa moça. Eu não iria querer que se machucasse.

Tish quase ficou com raiva. Não era da conta dele. Mas sabia que Dorian pretendia que o conselho fosse uma gentileza. Também sabia que ele estava certo.

— Atores são uma raça difícil — disse o diretor a ela. — Temperamentais. Imprevisíveis. Confie em mim, sou casado com uma atriz. Em um minuto você é um herói, no seguinte, é um vilão, e ninguém jamais lhe dá o roteiro com antecedência.

— Parece exaustivo — ponderou Tish.

Dorian pensou em Chrissie. Desde que se recusara a voltar para a Romênia por causa da "temperatura alta" de Saskia, os dois mal se falavam.

— É. Mas sabe, quando se ama alguém, você atura qualquer coisa, não é?

— Bem, espero que não *qualquer* coisa — respondeu Tish. — É preciso saber onde traçar um limite.

Por uma fração de segundo, Dorian imaginou como sua vida seria diferente se tivesse se casado com alguém como Tish — racional, compreensiva, segura de si — e não a extremamente carente Chrissie. Ele esperava que a mente sensata de Tish se estendesse à vida amorosa e que ela ficasse longe de Viorel Hudson.

— Não se preocupe — disse Tish, como se lesse a mente de Dorian. — Gosto de Viorel, e Abel o adora. Mas não tenho a intenção de tornar minha vida mais complicada do que já é.

— Você me perdoa por me intrometer?

— É claro — respondeu Tish, acrescentando, um pouco triste: — Meu pai morreu no ano passado. É uma mudança boa ter alguém para tomar conta de mim.

Nossa, pensou Dorian. *Ela me vê como um pai?* Trabalhar com Sabrina Leon devia tê-lo envelhecido mais do que Dorian imaginava.

Ao subir para seu quarto, Sabrina passou pela cozinha e viu Dorian sentado à mesa com Tish, gargalhando, tão relaxado e paternal como Papai Noel. É claro que ele é doce e tranquilo com a perfeita Dama Letitia, pensou Sabrina, com amargura. Não lhe escapara à percepção, no dia anterior, o modo como Dorian automaticamente aceitara a palavra de Tish em vez da de Sabrina sobre aquele não incidente idiota com o carro. Ao ver os dois naquele momento, tão companheiros e sensíveis, era possível pensar que eram amigos de longa data. Ou talvez fosse mais que aquilo? *Talvez Dorian Rasmirez, "o santo padroeiro dos casamentos", não seja tão íntegro como faz parecer?*

Ao subir as escadas dos fundos até o quarto, Sabrina tentou afastar da mente o diretor desgraçado e se concentrar na noite que teria. Depois das filmagens, Vio se oferecera para levá-la ao pub para jantar, e Sabrina aceitara imediatamente o convite. Assinara contrato comprometendo-se a não tocar numa gota de álcool, mas, mesmo assim, estava ansiosa. Com alguma sorte, aquela noite marcaria o início de uma linda amizade com o colega de cena sexy. A não ser que Rhys ou o terrível Jamie Duggan decidissem se juntar a eles — ou, pior, Lizzie Bayer, que já havia sido apelidada de "Mim-Mim" por Chuck MacNamee e sua equipe porque falava muito sobre si mesma. Sabrina achou aquilo hilário, mas não tinha intenção de se juntar às brincadeiras do elenco ou de se tornar "parte do grupo" no set de filmagens. Não era aquilo que as estrelas faziam. As estrelas permaneciam nas delas, confraternizavam apenas com outros de mesmo status. Naquele caso, isso significava Dorian Rasmirez ou Viorel Hudson. Sabrina sabia qual dos dois preferia.

Seremos apenas nós dois, pensou ela, feliz. *Viorel e eu durante o verão inteiro, sem competição e sem distrações.* Um caso de verão era justamente do que precisava para se animar. Disso e de que o filme fosse um sucesso. Mas seria. Fazer sexo selvagem com o colega de cena longe das câmeras invariavelmente resultava em cenas melhores depois que as câmeras estivessem ligadas. Dorian Rasmirez estava determinado a tornar a vida dela um inferno naquele filme, o que, se aquele dia era algum parâmetro, ele estava conseguindo, então Viorel Hudson poderia ser o prêmio de consolação de Sabrina.

E começaria naquela noite.

No quarto, Sabrina dormiu por algumas horas, exausta depois dos traumas do dia. Quando o alarme soou às sete da noite, estava tão fora do ar que foi uma luta conseguir abrir os olhos, mas a ideia de uma noite com Viorel a impulsionou a se levantar e tomar banho, e, depois de dez minutos sob os jatos de água fervendo, Sabrina se sentia totalmente revigorada. Ao abrir a mala ainda por desfazer, pegou um par de calças novas sexy Fred Segal e uma blusa de chiffon esvoaçante da Chloé. As calças eram coladas no corpo, mas o visual como um todo era casual e pouco forçado. Não seria bom deixar Hudson pensar que ela havia tentado. *Salto ou não salto, eis a questão*, pensou Sabrina, erguendo um par de sandálias Manolo rosa-shocking e sapatilhas simples Fendi. *Foda-se.* Calçou os saltos. Havia um limite para aquele visual pouco chamativo.

Depois de secar levemente os cabelos ainda encharcados, ela se borrifou com Envy, da Gucci, passou um pouco de iluminador nas bochechas e abriu a porta do quarto. No chão, diante de si, havia um bilhete dobrado com uma chave de carro no topo. Sabrina pegou o bilhete e o leu.

"*Sinto muito, anjo. Enxaqueca horrível. Fui para a cama. Deixei as chaves, caso ainda queira sair de Dodge esta noite. Vou compensar em breve, prometo. Beijos, V.*"

O desapontamento acertou Sabrina como um soco no estômago. Ficou com raiva de si mesma por se importar tanto. Afinal de contas, era apenas um jantar. E era apenas Viorel Hudson. Se Dorian lhe deixasse ficar com Enrique, ela provavelmente nem se incomodaria em tentar seduzi-lo, para início de conversa. Mesmo assim, de pé ali, vestindo calças sexy e saltos altos, era difícil não se sentir um pouco como Cinderela à meia-noite. Sabrina também imaginou se Vio realmente estaria com uma enxaqueca ou se aquilo era algum tipo de jogo de poder idiota que ele estava fazendo para chamar atenção. Viorel passara o dia todo muito bem no set. Aquilo certamente surgira de repente.

Depois de colocar as chaves no bolso, Sabrina estava prestes a calçar os chinelos e descer até a cozinha — a maioria dos atores recusava os banquetes da Sra. Drummond e comia no trailer das refeições com a equipe, mas Sabrina não tinha interesse em jogar conversa fora com os câmeras — quando de repente mudou de ideia. Ela jamais tinha ido a um pub inglês, e embora a ideia de jantar sozinha não fosse exatamente atraente, era melhor que passar a noite ali de conversa fiada com Tish Crewe e a empregada, ou, pior, ser encurralada novamente por Rasmirez. Sabrina tinha quase certeza de que se lembrava do caminho até a cidade.

Foda-se, pensou ela. *Eu vou*.

O pub The Carpenter's Arms em Loxley era um prédio medieval pouco iluminado, construído com o mesmo tipo de pedra aconchegante que o resto da cidade, mas coberto quase totalmente, na fachada, por glicínias floridas de cor violeta. Tinha uma placa pendente antiga, uma linda área externa com mesas que davam para o bosque da cidade e, em uma noite quente de primavera como aquela, estava lotado.

Sabrina nem mesmo precisou sair do carro para que as pessoas se virassem e a encarassem. Apenas a visão do Mercedes SL 500 alugado de Vio entrando no estacionamento foi o bastante para fazer as línguas tagarelarem e para que as canecas fossem apoiadas, atentamente, sobre mesas de piquenique de madeira. Quando Sabrina entrou mesmo, o silêncio era cortante.

— Mesa para um? — pediu ela ao barman, nervosa. O que parecera uma roupa casual no quarto agora aparentava ridiculamente exagerado. Todas as pessoas ali pareciam ter pelo menos um item de roupa preso com barbante. Talvez aquilo tivesse sido um erro.

— Estamos um pouco cheios no momento, querida — começou o barman, mas ele foi interrompido pela esposa, uma mulher cheiinha com braços roliços como os de um açougueiro e um corte de cabelo obviamente lésbico. Ela apertou a mão de Sabrina e sacudiu-a com vigor, como se ela fosse uma das máquinas caça-níqueis de um cassino de Vegas.

— *Cheios?* É claro que não estamos *cheios*, Dennis — disse ela, sorrindo com cortesia para Sabrina e revelando uma fileira de dentes quase podres. — Mesa para um, não foi? Siga-me. Imagino que prefira um lugar simpático e reservado, não é?

— Obrigada. Seria ótimo.

A anfitriã levou Sabrina para um canto reservado do salão, onde um senhor idoso se demorava com o restante de uma caneca de cerveja amarga.

— Deixe que eu levo isto para você, Samuel — disse a mulher bruscamente.

— Mas não terminei — protestou o homem, enquanto a anfitriã arrancava o copo das mãos retorcidas dele.

— Agora terminou. Precisamos da mesa. A moça vai jantar.

— Ah, por favor, não deve incomodar seus clientes por minha causa — desculpou-se Sabrina, envergonhada. Insistir em receber tratamento especial nas boates de Hollywood era uma coisa, mas ela não tinha o hábito de enxotar idosos inofensivos na rua, principalmente não em uma cidadezinha afastada como aquela. — Eu posso esperar.

— Besteira — comentou a anfitriã, gargalhando nervosamente. — Sam não se importa.

— Eu me importo, sim — murmurou o senhor com um ar triste conforme era arrastado do canto aconchegante e impelido na direção do bar lotado.

— Pronto — disse a anfitriã, ignorando o homem e virando-se para Sabrina. — Fique à vontade. Dennis vai lhe trazer um cardápio em dois tempos.

Sentindo-se mais desconfortável do que se sentira desde o ensino médio, Sabrina sentou-se sozinha à mesa roubada, maldizendo Vio Hudson. Que diabo ela estava fazendo ali? Grata pela iluminação precária, afundou o máximo que pôde no canto e, alguns momentos mais tarde, escondeu-se atrás do enorme cardápio com capa de couro. Depois de decidir que, como estava ali, em um pub inglês, deveria ao menos fazer as coisas direito, pediu um bife, musse de fígado e batatas fritas. Estava contratualmente proibida de beber álcool, mas ninguém estava ali a não ser os moradores da cidade, e eles mal podiam vê-la à meia-luz, muito menos o conteúdo de seu copo, então Sabrina pediu uma vodca dupla com água tônica, a qual foi seguida, rapidamente, por uma segunda. Quando terminou essa, e comeu as batatas fritas (deu uma mordida na mousse e quase vomitou), percebeu que se sentia menos desconfortável e, pela primeira vez desde que chegara à Inglaterra, relaxou.

— Você é aquela atriz, não é? — Uma jovem que jantava com os pais aproximou-se da mesa de Sabrina. Ela parecia ter uns 11 anos, usava aparelhos nos dentes e uma blusa cor-de-rosa com decote que não revelava nada, mas que a garota obviamente achava que era adolescente e descolado. — Pode me dar um autógrafo?

— É claro. — Sabrina sorriu. Ela não costumava gostar dos caçadores de autógrafo. Nos Estados Unidos, eram como gafanhotos, aproximavam-se como um enxame em qualquer lugar, no consultório médico, enquanto você estava ao telefone. Mas Sabrina percebeu, com uma pontada de pânico, que aquela criança era a primeira pessoa que pedia o autógrafo dela desde antes de se internar na Revivals, há mais de quatro meses.

— Qual é o seu nome?

— Michaela — disse a menina, envergonhada.

Ao passar a caneta na parte de trás do descanso para copos de papelão, Sabrina sentiu uma descarga de prazer, como uma agulhada de heroína no braço.

— Aí está, Michaela. Foi um prazer conhecê-la.

A criança saiu saltitando, feliz, agarrada ao tesouro. Sabrina a olhava, satisfeita com a própria grandeza, quando sentiu um tapinha no ombro.

— Espero sinceramente que isso aí seja água mineral.

Dorian Rasmirez estava de pé atrás dela, segurando o copo de Sabrina na mão enorme e de dedos gordos. Ele vestia calças de gorgorão e um suéter tricotado grosso de pescador, o qual apenas acrescia mais volume a seu já substancial peso, e estava sorrindo, era a primeira vez que Sabrina o via fazer aquilo. *Ele está feliz porque me pegou em flagrante*, pensou ela, chateada, mas estava cansada demais para se importar. Sentia-se como um salmão exausto prestes a ser comido por um urso.

— É claro — mentiu ela, cautelosa. — Pergunte no bar, se não acredita em mim.

— Não acredito em você — disse Dorian, e pegou uma cadeira para se sentar em frente a Sabrina. — Mas, para a sua sorte, não me importo. Você tem direito a uma bebida depois de hoje.

Os olhos de Sabrina se semicerraram. Aquilo era um truque?

— Por que está sendo legal comigo?

— Preferiria que eu não fosse?

— O que está fazendo aqui, afinal de contas? — Ela observou Dorian com desconfiança. — Você me seguiu?

Dorian gargalhou, uma gargalhada grave e rouca que sacudiu o peito dele e fez as pessoas se virarem para olhá-lo.

— Tenho coisas melhores para fazer com a minha noite. Como tentar resolver a tempestade de merda que você causou com a coletiva de imprensa improvisada em Heathrow, ontem.

— Olhe, eu disse que sinto muito — insistiu Sabrina, sentindo o início de uma dor de cabeça se formando.

— Disse? — Dorian ergueu uma sobrancelha. — Eu não devo ter ouvido.

Após três horas tensas ao telefone apaziguando a todos, desde o Instituto Britânico de Relações Raciais até o American Screen Actors Guild, Dorian caminhara quarenta minutos até a cidade de Loxley para tentar esvaziar a mente. Parar no pub havia sido uma ideia tardia, mas ele estava feliz por tê-lo feito. A anfitriã saltitou até os dois. Dorian pediu um uísque maltado para si e "o mesmo novamente" para Sabrina, a qual, instantaneamente, ficou tensa.

— Pelo amor de Deus, relaxe. Se eu não demiti você por causa do escândalo desta manhã, não vou demiti-la por beber. Apenas não torne isso um hábito.

As bebidas chegaram. Dorian ergueu o copo.

— Ao nosso filme.

Cautelosa, Sabrina fez o mesmo.

— A *O Morro dos Ventos Uivantes*. — Depois de uma breve pausa, ela acrescentou: — Não sou racista, sabe.

— Eu acredito nisso — disse Dorian, com sinceridade.

— Foi por isso que eu não quis pedir desculpas a Tarik Tyler. Sei que deveria. Fez com que eu parecesse muito pior, não dizer nada por tanto tempo. Mas teria sido como se eu estivesse admitindo que disse algo que nunca disse, sabe? Como se eu visse as pessoas de um certo modo por causa da cor delas. É besteira. E daí que a avó dele era escrava? Minha avó era uma prostituta que fazia programas por crack, mas eu não fico insistindo nesse assunto por aí.

Após meses sóbria, o álcool rapidamente subia à cabeça de Sabrina. Não apenas estava tagarelando, mas viu-se encarando Dorian de um modo que jamais faria caso estivesse sóbria, examinando as feições do rosto dele de perto pela primeira vez. Quando Dorian não estava lhe passando sermão ou gritando, era até bem atraente, de um modo grosseiro, estilo Sean Penn. É claro que ele era velho, e certamente não era bonito do modo como Sabrina preferia os homens — ninguém contrataria Rasmirez para ser modelo de cuecas da Calvin Klein, isso era certo. Mas definitivamente havia algo nele.

— Então por que está aqui? — indagou ela.

— Pelo mesmo motivo que você. Tive um dia de merda, precisava de uma bebida, e este é o único pub na cidade. Além disso, uma amiga me disse para *não* beber aqui, o que, é claro, me deixou curioso para experimentar.

— Uma amiga? Está falando de Tish Crewe? — perguntou Sabrina, com malícia.

— Por acaso, estou.

— Você gosta dela, não é?

— Gosto — respondeu Dorian, deixando de perceber a insinuação ou optando por ignorá-la. — Gosto de você também, Sabrina.

Aquilo era demais para Sabrina, principalmente dito com uma expressão tão honesta. Ela gargalhou tão forte que engasgou com a bebida, e cuspiu vodca e água tônica na própria blusa, evitando, por pouco, dar um banho inesperado em Dorian.

— Sério? — disparou Sabrina, limpando-se com um guardanapo. — Adoraria ver como você trata as atrizes das quais *não* gosta.

— Trato-as exatamente da mesma forma — disse Dorian. — Não trabalho com favoritismo. Se Viorel ou Lizzie ou Rhys tivessem sido destaque na edição do *Sun* esta manhã, teria gritado com eles tão alto quanto gritei com você.

Sabrina olhou para Dorian com ceticismo.

— É verdade. Você leva tudo para o lado pessoal, Sabrina. Não sou seu inimigo. Se está procurando um inimigo, tente o espelho.

Sabrina abriu a boca para discordar dele, mas decidiu não fazê-lo. Estava alta demais para se defender adequadamente, e, de toda forma, era uma boa mudança ter uma conversa semicivilizada.

— Conte-me a seu respeito — disse Dorian, e tomou um gole grande e demorado do uísque. Estava delicioso.

— Contar o quê? — perguntou Sabrina. — A história triste? Do lixo ao luxo? Todo mundo já não sabe disso? — Ela usou o melhor tom de voz choroso e zombeteiro: — Sou Sabrina Leon, e venho de um *lar partido*.

Dorian apenas a olhou, os braços cruzados. Aguardando.

— Você quer mesmo saber? Tudo bem então. — Sabrina projetou o queixo para a frente em um gesto desafiador. — Minha mãe era viciada em heroína. Papai era um ladrãozinho e, no geral, um completo babaca, ou foi o que me disseram. Jamais o conheci. Fui levada para a assistência social pela primeira vez quando tinha um ano e meio.

— Primeira vez? Voltou para seus pais?

— Para minha mãe, duas vezes. Na primeira, ela me deixou com "amigos", que tentaram me vender para pagar uma dívida de drogas.

— Que merda. — Dorian tinha ouvido essa história do agente de Sabrina, mas presumira ser falsa.

— Na segunda vez, os vizinhos chamaram a polícia depois de eu quase morrer ao sair pela janela do segundo andar. O namorado de mamãe estava batendo na cabeça dela com uma frigideira. Achei que seria a próxima.

— Quantos anos você tinha?

Sabrina tomou um gole da bebida.

— Três.

A idade de Saskia.

— Aos 5 anos, me passaram para a tutela permanente do Estado. O que basicamente salvou minha vida, embora, depois disso, eu estivesse sempre me mudando, quicando de um lar adotivo para outro.

— Como eles eram, seus pais adotivos? — perguntou Dorian.

Sabrina sorriu.

— Quais deles? Havia os Johnson. Eram legais. Morei com eles durante um ano e meio até que a filha mais velha deles ficou de saco cheio de compartilhar o quarto, então me largaram de volta na porta do lar infantil como um cachorrinho de presente de Natal que não querem mais.

Dorian se encolheu.

— Então teve a família Rodriguez. O pai, Raoul, acreditava em "valores familiares à moda antiga". Isso basicamente queria dizer que ele me batia com uma vara de bambu na parte de trás das pernas quando eu chegava atrasada da escola ou deixava comida no prato.

— Cruzes — sussurrou Dorian.

Sabrina sorriu.

— É. Não era como a Família Buscapé, mas era melhor do que meu lar seguinte, com os Cooper.

— O que aconteceu lá? — perguntou Dorian.

— O filho deles, Graham... — começou Sabrina, então se interrompeu de repente. — Sabe, na verdade não quero falar sobre isso. Enfim, não importa, porque eu fugi e passei os dois anos seguintes nas ruas. O que na verdade não foi tão ruim quanto parece.

— Quantos anos tinha então?

— Doze — respondeu Sabrina, como se não fosse nada de mais. — Saí das ruas aos 14, mas aprendi muito naqueles dois anos.

Aposto que sim, pensou Dorian.

— Coisas como o fato de que homens são babacas que só querem uma coisa — continuou Sabrina. — Por sorte, a maioria deles também é idiota, então, se você for esperta, pode usar aquela mente imunda deles que só pensa em uma coisa a seu favor.

Era uma confissão anormalmente honesta. Dorian conseguia imaginar quantos homens em Hollywood Sabrina Leon havia manipulado ao longo dos anos para chegar ao topo. Agora ele sabia onde ela havia conseguido essa habilidade.

— Foi a atuação que me salvou — continuou Sabrina. — Um cara chamado Sammy Levine gerenciava uma companhia de teatro para a juventude nos arredores de New Jack City, onde eu morava na época. Eu amava Sammy. — Os olhos dela brilharam diante da lembrança. — Ele era apaixonado por teatro, apaixonado por crianças. Era gay, e meio afetado, e podia ser rígido como uma bruxa velha quando queria. Lembro que me obrigou a fazer o teste quatro vezes antes de concordar em me dar um papel em *Amor, sublime amor*. E foi uma pontinha de merda! Dá para acreditar? *Rosalia*.

— Você se lembra do nome do personagem que interpretou? — Dorian estava impressionado.

— É claro — respondeu Sabrina, surpresa. — Eu me lembro de todos os meus papéis. São parte de mim. Enfim, fiquei puta da vida com Sammy. Eu achava que tinha de ter sido a Maria. Sério, eu *tinha* de ter sido a Maria. Eu era a melhor.

— Se você diz. — Dorian sorriu. Como todo mundo em Hollywood, ele conhecia o resto da história. Tarik Tyler ouviu um programa da rádio NPR certa manhã sobre o Teatro de Levine e dirigiu até Fresno para dar uma olhada lá. Ele viu Sabrina, escalou-a, mesmo desconhecida, como Lola, a personagem principal no primeiro filme *Destroyers*. E o resto, como dizem, é história.

— Então o teatro tirou você das ruas — falou Dorian. — Mas e agora?

— O que quer dizer?

— Quero dizer, o que motiva você hoje. Por que atua?

Sabrina deu de ombros.

— Porque posso, acho.

— Ah, não, não, não. Não vou cair nessa. — Dorian inclinou o corpo para a frente e encarou Sabrina. — O que você *sente* quando está num palco ou diante das câmeras?

Já haviam perguntado aquilo a Sabrina antes. Todo bom diretor queria entrar na cabeça dela, descobrir o que a motivava para poder aflorar aquilo na atuação dela, conseguir o máximo de carga emotiva para sua produção. Com Dorian, no entanto, Sabrina sentiu que o desejo de compreender vinha de algum lugar mais profundo. Não era apenas artístico. Era pessoal.

— Sinto medo — disse ela, honestamente.

— De quê?

— De acabar. Do fracasso. De voltar para o lugar em que comecei.

Dorian fez a pergunta de 1 milhão de dólares:

— Então por que se voltou contra seu mentor, o homem que a ajudou mais que qualquer um? Isso não faz sentido.

— Está falando de Tarik? — perguntou Sabrina, com desprezo. — Primeiro, eu não me voltei contra ele. Foi um comentário sem importância. *Ele* se voltou contra *mim*. Segundo, todos dizem que foi Tarik quem me descobriu, e acho que é verdade em termos de Hollywood. Mas Sammy Levine foi quem realmente mudou minha vida. Sammy me mostrou a mágica. Ele me mostrou como fazer.

— Fazer o quê? — perguntou Dorian, baixinho.

A resposta de Sabrina foi inequívoca.

— Fugir. Atuo pelo mesmo motivo que bebo. E trepo com todo mundo e falo demais em aeroportos. Atuo para fugir.

Aquilo dizia a Dorian tudo o que precisava saber. Enquanto criança, Sabrina fugia de outros, da realidade funesta da vida. Agora, fugia de si mesma, dos medos que ainda a motivavam tão obviamente. *Ela é tão parecida com Cathy*, pensou ele. *Parte de Sabrina quer se encaixar, ser aceita e amada. Mas outra parte quer fugir, ser selvagem e apaixonada e livre. Eu estava certo ao escalá-la.*

— Vamos — disse Dorian, com gentileza. — Levo você para casa.

Eles caminharam até o carro de Viorel, Sabrina deslizando como um navio à deriva sobre os sapatos Manolo, revirando a bolsa Hermès Birkin em busca das chaves.

— Com certeza estão aqui em algum lugar — murmurava ela sem parar para Dorian. Em algum momento nas últimas duas horas, o céu ficara escuro e a multidão de beberrões que lotava as mesas externas minguara até um punhado resistente. Dorian olhava para cima, maravilhado com a clareza do céu estrelado, e pensando se sua querida Chrissie admirava a mesma vista na Transilvânia, quando um jovem beligerante se aproximou dos dois.

— Ei. Você! — Ele falava com Sabrina, mas ela estava preocupada demais com as chaves do carro para notar. Aquilo pareceu irritar ainda mais o homem. — Ei, piranha. Estou falando com você. Está surda, porra?

Dorian deu um passo à frente.

— Ei. — Ele colocou uma das mãos sobre o ombro do homem. — Calma aí.

O homem era mais baixo que Dorian, e levemente forte, mas era jovem e estava em forma e tinha um ar agressivo que deixava Dorian cauteloso. Os cabelos dele tinham um corte militar e o homem vestia calças jeans skinny e uma camisa vermelho vivo do Manchester United, da qual emergiam os braços tatuados dele, como dois galhos brancos e sardentos.

— Calma aí? — grunhiu ele, afastando a mão de Dorian com um gesto de ombros. — Sabe quem ela é, amigo? É uma racista de merda. Não lê os jornais?

O homem parecia um defensor tão improvável da comunidade negra da Grã-Bretanha que Dorian presumiu que ele estava apenas bêbado e em busca de confusão. Infelizmente, àquele momento, Sabrina percebeu o que estava acontecendo e pareceu bastante feliz em atender ao desejo dele.

— Com licença — disse ela, ríspida, e esbarrou no homem quando entregou as chaves da Mercedes para Dorian. — Você está no nosso caminho.

— Não me empurre, sua vaca! — O homem se impulsionou para a frente. Sem pensar, Dorian o agarrou pela camisa. O homem se virou e lançou um soco, errando o olho esquerdo de Dorian por pouco.

— Entre no carro — disse o diretor para Sabrina, ainda lutando para manter o possível oponente à distância de um braço.

— Por quê? — perguntou Sabrina, em tom desafiador. — Acha que tenho medo desse babaca patético?

— Você o quê? — O homem se virou de novo, o rosto era puro ódio. Sabrina estava do lado do carona do carro, mas com alguns passos o homem estaria perto o bastante para acertá-la. — *Eu* sou um babaca? Acha que é dona da porra do mundo inteiro, não é? Não queremos escória como você neste país. Você me dá nojo.

— Sabrina! — berrou Dorian. — *Entre no carro!* AGORA!

Sabrina fez o que lhe foi mandado, mas não antes de sibilar um "imbecil" para o homem tatuado, o que forçou Dorian a mais uma vez agarrá-lo e empurrá-lo até o fim da rua antes de correr de volta e se atirar no assento do motorista. Dorian apertou o botão que travava o carro e girou a chave na ignição. Conforme iam embora, o diretor pôde ver uma figura furiosa de camisa vermelha correndo atrás deles, urrando obscenidades.

Ele se virou para Sabrina, que parecia tranquila e despreocupada no assento do carona.

— Pelo amor de Deus — disparou Dorian. — Por que responde a eles? Não vê que isso só piora as coisas?

— Ah, então a culpa é *minha* agora? — exclamou Sabrina. Dorian percebeu que as feições dela haviam retornado à posição padrão de desafio beligerante. Será que Saskia seria assim quando crescesse?

— Você o chamou de babaca.

— Ele era um babaca.

— Talvez. Mas as pessoas estão com raiva, Sabrina — disse Dorian, severo. — Você *precisa* se responsabilizar em parte por isso. Está em uma posição de grande privilégio, leva uma vida com a qual a maioria das pessoas comuns pode apenas sonhar, e você abusou desse privilégio.

— Me dá um tempo, porra — murmurou Sabrina, baixinho.

— Não — respondeu Dorian. — Não vou dar um tempo a você. O que acha que teria acontecido se eu não estivesse lá agora para ajudá-la? Para evitar que aquele homem a atacasse?

— Eu teria sobrevivido.

— De jeito nenhum que teria.

— Bem, se você não tivesse sido todo lorde Capuleto quanto os meus guarda-costas ontem, eu teria alguma proteção.

— Se você aprendesse a dar as costas de vez em quando, não precisaria disso — afirmou Dorian, exasperado. — Esta é a última vez que você sai de Loxley Hall desacompanhada.

— *O quê?* — Sabrina estourou. — Não pode fazer isso! Não sou sua prisioneira.

Depois de toda a merda com a qual Dorian tivera de lidar por causa de Sabrina naquele dia, sem falar de salvar a vida dela do Sr. Manchester United, aquela tinha sido a gota d'água. Ao pisar no freio, o diretor derrapou até parar bem em frente aos portões de Loxley, então inclinou-se por cima de Sabrina e abriu a porta do carona.

— Está certa. Não é minha prisioneira. Se quiser ir embora, vá.

— O quê?

— Esta é sua chance. Volte para Los Angeles e veja se consegue encontrar outra pessoa disposta a trabalhar com você. Vá em frente. Vá!

Os dois ficaram sentados, encarando-se mutuamente na escuridão. Durante alguns segundos terríveis, Dorian achou que Sabrina iria cobrir o blefe e sair do carro. Quando ela não fez isso, o diretor ficou aliviado, mas foi um alívio salpicado de arrependimento. Ele podia dizer, apenas ao olhar para ela, que Sabrina se fechara completamente de novo. Ele a havia perdido. Todo progresso que tinham feito naquela noite fora em vão. Ao inclinar-se sobre ela novamente, Dorian fechou a porta. Sabrina encolheu-se contra o assento, como se o braço dele fosse uma cascavel prestes a picá-la.

Os dois seguiram de carro.

E lá se vai a entente cordial.

Quando finalmente voltou para o quarto, Sabrina bateu a porta e se sentou na cama, trêmula de raiva. *Que merda foi essa?* Ela se sentiu traída, humilhada. Rasmirez a havia enganado, brincara de "policial bonzinho" para que Sabrina se abrisse com ele, o que estupidamente, *estupidamente*, ela fizera, então colocou de volta a máscara do sermão faça-o-que-digo assim que entraram no carro. Como se fosse culpa dela que algum maluco a tivesse atacado! E o que Sabrina deveria fazer, ficar sentada ali e aceitar enquanto homens a ameaçavam e a assediavam, acusando-a de coisas que jamais fizera?

Com ódio, Sabrina tirou os sapatos com um chute e arrancou as roupas, atirando-as em uma pilha ao pé da cama. Houve uma batida à porta. Sabrina a ignorou.

É Rasmirez, com o segundo round do sermão. Bem, ele pode ir se ferrar.

Uma segunda batida foi mais alta e insistente. Furiosamente, Sabrina caminhou até a porta e a abriu de calcinha e sutiã, com os lábios contraídos e as narinas dilatadas de modo desafiador.

— O que foi agora?

Vio estava no corredor, de calça de moletom e uma camiseta, admirando o corpo seminu de Sabrina pela segunda vez naquele dia. O sutiã e a calcinha dela eram feitos apenas de renda, então ele podia ver o leve contorno rosado dos mamilos e o limite escuro de pelos perfeitamente depilados entre as pernas de Sabrina. Viorel sorriu com prazer.

— Oi.

Ao seguir os olhos dele até embaixo, Sabrina corou.

— Desculpe-me. Achei que fosse Rasmirez.

As sobrancelhas de Viorel se ergueram.

— É assim que você abriria a porta para Dorian?

Percebendo tardiamente como a cena poderia parecer, Sabrina corou ainda mais.

— Cruzes, não! Quero dizer, não é isso. Nada disso. Achei que você estava na cama, só isso. Doente.

— Eu estava. Ouvi a porta bater. Achei melhor ver se você estava bem.

— Estou bem.

Está mesmo, pensou Vio com um suspiro. Três comprimidos de Paracetamol e algumas horas de sono haviam feito pouco para reduzir a enxaqueca, mas a visão do corpo deliciosamente voluptuoso de Sabrina parecia funcionar maravilhosamente. Ao captar a luxúria dele como um míssil que encontra o alvo, Sabrina ficou nas pontas dos pés e passou os braços ao redor do pescoço de Vio.

— Quer entrar?

Ela pressionou os lábios contra os dele e sentiu a libido ser liberada como uma represa aberta, toda a raiva e frustração da noite com Dorian se esvaía de dentro de si. Obviamente, Vio sentiu também, e beijou-a de volta de modo apaixonado, a língua faminta abrindo caminho entre os lábios dela; as mãos dele pareciam quentes e ásperas conforme percorriam a pele de Sabrina. Os dois entraram no quarto aos tropeços, grudados um ao outro, e caíram na cama. Sabrina fechou os olhos e inspirou o cheiro de Vio, uma combinação inebriante de pós-barba, suor e um cheiro levemente mentolado de enxaguante bucal. Ela podia sentir a ereção dura como uma pedra de Viorel sob as calças de moletom — *finalmente, uma boa notícia!* — e passou uma das mãos por dentro do cós, fechando os dedos devagar, um a um, ao redor do pênis dele.

Vio gemeu. Então, com o último pingo que restava de vontade própria, ele tirou a mão de Sabrina, puxou-a de volta até a altura da boca, e a beijou.

— Não podemos.

Sabrina olhou para ele, surpresa.

— Como assim? Claro que podemos.

Vio se sentou e passou uma das mãos pelos cabelos. Ele franziu a testa, irritado consigo mesmo.

— Não. Não podemos. *Eu* não posso. — Vio balançou a cabeça como um cachorro que se seca após nadar, como se pudesse, de alguma forma, afastar fisicamente o desejo por Sabrina.

Sabrina fez um biquinho.

— Você não me quer?

— É claro que quero — respondeu Vio, com sinceridade. — Você é tão sexy que dói.

Um pouco mais tranquila, Sabrina lançou um olhar inquisidor para ele.

— Então qual é o problema?

— Você é minha colega de cena — respondeu Vio. — Jamais tenho relações íntimas com colegas de cena. Pelo menos até o fim das gravações, de toda forma. É uma política.

— Está brincando? — Sabrina pareceu estarrecida. Ela tentou lembrar se *já* havia tido algum colega de cena com o qual não tivesse trepado. Ninguém lhe vinha à mente. — Por que diabos não?

Viorel deu de ombros.

— É uma distração. Afeta a dinâmica diante das câmeras.

— Mas somos amantes diante das câmeras — disse Sabrina. — Isso não deveria ajudar?

— Amantes frustrados — corrigiu-a Vio. — Amantes não correspondidos. Heathcliff dorme com Isabella, lembra-se? Não com Cathy.

— Ah. Então prefere trepar com Lizzie, é o que quer dizer?

Vio estremeceu.

— Não. Cruzes, não. Olhe, não é só a coisa profissional. Você sabe tanto quanto eu que romances no set de filmagens podem ficar complicados. Alguém sempre acaba querendo mais.

— Eu não — respondeu Sabrina, com sinceridade.

— Não sou bom com monogamia, mesmo em períodos curtos de tempo.

— Perfeito. Eu também não.

Vio hesitou. Ele não duvidava que o sexo com Sabrina seria fantástico. Certamente não havia mais ninguém em Loxley com quem tivesse o mais remoto interesse em dormir, a não ser Tish Crewe. Mas ele não tinha permissão de se aproximar dela. Nenhuma das garotas da maquiagem ou da cinegrafia era vagamente atraente; a única operadora de câmera, Deborah, parecia uma bibliotecária, e Lizzie Bayer beirava o retardamento mental. Mas Viorel sabia que, assim que dormissem juntos, o relacionamento dele com Sabrina mudaria irrevogavelmente. Não importava o que ela dissesse naquele momento, Sabrina iria querer mais de Vio do que ele sabia que poderia lhe dar. As mulheres sempre queriam mais. Estava embutido no DNA delas.

— Melhor eu voltar para a cama.

Sabrina hesitou. Tinha experiência zero com rejeição sexual. *O que se faz em uma situação como essa?* Por um lado, era agonizantemente frustrante ter de dormir sozinha naquela noite. Mas por outro, a perspectiva de um desafio era nova e emocionante. Viorel Hudson havia colocado as luvas. Política, de fato! Ela o seduziria em algum momento, disso não duvidava. E como seria satisfatório quando finalmente pudesse assistir aquela vontade própria arrogante dele desmoronar.

— Tudo bem. — Sabrina sorriu com gentileza, abriu o sutiã e deixou-o cair no colo, então apalpou os seios magníficos de forma admiradora, como se jamais os tivesse visto. — Vejo você amanhã bem cedo, então. Seja bonzinho e apague a luz ao sair, por favor?

Vio precisou se conter para não gemer. Ele caminhou até a porta e apagou a luz.

— Boa noite, Srta. Leon.

— Boa noite, Sr. Hudson — sussurrou Sabrina. — Bons sonhos.

CAPÍTULO 13

Chrissie Rasmirez esticou as graciosas pernas sobre a espreguiçadeira e suspirou satisfeita, olhando em volta à procura do garçom bonito que vira mais cedo. Estava na cobertura do chique SLS Hotel, no centro de Beverly Hills. Era quase meio-dia, o sol de junho brilhava forte, fustigando o filtro solar Lancaster com fator 30 de Chrissie, e assim que ela conseguisse a segunda vodca com limão e soda, tudo ficaria bem no mundo.

Ela havia pegado um avião para Los Angeles dois dias antes para passar cinco gloriosos dias com amigas, e, é claro, para fazer um pouco de caridade. Linda, uma amiga dos tempos de *Rumores*, havia convidado Chrissie para o Baile Starlight, um evento absurdamente luxuoso para angariar fundos, e o mais próximo que as esposas de Beverly Hills chegavam de ir ao Oscar.

— A economia anda tão ruim que as vendas de ingressos caíram este ano — reclamara Linda a Chrissie ao telefone na semana anterior. — Precisamos de você, querida. — Naquele momento, Chrissie estava atolada em massa de modelar, ajudando Saskia a fazer mais um castelo de princesa para a coleção de cachorros de plástico, e, silenciosamente, perdendo a vontade de viver. Fazia 40 graus em Bihor, com uma umidade de cem por cento, mas é claro que Chrissie não podia vender nenhuma das montanhas de prataria para comprar um ar-condicionado.

— Não são nossas para vendermos — repetiu Dorian pela enésima vez em uma de suas raras ligações do set de filmagens na Inglaterra.

— E mesmo que fossem, não nos deixariam instalar ar-condicionado, não em um prédio histórico como o nosso.

Qual era o objetivo de viver como uma rainha quando se passava os dias enfurnada em um quarto de brinquedos sufocante, suando feito um porco? Principalmente quando seus amigos do outro lado do mundo "precisavam" de você, e por uma causa tão justa?

Linda oferecera estada a Chrissie em sua "casinha de hóspedes" — na verdade uma humilde versão de Versalhes na ala sul de sua propriedade palaciana, nos limites de Benedict Canyon —, mas Chrissie preferira ficar em um hotel. Isso lhe dava mais liberdade, além do mais, não queria que ninguém pensasse que ela precisava da caridade de Linda. (Após alguns poucos anos atuando, Linda Greaves fizera um bom casamento e um divórcio ainda melhor, aposentando-se no luxo custeado pela pensão alimentícia quando tinha a idade avançada de 34 anos. Era generosa com o dinheiro, exatamente como são as pessoas que nunca tiveram de trabalhar para consegui-lo eram, mas Linda *gostava* de ostentá-lo para as amigas menos afortunadas; aquelas que sobreviviam dos últimos poucos milhões, como Chrissie.)

Uma sombra recaiu sobre a espreguiçadeira de Chrissie.

— Posso ajudá-la, senhora? Precisa de algo? — O espécime exótico que a servira mais cedo estava de volta, os bíceps protuberantes sob a camisa de linho azul-escuro, dentes perfeitamente alinhados, de um branco que contrastava com o bronzeado da pele. Chrissie imaginou que ele estivesse beirando os 30 anos e que fosse um clássico "batalha". (Batalha era a abreviação de ator batalhador, e o termo utilizado para descrever os funcionários de hotéis de luxo de Los Angeles, cuja beleza era como a de estrelas de cinema.)

— Eu adoraria mais uma bebida, por favor. — Chrissie descruzou as pernas e depois as cruzou de novo, do modo mais convidativo possível, encolhendo a barriga inexistente.

— É claro. — O homem sorriu. — É só isso?

Chrissie olhou-o de cima a baixo, como um fazendeiro considerando abater um novilho engordado.

— Por enquanto.

Fazia quase um mês desde que Dorian partira para a Inglaterra, e mais tempo ainda desde que ele e Chrissie haviam transado. Ela ficara com tanta raiva do marido na última vez que ele se recusara a voltar para casa que se negara a compartilhar a cama com Dorian. Sob circunstâncias normais, Chrissie teria se distraído com um dos garotos que trabalhava na propriedade, ou mesmo com um rapaz da cidade enquanto o marido viajava. Mas desde que ele a surpreendera com Alexandru, Dorian ficara mais esperto. Chrissie sabia que ele havia colocado empregados para vigiá-la, para espioná-la. Entre os olhos de miçanga reprovadores dos empregados que a seguiam por todos os cantos e as exigências incessantes de Saskia por atenção — apesar das três babás em tempo integral, a garotinha choramingava constantemente pela mamãe —, Chrissie começara a sentir-se mais do que nunca uma prisioneira. O telefonema de Linda fora como se alguém tivesse lhe atirado uma escada de corda na torre. Chrissie agarrara-se à chance de escapar com as duas mãos.

Não é preciso dizer que Dorian reclamara disso.

— O Baile Starlight? Isso não custa uns 10 mil dólares o ingresso?

— Quinze — respondeu Chrissie, inexpressiva. — E daí? É por uma boa causa.

Não tão boa quanto nosso saldo bancário, pensou Dorian. Ele também duvidava bastante que Chrissie soubesse *qual* era a causa para a qual o baile estava angariando fundos. Mas deixou passar.

— Se quer escapar, por que não vem para cá? Sinto sua falta, amor.

— Sei. — Chrissie gargalhou com amargura. — Deve ser por isso que fez tantas viagens para casa.

— Por favor — suspirou Dorian. — Já tivemos esta conversa. Estou trabalhando.

— Exatamente. Por que eu iria querer ir até uma porcaria de set de filmagens chuvoso no meio do nada para que você possa me ignorar durante uma semana enquanto se concentra no seu importantíssimo *trabalho*?

Dorian ficou em silêncio. Chrissie tinha razão.

— Não gosto de Linda Greaves — disse Dorian, finalmente. — É uma pistoleira.

— É Los Angeles — interpelou Chrissie. — Se expulsassem todas as pistoleiras, seria uma cidade fantasma. De toda forma, você não precisa gostar dela. *Eu* gosto dela. E preciso de um tempo.

O baile daquela noite seria às seis da tarde, no Regent Beverly Wilshire. Chrissie havia comprado o vestido no dia anterior, em uma das butiques da Robertson Street, um D&G arrasador de costas de fora com paetês cinza metálicos para combinar com os novos saltos agulha Jonathan Kelsey de 15 centímetros. Em uma hora, um dos motoristas do hotel a levaria até Ole Henriksen, na Sunset Avenue, para fazer as unhas e as sobrancelhas, então voltaria para Melrose para fazer o cabelo em Ken Paves e, finalmente, retornaria à suíte para que Betty a ajudasse a colocar o vestido e fizesse sua maquiagem. Quando moravam em Holmby Hills, Chrissie fazia tratamentos de beleza diários. Na Romênia, uma semana podia se passar sem que ela sequer lavasse os cabelos. Qual era o objetivo, sem ninguém ali para ver?

Dentro da nova bolsa de praia Madison verde-limão ao seu lado, o celular de Chrissie começou a tocar. Perdida em uma fantasia sexual particularmente excitante que envolvia o garçom batalha, uma câmera e um pote de óleo corporal, ela atendeu irritada.

— É Chrissie.

— Ai, meu *Deus*, querida. Como você *está*? Está *beeem*? — Linda ainda tendia ao melodrama quando falava ao telefone, reflexo dos tempos de atriz de novela.

— Estou bem — disse Chrissie, admirando a bunda do batalha no short branco apertado enquanto ele se abaixava para entregar uma bebida a outro hóspede. — Almoçando antes de ir para o spa no Sunset Plaza. Por que não estaria?

— Ai, meu *Deeeus*! — disse Linda de novo. — Não soube ainda, soube?

— Soube de quê? — perguntou Chrissie, ainda ouvindo apenas pela metade. Linda podia começar uma frase com aquele tipo de drama e terminá-la com uma observação sobre o tempo.

— Dorian. E aquela vagabunda: Sabrina Leon. Está passando toda hora no *E!*, querida.

O sangue de Chrissie congelou. Ela observou enquanto os pelos finos de seu antebraço se eriçavam, um de cada vez, como minúsculas peças de dominó assustadas.

— *O que* está passando toda hora no *E!*, mais exatamente?

Chrissie pressionara Dorian a respeito de Sabrina na última vez que ele voltara para casa, mas foi apenas porque ela estava com raiva do marido por tê-la deixado de novo, e por ele aproveitar a vida enquanto Chrissie não podia. Em momento algum ela de fato acreditou que Dorian a trairia, com Sabrina Leon ou com qualquer outra mulher. Dorian era tão absurdamente fiel e devoto que poderia fazer um filhotinho de cachorro parecer desleal.

— Fotos, querida! — expirou Linda, que agora estava obviamente se divertindo. — Fotos dos dois *juuuntos*. Foram publicadas em algum jornal inglês. Ai, meu Deus. Tipo, *o que* você vai *fazer*? Os repórteres já ligaram para a minha casa. Isso é loucura!

— Por que ligariam para a sua casa? — perguntou Chrissie, percebendo imediatamente após a pergunta sair de seus lábios que só poderia haver um motivo: Linda avisara a mídia que Chrissie passaria na casa dela mais tarde, e que iriam ao baile juntas. *Vaca que só quer aparecer*. Mas Linda não era importante no momento. Chrissie precisava chegar a uma TV.

— Ainda vai esta noite? — O tom de pânico na voz de Linda era inconfundível. Sem Chrissie, ela não seria o centro das atenções na frente de toda a sociedade de Beverly Hills. *E* pareceria uma idiota diante de todos os repórteres das emissoras de TV com as quais já havia falado.

— Provavelmente — respondeu Chrissie. — Sim. Preciso falar com Dorian. — Ela desligou.

— Aqui está, senhora. Uma vodca com soda de limão refrescante. E havia outra coisa...

— Não — grunhiu Chrissie, entornando a bebida em um único gole longo até que as bolhas da soda ardessem no fundo de seus olhos. De repente, as feições insípidas e normais e o corpo de boneco Ken do garçom perderam a atratividade. Se Dorian tinha mesmo a traído, se fosse verdade, Chrissie não teria mais pelo que viver. Não porque ela o amava. Mas porque *ele* a amava. A famosa devoção do marido era a última coisa que mantinha firmes os restos da autoestima dela. Sem Dorian, Chrissie não seria nada: outra ex-mulher enxotada de Hollywood, substituída por uma modelo mais jovem e mais bonita. Chrissie seria como Linda, porém mais pobre. Ninguém mais a convidaria a lugar algum. Todos os amigos deles ficariam ao lado de Dorian e da nova prostituta dele; era simplesmente o modo como as coisas funcionavam. Os únicos homens que iriam querer dormir com Chrissie seriam os batalhas e os cirurgiões plásticos. *Não!* Ela não conseguiria suportar.

Chrissie se obrigou a ficar calma, juntou suas coisas e correu para dentro. Havia uma TV no quarto que exibia o *E!* 24 horas por dia.

Não é verdade. Não pode ser verdade, disse ela a si mesma. *Não Dorian.*

— Corta! — Dorian balançou a cabeça, desapontado. — Vamos lá, Sabrina. Heathcliff traiu você. Está com raiva dele, está furiosa.

— Eu sei — respondeu Sabrina, sorrindo de modo brincalhão para Viorel. — Esta sou eu com raiva. O que quer que eu faça? Bata nele?

— Quero que pare de sorrir e interprete a porcaria da cena — disparou Dorian. — E *você* pode parar de encorajá-la — acrescentou ele rispidamente para Viorel.

Fazia duas semanas desde a discussão com Sabrina no pub The Carpenter's Arms, e desde então o comportamento dela no set havia se deteriorado profundamente. Sabrina podia fazer uma Cathy primorosa quando queria. Quanto mais Dorian via Sabrina atuando, menos duvidava da habilidade inata dela. Mas ela parecia mais interessada em flertar com Vio Hudson, ou deliberadamente tentar tirar as roupas dele, do que mostrar a Dorian do que era capaz. A busca por atenção era tão descarada quanto exaustiva.

A garota precisa de um pai, Dorian se pegava pensando, diversas vezes. *Alguém para traçar um limite para ela.*

Antes de aquele idiota aparecer naquela noite do lado de fora do pub e provocar uma discussão, Dorian sentira como se ele estivesse finalmente se aproximando de Sabrina. Bem no fundo, ela ainda era uma garotinha assustada, faminta por amor e aceitação. Embora afirmasse que o odiava, não escapara à percepção de Dorian a rapidez com que Sabrina sentia ciúmes sempre que a atenção dele era distraída para outra coisa — ajudar Lizzie Bayer com uma cena, por exemplo, ou conversar com Tish, em particular, parecia irritar Sabrina, talvez porque Tish fosse a única outra mulher com quem Viorel Hudson passava uma quantidade de tempo significativa.

Para o alívio de Dorian, os primeiros sinais de flerte que notara entre a anfitriã e Vio pareciam ter se dissipado, e os dois haviam formado uma amizade genuína. Após as filmagens, Vio costumava passar horas jogando no computador com o filhinho de Tish, Abel. Tish aprendera que, contanto que ficasse longe de assuntos conflituosos, como a Romênia, a qual ela amava e Viorel detestava, e Sabrina Leon, sobre quem as opiniões dos dois divergiam, Viorel podia ser uma ótima companhia: caloroso, engraçado e inteligente. Agradava a Dorian observar os dois juntos, incentivando o melhor de cada um. Perto de Hudson, Tish ficava menos séria, menos velha-demais-para-a-idade. E perto de Tish, agora que a tensão sexual tinha passado, Viorel parecia crescer e sair da sombra do próprio ego. A verdade era que Viorel jamais tivera um amigo de verdade antes, alguém que não quisesse nada dele, que gostasse da companhia dele por si só. Vio amava isso.

Mas Sabrina odiava. Ela jamais perdia uma oportunidade de humilhar Tish, caçoar do sotaque dela, o qual Sabrina conseguia imitar perfeitamente, e revirar os olhos de modo afetado sempre que Tish passava pelo set de filmagens.

— Tomada quatro — gritou Dorian ao vento. — Aos seus lugares.

Viorel começou a subir a colina de novo, até o ponto no qual entrava na cena, mas Sabrina segurou a mão dele, puxou o ator de volta e falou com Vio de modo animado, ignorando a instrução de Dorian. Vestida em uma crinolina cor de lavanda com armação que exibia os seios espetaculares como duas bolas de sorvete de baunilha sobre uma bandeja, e ressaltava a qualidade minúscula de sua cintura, Sabrina parecia ainda mais estonteantemente linda que o normal, jogando o cabelo para trás e gargalhando de maneira afetada para o belo colega de cena. *Ela é deslumbrante*, pensou Dorian.

Na noite anterior, preocupado com a atmosfera sufocante de panelinha que se formava entre Sabrina e Viorel no set, Dorian perguntara ao ator, diretamente, se os dois estavam dormindo juntos. Vio negara, vociferante.

— Somos amigos, mas eu jamais ultrapassaria esse limite. Não enquanto estamos trabalhando, de toda forma.

Algo a respeito do tom de voz dele fizera com que Dorian acreditasse. Mas ao observar os dois flertando de forma descarada agora, sentiu as dúvidas voltarem.

— Sabrina! — disse Dorian, irritado. *Ela está me desafiando deliberadamente.* Por saber que Sabrina queria que ele perdesse a calma, Dorian lutou para que isso não acontecesse, mas era difícil. Ele estava ficando muito cansado daqueles jogos de desperdiçar tempo de Sabrina, assim como o restante da equipe. Chuck MacNamee já havia reclamado com Dorian sobre os chiliques de diva da atriz e da rispidez indisfarçada dela com a equipe. O sol ia se pôr em uma hora, mais ou menos, e todos queriam encerrar o dia. Cenas com Rhys e Lizzie eram um sonho em comparação com aquelas. Dorian teria de chamar Sabrina para uma conversa de novo mais tarde, uma ideia que deprimia o diretor mais do que ele queria admitir. É como se ela sentisse satisfação com o conflito, com *vestir a carapuça de vilão em mim.*

— Oi. — Tish apareceu no topo da colina com uma grande garrafa térmica em uma das mãos e o pequeno Abel agarrado à outra. — Compramos sopa para vocês. A Sra. Drummond fez sua famosa canja com curry. Não se sabe o que é a vida até prová-la.

Abel gritou animado como se fosse um cachorrinho quando viu Viorel, e atravessou o set de filmagens diretamente até os braços do ator, como se fosse um míssil em busca de carinho. Vio o colocou sobre os ombros e caminhou de volta até a colina na direção de Tish.

— Para mim? — Viorel indicou a garrafa térmica com a cabeça.

— Para todos vocês — disse Tish, as bochechas corando.

De short branco liso e uma camiseta listrada Boden, o rosto sem maquiagem e corado pela caminhada, Tish parecia graciosamente adorável, o proverbial sopro de ar fresco.

Sabrina deslizou até eles, toda seios e fúria, sem parecer graciosa ou adorável, mas sexy de tirar o fôlego.

— Alguns de nós estão tentando trabalhar aqui, sabe — disparou ela para Tish.

Chuck MacNamee e a equipe de iluminação gargalharam alto.

— Sério? E quais de nós seriam esses, imagino? — O sussurro disfarçado de Chuck foi audível para todo o set de filmagens. Para irritação profunda de Sabrina, as gargalhadas se espalharam.

— Tudo bem. Vamos fazer uma pausa, gente — disse Dorian. — Cinco minutos.

Sabrina saiu batendo os pés irritada, seguida por Viorel, com um Abel completamente agitado quicando para cima e para baixo sobre seus ombros. Dorian e Tish ficaram sozinhos.

— Algum problema hoje? — perguntou ele. — Nos portões?

Desde a matéria do *Sun*, a locação de Loxley não era mais um segredo, para a infelicidade de Dorian. Manifestantes tinham começado a se reunir do lado de fora dos portões, erguendo placas que exigiam que Sabrina fosse mandada para casa e gritando para qualquer carro que saísse ou entrasse. Era um bando bastante organizado, no todo. À exceção de um incidente com um ovo atirado ao carro de Dorian, não tinha havido violência, e a própria Sabrina, sabiamente, não se aventurara fora da propriedade. Embora se ressentisse da ordem de Dorian de que não deveria sair de Loxley desacompanhada, principalmente porque Viorel e os outros saíam toda noite para o pub The Carpenter's Arms, conquistando a atenção dos moradores admirados, até mesmo Sabrina percebia que, no clima atual, era provavelmente melhor para ela que ficasse escondida.

Tish balançou a cabeça.

— Tudo quieto. Levei um pouco de sopa para lá também, mas eles devem estar todos em casa, polindo suas placas de protesto.

Ao sentar-se num banco, Dorian tomou um gole da famosa sopa. Estava deliciosa, quente, mas não muito apimentada; a cebola, o curry e o gengibre se misturavam milagrosamente na boca, como apenas ingredientes frescos e colhidos em casa pareciam fazer. Dorian pensou, num instante de deslealdade, em como estava muito melhor que a sopa que a mulher dele fazia; então viu-se sentindo saudades de Chrissie com uma pontada de dor inesperada.

— No que está pensando? — perguntou Tish. — Você parece estar a quilômetros de distância.

— Ah, na verdade não — mentiu Dorian, forçando um sorriso. Ele não sabia o porquê, mas não queria conversar sobre sua vida pessoal. — Estou um pouco estressado, acho.

— Sabrina?

Tish olhou para o lugar em que Sabrina estava. Viorel brincava com Abel, segurando o garoto pelos pés e girando-o enquanto Abel soltava uma gargalhada aguda. Dava para ver dali a expressão fechada de Sabrina.

— Em parte — admitiu Dorian. — Ela está difícil hoje. Mas não é meu único problema. Fico incomodado porque as pessoas sabem onde estamos agora. A locação já foi comprometida. Quanto tempo até que outras informações vazem?

Tish conhecia um pouco a estratégia de Dorian: manter os detalhes de *O Morro dos Ventos Uivantes* em segredo para tentar os investidores depois que as filmagens estivessem encerradas. Ela não tinha certeza se entendia muito bem essa lógica, mas imaginava que Dorian conhecia seu meio, e ele parecia sentir que o segredo era vital. Tanto que na semana anterior ele havia arbitrariamente se livrado de todas as TVs no alojamento do elenco e da equipe e banido os jornais do set, imaginando que quanto mais estivessem isolados do mundo exterior, menores seriam as chances de vazamentos prejudiciais. Infelizmente, ele não tinha os mesmos poderes de censura quando se tratava da publicidade ruim de Sabrina.

— O trabalho em si está bom, o que filmamos até agora — disse o diretor a Tish. — Eu estava olhando o material bruto ontem à noite.

— Então tudo bem — concluiu Tish, de modo encorajador, imaginando se deveria se intrometer e dizer a Viorel para pegar leve com os giros. Abel ainda gargalhava, mas tinha adquirido uma tonalidade preocupante de verde. — É só isso que importa, não é?

— Quem me dera — respondeu Dorian. — Às vezes me sinto como na história do rei Canuto com seu trono à beira-mar, dando ordens em vão para que a maré não suba. Mas Sabrina não é a maré, é um tsunami. Jamais conheci uma atriz capaz de gerar tanta publicidade ruim a partir do nada. Espero que as coisas melhorem quando chegarmos à Romênia. Se ela fizer joguinhos comigo lá, posso trancá-la na masmorra. — Dorian sorriu.

No bolso da calça jeans, o celular do diretor tocou.

— Que estranho. Achei que tivesse desligado.

Depois de pegar o objeto criminoso, o coração de Dorian deu um pequeno salto. A tela mostrava: *Chrissie celular LA*. Apesar de todas as brigas, Dorian sentira falta de Chrissie no último mês, e arrependia-se da distância que havia crescido entre os dois. Ele sabia que a viagem da esposa para Los Angeles devia-se, pelo menos em parte, a puni-lo por tê-la abandonado, a brincar com todas as inseguranças de Dorian sobre a fidelidade de Chrissie, sem falar dos gastos. Então, o fato de ela estar ligando, sem que fosse requisitado, era uma surpresa. Uma fresta na camada de gelo, enfim.

— Querida! O que está acontecendo?

Tish observou o modo como os olhos de Dorian brilharam quando ele atendeu a ligação. Então observou esse brilho morrer, sendo substituído por puro pânico.

— Que fotos? — disparou ele. — Não faço ideia... *Sabrina*? — Os olhos de Dorian se arregalaram. — Isso é ridículo! Confie em mim, querida, isso está tão longe da verdade que é hilário... Não, não quis dizer isso... não, Chrissie, não acho que é engraçado. Não estou sacaneando você! Estamos completamente isolados aqui, não vi nada.

Dorian afastou o celular da orelha. Embora ninguém pudesse discernir as palavras, a histeria de Chrissie Rasmirez podia ser ouvida a quarenta passos dali.

Deborah Raynham sussurrou para o câmera-chefe:

— Parece que há problemas no paraíso.

— Pobre Dorian — disse o câmera. — Cercado de mulheres raivosas por todos os lados.

Sabrina, que podia sentir cheiro de drama como se fosse um tubarão cheirando sangue, correu até lá.

— Com quem ele está falando? — perguntou ela a Tish de modo imperativo.

— Com a esposa — respondeu Tish, brevemente. — Não que seja da sua conta.

— Do jeito que ela está gritando, eu diria que é da conta de todos nós — rebateu Sabrina com escárnio. — Minha nossa, minha nossa. Será que nosso diretor beato foi surpreendido pulando a cerca por aí? Quem é a pobre coitada?

— Você, aparentemente — disse Chuck MacNamee.

— Hein? — O escárnio se desfez dos lábios de Sabrina.

— Parece que alguém publicou fotos de você e Dorian ficando íntimos. Quem foi uma garota má, então?

As sobrancelhas de Tish se ergueram. *Dorian e Sabrina? Com certeza não.*

— Não seja ridículo — disparou Sabrina para Chuck. — Eu não dormiria com Dorian Rasmirez nem que ele fosse o último homem na Terra.

— Talvez seja melhor dizer isso à mulher dele? — sugeriu Chuck, olhando para Dorian. O diretor havia se afastado alguns passos do set na esperança de obter alguma privacidade, mas sua linguagem corporal era claramente aquela de um homem condenado implorando pela vida.

— Venha até aqui, querida — implorou ele a Chrissie. — Por favor. Venha ver por si mesma. Não há nada acontecendo. Menos do que nada. Eu sei onde devem ter sido feitas essas fotos. Um morador idiota estava implicando com Sabrina e eu estava salvando a pele dela, como sempre. Por favor, Christina. Ela nem se compara a você.

Ao ouvir essas últimas palavras, e ao saber que Chuck e os outros as haviam ouvido também, Sabrina sentiu uma descarga de irritação. Já tinha visto fotos da esposa de Dorian. A mulher era definitivamente anciã.

— Imagino se virá — disse Chuck.

— Quem? — Viorel finalmente se juntara ao grupo, e entregava Abel de volta para a mãe.

— Frau Rasmirez — respondeu Deborah Raynham. — Está em uma marcha de guerra, ao que parece. Pelo visto tem a impressão de que Dorian está pegando Sabrina de jeito.

A equipe deu risadinhas. Nem mesmo Tish resistiu a um sorriso.

— Por favor. Isso é ridículo — disse Vio.

— *Obrigada* — disse Sabrina, com sinceridade. Pelo menos alguém estava preparado para defendê-la.

— O que é "pegar de jeito"? — perguntou Abel. — Eu posso pegar de jeito também?

— Muito bem, rapazinho — respondeu Tish, séria, sentindo que a conversa poderia estar prestes a se tornar particularmente censurada. — Vamos levar você de volta para a casa.

— Se Chrissie Rasmirez vier mesmo, todos vamos precisar de escudos fortes — avisou Chuck MacNamee, depois que Tish foi embora. — Essa mulher gera uma tensão no set de filmagens mais rápido que uma vespa na cueca.

— Ah, não sei — ponderou Sabrina. — Se Dorian conseguir dar umazinha, talvez aja menos como um babaca antiquado, profissionalmente. O que acha, querido? — Ela passou um braço ao redor da cintura de Viorel. — Acha que uma boa trepada poderia aliviar a tensão por aqui?

Vio sentiu uma descarga de sangue na direção da virilha. Sabrina ficaria satisfeita se soubesse como ele achava aquilo difícil, manter o voto de abnegação. Todos os dias a queria ainda mais.

— Depois que terminarem as filmagens — respondeu ele, rouco, esfregando uma das mãos na lombar de Sabrina.

— Nã-ã. — Sabrina balançou a cabeça, caminhando para longe, na direção do trailer de figurino. Dorian ainda estava colado ao telefone. Obviamente, não fariam mais nenhuma tomada naquela noite. — Se deixar para a festa de encerramento, vou rejeitá-lo.

Vio gargalhou com arrogância.

— Não, não vai.

Sabrina apertou o passo, livrando-se de Dorian à base da colina.

— Você vai ver! — gritou ela, por cima do ombro.

* * *

Mais tarde naquela noite, Tish carregou um Abel dormindo de volta para o quarto. O garoto molhara a cama quatro vezes durante as duas últimas semanas, uma regressão para a qual Tish não encontrava explicação. Ela havia começado a acordá-lo para fazer xixi às dez da noite, até que Abel superasse aquilo.

De certa forma, Tish estava satisfeita. Ela amava a sensação do corpo quente e pesado de sono do menino sobre seus braços, e o modo como ele se agarrava a ela instintivamente enquanto Tish o colocava de volta na cama. Em Loxley, Abel dormia na mesma cama em que Tish dormira quando criança, um detalhe minúsculo que parecia triste e significativo para ela. *Tanta coisa mudou desde então*, pensava ela, um pouco deprimida. Em breve, as filmagens terminariam. Dorian e os outros partiriam, primeiro para a Romênia, e depois para Los Angeles e para suas vidas "reais". Tish terminaria os consertos, instalaria novos ocupantes e levaria Abel de volta para a vida real *deles*, para Curcubeu e para as crianças, para o apartamento dela e para uma Lydia reprovadora, para Michel e Fleur...

— Mamãe? — A voz de Abel levou Tish de volta para o presente. Ele abriu os olhos, sonolento, enquanto Tish o deitava de novo na cama.

— Está tarde, querido — sussurrou ela. — Volte a dormir.

— Mamãe, no próximo semestre vai ter futebol, e Viorel disse que eu sou tão bom no futebol que poderia com certeza, *com certeza*, entrar pro time.

— Shhh, Abi — respondeu Tish. — No próximo semestre vamos estar de volta em casa.

Uma nuvem de ansiedade passou pelo rosto doce de 5 anos de Abel.

— Mas Viorel disse.

— Tenho certeza de que você é muito bom no futebol — respondeu Tish, para tranquilizá-lo. — Quando voltarmos para casa, você pode jogar com Vasile e Radu e os outros garotos. Mostrar a eles como é ótimo. Agora vá dormir.

— Mas...

— Bons jogadores precisam dormir.

Depois de um pouco mais de negociação, Tish o acalmou e saiu do quarto na ponta dos pés, então fechou a porta atrás de si. Estava na hora de ter uma conversinha com Viorel.

Tish encontrou Viorel na biblioteca, com um copo de uísque na mão, folheando a coleção de poesia romântica do pai dela.

— Posso falar com você?

Viorel fechou de repente a cópia com acabamento de couro do livro *Intimations of Immortality*, de Wordsworth.

— É claro. — Tish vestia um pijama do Snoopy desbotado e um casaco masculino com pequenos buracos. Estava com os cabelos presos em um coque e, conforme se aproximou, cheirava forte a pasta de dente e talco. — Você parece pronta para ir dormir. O que a traz aqui tão tarde?

— É Abel — disse Tish. — Ele fez xixi na cama de novo. Acho que está começando a ficar ansioso com o futuro.

— Ele está — respondeu Vio, recostando-se na cadeira de Henry. — Queria falar com você a respeito disso, na verdade.

— O importante é não confundi-lo — disse Tish. — Sei que teve boas intenções, mas não deve mesmo colocar ideias na cabeça dele a respeito de ficar em Loxley. Depois que vocês forem embora, Abel e eu vamos voltar para casa.

Viorel franziu a testa.

— Aqui não é sua casa?

— Nossa vida está na Romênia — respondeu Tish. — Meu trabalho. A herança cultural de Abi.

Vio enrijeceu. A mãe dele costumava tagarelar sobre a "herança cultural" do filho adotivo o tempo todo. Martha Hudson jamais se cansava de lembrá-lo como tinha sorte por ter sido adotado, e como era importante que ele se tornasse um médico e voltasse para a Romênia algum dia, para "dar algo em troca". Vio odiava isso.

— Não acha que está sendo um pouco egoísta?

Agora foi a vez de Tish de enrijecer.

— Como é?

— Quero dizer, você adotou o menino. Trouxe-o até a Inglaterra, mostrou como vive a outra parte do mundo, colocou-o em uma escola da cidade onde ele é muito feliz. E agora quer enraizá-lo de novo, levá-lo de volta para aquele fim de mundo de país, só porque gosta de brincar de Florence Nightingale?

Tish lutou para controlar a raiva.

— Com todo o respeito, Viorel, acho que conheço meu filho um pouco melhor que você.

— Então sabe que ele quer ficar em Loxley — insistiu Vio. — Mais que qualquer coisa.

— Ele tem 5 anos — replicou Tish, o mais autoritariamente possível para alguém que vestia um pijama do Snoopy. — Também quer morar em um reino submarino e comer chocolate em todas as refeições. Isso não significa que é uma boa ideia.

— Agora você está transformando isso em uma piada — disparou Vio. O uísque estava impulsionando o descontrole dele. Isso e as próprias lembranças de crescer com a mãe que colocava o trabalho de caridade na frente dos interesses do próprio filho. Vio tentou se lembrar de que Tish não era Martha Hudson. E que Abel não era ele. Mas a ideia de o garotinho ser arrancado de tudo o que gostava fazia o sangue de Viorel ferver.

— Sou a mãe dele — disse Tish. — Sei o que é melhor para Abel.

— O que é melhor para você, quer dizer — murmurou Viorel.

Tish não fazia ideia de onde vinha aquela hostilidade repentina. Certamente ela não fizera nada para merecê-la. Havia um tipo de maldade em Viorel naquela noite, uma arrogância convencida que Tish jamais vira. *Graças a Deus não me apaixonei por ele*, pensou ela, com calafrios.

— Sinto muito se você pensa dessa forma — respondeu Tish, com frieza. — Mas isso não está aberto a debate. Abel é meu filho, e eu estou *pedindo* a você para não incomodá-lo ainda mais com essa história. Entendeu?

— Tudo bem. — Ao virar as costas para Tish, Viorel serviu-se de mais um pouco de uísque e reabriu o livro. Ele sentia raiva, mas também impotência por Abel. Que direito Tish tinha de deixar que a própria fantasia de Madre Teresa atrapalhasse a vida do menino? Era uma impotência que Viorel Hudson não sentia desde o internato. Aquilo o assustava.

Enquanto subia as escadas para se deitar, Tish também se sentia abalada pelo encontro dos dois. *Como Viorel ousa questionar o modo como crio meu filho! Que diabo ele acha que sabe sobre isso, ou sobre nossa vida na Romênia? Canalha autoritário.*

Tish tentou se concentrar na raiva. Mas uma voz baixinha e questionadora em sua mente tornava aquilo difícil.

Estou sendo egoísta? Estou me colocando na frente de Abel?

Ela esperava que não. *O Morro dos Ventos Uivantes* tinha sido a salvação de Loxley Hall. Tish estava feliz por ter voltado e por tê-los deixado fazer o filme. Mas o quanto antes eles partissem e a vida voltasse ao normal, melhor. Para todos.

Do lado de fora do Regent Beverly Wilshire, uma legião de paparazzi aguardava as convidadas glamourosas do Baile Starlight daquela noite, como um cardume de piranhas que fareja sangue.

No banco traseiro do Bentley Continental guiado por um dos motoristas de Linda Greaves, Chrissie Rasmirez pulsava com a agitação. Fazia um longo tempo, anos, desde que fora objeto de tanta atenção da mídia. É claro que ela estava acostumada a ser fotografada. Como esposa de uma figura consagrada de Hollywood, Chrissie havia sido flagrada nos braços de Dorian em inúmeras cerimônias de premiação e festas exclusivas da indústria. Mas sempre como um apêndice, uma acompanhante. *Esta noite*, disse Chrissie a si mesma, *sou a estrela. Eles vieram ver a mim, não Dorian.*

O fato de que estavam ali por causa da suposta infidelidade de Dorian mitigava um pouco o triunfo de Chrissie. Mas apenas um pouco. Em primeiro lugar, depois de falar com o marido naquele dia e ouvir o desespero profundo na voz dele, Chrissie tinha certeza de que Dorian não havia, de fato, a traído. Ele não a deixaria, por Sabrina Leon ou mais ninguém. Em segundo lugar, se havia um papel que Chrissie sabia interpretar à perfeição, era aquele de vítima, da esposa injustiçada que defendia o marido estoicamente. *Ou melhor, esposa injustiçada e linda de morrer.* O vestido de costas de fora Dolce & Gabbana parecia ainda mais sexy em Chrissie do que parecera na loja. Ou talvez fosse a própria Chrissie que parecia mais sexy, cheia de prazer com tanta atenção repentina?

— Você está bem, querida? — perguntou Linda enquanto as duas paravam do lado de fora do hotel. — Tem certeza de que quer fazer isso?

Chrissie olhou para a amiga e sentiu sua autoconfiança se inflar ainda mais. Com seu vestido justo Valentino e metade da produção anual de diamantes da Sibéria pendurada no pescoço, Linda parecia rica, elegante e *velha*. O excesso de rejuvenescimento a laser congelara seu rosto, que um dia fora lindo, em uma máscara simplória e inexpressiva. Os cabelos dela estavam louros demais, os peitos grandes demais e o sorriso desesperado demais. Lisa era a acompanhante perfeita.

— Não é que eu *queira* fazer isso — mentiu Chrissie, fazendo uma expressão com o rosto que mostrava vulnerabilidade. — Mas preciso. Não posso deixar fofocas maliciosas arruinarem meu casamento.

O estouro de lâmpadas de flash e gritos de "Chrissie! Chrissie!" conforme ela saía do carro foram quase o bastante para dar a ela um pequeno orgasmo bem ali. Agarrada à mão de Linda, com o rosto abaixado em uma pose perfeita de princesa Diana, Chrissie caminhou lentamente para dentro do prédio, certificando-se de que os fotógrafos tivessem bastante tempo para capturar a vista de suas costas sexy antes de desaparecer do lado de dentro.

Aquela noite, Chrissie havia decidido, seria muito divertida. E foi. Amigos antigos e novos a cercavam, atraídos pelo drama como viciados para um traficante.

— É claro que não é verdade — repetia Chrissie para todos eles, com uma dignidade triste e bem-treinada. — Dorian tentou agir como um pai para aquela garota problemática. Ele é generoso demais para seu próprio bem. Todos sabem que Sabrina Leon é viciada em imprensa. Não me surpreenderia se ela mesma tivesse plantado a história.

— Não está com raiva?

A deixa para a inclinação de cabeça modesta e piedosa.

— Tento não desperdiçar energia com raiva. Não quando tenho tantas coisas pelas quais ser grata.

Quando o jantar foi servido e todos se sentaram para o leilão, Chrissie se divertia completamente. Tomara taças de champanhe o suficiente para se soltar, recebera cantadas de pelo menos dois homens mais bonitos que Dorian e de outros três que eram mais ricos, e tinha visto no planejamento das mesas que se sentaria ao lado de Keanu Reeves, por quem sempre tivera uma quedinha.

— Olá, Sra. Rasmirez. É mesmo a bela desta noite.

Em meio à tontura semibêbada, Chrissie precisou de um momento para reconhecer o homem louro, impecavelmente vestido, que havia se sentado ao lado dela. Apenas quando ele beijou sua mão e puxou a cadeira para Chrissie de modo cavalheiro que ela percebeu.

— Harry Greene. — Chrissie deu risadinhas afetadas. — Acho que não tenho permissão para falar com você.

— Quem disse? Dorian? — Ignorando os olhares sujos dos colegas convidados, Greene tirou um cigarro de uma caixa de prata vintage e o acendeu. — Não me diga que é o tipo de garota que aceita ordens do marido. Eu não poderia suportar a decepção.

— A questão não é receber ordens. É lealdade — respondeu Chrissie. — E esse assento é de outra pessoa.

— Não é mais. Sinto muito, mas eu queria você só para mim, então disse a Keanu que ele teria de sair. — Harry acenou para o outro lado do salão, para a mesa nove, e um homem familiar, de cabelos escuros, acenou de volta. Chrissie estava dividida entre irritação e gratidão. Estava ansiosa para flertar com Keanu, mas era lisonjeiro Harry Greene tê-la escolhido, e sexy ele ter o poder de dizer a astros de cinema famosos onde eles podiam ou não se sentar. Chrissie sempre ficara excitada com o poder.

— Sabe, seu marido é um tolo. — Harry recostou-se no assento, soprando anéis de fumaça suavemente no ar. — Agarrando-se com Sabrina Leon quando tem uma mulher como você em casa.

— Ele não está se agarrando com ela — respondeu Chrissie, rispidamente. — São apenas os tabloides criando problemas.

Harry ergueu uma sobrancelha perfeitamente feita, mas não disse nada.

Chrissie pareceu irritada.

— Confio no meu marido.

— É por isso que vai pegar um avião para o set de filmagens na semana que vem? — perguntou Harry, com sarcasmo. — Porque confia tanto nele?

Chrissie inclinou a cabeça para um lado, curiosa.

— Como você sabia que eu iria para o set?

— Sei muitas coisas — respondeu Harry. Ele puxou mais um trago profundo e satisfatório de nicotina, então olhou para Chrissie de modo apreciativo, como um treinador examinaria um cavalo de corrida. Encarando-a diretamente, ele falou: — Se você fosse minha esposa, eu não a perderia de vista.

Chrissie sentiu uma descarga de prazer percorrer seu corpo. É claro que ela sabia que Harry Greene se ressentia de Dorian, e que ele provavelmente estava flertando tão descaradamente com ela para ajustar algum tipo de conta. Chrissie jamais entendeu por completo a rixa de Harry com Dorian — algo a respeito da ex-mulher dele e um roteiro —, mas sabia que Harry havia prejudicado Dorian profissionalmente. Não que Chrissie se importasse com a preciosa carreira do marido. Não, Chrissie se importava com a luxúria pura nos olhos de Harry Greene. Aquilo era algo que não podia ser fingido.

É isso o que tenho perdido, pensou ela, *presa na Romênia, correndo atrás de Saskia o dia todo como algum tipo de empregada. Senti falta de ser adorada.*

— É claro que deixaria. — Chrissie entrou no jogo. — Vocês diretores são todos iguais. São viciados em trabalho.

— É verdade, amo meu trabalho — admitiu Harry, inclinando-se para mais perto. — Mas não tanto quanto amaria abrir suas pernas e lamber você até você gozar e gozar e gozar.

Chrissie engasgou.

— Não pode dizer coisas assim! — Mas ela estava tão excitada que sentiu as pálpebras ficarem pesadas e os lábios instintivamente começarem a se abrir.

— Posso dizer o que quiser — disse Harry.

Chrissie se encolheu, inutilmente, conforme a mão dele começou a acariciar sua coxa sob a mesa.

— Posso fazer o que eu quiser. Sou um deus nesta cidade, querida. Não preciso correr por aí com uma latinha de esmolas sempre que quero fazer um filme, como seu marido. Sabe o que ouvi? — A mão de Harry subia mais.

— O quê? — Chrissie respirava de modo pesado, tão excitada que se sentia como se tivesse sido hipnotizada.

— Ouvi que toda essa publicidade ruim em volta de Sabrina Leon está matando o interesse no filme. *O Morro dos Ventos Broxantes*, é como tem sido chamado. — Harry gargalhou e jogou longe o cigarro. — O filme está morrendo antes de nascer.

— Isso não é verdade — disse Chrissie, tentando bloquear as sensações na virilha e se concentrar no que Harry falava. — Se quer saber, ele despertou bastante interesse inicial dos estúdios grandes.

— Quais? — Harry tentou manter a voz casual.

— Como a Paramount — respondeu Chrissie, presunçosa —, entre outros.

— E que "outros" poderiam ser? — perguntou Harry.

Chrissie abriu a boca para dizer quando algo a fez hesitar. Era como se o hipnotizador tivesse estalado os dedos de repente e a despertado do transe. *Estão jogando comigo*, pensou ela, furiosa. *Ele não está interessado em mim. Está me apalpando para obter informações sobre a droga do filme.* Após tirar a mão de Harry Greene da coxa, Chrissie pigarreou.

— Bela tentativa — disse ela, ríspida. — Mas se quiser informações sobre os negócios do meu marido, terá de procurá-las em outro lugar.

Após virar de costas para ele, Chrissie puxou conversa com o homem que estava ao seu outro lado e passou a ignorar Harry Greene durante o restante da noite. Irritantemente decidido, Harry concentrou sua atenção na linda loura à sua direita, "ajudando-a" a fazer um lance em diversos itens do leilão de caridade, inclusive num colar de esmeraldas delicado da Fred Leighton que Chrissie desejava desesperadamente e uma estada de seis noites no Post Ranch Inn, o qual, por acaso, era o hotel preferido de Chrissie no mundo inteiro.

Os dois não se falaram de novo até irem embora. Reunida com uma Linda Greaves ridiculamente bêbada, Chrissie esperava no guarda-volumes pelo casaco de pele de marta emprestado quando sentiu alguém surgir por trás de si e passar uma das mãos ao redor de sua cintura.

— Estava certa — sussurrou Harry no ouvido de Chrissie. — Eu queria informações. E queria você mais.

Antes que Chrissie pudesse dizer alguma coisa, ele a beijou na nuca, o que fez com que todos os pelos do corpo dela se eriçassem.

— Fica para a próxima — murmurou Harry, e desapareceu na noite com a loura em seu encalço.

CAPÍTULO 14

Dois dias após a chegada de Chrissie Rasmirez ao set de filmagens de *O Morro dos Ventos Uivantes*, Chuck MacNamee iniciou um caderno de apostas sobre quem seria o primeiro a se desesperar e assassinar Chrissie com as próprias mãos. Rhys Williams apostara em Lizzie Bayer, a quem Chrissie audivelmente se referira como "de meia-idade" no primeiro dia. Mas a maioria do elenco tinha apostado em Sabrina.

Em um dia bom, Chrissie era meramente uma distração, interrompendo Dorian no meio da tomada para oferecer as próprias sugestões sobre como esse ou aquele ator poderia interpretar melhor a cena, ou como certo ângulo da câmera "não estava funcionando". Em um dia ruim, Chrissie deliberadamente provocava uma já irritadiça Sabrina, dando-lhe ordens como se *ela* fosse a diretora, criticando tudo, desde a interpretação de Sabrina até o modo como ela usava os vestidos de época. ("Incrível como essa garota consegue parecer uma piranha com qualquer roupa.") Chrissie era apenas um pouco menos insuportável com o restante do elenco; a única exceção óbvia era Viorel, por quem ela claramente estava atraída.

Fora do set de filmagens, o comportamento de Chrissie era ainda pior. Acostumada a ser servida no castelo, Chrissie tratava Tish como se fosse uma empregada, reclamando de tudo, desde a maciez das toalhas dela e de Dorian até os estalos do encanamento à noite.

— Não dá para consertar isso? Como meu marido pode ser criativo quando nosso quarto parece um navio afundando?

Quando Tish observou que Dorian não havia reclamado do quarto até a chegada dela, Chrissie a interrompeu no meio da frase com um grosseiro: "Bem, ele está reclamando *agora*", antes de exigir que um táxi fosse chamado para levá-la para a cidade, para que buscasse seus remédios para alergia. "Este lugar é tão cheio de poeira que me surpreende vocês não terem todos sufocado até agora."

As grosserias mais abomináveis de Chrissie, no entanto, eram reservadas para a Sra. Drummond, a qual Chrissie parecia ver como algum tipo de escrava por contrato. Depois de um incidente particularmente feroz, quando Chrissie tentou insistir que a Sra. Drummond lavasse à mão uma calcinha manchada da menstruação ("É La Perla. Não vou confiá-la àquela máquina de lavar caindo aos pedaços"), Dorian levara Chrissie para um canto e tentara acalmar as coisas.

— Esta não é nossa casa, querida — observou ele com gentileza.

— Graças a Deus! — respondeu Chrissie.

— E também não é um hotel.

— Pelo amor de Deus, Dorian. Você pagou pela locação, não pagou?

— Sim, é claro. Estou apenas pedindo que seja sensível, só isso. Você terá ido embora em uma semana, mas o restante de nós precisa morar e trabalhar aqui por mais um mês.

— Ah, sei — disse Chrissie, com petulância. — Já está contando os dias até poder se livrar de mim, não é?

Dorian suspirou. Era inútil.

Domingo era um dia de folga das filmagens, o primeiro em 17 dias seguidos, e um descanso muito necessário para todos. Metade da equipe desceu em massa para o pub em Loxley. A outra metade se retirou para os trailers para assistir a jogos de futebol americano baixados pela internet ou se deixar levar pela febre de gamão que havia tomado o set durante as duas últimas semanas. (Viorel estava na liderança, embora Deborah Raynham estivesse em seu encalço.) Sabrina anunciou a intenção de passar o dia todo na cama. Até o meio-dia, parecia estar cumprindo com a palavra. Ninguém a havia visto. Rhys Evans e Lizzie Bayer, que recentemente tinham começado a dormir juntos ("Qualquer porto serve numa tempestade", conforme Vio observara com sarcasmo para Sabrina), saíram cedo para passar o dia em Alton Towers. Jamie Duggan, oficialmente o homem mais entediante no set de filmagens, agradara a todos ao sair sozinho para um passeio cultural pelas igrejas saxãs locais.

Tudo isso significava que o delicioso banquete de almoço da Sra. Drummond fora servido apenas para um grupo minguado de cinco pessoas: Tish e Abel, Dorian e Chrissie, e Viorel.

— Esta torta de frango está boa! — murmurava Abel com gratidão, cuspindo migalhas da massa por toda a mesa, as bochechas estufadas como a de um esquilo. — Possocomeroutropedaço?

— Não — respondeu Tish. — Você nem terminou o que ainda está na sua boca, comilão.

— Deixe o menino comer — disse Viorel com satisfação, deslizando o próprio prato de torta na direção de Abel, do outro lado da mesa, como se fosse um *puck* de hóquei no gelo. — Ele está em fase de crescimento.

— Legal! — exclamou Abel ao pegar o prato e levantar os polegares para Vio antes de enfiar o terceiro pedaço na boca.

Dorian observou essa pequena interação com crescente desconforto. Algo estava acontecendo entre Tish e Vio. Até cerca de uma semana antes, os dois eram melhores amigos. Mas agora havia uma tensão no ar que poderia ser comida com colher.

— Use o garfo e a faca — disse Tish para Abel, deliberadamente deixando de desafiar Viorel e de dar a ele a briga pela qual tão obviamente ansiava. *Não tenho nada para provar a ele*, disse Tish a si mesma, com raiva. *Certamente não meu amor por meu filho*. Mas, por algum motivo, desde a discussão na biblioteca, Viorel tinha um jeito incômodo de fazer com que Tish se sentisse em desvantagem. Era irritante.

— Sempre acreditei que deveríamos deixar crianças pequenas comerem o que quisessem. — Chrissie Rasmirez bateu os cílios na direção de Viorel. — Essa é nossa política com Saskia. As crianças sabem instintivamente o que o corpo delas quer.

— Exatamente — disse Viorel, com um olhar de triunfo para Tish.

Chrissie estava bonita naquele dia, era o que Viorel achava. A minissaia jeans branca desfiada na barra e a camiseta verde desbotada da Fred Segal ressaltavam à perfeição o corpo bronzeado e torneado da mulher. Ainda mais surpreendente, ela parecia relaxada, a pele brilhava, os olhos não tinham aquelas bolsas que o marido exibia, um sintoma do estresse e da exaustão relacionados às filmagens.

Tish também notou como Chrissie estava bonita. *Você é linda*, pensou ela. Mas ainda havia algo ríspido em relação a Chrissie, algo frio. Mais uma vez, Tish imaginou como um homem tão carinhoso e emotivo como Dorian Rasmirez poderia ter escolhido uma esposa tão cruel para compartilhar a vida.

Após espetar um pepino em conserva com o garfo e enfiá-lo na boca de modo sugestivo, os olhos verdes de Chrissie fixaram-se nos de cor lápis-lazúli de Viorel.

— Acredito muito em ouvir as necessidades do meu corpo — disse ela.

— Eu também. — Viorel sorriu, deliciando-se com a atenção. Não se sentia particularmente atraído por Chrissie. Mas desde a discussão com Tish, tinha uma sensação crescente de frustração que precisava cada vez mais de uma válvula de escape. Com Sabrina fora dos limites, as opções eram poucas. O flerte com Chrissie era uma distração bem-vinda. — Sou fiel a isso, na verdade.

Tish sentiu-se envergonhada por Dorian e reprovou Viorel imensamente. O flerte era descarado. Mas quando ergueu o rosto, viu que Dorian não reparara em nada. Enquanto comia distraído, os olhos sobre a refeição, a sobrancelha franzida, o diretor estava obviamente a quilômetros de distância, perdido nas próprias preocupações.

— Quais são seus planos para esta tarde? — perguntou Chrissie a Viorel. — Meu marido vai trabalhar, como sempre. — Ela revirou os olhos.

Dorian ergueu o rosto.

— O quê? Trabalhar? A tarde inteira não, querida. Só tenho que ver parte do material bruto das cenas de Rhys, só isso. Não deve levar mais que algumas horas.

— Ah, certo, acredito — resmungou Chrissie, num tom debochado. — Achei que talvez Viorel pudesse me levar para um tour pelos campos locais. Mostrar os pontos turísticos.

— Eu adoraria. — Vio sorriu com malícia.

O ar estava tão espesso com insinuações que Tish quase sentiu vontade de cobrir os ouvidos de Abel. Ela certamente desejava poder cobrir os próprios.

— Mas sinto dizer que já tenho planos. Vou levar uma moça para Manchester. Pensamos em fazer umas compras esta tarde e depois jantar.

— Uma moça? Quem? — Tish ouviu-se perguntar. Não sabia por que, mas a ideia de que Viorel pudesse ter conseguido um encontro parecia irritá-la.

— Você a conhece, na verdade — disse Vio, casualmente. — Laura Harrington.

— Laura? — Tish engasgou com a água Perrier e lançou pelo nariz uma corrente de bolhas de ar geladas. — A menina que veio tomar conta de Abel na outra noite?

— Ela mesma. — Vio sorriu.

A quinta-feira anterior fora a noite de bridge da Sra. Drummond, e Tish havia marcado um jantar com um antigo amigo da escola. Laura era a filha adolescente do vigário da cidade e oferecera seus serviços de babá por 8 libras a hora. Tish conseguia apenas se lembrar que a garota tinha uma gramática terrível e que Abel ficara bastante impressionado com os "cabelos de princesa" dela. Obviamente, ele não foi o único a reparar nos dotes de Laura.

— Mas ela é uma criança! — Tish olhou para Vio horrorizada.

— Tem 18 anos, na verdade — disse Vio. — E é muito madura para a idade.

— Madura? — disparou Tish com escárnio. — Por favor, ela estava com uma mochila da Miley Cyrus! Serviu a Abel dois ovos de chocolate num copinho para ovos pochê como jantar.

— Serviu? — Vio deu um risinho. — Gosto dela ainda mais.

— Ele vomitou na cama toda.

— Sim, bem, que bom que eu sou abençoado com um estômago forte.

Os olhos de Tish se arregalaram ainda mais.

— É só um jantar — disse Viorel. — Vou deixar a menina em casa depois.

Depois de quê?, pensou Tish, furiosa. Nossa, ela havia julgado mal Viorel Hudson. Ser provocador era uma coisa, mas usar a fama para atrair uma inocente garota local para a cama? Ele deveria ter vergonha de si mesmo.

Chrissie Rasmirez obviamente sentia o mesmo, se aquele beicinho épico dela era algum indicativo.

— Não se preocupe, Sra. Rasmirez — intrometeu-se a Sra. Drummond animada. — Vou falar com Bill Connelly. Bill conhece Derbyshire muito melhor que o Sr. Hudson. Tenho certeza de que vai ficar feliz em mostrar o lugar a você até que seu marido esteja livre.

Esquecendo-se momentaneamente da reprovação mútua de um pelo outro, Tish e Vio se olharam e sorriram. Pela expressão de Chrissie, era como se alguém tivesse espirrado limonada nos olhos dela.

— Obrigada — respondeu Chrissie, amarga. — Eu não quero dar trabalho.

— Você deveria ir, querida. Bill Connelly não vai se incomodar — disse Dorian, perdendo ainda mais pontos com a mulher. — Se a previsão do tempo estiver certa, pode cair uma chuva forte nos próximos dias. Talvez o bastante para atrasar as filmagens.

— Eba! — exclamou Abel, dando um salto da mesa e, deslealmente, aconchegando-se no colo de Viorel. — Isso quer dizer que você vai poder brincar mais comigo, não é?

Como sempre, o rosto iluminado e confiante de Abel despertava a coragem de Viorel. Ele ainda não conseguia entender o fato de que Tish planejava arrastar o garoto de volta para um lixão ex-comunista em poucas semanas. Se pudesse, Vio enfiaria Abel na mala e o levaria com ele para os Estados Unidos.

— É claro. — Viorel bagunçou os cabelos de Abel. — Podemos jogar no computador e comer bala até nossas línguas caírem.

Tish lançou a Vio um olhar enraivecido. Era tão fácil irritá-la que quase não tinha graça.

No dia anterior, Vio surpreendera uma conversa entre Tish e a Sra. Drummond. Tish estava tagarelando sobre a porcaria do trabalho de caridade de novo.

— A maior parte dele consiste em treinar a equipe local — dizia Tish à empregada com seriedade. — Quando chegamos ao hospital infantil em Oradea, encontramos bebês gravemente desnutridos. As enfermeiras estavam tentando alimentá-los com uma colher enquanto eles estavam deitados nos berços. Bem, não dá para engolir deitado. É impossível. Então é esse tipo de coisa básica que nós ensinamos.

— Entendo, querida. — A Sra. Drummond assentiu de modo sábio. — Isso parece maravilhoso.

— Mas é conversa fiada — disse Viorel, com a voz arrastada. — Conheço pelo menos seis garotas em Los Angeles que conseguem, *definitivamente*, engolir deitadas. Talvez eu devesse mandá-las para lá, para ensinar as crianças?

O olhar no rosto de Tish fez com que Viorel sorrisse a noite inteira.

Laura Harrington foi uma decepção.

Apesar da tenra idade, a filha do vigário, obviamente, dera suas escapadas ao longo da vida. Depois de descartar o plano de fazer compras ("Consigo pensar em coisas melhores para fazer, você não?"), Laura levou Viorel para uma parte isolada do bosque antigo e idílico de Loxley, e lá tirou a roupa antes que ele tivesse tempo para piscar. Na verdade, toda aquela abordagem experiente e quase profissional do processo fez com que Vio se sentisse vazio e — por mais estranho que parecesse sob aquelas circunstâncias — usado.

Deitado de barriga para cima, ele fechou os olhos e tentou aproveitar o boquete que Laura lhe fazia parecendo seguir um manual de instruções. Sem dúvida ela catalogaria o evento com detalhes gráficos na página do Facebook mais tarde — *chupada por chupada*, pensou Viorel, gargalhando baixinho consigo mesmo. Ele tentou se excitar ao imaginar a língua de Sabrina acariciando seu pau, e não a língua de uma piranha gordinha de cidade pequena com peitos grandes e o QI de um cocô de cachorro fossilizado. Mas, estranhamente, a fantasia de Sabrina também não estava funcionando. Após semanas de negação, talvez ele tivesse passado a associá-la com frustração?

Laura ergueu o rosto. A ereção de Vio ainda estava forte — um boquete era um boquete, afinal de contas —, mas ela podia sentir a falta de entusiasmo dele.

— O que foi?
— Nada — mentiu Viorel.
— Prefere só transar?

Vio ergueu uma das sobrancelhas. E ele achava que as garotas de Hollywood eram rápidas!

— Você não perde tempo, não é?

Em resposta, Laura subiu em Viorel, mal lhe dando tempo de colocar uma camisinha antes que a garota apoiasse as coxas pálidas e sardentas sobre os quadris do ator e deslizasse o pau dele para dentro de si. Laura balançava-se para a frente e para trás, os seios enormes sacudindo como balões d'água, os olhos fechados pela concentração, mais do que pelo êxtase. Vio ergueu o corpo da garota e virou-a de costas, de modo que não precisasse olhar para o rosto idiota dela. Ao fechar os próprios olhos, tentou se concentrar nos peitos imensos de Laura, e não na bunda enorme que os acompanhava.

Pelo menos estou deixando Tish Crewe irritada, pensou ele, aumentando o ritmo das investidas conforme se conectava com seu ódio. Antes que percebesse, Vio se viu fantasiando que era Tish nua de quatro abaixo de si; as costas de Tish arqueadas num prazer silencioso conforme ele empurrava o corpo mais profundamente para dentro dela; eram os seios de Tish que Vio apertava e massageava como se fossem duas bolas da mais macia das massas. A fantasia lhe dava repulsa e excitação em igual medida. Parte de Viorel queria parar, mas Laura enrijecia os músculos com mais força ao redor dele, arqueando o corpo selvagemente em resposta à excitação crescente de Vio, e ele sabia que tinha ido longe demais para voltar atrás.

Quando Viorel gozou, era o cabelo de Tish que agarrava, puxando com força, querendo machucá-la tanto quanto queria satisfazê-la, querendo puni-la. Mas pelo quê, exatamente? Por levar Abel de volta para a Romênia, ou pela própria infância infeliz dele? Viorel não sabia mais.

— Ai! Isto dói — reclamou Laura. — Meu cabelo. Solta o meu cabelo!

— Desculpa.

Viorel soltou a garota como um homem que sai de um transe. Ele se recostou de novo no cobertor, sentindo-se frustrado e sujo, consciente de que por trás das imagens eróticas confusas de Tish, o rosto de outra mulher pairava de modo fantasmagórico ao fundo. Viorel odiava a ideia de que Martha Hudson ainda conseguia afetá-lo. De que mesmo agora, depois de todo o sucesso, era a mãe adotiva que moldava os relacionamentos dele com as mulheres, semeando autodestruição e desconfiança na sexualidade de Vio como se fosse um gene canceroso. Ele não falava com a mãe desde que fora para a Inglaterra, e Martha também não fizera o menor esforço para entrar em contato com o filho. Mas, obviamente, a discussão com Tish e a conexão de Viorel com Abel mexeram com seu subconsciente, e despertaram sensações que Viorel preferia não lembrar. Sensações de solidão, de abandono e ódio. Como era o poema de Philip Larkin? *Eles fodem com você, sua mãe e seu pai.*

Será que Tish iria foder com Abi do modo como Martha fizera com Viorel?

— Vamos comer. — A voz gutural de Laura quebrou o feitiço. — Estou morrendo de fome. Aonde você vai me levar?

A ideia de ter de se sentar num restaurante e jogar conversa fora com aquela garota burra deixava Vio ainda mais deprimido. Mas ele achou que pelo menos devia a ela uma refeição, e a alternativa — ir direto para Loxley Hall — era ainda menos atraente.

— Aonde você quer ir?

— A algum lugar chique. — A garota respondeu sem hesitar. — Harvester?

Era tarde quando Viorel voltou para Loxley. No céu claro da noite, uma lua cheia banhava as torres de conto de fadas da casa com uma bruma iluminada em prata suave, sem sinal das nuvens previstas por Dorian. *Com alguma sorte, vamos filmar novamente amanhã*, pensou Vio. *Eu deveria descansar um pouco.* As poucas luzes restantes na ala leste davam à casa um brilho quente e aconchegante e, conforme ele pisava ruidosamente o cascalho até a porta de entrada, Vio se surpreendeu com o quanto tinha se afeiçoado ao lugar. Atrás de si, ele ouviu a correnteza do rio Derwent conforme saltava e dançava pelo leito do vale. Acima de Vio, as árvores balançavam suavemente sob a brisa da noite, o farfalhar tranquilizador e ritmado das folhas, como ondas batendo na costa.

Parte de mim ficará triste por partir, admitiu Viorel para si mesmo. *Triste por deixar Loxley. Triste por deixar Abel.*

Duas semanas antes, percebeu ele, com uma pontada de dor, teria acrescentado o nome de Tish Crewe à lista de pessoas das quais sentiria falta. Estaria sendo tolo ao persistir na briga? Talvez devesse tentar dar o braço a torcer. Mas, por outro lado, por que tinha de ser ele a dar o primeiro passo?

Depois de entrar, Viorel fechou a porta com cuidado, esperando não acordar as pessoas que dormiam na casa. Estava no meio das escadas quando uma figura de robe emergiu das sombras.

— Chegou tarde. — A voz de Sabrina era baixa e gutural.

— Cruzes. — Vio deu um salto. — Você me assustou.

— Então, como foi o encontro com seu sonho adolescente? Conseguiu se divertir?

Ele suspirou.

— Já que você perguntou, não, na verdade não.

— Mas trepou com ela mesmo assim, imagino.

— Por favor, meu anjo — disse Vio, de modo apaziguador. — Não aja assim.

— Assim como? — disparou Sabrina. — Puta da vida, é isso que você quer dizer? Porque você pode sair e dar umazinha enquanto Rasmirez me mantém presa aqui feito uma porcaria de Rapunzel, chupando o dedo?

— É só isso que você anda chupando? — provocou Vio. Mas Sabrina não estava com humor para ver o lado engraçado.

— É sério. Preciso sair daqui. Estou subindo pelas paredes.

— Então saia.

— Como? — Sabrina gargalhou. — Os espiões de Dorian estão por toda parte. Ele me estriparia, e a Condessa Drácula comeria minhas entranhas no café da manhã.

— Pobrezinha — disse Vio, abraçando-a. — Se faz você se sentir melhor, o sexo com a Laura foi horrível.

— Isso não faz eu me sentir melhor — respondeu Sabrina, afastando-se e amarrando o robe com mais firmeza ao redor da cintura como se fosse um cavaleiro prendendo a armadura. — Espero que durma muito mal. — Ela saiu batendo os pés, depois fechou com força a porta do quarto atrás de si.

Com cuidado, Vio continuou subindo as escadas.

— Você devia sentir vergonha de si mesmo, sabe.

Era tudo de que precisava. O que Tish estava fazendo acordada? A julgar pelo olhar de reprovação humilhante no rosto dela, Vio presumiu que ela ouvira a conversa dele com Sabrina a respeito de Laura.

— Dê um tempo, Madre Teresa — disse ele, irritado, tentando apagar a imagem mental que tivera poucas horas antes, de Tish nua e lasciva sob o corpo dele. — Não estamos todos na disputa pela canonização.

Tish não disse nada. Não precisava.

O olhar de escárnio em seus olhos dizia tudo.

Na manhã seguinte, a casa inteira foi acordada pela chuva. A tempestade que parecera tão invisível na noite anterior havia chegado com tanta velocidade e força que sacudia o vidro antigo nos batentes das janelas e fustigava as árvores no parque até que se dobrassem ao meio. A água batia contra o vidro e a pedra violentamente, uma cacofonia selvagem de tambores que acompanhava o uivar torturante do vento. Era o tipo de amanhecer no qual quase se espera ver o fantasma de Cathy Earnshaw na janela, os punhos sangrando no vidro quebrado e pontiagudo, atormentando seu amado Heathcliff.

Dorian Rasmirez certamente acordou atormentado. Metade da cidade cenográfica estava inundada, com os trailers cheios não apenas de gente, mas também de equipamento valioso que afundava na lama. Chrissie, que tomara uma pílula para dormir depois de os dois terem feito amor na noite anterior, estava morta para o mundo. Mas Dorian calçara as botas Wellington por cima do pijama e seguira para a torrente pouco depois das 4 horas da manhã, para ajudar Chuck e a equipe nos esforços de salvamento. Rhys ajudara também, Deus o abençoe, e alguns dos figurantes, mas mesmo assim era uma batalha. Às seis e meia, exausto e encharcado até os ossos, Dorian voltou para a cama, mas a chuva retumbante tornava impossível dormir. De modo algum eles conseguiriam filmar desse modo, e aquilo poderia durar dias, um atraso pelo qual não conseguiriam pagar.

Vou para Londres, pensou ele. *Verei se consigo arrancar um terceiro empréstimo de Coutts. Pelo menos assim não terei desperdiçado o dia.* Dorian presumira que Chrissie ficaria felicíssima com a ideia de uma viagem até a cidade. Ela deveria voltar para a Romênia na quarta-feira (fazia duas semanas desde que vira Saskia) e reclamava constantemente que Dorian jamais conseguia tempo para ela, nunca a levava a lugar algum e que a visita tinha sido uma grande decepção. Mas, no café da manhã, Chrissie o surpreendeu ao recusar a chance de uma visita a Londres.

— Não posso encarar uma saída neste tempo — reclamou ela, removendo cuidadosamente todos os traços de gema do ovo cozido antes de comê-lo. — É deprimente demais. Prefiro ficar aqui e ler.

— Tem certeza? — perguntou Dorian, um pouco envergonhado com o modo como se animou diante da perspectiva de ir sozinho, porém sabendo que assim conseguiria fazer muito mais coisas. — Achei que poderíamos pegar uma matinê ou algo assim, depois das minhas reuniões.

— Estou bem — respondeu Chrissie. — Comprei um livro novo. E nunca tenho tempo para ler quando estou com Saskia. Mesmo. Pode ir. Eu fico.

— Posso ficar em casa também? — perguntou Abel, errando a boca com uma torrada coberta de Nutella e sujando a bochecha de chocolate. Ele e a mãe também haviam descido cedo, assim como Viorel, após uma noite de sono agitado. Abel estava vestido para a chuva com uma capa de plástico da Togz e galochas com as cores do arco-íris, sobre as quais ele havia vestido uma fantasia metálica de cavaleiro, completa com escudo e visor. — Viorel pode brincar de cavaleiro comigo. Ou de *Dinossauro Rei*.

— Não — disse Tish com firmeza. — Você marcou de brincar com Jack hoje. Vamos sair logo depois do café da manhã.

— Podemos brincar quando você voltar — disse Viorel, ignorando os olhares de reprovação que recebia de Tish. Ele se arrependia de ter dormido com Laura, mas não precisava que Tish ficasse esfregando isso na cara dele.

— Acho que Viorel não tem tempo para brincar, Abel — disse Dorian, dobrando o jornal e olhando para Vio. — Você e Sabrina precisam trabalhar na cena do fantasma de Cathy. As tentativas de sexta-feira foram sofríveis. Assim que essa merda de tempo melhorar, vamos refilmá-la.

— Eu adoraria — respondeu Viorel —, embora não possa garantir a disposição de Sabrina para ensaiar comigo. Acho que não estou no topo da lista de pessoas queridas dela no momento.

— Sério? — A animação de Chrissie ficou visível. Ela desgostava intensamente de Sabrina Leon, assim como desgostava de todas as mulheres que eram mais bonitas que ela, e tinha ciúmes da proximidade entre Sabrina e Vio. — Por quê?

— Não faço ideia — respondeu Vio, inexpressivo.

Tish praticamente engasgou com o chá Earl Grey.

— Vamos, Abi — disse ela, apressando o filho para fora da sala. — Precisamos sair.

Dorian olhou para o relógio.

— Eu também... vou tentar voltar para o jantar esta noite — disse ele para Chrissie. — Vamos sair. Algum lugar romântico.

Chrissie sorriu.

— Parece bom. — Ela se mostrava mais feliz e relaxada do que Dorian a vira a semana inteira. Ele esperava que a mulher estivesse prestes a perdoá-lo por toda a tempestade midiática a respeito de Sabrina.

Eu me pergunto se o banco vai ser igualmente compreensivo.

O tempo não estava melhor em Londres. Mas enquanto em Derbyshire havia certa grandeza romântica em relação à chuva, na cidade estava apenas sujo e molhado e deprimente. Dorian sentou-se no banco traseiro de um táxi preto, observando as gotas de chuva perseguindo umas às outras no vidro da janela, um jogo que costumava brincar quando menino, afastando os próprios pensamentos sombrios.

O que foi que eu fiz?, remoía Dorian, deprimido, conforme seguiam pela Embankment. A reunião no Coutts tinha sido um desastre. Não somente o banco não comprometeria mais dinheiro com o filme, como também haviam lido para ele a legislação a respeito do empréstimo devido.

— Está quatro meses atrasado no pagamento dos juros, Sr. Rasmirez.

Dorian fez o melhor que pôde para racionalizar o fracasso.

— Assim é o negócio dos filmes. É um caminho longo. Depois que o filme estiver editado e eu conseguir um estúdio grande como sócio, vocês receberão todos os juros e mais um pouco.

— Ah, mas será que você *vai conseguir* um estúdio preparado para apoiá-lo? — Hugh Mackenzie Crook, ex-aluno de Eton e chefe da equipe de clientes preferenciais, fixou um olhar ameaçador sobre o cliente degenerado. — Você nos prometeu que manteria Sabrina Leon sob controle. Recentemente, a publicidade a respeito dela tem sido pior do que nunca. Desde que ela pôs os pés neste país, tem sido uma gafe atrás da outra, e agora há esses boatos sobre vocês dois...

— Tudo bobagem — disse Dorian. — Completamente forjados.

— Não importa. Essas histórias são tóxicas, como você bem sabe. Se Sabrina é a atração principal do seu filme, ela precisa *ser atrativa*. No momento, é desestimulante. As pessoas pagariam para *não* vê-la.

— Discordo — disse Dorian. — O motivo pelo qual ainda publicam histórias sobre ela é porque Sabrina ainda vende jornais. Ela ainda vende.

— Sim, mas o negócio de filmes é diferente, não é? Ninguém aparece para ver um ator do qual não gostam.

— Quando vir o material bruto, você vai ver por que eles aparecerão — insistiu Dorian. — Sabrina é mágica nas filmagens. Acredite em mim, ela vai surpreendê-lo.

A confiança de Dorian na interpretação de Sabrina era sincera. E não apenas na de Sabrina. Sob sua direção, o elenco todo — Rhys, Lizzie, Jamie e, é claro, o sensacional Viorel — tinha apresentado parte do melhor trabalho de suas carreiras. E Loxley havia provado ser a locação perfeita, ainda mais atmosférica, romântica e goticamente comovente na película do que na realidade. Dorian ainda tinha cerca de um terço do filme para fazer depois de chegar à Romênia. Mas já sabia que *O Morro dos Ventos Uivantes* seria o triunfo de crítica que esperava.

A dúvida era se conseguiriam sobreviver à publicidade ruim de Sabrina. Dorian tentara controlar isso, controlar *Sabrina*. Mas a merda continuava batendo no ventilador. A verdade era que Hugh Mackenzie Crook estava certo. Dorian não tinha qualquer certeza de que os espectadores não boicotariam o filme, e os estúdios grandes não gostavam de riscos. Mais uma publicidade negativa e as chances de o diretor conseguir um salvador poderiam desaparecer completamente.

— Sinto muito, mas qualquer outro empréstimo está fora de cogitação até recebermos o retorno dos juros do seu empréstimo devido — disse o banqueiro, fechando o fichário com um *clique* final audível. — Tenha um bom dia, Sr. Rasmirez.

O táxi parou do lado de fora do restaurante Rules, um dos lugares preferidos de Dorian para comer em Londres. A reunião no Coutts fora brutal, mas piedosamente rápida. Pelo menos agora ele teria tempo para um almoço decente.

Na atmosfera aconchegante à luz de velas do restaurante, confortável numa cabine de couro macia, com um bife perfeitamente defumado e musse de fígado e uma taça revigorante de vinho clarete,

Dorian sentiu o humor fatigado começar a se reanimar. Tudo bem, então ele não havia conseguido mais dinheiro. Mas restava o suficiente para terminar o filme na Romênia, contanto que fizesse alguns cortes (e continuasse atrasando os juros). E pelo menos Hugh não tinha, de fato, cobrado o empréstimo original.

Havia outras coisas pelas quais agradecer. Seu casamento sobrevivera aos rumores maliciosos dos tabloides. Chrissie voltaria para casa em alguns dias. Ele esperava que, então, parte da tensão no set de filmagens se acalmasse. Se conseguissem uma pausa no tempo ruim, Dorian pegaria um avião para se juntar à esposa em duas semanas. Ele estava determinado a ser um marido melhor quando chegasse em casa. *Vou dar mais atenção à Chrissie. E ajudá-la a cuidar da Saskia.* Fora algumas ligações insatisfatórias pelo Skype, Dorian percebeu, sentindo-se culpado, que não via a filha havia dois meses. *Ela tem só 3 anos*, disse ele a si mesmo. *Tenho tempo de consertar as coisas. De construir um laço verdadeiro com ela, como aquele que Tish tem com Abel.*

Tish levou os pensamentos de Dorian de volta a Loxley e ao que estava acontecendo no set de filmagens sem ele. Esperava que Viorel e Sabrina estivessem trabalhando, e não desperdiçando a energia criativa em alguma briguinha idiota. Nas primeiras semanas de filmagem, a tensão sexual entre eles tinha pelo menos sido produtiva em termos criativos. Mas, como era inevitável, conforme a frustração de Sabrina aumentava, as coisas começaram a se tornar ácidas. Por um lado, Dorian instintivamente revoltou-se contra a ideia de que Sabrina se tornasse mais um número na cabeceira da cama de Viorel Hudson. Apesar de todos os caprichos e do comportamento mimado e egoísta, havia algo incrivelmente infantil e vulnerável a respeito da garota que incitava todos os instintos de proteção de Dorian.

O celular do diretor tocou, o que lhe garantiu olhares irritados dos outros clientes — ingleses idosos e arrogantes.

— Desculpem-me — disse Dorian, então se levantou para atender o celular do lado de fora, bastante ciente, de súbito, de todo o americanismo de seu sotaque. Na rua, a chuva ainda castigava a calçada, tornando difícil ouvir. Dorian apertou o celular contra o ouvido. — Alô?

Houve um chiado do outro lado da linha, seguido por algum xingamento murmurado. Finalmente, Dorian ouviu a exigência de uma voz familiar.

— Está me ouvindo?

Era Sabrina. Ela parecia agitada.

— Sim, estou. O que foi?

— Achei que tivesse dito que estava ouvindo? Eu já falei o que foi. Estou numa porra de cela da delegacia de Manchester, isso é o que foi. Preciso que venha me buscar.

— Você está *o quê*? — Dorian explodiu. — Que diabo...? O que *aconteceu*, Sabrina? O que está fazendo em Manchester, para início de conversa?

— Olhe, não tenho tempo para falar sobre isso — respondeu Sabrina, ríspida. — O babaca do policial está tentando me tirar do telefone. — Houve outra agitação abafada. Parecia que alguém estava tentando arrancar o fone das mãos de Sabrina. Palavras aleatórias passavam pelo chiado na estridente voz norte-americana de Sabrina.

— Só venha até aqui, está bem? — rugiu ela para Dorian. Antes que o diretor pudesse dizer qualquer outra coisa, a linha ficou muda.

Por alguns segundos, Dorian ficou de pé na chuva, contemplando silenciosamente suas opções. Se corresse até Manchester, havia uma chance de resolver qualquer que fosse a confusão em que Sabrina havia se metido antes que a imprensa descobrisse.

A quem estou enganando?, pensou ele, deprimido. *Os repórteres locais já devem estar lá*. Mesmo assim, Dorian precisava tentar.

Depois de correr de volta para dentro do restaurante, pingando água como um cachorro depois de nadar, Dorian gesticulou para pedir a conta. O garçom pareceu desapontado.

— Sem sobremesa, senhor? Tem certeza? Não é bom sair para um tempo como este com o estômago meio vazio.

Dorian pensou na montanha de gordura que acabara de comer e quase sorriu.

Porcaria de Sabrina.

* * *

Tish apertou o cinto de segurança de Abel com os dentes trincados. Do lado de fora do carro, a chuva gélida encharcava a metade inferior do corpo dela, de forma que a calça jeans grudava na perna como se fosse um traje de mergulho. Do lado de dentro, Abel continuava quicando no cabelo da mãe o estegossauro de brinquedo que acabara de ganhar, ao mesmo tempo que se sacudia na cadeirinha infantil, o que tornava quase impossível fechar o cinto.

— Pelo amor de Deus, Abi, pare! — disparou Tish. Ela não costumava perder a paciência com o filho, mas o comportamento de Abel naquele dia estava além da provocação. O dia planejado na casa de Jack havia sido um desastre. A mãe do menino, Monica, a mãe mais gata da escola da cidade, não era do tipo mais interessado, no melhor dos dias. Naquele, ela parecia estar ainda mais absorta em seu mundinho do que o normal, arrastando Tish para ver seus novos vestidos da Fendi enquanto os garotos corriam como loucos, fazendo guerra de farinha na cozinha, quase ateando fogo neles mesmos no escritório e, finalmente, brigando durante uma brincadeira de pirata especialmente movida a testosterona no beliche de Jack. Após isso, Monica apaziguou os meninos com chocolates Kit Kat e bolinhos Mini Roll Cadbury, o que acrescentou combustível de açúcar ao fogo, então sentou-os diante de um desenho do *Ben 10 Força Alienígena*, o qual jamais deixava de transformar Abel num marginalzinho sedento por sangue em cerca de 15 segundos. Em casa, Tish poderia ter imposto a ordem com uma conversa em voz baixa, ou, se fosse necessário, ao evocar o odiado tapete da disciplina. Mas ali, incitado por Jack e já ressentido por ter sido arrastado para longe de Viorel, o comportamento de Abel foi ficando progressivamente pior. No fim, Tish fora forçada a levá-lo para casa horas mais cedo.

— Se fizer isso de novo, Abi, este dinossauro vai para o lixo — disse ela, finalmente prendendo o filho e dando a volta até o assento do motorista.

— Você é má — murmurou Abel.

— Devo ser mesmo — respondeu Tish, sombria, ao se dirigir para fora da cidade.

— Quando a gente chegar em casa, vou brincar com Viorel, e não com você.

— Não vai brincar com ninguém — disse Tish. — Vai arrumar aquele quarto de brinquedos e depois pode ajudar a mim e a Sra. Drummond a fazer sopa. O que está fazendo?

— Estou usando a Força — murmurou Abel num tom ameaçador.

Pelo espelho retrovisor, Tish observou o filho tentando estrangulá-la com o golpe da morte de Darth Vader, os dedinhos suados esticados, os olhos semicerrados com uma concentração maliciosa. Abel pareceu ficar bastante desconcertado por não estar funcionando.

Tish não queria, mas gargalhou em voz alta.

— Vamos, querido — disse ela. — Vamos parar de brigar. E se você arrumar os brinquedos e depois a gente jogar Lig-4?

Os dois ainda estavam negociando quando chegaram a Loxley, mas assim que a Sra. D saiu com uma bandeja de biscoitos amanteigados, a tensão evaporou.

— Vamos arrumar os brinquedos juntos — sussurrou a Sra. Drummond para ele de modo conspiratório, levando Abel até o quarto de brinquedos. — Aposto corrida com você.

Exausta e ensopada até os ossos, Tish os seguiu para dentro da casa, dirigindo-se para o próprio quarto para trocar de roupa. Quando chegou ao andar, ouviu o primeiro barulho. Parecia um grito abafado. Ao seguir pelo corredor, dobrou uma esquina e viu um dos abajures vitorianos preferidos de seu pai jogado de uma mesa de canto. As portas de todos os quartos estavam abertas. Alguns metros adiante, um jarro quebrado repousava sobre peças de roupa jogadas longe.

Ai, meu Deus, pensou Tish. *Fomos roubados. No meio do dia!*

Um segundo grito, não abafado dessa vez, mas audivelmente o de uma mulher ansiosa, saiu da direção do quarto de Dorian e Chrissie.

E o ladrão ainda está aqui.

Ao armar-se com o abajur caído (a pesada base de resina daria um ótimo instrumento de impacto), Tish correu na direção dos gritos, a adrenalina disparada.

— Chamei a polícia — gritou ela. — Quem quer que seja, pode dar o fora daqui agora!

Tish disparou para dentro do quarto e congelou. Era difícil dizer quem estava mais chocado: Tish, Viorel ou Chrissie Rasmirez. Chrissie estava nua e de pernas abertas ao pé da cama com dossel, com os dois braços atados às hastes de madeira com o que pareciam ser pedaços rasgados de uma camiseta — camiseta de Dorian, a não ser que os olhos de Tish a estivessem enganando, o que, àquela altura, ela rezava para que fizessem. O corpo de Chrissie parecia ainda mais magro quando nu e com os braços esticados, os seios, um par insípido de ovos fritos espalhados sobre as costelas salientes, os ossos do quadril grotescamente protuberantes.

Viorel também estava pelado, com Chrissie em cima dele na cama, quase todo escondido pelo corpo dela. Infelizmente para todos eles, as investidas e os gritos da mulher pararam somente quando ela percebeu a presença de Tish, três segundos inteiros após ela ter, de fato, entrado no quarto. Três segundos que ficariam gravados na memória de Tish pelo resto da vida.

— Você voltou mais cedo. — A voz lânguida e arrogante de Viorel foi a primeira a quebrar o silêncio. Se ele estava envergonhado, ou se sentia culpado, não demonstrou. — Eu diria que "não é o que parece", mas admito que tenho dificuldade em encontrar uma explicação alternativa. Você acreditaria em "ioga experimental"?

Mas Tish não estava com humor para gracinhas. Ela se virou e foi embora, incapaz de suportar a visão daqueles dois por mais tempo. Tish se sentia enjoada, fisicamente enjoada, e violada, como se Viorel a tivesse deliberadamente atraído para aquele pequeno espetáculo obsceno. Sentada sobre a cama, Tish apoiou a cabeça entre os joelhos, desejando que a náusea passasse.

Houve uma batida à porta.

— Vá embora — disse Tish.

— Acho que não posso. — Viorel, de novo vestindo o jeans preto e a camisa azul-safira James Perse, estava de pé, desconcertado, à porta. — Precisamos conversar.

— Não, não precisamos. — Tish ainda mal conseguia olhar para ele.

— Precisamos, sim — disse Vio. — Preciso saber o que você está planejando fazer. Vai contar a Dorian?

Incrível, pensou Tish. *Mesmo agora, ele só se importa em salvar a própria pele.*

— Não sei. Não sei o que vou fazer.

Desde a discussão idiota sobre Abel e os planos de Tish de levá-lo de volta à Romênia, ela havia se agarrado à raiva, convencendo-se de que não tivera os sentimentos magoados pela perda da amizade de Viorel. Agora percebia claramente o quanto estava se enganando. Era Viorel quem fizera Tish esquecer Michel. Tudo bem, então nada romântico havia se desenvolvido entre os dois. Mas aquele carinho, o modo como ele a olhava, como buscava a companhia e os conselhos de Tish; tudo aquilo havia recuperado a autoconfiança dela. Sentia falta da pessoa que acreditava que Vio Hudson era. Sentia falta do amigo, daquele que a trouxera de volta à vida.

Viorel fechou a porta e sentou-se na poltrona estampada da Liberty no canto do quarto.

— Por favor — disse ele. — Não enrole. Vai contar tudo ao Rasmirez ou não?

Tish virou-se para ele, furiosa. Incapaz de lidar com a própria mágoa, concentrou-se na de Dorian.

— Como você pôde? Sabe o quanto Dorian a ama.

— O que ele não souber não vai magoá-lo — respondeu Viorel.

— E isso é uma desculpa, não é? Você nem mesmo se sente atraído por ela.

— Não me sinto?

— Bem, você se sente?

Viorel passou uma das mãos pelo cabelo, sentindo-se culpado.

— Tudo bem, não. Na verdade, não.

— Então por quê? — perguntou Tish. Ela sentiu vergonha ao perceber que estava com a voz trêmula.

— Não sei.

Cem respostas possíveis para a pergunta de Tish passaram pela cabeça de Viorel, mas nenhuma delas parecia boa.

Porque ela estava ali.

Porque eu estava entediado.

Porque preciso provar que todas as mulheres do mundo me querem, para provar que minha mãe está errada.

Porque sou um babaca.

Vio conhecia as próprias falhas de caráter. Mas Tish Crewe parecia ter o poder de fazê-lo senti-las de um modo que mais ninguém fazia.

— Olhe. Dorian é um homem bom — disse ele. — Por favor, não conte a ele. Ele ficaria arrasado se soubesse, e não merece isso.

— Eu sei que ele não merece, porra — disparou Tish. — Você me colocou numa sinuca de bico.

— Engraçado — brincou Vio. — A Sra. Rasmirez estava dizendo o mesmo há alguns minutos.

— Isso não é engraçado! Você não tem vergonha alguma? Nenhum código moral?

Vio se irritou. Sabia que havia cometido um erro e odiava que Tish pensasse tão mal dele. Apesar de tudo, Vio se importava com a opinião dela, provavelmente mais do que deveria. Mas reagiu instintivamente contra o sermão. Tish se parecia tanto com a mãe dele às vezes que dava raiva.

Ele se levantou.

— Não vim aqui para ouvir um sermão. Só queria saber o que você vai fazer. E Chrissie também. Assim, pelo menos, podemos estar preparados.

— Não me importa o que você e Chrissie *queriam saber* — disse Tish, indignada. — Vocês me dão nojo, vocês dois. — O jeans molhado dela grudava nas coxas feito cataplasma. Tish estremeceu. — Mas, de fato, não vou contar a Dorian.

— Obrigado — falou Viorel, relutante.

— Não ouse me agradecer — disse Tish. — Não vou fazer isso por você. Ou pela vadia da esposa dele. Vou fazer isso por Dorian.

Vio analisou o rosto dela, tentando ler suas emoções. A raiva era obviamente visível, reluzindo nos olhos de Tish como um raio. Mas havia outra coisa também. Tristeza. Desapontamento. Mágoa.

— Desculpe-me — murmurou Viorel. E ele estava mesmo arrependido. Desejava poder ser o homem que Tish queria que ele fosse.

Mas nem todos achavam o autossacrifício tão fácil quanto Tish parecia achar.

Ao virar-se de costas para ele, Tish olhou pela janela, para a chuva que caía como cortina cinza sobre o parque de Loxley. Ela ficou horrorizada ao perceber que tentava afastar as lágrimas.

— Saia daqui.

Sabrina Leon encarava o teto de concreto acima da cabeça e tentava ficar com raiva. Se não ficasse com raiva, começaria a chorar. E se começasse a chorar, não conseguiria parar.

Por que essas coisas sempre acontecem comigo?

Após uma noite de sono agitada, atormentada por sonhos de Viorel transando com a babá gorda, Sabrina acordara com o som fustigante da chuva contra a janela. O verdadeiro tempo de *O Morro dos Ventos Uivantes*, mas obviamente eles não poderiam filmar sob aquele temporal. De forma igualmente óbvia, Sabrina tinha consciência de que se não fizesse algo para atiçar a atenção sexual de Viorel e o deixar com ciúmes logo, corria perigo de perder todo o poder no relacionamento dos dois. Ela era Sabrina Leon, porra, pelo amor de Deus, a mulher mais cobiçada do mundo. E lá estava Sabrina, tolerando a rejeição em favor de uma adolescente retardada local.

Com Dorian distraído em Londres, Sabrina jamais teria uma oportunidade melhor de desafiar a prisão domiciliar e fugir em busca de um pouco de diversão. Não era como se ela pretendesse alguma coisa muito drástica. Usaria óculos escuros e um lenço na cabeça, sob a capa de chuva, e seguiria irreconhecível para a cidade. Depois, após umas comprinhas, jogaria fora o disfarce, iria para algum bar ou boate local e flertaria com todos. Alguém, inevitavelmente, a fotografaria com um homem bonito, como sempre faziam em Los Angeles. As más línguas entrariam em ação e, com alguma sorte, Viorel Arrogante Hudson seria forçado a se ligar e reparar nela.

Era para ter sido tão simples. Mas, é claro, não foi. Apesar dos esforços para se disfarçar, Sabrina foi reconhecida alguns minutos após chegar à Harvey Nichols, na Exchange Square. Uma fã raivosa de Tariq Tyler a confrontou no departamento de lingerie (Sabrina estava reabastecendo o estoque dos sutiãs preferidos da linha Elle Macpherson, os quais eram como pó de ouro nos Estados Unidos). Sabrina se defendeu vigorosamente, mas dentro de minutos juntavam-se à mulher inúmeros outros clientes, alguns dos quais começaram a agredi-la fisicamente, empurrando-a e xingando-a e impedindo a passagem de Sabrina quando ela tentava ir embora. Finalmente, para o grande alívio da atriz, os seguranças chegaram. Mas em vez correr ao auxílio dela, eles começaram a tentar acompanhar *Sabrina* para fora da loja! Como se *ela* tivesse feito ameaças e causado problemas! Assim que o guarda pôs a mão no braço de Sabrina, ela se debateu instintivamente, chutando e mordendo o homem como se fosse um gato selvagem, exigindo que ele a soltasse.

Depois disso, o restante foi um borrão. Havia muito mais seguranças, e a multidão de xingadores aumentava conforme as pessoas se juntavam à ação, vindas de outros andares e departamentos. Finalmente, alguns policiais chegaram, e foram ainda menos sensíveis à situação de Sabrina do que a equipe da loja havia sido, enfiando-a numa van como se ela fosse algum tipo de traficante, e então isolando-a naquele cubículo frio e sem janelas.

— É para seu próprio bem — dissera o sargento-chefe a Sabrina. — Se a mantivéssemos em alguma das celas abertas, alguém implicaria com você. E se lhe déssemos uma janela, haveria uma lente de câmera colada nela antes que você tivesse tempo de dizer "como vai seu pai".

Sabrina não fazia ideia do motivo pelo qual iria querer dizer "como vai seu pai", ou mesmo o que tal expressão pudesse significar. O que sabia era que não havia cometido crime nenhum, não havia sido acusada de nada e, portanto, tinha pleno direito de exigir soltura imediata, algo que fez de maneira estridente e incessante, e num linguajar gradativamente mais sujo, até que um superintendente chegou e disse a ela que poderia fazer uma ligação, porém se mais uma obscenidade passasse pelos lábios dela naquela delegacia ele arrancaria o telefone de suas mãos e a mandaria direto para a cela, para "se acalmar". O que, durante a curta porém calorosa conversa com Dorian, o superintendente de fato fizera.

Isso acontecera havia mais de cinco horas. Já era noite e nenhum sinal de Dorian ao resgate de Sabrina. Deitada no beliche, com nada para fazer a não ser ficar de mau humor, as emoções de Sabrina variavam do ódio — da multidão, por tê-la atacado; de Dorian, por não levantar a bunda da cadeira e resolver aquela confusão; do destino, por tê-la colocado mais uma vez numa posição terrível, sem que ela tivesse qualquer culpa — ao medo, à depressão e, em última instância, ao pânico. Talvez devesse encarar aquilo. Talvez a carreira de Sabrina e sua reputação jamais fossem salvas. Talvez os espectadores de cinema, com sua inconstância e crueldade, jamais a perdoassem. Sabrina pensou em Ed Steiner, o empresário com quem havia brigado durante tantos meses em Los Angeles. Podia ouvir a voz de Ed naquele momento: "*Não estou pedindo, Sabrina. Estou mandando. Você precisa aceitar esse papel. Rasmirez acaba de lhe oferecer um bote salva-vidas. É sua última chance.*"

Mas Ed estava errado. Ir até a Inglaterra para interpretar Cathy não fora a última chance de Sabrina. Essa chance havia chegado e ido embora tão rapidamente que ela nem mesmo conseguiu registrar sua passagem. Ninguém daria a Sabrina uma chance agora, não importava o quanto tentasse, ou trabalhasse, ou rezasse. Não em casa. Não ali, naquela ilhota deprimente e chuvosa, apinhada de imprensa marrom como se fosse uma pelagem cheia de piolhos.

Houve uma comoção do lado de fora da porta. Vozes, o tilintar de metal. Um ferrolho sendo aberto. Sabrina se sentou ereta, esperançosa. *Dorian?*

— Venha comigo.

Não. Era apenas o sargento-chefe.

Sem poder evitar, o estômago de Sabrina se revirou de modo desagradável com o medo. Não pisava numa cela policial desde os dias de Fresno, e não era uma experiência que esperava repetir. Eles obviamente a iriam acusar de perturbação da paz, desordem pública ou alguma porcaria arcaica. Devia estar sendo levada para uma sala de interrogatório, para tornar aquilo oficial. É claro que Sabrina ia se livrar, no fim das contas. Não havia feito nada. Mas àquela altura não importava. Uma ficha criminal seria o prego final no caixão em que estava a carreira dela, sem falar da sentença de morte para *O Morro dos Ventos Uivantes*. Sabrina tinha fodido com tudo para si, para Vio, para Dorian. Era tudo tão injusto.

O sargento-chefe levara Sabrina para baixo de alguma escadaria na parte de trás da delegacia, além do que pareciam ser as salas de interrogatório. Na base da escada havia um longo corredor com uma porta de incêndio no fim. Quase parecia algum tipo de entrada de serviço.

— O que é isso? — perguntou Sabrina. — Não vai me acusar de nada?

O sargento-chefe se virou e olhou para ela.

— Não, querida. Você vai para casa. — Ele sorriu e, de repente, Sabrina sentiu seus olhos se encherem de lágrimas. Poderia ter suportado qualquer coisa naquele momento, exceto uma pessoa ser gentil com ela. O homem abriu a porta de incêndio. Do outro lado havia um pátio cercado. Um Nissan Altima sem identificação estava à espera, o motor em marcha lenta. As janelas eram de vidro fumê. A porta do carona se abriu.

— Entre.

A voz de Dorian parecia neutra. *Pelo menos ele não está gritando*, pensou Sabrina. *Ainda não, pelo menos*. Ela entrou no carro e fechou a porta. Imediatamente, portões elétricos duplos no muro dos fundos se abriram, e os dois dirigiram silenciosamente pela noite. Toda a imprensa estava na frente da delegacia, então os dois escaparam sem incidentes. Dorian levou 15 minutos para sair da cidade e pegar a autoestrada, 15 minutos nos quais nem ele nem Sabrina disseram uma única palavra. Para Sabrina, o silêncio era uma tortura. A mente dela percorria cada cenário possível:

Ela seria demitida.

Ela seria processada.

Ela seria demitida *e* processada.

Sabrina não tinha certeza se o passeio não autorizado para Manchester era oficialmente uma quebra de contrato. Mas era com certeza uma quebra de confiança, a de Dorian. Como sempre, quando se sentia culpada, Sabrina começava a brigar.

— Você demorou bastante — reclamou ela quando passavam pela pista mais lenta da M6.

Dorian mantinha os olhos na estrada.

— Fiquei esquecida por cinco horas naquela cela fedida.

Silêncio.

— Não que eu espere que você se importe *comigo*; com minha prisão sem motivo, a agressão que sofri, ou nada disso. — Sabrina jogou os longos cabelos pretos para trás com desdém. — Mas pensei que a atenção da mídia teria persuadido você a bater a porra do pé e me tirar dali. Errada de novo. O que você estava fazendo? Deixe que eu adivinho. Compras com sua *adorável* esposa?

— Terminou? — disse Dorian, baixinho.

— Acho que sim. — Sabrina, que estava esperando uma explosão de raiva imediata, sentiu-se, de repente, burra e reprimida.

— Que bom — respondeu Dorian. — Primeiro, para constar, concordo com você. Jamais deveria ter sido detida. De acordo com o que a polícia me contou, você era obviamente a parte inocente.

Sabrina ficou tão chocada que não conseguiu falar.

— É claro que jamais deveria estar em Manchester, para início de conversa. Sabe que não deve sair do set de filmagens. — Sabrina abriu a boca para protestar, mas Dorian a olhou e a atriz rapidamente se calou. — Mas compreendo sua frustração, enclausurada naquela casa por tanto tempo.

— Compreende?

— É claro. — Dorian sorriu, achando graça da expressão de espanto de Sabrina. — Sei que as coisas entre você e Viorel andam... tensas. Não sou um ogro, sabe, Sabrina. Tenho noção das pressões que você está sofrendo.

— Tem? — Sabrina ergueu uma sobrancelha, cética.

— Acredite ou não — disse Dorian —, venho tentando proteger você delas. Protegê-la de situações como esta.

— Proteger seu investimento, quer dizer. Seu precioso filme — disse Sabrina, horrorizada com a própria hostilidade, mas, aparentemente, incapaz de se impedir de falar grosserias. Era como se tivesse alguma forma bizarra de síndrome de Tourette, uma voz dentro da cabeça que lhe dizia para se autodestruir.

— Não — replicou Dorian, baixinho. — Não foi isso que eu quis dizer.

Sabrina olhou para o lado, para ele, de súbito consciente de como estavam fisicamente próximos no espaço confinado do carro. Dorian era tão grande que parecia entalado no assento do motorista, e os joelhos pareciam em perigo constante de se chocar contra a parte de baixo do painel. O diretor aparentava cansaço também, conforme Sabrina percebeu, os cabelos grisalhos nas têmporas condizentes com as bolsas proeminentes sob os olhos, e, embora tivesse se barbeado para as reuniões daquele dia, não havia como disfarçar a palidez da pele, apesar de semanas de filmagens ao ar livre.

Ele precisa de alguém que cuide dele, pensou Sabrina. *Alguém que não seja aquela esposa reclamona e mandona.*

A combinação da escuridão do lado de fora com a chuva torrencial que batia no para-brisa e no teto do carro aumentava a sensação de estar num casulo: aconchegante, isolado e seguro, juntos. Impulsivamente, Sabrina esticou o braço e acariciou a bochecha de Dorian.

Era um gesto pequeno e carinhoso, mas a descarga sexual que aquilo lançara aos dois poderia ter derrubado a rede elétrica nacional. Dorian estendeu o braço para retirar a mão de Sabrina, mas viu-se agarrado a ela, com força, os dedos entrelaçados. De repente, era difícil respirar, ainda mais dirigir. Dorian parou no acostamento e se virou para Sabrina.

— Sabrina — começou ele, titubeante, mal confiando em si mesmo para falar. — Eu... não podemos.

Ela se inclinou para a frente e beijou o diretor na boca. Não foi um beijo longo, mas apaixonado e faminto, um pouco do lado selvagem dentro de Sabrina. Dorian a beijou de volta, mas foi ele quem se afastou primeiro.

— Não podemos — disse o diretor novamente. — De verdade.

Ele disse isso com tanta delicadeza e carinho que Sabrina percebeu que assentia em concordância.

— Eu sei. É claro que não podemos. Você está certo.

Por fora, ela parecia calma. Mas do lado de dentro, Sabrina ainda estava chocada, horrorizada com o quanto havia desejado Dorian naquele momento. *Mesmo assim*, disse ela a si mesma, *foi apenas um momento*. Uma conexão animalesca que se incendiara por um segundo entre os dois e depois passara.

— Não sei o que eu estava pensando.

— Nem eu — disse Dorian. — Uma jovem linda como você não deveria desperdiçar seu tempo com um velho ultrapassado como eu. Você pode ter quem quiser.

— Você não é velho. — Sabrina gargalhou, aliviada porque a tensão havia sido rompida. — E, além disso, não posso ter qualquer homem que eu quiser. Não posso ter Vio.

Depois disso, tudo saiu como uma torrente: o desejo crescente de Sabrina por Viorel, a frustração dela com a rejeição do colega, o ódio de Sabrina e o desespero com o fato de ele sair trepando por aí, sabendo que ela não tinha opção a não ser se sentar e assistir.

— Vim para Manchester para fazer ciúmes nele — admitiu Sabrina, balançando a cabeça, envergonhada. — Patético, não é?

Dorian apoiou o braço nos ombros dela de modo reconfortante.

— Não é patético — assegurou o diretor. — Não é a ação mais inteligente do planeta, talvez... tenho medo de pensar no que os jornais farão conosco pela manhã... mas não é patético.

— Ai, Deus, os jornais — resmungou Sabrina. — Fodi tudo para todos nós. De novo.

— É, bem... não é um estado ideal para as coisas — admitiu Dorian.

Sabrina olhou para ele com suspeita.

— Por que está tão calmo a respeito disso?

— Sou como um cisne. — Dorian sorriu. — Pareço sereno, mas, embaixo d'água, meus pés estão batendo como loucos. Olhe, a verdade é que há algumas regras de ouro para se fazer filmes. E uma delas é: se o diretor entrar em pânico, o navio afunda. Os estúdios querem ver confiança. Um sinal de fraqueza, e você está acabado.

Sabrina se lembrou de como tinha estado desesperada para parecer confiante na frente de Dorian quando se conheceram, apavorada com o fato de que, se o diretor visse o quanto ela precisava do papel, Dorian o tiraria dela. Como estivera vergonhosamente arrogante durante aquele almoço em Beverly Hills.

— Obrigada por me tirar da cadeia — disse ela, com fraqueza.

— De nada. Vamos, então?

Sabrina assentiu e Dorian ligou o carro.

Enquanto voltava devagar para o trânsito engarrafado, ele falou:

— Eu amo minha mulher, você sabe.

— É claro que sei — respondeu Sabrina. — Não duvidei por um segundo.

A quem ele está tentando convencer?, pensou Sabrina, em silêncio. *A mim ou a si mesmo?*

CAPÍTULO 15

Durante os três dias seguintes, até que Chrissie partisse para a Romênia, Tish sentia como se estivesse vivendo em algum tipo de peça. Todos estavam atuando, e nada era o que parecia. *Imagino que eu seja tão culpada quanto o restante deles*, pensou ela, observando a afeição exagerada de Chrissie em relação a Dorian, abraçando-o e beijando-o durante as refeições e fazendo questão de segurar a mão do marido no set de filmagens. *Estou interpretando a anfitriã graciosa e alheia, comportando-me como se nada estivesse errado. Sou parte da farsa.*

Dorian andava com um humor esquisito desde que voltara a Loxley com Sabrina, que conseguira se meter em mais uma confusão em Manchester. As manchetes na manhã seguinte haviam sido previsivelmente terríveis, mas Dorian parecia inabalado: continuou com as filmagens graças a uma pausa precoce no tempo ruim. Em duas semanas, a maioria das pessoas que trabalhava no filme voltaria para casa, para se juntar a suas famílias. Apenas uma equipe diminuta e os cinco atores principais iriam para a Romênia para filmar as últimas cenas internas no castelo de Dorian. Como resultado disso, a atmosfera de fim de período era palpável. Depois que Chrissie foi embora, o sol voltou completamente e o humor no set se tornou ainda mais positivo. O trabalho que haviam feito em Loxley valera todo o esforço. Finalmente, estavam na reta final.

Apenas Tish achava difícil compartilhar o humor de celebração. Por mais que tentasse, não conseguia tirar da cabeça a imagem horrível de Viorel e Chrissie juntos na cama. Sempre que via um dos dois, sentia-se enjoada. Para piorar as coisas, um dia depois de tê-los surpreendido, recebeu uma ligação de Curcubeu. Uma das crianças do orfanato de Tish estava gravemente doente e havia sido levada para o hospital, com suspeita de insuficiência hepática. Fora necessário esvaziar a conta bancária do orfanato para pagar pelo tratamento do menininho. Como resultado disso, nenhum dos cuidadores recebia salário havia uma semana, e dois tinham ameaçado pedir demissão. Tish transferira fundos de emergência imediatamente, mas Carl deixara claro que aquilo não bastava.

— A equipe precisa ver você aqui, Tish. O moral está mais baixo do que jamais esteve. As pessoas estão começando a dizer que talvez você não volte.

— É claro que vou voltar — respondeu Tish, irritada. — Eu só ficaria fora durante o verão. Nada mudou.

— Bem, aqui mudou — disse Carl com franqueza. — Estamos falidos e exaustos. A assistência social sabe que você está na Inglaterra e eles estão em cima de nós mais do que nunca. Sabia que querem reabrir o caso da custódia de Vasile?

Tish não sabia. Sentia-se terrível. Estava tão envolvida com todo o drama em Loxley que percebeu que havia afastado todo o resto da mente, até mesmo as crianças que contavam com ela. Mas, ao mesmo tempo, as críticas de Viorel ainda a incomodavam. Será que levar Abel para a Romênia era egoísmo? Ou ficar ali era egoísmo? Para qualquer lado que se voltasse, estava errada. Irracionalmente, Tish culpou Vio por aquilo.

— Estou ferrada se fizer e ferrada se não fizer — reclamava ela para a Sra. Drummond certa noite, separando uma pilha enorme das roupas lavadas de Abel sobre a mesa da cozinha. — Sinto como se estivesse sendo puxada em três direções. Loxley, Curcubeu e Abel. E não posso desapontar nenhum deles.

— Não está desapontando nenhum deles — disse a Sra. Drummond, com tranquilidade. — Graças a você, o futuro de Loxley Hall parece promissor.

— Eu não contaria tanto com isso — respondeu Tish.

— Eu sim. Temos aquela família legal que se mudará em outubro, não temos?

Aquilo era verdade. Para o alívio de Tish, Savills havia encontrado inquilinos de longo prazo para a casa, os quais estavam preparados para ocupá-la no outono, assim que as filmagens terminassem.

— Sim, é um começo.

— E a terceira parte do dinheiro do filme ainda está para ser depositada. Com relação ao seu orfanato, você pagou as contas e vai voltar antes que eles percebam. E Abi estará feliz onde você estiver, minha querida. Não deixe aquele esnobe do Hudson ou qualquer outra pessoa convencê-la de outra coisa.

O encorajamento da Sra. D significava muito. Mas Tish ainda se sentia deprimida e sobrecarregada. Desde que pegara Vio em flagrante com Chrissie, morar sob o mesmo teto que ele se tornara realmente insuportável. Mal podia esperar para que Viorel fosse embora, mas ao mesmo tempo ficava triste com a partida de Dorian e ao pensar em como Loxley pareceria vazia depois que todos se fossem.

Numa tarde clara de quinta-feira, Tish se viu com um luxo raro: um pouco de tempo. Abel tinha saído para andar a cavalo com Bill Connelly e passaria a noite em Home Farm, numa barraca, um evento de empolgação quase indescritível. Bill achava que devia algo a Abi, de alguma forma, desde a chegada de Viorel, mas com Vio agora mantendo distância e concentrando todas energias nos dias finais de filmagens, o fazendeiro idoso provava ser, mais uma vez, de grande valor.

— Lavender e eu cuidaremos bem dele — assegurou Bill a Tish, embora não precisasse. Consciente de que o tempo deles na Inglaterra estava acabando, Tish queria que Abel aproveitasse cada pedacinho daquele final de verão em Derbyshire.

Depois de duas horas de pura felicidade no banco junto à janela da biblioteca, perdida em seu livro, Tish não conseguiu mais resistir à atração da luz do fim da tarde, que dançava pelo bosque e pelo parque; então decidiu sair para passear. Ao seguir pela ponte na qual passara tantas horas felizes quando criança, sentiu-se tomada pela nostalgia. A presença de Henry estava por toda parte, no grasnar dos corvos acima de sua cabeça, na correnteza borbulhante do córrego, no brilho do sol interrompido ao atravessar as folhas. *Fiz minha vida em Oradea*, pensou Tish. *Mas se o lar é onde está o coração, Loxley sempre será meu lar.*

Ela se sentou ali, contemplando e absorvendo a magia de Loxley por mais tempo do que pretendia. De repente, sentiu frio e, ao olhar para cima, percebeu que estava escuro. A noite se esgueirara até Tish. Ao correr para dentro, viu que a maioria das luzes do andar de baixo estava apagada. Devia ser ainda mais tarde do que pensara. Uma iluminação fraca atraiu Tish para a cozinha. Talvez houvesse alguma sobra de comida na geladeira, e ela percebeu subitamente que estava faminta.

Somente depois que pegou os restos de um frango frito na geladeira e acendeu o fogão para fritar umas cebolas é que Tish sentiu que não estava sozinha. Não ouviu nada, exatamente, nem viu alguém no recinto. Mas sentiu uma presença atrás de si, tão forte que não chegou a duvidar. Também sentiu a malevolência. *A Sra. D não ia se esgueirar por trás de mim assim*, pensou Tish. *Nem ninguém da equipe de filmagem. Teriam anunciado sua presença. Deve ser um intruso.* Ao agarrar a frigideira com mais força, Tish se preparou para virar para trás, armando-se para um confronto, quando uma voz familiar fez com que ela congelasse onde estava.

— Olá, Tish. Fez o suficiente para mim?

Tish se virou devagar.

— Jago.

Fazia quase dois anos desde que Tish vira o irmão pessoalmente pela última vez. Ele deixara a barba crescer desde então e perdera peso, mas, mesmo com a magreza atual, Jago Crewe era indignantemente bonito. Com os cachos negros como corvos e os lábios carnudos sensuais, parecia-se tanto com a mãe deles, Vivianna, que era desconcertante. De pé à porta da cozinha, com uma camiseta de tecido de cânhamo de gola aberta e calças de linho esvoaçantes, com diversas contas e talismãs pendentes do pescoço e dos punhos, Tish achou que ele parecia uma versão hollywoodiana de Jesus.

— O que está fazendo aqui?

Jago fez um biquinho, o que estragou imediatamente o efeito beato.

— Bem, isso não é muito acolhedor. Que tal "Como você está, Jago"? Ou "Que bom ver você, Jago"?

Tish voltou-se para a comida e cortou uma cebola, distraidamente.

— Então, o que aconteceu no Tibete? A vida de ermitão perdeu a graça, foi? — Ela não se esforçou para afastar o sarcasmo da voz. Tish amava o irmão, mas às vezes o egoísmo dele era demais para suportar. Com relação à falsa espiritualidade, isso sempre enervou Tish. Principalmente porque toda vez que Jago se comprometia com um novo culto, abandonava as responsabilidades sem nem olhar para trás, deixando que os outros recolhessem os cacos. — Já se encheu da caverna, imagino?

— Sabe, esse sempre foi o seu problema, Tishy — disse Jago, caminhando até as costas de Tish e massageando os ombros tensos dela.

— Você julga muito rápido as coisas que não entende.

— Entendo que você deu o fora e largou a Sra. Drummond na mão dos seus amigos drogados! — falou Tish, furiosa, afastando o irmão.

— Tive que deixar minha casa e meu trabalho para vir até aqui me livrar deles, mas não cheguei antes de eles terem destruído o lugar. Venderam os quadros de papai, sabia? Ah, não, sinto muito, você *não* sabia. Estava ocupado demais tentando enfiar a cabeça na própria bunda em alguma porra de retiro espiritual tibetano!

Jago balançou a cabeça com piedade.

— Está vendo, lá vai você de novo. Tão materialista. O que é um quadro, Tish? Uns borrões de tinta num pedaço de tela, só isso. Deixe isso para lá.

— Isso tudo é muito bom — disparou Tish —, mas alguns daqueles borrões de tinta eram originais do Staithes Group. Perdemos mais de 100 mil libras, Jago! A questão não é materialismo, não quero sair correndo e gastar o dinheiro numa porcaria de colar. É preservar Loxley para a próxima geração. Quando cheguei aqui, estávamos a alguns dias da falência. *Dias.*

— Presumo que seja por isso que você vendeu sua alma para Mammon — disse Jago, com reprovação. — Vi os trailers de filmagem estacionados do lado de fora. São *norte-americanos*, presumo? — Ele pronunciou a palavra como se fosse um código para "vermes".

— Se não fosse por aqueles norte-americanos, você não teria um lar para o qual retornar — disse Tish.

— Mesmo assim, deveria ter me perguntado — murmurou Jago, servindo-se de maçã Braeburn da fruteira. — Sabe que odeio Hollywood. A porcaria que produzem é propaganda para o movimento de globalização fascista e capitalista. Loxley não deveria apoiar isso.

Tish se conteve para não bater nele.

— Eu não podia perguntar — respondeu ela, com os dentes trincados — porque você não estava aqui. Se você se lembra, disse à Sra. Drummond e a qualquer outra pessoa que quisesse ouvir que não voltaria.

— É, bem, a vida é uma jornada, não é? — disse Jago. — As coisas mudam. Agora, seja boazinha e me dê um prato desse frango, por favor? Estou viajando há dois dias seguidos; só quero comer e dormir.

— Você vai ficar, então? — perguntou Tish, em desespero, pensando nos inquilinos que conseguira para outubro e em todo o trabalho que tivera para tirar as finanças da propriedade do vermelho.

— Não sei — respondeu Jago. — Vou ver como me sinto. Um passo de cada vez, não é, Tishy? É preciso viver no presente.

O retorno inesperado do filho pródigo de Loxley criou ondas de agitação entre o elenco e a equipe de filmagens de *O Morro dos Ventos Uivantes*.

Todas as garotas da maquiagem e do figurino declararam que Jago Crewe era "maravilhoso" e passaram a andar pelo set com microshorts estilo *hot pants* e blusas quase inexistentes numa tentativa de conquistar a atenção dele. A pobre Deborah Raynham mal conseguia pronunciar uma sílaba na presença de Jago, para a irritação de Rhys Evans, que, secretamente, vinha tentando conquistar a garota havia semanas. Rhys não era o único homem que andava de nariz torcido. Viorel, que tinha o mesmo efeito sobre as garotas quando *ele* chegou, mas que rapidamente perdeu a atratividade quando o celibato no set se tornou de conhecimento geral, estava bastante enciumado.

— Pessoalmente, não vejo nada de mais em Jago Crewe — reclamava Vio para o odioso Jamie Duggan, que interpretava Edgar Linton, o marido de Sabrina no set. Normalmente, Viorel não teria parado para conversar com Jamie, que era um tédio absoluto, mas estava ficando sem amigos no set de filmagens. Sabrina e Tish ainda mal falavam com ele, e Vio evitava a companhia de Dorian por motivos óbvios.

— Concordo — disse Jamie Duggan, em tom irônico. — Um aristocrata rico e com terras que parece um modelo da Calvin Klein... Eles existem aos montes, não é?

— Foi o que falei para Debbie — intrometeu-se Rhys Evans. — "Você precisa é de um galês", eu disse a ela. "Tamanho não é tudo, sabe." Mas ela ouve?

Vio franziu a testa.

— Ele não é tão atraente.

— Ah, fala *sério*. — Rhys cutucou as costelas de Vio. Ele gostava de Viorel, mas achava a vaidade do colega hilariante. — Ele não é exatamente um Quasímodo, é? De toda forma, veja pelo lado bom. Lizzie Bayer está tão caidinha por lorde Jago que finalmente parou de encher o saco de todo mundo com a porcaria da carreira dela.

— Isso é verdade. — Vio deu um leve sorriso. Qualquer alívio que sentia por Jago ter capturado a atenção frívola de Lizzie era mais do que contrabalançado pelo efeito que ele parecia ter em Sabrina.

Na manhã após sua chegada, Jago saiu andando pelo set de filmagens no meio de uma tomada e, ignorando a todos por completo, inclusive Viorel e um Dorian que gesticulava furiosamente, apresentou-se para Sabrina.

— Amei *Destroyers* — disse ele, ao pegar a mão da atriz e beijá-la. Sabrina ficou tão surpresa que chegou a corar.

— Obrigada.

— Você é tão linda na tela que não achei que fosse possível ser ainda mais adorável pessoalmente. Mas aqui está. Jago Crewe. — Ele soltou a mão de Sabrina. — Um prazer conhecê-la, Srta. Leon.

— Igualmente — respondeu Sabrina, com um sorriso largo, ignorando os olhares assassinos de todo mundo no set de filmagens. — E, por favor, pode me chamar de Sabrina.

— Hã, com licença! — gritou Dorian, irritado, pelo megafone. — Estamos no meio de uma cena aqui.

Jago ignorou o diretor.

— Entendo que você está morando aqui há algumas semanas, Sabrina. Mas se estiver interessada, adoraria fazer um tour completo por Loxley e pela propriedade com você.

— Eu adoraria — respondeu Sabrina.

— Ótimo. — O rosto de Jago se iluminou. — Eu mesmo preciso me reconectar com o lugar. Tenho trabalhado muito o meu interior recentemente, sabe, seguindo o chamado do Espírito? Mas espero que possa trazer uma energia mais equilibrada agora que estou de volta.

— Ã-hã — murmurou Sabrina, tentando manter a concentração na estrutura óssea bem-delineada de Jago, e não naquela conversa fiada que saía da boca sensual e carnuda dele.

Aquilo estava se tornando demais para Vio suportar.

— Pelo amor de Deus — disparou ele. — Podemos continuar com a merda da tomada?

Satisfeita por finalmente tê-lo deixado com ciúmes, Sabrina deliberadamente ofereceu a mão de novo para que Jago desse outro beijo demorado.

— Até a próxima — murmurou Jago, em tom de flerte.

Sabrina regozijava-se. *Engula essa, Viorel Hudson. Parece que você não é mais a única atração da cidade.*

Conforme os dias se passavam, o flerte de Sabrina com Jago se intensificava. Além de ser um jeito divertido de passar as horas longas e chatas em Loxley, tinha a vantagem adicional de irritar tanto Viorel quanto Tish, a qual, no momento, irritava Sabrina mais do que nunca. A amizadezinha confidente da anfitriã com Viorel agora parecia mais do que acabada, graças aos céus. Mas o ar mandão de monitora da outra continuava tirando Sabrina do sério. Ela ficava particularmente irritada com o modo como Dorian incessantemente saltava em defesa de Tish.

— Dê um tempo a ela — dizia o diretor sempre que Sabrina fazia alguma observação maldosa ou uma piada à custa de Tish. — É uma garota legal e uma ótima mãe. Pelo menos está tentando fazer a diferença.

— Eu também — respondia Sabrina, indignada. — Não é preciso abrir uma droga de um orfanato romeno para fazer o bem neste mundo, sabe. Estou fazendo *arte*.

Ela tentava não se alterar com a gargalhada sincera de Dorian.

Desde Manchester, Sabrina ficara mais próxima de Dorian. O beijo jamais foi mencionado, e jamais seria. Mas a barreira comunicacional entre eles parecia finalmente ter sido rompida. Se ao menos Tish Crewe não estivesse sempre perto dele como um cheiro ruim, rindo e brincando e falando sobre coisas que faziam Sabrina se sentir excluída, como política e Romênia e literatura, coisas intelectuais, Sabrina e Dorian poderiam ter realmente se conectado. Da forma como as coisas estavam, Sabrina sentia mais uma vez como se fosse coadjuvante.

Tish age como se fosse dona dele, pensava Sabrina com amargura. *Como se fosse a única que o entendesse. Ela nem é da área cinematográfica. O que sabe sobre a vida dele?* O fato de Dorian parecer tão impressionado com Tish, até mesmo maravilhado com ela, incomodava Sabrina imensamente, pois mexia com as inseguranças e os profundos sentimentos de inadequação da atriz. Depois de presumir, corretamente, que ao flertar com Jago poderia atingir Tish em cheio, Sabrina não perdeu tempo em corresponder o interesse dele.

Tente mandar no meu mundo, querida, e tentarei mandar no seu. Veja se gosta disso.

Não que flertar com Jago Crewe fosse um sacrifício enorme. Verdade, ele não era o mais esperto dos homens. Sabrina ouvira o bastante daquela palhaçada New Age espiritualista na Califórnia, mas, de alguma forma, aquilo parecia ainda mais frívolo quando dito com um sotaque britânico chique. E era verdade que Jago não tinha sex appeal. Apesar da inegável boa aparência, havia algo profundamente insosso a respeito dele. Assim como Viorel, ele era vaidoso, mas a vaidade de Jago não tinha a característica predatória e astuta da de Vio. No entanto, de cavalo dado não se olham os dentes, principalmente depois de tantos meses num árido deserto sexual. Jago era bonito, rico e muito abertamente encantado com Sabrina. Logo após a rejeição de Viorel, o mero desejo de Jago era suficiente para que Sabrina fosse atraída por ele como um viciado por uma agulha.

Cinco dias após o retorno de Jago, ele convidou todos os atores para jantar no novo restaurante francês em Castleton, o Fait Maison.
— Vejo que superou suas objeções morais a cineastas capitalistas. — Tish ergueu o rosto atrás de uma pilha gigante de papéis sobre a mesa de Henry. Mesmo então, na iminência do retorno dela para a Romênia, havia muito a fazer.
— Você os convidou, então agora estão aqui. Seria grosseiro não me comportar de modo gracioso — lamentou Jago, fingindo comiseração. — Além disso, a pobre Sabrina está engaiolada em Loxley, como se fosse uma galinha, pelas últimas sabe Deus quantas semanas. Rasmirez parece um desgraçado completo, trancando-a como um lorde Capuleto ou algo assim. Não consigo imaginar por que ela atura isso.

Dorian pegara um avião para Los Angeles naquela manhã, para uma repentina viagem de três dias. Os rumores no set de filmagens eram de que ele estava em Hollywood fazendo um reconhecimento precoce para um acordo de distribuição. Mas, como sempre, com Dorian, as informações eram escassas.
— Dorian é adorável — disse Tish, com lealdade. — Confie em mim, a "pobre" Sabrina acabaria com a paciência de qualquer um. De toda forma, pensei que esta noite você e eu íamos sentar para revisar as finanças.

Jago suspirou de modo dramático.
— Você está adiando isso desde que chegou em casa — reclamou Tish —, mas precisamos conversar. Eu também não acho isso divertido, sabe.

— Tudo bem. — Jago deu de ombros. — Venha ao jantar. Pode me mostrar seus preciosos gráficos de pizza enquanto comemos.

Foi a vez de Tish suspirar. Dorian e Rhys estavam fora, o que reduzia a perspectiva de uma noite agradável para zero. Jamie Duggan e Lizzie Bayer, temporariamente reunidos desde que Jago concentrara suas atenções sexuais tão firmemente em Sabrina, tinham olhos apenas um para o outro. O que significava que sobraria para Tish tentar conversar com Viorel enquanto o irmão dela babava em Sabrina como se fosse um cachorrinho faminto.

Por outro lado, precisava pegar Jago para uma conversa sobre Loxley. Esperava convencê-lo a contratar um gerente de finanças em tempo integral depois que ela fosse embora. Logo estaria de volta à Romênia, e a ideia de todo o trabalho árduo ser desperdiçado — de Jago deixar a propriedade escorregar de volta para o abismo — era suficiente para exaltar os nervos de Tish. Pelo menos no restaurante ele estaria encurralado. Tish poderia forçá-lo a ver os números.

— Tudo bem — disse ela. — Estarei lá. Mas vou levar os papéis comigo. E você *precisa* vê-los.

— Dá um tempo — resmungou Jago. — Eu disse que veria, não disse?

Alocado no que um dia fora o chalé de um moleiro medieval, o Fait Maison era um restaurante aconchegante, iluminado à luz de velas e bem-decorado, mas certamente projetado para jantares românticos a dois. A "mesa para seis" para a qual o dono orgulhosamente levou Jago ficava enfurnada sob o beiral do telhado e parecia ter sido feita por elfos.

— Somos seis pessoas — disse Viorel. — Não seis ovos. Mal tem espaço para respirar, que dirá comer. — Felizmente, enquanto ele ainda vociferava com o dono, Jamie Duggan mandou uma mensagem de texto para Sabrina, para dizer que ele e Lizzie tinham decidido ficar em casa e "descansar" antes das filmagens do dia seguinte.

— Olha aí, está vendo? — disse Jago, animado. — É yin e yang, cara. Tudo se equilibra no fim. Agora, vamos parar com a negatividade e ter uma noite linda, certo?

A mesa élfica rústica tinha bancos dos dois lados, em vez de cadeiras, estofados com o mesmo xadrez vermelho da toalha de mesa. Viorel espremeu sua silhueta de mais de 1,80m num dos bancos, por pouco não batendo a cabeça numa viga baixa ao se sentar. Tish rapidamente desviou para o banco do lado oposto, sentando-se o mais longe possível dele quanto pôde, mas ainda estava tão perto que poderia ter segurado a mão de Vio do outro lado da mesa. Não entendia por que parte de si ainda queria fazer isso. À direita de Tish, Jago se espremia contra a irmã como uma sardinha gigante numa lata.

— Você está bem? — perguntou ele a Sabrina. — Não está muito apertada?

— Estou bem, obrigada. Muito confortável.

Curvada em frente a Jago, na ponta do banco, ao lado de Viorel, Sabrina era tão magra e pequena que, de alguma forma, conseguira se cercar de espaço. *Ela e Vio parecem dois ímãs repelindo um ao outro*, pensou Tish. Vio estava vestido casualmente, de calça jeans e camiseta, e não se incomodara em fazer a barba, mas Sabrina claramente se esforçara com um vestido branco de verão Marc Jacobs e um par de sandálias delicadas Louboutin de um coral muito claro. Incomum para Sabrina, seus cabelos longos estavam presos num rabo de cavalo e ela usava um pingente simples, de uma pérola, ao redor do pescoço, o que aumentava a inocência juvenil. Até mesmo Tish teve de admitir que a atriz estava deslumbrante.

Viorel, por outro lado, parecia cansado e irritado, como se quisesse estar ali ainda menos do que Tish, se isso fosse possível. Os braços dele estavam cruzados de modo defensivo, e o rosto apresentava uma careta petulante enquanto olhava para o cardápio.

Enquanto Jago e Sabrina tagarelavam, concentrados somente um no outro, o silêncio na ponta da mesa em que estavam Tish e Viorel se tornava opressivo.

— Dizem que a comida é boa aqui — comentou Tish, forçando-se a ser, pelo menos, educada.

— Odeio comida francesa — respondeu Viorel.

Ah, vá se foder, pensou Tish. Em voz alta, ela falou:

— Isso é generalizar um pouco, não é?

— Não. — Vio ergueu o rosto, mal-humorado, do cardápio. — É rebuscada e pretensiosa. É arrogante. Odeio toda essa merda classista e esnobe. É um dos motivos pelos quais prefiro a América à Europa.

— É mesmo? — disse Tish. Obviamente, não estavam mais falando sobre a comida. — Bem, é claro que posso imaginar que o esnobismo pareça totalmente estranho a você, que tem um passado tão simples.

Os olhos de Viorel se semicerraram.

— O que quer dizer?

— Filho de política, Eton, Cambridge, Hollywood... — ponderou Tish. — Não me surpreende que esteja se sentindo sobrecarregado com a pretensão de Castleton.

Viorel parecia furioso. O placar estava definitivamente 15 a 0 para Tish.

— Será que deveria pedir a Henri que prepare para você um prato de ovo com batatas fritas? Tenho certeza de que ele não se importará.

— Não seja infantil — disparou Viorel. — Você tem que transformar tudo em discussão?

Tish ficou chocada demais com a hipocrisia daquilo para dizer qualquer outra coisa. O silêncio retornou até que o primeiro prato fosse servido, uma vasilha gigante de mexilhões à la marinière para que a mesa dividisse. Viorel beliscou sua porção, mas conseguiu entornar duas taças grandes de vinho. Enquanto isso, Jago fazia um esforço fingido para incluí-lo na conversa, perguntando a Vio se ele estava animado com as últimas filmagens na Romênia.

— Sei que você está doida para voltar para lá, não está, Tishy? Minha irmã é uma romena honorária — sussurrou ele, de modo fingido, para Sabrina. — Não se cansa do lugar.

— Não estou lá porque gosto — respondeu Tish, mais defensiva do que pretendia. — Estou lá porque precisam de mim.

Vio, cuja mente ficava cada vez mais confusa, pensou nas inúmeras entrevistas que a mãe, fria e distante, dera ao *Daily Mail* quando ele era garoto, sobre como os órfãos da Europa "precisavam" dela. Não importava que o *próprio* filho precisasse dela. Olhou para Tish com amargura renovada.

— É claro. Onde estariam todas as crianças pobres e abandonadas sem você? Santa Letitia de Loxley.

Sabrina e Jago deram risinhos de escárnio. Tish agarrou o garfo com mais força. Nossa, como ela o odiava.

— Bem, *eu não estou* ansiosa para ir para a Romênia, isso é certo — disse Sabrina. — O único motivo pelo qual vamos fazer as tomadas de interior lá é para economizar dinheiro para Dorian. Não haverá mais nada para fazer.

— Não há nada para fazer aqui — resmungou Viorel. — Mas concordo, a Romênia é um saco. Quanto mais rápido voltarmos para Los Angeles, melhor, até onde sei.

— Ouvi dizer que a mulher de Rasmirez é uma vaca — comentou Jago, tentando apaziguar o clima.

— Isso é bondade sua — disse Sabrina. — Ela ficou aqui durante uma semana antes de você aparecer e juro que todos queríamos cometer suicídio. A cara dela é tipo um buldogue mastigando uma vespa. Só Deus sabe como Dorian consegue dormir com ela. Deve ser como enfiar o pau numa lixa.

Apesar de não querer, Vio gargalhou. Ele imediatamente se arrependeu.

— Fico surpresa por você achar isso engraçado. — A voz de Tish era como gelo. — Tive a nítida impressão de que você e Chrissie gostavam bastante um do outro quando voltei para casa na segunda-feira passada.

Os ouvidos de Sabrina ficaram atentos. A tensão ao redor da mesa era cortante. Ela olhou para Vio de modo acusatório.

— Do que ela está falando? Achei que você odiasse a Chrissie.

— Eu... não — gaguejou Vio, desconfortável. Será que Tish cumpriria com a palavra ou será que dispararia a verdade para magoar Vio? As palmas das mãos dele começaram a suar. — Eu não a odiava, exatamente. Ela, de fato, tinha problemas, mas, quero dizer... ela era legal.

— Problemas? — Sabrina olhou para Viorel confusa. — Ela era uma porra de um pesadelo. E afinal, o que aconteceu na segunda-feira passada?

Viorel esperou alguns segundos agoniantes para que Tish dissesse alguma coisa. Quando ela não disse nada, ele respondeu, bruscamente:

— Nada aconteceu. Ela estava pedindo meu conselho sobre umas ideias para decoração de interiores, se quer saber.

— Decoração de interiores? — Sabrina arqueou as sobrancelhas com uma expressão cética. Mas Vio foi direto.

— Sim. É um hobby meu, decoração, arquitetura. Deveria ver meu apartamento no bairro de Venice algum dia. Você ficaria doida.

Por uma fração de segundo, a crepitação da tensão sexual foi quase audível. Então Sabrina nitidamente voltou a atenção para Jago.

— Sim, bem, decorado ou não, a ideia de viver sob o teto de Chrissie Rasmirez durante um mês é quase tão atrativa quanto voltar para a reabilitação. Mas pelo menos significa sair de Loxley. Sem querer ofender, querido, mas acho que já aturei sua Derbyshire rural o suficiente para uma vida inteira.

Tish pensou: *"Querido"? Minha nossa.*

Sob a mesa, Jago havia tirado o sapato e acariciava a panturrilha de Sabrina com o pé.

— Não diga isso — murmurou ele, baixinho. — Não fiz o tour completo com você ainda. Pelo menos me dê uma chance de fazê-la mudar de ideia.

— Com prazer — ronronou Sabrina.

Tanto Viorel quanto Tish rezaram em silêncio para que Scotty os teletransportasse dali, como em *Jornada nas estrelas.*

— Sabe, assim que herdei Loxley, eu me rebelei contra a propriedade — relembrou Jago. — Era tipo, isso representa *tanta* coisa que eu, tipo, *não* sou: riqueza e privilégio e, tipo, o sistema de classes e tudo isso. Mas depois de algum tempo longe, percebi que talvez tivesse nascido numa família como a minha por um motivo.

— Desculpe — interrompeu Sabrina, com um leve sorriso de satisfação se abrindo no rosto conforme todas as implicações da confissão de Jago eram absorvidas. — Quer dizer que Loxley Hall é na verdade a *sua* casa. Não a de Tish?

— É uma casa de família — respondeu Tish, rígida.

Sabrina gargalhou.

— Espere um pouco, deixe ver se eu entendi direito. Todas aquelas conversas sinceras que você vem tendo com Dorian sobre as *pressões* de gerenciar uma propriedade rural; todos os seus grandes planos para Loxley Hall e o futuro depois que terminarem as filmagens; e na verdade você é uma inquilina, como o restante de nós?

— Loxley é meu lar — disse Tish, lutando para não deixar transparecer as emoções. — Voltei para gerenciá-la porque Jago não quis se incomodar.

— Que nobre da sua parte. — Sabrina tomou um gole do vinho. Virando-se de novo para Jago, ela disse: — Mas agora você está de volta.

— Agora estou de volta.

— E Loxley pertence a você? A propriedade inteira?

— Estou pagando pelos meus pecados com isso, sim — respondeu Jago, satisfeito com a forma como Sabrina parecia impressionada com aquela informação. — Acho que sou um homem de sorte.

Viorel olhou para o rosto chocado de Tish e parte de si quis esticar o braço até o outro lado da mesa e pegar a mão dela. Mas qual seria o objetivo? Tish apenas o afastaria e o faria parecer um babaca por tentar ser legal. Ela era impossível.

Sabrina, por outro lado, não poderia ter parecido mais satisfeita do que se tivesse ganhado na loteria. Estava estonteante naquela noite no vestido branco comportado, porém muito sexy. Mas, por Deus, ela sabia impressionar quando queria. Talvez Sabrina e Jago merecessem um ao outro, embora a ideia daquele gigolô anglo-italiano tocando Sabrina fizesse com que Vio quisesse arrancar a cabeça bonita de Jago com as próprias mãos.

O jantar se arrastou. Tish e Vio perderam o apetite e esperaram com impaciência até que a conta chegasse, enquanto Jago e Sabrina bebiam e flertavam alegremente. De forma alguma Tish conseguiria falar com Jago sobre as finanças naquele momento. Sabrina ascenderia ao paraíso, à custa de Tish, se ela pegasse os papéis com as finanças que havia levado consigo, e, de toda forma, Jago estava bêbado demais, e apaixonado demais para se concentrar nos números. A noite toda fora um desperdício. A julgar pelo olhar de amargura no rosto dele, Viorel sentia-se do mesmo jeito.

Quando voltaram para Loxley, Tish foi direto para o quarto. Vio fez o mesmo em seguida, para a tristeza de Sabrina. Era difícil deixar alguém com ciúmes quando a pessoa se recusava a ficar por perto assistindo.

— Hudson é sempre deprimido assim? — perguntou Jago, servindo a Sabrina uma taça grande de Laphroaig do bar da biblioteca da ala oeste. Era uma sala incrível, principalmente à noite, com os painéis de madeira escura reluzentes à luz de velas como uma castanha recém-polida. Sabrina imaginou como conseguira passar dois meses em Loxley sem jamais reparar nela antes. — Passei noites mais agradáveis numa mesa de cirurgia.

— Nem sempre. — Sabrina sorriu, permitindo que seus dedos roçassem os de Jago quando pegou a taça. Jamais teria aceitado uma bebida se Dorian estivesse lá, mas quando os gatos saem... Ao caminhar na direção da janela, ela falou: — Acho que ele anda de nariz torcido desde que você chegou.

— Eu? — Jago fingiu ignorância.

— É claro. — Sabrina tomou um gole do uísque. Fazia tanto tempo que não tomava bebidas destiladas que o líquido lhe queimou a garganta, mas era uma queimação deliciosa. Ainda mais por ser proibida. — Todas as garotas no set de filmagens acham você bonito. Isso deixa Vio doido.

— *Todas* as garotas? — Jago dirigira-se para as costas de Sabrina. Ao passar uma das mãos pela cintura dela, pressionou os lábios com leveza na nuca de Sabrina, que fechou os olhos e deixou a excitação percorrer seu corpo. Fazia tanto tempo desde que estivera com um homem que apenas a pressão fraca dos lábios de Jago já parecia maravilhosa.

— Que tal aquele tour que prometi a você? — sussurrou ele. O hálito quente de Jago fez os pelos no pescoço de Sabrina se eriçarem.

— É claro — respondeu ela, com a voz rouca. — Você é o Senhor da Mansão. Impressione-me.

Jago pensou por um momento. Embora não quisesse nada além de arrancar as roupas dela bem ali e trepar no chão da biblioteca, não quis estragar tudo. Sabrina Leon era uma estrela de cinema, afinal de contas, acostumada a ver os homens se virarem do avesso para agradá-la. Ele precisava pensar em algo romântico, impressionante, único. De repente, a solução se apresentou.

— Já sei — disse Jago, animado. — Uma loucura. Alguém já atravessou o lago com você?

Sabrina olhou para Jago inexpressiva.

— Que lago?

— Perfeito. — Ele sorriu. — Siga-me.

Quinze minutos depois, Sabrina se viu deitada de barriga para cima numa pilha de cobertores velhos, na parte de trás de um barco a remo, olhando para as estrelas. Era quase meia-noite e havia uma brisa fria no ar, mas enrolada em dois casacos de Jago e um sobretudo de lã pesado de Henry, e com o calor da bebida ainda no peito, ela se sentia aconchegada, segura e anormalmente feliz.

O lago em si foi uma revelação. Ficava tão próximo da casa — um caminho de madeira curto atrás do pátio do estábulo levava direto para ele — e, no entanto, nem Sabrina, nem mais ninguém no set de filmagens o havia encontrado, até onde ela sabia. E era grande. Logo que o caminho terminava, a água aveludada se estendia à frente, parecendo infinita, como um lençol gigante de alumínio prateado. No meio dele, erguida como um funil gótico invertido, havia uma torre de tijolos vermelhos, como se saída do poema *A senhora de Shalott*.

Jago remou em direção a ela, tagarelando besteiras sobre o budismo e o Tibete, e como a torre era o lugar perfeito para meditação transcendental. Sabrina desligou-se da voz dele, concentrando-se, em vez disso, nos saltos rítmicos dos remos contra a água, e no modo como o bíceps impressionantemente definido de Jago se rasgava a cada nova remada. Acima de Sabrina, as estrelas brilhavam de modo reconfortante e familiar. Ela de repente se lembrou de quando ergueu o rosto para elas em Fresno, numa noite especialmente clara, quando estava dormindo nua, e estremeceu ao pensar em quão longe havia ido. *Longe demais para escorregar de volta?* Sabrina não tinha certeza, às vezes.

— Está com frio? — perguntou Jago.

— Estou bem.

— Estamos quase lá. Vou esquentar você depois que entrarmos.

Eles chegaram à margem com uma batida suave e Jago arrastou o barco sobre a grama, então tirou Sabrina de dentro do barco e colocou-a, gentilmente, ao lado dele. Ao erguer os olhos para a pele lisa do rosto de Jago, com o maxilar forte, os lábios carnudos e a pele morena impecável, Sabrina imaginou o que o tornava tão menos atraente que Vio; então sorriu para si mesma, porque a resposta era óbvia.

Viorel se faz de difícil. Só quero o que não posso ter.

Ao interpretar a expressão de Sabrina de forma errada, Jago sorriu de volta.

— Sua torre a aguarda, minha senhora.

— Espero que sim. — Sabrina sorriu, encarando, sem pudor, a saliência nas calças de gorgorão de Jago.

Ao caminharem até a torre, Sabrina sacudiu a porta.

— Então, esta coisa abre, ou o quê?

— Está trancada — explicou Jago. — Felizmente, tenho a chave. — Ao esticar a mão para o bolso, ele pegou uma chave de latão pesada e destrancou a porta de madeira grossa com um clique satisfatório. Do lado de dentro, que era um tanto quanto decepcionante, um interruptor elétrico brilhava no escuro. Jago pressionou-o e iluminou uma escadaria estreita e serpenteante que parecia girar acima deles até o infinito.

Freud ia ter trabalho com isso, pensou Sabrina, começando a subir. Mas, pela primeira vez em muito tempo, ela estava, de fato, se divertindo.

— O que há no topo? — gritou Sabrina por cima do ombro. A escadaria era íngreme e inacabável, e ela já estava ficando sem fôlego.

— Um alçapão — disse Jago. — Você vai ver. É só empurrá-lo com força que ele abre.

Alguns segundos depois, Sabrina o viu. Conforme Jago pedira, ela se apoiou no alçapão com as mãos e o empurrou.

— Uau — exclamou Sabrina. — Isto é incrível!

No topo da torre havia uma pequena sala circular com uma enorme janela de guilhotina, voltada para o lago e para as torres de Loxley Hall ao fundo, fantasmagóricas ao luar. À luz do dia, Sabrina imaginou, devia ser possível ver a quilômetros de distância. Mas àquela hora da noite a vista era limitada às poucas janelas de iluminação alaranjada da casa, que brilhavam de forma aconchegante e convidativa através das árvores. Do lado de dentro, a sala tinha sido decorada de forma simples, porém bonita: branca, com almofadas de algodão e colchas macias de lã de carneiro espalhadas pelo chão de madeira lixada com uma cadeira de balanço rústica, pintada de branco, voltada para a janela. Era feminina, mas não muito: arejada, porém ao mesmo tempo confortável. Sabrina ficou encantada. Depois de tirar o sobretudo pesado e os casacos de Jago, ela os apoiou sobre a cadeira de balanço e rodopiou como uma garotinha. A saia do vestido de verão Marc Jacobs subia como a de uma bailarina de caixinha de música.

— É como o paraíso.

Sabrina se virou e imediatamente se viu enroscada nos braços de Jago, sendo puxada ainda mais perto, contra o calor duro do corpo dele.

— Você é como o paraíso — murmurou ele. Ao estender o braço por trás de Sabrina, ele abriu habilmente o zíper do vestido com uma das mãos enquanto a outra acariciava a bochecha dela. — Você é a coisa mais perfeita que já vi.

Sabrina passou de leve o peso do corpo para um dos lados do quadril, de modo que o vestido escorregasse por seu corpo até o chão. Por baixo dele, estava completamente nua.

Jago deu um passo para trás e tomou fôlego. Havia dormido com inúmeras mulheres lindas ao longo dos anos, mas nenhuma delas podia competir com Sabrina. Com os seios fartos e empinados, as pernas longas e torneadas e, acima de tudo, com aquele rosto tão angelical e, no entanto, tão completa e desafiadoramente lascivo, apenas um deus ninfomaníaco poderia tê-la criado.

Ao estender o braço, Sabrina soltou os cabelos do prendedor de elástico, sem tirar os olhos de Jago conforme a cascata castanha reluzente se espalhava sobre os ombros dela como chocolate derretido.

Jago tentou falar, mas sua garganta estava tão seca que as palavras saíam como se fossem grasnidos sufocados.

— Diga-me do que gosta.

— Gosto de tudo — respondeu Sabrina, com sinceridade. *Faz muito tempo.*

Ao interpretar a afirmativa como um gatilho metafórico, Jago começou a arrancar as próprias roupas como se estivessem em chamas. Dentro de segundos, ele também estava nu e havia jogado Sabrina de modo bastante brutal sobre algumas almofadas, posicionando-se sobre a moça de modo que a ponta de sua enorme ereção roçasse as coxas dela. *Bom*, pensou Sabrina. Não estava com paciência para preliminares. Ao fechar os olhos, literalmente apertando-os com animação e ansiedade, imaginou que Viorel os assistia, via outro homem sentir todo o prazer com o corpo dela, o qual Vio tão determinadamente negara. *Isso o ensinará a não me ignorar. A não pensar que pode me instigar e depois ir embora.* Era uma fantasia deliciosa, tão intoxicante que Sabrina achou difícil se impedir de gozar. Desesperada, ela estendeu os braços na direção dos quadris de Jago, tentando puxá-lo para dentro de si, mas ele se afastou.

— Nã-ã — sussurrou ele, provocando-a. — Ainda não. Você não diz quando. *Eu* digo.

Era como se um interruptor tivesse sido ligado. Os olhos de Sabrina se arregalaram, as pupilas dela se dilataram como se fosse um viciado querendo uma dose. Jago deslizou o corpo para baixo, abriu mais as coxas de Sabrina, passou cada uma das mãos por baixo das nádegas definidas dela. Ele se inclinou para baixo, de modo que Sabrina conseguisse sentir a respiração de Jago entre as pernas. De repente, ela não se importava mais com Viorel. Estava ali, no momento, arqueando o corpo na direção de Jago, o corpo implorando que ele lhe desse aquilo de que ela precisava, de um animal para outro. Mas, novamente, Jago a fez esperar, a língua passeando por todos os lados, menos onde Sabrina queria, acariciando as pernas dela, os quadris, a barriga, desafiadoramente perto.

— Não! — gemeu ela. Era uma agonia: agonia extasiante e exótica. Sabrina sentia-se prestes a chorar.

— Não? — De novo, a voz de Jago era baixa e controlada, regozijando-se do poder que tinha sobre ela. — Quer que eu pare?

— NÃO! — Dessa vez, foi como um grito, e incitou Sabrina à ação. Ela se sentou e empurrou o corpo contra o de Jago com toda força, chutando, socando e agarrando os cabelos dele como se fosse um gato selvagem. — Faz! — gritou ela. — Faz. AGORA!

Jago gargalhou, bastante excitado também, mas determinado a dar a Sabrina uma noite da qual se lembraria. Ao estender o antebraço, ele a ergueu alguns centímetros do chão e segurou-a, balançando-a, à distância de um braço, como se fosse uma minhoca num anzol.

— Fazer o quê, exatamente?

— Me fode! — ordenou Sabrina. Foi quase um rosnado. Jago a soltou. Deitado sobre as costas, ele puxou Sabrina para cima de si, segurando um seio magnífico em cada mão. Sabrina segurou o pau de Jago, faminta, mas, de novo, ele negou. Ao erguer as costas e o peito do chão, os músculos do abdome enrijecendo até formarem uma rocha esculpida, e os cachos negros italianos lhe caindo sobre o rosto, ele disse, devagar:

— Por favor. Me fode, por favor. Se quer mesmo, querida, tem de pedir com educação.

Sabrina perdeu o controle, disparando novamente, mas dessa vez estava tentando machucar Jago de verdade.

— Odeio você! — gritou ela, e afundou os dentes no ombro dele. Se estava tentando fazer com que Jago perdesse a calma, funcionou. Ele gritou de dor.

— Piranha!

Sabrina precipitou-se, tentando fazer de novo, mas Jago foi rápido demais para ela. Depois de virá-la de barriga para cima, ele a prendeu no chão e entrou em Sabrina como se fosse uma perfuratriz industrial, cada investida tão violenta que os dois se arrastavam no chão.

Sabrina deu gritos agudos de prazer.

— Mais forte — incitava ela. — Mais.

Jago foi uma revelação. Quem diria que o irmão estúpido e vaidoso de Tish se revelaria um olimpiano na cama? O pau dele era uma porra de tronco de árvore — quase tão grande quanto o ego —, porém era mais que aquilo. Sexualmente, pelo menos, Jago sabia como excitar Sabrina. Ela não estava mais pensando em Viorel, contudo, conforme disparava para o clímax, uma imagem do rosto contorcido de Tish durante o jantar naquela noite surgiu em sua mente.

Quanto a Senhorita Perfeitinha de Dorian odiaria se pudesse me ver com o irmão dela agora?

— Ah, porra, Sabrina, não consigo segurar — disse Jago, ofegante. — Vou gozar!

— Eu também! — engasgou Sabrina.

Conforme explodiam um dentro do outro, um segundo pensamento, muito mais intoxicante, ocorreu a Sabrina.

E se eu me casasse com ele?

Dorian ficara tão impressionado com a criação de Tish e com o sobrenome da família Crewe. Ele achava que só admirava Tish pelo trabalho de caridade e por ser uma mãe tão boa, mas Sabrina reconhecia o esnobismo inerente à amizade deles. Também estava convencida de que Tish a desprezava socialmente, que via através da estrela de cinema, diretamente para a mulher de classe pobre e rejeitada que havia por baixo. O pensamento tomava Sabrina no momento. É por isso que a odeio tanto? Porque acho que ela fará com que Dorian e Viorel me vejam da mesma forma?

Se Sabrina se tornasse a Sra. Crewe, tudo isso mudaria. Não precisaria de um filme de retorno para "ser" alguém. Seria alguém por direito. Viorel Hudson ia se ferrar na mão aristocrática dela!

— No que você está pensando? — Jago aninhou-se em Sabrina. Ainda não conseguia acreditar que ele, Jago Crewe, acabara de fazer amor com Sabrina Leon. E que, a não ser que Sabrina fosse, de fato, uma atriz muito boa, ela tivesse amado cada minuto.

— Nada — suspirou Sabrina. — Só que estou feliz por você ter decidido voltar para casa.

Eu também, pensou Jago. A vida em Loxley Hall acabara de se tornar consideravelmente mais interessante.

CAPÍTULO 16

Durante os dez dias seguintes, Sabrina e Jago eram inseparáveis. Sempre que Sabrina não estava trabalhando, os dois passeavam pela propriedade de mãos dadas, aparentemente incapazes de parar de se beijar e se tocar, e completamente despreocupados com quem pudesse assistir ao festival de demonstrações de afeto. Tish, em particular, parecia aturar a pior parte daquilo. Era como se, para qualquer lugar que virasse, esbarrasse nos dois entrelaçados e rindo. Depois de um café da manhã particularmente repulsivo, no qual precisou pedir que eles parassem de se agarrar na frente de Abel, confidenciou suas preocupações com Dorian.

— Acha que isso vai parar? — perguntou Tish, nervosa, enquanto ajudava a Sra. Drummond a recolher as tigelas de cereal sujas.

— Espero que sim — respondeu Dorian, que gostava tanto quanto Tish de assistir a Sabrina e Jago em cima um do outro. — Está fadado ao fracasso. Sabrina irá para a Romênia em breve e vai estar ocupada demais para pensar num caso amoroso a distância. E depois ela vai voltar para Los Angeles; logo, isso não pode durar. A não ser que...

— Um pensamento terrível ocorreu ao diretor. — Você não acha que seu irmão está planejando ir conosco, acha?

— Ah, não. Ele não pode fazer isso! — exclamou Tish, tomada de surpresa. — Ele não mencionou nada assim, mencionou?

Dorian fez que não com a cabeça, mas os dois pareceram preocupados. A preocupação de Tish era Loxley Hall. Apesar de ter implorado, Jago ainda não havia se sentado para rever as finanças com ela, nem tomara qualquer decisão desde que voltara, nem a respeito dos novos inquilinos, de manter a fazenda, de nada. Estava totalmente absorto em Sabrina.

Os problemas de Dorian eram mais complexos. Na superfície, eram todos profissionais. Quando Sabrina estava filmando, Jago caminhava pelo set como se fosse um cachorrinho apaixonado, a mera presença dele revelava-se motivo de discordância e distração. E mais importante, a química entre Sabrina e Vio parecia ter evaporado, e a atmosfera no set de filmagens ficava cada vez mais tóxica. Não era bom quando ainda restava filmar as duas cenas de amor principais entre Cathy e Heathcliff. Não, não seria possível permitir que Jago atrapalhasse as coisas na Romênia.

Mas a preocupação de Dorian era mais profunda que as ansiedades profissionais de um diretor. Ele não gostava nem um pouco de Jago Crewe. O rapaz comportara-se de modo terrivelmente egoísta em relação à pobre Tish, mas, além disso, havia algo que Dorian achava ser particularmente indigno de confiança a respeito dele. A última coisa de que Sabrina precisava na vida, no momento, era outro charlatão bonito para distraí-la do trabalho e da recuperação. Principalmente um hedonista egocêntrico como Jago.

— Ela não é brilhante?

Era fim de tarde no parque de caça de Loxley e Jago estava tagarelando para o engenheiro de som entre as tomadas a respeito da "namorada", como agora se referia a Sabrina.

— Ã-hã — respondeu o engenheiro de som, e colocou os fones de cabeça para não ter mais de aturar a conversa fiada de Jago. "Brilhante" não era a primeira palavra que lhe vinha à mente quando ele pensava em Sabrina Leon ("atrasada", "mimada" e "grosseira" soavam mais autênticas para ele), mas o homem não estava com humor para debater o argumento com o lorde Nariz Empinado.

— Energia fabulosa, querida! — gritou Jago para Sabrina. — Não consigo tirar os olhos de você.

Sabrina sorriu e jogou um beijo para ele. Ao lado da atriz, Viorel não conseguiu esconder a irritação.

— Por quanto tempo planeja continuar com esta farsa? — sibilou Vio entre os dentes enquanto a garota da maquiagem reaplicava pó na testa dele. — *Energia fabulosa*, de fato. Não é possível que você esteja atraída por esse hippie imbecil.

Os dois olharam para Jago. Vestindo uma camisa de tecido de cânhamo de gola aberta com colares de contas religiosas ao redor do pescoço e uma bandana laranja amarrada na testa, Sabrina precisava admitir que o senso de estilo dele pendia para o alternativo. A bandana fazia-o parecer um jogador de tênis budista. Mas mesmo quando fazia a melhor imitação de John Lennon, Jago ainda era improvavelmente bonito. E Vio sabia disso.

— Não? — Sabrina piscou os cílios de modo inocente. — Por que não? Só porque você fez um voto de celibato, querido, não significa que o restante de nós precisa segui-lo. Para sua informação, Jago é um dos melhores amantes que já tive. Veja só, na noite passada mesmo ele...

— Tomada três! — A voz de Dorian retumbou pelo megafone.

Graças a Deus pelos pequenos milagres, pensou Vio. Durante as últimas seis noites, fora forçado a ouvir através da parede as relações altamente vocais e atléticas de Jago e Sabrina. Ouvir Sabrina gemer de prazer pelo toque de outro homem era torturante e, ao mesmo tempo, desconcertantemente excitante: como receber uma *lap dance* de uma stripper linda que você sabe que não pode tocar. Por mais que fosse difícil para Vio admitir, estava claro que o irmão tapado e idiota de Tish Crewe fazia algo direito na cama. Sabrina era boa atriz, mas ninguém era *tão* bom assim.

Enquanto recitava suas falas de modo mecânico, Viorel foi distraído por um figurante que corria pelo canto do set de filmagens e perdeu a calma. Depois de uma noite em claro e um dia frustrante, aquela foi a última gota.

— Que merda é essa? — explodiu ele.

Dorian fez sinal para cortar a tomada.

— Ei, você! — gritou Viorel, avançando de modo ameaçador em direção ao culpado. — Garoto! Você é cego?

O figurante virou-se, parecendo confuso. Tinha apenas uns 16 anos, e Viorel Hudson era um de seus heróis.

— Desculpe-me, senhor — murmurou ele, envergonhado. — Não percebi que estávamos filmando.

— Não *percebeu*? — vociferou Viorel. — Você acabou de passar pela porra da minha tomada, seu idiota.

Era tão incomum que Viorel perdesse o controle que o set de filmagens inteiro se virou para olhar.

— Pegue leve com o garoto — disse Chuck MacNamee, mas Viorel lhe lançou um olhar humilhante.

— Qual é o seu nome? — perguntou ele ao garoto.

— M-M-Michael — gaguejou o figurante. — Michael Lega.

— Bem, Michael Lega, você é um babaca de merda. — Vio estendeu as mãos e empurrou o garoto na altura do peito, o que fez com que ele cambaleasse para trás.

— Tudo bem, já chega. — Dorian caminhou até os dois e os separou. — Mike, vá pegar um café para nós. Vamos fazer uma pausa. Voltaremos a filmar em cinco minutos.

— Não, que se foda tudo isto — disse Viorel com raiva enquanto o figurante corria para longe. — Não quero que ele volte ao set de filmagens. É uma porra de um risco.

Dorian segurou Viorel pelo braço com força e o puxou para o lado.

— Porra, qual é o seu problema?

— Como assim? Eu não tenho problema nenhum. O moleque é que fodeu com a minha tomada.

— Besteira — disse Dorian. — Eu teria cortado essa cena de qualquer forma. Já vi bonecos de cera atuarem melhor.

Viorel fez uma careta. Ele sabia que Dorian estava certo.

— O que está acontecendo com você? — continuou Dorian, com raiva. — Está assim faz dias.

— Não sei — respondeu Vio, sem olhar o diretor nos olhos. — Não tenho dormido.

— É, bem, nem você, nem eu — disse Dorian. — Em menos de duas semanas partimos para a Romênia e meu Heathcliff decidiu que não tem nada melhor para fazer do que descontar sua raiva no set.

— Desculpe.

Pela primeira vez, Viorel parecia arrependido.

— Bom — disse Dorian. — E trate de se desculpar com o coitado do garoto quando ele voltar. Agora, por favor, vamos fazer essa última cena, está bem? Concentre-se no jogo.

Vio assentiu e caminhou, deprimido, até Sabrina, que agora estava recostada no colo de Jago, acariciando o cabelo dele do modo como alguém afaga um cachorro comportado.

— Olha o temperamento — disse ela a Viorel em tom de sermão.

Ele a ignorou.

— Sabe, a raiva é um dos três venenos que desencadeia o samsara — disse Jago, com o tom de voz beato que escolhia usar quando proferia tais pérolas de sabedoria espiritual. — Samsara significa renascimento. Precisamos nos limpar do veneno antes de podermos seguir com a jornada em direção à verdade.

— Fascinante — falou Vio, de modo sarcástico, determinado a não dar a Sabrina a satisfação de perder a calma mais uma vez. — Você é uma fonte de sabedoria, Jago.

Assim que encerrassem pela noite, Vio decidiu, pediria a Dorian uma semana de folga para voltar para casa, em Los Angeles. Filmaria a última cena no urzal no dia seguinte, e a ideia de ficar em Loxley como se fosse uma peça sobressalente com mais nada a fazer além de assistir ao show de Sabrina e Jago era mais do que ele podia suportar.

A única coisa que o segurava era Abel. Com a situação tão tensa entre Vio e Tish, ele vira o menino menos do que gostaria nas últimas semanas. Viorel prometera a Abi que passariam mais tempo juntos depois que as gravações terminassem, e não ansiava pelo olhar de desapontamento no rostinho doce do garoto quando contasse a Abel que iria embora.

Mas não podia evitar.

Se não saísse dali logo, corria o risco de perder a sanidade.

* * *

No dia seguinte, Tish levou Abel para Manchester, para comprar roupas de inverno novas. Eles voltariam para Oradea em breve, onde os invernos faziam Derbyshire parecer a Costa del Sol espanhola, e nenhuma das roupas quentes de Abel do ano anterior chegavam perto de caber no menino agora.

Era uma viagem desafiadora. Como a maioria dos garotos pequenos, Abel detestava fazer compras, a não ser que fosse para adquirir o Omnitrix do Ben 10 ou qualquer coisa "dinossáurica". Ele choramingou e gemeu enquanto passavam pelo departamento de brinquedos para meninos da Marks & Spencer, reclamando de tudo. Toda camisa que Tish escolhia era "de menina". Todo casaco pinicava, todos os sapatos eram apertados demais. Tish se esforçou para não perder a calma com o filho. Abel já estava com dificuldades o suficiente para lidar com a partida iminente de Viorel.

Vio contara a Tish na noite anterior que iria embora mais cedo, e dera a notícia para Abel naquele dia.

— Eu vou me sentir mal por deixá-lo — disse Viorel a Tish, e, para o benefício de Viorel, ela ao menos acreditou nele. — Mas há um monte de coisas com as quais preciso lidar em casa.

Ele a encontrara no escritório do pai de Tish, o qual, por algum motivo, parecia ser exatamente o território dela, e deixava Viorel mais inquieto. A última vez que os dois ficaram sozinhos juntos fora na tarde em que Tish surpreendera Vio com Chrissie Rasmirez. Naquela ocasião, ele se sentira como um estudante travesso e inadequado. Vio sentia-se da mesma forma agora, como se tivesse sido enviado à sala do diretor, com a mesa, o globo terrestre e as paredes de painéis de madeira.

— É claro. — Tish assentiu. — Eu entendo.

No entanto, ocorreu-lhe o pensamento de que, de fato, não entendia quase nada a respeito de Viorel Hudson. Ele adorava o filho de Tish, mas a detestava. Ou não? Os dois eram amigos; então não eram mais. Tudo parecia muito confuso. Às vezes, Tish ainda sentia uma ligação com Vio, um eco da atração que os dois sentiram naquele primeiro dia, quando ela o conheceu, seminua e coberta de fuligem. Mas o que quer que os tivesse atraído então parecia destinado a repeli-los agora. Será que, no fim das contas, os dois eram apenas diferentes demais para se darem bem? Vio obviamente a achava sabichona e moralista, isso estava claro, e era verdade que Tish o reprovava imensamente. Dormir com a esposa de um amigo era algo muito degradante segundo o código moral de Tish, e Dorian e Viorel eram amigos, de certo modo. E havia as falhas mais gerais dele, a arrogância e a vaidade. E, no entanto, havia os flashes de bondade verdadeira em Viorel — seu amor por Abel era o principal deles. O homem era uma confusão de contradições. Ele alegava desprezar as classes abastadas da Inglaterra, e no entanto irradiava o esnobismo e a confiança típicos de um ex-aluno de colégio caro, e implicava com Tish por tirar Abel de sua vida privilegiada em Loxley. Nada daquilo fazia sentido de verdade.

— Eu gostaria de manter contato com ele — disse Viorel para o chão. — Se não tiver problema para você.

— É claro — respondeu Tish. Ela ficou surpresa pela hesitação de Viorel. Ele costumava ser tão arrogante perto dela, perto de todos, mas naquela noite parecia nervoso. — Abel vai ficar triste com a sua partida, sabe. — Tish ouviu-se dizer. — Ele adora você.

Viorel ergueu o rosto de repente, como um motorista torcicolo. Por uma fração de segundo, Tish viu um relance de angústia nos olhos dele. Viorel *quase* parecia prestes a chorar. Mas então ele virou o rosto, murmurou um "obrigado" apressado e alguma coisa sobre fazer as malas enquanto corria porta afora.

De volta à Marks & Spencer, Tish tentava tirar Viorel Hudson da cabeça.

— Que tal este? — Ela ergueu um anoraque coberto de distintivos de piloto e com os fechos em formato de aviões. — Vamos experimentar?

Abel balançou a cabeça.

— Quero ir para casa — disse ele, tristonho. — Quero dar tchau para ele.

— Ah, querido. — Tish olhou para o relógio. Já eram quase quatro da tarde. Uma sensação desagradável de tensão nervosa percorreu-lhe o corpo. Será que era tarde demais? — Acho que Viorel já foi para o aeroporto a esta hora. Você se despediu dele esta manhã, não se lembra?

Abel pareceu desapontado.

— Anime-se, franguinho. Ele prometeu que escreveria para você, não foi? E que ligaria quando voltássemos para casa, em Oradea. Quem sabe ele pode até ir nos visitar.

— Ele não vai — disse Abel, com amargura. — Ele odeia a Romênia. Eu odeio a Romênia também.

— Abi. — Tish pareceu magoada. — Não diga isso, querido. Isso não é verdade.

— É sim — disse Abel. — Quero ficar em Loxley para sempre. Por que o tio Jago não pode ir embora de novo? Por que *ele* pode ficar lá e a gente não? Todo mundo que eu não gosto vai ficar e todo mundo que eu gosto está indo embora, e é TUDO CULPA SUA!

O menino irrompeu em lágrimas. Para sua vergonha, Tish percebeu que estava prestes a chorar também. Embora não quisesse admitir, a ideia de que jamais pudesse ver Viorel de novo era quase tão dolorosa para ela quanto era para Abel.

Tish hesitou por um momento, incerta do que fazer. Então colocou o anoraque de volta no cabide e segurou a mão de Abel.

— Vamos — disse ela, com carinho. — Vamos ver se conseguimos alcançá-lo.

— Então, vejo você no dia 15. — Dorian estava de pé no caminho de cascalho do lado de fora da enorme porta de entrada de Loxley, observando Viorel colocar baús na mala do carro. Fazia um dia quente e os dois estavam de bermuda. Combinando a sua com uma camisa xadrez da Abercrombie e óculos aviador da Oliver Peoples, Vio parecia já estar na Califórnia.

— Com certeza. Estarei lá. Agradeço por você me dar esse tempo.

— Apenas certifique-se de descansar em Los Angeles. Fume uns baseados, transe, faça o que achar necessário, mas quero vê-lo na Romênia revigorado e relaxado. Nada de gritar com meus figurantes.

— Sim, chefe — respondeu Vio. Enquanto observava Dorian voltar para o set de filmagens, ele sentiu uma pontada de culpa. Rasmirez era um bom homem, um homem melhor que ele próprio.

Vio detestara se despedir de Abel naquela manhã, e a conversa difícil com Tish na noite anterior figurava entre os cinco minutos menos agradáveis da vida dele. Sabrina fizera questão de não se incomodar em se despedir dele, mas Vio não se importava, na verdade. Agora que estava finalmente de malas feitas e pronto para partir, sentia um alívio enorme. Precisava de uma injeção de realidade, longe de Sabrina e Jago, longe de Dorian, cuja bondade e o bom humor começavam a fazer com que Vio se sentisse seriamente desconfortável. Ele não ansiava pelas últimas semanas de filmagens na Romênia. Estar em seu país "natal", ver Chrissie de novo, morar sob o teto de Dorian, não poderia deixar de ser tenso. Mas, de fato, seriam apenas algumas semanas.

Depois disso, voltarei para Los Angeles de vez, 5,5 milhões de dólares mais rico e com garotas lindas o suficiente na fila para mandar Loxley Hall e Tish Crewe e Sabrina Leon para longe da minha cabeça de vez.

Era sempre assim na locação de filmagens, lembrava-se Vio. Seu mundo se encolhia até se tornar um lugar, um grupo pequeno e incestuoso de pessoas. Uma mulher. *Duas mulheres?* Não era de espantar que a cabeça dele estivesse confusa.

Uma buzina estridente fez Viorel erguer o rosto. Era Tish, dirigindo a 160 quilômetros por hora, buzinando e espalhando cascalho para todo lado conforme freava, até parar na frente dele. Contra a própria vontade, Vio pensou em como ela parecia sexy quando estava afobada, com o rosto vermelho e as mechas de cabelo voando por toda parte. Antes de sequer desligar o motor, Abi saiu do carro, com os cabelos pretos e lisos caindo sobre o rosto, os braços e as pernas agitados, correndo para Viorel e agarrando-se a ele como se fosse um macaquinho.

— Não vá! — choramingou o menino, e enterrou a cabeça no peito de Vio.

Vio mordeu o lábio.

— Preciso ir, parceiro — disse ele, e abraçou o garoto com força. Antes daquele filme, Viorel jamais pensara em si mesmo como remotamente paternal. Agora, se perguntava como conseguiria ter filhos se era tão terrível assim deixar para trás o filho de outra pessoa. — Mas a gente vai se ver de novo. Prometo.

— Quando? — reclamou Abel. Tish saiu do carro e caminhou até se juntar aos dois. Viorel tentou interpretar a expressão no rosto dela. Havia dor, com certeza. Mas será que ela estava chateada porque o filho estava chateado ou porque Viorel estava partindo?

— Não sei exatamente — disse Vio a Abel, enrolando. — Em breve, espero. Preciso pedir a sua mãe.

— A mamãe gosta de você — anunciou Abel, do nada, limpando os olhos na manga da camisa. — Ela só parece que não gosta, mas gosta.

Viorel ergueu uma das sobrancelhas, mas não ousou olhar para Tish.

— Mesmo?

— Sim — respondeu Abel. — Mesmo que você seja muito irr... — O menino franziu a testa, tentando se lembrar da palavra que Tish usara.

— Irritante? — sugeriu Viorel.

— Não, não é isso.

— Irresistível? — tentou Vio, esperançoso.

— Abel. — Tish fez o melhor que pôde para soar autoritária, o que não era fácil com o coração acelerado. — Viorel precisa pegar o avião.

— Já sei! — Abel sorriu quando se lembrou da palavra. — *Irresponsável!* Mesmo que seja muito irresponsável, minha mãe gosta mesmo de você. Então, por favor, venha visitar a gente.

Viorel olhou para Tish. Se havia uma chance para que os dois superassem a discussão e se despedissem como amigos, era aquela. Mas ambos eram teimosos demais para dar o primeiro passo. Tish assentiu muito rapidamente e falou:

— É claro. Você sempre será bem-vindo.

— Viu? E quando vier, pode dormir na cama da mamãe — disse Abel, animado.

Tish ficou roxa de vergonha.

— *Abi!* Sério, querido, não deve dizer coisas assim.

— Por que não? — perguntou Abel. — Você tem uma cama grande. Tem espaço nela. Ele pode dormir do seu lado.

Viorel sorriu. O modo como Tish corava sempre fora uma das características mais adoráveis nela.

— Bem, daremos um jeito — disse ele a Abel. — Agora preciso mesmo ir, garoto, ou vou perder o avião. Ligo dos Estados Unidos. Depois da hora de você ir dormir, assim terá que ficar acordado até tarde. É assim que agem os adultos irresponsáveis. — Depois de colocar Abel no chão, Viorel entrou no carro. Enquanto o observava ir embora, Tish ficou horrorizada com o quanto se sentia mal, vazia. Mas ela empurrou para longe esse sentimento.

— Espere!

Sabrina, ainda com o figurino de uma cena anterior, corria colina abaixo do set de filmagens, a saia voando, segurando o chapéu de época como se fosse Scarlett O'Hara correndo para se despedir de Ashley antes de ele ir para a guerra. Acima da armação do vestido, os seios dela saltitavam precariamente, como se estivessem prestes a se libertar a qualquer momento, e o lindo cabelo preto e longo da atriz esvoaçava atrás dela como a cauda de um cometa escuro.

— Espere por mim! — Sabrina chegou ao carro ofegante, parecendo tão vermelha, lasciva e desejável quanto Viorel jamais a vira. Também exibia um sorriso grande, e parecia animada por tê-lo alcançado antes que partisse. *E só ficarei fora uma semana*, pensou ele, com presunção. *Ela se importa mesmo, no fim das contas.* De alguma forma, era duplamente gratificante receber a exibição inesperada de afeto de Sabrina na frente de Tish.

— Me desculpe, anjo — disse ele, galante, beijando a bochecha de Sabrina. — Foi legal você ter vindo se despedir, mas preciso muito ir.

— Ah, tudo bem — disse Sabrina. — Na verdade, eu queria mostrar a todos vocês. — Ao soltar o chapéu, ela estendeu a mão esquerda, sorrindo com orgulho. No dedo anelar, um diamante do tamanho de uma pequena rã reluzia deslumbrante sob a luz do sol.

— Não é maravilhoso? — disse Sabrina ofegante, olhando com triunfo de Viorel para Tish. — Jago me pediu em casamento esta manhã. Vamos nos casar!

CAPÍTULO 17

— Viorel, aqui!
— Vio, Vio, aqui!
— É bom estar em casa, Sr. Hudson?
— Muito bom, obrigado. — Viorel abriu caminho pela multidão de paparazzi e turistas observadores que estavam entre ele e o restaurante. O Malibu Country Mart era um reduto conhecido dos paparazzi, mas Vio jamais se importou de verdade em ser fotografado. De fato, depois de semanas preso na Inglaterra era ótimo estar de volta ao jogo. Além disso, aquele era *definitivamente* um dia para um almoço demorado em frente à praia. Pela primeira vez em meses, Vio acordara na própria cama, em Venice, e no tipo de manhã de sábado que apenas Los Angeles parecia conseguir conjurar: ensolarada, sem nuvens e com céu azul, com uma brisa suave que amenizava o calor de quase 30 graus e com uma sensação palpável de energia e possibilidades no ar.

Carlos, da concessionária da Bugatti, entregara o amado Veyron de volta no apartamento de Viorel. Então, depois de um café da manhã agradável na varanda, no qual observou o oceano Pacífico, ele levou o carro para um passeio, disparando pela costa até quase La Jolla antes de dobrar uma esquina e correr de volta pela Pacific Coast Highway até Malibu, sentindo-se como Tom Cruise em Jerry Maguire.

Isso é bom, pensou ele, sentindo o poder enorme do motor nas pontas dos dedos, absorvendo a luz do sol e as acácias e a majestade das palmeiras oscilantes que se alinhavam nas ruas familiares. *Aqui é meu lugar.* Enquanto corria pela magnífica estrada sinuosa da costa, Vio quase acreditava que o verão tinha sido um sonho. Todo ele: Tish e Abel, Dorian e Chrissie, Sabrina e o insuportável Jago Crewe.

Embora tivesse sido cuidadoso para não demonstrar quando saiu de Loxley no dia anterior, o noivado chocante de Sabrina o irritara mais do que Vio gostaria de admitir. A caminho do aeroporto, ele se viu lutando contra uma raiva que não fazia sentido, quando analisava a situação de modo racional. *Sabrina me queria,* dizia Viorel a si mesmo. *Fui eu quem disse não para ela. Então não posso reclamar por ela ter encontrado outra pessoa.* Mas casamento? Com Jago?

Vio percebeu que era vergonhosamente egocêntrico, mas desde que Sabrina se juntara ao irmão de Tish, ele se convencera de que era um plano para deixá-lo com ciúmes. Não era um plano completamente bem-sucedido, mas mesmo assim, um plano. Mas ninguém se *casava* com alguém apenas pela atenção, nem mesmo Sabrina. A ideia de que ela pudesse de fato estar apaixonada por Jago; de que honesta e genuinamente *preferisse* Jago a ele chocava Viorel de maneira profunda.

Felizmente, acordar em Los Angeles revelara-se exatamente o tônico de que ele precisava. *Foda-se Sabrina Leon. Foda-se Tish Crewe. Fodam-se todos.* A política no set de filmagens em Loxley não era a vida real. *Aquilo* era.

Ao ultrapassar o último dos fotógrafos insistentes, Viorel seguiu para o Tony's Taverna. Instantaneamente, todas as cabeças do sexo feminino se voltaram para ele. Vio sentiu a confiança retornar como a maré.

— Sr. Hudson. — O maître se aproximou dele, sorrindo de modo acolhedor. — Faz bastante tempo, meu amigo. A mesa de sempre?

— Obrigado, Carlos.

Vio se sentou e tirou os óculos. A comida no Tony's não mudava havia dez anos, e ele sempre comia o mesmo, de qualquer forma: salada de camarão-tigre-gigante acompanhada de uma taça bem gelada de *retsina*, o vinho branco resinado grego; mas Vio estendeu o braço para pegar o cardápio num gesto automático. Enquanto erguia a carta, uma loura exótica no bar se virou e fez contato visual com ele.

Vio sorriu e gesticulou um *Oi* com a boca. Num short *hot pants* de algodão branco e uma regata tie-dye, as pernas longas e bronzeadas se balançando do banquinho do bar como se fossem duas barras de bala de caramelo, ela era um pouco genericamente californiana, mas mesmo assim, sexy. Vio estava prestes a ir até lá se apresentar — ela deveria saber quem ele era, mas presumir que sabia poderia fazê-lo parecer um babaca —, quando ele finalmente parou. Um garotinho com cabelos bem pretos saiu correndo do banheiro e se enroscou numa daquelas pernas de caramelo.

— Mamãe, mamãe, adivinha o que tem no banheiro dos meninos? — Ele respirava com animação. — Torneiras mágicas! Você coloca as mãos embaixo e a água sai que nem mágica!

A garota sorriu e se inclinou para responder ao menino, mas Vio não estava mais interessado nela. Era o menino. Pelas costas, ele se parecia tanto com Abi que era bizarro. De repente, uma nuvem escura desceu. O bom humor que Viorel tão cuidadosamente cultivara a manhã inteira desapareceu como um flash, como a chama de uma vela que se apaga na brisa. No lugar dele, todas as emoções reprimidas do dia anterior retornaram: raiva, ansiedade, incerteza, culpa. Vio sentia falta de Abel. Mas não era apenas pelo garoto. Era a mãe de Abi também. Jamais tivera uma amiga de verdade antes. Tish fora a primeira, e Viorel estragara tudo de forma espetacular. Ele a imaginava naquele momento como a vira pela última vez, dirigindo como uma motorista infernal pelos portões de Loxley, as bochechas coradas e os cabelos voando ao vento. Objetivamente, Tish não era nem de perto tão bonita quanto a garota no bar. Mas Viorel parecia ter perdido a objetividade em algum lugar sobre o oceano Atlântico, pelo menos até onde se tratava de Tish Crewe.

— Posso trazer algo para beber, senhor?

Uma garçonete morena bonita falava ao lado da mesa de Viorel. O decote dela estava bem na altura dos olhos dele, mas Vio mal ergueu o rosto.

— Sim. Não. — Ele franziu a testa, irritado consigo mesmo. Dois minutos antes, Viorel sabia exatamente o que queria. Agora, não importava o que pedisse, sabia que seria um copo meio vazio.

— Darei um momento para você pensar — disse a garota, com um sorriso gentil. — Sem pressa.

Ah, mas há pressa, pensou Viorel. *Quero minha vida de volta.* Ele estava cansado de se sentir culpado o tempo todo. A mãe o fazia se sentir assim frequentemente quando criança — inadequado, inferior, desapontador. Tish Crewe parecia ter a mesma habilidade de envergonhá-lo com um olhar ou uma palavra, de fazê-lo sentir-se como um estudante travesso quando, por direito, ele deveria se sentir como o rei do mundo. Conseguir o papel de Heathcliff fora a maior chance da carreira de Viorel. Mesmo que o filme fosse um fracasso, ele seria um homem rico. *Então, por que não estou feliz?*

— Com licença — chamou Vio, na direção da morena. — Quero um *retsina*, por favor.

Ela assentiu.

— Uma taça de *retsina* a caminho.

— Quer saber? — disse Vio, sombriamente. — Traga uma garrafa.

Ele se virou para olhar para a mãe gostosa e o filho, mas os dois tinham ido embora.

— Pelo amor de Deus, Jago. Você não pode!

Tish fechou os olhos e levou as mãos às têmporas, contando, devagar e de trás para a frente, até dez. Ela estava na cozinha, recostada sobre o tampo esmaltado do fogão Aga, e sua cabeça latejava com uma enxaqueca que começava a parecer um tumor cerebral, induzida pela tensão. Jago estava jogado sobre a poltrona no fundo do cômodo, com Sabrina enroscada em seu colo como uma linda cobra. *Linda e mortal*, pensou Tish. *Essa garota é puro veneno.*

— É claro que ele pode — insistiu Sabrina, de modo arrastado, bocejando dramaticamente para indicar o tédio diante do debate interminável que estavam tendo nos últimos dez minutos. — A casa é dele. Jago pode fazer o que quiser com ela.

— Com todo respeito, Sabrina — disse Tish, num tom de voz gélido —, você não sabe do que está falando.

— Não fale assim com ela — replicou Jago, com soberba.

— Loxley não é a "casa dele" — explicou Tish para Sabrina, ignorando o irmão. — Não pertence a ninguém. Foi deixada para Jago, para que ele a conservasse para a próxima geração.

— É o que você fica dizendo. — Os olhos verdes de Sabrina definitivamente brilhavam com malícia. — Mas como a próxima geração será a dos *meus* filhos, então *eu* digo onde eles serão criados. E não vai ser neste buraco esquecido no meio do nada, isso com certeza. Será em Los Angeles.

— Tudo bem — disse Tish, com exasperação. — Então deixe que os inquilinos se mudem e mantenha Loxley alugada a longo prazo.

— Você não está ouvindo. — Sabrina sentou-se inclinada para a frente, como uma víbora prestes a dar o bote. — Não queremos alugar. Entendeu? Leia meus lábios. Queremos vender e usar o dinheiro para comprar uma puta propriedade em Beverly Hills. Legalmente, Jago tem todo direito de vender.

— E, moralmente, não tem direito *algum*! Herdar uma casa como esta é uma responsabilidade imensa.

— É, responsabilidade de *Jago* — replicou Sabrina. — Não sua.

Tish olhou para o irmão em busca de apoio. Negligenciar as responsabilidades com Loxley era uma coisa, mas propositalmente vender a herança por direito, à custa de centenas de anos de história da família Crewe? Esse era um novo fundo do poço, mesmo para Jago. Um mês antes, nem mesmo ele teria contemplado vender a casa de seus ancestrais. Mas a influência perniciosa de Sabrina já o havia mudado para pior. Recostada sobre Jago naquele momento, vestindo calças justas de camurça Fendi e uma regata ribana Gucci, ela parecia tão pequena e frágil quanto uma ninfa. No entanto, estava claro como cristal quem dava as ordens no relacionamento. Se Sabrina tivesse mandado Jago se banhar em querosene e acender um fósforo, ele obedeceria num piscar de olhos. Era inútil.

Exausta demais para continuar conversando, Tish deixou o recinto. Graças a Deus Abel estava na fazenda com Bill Connelly, assim ela podia se retirar para seu quarto e tomar um analgésico em paz. Se é que isso era possível, Abel a preocupava ainda mais do que

Jago. Desde a partida de Viorel alguns dias atrás, o garoto andava tão deprimido que Tish não havia conseguido despertar o interesse dele para nada. Ela estava tão desesperada para animar o filho que até mesmo se oferecera para jogar *World of Warcraft* com ele no computador do escritório, um jogo que Abel e Viorel jogavam durante horas. Tish odiava jogos de computador, principalmente os violentos, mas graças a Vio, o filho dela estava completamente viciado. Mas até mesmo essa concessão encontrara o mesmo monótono "não, obrigado" que Abel dera a todos os agrados proferidos desde que Viorel fora embora, de sorvete de chocolate no café da manhã a um passeio ao fliperama de Castleton para ganhar mais uns cards novos de *Dinossauro Rei*. Quando Bill se ofereceu para passear com o menino naquele dia, Tish ficou chocada com o quanto se sentiu aliviada e grata.

Ela estava no pé da escada quando Dorian entrou pela porta da frente. De camiseta branca lisa e bermuda cáqui, ele parecia bem, pensou Tish, bronzeado de tanto filmar ao ar livre e visivelmente mais feliz agora que o retorno para casa, na Romênia, estava próximo.

— Você viu a Sabrina? — perguntou Dorian, olhando ao redor do corredor como se ela pudesse estar escondida atrás do porta-guarda-chuva ou agachada sob as escadas. — Ela está atrasada para o figurino de novo.

— Está na cozinha. — Tish suspirou.

— Está tudo bem? — perguntou Dorian, percebendo a exaustão na voz dela.

— Na verdade, não. — Tish contou a ele sobre a última bomba de Sabrina e Jago, o plano de colocar Loxley no mercado. — Não sei o quanto estão falando sério. Alguns dias atrás, Sabrina estava se gabando sobre como seria ótimo ser a senhora de Loxley, e como arrancaria todas as características originais e pintaria o lugar de dourado ou alguma porcaria assim. Talvez seja apenas a mais recente tentativa de me irritar.

— Talvez — disse Dorian.

— Bem, se é, está funcionando — respondeu Tish. — Num sentido puramente pragmático, se Jago não assinar o contrato de inquilinato esta semana, perderemos os locatários que consegui, mesmo que depois ele mude de ideia com relação à venda. O que, se Deus quiser, ele fará. — Tish fechou os olhos de novo, conforme o latejar retornava. — Não é tão fácil assim, sabe, encontrar uma família disposta a aceitar uma propriedade deste tamanho. E não posso continuar vindo aqui para consertar as confusões de Jago. Preciso voltar para Curcubeu, para as crianças. Tenho a minha vida.

Dorian assentiu em compreensão.

— Sabrina está na cozinha, foi o que disse?

Tish assentiu, cansada.

— Tudo bem. Deixe-me ver o que posso fazer.

Sabrina e Jago estavam se beijando com toda a intensidade apaixonada de um casal de adolescentes. Sabrina se virara na cadeira e sentara-se sobre Jago, que passara ambas as mãos por baixo da regata dela, e cujos lábios estavam grudados aos dela como se ele tentasse ressuscitá-la depois de um quase afogamento. Com os corpos perfeitos entrelaçados e os cabelos pretos enrolados um no outro e voando para todos os lados como fios de seda soltos, eles pareciam uma só criatura, uma escultura erótica viva.

Dorian tossiu, desconcertado.

— Sabrina.

Nada. O agarramento continuava.

— Sabrina — disse o diretor, mais alto. Dessa vez ela o ouviu, virou-se e saiu de cima de Jago com um olhar meio irritado e, ao mesmo tempo, envergonhado no rosto.

— Você deveria estar no figurino há 15 minutos — disse Dorian. — O que está acontecendo?

— Não muita coisa, agora que você está aqui — resmungou Jago. Ao agarrar a mão de Sabrina, ele murmurou: — Precisa *mesmo* trabalhar, querida?

— Sim — respondeu Dorian pela atriz —, ela precisa. E não gosto de ter que sair do set de filmagens para vir buscá-la e lembrá-la desse fato. Você poderia nos dar um minuto?

Jago pareceu contrariado, mas deixou-os.

Depois que foi embora, Dorian fechou a porta e apoiou as costas nela.

— De que diabos você está brincando?

Sabrina franziu a testa, alisou o cabelo e o prendeu num rabo de cavalo.

— Como assim? Estou alguns minutos atrasada para o figurino. Cruzes. Não é como se fosse o crime do século.

— Não estou falando disso — disse Dorian. — Estou falando de você e Jago.

— O que é que tem, eu e Jago? — respondeu Sabrina, defensiva. — Não é complicado. Estamos apaixonados.

— Certo, e eu sou uma drag queen — replicou Dorian, direto.

Sabrina corou, indignada.

— Nós *estamos* — insistiu ela. — Quer saber, tanto faz. Não preciso me defender para você.

Dorian olhou para ela como se fosse um cientista estudando um espécime intrigante. Depois de alguns instantes, disse:

— Primeiro, achei que fosse apenas Viorel que você queria magoar. Mas agora tenho a sensação de que essa farsa é para irritar Tish também. Estou certo?

— *Não* é uma farsa!

— Ah, por favor, Sabrina. Eu *conheço* você. Essa conversa ridícula sobre casamento, ameaçando vender Loxley. — Dorian gargalhou ruidosamente. — Não me diga que não é para magoar Tish. Uma garota que, até onde sei, jamais fez coisa alguma para magoar você.

Sabrina perdeu a calma.

— Meu Deus, você parece um disco arranhado, defendendo ela o tempo todo sem nem ouvir meu lado da história.

— Que "história"? — suspirou Dorian, exasperado.

— Eu nunca disse que venderíamos Loxley, está bem? Falei que *poderíamos* vender. E que dependia de Jago, não *dela*. Estou cansada de ela esfregar isso na minha cara, achando que é tão elevada e poderosa. Só porque você acha que o sol nasce naquela bunda santa dela, não quer dizer que o restante de nós precisa tomar cuidado com os sentimentos preciosos de Tish.

Dorian balançou a cabeça.

— Você é melhor que isso, Sabrina.

A decepção dele era mais do que Sabrina podia suportar. Dorian era obcecado com classe. O noivado dela com Jago deveria fazê-lo estimá-la mais, não menos. No entanto, lá estava ele, *ainda* tagarelando sobre a "pobre" Tish, *ainda* tomando o lado dela. A injustiça disso fez com que Sabrina explodisse.

— Você só está com inveja porque vou me casar com alguém que me ama e você está encoleirado com uma esposa infeliz que se ressente tanto do marido que duvido que mijaria em você se você pegasse fogo.

Dorian recuou, como se tivesse levado um tapa.

Sabrina sentiu uma pontada de culpa. Talvez tivesse ido longe demais?

Por um momento, os dois ficaram ali, em silêncio. Então Dorian falou, muito baixinho:

— Você não sabe nada sobre meu relacionamento, Sabrina. *Nada*.

— Tudo bem — disparou Sabrina de volta. — E você não sabe nada sobre o meu.

— Conheço uma armadilha quando vejo uma. Se é dinheiro que você quer, não há nenhum. Loxley é um buraco negro. Tenho uma propriedade também, então sei do que estou falando.

É claro que tem, pensou Sabrina, com amargura. Dorian podia passar a impressão de ser um cara comum, mas na verdade ele era um aristocrata como Tish. Não era de espantar que os dois andassem grudados como cracas. *E eu sou uma ninguém que deu sorte, certo?*

— Isso não tem nada a ver com dinheiro — disse ela com frieza, determinada a não deixar que Dorian a abalasse. — Eu casaria com Jago mesmo que ele não tivesse nada.

Dorian sorriu com ironia.

— Quer saber? Provavelmente casaria mesmo. Só pela vingança. Você é uma figura quando quer ser, Sabrina. Isso me deixa triste, porque sei o quanto mais você é, o quanto mais poderia ser.

Sabrina o empurrou. Havia lágrimas em seus olhos.

— Vá se foder — disse ela, cruelmente. — Não preciso da sua aprovação. E não me importo com o que pensa. Você não é meu pai. É meu diretor, e ainda bem que não por muito tempo. Vou me casar com Jago e se você, *Tish* ou qualquer outra pessoa não gostar disso, podem todos se foder.

Ela disparou para fora do quarto.

— Aonde você vai? — gritou Dorian atrás da atriz. — Ainda não terminamos, Sabrina.

— Figurino — disparou ela de volta. — E, para sua informação, terminamos sim. *Terminamos* total e completamente.

Sabrina seguiu apressada pelo corredor, desejando que Dorian não a seguisse. Não importava o que fizesse, não deveria jamais deixar que Dorian Rasmirez a visse chorar.

Quatro dias depois, a equipe de filmagens fez as malas e partiu para a Romênia. Tish, que não suportava despedidas, observou-os irem embora de uma janela do andar de cima com a Sra. Drummond.

— Você é a próxima — disse a Sra. D, triste, enquanto o último dos caminhões se afastava, Chuck MacNamee acenando alegremente da janela do motorista. — Vou sentir falta de você e de Abel. Este verão foi adorável, com uma criança em casa de novo.

— Você ainda vai ter uma criança em casa — brincou Tish. — Terá Jago. — Era humor negro, mas ela não sabia de verdade o que mais dizer. Nenhum deles sabia o que o futuro guardava para Loxley com Jago, e talvez Sabrina, à frente. Tish sentia-se terrível por ir embora e deixar a pobre Sra. D na pior de novo.

— Ele não vai mesmo colocar a casa à venda, vai? — A voz trêmula da senhora idosa encheu Tish de fúria em relação a Jago. Loxley era o lar da Sra. Drummond tanto quanto o deles. Como ele e Sabrina podiam ser tão irresponsáveis com as vidas e os sentimentos de tantas pessoas? Eles se mereciam, mesmo.

— Duvido — respondeu Tish, esperando parecer mais convincente do que se sentia. — Ele não mencionou isso de novo desde nossa discussão. E, o que quer que ela diga, acho que Sabrina ama a ideia de ser a senhora da mansão. Duvido que desista quando surgir a oportunidade.

— Acha mesmo que eles vão se casar, então? — A Sra. Drummond parecia surpresa. — Não acha que é fogo de palha?

Tish deu de ombros.

— Com Jago, quem sabe? Poderia ser. — Mas, no fundo, ela sentia que aquele fogo de palha poderia facilmente se transformar num incêndio na floresta. Sabrina Leon era problema, um fósforo aceso para o fusível de Jago.

E tudo o que posso fazer é sentar e assistir.

PARTE TRÊS

CAPÍTULO 18

Chrissie Rasmirez arqueou as costas e projetou o quadril para a frente, puxando o marido, com luxúria, mais fundo para dentro de si.

— Diga que me quer — sussurrou ela no ouvido de Dorian. — Diga que precisa de mim.

— Você sabe que preciso de você — respondeu ele automaticamente, e mordiscou o lóbulo da orelha de Chrissie, maravilhando-se mais uma vez com o corpo esculpido de atleta da esposa. Ele mesmo estava em péssima forma, física e mental, de tal maneira que conseguia sentir a ereção começar a se esvair, então duplicou os esforços para se concentrar na tarefa.

Voltar para casa, para a Romênia, dava-lhe prazer e sofrimento. Como sempre, o coração de Dorian deu um salto ao ver a majestosa paisagem da Transilvânia, os Cárpatos verdejantes projetando-se contra o horizonte azul reluzente como um colar de esmeraldas gigantes entremeadas ao dourado rio Bistrița. Em meio ao adornado campo, o castelo de Rasmirez erguia-se alto, orgulhoso e antigo como nunca, e os campos e as cidades que o cercavam eram idílicos, mas de beleza em uma escala em miniatura. Comparados ao castelo, pareciam uma casa de bonecas perfeitamente representada. Mas, mesmo assim, Dorian sentia saudades de Loxley Hall. Ou, melhor, tinha saudades da sensação de tranquilidade que passara a sentir lá. Certamente a tranquilidade encontrada em casa era preciosa e rara.

Desde que Dorian voltara, Chrissie andava mais exigente e complicada do que nunca. As necessidades dela, combinadas ao estresse das gravações, de estabelecer um novo set de filmagens na Ala Leste do castelo e de todas as longas horas de frustração que se seguiram, deixaram Dorian permanentemente exausto. E havia as pressões financeiras. Em Loxley Hall, Dorian, de alguma forma, fora capaz de deixar todo o resto de lado e se concentrar em fazer o filme. O dinheiro, a distribuição, tudo isso viria mais tarde, contanto que o trabalho fosse bom. *Construa e eles virão*, dizia Dorian a si mesmo. Mas ali, cada dia no set de filmagens era um lembrete do que poderia perder se *O Morro dos Ventos Uivantes* não fosse um sucesso. As noites em claro haviam voltado com tudo.

— Qual é o problema?

O ritmo dos movimentos de Dorian havia diminuído. Chrissie conseguia sentir a distração do marido, sentia-o murchar dentro de si.

— Nada — mentiu Dorian, acelerando, mas sentindo-se cada vez mais desesperançoso. Ele havia chegado ao ponto em que não importava o quanto visualizasse Brooklyn Decker sem o biquíni que vestia na *Sports Illustrated*, isso não ajudaria (e se Brooklyn não podia ajudá-lo, ninguém mais podia). Chrissie sempre levava para o lado pessoal quando Dorian não gozava, e qualquer desculpa que ele oferecesse — cansaço, jet lag, estresse causado pelo trabalho — somente servia para atiçar as chamas do ódio da mulher. Principalmente porque, depois de tanto tempo longe, agora que Dorian estava em casa, Chrissie esperava fogos de artifício sexuais diariamente. Dorian sentia a pressão pelo desempenho sexual como um peso de chumbo sobre o peito; ou, mais precisamente, uma perfuração vagarosa no pau.

Não adiantaria. Ao sair de dentro da mulher, ele rolou para o lado da cama e tentou segurar Chrissie perto de si, mas era como abraçar um cubo de gelo. O corpo dela inteiro estava travado, rígido de ódio.

— Sinto muito, querida. Não é você. É...

— O trabalho. Eu sei — respondeu Chrissie, com escárnio. — Até que a droga do filme tenha terminado, eu vou ter que aturar, calar a boca e esquecer que temos uma vida sexual, certo?

Aquilo não era justo. Eram oito horas da manhã e, embora a ereção matinal de Dorian tivesse se revelado, de fato, nada ereta, ele *tinha* feito amor com a esposa na noite anterior, assim como na noite antes daquela.

— Sabe, acho que a princesa Diana tinha sorte por ter três pessoas em seu casamento — acrescentou Chrissie, sarcasticamente. — Só tem uma pessoa no meu: eu. Me sinto mais sozinha agora do que quando você estava na Inglaterra.

— Queriiida — protestou Dorian. — Por favor, isso não é verdade. Sabe como estou feliz por estar em casa com você e Saskia.

Mas mesmo conforme pronunciava as palavras, elas pareciam fortes e artificiais em sua boca. Na verdade, a sensação arrebatadora da qual Dorian estava ciente desde que voltara ao castelo era nervosismo. Bem diferente das preocupações de trabalho e do retorno turbulento à atmosfera marital, inevitável, talvez, depois de um período tão longo na locação, esperava-se que Dorian se tornasse pai novamente, da noite para o dia. Inquietantemente, ele percebeu que não tinha ideia do que fazer.

No dia anterior, Dorian levara Saskia ao parque local, depois de Chrissie insistir que precisava de "um tempo" — o que era estranho, considerando que Rula, a babá, trabalhara quatro dias seguidos desde que Dorian chegara, com Saskia praticamente grudada em seu vasto quadril o tempo inteiro.

— Vai fazer bem para você, de toda forma — acrescentara Chrissie, reaplicando o batom enquanto passava correndo pela porta. — Você precisa se unir a Saskia novamente.

Como ele odiava aquela palavra, *unir*. Por algum motivo, sempre fazia com que Dorian pensasse nos aviões modelo Airfix que costumava montar quando criança. *Una o propulsor à asa...* Se ao menos a paternidade viesse com um conjunto similar de instruções fáceis de seguir.

Mas, para surpresa de Dorian, a expedição ao parquinho fora, na verdade, divertida. Saskia amadurecera muito nos últimos dois meses, na linguagem, nas expressões, no modo de brincar; era um prazer assisti-la. Dorian estava se divertindo até que uma criança mais velha apontara para ele e perguntara a Saskia se Dorian era o pai dela, e a menina ficou pensativa e respondeu: "Às vezes." Aquilo havia sido como um copo grande e frio de culpa na cara, e fora ainda mais doloroso porque Dorian sabia que merecia. Ele gostaria de ter confidenciado seus sentimentos a Chrissie, mas sabia que, se o fizesse, ela usaria o incidente contra o marido, e Dorian ia ouvir pelo resto da vida. Sem serem convidadas ou queridas, as palavras de Sabrina na cozinha de Loxley voltaram-lhe à mente: *Sua esposa se ressente tanto que não mijaria em você se você pegasse fogo.*

Será que ela estava certa?

Deitada, rígida nos braços de Dorian naquele momento, encolhendo-se de frustração, o que Chrissie de fato sentia era um turbilhão de emoções conflitantes. O que Dorian lia como ódio por ele, por não acompanhar o ritmo dela, Chrissie vivenciava como ansiedade aguda: ela estava perdendo a beleza, o sex appeal, a *raison d'être. Ele não me quer mais. Não o excito.* Se Chrissie não funcionava mais para Dorian, que era como seu cachorrinho de colo, quem mais olharia duas vezes para ela?

Certamente não Viorel Hudson.

Chrissie passara a semana antes do retorno de Dorian (o qual, convenientemente, coincidira com a chegada de Viorel) num pânico generalizado por causa da aparência — estava aterrorizada por parecer velha e enrugada perto de Sabrina Leon, mas sabia que Dorian teria um ataque se pagasse uma passagem de avião para que o dermatologista viesse de Los Angeles. Então retocara o Botox com um charlatão local em Bucareste e ficara convencida de que ele a deixara parecendo a Meg Ryan. Quando a equipe de filmagens finalmente apareceu, tudo foi meio que um anticlímax. Enquanto Sabrina deslizava pelo castelo parecendo previsivelmente perfeita ao lamentar a distância do recém-adquirido noivo aristocrata para qualquer um que quisesse ouvir, Viorel chegara de Los Angeles parecendo abatido e imediatamente se retirara para o quarto. Desde então, ele apresentava um humor apático e sem graça; não agressivo, como Dorian reclamava que ele estava na Inglaterra, mas triste e deprimido. Os flertes e o ar de displicência, que algumas semanas antes tanto hipnotizaram

Chrissie tinham-lhe deixado. Também se fora a faísca que sentira entre os dois durante todo o tempo que ela passou em Loxley. Aquele Viorel era educado, distante, profissional e dolorosamente desinteressado, pelo menos nela.

Chrissie o confrontou a respeito disso no segundo dia. Ao esbarrar com Viorel na magnífica biblioteca do castelo, onde ele admirava o conjunto de tirar o fôlego de primeiras edições e manuscritos originais, ela passou um dos braços ardilosamente pela cintura dele. Viorel se encolheu como se tivesse sido picado por um bicho.

Ela fez beicinho.

— Não mordo, sabe. Pelo menos não até que me peça.

Mas Viorel não a pedira. Em vez disso, ele teve a audácia de pedir desculpas, usando algum papo sobre Dorian e sobre sentir-se culpado pelo que acontecera entre os dois em Loxley.

— Não é que eu não esteja tentado — disse ele, com sutileza. — Mas não deve acontecer de novo.

Chrissie tentara acreditar nele, mas o golpe em seu ego tinha sido duro. Como todas as vezes que era rejeitada por um de seus amantes, sua reação foi correr para Dorian em busca de afirmação — mas agora ele também parecia confirmar suas suspeitas: *Estou velha e seca. Estou há tanto tempo neste lugar que desidratei, como uma uva-passa caída debaixo do sofá.* A emoção que sentira em Los Angeles, com Harry Greene e a imprensa mundial a enchendo de atenção parecia ter sido um ano antes.

Parte de Chrissie queria parar de correr atrás daquilo, daquela luz clara ilusória, queria ser feliz no casamento com Dorian e fazê-lo funcionar. Afinal de contas, os dois haviam sido felizes um dia, no início. E apesar da performance medíocre daquela manhã, Chrissie tinha certeza de que ele ainda a amava. Mas ele não podia esperar que ela fizesse todo o esforço. Dorian precisaria tentar também. Ele só estava em casa havia uma semana, e as resoluções a respeito de sair do set de filmagens na hora todos os dias e priorizar a vida familiar pareciam desmoronar seriamente pelas beiradas. Na noite anterior, Dorian não saíra da ilha de edição antes das dez da noite. Com raiva por ter sido negligenciada, Chrissie se espremera dentro de um minivestido Hervé Léger e saltos altos, esperando secretamente que, caso atraísse a atenção de Viorel, aquilo pudesse reacender os flertes durante os coquetéis antes do jantar. Mas, depois de 45 minutos sozinha no Grande Salão de Baile, um dos mordomos disse a ela que Viorel, Sabrina e o restante do elenco tinham ido ao Bihor para comer. É claro que ninguém pensara em convidá-la. Sentada sozinha à mesa da cozinha, de novo, comendo sobras de asas de frango e salada para uma pessoa, foi difícil não se sentir ressentida.

As mãos de Dorian estavam na cintura dela, acariciando a depressão macia de pele entre a barriga e o quadril da esposa. Chrissie se acalmou, virou-se e beijou o marido na boca.

— Que tal se eu cozinhasse para nós dois hoje à noite? — disse ela, a voz baixa e lasciva. — Eu poderia fazer minha receita especial de lasanha. Não comemos isso há anos.

— Seria ótimo. — Dorian tentou não parecer tão surpreso quanto se sentia. Desde o primeiro ano de casamento, ele podia contar nos dedos de uma das mãos as vezes em que Chrissie chegara perto de um fogão.

— Mas quero que seja só para nós dois. Diga a todos que precisamos de um tempo sozinhos. Vou pedir para Rula colocar Saskia para dormir. O que acha?

Dorian ficou emocionado. Sabia que estava negligenciando Chrissie e que as coisas não iam bem entre eles. Queria construir uma ponte naquele abismo crescente, mais que qualquer outra coisa.

— Acho que é uma ideia genial — respondeu ele, puxando a mulher para mais perto, de modo que os seios dela, firmes como maçãs, fossem pressionados contra o peito dele. — As coisas vão melhorar, Chrissie. Prometo.

Por volta das quatro horas naquela tarde, Dorian perdia lentamente a vontade de viver.

Era o primeiro dia de filmagem da cena de amor principal entre Cathy e Heathcliff. Aquele era o momento no qual, depois da morte de Cathy, Heathcliff implorava ao espírito dela que permanecesse na Terra — poderia tomar qualquer forma que quisesse, poderia assombrá-lo, levá-lo à loucura, contanto que não o deixasse sozinho. Para Dorian, era a cena mais comovente do livro, o ponto crucial do caso de amor torturante entre Catherine e Heathcliff. Tinha de ser absolutamente perfeita.

O dia havia começado mal. A temperatura no set de filmagens estava insuportável, literal e metaforicamente. O verão tardio da Transilvânia era fustigante, quase 40° Celsius ao meio-dia e com o tipo de umidade que drena a energia do corpo como um vampiro sugando sangue. A cena daquele dia seria gravada num dos quartos da antiga torre do sino, um cenário incrivelmente romântico, mas um daqueles nos quais a única ventilação consiste numa pequena janela de moldura de pedra. Como essa era também a única fonte de luz natural, lâmpadas incandescentes de halogênio tinham sido presas ao teto, triplicando o nível de calor do quarto. Dorian, como os homens da iluminação e do som e mais dois câmeras, trabalhava sem camisa e descalço, de short de algodão simples. Mas Viorel e Sabrina não tinham tal luxo. Suando como um cavalo depois do Grande Prêmio, de calças de lã escuras e camisa bufante, o rosto de Viorel era uma mancha oleosa de maquiagem borrada. Sabrina, de corselete e crinolina, estava ainda mais superaquecida, embora isso não parecesse impedi-la de gastar o pouco de energia que devia ter com provocações contra Viorel, em vez de se concentrar na cena.

Em certo momento, ela pediu um minuto para "encontrar seu centro".

— Sinto muito — anunciou a atriz, olhando diretamente para Vio —, mas não posso projetar tesão de verdade a não ser que esteja pensando em Jago. Preciso entrar no espaço mental correto.

— Porra, fala sério — murmurou Vio, puxando a camisa encharcada de suor.

Os dois haviam feito a cena diversas vezes. Mas as únicas duas emoções que Dorian capturava com a câmera eram hostilidade e exaustão pelo calor.

— Corta! — gritou ele, pela terceira vez em sabe-se quantos minutos. — Que porra é essa, hoje é noite do teatrinho amador?

Sabrina fez um biquinho petulante e acendeu um cigarro diante da janela. Vio apenas enfiou as mãos nos bolsos e fez uma careta.

— Cresçam, vocês dois — disparou Dorian. — Já vi mais carga erótica entre os três ursinhos na peça da creche de Saskia.

— Talvez os três ursos tivessem ar-condicionado — resmungou Sabrina.

— É. Ou talvez levassem o "centro" com eles e não precisassem de validação constante a respeito da extremamente desinteressante vida sexual deles — disparou Vio.

Debbie Raynham deu risinhos e ele piscou para ela.

— Não preciso de *validação* — disse Sabrina, furiosa ao ver a piscadela. Se havia algo que não suportava era ser o motivo das piadas dos outros. — Talvez se você interpretasse a porcaria do seu papel, eu pudesse interpretar o meu. Era para Heathcliff estar derretendo de desejo, desequilibrado pelo desejo insaciável. Ele está tomado pelo luto. Ele quer comer o fantasma da Cathy, certo, então dá pra supor que ele está numa pior. Mas tudo o que vejo é um garotinho reclamão com uma camisa gay que está irritadinho porque não comeu ninguém nos últimos cinco minutos.

— CHEGA! — A voz de Dorian retumbou pelo quarto, ricocheteando feito uma bala pelas paredes de pedra. — Chega. Vocês dois, tirem 15 minutos, bebam um pouco d'água, acalmem-se. Voltamos a filmar às cinco horas. E se for necessário, às seis, às sete, às oito, às duas horas da porra da manhã. Vamos filmar até vermos alguma paixão.

Chrissie despejou o restante do molho bechamel sobre os quadrados de massa fresca, depois enfiou o dedo na panela agora vazia e o lambeu. *Delicioso*. Havia algo intrinsecamente erótico em cozinhar, percebeu ela. Os cheiros e as texturas atraentes; a sensação primitiva de uma cebola lisa contra a palma da mão; o conforto quente e cremoso dos molhos, ricos e proibidos. Chrissie riu de si mesma. *Estou com sexo na cabeça*, pensou ela, então preaqueceu o forno e limpou as mãos no avental de cozinheira.

A cozinha do castelo era um cômodo amplo, construído para preparar refeições para uma cidade inteira, não para fazer um jantar romântico para dois às pressas. Além da mesa de carvalho de 6 metros que se estendia no centro do piso de quartzito, havia inúmeros bufês, dois fornos de seis portas em ferro fundido que mais pareciam pertencer a uma fábrica, e um teto adornado com sinistros ganchos de metal de 10 centímetros, projetados possivelmente para pendurar carne, mas que poderiam ter sido igualmente apropriados para um filme de sadomasoquismo. No entanto, apesar do tamanho do cômodo e da decoração rústica e funcional, ou talvez por causa disso, ele era o cenário perfeito para a noite de sedução que Chrissie havia planejado. Ainda não era noite do lado de fora naquele momento, mas quando o sol se pusesse e ela acendesse as velas que havia espalhado ao longo das profundas calhas das janelas, o tênue brilho alaranjado transformaria o espaço, dando-lhe uma sensação tranquila e quase eclesiástica. Chrissie e Dorian comeriam, dariam boas risadas e beberiam muito do Châteauneuf-du-Pape 1959 que ela havia trazido da adega. Então, Chrissie se deitaria na mesa enquanto Dorian fazia amor com ela, excitado demais para esperar até que chegassem ao andar de cima.

Estou me deixando levar. Após arrancar algumas folhas de louro do ramo sobre o bufê, Chrissie começou a cortá-las para servir de enfeite. Fazia tanto tempo desde que tivera de cozinhar um ovo para si mesma que Chrissie ficou grata ao descobrir que suas habilidades culinárias ainda não a haviam deixado. Principalmente depois de se mudar para a Romênia, onde a mão de obra era tão barata e uma propriedade grande como a dos Rasmirez deveria fornecer ampla empregabilidade local, ela havia perdido contato quase completamente com as rotinas diárias da casa, e se esquecera de como poderiam ser agradáveis. A lasanha de Chrissie estava uma beleza, se é que ela mesma poderia dizer, com ou sem o louro.

Após cuidadosamente empurrar o refratário para a frente no centro escuro do forno, ela ajustou o timer e fechou a porta com um estampido satisfatório. Se o caminho para o coração de um homem era o estômago, então ela e Dorian estariam cercados de coraçõezinhos em exatamente quarenta minutos. Mas só para o caso de não ser, Chrissie garantira a situação naquela manhã ao desenterrar um uniforme barato e terrivelmente sem-vergonha de empregada francesa de uma caixa no fundo de um de seus closets. *Que incrível eu ter guardado isso!* Ela se lembrava de tê-lo comprado muitos anos antes numa loja de fantasias em Westwood, para o Halloween. Costumava vesti-lo de vez em quando, na época da UCLA, sempre que queria deixar Dorian ainda mais louco de desejo do que o normal. Se os dois iriam fazer uma viagem pelas lembranças, poderiam muito bem pegar a rota do estímulo visual. Quando vestiu a fantasia, Chrissie ficou encantada ao descobrir que não apenas ainda lhe servia, mas fazia com que suas pernas parecessem mais longas e empinava seus seios pequenos fazendo-os parecer mais volumosos. *Estou em melhor forma agora do que quando tinha 20 anos*, pensou ela, com presunção. *Mal posso esperar para ver o rosto de Dorian quando ele me vir nisto.*

Chrissie ergueu o rosto para o relógio da cozinha. Eram sete e meia da noite. Dorian costumava sair do set de filmagens por volta das sete, no máximo, e pedira para marcar o jantar às oito. Ele deveria estar no escritório, na Ala Leste, naquele momento, ligando para Los Angeles; ou na ilha de edição, dando uma olhada nas gravações do dia. Aquilo dava a Chrissie trinta minutos para tomar um banho, trocar de roupa e se embelezar enquanto uma das empregadas arrumava a mesa; depois disso, todos os criados haviam recebido instruções severas para desaparecer, assim como os atores e a equipe.

Foda-se, Vio Hudson. Não preciso de você. Meu marido é duas vezes o homem que você é, nos negócios e na cama. Todos em Hollywood acreditavam que o casamento dos Rasmirez era um conto de fadas. A começar por aquela noite, Chrissie decidira, estava na hora de escrever o final feliz deles.

No alto da torre do sino, a temperatura havia caído, mas os humores ainda estavam em ponto de ebulição. Viorel e Sabrina tinham repassado a cena mais de 15 vezes, mas Dorian ainda não estava satisfeito.

Viorel resmungou. De fato, as primeiras nove tomadas provavelmente eram culpa dele. As menções de Sabrina a Jago faziam com que ele trincasse os dentes. Viorel poderia facilmente ter posto um fim naquilo ao dar à colega o que ela queria (atenção), mas não conseguia.

As últimas sete tomadas, no entanto, se deviam inteiramente ao perfeccionismo de Dorian. A luz não caíra muito bem sobre o rosto de Sabrina. O antebraço de Viorel bloqueara uma tomada por uma fração de segundo. O beijo do fantasma estava muito longo, muito curto, muito reprimido, muito sem paixão. Irritados, Vio e Sabrina tinham se unido por causa da adversidade e finalmente começaram a dar tudo de si à cena. Mas nada era bom o bastante para Dorian.

— Quando você for beijá-la, quero que seja mais rápido, mais bruto, mais repentino — pedia o diretor para Viorel. — Então, a partir de "Não me importo, Cathy, você não pode me deixar", você se joga e agarra os antebraços dela assim. — Saindo de trás da câmera, Dorian agarrou Sabrina pelos punhos e a puxou violentamente para si. — Precisamos ver o desespero.

— Não consegue ver meu desespero? — brincou Vio. — Tem certeza de que a câmera está ligada?

— Você a está *perdendo* — continuou Dorian, ignorando-o. Ele ainda segurava Sabrina tão forte pelos braços que as mãos dela haviam começado a latejar. — Esta é a mulher que você ama, o amor da sua vida, e ela está escorregando por entre seus dedos, literalmente. É angustiante, ok? É *angústia* pura.

O diretor olhou para Sabrina e, por um momento, seu estômago se revirou. Ela havia entendido. Finalmente, havia entendido! Encarando-o diretamente de volta, os olhos marejados com tanta tristeza, tanta dor, que ele ficou sem fôlego. Por um segundo, Dorian permaneceu de pé, espantado. O sofrimento nos olhos de Sabrina era bastante real: a linha entre ela e Cathy Earnshaw fora totalmente apagada. *Eu fiz muito bem em escalá-la*, pensou ele, triunfante. Como Viorel podia não responder àquilo? Como ele não estava urrando e gemendo e arrancando os cabelos por ver aquele rosto exótico tão torturado, necessitando tão intensamente de salvação?

Dorian correu de volta para sua posição atrás da câmera.

— Ação! — gritou ele. — Pelo amor de Deus, ação!

— Não me importo, Cathy. — Ao agarrar Sabrina como Dorian havia mostrado, Viorel puxou-a para si. Mas o olhar que ela deu a ele não era nada como aquele perfurante que lançara para Dorian. Em vez disso, com o rosto a apenas centímetros do de Vio, os olhos de Sabrina faiscavam com luxúria. E havia algo mais também, uma valentia, era quase desafiador. O olhar era irrefutavelmente um desafio, uma provocação. Viorel a aceitou, então jogou Sabrina para trás e a beijou com uma paixão que beirava o ódio, pressionando os lábios contra os dela, puxando os cabelos da atriz, as bochechas, a armação do vestido dela. O beijo prosseguiu e prosseguiu, três segundos inteiros, mais demorado que o da última tomada, a qual Dorian tachara de "arrastada". Mas não havia nada arrastado ali. A tensão sexual era tão explosiva que ninguém da equipe ousava respirar. Quando Vio finalmente a soltou, Sabrina o encarou de volta, chocada demais para se lembrar da fala. Ofegante, com os lábios sutilmente abertos, as bochechas vermelhas e arranhadas pela barba por fazer dele, ela parecia ter passado as últimas 24 horas na cama.

— Oi. — Sabrina riu.

Viorel sorriu de volta para ela.

— Oi.

Do outro lado da câmera, Dorian sentiu a adrenalina pulsar. Era uma sensação bizarra. Ele deveria estar satisfeito, e parte de si estava: aquela era a melhor cena que tinham feito até então, não havia dúvida. Mas havia um gosto amargo distinto após a doçura do sucesso. O dia todo, o diretor rezara para que a faísca se acendesse entre os dois atores principais. Mas agora que havia se acendido, agora que tinha visto o olhar de mais pura paixão no rosto de Sabrina, Dorian se sentia em pânico.

— Corta!

Chuck, Debbie e a equipe começaram a aplaudir espontaneamente.

— Desesperado o bastante para você? — perguntou Vio a Dorian.

Após se recompor, Dorian forçou um sorriso.

— Sim, Sr. Hudson, foi. Agora, enquanto vocês dois estão no embalo, quero voltar e refazer algumas das primeiras coisas. — Um gemido coletivo se ergueu ao redor do quarto.

— Você não está falando sério, está? — perguntou Sabrina, pela equipe inteira, porém com mais urgência na voz que o restante deles. Ela queria conversar com Viorel sozinha, naquele minuto. Aquele beijo tinha sido mais do que apenas Cathy e Heathcliff, e ambos sabiam disso. Como ela poderia voltar para o trabalho depois daquilo? Estava com o coração acelerado como uma britadeira.

— É claro que estou falando sério — respondeu Dorian. O pânico irracional anterior tinha se apaziguado. Aquilo era bom; estava tudo bom. Ao olhar ao redor, para o mar de rostos hostis, ele deu de ombros inocentemente. — O que há? Vamos lá, gente. Não podemos desperdiçar isso. Mike — Dorian se virou para o assistente exausto —, vá pegar café e sanduíches para nós. Não se pode fazer história no cinema com o estômago vazio.

Eles terminaram de filmar pouco antes da meia-noite. Dorian, que estava trabalhando freneticamente desde o café da manhã, de repente ficou de pé e percebeu que estava tonto de fome. Somente depois que todos foram se deitar e que ele voltou para a ala familiar privativa do castelo, o diretor entrou na cozinha para pegar um sanduíche e se deparou com o seguinte cenário:

Luz de velas.

Flores.

A mesa posta, linda.

O jantar com Chrissie. Era esta noite.

Merda.

As evidências se acumulavam. Um prato limpo, outro sujo. Uma garrafa pela metade de vinho tinto extremamente caro. Um refratário de lasanha fria, endurecida até virar uma crosta gordurosa sobre a tampa do fogão.

Ela vai me matar.

Enquanto subia as escadas, Dorian ensaiava as explicações mentalmente.

Se conseguíssemos acertar hoje, eu saberia que teria mais tempo para ficar com você e com Saskia mais tarde.

Não. Horrível. Ela jamais cairia nessa.

Eu não seria capaz de dar a atenção que você merece se tivesse perdido o que filmamos hoje. Química como aquela só se consegue uma vez na vida.

Como atriz, Chrissie poderia ao menos entender aquela. Mas será que o perdoaria?

Quando você vir aquela cena, querida, vai entender. Esse filme é para nós. Se for um sucesso, jamais teremos de nos preocupar com dinheiro novamente.

Não era totalmente verdade. Mas como a verdade era: *Esqueci do jantar*, aquela era provavelmente uma opção mais segura.

Ao abrir a porta do quarto com um ranger culpado, Dorian viu que as luzes das cabeceiras ainda estavam acesas. Chrissie estava de bruços na cama, aparentemente dormindo. A não ser que ele estivesse vendo coisas — o que era uma possibilidade, depois do dia que acabara de ter —, ela parecia estar vestindo uma fantasia de empregada francesa.

Ai, meu deus. Não "uma". "A". Aquele era o uniforme de empregada que ela costumava vestir para mim quando começamos a namorar.

O coração de Dorian se encheu primeiro com amor, depois com remorso. De repente, ele sabia que não poderia oferecer desculpas. Ela havia feito um esforço colossal para agradá-lo, e Dorian a decepcionara.

— Querida? — Agachado à beirada da cama, ele apoiou a mão hesitante na lombar de Chrissie. — Amor? Você está acordada?

Devagar, Chrissie se virou. Dorian se encolheu. O rosto dela estava inchado, os olhos de um vermelho vivo de tanto chorar.

— Chrissie, não sei o que dizer. Sinto muito mesmo.

Dorian se preparou para a tempestade, os gritos, os insultos, a histeria. Em vez disso, recebeu silêncio e um olhar inexpressivo e vazio. Era infinitamente mais gélido.

— Vou compensar, prometo — gaguejou ele, preenchendo o silêncio nervosamente. — Sabrina e Vio estavam tão incríveis esta noite que me deixei levar e não consegui sair. Sinto muito, de verdade.

— Tudo bem — respondeu Chrissie. — Entendo.

As palavras dela deveriam ter reconfortado Dorian, mas não o fizeram. É a voz, pensou ele. Chrissie parecia estranha, diferente, como se fosse uma boneca para a qual algum ventríloquo emprestava a voz, lendo de um script pronto.

— A boa notícia é que conseguimos — disse Dorian, tentando, ele mesmo, parecer normal. — Na verdade, estamos à frente do cronograma agora, então posso tirar uma folga. Vamos a algum lugar, somente nós três.

Por um momento, Chrissie emergiu do estupor, semicerrou os olhos, confusa.

— Três?

— É claro — respondeu Dorian. — Você, eu e Saskia.

À menção da filha, a cortina se fechou novamente sobre a expressão de Chrissie.

— Tudo bem — disse ela, inerte. — Estou cansada, Dorian. Vamos dormir.

Dez minutos depois, exausto dos esforços do dia e aliviado porque o Furacão Chrissie que esperava não se materializara, Dorian estava em sono profundo e roncava alto.

Ao lado do diretor, com as costas rígidas e os olhos arregalados, Chrissie encarava o teto.

Se eu tivesse a força, pensou ela. *Eu o mataria. Bem agora. Colocaria o travesseiro sobre a cabeça gorda dele e o seguraria até que ele parasse de chutar.*

Chrissie estava tão cheia de ódio que era difícil respirar. Ódio de Dorian, ódio do filme desgraçado, ódio de Viorel, ódio de si mesma por se importar tanto. A pior parte de tudo era que Dorian nem mesmo quisera compensá-la sexualmente. A ideia dele de "refazer" a noite romântica juntos era uma saída familiar com a porra da Saskia. Ele poderia muito bem ter voltado para a cama com a frase "Não quero você" tatuada na testa. Dorian não dissera nada a respeito da fantasia de Chrissie, a respeito de como ela estava sexy. *Ele nem mesmo tentou me tocar, apenas se virou para o lado e dormiu.*

Ela se sentia como uma prostituta barata e sem valor. *Mas os homens na verdade querem dormir com prostitutas. Dorian preferiria pagar para me ver de burca e numa porra de um cinto de castidade.*

Deitada ali, fervilhando no silêncio inerte, algo dentro de Chrissie estalou. Para um observador, era como se nada tivesse acontecido. O estalo tinha sido limpo, silencioso e irrevogável, como uma echarpe de seda flutuando devagar até a espada de um samurai e então se partindo em duas. Chrissie não se mexeu, falou ou piscou. Em vez disso, enquanto o marido roncava ao seu lado, ela velejava suavemente até o ponto do qual não poderia retornar.

De volta à Ala Oeste, Sabrina estava deitada na cama apenas de calcinha e sutiã, sem fôlego. Mesmo àquela hora da noite, o calor do dia permanecia, depositado nas paredes do quarto branco de Sabrina, e entranhado na roupa de cama de linho. Após três horas seguidas de cenas eróticas com Vio, Sabrina se sentia quente e excitada, consciente da umidade salgada do suor que brotava de suas coxas e escorria como uma trilha entre seus seios.

Onde diabos estava ele?

Ela esperava que Viorel aparecesse discretamente em seu quarto alguns minutos depois de ter ido deitar, para retomar as coisas de onde as haviam deixado. A ideia de finalmente trepar com ele fazia Sabrina quase hiperventilar de tanta agitação. Mas, conforme os minutos se passavam, dez, vinte, trinta, a antecipação se tornava ansiedade. Ela não poderia ter compreendido mal as vibrações eróticas que recebera de Vio na torre do sino, certo? Será que Viorel era mesmo um ator tão bom?

O celular de Sabrina tocou. Talvez ele estivesse ligando para verificar se a barra estava limpa? Ela atendeu imediatamente.

— Vio?

— Não, querida. Sou eu. — A voz de Jago lançou uma onda de decepção pelas veias de Sabrina.

— Ah, oi. Eu estava indo dormir.

— Hummm — disse Jago, sonhador. — O que está vestindo?

Antes que Sabrina pudesse dizer que não estava com humor para fazer sexo por telefone, a porta do quarto dela se abriu. Não houve uma batida. Ela simplesmente abriu. *Porcaria de empregadas romenas. Não sabiam que horas eram?* Instintivamente, Sabrina segurou a ponta do lençol e o puxou sobre o corpo. Abriu a boca para gritar, então a fechou de novo. Viorel estava de pé à porta, encarando-a atentamente. Sabrina o encarou de volta. Com calças de pijama e uma camiseta branca lisa, os cabelos pretos ainda molhados do banho, macios e brilhantes como o pelo de uma lontra, ele estava mais sexy do que Sabrina já vira. Melhor ainda, o olhar dele era inconfundivelmente predatório.

Jago ainda estava falando.

— Fale sobre sua calcinha... — No dia anterior, Sabrina poderia ter ficado excitada com a conversa sensual. Mas naquele dia, vindo de Jago, aquilo parecia ridículo.

— Hã... — Sabrina pigarreou. A cabeça dela pareceu pesada de repente, e a boca havia ficado seca. Era difícil se concentrar. — Ela, hã... Quero dizer...

Viorel caminhou devagar, mas determinado, até a cama, os olhos não deixaram os de Sabrina, então tirou o celular da mão dela.

— Ela está ocupada — disse ele, de modo arrastado, ao telefone. — Ligue de novo mais tarde.

Vio fechou o telefone, então o desligou.

— Era uma ligação importante — disse Sabrina, fingindo indignação. Era difícil com Viorel em cima dela, tão próximo que Sabrina podia sentir o cheiro de sabonete líquido Floris na pele recém-limpa dele.

— Não, não era.

Vio a empurrou de volta para a cama. Sabrina esticou os braços acima da cabeça. Os cabelos dela se esparramaram sobre a colcha como se fossem as penas de um pavão, iridescentes à luz do abajur, e os seios dela se erguiam e assentavam sob a renda delicada do sutiã como dois pêssegos maduros se balançando numa árvore.

Ele acariciou o rosto dela, delineando devagar com um dedo a linha do maxilar até a clavícula. Sabrina estremeceu.

— Você está nervosa. — Vio sorriu.

— Não — mentiu ela, e estendeu os braços para tentar segurar o rosto dele entre as mãos e beijá-lo. Gentilmente, Viorel afastou as mãos de Sabrina.

— Pare — sussurrou ele. — Pare de tentar tomar o controle. Isso não funciona comigo.

Ao inclinar o rosto mais para baixo, ele beijou o topo dos seios dela enquanto movia as mãos demoradamente para baixo, por cima das costelas e da barriga de Sabrina, com as pontas dos dedos roçando, tentadoramente, o elástico da calcinha, mas sem se aventurarem abaixo dali. Sabrina gemeu, arqueando o corpo para cima, contra o de Viorel.

— Relaxe — sussurrou ele no ouvido dela. — Temos tempo. Temos a noite inteira.

E, miraculosamente, Sabrina relaxou mesmo, abandonou-se a Viorel, ao toque dele, à língua, a todas as coisas incríveis e indescritíveis que ele fazia com o corpo dela.

Jago era um bom amante, isso era inquestionável, e Sabrina dormira com muitos homens sexualmente talentosos ao longo da vida. Mas Viorel estava em outro patamar, tocava-a de maneiras que Sabrina jamais havia experimentado antes, proporcionando sensações que transcendiam o prazer físico e transbordavam em outra coisa, algo muito mais profundo, mais intenso, mais assustador. Comparar Jago a ele era como comparar uma bicicleta a um caça, ou um nadador olímpico a um tubarão de verdade, vivo. Inútil. Ridículo.

Durante as duas horas seguintes, Sabrina se rendeu completamente a Vio, ciente de nada além da descarga de alegria que inundava seus sentidos como um tsunami. Ela não fazia ideia de quando as roupas dele tinham saído, ou como. Perdeu a noção de quantas vezes gozou, em quantas posições ele a colocou, se uma sensação específica era causada pelas mãos, pela boca ou pelo pau de Viorel. Pela primeira vez, ela entendeu o que seu personagem, Cathy, quis dizer quando anunciou que ela e Heathcliff eram uma pessoa, e o descreveu como "mais eu do que eu sou". Para Sabrina, sexo sempre fora uma ferramenta, algo que ela usara para exercer poder sobre outros, sobre os homens. Com Viorel, tudo aquilo caiu por terra. Ela estava nua, não apenas o corpo, mas a alma.

Quando finalmente terminaram, Sabrina deitou ao lado dele, tremendo violentamente. Ao puxar a roupa de cama sobre ela, Viorel ficou chocado ao ver as lágrimas descendo pelo rosto de Sabrina.

— Qual é o problema? — perguntou ele, genuinamente preocupado. — Eu não a machuquei, machuquei?

Sabrina não respondeu, mas começou a soluçar mais alto.

Vio pareceu entrar em pânico.

— Ai, meu Deus, Sabrina, o que foi?

Viorel estivera tão perdido no próprio prazer — após ter negado a si mesmo o corpo de Sabrina durante três longos meses, ter passado as últimas quatro semanas em agonia acreditando que *jamais* a teria, aquela noite tinha sido a melhor e mais explosiva trepada da vida dele — que não vira a tempestade emocional que se acumulava dentro de Sabrina.

— Por favor, não chore. Me desculpe. Achei que fosse o que você queria. Você parecia, sabe... a fim.

Aquilo era subestimar, tanto que Sabrina gargalhou, para o alívio de Viorel. Mas as lágrimas logo voltaram.

— Era o que eu queria — murmurou ela, entre soluços. — É o que quero.

— Então por quê...?

— Estou *assustada*, seu idiota! — gritou Sabrina para Vio, sentando-se na cama. Sem pensar, ela puxou o braço e deu um soco do rosto dele. Vio se abaixou bem a tempo.

— Ei! — respondeu ele, sentando-se hesitante. — Calma. Assustada com o quê?

A pergunta pareceu irritar Sabrina. Ao soltar um grito de frustração, ela o atacou de novo, mas dessa vez Vio foi rápido demais para ela, agarrou os punhos de Sabrina e a segurou com força até que ela parasse finalmente de lutar e caísse em lágrimas de novo. Por fim, Sabrina olhou para ele, o rosto era o retrato da tristeza.

— Acho que eu amo você — disse ela, baixinho.

Agora foi o coração de Viorel que começou a acelerar. O silêncio pairou no ar após as palavras de Sabrina como uma sentença de morte não anunciada. Encarando os olhos úmidos dela, ainda segurando suas mãos nas dele, Viorel viu um relance do abismo de necessidade e desejo dentro dela, e sentiu-se mais assustado do que já se sentira na vida.

Ela é a mulher mais linda e mais desejável do mundo, disse ele a si mesmo. *É talentosa. É doce por baixo de toda aquela porcaria. É a melhor trepada que você já deu. E ama você.*

Diga alguma coisa, babaca.

— Amo você também. — As palavras saíram de sua boca antes que ele soubesse que as tinha pensado. Enquanto Viorel pensava em como elas eram desconfortáveis, erradas, como um terno que não cabia, Sabrina se largou nos braços dele feito um prédio demolido, toda a tensão e o terror magicamente libertos. Viorel segurou-a, acalmando-a como a uma criança, murmurando palavras insignificantes de conforto: *está tudo bem, está tudo certo, estou aqui.* Sem demora, Sabrina pegou no sono.

Após deitá-la na cama ao seu lado, Viorel cobriu-a de novo com o lençol e a colcha, então apagou a luz. Durante um longo tempo, ficou deitado ali, encarando-a. Depois da cena daquele dia, fazer amor com Sabrina não fora nem mesmo uma escolha. Tinha sido uma necessidade. Pareceu certo.

Então por que, enquanto a assistia dormir ao seu lado naquele momento, ele de repente se sentiu tão errado? Como se estivesse interpretando um papel; um papel destinado a outra pessoa. Mas, no entanto, tantas coisas na vida de Viorel eram como aquilo: Inglaterra, Eton, Cambridge — talvez simplesmente tivesse se tornado uma segunda natureza para ele questionar tudo, ou pelo menos questionar tudo que era bom.

Preciso relaxar, disse Vio a si mesmo. *Aprender a aproveitar. Quem sabe? Talvez um desafio como Sabrina seja exatamente do que preciso. Será?*

CAPÍTULO 19

Saskia Rasmirez reorganizou o conjunto de chá de plástico da Pequena Sereia na mesa de brincar e imaginou quanto tempo levaria até que Rula, a babá, voltasse. Saskia era uma criança feliz e descomplicada e, aos 3 anos, ainda não pensara em questionar a sanidade ou outro aspecto da própria existência. Não tinha lembranças de Los Angeles e estava alheia ao fato de que as outras crianças não moravam em castelos gigantescos de contos de fadas, como ela, com astros de cinema correndo pelas alas de hóspedes e helicópteros de paparazzi sobrevoando o lugar. Saskia não sabia que seu papai era famoso, ou que a família dela levava uma vida extravagante e privilegiada. O que Saskia *sabia* era que a vida era muito mais fácil e divertida quando a deixavam sozinha com Rula para brincar de sereias, de enfermeiras-princesas ou de fadas e elfos, e quando seus pais não estavam por perto.

A menina via a presença do pai em seu quarto como uma anomalia bizarra; levemente interessante, porém passageira demais para ter algum significado real, como uma tempestade inesperada. A presença da mãe, por outro lado, era mais frequente e poderia ser um problema sério. Ao observar Chrissie pelo canto dos olhos azuis inquisidores, Saskia percebeu o olhar vazio e o curvar de ombros desiludido. Mamãe sempre tinha a boca voltada para baixo, como a Babá Plum do desenho *O pequeno reino de Ben e Holly* depois que um feitiço dá errado. E havia algo de errado com as orelhas dela também. Chrissie mandara Rula ir embora para que pudesse brincar com Saskia, mas sempre que a filha lhe fazia uma pergunta — qual boneca ela queria ser, se biscoitos cor-de-rosa eram seus preferidos, se o chá de mentira estava muito quente e queimando — mamãe não parecia ouvir direito e dizia algo que não fazia sentido como "o que você quiser, querida", quando na verdade Saskia não queria nada.

De vez em quando, seus pais lhe davam um abraço desconfortavelmente apertado e perguntavam se ela os amava. Saskia aprendera que a resposta certa a essa pergunta era um simples "sim". Nove entre dez vezes isso os fazia sorrir, então iam embora e depois Rula invariavelmente reaparecia e começava a brincar direito com a menina.

Naquele dia, no entanto, a mãe de Saskia não estava com humor para abraços. Estava naquele tipo de humor de encarar o espaço aleatoriamente. *Ah, e daí*. Ao virar-se para o chá, a garotinha reorganizou os outros convidados nas cadeiras de plástico cor-de-rosa (Ariel, o urso Growly e a Princesa Vestido de Pena raramente reclamavam da disposição dos lugares), e estava prestes a servir-lhes uma segunda xícara de chá de pó de fada quando a porta do quarto de brincar se abriu e uma adulta muito bonita entrou. Saskia tinha visto aquela adulta antes, umas duas vezes; às vezes conversando com papai, às vezes sozinha, falando ao telefone ou deslizando por um dos inúmeros corredores do castelo em enormes vestidos de princesa. Saskia a achava uma graça.

— Você é a Pocahontas? — perguntou ela. — Você tem o cabelo bem pocahontoso.

A garota gargalhou, uma gargalhada baixa, acolhedora e rouca, bastante diferente daquela da mãe de Saskia ou de Rula.

— Obrigada — disse ela. — Mas acho que não. Sou a Sabrina.

— Oi, Sabrina.

— E você deve ser a Saskia?

A criança assentiu com entusiasmo.

— Nós duas começamos com "S".

— Começamos mesmo.

— Você veio brincar comigo? — Saskia se alegrou. Talvez Sabrina quisesse ajudá-la a colocar grampos no cabelo? Ou pelo menos expressar sua preferência em termos de cor de biscoito.

— Na verdade, eu estava procurando a sua mãe — disse Sabrina, ainda sorrindo. Ela parecia muito feliz, aquela mulher. De saia branca esvoaçante e colete drapeado, passou pela cabeça de Saskia que ela poderia ser algum tipo de anjo que viera para alegrar a mamãe. Se era o caso, ela teria um trabalho redobrado. Desde a chegada da moça ao quarto, a boca de mamãe caíra ainda mais, a ponto de ela ficar um pouco parecida com Ketchup, o pug de estimação de Monica, amiga de Saskia.

Chrissie olhava para Sabrina com uma combinação de apatia e desprezo que teria esmagado um ego menos forte. De calças pretas baggy da Ralph Lauren e uma camiseta ribana fina de algodão azul-cobalto agarrada à sua estrutura ossuda, Chrissie parecia pálida e exausta, tão arrasada quanto Sabrina estava radiante.

— O que posso fazer por você?

— Ah, por mim nada — respondeu Sabrina. — É Dorian. Eu disse que estava voltando para este lado da casa para pegar umas vitaminas no quarto e ele me pediu que desse uma conferida em você. Sabe como é, ver como você está.

— Como eu *estou*? — repetiu Chrissie. O que ela era agora, um paciente com algum tipo de doença mental que precisava ser "conferido"?

— Estou bem — respondeu ela, com frieza. — Por que não estaria?

— Ah. — Sabrina pareceu espantada. — Bem, Dorian mencionou que você estava com enxaqueca esta manhã. Também sofro disso, então sei como podem ser terríveis. Mas acho que já passou. Vou avisar a ele. — Sabrina se voltou de novo para Saskia. — Me desculpe por interromper seu chá. Será que eu serei convidada para o próximo?

Por um momento, a curiosidade suplantou a raiva de Chrissie. Era imaginação dela ou havia algo notadamente diferente com Sabrina naquele dia? Era uma combinação de seu comportamento, o modo como praticamente saltitara para dentro do quarto há alguns segundos, e um desapego geral que não estava ali antes. Os cabelos de Sabrina pendiam recém-lavados e levemente arrepiados ao longo das costas; o rosto livre de maquiagem brilhava com suor, mas ela não pareceu se importar; o habitual jeans sexy ou o short haviam sido substituídos por uma saia que beirava o virginal. Então ela percebeu.

É claro. Ela esta apaixonada.

Chrissie sabia que Dorian reprovava Jago Crewe, embora ela jamais tivesse se interessado o bastante para descobrir por quê. Mas agora estava interessada.

— Não saia correndo — disse Chrissie, o tom de voz de repente baixo e convidativo.

— Preciso. — Sabrina pareceu desculpar-se. — Tenho que voltar ao set de filmagens.

— Ah, tem nada — respondeu Chrissie, então chegou para o lado e deu tapinhas no espaço ao seu lado no banco à janela. — Nós duas sabemos que meu marido é um tirano. Fez você trabalhar até tarde ontem à noite. Fique aqui com as meninas alguns minutos.

As meninas? Sabrina estava começando a se recuperar do choque de "bom humor" de Chrissie Rasmirez quando Chrissie jogou a segunda bomba ao acrescentar, de modo conspiratório:

— Você obviamente está *morrendo* de vontade de contar para alguém sobre ele.

Sabrina corou. Era tão óbvio assim?

— Não sei do que você está falando — gaguejou ela, de modo pouco convincente.

— Sabe, sim — replicou Chrissie. — Não precisa ser tímida quanto a isso. Eu era igualzinha, quando tinha a sua idade. Quando você está apaixonada, simplesmente não consegue esconder. Ele deve ser um cara e tanto.

— Ele é. — Sabrina suspirou, então se calou de novo.

— Ouça, se está preocupada com Dorian, não fique — disse Chrissie. — Não conto tudo a ele, sabe. E, além disso, você tem direito a uma vida privada.

Sabrina estava dividida. *Seria* legal contar a alguém. A qualquer um. A noite anterior tinha sido tão mágica, tão perfeita, que sentira vontade de se beliscar o dia todo. *Viorel Hudson me ama!* Ele realmente dissera aquelas palavras? Não as repetira naquela manhã, mas fora tão gentil e carinhoso com ela quando acordaram e, mais tarde, no set, que Sabrina tinha certeza de que não havia sonhado. Ou tinha? A cada poucos minutos, retornava o medo irracional e corrosivo de que tudo havia sido um sonho, uma invenção de sua imaginação febril e exausta. Talvez contar a história a alguém a tornasse mais real, mais sólida e verdadeira; menos suscetível a deslizar entre seus dedos, como um punhado de areia?

Por outro lado, Sabrina sabia que Dorian seria contra, uma ideia que a incomodava mais do que deveria. Ela desejava não se importar tanto com uma opinião positiva do diretor, mas a admiração por Dorian meio que crescera dentro de Sabrina e agora a atriz estava empacada com ela. Nem Sabrina nem Vio queriam parecer pouco profissionais, principalmente depois de ela ter feito um alarde tão grande por causa de Jago e por Viorel ter contado ao set de filmagens inteiro que *jamais* dormia com as colegas de cena.

— Eu não queria que Dorian entendesse errado, é só isso — disse ela, finalmente. — Levo meu trabalho muito a sério, mesmo que às vezes ele ache que não.

Chrissie gargalhou.

— Vou dar um conselho amigável sobre como lidar com meu marido. Com qualquer diretor, na verdade. Dê a eles a mão e levam o braço inteiro. Dane-se o que Dorian pensa sobre sua vida amorosa! Não é da conta dele. Pelo que ouvi, você está fazendo um trabalho sensacional como Cathy.

— Obrigada — respondeu Sabrina, sinceramente comovida. Não porque a opinião de Chrissie significasse muito para ela, mas porque a mulher só poderia ter ouvido aquilo de Dorian, e a opinião dele significava tudo.

— Então, vamos lá! Como ele é? — Chrissie abaixou o tom de voz até sussurrar. — Soube que os ingleses são os amantes mais safados de todos.

Sabrina sorriu.

— Eu não diria exatamente safado. Mas ele certamente é nota dez na cama. E não só na cama, em tudo. — Então ela disparou, transbordando seu amor incontrolavelmente como água de um hidrante quebrado. — Ele é diferente de qualquer um que já conheci. Eu soube assim que coloquei os olhos nele, embora ache que não quisesse admitir inicialmente.

Chrissie assentiu em compreensão.

— Sei que na superfície ele parece arrogante. Mas por baixo de tudo tem uma alma *tão* boa. É talentoso, inteligente, educado...

Educado? Chrissie pausou. Tinha certeza de que se lembrava de Dorian dizendo algo a respeito de o irmão de Tish ser algum tipo de Neandertal Nova Era. Qual era a expressão que utilizara mesmo? Ah, sim: *Mais tapado que uma pilha de merda de cavalo, mas com metade do charme*. Porém, Sabrina Leon, até certo tempo atrás, era uma pobre sem-teto de Fresno, então tudo era relativo.

— Não deve se sentir intimidada pela família dele, sabe — disse Chrissie, interrompendo Sabrina no meio dos elogios. — Você é tão boa quanto qualquer um deles.

— Obrigada — respondeu Sabrina. — Mas acho que isso não é um problema.

— É claro que não, minha querida. Você vai se encaixar perfeitamente em Loxley Hall. Só precisa de um pouco de prática.

— Ah! — Sabrina riu, nervosa. — Não, não, está tudo acabado entre mim e Jago. Sinceramente, espero que jamais tenha de pisar em Loxley Hall de novo.

— Não entendo — disse Chrissie, o sorriso trêmulo nas bordas da boca. — Então quem?

— Viorel! — disse Sabrina, alegremente. — Tudo aconteceu ontem à noite, embora, para ser sincera, nós dois soubéssemos que estava para acontecer há algum tempo. Meses; desde que chegamos à Inglaterra, na verdade. Acho que eu estava em estado de negação, ou algo assim. Não tinha certeza se ele sentia o mesmo, mas agora...

Ao interpretar erroneamente o rosto chocado de Chrissie como reprovação moral, Sabrina fez uma pausa, então voltou atrás.

— Eu não quis magoar Jago — disse ela, defensiva. — Quero dizer, sei que estávamos noivos e tudo, mas tinha sido apenas por algumas semanas. E o modo como me sinto em relação a Vio, bem, não há como fazer qualquer comparação. Quando Jago superar o choque e vir como estamos apaixonados, tenho certeza de que vai entender. Ele vai, não vai?

Mas Chrissie não estava mais ouvindo. Não se importava com Jago Crewe, ou Sabrina, ou nenhum deles. Viorel não a rejeitara porque se sentia culpado. Ele a havia recusado porque tinha uma oferta melhor, de uma garota 15 anos mais nova que Chrissie. Ele não a queria porque Chrissie estava velha.

— Mamãe? — Saskia puxava a perna da calça dela, tentando conseguir a atenção de Chrissie. Com um salto, Chrissie percebeu que tinha se desligado e passado para um mundo próprio, por quanto tempo, não tinha certeza. Sabrina também olhava para ela de modo estranho; suas feições odiosas, impecavelmente jovens, formavam uma expressão de falsa preocupação.

— Tem certeza de que está bem, Chrissie? É a enxaqueca de novo?

Chrissie assentiu, não confiava em si mesma para falar. Precisava ficar sozinha, pensar.

Aquilo era culpa do marido. Dorian e sua obsessão com aquela porcaria de filme. Desde que ele começara a trabalhar em *O Morro dos Ventos Uivantes*, os problemas entre os dois se acumulavam. Ele ficava mais tempo fora, negligenciava mais a esposa, praticamente empurrara Chrissie para os braços de Viorel somente para que ele a rejeitasse também. Dentro da mente dela, o próprio filme era o inimigo, o catalisador de toda a decepção, da raiva e do medo. Mas se Dorian achava que ela ia se deitar e aceitar a humilhação em silêncio, se qualquer um deles achava isso, era melhor pensarem duas vezes.

Harry Greene se sentou no sofá do terapeuta, olhando irritado para o relógio. *Quarenta e cinco minutos do meu tempo, mais 200 dólares ralo abaixo e tudo o que esse babaca tem para me dizer é que preciso me desapegar da minha raiva? Sei disso, seu bosta. É por isso que estou aqui. O que quero que me diga é* como.

Ele ia àquele edifício comercial maçante em Beverly Hills uma vez por semana pelos últimos oito anos. Antes disso, fora a uma terapeuta, Liana, em Bel Air. Havia sido muito mais divertido. Liana tinha um par de peitos incríveis e uma tendência a usar saias muito curtas e lingerie semitransparente que fazia com que a hora da análise voasse. Mas a piranha largara Harry como paciente depois que ele a chamara para jantar — *jantar, pelo amor de Deus! Não era como se ele tivesse tentado estuprá-la; no entanto, só Deus sabia o quanto ela pedia por aquilo, a provocadorazinha. Tentando dizer que tenho "problemas" com mulheres. Foda-se, doutora.* Ele ia ao Dr. Brewer desde então.

Um homem franzino e careca por volta dos 60 anos, sem feições expressivas a não ser pelas sobrancelhas — as quais eram muito cheias, como duas lagartas peludas determinadas a tomarem o rosto dele —, Dr. Brewer compartilhava da frustração do paciente com a natureza circular das sessões deles. Harry Greene era um homem profundamente rancoroso, odiento por natureza — em relação a mulheres, certamente, mas também a qualquer um que ele percebesse ter cruzado seu caminho. Aquela era uma lista muito longa e, a respeito disso, apesar de aparecer toda semana no sofá do Dr. Brewer, Harry não mostrava qualquer interesse em reduzi-la.

— Profissionalmente, as coisas estão bem? — iniciou o Dr. Brewer. — Está feliz com seu projeto atual?

— Muito feliz. — Harry Greene sorriu, como sempre fazia quando pensava no trabalho. Seu último filme era um desvio da habitual lista de comédias ou filmes de ação de grandes orçamentos.

Um drama de época que girava em torno de uma mulher desgraçada na Paris do século XVIII, o filme *Celeste* era um deleite, visualmente lindo, cuja estrela era Marta Erikksen, atualmente a atriz mais bem-paga de Hollywood, graças a seu sucesso arrasador no último filme de Tarantino. Se alguém tivesse dito a Harry que *Celeste* era uma tentativa deliberada de ele seguir adiante com a destruição de *O Morro dos Ventos Uivantes*, de Dorian Rasmirez, Harry teria negado aos berros. Rasmirez não tinha o monopólio sobre filmes artísticos e aclamados pela crítica. Por que Harry não podia diversificar? Além disso, qualquer um podia fazer aquela merda artística — qualquer um com olhar para o roteiro certo e a influência para escalar os atores que eram sua primeira escolha para todos os papéis, até a porra do jardineiro número três. Harry sabia, com certeza, que o orçamento de sua produção fora quatro vezes maior que o de Dorian. Também sabia que Dorian teria dificuldades para tentar conseguir um distribuidor, com a publicidade negativa constante sobre Sabrina Leon. Graças à cortina de segredos em torno de *O Morro dos Ventos Uivantes*, o interesse dos grandes estúdios estava aguçado. Mas era um caminho longo desde um interesse aguçado até um cheque milionário. Harry Greene sabia disso melhor que ninguém. Celeste *vai arrasar com a refilmagem porcaria de Rasmirez.*

Mas derrotar Dorian comercialmente não era mais o bastante para Harry. Mesmo que ele fosse bem-sucedido em falir Rasmirez, talvez não fosse o suficiente para acabar com o desgraçado. *Tenho de atingi-lo de outra forma. Acertá-lo onde dói de verdade, acertar tão forte que ele não será capaz de se reerguer.*

A mente de Harry se voltou para a esposa de Dorian. Ele se lembrou da noite no Baile Starlight, alguns meses antes, quando Chrissie Rasmirez retribuíra de leve seu flerte. É claro que a mulher tinha motivos o bastante para estar com raiva do marido naquela noite. Será que reagiria de forma tão receptiva se Harry tentasse seduzi-la agora? Fisicamente, Chrissie havia passado de sua melhor época, é claro, e tinha o corpo musculoso demais para o gosto de Harry. Mas Chrissie Rasmirez ainda era uma mulher atraente. Como seria delicioso se Harry bombardeasse o casamento de contos de fadas de Dorian, como o rival havia destruído o dele! Aquilo era certamente uma possibilidade, mas é claro que muito dependia da vontade da moça, do apetite dela para a traição.

Quais são as outras fraquezas de Rasmirez?

Harry suspeitava que Dorian fosse um dos raros espécimes de diretores que de fato eram sinceros quando diziam aos repórteres que "viviam para o trabalho". A fama significava pouco para Rasmirez, e dinheiro só era importante porque lhe permitia fazer mais filmes e manter aquele castelo da Disney ridículo que tinha em algum país enterrado no Leste Europeu do qual ninguém ouvira falar. Rumores falavam que *O Morro dos Ventos Uivantes* era um de seus melhores trabalhos até então. A atuação de Viorel Hudson, dizia-se, era forte, e a da infame Sabrina Leon era estelar. Harry até mesmo ouvira rumores de que Dorian poderia concorrer ao Oscar.

Agora, *isso* era interessante. Dorian Rasmirez tinha sido nomeado três vezes na categoria de Melhor Diretor, mas jamais ganhara. Filmes independentes raramente levavam para casa as estatuetas ultimamente (apenas seis importavam: Melhor Filme, Diretor, Atriz, Ator e os dois Coadjuvantes). Sem estúdio grande para financiar sua campanha para o Oscar, a chance era quase nula. Será que Dorian conseguiria ganhar suporte de algum estúdio grande, mesmo àquela altura do campeonato? Será que esse tinha sido o plano dele o tempo todo?

Harry já havia começado sua lenta campanha de *Celeste* junto à Academia meses à frente do programado. Será que Rasmirez pensava em desafiá-lo? Harry esperava que sim. Se pudesse afundar o filme de Dorian nas salas de exibição e derrotá-lo no Oscar, aquilo certamente seria uma vingança digna do nome. Somente pensar naquilo levou um sorriso ao rosto de Harry.

— Ouça, doutor, preciso ir. Por falar em trabalho, sabe, o dever me chama.

Dr. Brewer pensou em lembrar a Harry que ainda faltavam dez minutos para acabar a sessão; que sua falta de vontade de se comprometer com a hora inteira era quase certamente um reflexo de sua falta de vontade interna de analisar dificuldades fundamentais de sua personalidade; mas o terapeuta, sabiamente, pensou duas vezes. O último psicoterapeuta que havia irritado Harry Greene, sua predecessora, Dra. Liana Craven, fora vítima de uma campanha boca a boca tão tóxica e cruel que seu consultório tinha sido dizimado, e ela, em certo ponto, foi forçada a se mudar para o Texas. Dr. Brewer jamais gostara muito do Texas.

— É claro — respondeu ele, alegremente. — Fique bem. Vejo você na semana que vem.

Do lado de fora, sob o sol reluzente de Burton Way, Harry Greene imediatamente sentiu o humor melhorar. Porcaria de terapeutas. Sempre faziam você se sentir como um saco de bosta. Harry só ia porque, em Hollywood, *não* ter um analista era como admitir que tinha um problema. Como *não* ter um motorista, ou uma amante, ou uma massagista tailandesa que dava a você todos os extras sem que tivesse de pedir. Para um homem na posição dele, isso era impensável.

O Bentley azul-escuro de Harry brilhava do lado de fora do consultório médico, com Manuel, o motorista uniformizado, pronto e à espera para levá-lo de volta para a Universal, mas Harry Greene queria caminhar. Ao atravessar a rua e passar por uma fila de adolescentes com braços e pernas torneados do lado de fora da Pinkberry, ele seguiu para o sul, na direção de Wilshire Boulevard. Era quarta-feira, estava na hora do almoço, o que significava que Angelica, sua ex-mulher, quase certamente estaria na manicure no salão no último andar do Neiman Marcus. Agora no terceiro marido desde que se divorciara de Harry, Angie se tornara uma espécie de amiga nos últimos anos, uma das poucas mulheres de que Harry tinha certeza que não queria nada dele. *Vou surpreendê-la e levá-la para almoçar. Talvez comprar alguma coisa brilhante de Neil Lane para irritar aquele marido advogado dela.*

Harry ligou o celular para verificar as mensagens (aquela era outra coisa irritante em relação a terapeutas; eles sempre queriam que Harry desligasse o celular, o que inevitavelmente o deixava duas vezes mais tenso). O telefone tocou imediatamente.

— Greene — disse Harry ao telefone sem pensar duas vezes. Alguns segundos depois, um sorriso largo surgiu no rosto dele. Agora que controlava todos os aspectos da vida com precisão militar, não costumava se surpreender muito, ainda mais de modo positivo. Mas aquela ligação fizera isso. — Bem, olá, querida — ronronou ele. — Acredite ou não, eu estava pensando em você agora.

CAPÍTULO 20

Tish estava de pé no corredor de Loxley, sem saber se acreditava nos próprios olhos.

Aquilo é um piano de cauda? Meu Deus. É um Steinway? Precedido por umas boas 2 mil libras em arranjos de flores Moyses Stevens, um tapete enorme que precisava de três homens para ser carregado e parecia auspiciosamente persa e antigo, e uma pintura moderna horrorosa de dois monges budistas de manto amarelo encarando um ao outro, o piano era o mais recente (porém não o último) de uma procissão de bens luxuosos sendo carregada em fila indiana até o escritório de Loxley. Era como assistir a uma fila de formigas-cortadeiras.

Quando a primeira van da Harrods estacionou do lado de fora, vinte minutos antes, Tish não pensou muito a respeito. *Mais uma das extravagâncias de mamãe. Provavelmente algum creme facial antienvelhecimento feito de bumbum de bebê de foca que só se pode comprar em Londres; ou algumas caixas de material de escritório caro da Smythson com "Vivianna Crewe, Loxley Hall" gravado a ouro no topo.* Vivianna só era "Crewe" quando lhe convinha, e, no momento, convinha até as pontas dos saltos Bottega Veneta.

A mãe de Tish pegara um avião até lá dois dias antes para "confortar Jago", que se retirara para a cama com uma crise de luto melodramático depois que Sabrina Leon terminara repentinamente o noivado deles. Jago ainda se recusava a se levantar, apesar de saber muito bem que Tish e Abi voltariam para a Romênia no fim de semana e que as contas de Loxley estavam se acumulando de novo.

Apenas quando a segunda van chegou, seguida pela terceira, e as formigas começaram a marcha infindável pela casa, carregadas com um saque extravagante, a gravidade do último passeio perdulário de Vivi atingiu a casa.

— Mamãe! — gritava Tish, rouca, seguindo os trabalhadores na esperança de encontrar a formiga-rainha. E, certamente, quando chegou ao escritório, lá estava Vivianna, direcionando os asseclas para que posicionassem os diversos tesouros ao redor do cômodo, apontando imperiosamente de vez em quando e batendo palmas com alegria como se fosse uma garotinha animada. *Um misto de Catarina, a Grande, e Shirley Temple*, pensou Tish. *Ela não muda*. Com um simples vestido de verão amarelo, saltos pretos altíssimos da Bottega e óculos escuros combinando, Vivi parecia mais deslumbrante do que nunca. Os cabelos pretos brilhosos estavam presos no alto da cabeça, ao estilo Sophia Loren, e as mãos finas com unhas no estilo francesinha gesticulavam daquele jeito italiano descontrolado, como se, de alguma forma, estivessem desconectadas do resto do corpo. Não era a primeira vez que Tish pensava: *Não sou nada como você. Geneticamente, somos tão distantes quanto duas perfeitas estranhas.*

— Ah, *cara* Letitia, aí está você. — Vivi sorriu. — O que acha, querida? Seu irmão iria preferir o piano no canto do cômodo, mais tradicional, ou talvez sob a janela? É mais romântico, não? De frente para o parque de caça.

Tish balançou a cabeça em desespero.

— Isso vai ter que voltar, mãe. Tudo vai ter que voltar.

— Voltar? — perguntou Vivi inocentemente. — Voltar-se contra a parede, é o que quer dizer?

— Quero dizer *ser devolvido* — disparou Tish. — Voltar para Londres. Antes que você perca as notas fiscais.

Vivianna fez um biquinho.

— Não posso fazer isso de modo algum, querida. É para o seu irmão. Ele precisa de algo para melhorar o humor, algo em que se concentrar em vez de naquela terrível mulher inconstante. Esta casa parece um necrotério, não é de espantar que ele esteja tão deprimido. Deve fazer décadas desde que Henry a redecorou.

— Faz décadas desde que ele pôde pagar por isso — disse Tish, de modo defensivo. — Quanto essa tranqueira toda custou, de qualquer forma?

Vivi pareceu momentaneamente tímida.

— Quem pode colocar um preço na felicidade do seu irmão?

Ao caminhar até o piano, Tish pegou uma etiqueta branca pendente e leu o número impresso com tinta preta grossa.

— A Harrods pode, aparentemente — disse ela, sem emoção. — Isto custou mais de 100 mil libras, mamãe!

— É um investimento.

— Em quê? Penúria? Jago nem mesmo toca piano. E olhe para todas estas flores! Isso aqui parece o funeral do Elton John.

Os olhos castanhos exóticos de Vivianna se encheram de lágrimas, brilhando como dois pedaços de âmbar num córrego.

— Nem brinque com funerais — sussurrou ela, sombria. — Acho que você não percebe o quão perto de ter um o pobre JJ está. Não faz ideia da dor de um coração partido, Letitia. Você é fria e inglesa demais, exatamente como seu pai.

Tish precisou de cada gota de autocontrole para não dar um tapa no rosto perfeito de maçãs salientes da mãe. Como *ousava* criticar Henry! Sem falar do sermão sobre corações partidos; ela, que havia despedaçado o coração do coitado do marido em milhões de pequenos fragmentos, sem falar do mal que fizera aos filhos.

— Não sou fria — disse Tish, com os dentes trincados. — Sou prática. Alguém precisa ser. No ritmo que você e Jago gastam, Loxley estará falida de novo antes do Natal. Se tivesse ideia do trabalho que tive para reerguer este lugar, pagar nossas dívidas, começar os consertos...

— Está vendo? — disse Vivi, triunfante. — *Você* estava gastando dinheiro para melhorar a casa. E é só isso que estou fazendo, querida. Só que estou tentando colocar um pouco de cor, um pouco de *vida*. Você realmente negaria isso ao seu pobre irmão?

Era inútil conversar com a mãe naquele humor. Se corresse, Tish provavelmente poderia encurralar um dos motoristas da Harrods do lado de fora e conseguir o número do pedido de Vivianna, assim poderia fazer com que todas as compras fossem devolvidas na semana seguinte. Então, com alguma sorte, a novidade de bancar a Florence Nightingale para Jago teria passado e Vivi teria voltado para Roma, onde poderia desfilar com aparência glamourosa e gastar o dinheiro de algum pobre conde italiano apaixonado, em vez de a herança dos filhos. A Sra. D precisaria fiscalizar a devolução, é claro. Tish estaria em Oradea àquela altura, de volta ao ritmo normal: trabalho em Curcubeu e no hospital, afazeres da escola com Abel, voltar para casa para uma Lydia mal-humorada e reprovadora. *Não, preciso mesmo mandar Lydia embora*. A ideia de voltar para a antiga babá rabugenta era quase tão deprimente quanto se despedir de Loxley.

Tish correu para a entrada da garagem, porém era tarde demais. As vans da Harrods tinham ido embora.

De uma janela do andar de cima, ela ouvia Jago gemendo, como um ator de algum filme de baixo orçamento ruim ensaiando o sofrimento da morte. Tish não caiu por um momento naquela esparrela de coração partido. Sabrina fora uma quedinha, um símbolo de status. Nada mais. Na pior das hipóteses, o ego de Jago estava arranhado; ainda que, de fato, o ego dele provavelmente se assemelhasse a um órgão vital. Nem em um milhão de anos Tish conseguia imaginar o irmão e Sabrina envelhecendo juntos.

Viorel e Sabrina, por outro lado, formavam um par muito mais plausível. Houve química entre os dois desde o início; eram como dois lados de uma mesma moeda rara e linda. *Era apenas uma questão de tempo até que isso acontecesse*, pensou Tish. Contudo, por mais que tentasse se desconvencer, a verdade era que a ideia de Vio e Sabrina juntos a deixava deprimida.

Perdi a perspectiva, disse Tish a si mesma com firmeza. É só isso. O drama do verão e as filmagens a haviam distraído, consumiram Tish quando ela deveria estar pensando sobre a própria vida, o próprio futuro. Viorel voltaria para o mundo das estreias e dos tapetes vermelhos, Tish voltaria para o mundo de alas hospitalares e dos canos congelados e tudo ficaria bem no mundo.

Bem nesse momento, Abel disparou de dentro da casa e fechou os braços ao redor das pernas de Tish. Ele havia crescido perceptivelmente no verão, reparou Tish, e seu rosto amadurecera também. Estava menos redondo, menos genericamente como o de um bebê. Tinha mais cara de garoto agora. De repente, Tish conseguiu imaginá-lo com 8, 12, 17 anos. Sentiu uma onda de amor tomar conta de si.

— Oi, querido. O que está fazendo?

— Nada. — Abel deu de ombros. — É chato sem o Viorel. Ele ligou?

— Não, querido — respondeu Tish, carinhosamente. — Mas ele vai ligar, tenho certeza, depois que voltarmos para casa em Oradea.

Era estranho Vio não ter ligado desde que saíra da Inglaterra. Tish tentou não se importar. Será que tinha decidido que seria melhor se Abel se esquecesse dele e todos seguissem em frente com suas vidas?

Talvez ele estivesse certo.

— Vamos — disse ela, a voz cheia de conforto forçado. — Venha me ajudar a terminar de fazer as malas. Você pode pular na mala enquanto tento fechá-la.

De volta ao castelo, o set de filmagens inteiro estava cochichando com animação sobre o novo caso tórrido entre Viorel e Sabrina.

Era difícil manter qualquer coisa em segredo na locação, mesmo na melhor das hipóteses; mas, em se tratando de um romance entre as duas estrelas de um filme, e quando nenhum dos dois conseguia tirar os olhos (e as mãos) do outro, era uma causa perdida.

Dorian não tinha certeza de como reagir ao relacionamento que florescia. Estava satisfeito por Sabrina ter dado um tempo no romance falso com Jago Crewe. O diretor se afeiçoara muito a ela nos últimos meses, mas Dorian também conhecia as falhas e fraquezas da atriz intimamente e não tinha qualquer certeza de que Viorel era o "porto seguro" de que ela precisava. Na superfície, Sabrina e Vio Hudson poderiam parecer criaturas semelhantes: ambos absurdamente bonitos, talentosos e vaidosos, ambos com uma ambição voraz. Mas a de Sabrina, assim como sua arrogância, era motivada por uma insegurança profundamente arraigada. A confiança da atriz era teatro puro. A de Viorel, não. Hudson queria adulação, mas Sabrina precisava dela. A diferença era grande.

Quaisquer ressalvas que Dorian tinha a respeito da prudência do romance, no entanto, se evaporaram quando ele percebeu a química entre os dois no set de filmagens. Sabrina e Viorel mal precisavam de direção. Tudo o que Dorian tinha de fazer era ligar a câmera e deixá-los à vontade. O que era algo bom, considerando a enorme quantidade de energia mental que estava gastando com Chrissie.

Desde que se esquecera do jantar romântico que ela havia preparado, o casamento de Dorian havia começado a degringolar num ritmo assustador, como um carretel de linha quicando incontrolavelmente encosta abaixo. O que mais o preocupava era que não eram apenas os arrufos habituais. Dorian estava acostumado com os ataques de Chrissie, com o fato de ela atirar coisas e com seus exageros, fossem estes gastos inconsequentes ou mergulhar de cabeça em mais um romance extraconjugal desastroso. Ele odiava o drama; os casos, em particular, o magoavam profundamente. Mas era um inimigo que Dorian entendia e que sabia como combater. Aquela nova Chrissie — triste, silenciosa, nada comunicativa — era uma entidade desconhecida, a sombra de uma silhueta no bosque. Ela não falava com o marido, não o tocava, não se envolvia de modo algum. Quando Saskia estava com eles, Chrissie falava apenas com a filha, referindo-se a Dorian na terceira pessoa, como "Papai".

No passado, as discussões matrimoniais davam a Dorian a descarga de adrenalina que lhe virava o estômago e o impulsionava para a batalha. Aquela era mais uma luta de guerrilhas: o medo lento e nauseante de caminhar por uma estrada vazia, imaginando quando uma bomba caseira o explodiria em pedaços. Como tática, era muito eficiente, pois deixava Dorian num estado permanente de exaustão nervosa. Ele havia tentado de tudo para tirar Chrissie daquilo — bajular, implorar, subornar, ignorar; mas era como se ela estivesse em transe, calma e imóvel como uma pedra. No fim, ele voltou a passar longos dias no set de filmagens simplesmente porque não sabia mais o que fazer consigo mesmo.

Numa tarde de sexta-feira quente como o inferno, exatamente duas semanas depois que Sabrina e Viorel se assumiram como casal, Dorian surpreendeu a equipe ao escolher refazer algumas das cenas externas entre Heathcliff e Cathy que haviam realizado em Loxley Hall. Se a câmera se aproximasse o bastante, o rio Derwent e o Bistrița poderiam facilmente parecer o mesmo rio, e a luz do fim de verão na Transilvânia era tão perfeita que parecia uma vergonha não tentar refazer algumas tomadas agora que Sabrina e Vio tinham, os dois, melhorado.

Viorel, por sua vez, ficou satisfeito em sair, mudar de ares. A atmosfera do lado de dentro do castelo era tão cerrada e tensa que era um alívio olhar para cima e ver o céu. Ainda estava incrivelmente quente, no entanto, mais de 30 graus Celsius. Quando tirava as botas e as meias entre as tomadas, Vio mergulhava os pés com vontade na água do rio, deitava na margem e fechava os olhos enquanto mexia os dedos dos pés com prazer.

— Quer companhia? — Uma sombra recaiu sobre seu rosto. Viorel abriu os olhos e viu Sabrina. Com o sol atrás de si, as feições dela estavam escuras e indistinguíveis, mas ele conseguia perceber o sorriso na voz dela.

— Claro.

Viorel tentou não se sentir irritado. Agora eles ficavam juntos 24 horas por dia, sete dias por semana, trabalhando no set o dia todo e fazendo amor a noite inteira. Quando ele estava aproveitando alguns preciosos minutos sozinho, Sabrina o encontrava.

— A cena funciona muito melhor aqui, não acha? Sinto como se tivéssemos lido aquelas fala meio dormindo na Inglaterra.

— Hum. — Vio ainda tentava se concentrar em como a água fria era incrível entre seus dedos. — Acho que sim.

Sabrina montou em Vio, bloqueando o sol.

— Você estava incrível, meu querido, como sempre. — Ela se inclinou para beijá-lo, a língua disparando por entre os lábios de Viorel, apaixonada e faminta. — Você acertou em cheio.

Vio beijou-a de volta, distraidamente passando uma das mãos pela nuca de Sabrina. Ela recostou a cabeça sobre o peito dele com um suspiro de satisfação. Desde que haviam dormido juntos pela primeira vez, era como se um interruptor tivesse sido ligado dentro dela. Aquela Sabrina insegura e beligerante, a velha diva implicante, sempre pronta para rebater e constantemente procurando briga, tinha ido embora. No lugar dela havia uma garota serena, satisfeita e de fato muito gentil. A mudança se refletia não apenas no comportamento de Sabrina, mas em todo o resto: nas expressões dela, no modo como se movia, até mesmo na maneira como se vestia fora do set de filmagens, com saias esvoaçantes e cabelos bagunçados. Até mesmo a voz dela parecia mais gentil, de alguma forma, e mais doce.

Chuck MacNamee brincava com Vio sobre isso.

— O que quer que tenha feito com ela, cara, continue fazendo. Eu até a ouvi dizer "obrigada" para a Deborah hoje, e para a Monica, da maquiagem. Pelo menos acho que ouvi. Talvez meus ouvidos precisem de uma limpeza.

Não havia dúvida de que Sabrina tinha mudado para melhor. Mas a transformação repentina deixava Vio inquieto. Em parte, porque não gostava da ideia de ser responsável pela felicidade de outra pessoa. Perseguir a própria felicidade era um trabalho em tempo integral. Mas também porque, com a nova gentileza e a consideração de Sabrina em relação aos outros, havia um apego tão díspar da garota briguenta que ele conhecera que não tinha certeza sobre como lidar com aquilo.

Pelo menos na cama a Sabrina tigresa permanecia. Vio tinha uma série de marcas das unhas dela nas costas para provar, e o sexo era tão explosivo e excitante como ele jamais conhecera. Mas assim que saíam do quarto, Sabrina exibia aquele olhar de corça, entorpecida de felicidade, e Vio conseguia ouvir o sombrio estampido de portas de cadeia se fechando.

Incapaz de retomar a calma interior de alguns minutos antes, ele abriu os olhos e olhou ao redor. Estavam filmando num campo de flores silvestres. Um exército de ranúnculos cascateava até a margem do rio, guarnecido por grama oscilante e flanqueado dos dois lados do campo por uma fila alta de carvalhos. Viorel estava determinado a não gostar da Romênia, do povo, do campo, até mesmo do castelo de Rasmirez. Era o país em que nascera e que o rejeitara, afinal de contas, e Vio considerava intensamente o quão pouco devia ao lugar. Mas era difícil achar defeitos numa paisagem tão idílica num dia de verão limpo como aquele. Enquanto aproveitava a vista, duas figuras apareceram no topo da colina, sombreadas pelo sol brilhante. Eram uma mulher e uma criança, e por uma fração de segundo, o coração de Vio instintivamente se alegrou: *Tish e Abel!* Então ele percebeu, é claro, que não podia ser eles, e a bolha de felicidade estourou como um balão espetado.

Sinto falta deles, percebeu Vio, com uma pontada de dor. Quatro vezes desde que chegara à Romênia, pegara o telefone para ligar para Abel. Mas todas as vezes ele se acovardara, incapaz de lidar com a tristeza que sabia que ouviria na voz do menino. Ele e Tish em breve deixariam Loxley também, e Viorel tinha certeza de que, conforme a data da partida se aproximava, a ansiedade de Abel aumentava. *Se eu ligar, posso dar esperanças a ele. Abel vai querer que eu o ajude, que convença sua mãe a mudar de ideia.* Se Viorel havia aprendido uma coisa a respeito de Tish Crewe nos últimos dois meses era que a "moça não mudava de ideia". E certamente não por causa dele.

A criança na colina se aproximava agora, saltitando na direção do set de filmagens. Era Saskia, a filha de Dorian, parecendo uma boneca, e a mulher com ela era a babá. Ao abrir os braços, a menininha correu até o pai, cambaleando como bêbada colina abaixo antes de se atirar para os braços de Dorian, para um abraço. *Bonitinho*, pensou Vio.

No set, Dorian achou que a filha era uma gracinha também. Pressionadas contra as dele, as bochechas de Saskia pareciam tão redondas e quentes como dois bolinhos, e ela cheirava a açúcar e suor e ao melado habitual de verão, que instantaneamente levava Dorian de volta à própria infância.

— Já está acabando, papai? Eu fiz uma cidade de sereias; você pode vir ver? Pode brincar de sereia?

— Vou poder daqui a pouco, querida — respondeu Dorian, ajustando o laço de seda rosa no cabelo de Saskia. — Vou fazer uma pausa daqui a meia hora e aí a gente brinca, está bem? Prometo.

— Meia *hora*? — reclamou Saskia. — Isso é quase um dia inteiro.

— Não, não é, princesa. — Dorian gargalhou. — Rula pode brincar com você um pouquinho antes de eu chegar.

— Já cansei da Rula. — Saskia fez biquinho.

— Peça para a mamãe, então. Mamãe adora sereias.

— Mamãe está dormindo — disse Saskia.

Dorian franziu a testa e entregou a filha de volta à babá. Chrissie estava dormindo cada vez mais durante o dia. Parecia claramente deprimida, mas se recusava a consultar-se com um terapeuta ou mesmo conversar a respeito com Dorian. Sem Tish para confidenciar, Dorian até mesmo se voltara para Sabrina em busca de conselhos.

— Você é mulher — começou ele em tom sombrio, encurralando Sabrina após o café da manhã.

— Que gracinha você ter reparado.

— Sabe o que quero dizer — disse Dorian, desconfortável. — Preciso de um conselho. Como tiro Chrissie dessa fossa? Sei que ela está com raiva de mim, mas faz semanas. Estou realmente preocupado com ela.

A sugestão de Sabrina foi tirar Chrissie do castelo.

— Não deve ser fácil ter todos nós andando por aqui feito um cheiro ruim durante semanas intermináveis. Ela provavelmente sente que não pode conversar com você, como se tivesse que marcar hora ou algo assim. Isso deixa as mulheres irritadas.

— Deixa?

— É claro!

Era engraçado: um mês antes, Dorian se imaginava pedindo conselhos sobre sua vida amorosa para Sabrina tanto quanto se imaginava voando até a Lua. Mas agora fazia como ela sugerira: tinha reservado uma mesa aconchegante num restaurante romântico em Bihor para aquela noite. Sozinha, longe do circo que era *O Morro dos Ventos Uivantes*, Chrissie teria de falar com ele, ou gritar com ele, ou dar *alguma* pista sobre o que ele poderia fazer para consertar as coisas. Era

apenas uma questão de dias até que as filmagens terminassem de vez e então poderia dedicar toda a sua atenção à mulher. Mas, enquanto isso, a situação já havia se deteriorado a tal ponto que afetava Saskia.
Esta noite vai romper o círculo vicioso. Tem de romper.

O resto do dia de filmagens transcorreu bem. Após uma folga de trinta minutos para brincar de sereia com Saskia, Dorian voltou para o set revigorado para as cenas finais e satisfeito com as atuações de seus atores, principalmente a de Sabrina. Qualquer um que tivesse descartado Sabrina Leon como uma grande estrela depois dos escândalos do ano anterior — o que consistia em quase todos os grandes estúdios de Hollywood — engoliria as próprias palavras quando visse a edição final daquele filme.

Dorian fervorosamente esperava que O *Morro dos Ventos Uivantes* fosse o filme que salvaria a todos. Para Sabrina, contudo, tinha sido realmente transformador. Enquanto a dirigia naquela tarde, Dorian sentiu uma profunda pontada de orgulho por qualquer pequeno papel que ele pudesse ter tido em ajudá-la a crescer, a se tornar a atriz e a mulher que era realmente capaz de ser. Viorel, cada vez mais, se tornava o centro luminoso do universo de Sabrina; o amor dela por ele incendiava a tela como lava. Mas ainda era para Dorian que Sabrina se voltava em busca de aconselhamento e apoio.

Dorian retornou para o castelo às sete da noite e seguiu direto para o quarto dele e de Chrissie, rezando, conforme subia a enorme escada de pedra, para que a esposa estivesse pelo menos fora da cama. Essas sonecas de depressão pareciam drenar a energia de Chrissie em vez de revigorá-la, e ela sempre levava uma hora inteira após acordar até voltar ao ritmo das coisas. Dorian havia feito reserva para as oito horas no Gianni, um dos poucos restaurantes locais que Chrissie de fato declarava gostar. Ele queria desesperadamente chegar a tempo da reserva.

Ao abrir a porta do quarto, seu humor se elevou. Chrissie estava obviamente acordada. A cama estava feita. Mais do que isso, o quarto parecia impecavelmente limpo, com todas as roupas dela guardadas e as pesadas cortinas de veludo abertas, um sinal claro de que o humor de Chrissie estava melhor. No estado de maior depressão, ela deixava bagunça por todo canto e perambulava na escuridão feito uma toupeira. Somente quando Dorian abriu o guarda-roupa para pegar uma camisa limpa e percebeu que *todas* as roupas de Chrissie tinham sumido, foi que os primeiros sinais de apreensão despontaram dentro de si.

Talvez ela tenha apenas reorganizado algumas coisas.

Enquanto tentava não entrar em pânico, Dorian caminhou até o closet particular de Chrissie. Estava completamente vazio. Ao redor do cômodo, as portas do closet estavam abertas, como se fossem bocas gigantes rindo dele enquanto revelavam seu vazio. No centro do cômodo, alguns pares de tênis esquecidos eram os únicos habitantes da amada "ilha de sapatos" de Chrissie. Com todos os pares de Jimmy Choo e Jonathan Kelsey de cores de tons de pedras preciosas desaparecidos, o móvel parecia dolorosamente esgotado, um pavão desprovido das penas, um arco-íris esmaecido até um cinza sem vida. *Como nosso casamento*, pensou Dorian, sombrio.

Ele seguiu até o quarto de Saskia como se fosse um zumbi, já sabendo o que encontraria. Sem brinquedos ou bichos de pelúcia, o quarto pintado de cor-de-rosa parecia austero, como se alguém tivesse morrido ali e os funcionários o tivessem limpado em seguida com uma eficiência cruel. Algumas horas antes, Saskia estivera no set de filmagens, nos braços dele. Agora, numa única tarde, todos os traços da vida familiar de Dorian tinham sido brutalmente removidos. *Puf. Sumiram.*

Sem saber como havia chegado ali, Dorian se viu no escritório, encarando o telefone na escrivaninha. Preso a ele havia um bilhete, um único pedaço de papel dobrado com o nome de Dorian rabiscado, com a letra fina e irritadiça de Chrissie. Preparando-se, como que para um golpe físico, ele o pegou e o abriu.

"*Deixei este bilhete aqui porque é onde você sempre está — trabalhando. E porque, sem um bilhete, duvido que sequer tivesse notado minha ausência. Vou me mudar de volta para Los Angeles e vou levar Saskia comigo. É tudo que você precisa saber. Talvez eu o veja lá algum* dia, da próxima vez que viajar a negócios. Ou talvez não. Para ser sincera, já não me importo mais. C."

Havia tanto ódio naquelas poucas linhas. Obviamente, o bilhete fora pensado para magoá-lo, mas ao lê-lo diversas vezes, Dorian percebeu que não estava tão magoado quanto entristecido. Era terrível Chrissie ter se submetido a escrever algo tão pequeno, tão cruel. Ele sabia que estava entorpecido pelo choque. Em algum momento, em algumas horas ou talvez em alguns dias, a imensidão do que acontecera provavelmente o acertaria, e Dorian sentiria o desespero, a angústia e o horror que sabia que deveria sentir. Mas, naquele momento, não havia nada além de uma sensação quieta e silenciosa de perda. Dorian sentia como se estivesse assistindo a uma cena dramática de um filme, mas sobre outra pessoa.

Ele pegou o telefone, então o colocou de volta no gancho.

Para quem estou ligando?

Obviamente, ele deveria fazer algo. A mulher o havia deixado e levado a filha deles. Era uma situação que exigia ação de algum tipo por parte de Dorian. Gerenciamento de crise. Mas quando parou para pensar a respeito, percebeu que na verdade não tinha ideia do que fazer. Num acidente, você liga para uma ambulância; depois de um crime, para a polícia. Mas o que fazer quando alguém vira as costas e vai embora com vinte anos da sua vida, deixando um bilhete que basicamente manda você ir se foder?

— Você está bem?

Sabrina surgiu à porta. De bermuda verde-escura e regata, com os cabelos compridos presos num coque desarrumado, ela parecia jovem, feliz e apaixonada. Bastou vê-la para o coração de Dorian doer. Fazia muito tempo desde que Chrissie passava aquela impressão.

— Estou bem.

Sabrina estava indo à cidade para beber com Viorel quando, por acaso, passou pelo escritório de Dorian. Ao vê-lo encarar o nada, ficou preocupada.

— Tem certeza? Está com cara de que o mundo acabou de acabar.

Dorian pensou: *Parte dele acabou.*

— Chrissie me deixou — disse ele, inexpressivo. — Levou Saskia de volta para Los Angeles.

Sabrina fez uma expressão de sofrimento.

— Nossa, Dorian. Sinto muito.

— Mas não está surpresa?

Ela deu de ombros.

— Você está?

Dorian pensou a respeito.

— Acho que não. Um pouco. Não sei. Achei que poderíamos ter conseguido aguentar até o fim das filmagens. Estamos quase terminando. — Ele passou a mão pelo cabelo, de repente ciente de como estava incrivelmente cansado.

— Talvez só precise de um pouco de espaço — disse Sabrina, tentando parecer otimista. — Provavelmente está tentando manifestar uma opinião, ensinar uma lição a você ou algo assim. Ela vai voltar.

— Claro. — Dorian sorriu. — Ela vai voltar.

Mas nenhum dos dois acreditava realmente naquilo.

CAPÍTULO 21

As semanas finais de filmagens no castelo romeno de Dorian Rasmirez pareceram passar na velocidade da luz. Tanta coisa havia acontecido desde que saíram da Inglaterra. O casamento de Dorian parecia ter finalmente desabado. Sabrina rompera o noivado com Jago. E, é claro, ela e Vio agora estavam mergulhados num relacionamento intenso, alimentando uma faísca que transformara a química dos dois diante das câmeras e, consequentemente, toda a sensação do filme. No entanto, de alguma forma, parecia ter sido ontem que haviam chegado à Transilvânia. Quando todos tinham se acostumado com a grandiosidade do castelo de Dorian e a majestade de tirar o fôlego dos Cárpatos, as filmagens estavam terminadas e era hora de voltar para casa.

Como resultado disso, havia certo ar de irrealidade a respeito da festa de encerramento. *Era mesmo o fim?* Aquilo se intensificava pelo fato de que a maioria dos atores, inclusive Lizzie e Rhys, haviam terminado as cenas semanas antes, então restava apenas um grupo diminuto: Sabrina e Vio, Dorian, Chuck e um punhado ínfimo da equipe e dos figurantes, reunidos na enorme casa de veraneio vitoriana para os brindes tradicionais e as despedidas. Parte da equipe do castelo também fora convidada para aumentar o número de pessoas, o que tornava aquela uma reunião ainda mais heterogênea.

A própria casa de veraneio tinha aparência e odor incríveis. O prédio neoclassicista greco-romano estava cheio de lírios brancos e frésias, e as peças de arte da enorme parede dos fundos tinham sido retiradas para dar lugar a uma tela de cinema em tamanho real, na qual imagens do longo verão de filmagens eram projetadas. No meio do salão, duas longas mesas de treliça tinham sido postas em fila e cobertas de deliciosas saladas, carnes e sobremesas, mais alguns dos melhores vinhos da adega de Rasmirez, e nos cantos do salão oval, sofás brancos cobertos com almofadas e mantas de seda forneciam um retiro confortável para aqueles que queriam conversar com mais privacidade.

Chuck MacNamee, que trabalhara com Dorian em todos os filmes do diretor desde *Amor e arrependimentos*, deu início aos discursos com uma homenagem emocionada ao mentor.

— Como todos sabemos, algumas das peças de arte mais lindas da história foram forjadas em meio à dor. Essas filmagens não foram fáceis, principalmente nas últimas duas semanas. Mas, Dorian, o que você conquistou aqui é algo realmente incrível. — Os olhos de Chuck se encheram de lágrimas. — Você é incrível, cara.

Chuck já tomou seus mojitos, pensou Dorian, mas não sem se emocionar, tentando parecer agradecido conforme o discurso prosseguia. Ele estava orgulhoso do filme. Ainda precisava ser editado, é claro — a diferença entre um filme bom e um filme ótimo em geral dependia do que restava no chão da sala de decupagem —, mas Dorian não tinha dúvidas de que *O Morro dos Ventos Uivantes* seria a realização máxima de sua carreira. Contanto que conseguisse fechar um acordo de distribuição e garantisse financiamento para a coisa, é claro, mas com um trabalho daquela qualidade, não seria difícil.

Dorian tinha dúvidas de que ainda se importasse. Fizera aquele filme, em parte, para Chrissie. Para tirá-los das dívidas e colocar a vida de volta ao normal, para que não precisasse trabalhar constantemente, para que pudesse passar mais tempo com ela, e para dar à esposa todas as coisas que ela queria: as viagens a Paris para fazer compras, as férias, as festas que custavam 20 mil por cabeça. Agora que Chrissie tinha ido embora e o casamento dele estava em ruínas, será que aquilo realmente importava?

Felizmente, o discurso de Chuck estava chegando ao fim. As taças foram enchidas novamente, Dorian murmurou algumas palavras de agradecimento e, poucos minutos depois, Sabrina se levantou. Ela e Viorel tinham passado a parte inicial da noite encolhidos numa poltrona romântica no canto, como uma cobra de duas cabeças impossivelmente graciosa e glamourosa. Parecendo revigorada e radiante como nunca, a pele orvalhada e levemente bronzeada reluzindo sob um vestido longo simples de seda cinza, e os cabelos ainda molhados agarrados aos ombros e ao pescoço como se fossem algas marinhas cor de mogno, Sabrina definitivamente brilhava de satisfação e pertencimento.

— Eu também gostaria de dizer algumas palavrinhas — começou Sabrina. — Primeiro, quero pedir desculpas a todos vocês se eu fui, sabem, um pouco áspera quando começamos a filmar.

— Áspera? — gritou um dos caras do som, provocando risos generalizados. — Você era uma porra de uma lixa.

Algumas semanas antes, Sabrina teria humilhado o homem com uma réplica afiada, mas, agora, aceitava o golpe.

— Tudo bem, tudo bem, entendo. Eu era difícil. Mas isso me leva à segunda coisa que queria dizer. Que é: obrigada, a todos vocês, mas principalmente a este homem. — Ela apontou para Dorian. — Este homem, com quem fui imperdoavelmente grosseira num restaurante em Beverly Hills um ano atrás, mas que me ofereceu um bote salva-vidas mesmo assim; este homem, que me tirou do buraco, que me deu não apenas uma chance, mas um monte de chances quando ninguém o faria.

Dorian percebeu que precisava levantar a cabeça e se forçar a olhar para ela. Desde que Chrissie partira, apenas olhar para o rosto de Sabrina o deixava quase em prantos. Era patético. *Vou mesmo virar um daqueles velhos babacas misantropos que não suportam ficar perto de pessoas felizes?*, perguntou ele a si mesmo, com severidade. *Recomponha-se. É a Sabrina. Você se importa com esta garota. Fique feliz por ela.*

— Espero que, no final das contas, eu tenha deixado você orgulhoso ao interpretar Cathy — continuou Sabrina, rindo para ele. — Obrigada. Por tudo.

Depois de ir saltitando até a mesa de treliças à qual Dorian estava sentado, ela se inclinou e o beijou, então fechou os braços ao redor do pescoço do diretor e o abraçou com força. Aquilo foi inesperado. As pessoas batiam palmas e incentivavam. Dorian abraçou Sabrina de volta, desconfortável, e acariciou as costas dela como se faz com um cachorro.

— Eu fui sincera — sussurrou ela ao ouvido dele. — Você mudou a minha vida. Nunca vou saber como compensá-lo.

— Não precisa — respondeu Dorian, finalmente encontrando a voz. — Você trabalhou duro, Sabrina. Mereceu isso. Tenho tantos motivos para agradecer quanto você.

Ao deixar Sabrina e Dorian no festival de amor mútuo, Viorel foi conversar com uma das garotas da maquiagem. Estava satisfeito porque Sabrina parecia ter tirado Dorian do transe, impedindo-o de ficar sentado ali encarando o nada, inexpressivo como o fantasma do banquete. Quando Chrissie executou seu ato de desaparecimento, Vio esperara que ela fosse contar tudo sobre a noite que tiveram juntos em Loxley. Como os terapeutas de Los Angeles gostavam de dizer, pessoas magoadas magoam outras pessoas, e aquilo era exatamente o tipo de informação que uma esposa desequilibrada e à beira do divórcio poderia jogar na cara do marido. Quando não aconteceu, Viorel ficou aliviado, mas ainda se sentia terrível enquanto observava o efeito que a partida de Chrissie tinha sobre o pobre Dorian. Aquilo o lembrava, mais uma vez, de como Rasmirez era um homem bom. *Um homem melhor que eu.*

No entanto, novamente, Viorel se via lutando contra o estranho sentimento de insatisfação que recaíra sobre sua estada em Los Angeles. Estava realmente começando a incomodá-lo. *Este deveria ser o momento mais feliz da minha vida. O filme é sensacional. Acabo de receber um cachê enorme, escapei de um desastre com a mulher de Rasmirez e Sabrina está apaixonada por mim. Melhor ainda, amanhã finalmente vou voltar para casa.*

"Nós" voltaremos para casa.

Talvez aquele fosse o problema, ou parte dele. Sabrina falava constantemente sobre o futuro dos dois como se fosse um fato consumado. O que, por osmose e inércia de Vio, agora basicamente era. "Eles" iriam para casa em Los Angeles. "Eles" mal podiam esperar para ir ao Sushi Roku, para celebrar juntos em Hyde, para fazer trilha em Rustic Canyon, para comemorar o aniversário de Sabrina no Cecconi's. Até então, Sabrina não mencionara especificamente a ideia de morarem juntos. Mas ela falava de Venice e da casa de Viorel lá com uma naturalidade e familiaridade que pareciam distintamente territoriais. Será que ele perderia a fortaleza? Se deixasse Sabrina entrar, não seria mais uma fortaleza. Seria um lar. O lar deles. É isso o que quero?

— Mais vinho, querido?

Leah, a garota da maquiagem que nutria uma quedinha muito óbvia por Viorel, inclinou-se para perto enquanto enchia a taça dele. Tinha seios espetaculares, reparou Vio, pálidos e sardentos como o rosto dela, mas fartamente trêmulos e cheios como um par de balões d'água. Ele não conseguia entender por que jamais reparara neles antes.

— Obrigado.

Por um momento, Viorel pensou que, se não estivesse com Sabrina, provavelmente teria dormido com Leah naquela noite. E que se não dormisse com Leah naquela noite, quase certamente jamais a veria de novo. Mais uma chance perdida para sempre. Mais uma porta fechada.

— É realmente tão ruim, a vida de uma estrela de cinema? — Leah fazia uma imitação engraçada do biquinho de tristeza de Vio. — É sua última cueca de fios de ouro, é isso? Só conseguiu o segundo melhor assento no jato particular?

Vio sorriu.

— Desculpe. Pareço mesmo tão trágico?

— Eu diria que você tem boas chances de entrar para a equipe olímpica da depressão, sim. — Leah tomou um gole do vinho. Estava ficando tarde e todos pareciam claramente inebriados. — Sabe, pode me contar o que está passando pela sua cabeça. Sou boa ouvinte. — Quando Viorel não disse nada, ela acrescentou, de modo provocante: — É claro que eu provavelmente venderia a informação para o *National Enquirer* amanhã de manhã cedo. Mas um problema compartilhado é um problema dividido, certo?

Viorel gargalhou alto, então segurou o rosto dela nas mãos.

— Você é uma graça. Sabe disso, certo?

Leah congelou. *Eu poderia beijá-la*, pensou Vio. *Bem agora, na frente de todos. Estragar as coisas com Sabrina bem assim. Escancarar as portas e caminhar para a liberdade.* Então ele olhou para Sabrina. Ela ainda estava falando com Dorian, jogava a cabeça para trás e ria de algo que ele dissera, os cabelos longos caíam nas costas dela como chamas saltitantes, o rosto de anjo era o retrato da felicidade. Ela não era apenas linda. Era perfeita. E era toda dele.

Qual é a porra do meu problema?

Viorel retirou as mãos do rosto de Leah.

— Desculpe — murmurou ele. — Sou um babaca. Acho que preciso ficar sozinho um tempo.

Sem dizer nada, Leah revirou uma bolsa sob a mesa, pegou um maço de Marlboro Light e um Zippo prateado e os colocou nas mãos dele. Vio ficou emocionado.

— Você é mesmo uma graça.

— É, é, eu sei — respondeu Leah. — Se algum dia você descobrir que tem um irmão gêmeo perdido, dê meu telefone a ele.

Em Loxley Hall, Tish desabou num dos novos sofás B&B Italia de Vivianna, completamente esgotada. O voo para Bucareste seria às oito da manhã seguinte e ela precisava desesperadamente dormir, mas estava decidida a terminar a contabilidade e os arquivamentos antes de ir embora. Pelo menos, pensou ela, se deixasse tudo em um estado claro e organizado para Jago, havia uma chance, ainda que vaga, de ele em algum momento sair da cama e começar a levar as responsabilidades em Loxley a sério. Pelo menos, Tish saberia que fizera seu melhor e que ninguém poderia culpá-la se a propriedade caísse em desgraça e ruína. *Eu tentei.*

Em um minuto, ela voltaria para o escritório de Henry. *Vou só me sentar por alguns instantes. Descansar os olhos.*

Tish foi acordada pelo que vinha se tornando um de seus sons menos preferidos: a vibração irritante do celular. *Quem diabo ligaria para ela tão tarde?* Tish pensou em não atender, mas então lhe ocorreu que poderia ser Carl ligando para falar sobre um problema com uma das crianças em Curcubeu. Ele não ligaria àquela hora se não fosse algo sério.

— Alô? — disse Tish, sonolenta.

Sentado num banco de madeira do lado de fora do castelo de Dorian, Viorel deu uma longa tragada no cigarro. *Eu não deveria ter ligado. Ela já parece irritada.*

— Oi. — Vio tossiu com nervosismo. — Sou eu.

Silêncio.

— Viorel.

Mais silêncio.

— Só estava aqui pensando em como vai meu amigo Abel.

Ele tentou manter a voz tranquila e casual, mas estava consciente do *tum-tum* agitado em seu coração. Mesmo a 1.300 quilômetros de distância, Tish conseguia fazer com que o coração dele batesse mais rápido. Mas não de um jeito bom. Mais como a sensação que se tem quando se vê a polícia no espelho retrovisor.

— Ele está bem — respondeu Tish, com frieza. — Não graças a você. — Por dentro, ela pensou: *Por que estou sendo tão ruim com ele? Seria força do hábito?*

— O que quer dizer com "não graças a mim"? — Vio parecia irritado. — O que eu fiz agora?

— É o que você *não fez* que o deixou chateado — disse Tish. — Nenhuma carta. Nenhum telefonema.

Ela sabia que estava sendo injusta. Romper com Abel fora a coisa mais gentil que Vio poderia ter feito pelo menino, naquelas circunstâncias. Não era prático pensar que ele poderia visitá-los em Oradea ou manter qualquer tipo de contato frequente, então por que prolongar a coisa? Mas Tish não conseguia se impedir de atacá-lo. Ouvir a voz de Viorel a deixou consciente do quanto sentia falta dele, o que apenas a deixava com mais raiva.

— Ah, por favor — disse Vio. — Saí daí faz menos de um mês.

— Tem ideia de quanto tempo é um mês para uma criança de 5 anos?

— Cruzes — disparou Vio. — Eu estava tentando ser diplomático, está bem? Depois da coisa toda com Sabrina e Jago, não sabia se uma ligação minha seria bem-vinda.

— Diplomático? — repetiu Tish com escárnio. — Você? É tão diplomático quanto Russel Brand com síndrome de Tourette. Abel tem mais tato que você.

Viorel tragou profundamente o cigarro. Por que, por que, por que tinha ligado? Na festa de encerramento, enquanto flertava perigosamente com Leah e observava Sabrina do outro lado do salão, sentira-se ansioso e infeliz. Queria que alguém o fizesse se sentir melhor, então se vira discando o número de Tish antes mesmo de ter consciência do que estava fazendo.

Devo estar mais bêbado do que imaginei.

— Para sua informação — continuou Tish —, Jago não saiu da cama desde que Sabrina terminou tudo com ele. Está num estado terrível.

— Tente outra — disse Vio, grosseiro. Ele até poderia se sentir culpado por não ter ligado para Abel, mas não derramaria nenhuma lágrima pelo irmão dramático de Tish. — Ele está fingindo. Jago jamais amou Sabrina.

Tish, que por acaso pensava exatamente a mesma coisa, não aceitaria aquilo de Viorel.

— Como você sabe? — desafiou ela.

— Porque era muito óbvio — disparou ele. — Jago queria arrancar as roupas dela como qualquer outro cara.

— Menos você, é claro — disse Tish, com sarcasmo. — Você está profundamente apaixonado por ela, imagino?

— Na verdade, estou — replicou Viorel, sem pensar.

Houve uma pausa de alguns segundos, enquanto os dois se retiravam para os respectivos cantos. Quando o sino tocou anunciando o segundo round, foi Vio quem deu o primeiro soco.

— Sabe, você deveria me agradecer — disse ele, com tom provocativo.

— Agradecer a você?

— É isso mesmo. Por dar um fim ao noivado fantasioso de seu irmão. Admita, você odiava aquele relacionamento ainda mais do que me odeia.

— Eu não odeio você — disse Tish, chocada.

— Que seja — disse Vio, de modo enrolado. — Fiz um favor a você ao seduzir Sabrina.

— Ah, entendo — replicou Tish. *Que arrogância!* — Parecido com o favor que fez a Dorian, não é? Ao comer a mulher dele? Estava, na verdade, ajudando um amigo, dando um tiro de misericórdia num casamento convalescente.

— Aquilo foi diferente — resmungou Vio. Ele não sentia orgulho de si mesmo pelo que acontecera com Chrissie.

— Sabe, você é mesmo bastante santo, quando penso a respeito — disse Tish, preparando o argumento. — Não consigo sequer *pensar* em como o julguei tão mal. Você é meio que um terapeuta prático, não é, Viorel? Não apenas um desgraçado egoísta que segue o próprio pau pelo mundo como um cachorro segue um osso, sem se importar com quem magoa.

— Você é impossível — disparou Viorel. — Pelo que vai me culpar agora? Pela porra da crise no Oriente Médio? — Ele desligou, o celular ainda tremia em sua mão.

Em Loxley, Tish ficou sentada, entorpecida, no sofá italiano caríssimo da mãe, ouvindo o longo bipe do tom de discagem. O escritório de repente pareceu gélido. Também parecia frio e nada familiar, mais como uma vitrine de móveis do que a antiga casa envelhecida que Tish sempre amara, cheia de todos os bibelôs caros que Vivi se recusara a devolver, apesar de Tish ter implorado.

A ligação de Viorel a deixara chateada, não apenas porque fora *Tish* quem a transformara numa discussão. Ela andava excessivamente emotiva nos últimos dias, sem falar da exaustão física, e estava descontando nos outros. Tish atribuiu as lágrimas que enchiam seus olhos naquele momento a isso, e ao fato de que iria embora no dia seguinte, sem ter ideia de quando veria sua amada Loxley de novo. Aquela era uma das maiores ironias a respeito da discussão com Viorel. Ele parecia acreditar que Tish achava fácil partir. Que apenas Abel estava chateado por sair da Inglaterra. Se ele soubesse o quanto Tish detestava também, talvez não fosse tão severo com ela.

Ao abrir a carteira, ela pegou uma foto de Michel e a revirou nas mãos, esfregando as bordas do papel com orelhas, pensativa. Fora mesmo por apenas um verão que estivera fora? Assim que retornara a Loxley, aquela foto tinha sido seu bote salva-vidas, um cordão umbilical que a ligava a Oradea e à vida lá, um talismã que Tish podia tocar e que a transportava de volta para o lugar onde havia deixado o coração.

Mas onde estava o coração de Tish agora?

— Você ainda está acordada? — A Sra. Drummond irrompeu no escritório. — Sabe que horas são, menina? Tem um voo pela manhã. Vá para a cama agora mesmo. — Com uma camisola cor-de-rosa longa e farfalhante que já tinha visto dias melhores, e com os cabelos grisalhos presos firmes em bobs, a Sra. D parecia mais com Nora Batty do que nunca. Tish sentiu de alívio ao vê-la.

Pelo menos algumas coisas em Loxley jamais mudariam.

CAPÍTULO 22

Los Angeles, dois meses depois...

— Não. — O rosto anguloso de Chrissie Rasmirez ficou mais severo, os lábios dela ficaram mais apertados e seus olhos azuis frios se semicerraram. — Não aceito isso. Você não está procurando com vontade. Ou está procurando no lugar errado.

Larry Harvey observava a cliente com uma sensação deprimente de déjà-vu. Depois de trinta anos trabalhando como advogado especialista em divórcios em Beverly Hills, tinha visto toda gama de emoções e fragilidade humanas encenadas em seu escritório impecavelmente decorado na esquina da Canon Drive: desespero, ganância, dor, ódio; Larry se sentara diante de todas elas. Representava esposas chorosas e injustiçadas que lutavam para aceitar as traições dos maridos, além de prostitutas frias de Hollywood determinadas a drenar homens casados ricos e idosos. E tratava dos dois tipos de impostoras do mesmo jeito: como se fossem um talão de cheques aberto.

Os divórcios haviam tornado Larry Harvey um homem bastante rico, e havia aspectos de seu emprego dos quais, mesmo depois de uma carreira tão longa e árdua, ele ainda gostava. Mas o negócio de divórcios estava mudando. Ultimamente, tudo girava em torno de contabilidade forense e escolha de jurisdição. Ao observar o rosto duro e sem amor de Chrissie Rasmirez *exigindo* que ele agitasse uma varinha mágica e miraculosamente descobrisse mais dinheiro nas contas do marido dela, Larry Harvey pensou: *Isso não é mais tão divertido quanto costumava ser.*

— Sei que Dorian tem mais dinheiro que isso — insistiu Chrissie.
— Ele está escondendo em algum lugar. Tem que estar.

— Sra. Rasmirez. — A voz grave e nasalada de Larry Harvey não era alta, mas de alguma forma ainda conseguia preencher o cômodo marrom-claro e creme. — Posso lhe assegurar que temos os melhores contadores forenses examinando as finanças de seu marido com um pente-fino. Se houvesse mais dinheiro, teríamos encontrado.

Chrissie balançou a cabeça de modo desafiador, como uma criança teimosa.

— Ainda estamos falando de muitos milhões de dólares — continuou o advogado. — Tenho certeza de que consigo um acordo de cinquenta por cento, e isso antes dos pagamentos da pensão alimentícia, o que no caso da sua filha seriam... significativos. — Ele pronunciou esta última palavra com satisfação, como se fosse um gato lambendo uma tigela de creme de leite.

Chrissie não compartilhava do entusiasmo de Larry. *Estou pagando mil dólares a hora para este babaca porque ele deveria ser o melhor. "Um rottweiler", foi como Linda Greaves o chamou. Está mais para uma porra de um poodle. Tudo o que faz é sentar aqui e me dizer que o dinheiro de Dorian está preso na Romênia e que não posso fazer nada a respeito disso. O advogado de Dorian poderia ter me dito a mesma coisa sem que eu tivesse de pagar nada.*

— Não estou interessada em "significativo" — rosnou Chrissie, tamborilando irritantemente as unhas longas com esmalte vermelho sobre a mesa. — Estou interessada em *enorme, porra*. Meu marido dorme com um Velásquez acima da cabeça, Sr. Harvey. Só aquele quadro vale mais que a quantia que você acaba de me mostrar. Tenho amigas nesta cidade com contas de lavanderia maiores que o que você está propondo. Eu sou a parte prejudicada aqui, está bem? Quero o que me cabe.

Você quer seu quinhão, pensou Larry Harvey, *mas não vai conseguir. Sua anta, não acha que eu faria isso se pudesse? Quanto mais você consegue, mais eu consigo. Que parte de "tesouro nacional" você não entendeu? Os bens romenos não podem ser liquidados, e esse é o começo e o fim da história.*

Em voz alta, ele disse, tranquilamente:

— Está me instruindo a continuar com a investigação contábil?

O rosto de Chrissie àquela altura parecia tão rígido de ódio que dava a impressão de ela estar com tétano.

— Sim, estou instruindo você a continuar — sibilou Chrissie. — Continue até encontrar algo. É para isso que estou lhe pagando.

Ao disparar do escritório do advogado, bastante ofendida, Chrissie saiu alguns minutos depois na Canon Drive sentindo-se pronta para socar alguém. Vestindo um terninho novo de um tom claro de cor-de-rosa da Hermès combinado com Louboutins de salto alto de pelica nude (havia torrado dinheiro em roupas nas primeiras semanas em Los Angeles; depois do que Dorian a fizera passar, ela merecia. E receberia tudo de volta no acordo de divórcio, de qualquer maneira), Chrissie parecia tão rica, magra e descontraída quanto qualquer outra esposa ou namorada abastada fazendo compras no centro de Beverly Hills naquele dia. *Mas não sou*, pensava ela, furiosa. *É tudo fachada. E se seguir em frente com o divórcio, tudo vai desabar ao redor de mim. Serei mais uma dona de casa com renda mediana. Uma ninguém.*

Desde que saíra da Romênia com Saskia e se estabelecera em Los Angeles (Chrissie alugara uma propriedade inglesa linda por seis meses, coberta de glicínias, em Brentwood Park, só para ajudá-la a enfrentar aquilo), as emoções dela variavam amplamente. Ela chegara ali consumida pelo ódio e determinada a se divorciar. A conselho do advogado, concordara em tentar sessões de terapia de casal com Dorian — por telefone, é claro. Dorian estava preso na Romênia com a edição de *O Morro dos Ventos Uivantes* e não poderia ir até Los Angeles para ficar em tempo integral até o Natal. Mas Chrissie não tinha intenção de aceitá-lo de volta. Era puramente uma medida tática. Mesmo que não fosse, a terapia teria sido contraproducente. Cada um dos telefonemas com Dorian, mais o terapeuta intensamente irritante, Billy, que *insistia* em permanecer neutro, apesar de Chrissie estar obviamente certa e Dorian muito provavelmente errado, haviam servido apenas para aprofundar o ressentimento e a determinação dela.

Mas, desde então, uma série de coisas havia acontecido, o que contribuiu para corroer sua certeza. Primeiro, a vida social de Chrissie se esgotou. Depois de uma enxurrada emocionante de festas, estreias e convites para jantar assim que chegou à cidade, o telefone dela de repente parara de tocar, e os jantares glamorosos cessaram abruptamente. Aquilo foi uma chamada fria à realidade, e Chrissie vivera em Hollywood tempo o bastante para saber o que significava. *Enquanto for a mulher de Dorian, tenho uma identidade aqui. Como ex-mulher dele, não sou nada. Sou um Kevin Federline. Sou um Cris Judd da vida.*

Em segundo lugar, havia Saskia. Para a surpresa de Chrissie, a garotinha ficava perguntando pelo pai: onde estava papai, quando papai voltaria, por que papai não tinha ido com elas; e as perguntas haviam se intensificado mais do que escasseado com o tempo, e tornaram-se cada vez mais carregadas de confusão e perda. Embora fosse egocêntrica e gananciosa, Chrissie não era totalmente desprovida de sentimentos humanos e maternais. A infelicidade de Saskia a incomodava. Como Dorian sempre tinha sido uma porcaria de pai ausente, presumira que os laços emocionais da filha com ele seriam fracos e facilmente desfeitos. Aparentemente, estava errada.

E, em terceiro lugar, e talvez mais importante, havia o dinheiro. Se acreditasse no que Larry Harvey — e Dorian — diziam, o valor líquido do homem era uma fração do que Chrissie imaginara que fosse. O dinheiro que haviam conseguido com a venda da casa em Los Angeles tinha ido todo para o pagamento das dívidas dos dois últimos filmes, ou para o poço sem fundo engolidor de dinheiro que era o castelo na Transilvânia. Seria mesmo verdade que, depois de uma carreira de uma década como um dos diretores mais requisitados de Hollywood, Dorian tivesse conseguido acabar, se não falido, pelo menos não muito melhor que um dentista relativamente bem-sucedido? *Como ele podia ter sido tão perdulário?*, pensava Chrissie, furiosa (esquecendo-se, convenientemente, do próprio hábito de compras, equiparável apenas ao de Imelda Marcos). *Desperdiçar todo o nosso dinheiro em filmes que não vendem e naquela porcaria de castelo idiota. Isso é fazer questão de jogar dinheiro fora!* A vida de uma divorciada rica era uma coisa. Ela poderia imaginar viver sem a atenção e os amigos glamorosos se ao menos pudesse passar os dias com luxo, trepando com quem escolhesse, fazendo compras na Rodeo Drive todos os dias e almoçando com as garotas no The Ivy. Mas uma divorciada pobre? Aquilo jamais tinha sido parte do plano.

De repente, a promessa de Dorian de voltar para Los Angeles no Natal, para terapia cara a cara e para tentar fazer as coisas darem certo, pareceu um pouco menos com uma nuvem negra que se aproximava e mais como uma porta se reabrindo devagar. Depois da grandiosa e dramática saída, Chrissie não queria voltar para ele. Mas talvez, se ele implorasse o bastante... e na ausência de uma oferta melhor...

— Christina.

Chrissie se virou. Um reluzente Rolls-Royce prateado, com vidros fumê e calotas cromadas polidas, tinha encostado ao lado dela. Era um dos carros mais vulgares e ostentosos que alguém poderia imaginar, o tipo de veículo escolhido por cantores do rap ou jogadores da NBA recém-contratados. Então ela ficou duplamente surpresa quando uma cabeça loura familiar se esgueirou para fora da janela, com um sorriso largo.

— Soube que estava na cidade. Que incrível esbarrar em você assim.

— Loucura — concordou Chrissie, sorrindo de volta.

Harry Greene parecia tão galanteadoramente bonito quanto Chrissie se lembrava. Fisicamente, ele era a antítese de Dorian: louro, magro e sempre impecavelmente vestido (naquele dia, usava uma camisa Armani de linho creme, um blazer combinando e Ray-Bans vintage clássicos), em contraste com a desorganização sombria e pesada de Dorian. De um modo próprio, também, ele era tudo o que Dorian não era: observador, galanteador, atencioso. Não havia nada de selvagem a respeito de Harry Greene, nada de incontrolado e, no entanto, ele exalava ao mesmo tempo poder e nervosismo sempre que olhava para ela.

— Está ocupada?

Pergunta capciosa, pensou Chrissie. *Se estiver ocupada, é a deixa para ele ir embora. Se não estiver ocupada, pareço uma perdedora, como uma peça sobressalente.* Ela olhou para o relógio.

— Não por mais uma hora, mais ou menos. Minha reunião acabou mais cedo, e só tenho que buscar Saskia no balé às três.

— Ótimo — disse Harry, saindo do carro de cafetão e abrindo a porta do carona. — Entre. Quero mostrar uma coisa para você.

Chrissie pareceu hesitante.

— Vamos — insistiu Harry. — Vai ser divertido. Levo você para a aula de balé a tempo, prometo. E, no caminho, podemos conversar sobre como nós dois detestamos seu marido.

Chrissie gargalhou. Aquilo *parecia* divertido. E só Deus sabia que ela não tinha mais nada para fazer.

— Tudo bem. Estou dentro. Mas não posso me atrasar para pegar minha filha.

Harry sorriu, ajudando-a a entrar no carro.

— Confie em mim.

O que Harry Greene queria mostrar a ela era uma casa.

"Casa" era o termo técnico para o prédio. "Hotel Four Seasons para um ocupante" teria descrito mais precisamente a propriedade, localizada atrás dos enormes portões de pedra de Coldwater Canyon, num terreno plano de 20 mil metros quadrados. No fim de uma estrada para carros de 800 metros ladeada por choupos havia um palácio estilo Tudor de bem mais de 2.700 metros quadrados. Havia jardins com pavões passeando pelo gramado, lagos de carpas, inúmeras piscinas com cachoeiras e lagoas de pedras e até mesmo um pequeno campo de golfe. O mais impressionante de tudo, no entanto, eram as paisagens. Ao sair do carro, Chrissie pôde enxergar bem além da cidade, até o oceano Pacífico e a ilha Catalina. Ela se sentiu como uma rainha, inspecionando o reino. *O reino de Harry.*

— Isto é seu? — perguntou ela, engasgando, sinceramente deslumbrada.

— Ainda não — respondeu Harry. — Está à venda por 90 milhões de dólares. Estou pensando a respeito, mas preciso de uma segunda opinião. Podemos entrar?

Do lado de dentro, a casa parecia uma revolução cafona de consumo desenfreado, tão impressionante quanto vulgar. Havia uma imensidão de mármore e ouro, do chão até as torneiras e as maçanetas das portas. Candelabros ridiculamente exagerados pendiam em todos os cômodos, até mesmo na cozinha das criadas, e televisões de tela plana emergiam dos lugares mais inesperados — de dentro de armários, penduradas nos tetos, erguendo-se do chão, surgindo fantasmagoricamente de trás de espelhos duplos. Os quartos, todos os 15, estavam cobertos com tapetes felpudos cor de creme, tão grossos e macios que, se você tirasse os sapatos, era como se estivesse caminhando sobre glacê; e as camas estavam todas cobertas de sedas em cores vivas — roxo, rosa, laranja, como se fosse o sonho erótico de um dono de boate de Miami.

— O que acha? — perguntou Harry a Chrissie na metade do tour. Estavam no complexo de ginástica com piscina, um salão com mosaicos de mau gosto que evidentemente era para seguir um tema romano, mas que, assim como os demais, fora vítima da maldição dos candelabros.

— Sinceramente? — disse Chrissie. — Parece que Liberace comeu paetês demais e vomitou. Impressionante, mas vil. Você não conseguiria morar aqui, não sem redecorar.

— Você não conseguiria? — Harry ergueu uma sobrancelha inquisidora.

— Não sei. — Chrissie corou. — *Eu* não conseguiria. Acho que alguém deve ter gostado. Você... isto está do seu... gosto?

Harry deu de ombros.

— Não tenho certeza se tenho um gosto, na verdade — disse ele, honestamente. — Com meus filmes, eu me importo, esquadrinho cada frame. Mas uma casa é apenas um teto sobre minha cabeça.

— Um teto bastante caro — comentou Chrissie. — Se *eu* fosse pagar 90 milhões por um lugar, iria querer que fosse perfeito, até a última lâmpada. — Ela olhou ao redor do enorme complexo de ginástica e suspirou. — Eu poderia fazer *tanta* coisa com este lugar.

— Ótimo. Decore-o, então.

Chrissie olhou para Harry. O rosto dele estava impassível, indecifrável. Estava falando sério?

— Eu?

— Por que não? — Harry deu de ombros. — Você está em Los Angeles agora; tem algum tempo sobrando. Sabe sobre design de interiores, espaços e essas coisas.

— Bem, sim, mas...

— Tiro 10 milhões da minha oferta para pagar pela decoração e pago a você 15 por cento de comissão.

— É muito gentil da sua parte — disse Chrissie, enormemente grata pelo fato de um homem como Harry Greene confiar tanto no gosto dela, e em relação a algo tão pessoal e íntimo quanto a própria casa também. — Mas não poderia aceitar. Nem mesmo sou decoradora profissional. É só algo que fiz nas minhas casas, sabe, por diversão.

Ao colocar a mão no bolso do blazer, Harry pegou um talão de cheques e uma caneta Montblanc prateada e começou a escrever. Depois de arrancar e dobrar o cheque, entregou-o a Chrissie.

— Você é uma profissional agora. Parabéns.

Harry olhou para ela, os frios olhos cinza detendo-se nos dela, e Chrissie sentiu os protestos morrerem em seus lábios. *Ele é como Rasputin*, pensou ela, animada, ciente da pulsação do desejo acumulando-se entre as pernas. *É tão astuto que não se pode negar nada a ele.*

— De toda forma — disse Harry, sorrindo —, acho que eu não iria querer comprar uma casa na qual *você* não quisesse morar. Isso parece terrivelmente limitador.

O coração de Chrissie deu um salto. *Ele está sugerindo o que acho que está sugerindo?*

— Vamos lá. — Ao deslizar uma das mãos até a lombar de Chrissie, Harry a guiou de volta às escadas. — Podemos conversar melhor sobre a casa amanhã. Agora, precisamos levar você àquele recital de balé.

Somente mais tarde, depois que Harry tinha ido embora e ela estava de volta a Brentwood com Saskia, Chrissie desdobrou o cheque.

Era de 1,5 milhão de dólares.

Ela não sabia ao certo que tipo de jogo Harry Greene estava planejando. Mas com aquela quantia em dinheiro como prêmio, lançada no primeiro dia, Chrissie Rasmirez estava dentro. Se tudo desse errado, ela sempre teria Dorian. Por mais que ele a tivesse insultado, ignorado e a rejeitado sexualmente, ela sabia no fundo do coração que ele ainda a amava. Tudo o que precisava fazer era se afastar, e ele vinha correndo, como um cachorrinho perdido.

Sim, num mundo de incertezas, a devoção de Dorian era a única coisa da qual Chrissie tinha total e resoluta certeza.

Do lado de fora do Cecconi's, na esquina da Doheny com a Melrose, via-se o habitual tumulto de paparazzi, com suas câmeras prontas para fotografar celebridades que tinham ido jantar e estavam a caminho de casa. Havia diversos restaurantes queridinhos dos famosos naquele lado da cidade: Il Sole, na Sunset, o preferido de Jen Aniston; Katsuya, em La Cienega, onde as irmãs Simpson costumavam ficar. Mas o Cecconi's ainda era o número um, sem dúvida, pelo menos no que dizia respeito a uma lista VIP genuína. Simon Cowell chamava o restaurante de sua "cozinha". Tom Cruise e Katie Holmes quando casados frequentavam regularmente, assim como David e Victoria Beckham, que faziam, ambos, suas festas de aniversário no despretensioso prédio de esquina, com o interior decorado como um bistrô francês, complementado por pisos de ladrilho e grandes pernis de presunto pendurados atrás do balcão do bar, para dar um ar de charqueada chique. Gwen Stefani, Jack Nicholson, LiLo e Sam Ronson, Kobe Bryant... A lista de clientes famosos prosseguia, de tal forma que se dizia que os cidadãos comuns encaravam filas de espera de até três *meses* para conseguir uma reserva para jantar que não fosse às cinco e meia da tarde ou às onze e quinze da noite.

Em uma terça-feira de outubro, no entanto, e ainda mais no início da noite, nenhum dos paparazzi esperava tanta ação. Então, quando se espalhou o boato de que Viorel Hudson e Sabrina Leon tinham chegado para um jantar cedo, a animação era palpável.

Nas seis semanas desde que tinham "saído" publicamente como casal, Sabrina e Vio rapidamente se elevaram até se tornarem os mais procurados dos editores de tabloides. O caso de amor inesperado deles, o evento mais fotogênico desde que Brad e Angelina haviam se juntado, transformara o perfil midiático de Sabrina, da noite para o dia, de Bruxa Má do Oeste para a Queridinha Mais Improvável da América, e elevara o de Viorel para um status indiscutível de personalidade VIP. Juntos, os dois eram uma mina de ouro. Leitores da *US Weekly* não se cansavam de como o lindo Sr. Hudson tinha "domado" a criança selvagem que era Sabrina Leon. Apaixonada, e com um visível brilho de satisfação, Sabrina abandonara as minissaias e o couro preto, que eram sua marca registrada, por um look mais suave e feminino. Os editores de moda adoravam, e os tabloides se regozijavam com o ângulo "Menina Má que Virou Boa", até que o próprio empresário de Sabrina, Ed Steiner, começou a se preocupar que a exposição pudesse ser *demais* e começasse a roubar atenção do perfil dela como atriz.

— Não precisa se preocupar com isso — disse Sabrina a ele, com um raro relance da antiga arrogância. — Assim que *O Morro dos Ventos Uivantes* sair, vão começar a falar de minha atuação de novo. É o melhor trabalho que já fiz, tenho certeza.

Do ponto de vista dos paparazzi, o problema era *conseguir* uma foto dos dois juntos. Sabrina, antes a mais festeira das garotas e tão fácil de ser encontrada na cena noturna num sábado quanto um homem gay num show da Barbra Streisand, tinha, de repente, se tornado muito caseira e reclusa. Ela e Vio raramente saíam, e jamais iam a boates ou ao Château, seus points habituais. A timidez recém-descoberta de Sabrina se estendia a entrevistas também. Enquanto antes ficaria feliz em tagarelar, bêbada, sobre a própria vida sexual para qualquer repórter que perguntasse, agora ela se recusava a responder quaisquer perguntas "íntimas" sobre o relacionamento com Viorel. "Só digo que somos muito felizes" era o máximo a que chegava, um mantra repetido infinitamente para jornalistas e emissoras de TV por todo o país, com um sorriso doce e ingênuo. E, é claro, a reticência apenas aumentava o apetite do público. Bastava olhar para Sabrina e Vio juntos, observar a linguagem corporal deles, o modo como se inclinavam um em direção ao outro e se tocavam constantemente para perceber que a vida sexual dos dois devia ser explosiva. Os fãs não se cansavam.

Naquela noite, usando uma saia cigana verde-clara da Chloé e uma blusa solta de seda da Chanel, ela saía do Cecconi's um pouco antes de Viorel, parecendo deslumbrantemente angelical ao entregar o bilhete ao manobrista. O clique das câmeras era ensurdecedor e, apesar dos melhores esforços da segurança do restaurante, inúmeros fotógrafos ultrapassaram a cerca e correram na direção de Sabrina, empurrando e afastando uns aos outros violentamente na ânsia de conseguir o enquadramento mais próximo. Sabrina pareceu entrar em pânico.

— Ei! Ei! — Viorel aproximou-se, puxando Sabrina para si e protegendo-a com o corpo. — Afastem-se — disse ele, com raiva. — Isso passa dos limites, gente. Vocês estão próximos demais. Deixem Sabrina em paz.

Era uma imagem incrível, Vio bancando o cavaleiro no cavalo branco em seu jeans Levi's vintage e uma camisa azul-escura da Turnbull & Asser, a quintessência do visual inglês em Los Angeles, a beleza sombria e ameaçadora acentuada pela raiva. E Sabrina também estava enquadrada, agarrada a ele em busca de proteção como se fosse um bebê aconchegado sob a asa da mãe. *Meigo pra cacete.*

Pop, pop, pop, fizeram as lâmpadas dos flashes. Vio ficou tentado a socar um dos paparazzi, mas, sabendo o quanto eles se refestelariam se ele perdesse a calma, o ator se conteve. Felizmente, o Bugatti chegou segundos depois. Com a ajuda dos seguranças, Vio conseguiu aconchegar Sabrina sã e salva dentro do carro antes de sair dirigindo rapidamente, dispersando os fotógrafos como se fossem folhas mortas conforme roncava o motor pela Melrose na direção da Santa Monica Boulevard.

— Você está bem? — perguntou ele a Sabrina, quando finalmente deixaram para trás os últimos perdidos.

— Estou. — Ela esticou o braço e apoiou a mão sobre a dele, que repousava no câmbio da embreagem. Era incrível como o contato físico com Viorel, ainda que mínimo, instantaneamente a acalmava. Sabrina conseguia sentir a pulsação desacelerando e a adrenalina do encontro com os paparazzi se dispersando como a maré vazante. Logo estariam em casa, protegidos do mundo na fortaleza particular em Venice. Sabrina ainda tinha a casa em Hollywood Hills, mas passara apenas duas noites nela desde que haviam voltado a Los Angeles, e começara a pensar no apartamento de Viorel, na Navy, como a casa "deles". No fim de semana anterior, os dois passaram um domingo alegre garimpando pelas lojas de móveis da Beverly e da Robertson, escolhendo uma nova cama. Sabrina jamais fora do tipo ciumenta, mas com Viorel ela descobriu que não conseguia suportar a ideia de fazer amor numa cama na qual ele tinha estado com outras mulheres.

— Sei que é supersticioso e doido — dissera Sabrina a ele —, mas quero começar do zero. Quero que tudo seja perfeito de agora em diante, entende?

Viorel sabia. E isso o preocupava. Casos de amor eram raramente perfeitos. Ele certamente não era perfeito. A cada dia que passava, as expectativas de Sabrina pareciam aumentar e aumentar como água subindo num dique. Ele se esforçava para afastar a sensação de que, em determinado momento, a enchente seria demais para ele. Que a intensidade do amor de Sabrina fosse afogá-lo. Viorel tentava encontrar palavras para expressar tudo isso para Sabrina, mas sempre que olhava para o rosto amoroso e confiante dela, a coragem lhe falhava. Os dois compraram a cama nova.

— Andei pensando — disse Sabrina, quando chegaram à garagem subterrânea e a porta se abriu para saudá-los. — O que vamos fazer em relação ao Natal?

— A gente precisa "fazer" alguma coisa em relação a ele? — perguntou Vio ao estacionar o carro e desligar o motor. — Até onde sei, não dá para impedir o Natal. Um cara chamado Grinch tentou uma vez, mas parece que o Natal veio mesmo assim.

— Ha-ha, muito engraçado — disse Sabrina. Os dois entraram no elevador. Segundos depois, estavam no apartamento. — Quis dizer se vamos ficar aqui ou se vamos viajar para algum lugar? — Ela tirou os sapatos. — O Cabo é muito romântico no Natal, mas parte de mim acha que deveríamos ficar em casa e entrar no clima, sabe? Podemos comprar uma árvore, assar torta de pecã...

Nós, nós, nós, pensou Vio.

— Ainda nem é Halloween, querida. — Depois de afundar no sofá, ele esticou o braço para pegar o controle remoto da TV. — Vamos ver como nos sentimos. Deixe as coisas rolarem.

— Tudo bem — respondeu Sabrina. Ela tentou parecer despreocupada, mas Vio conseguia perceber a decepção na voz dela. — Desculpe. É que nunca tive um Natal decente antes.

Vio pousou o controle remoto.

— O que quer dizer?

— Bem... — Sabrina se sentou ao lado dele. — Quero dizer, obviamente eu *tive* Natais. Mas nos últimos anos passei com Camille e Sean, caindo de bêbada.

— Ah. — Vio franziu a testa. Os amigos cabeças-ocas de Sabrina haviam ligado incessantemente para ela na primeira semana que voltaram para Los Angeles, até o ponto em que Vio teve de persuadi-la a jogar fora o telefone antigo e pedir outro número. A última coisa de que ela precisava era daqueles parasitas de volta em sua vida.

— E antes disso eu estava sempre filmando em algum lugar — disse Sabrina.

— No Natal?

— Claro. Eu sempre garantia que estivesse trabalhando no Natal.

Vio pareceu confuso.

— Por quê?

Sabrina deu de ombros.

— Eu meio que sempre tive experiências ruins com o Natal. Quando era criança, em Fresno, os Natais no orfanato eram muito tristes. A equipe fazia um esforço, nos dava presentes e tudo. Mas era tão falso, todo mundo se esforçando muito para agir como uma família, quando na verdade ninguém ali dava a mínima se você estava vivo ou morto.

— Como você sabe que eles não davam a mínima? — perguntou Viorel, com carinho.

— Como você sabia que sua mãe não dava a mínima para *você*? — perguntou Sabrina. — Você é criança. Simplesmente sabe.

Vio assentiu em compreensão. Ele não podia discordar daquilo.

— Além do mais, no meu caso, meu "pai do orfanato", o cara de lá que meio que era responsável por mim, se esgueirou para dentro do meu quarto na véspera de Natal quando eu tinha 12 anos e tentou enfiar o pau na minha boca. Então isso foi tipo, sabe, "Feliz Natal!". — Ela gargalhou, revirando os olhos, mas Vio podia ver a dor subjacente, a cicatriz que aquele desgraçado deixara para trás. — Isso meio que acabou com as coisas para mim.

— Pobrezinha. — Ele a puxou para mais perto, passou as mãos por debaixo da blusa Chanel de seda e acariciou a pele nua das costas de Sabrina. *Como alguém pode tratar uma criança de 12 anos assim?*, pensou Vio, com amargura. *Não é de espantar que ela tenha se ferrado tanto na vida.*

Como todas as vezes que Viorel a tocava, a resposta de Sabrina era instantânea, as costas dela se arqueavam e as pupilas se dilatavam. Ela o beijou, faminta, puxando o rosto de Viorel para perto com as mãos, abrindo a boca conforme pressionava os lábios macios contra os rígidos dele, e tirou a saia como se fosse uma cobra trocando de pele. Dentro de alguns segundos, ela estava nua nos braços de Vio, uma criatura exótica de pele macia cor de caramelo oferecendo-se para ele completamente. *Nenhum homem poderia resistir a isso*, disse Vio a si mesmo. O desejo de Sabrina era um imenso afrodisíaco, mas ao mesmo tempo, podia ser tão poderoso, tão subjugante que às vezes Vio se sentia fora de controle, como uma folha sendo arrastada por uma corrente de ar rápida. Muitas mulheres o quiseram, mas Sabrina parecia precisar dele de um modo que Viorel jamais vivenciara antes. Era como se pela união física dos dois ela, de algum modo, sugasse a força vital dele, alimentando-se do desejo de Vio por ela como um mosquito inchando de sangue. Ele queria se afastar, ir mais devagar, distanciar-se. Mas como podia fazer isso quando ela era tão ridiculamente desejável, uma virtuose sob os lençóis? Sem falar do fato de que, principalmente nos últimos dias, Sabrina começara a se abrir para Vio a respeito da infância e das experiências terríveis que haviam moldado a sua vida. Sabrina Leon, que jamais mostrava vulnerabilidade — para ninguém. *Ela confia em mim*, pensava Vio. *Se eu quebrar essa confiança, serei tão ruim quanto qualquer outro babaca que abusou dela ou a decepcionou.* Viorel, desesperadamente, não queria ser mais um "homem mau" na lista da vida de Sabrina de perdedores e aproveitadores.

Sabrina abriu a fivela do cinto de Viorel com uma das mãos e montou no colo dele, os mamilos de um cor-de-rosa muito claro nos seios magníficos nivelados provocantemente com a boca de Vio, roçando os lábios dele com um toque leve como o de uma pena, e então afastando-se conforme ele abria a boca para tentar beijá-los. Viorel gemeu de prazer, desabotoou o jeans Levi's e libertou a ereção rígida como uma pedra.

— Diga que me ama — sussurrou Sabrina. Ela estava inclinada para a frente, de modo que os longos cabelos pretos pendiam sobre Viorel como uma cortina sedosa. Ele conseguia sentir o cheiro do desejo na pele dela, sentir a vontade no estremecer dos seios de Sabrina conforme ela respirava.

— Eu amo você — disse Viorel, deixando-se entrar, devagar, em Sabrina. E, naquele instante, ao sentir os músculos dela se enrijecerem ao redor dele e ao ouvi-la perder o fôlego de prazer, ele a amava. Enquanto passava a língua pelos seios de Sabrina e as mãos pelas costas nuas dela, era como se o corpo dele inteiro tivesse se tornado um instrumento de adoração. Porque ela era uma deusa. Física e sexualmente, Sabrina era a perfeição. Os dois se moviam juntos como um único animal em frenesi, agarrando o corpo um do outro como dois macacos em busca de apoio nas árvores, mas, por fim, tombando no chão, presos em combate. Ao deslizarem do sofá para o chão, Viorel rolou para cima de Sabrina, prendendo-a, os dedos deles entrelaçados. Ele tentou se impedir de gozar, mas era como um salmão exausto lutando contra um rio de correnteza rápida. Ele podia estar por cima, mas, sexualmente, como sempre, era Sabrina quem estava no controle. Com um estremecer de êxtase, ele explodiu dentro dela, cada nervo de seu corpo vivo com o prazer.

Depois, ainda jogado sobre Sabrina, Viorel precisou de um minuto inteiro para se recuperar o suficiente e falar.

— Desculpe — sussurrou ele no ouvido dela. — Aquilo foi rápido demais.

— Foi perfeito — suspirou Sabrina, satisfeita. Ela amava quando Vio não conseguia se controlar. Cada orgasmo era uma vitória, um laço estreitado, uma fechadura trancada. Nada dava mais prazer a Sabrina do que saber que ele a queria.

Era estranho, aquele sentimento que Vio lhe proporcionava. A vida sexual dos dois era tão explosiva porque era um afastamento do medo. Do medo dela. Quando estavam transando, ela sabia que o tinha, que Vio Hudson era total e irrevogavelmente dela. Mas em todos os outros momentos — no jantar, no set de filmagens, com os amigos dele, enquanto ele dormia — ela duvidava. Como resultado disso, Sabrina se via vivendo num estado permanente de tensão. Racionalmente, a experiência era desagradável. Sabrina precisava do relacionamento como um viciado precisa de heroína, mas, como na maioria dos vícios, aquilo lhe trazia mais dor que prazer. Às vezes, ela ansiava pelos primeiros dias de filmagens de *O Morro dos Ventos Uivantes*, em Loxley Hall, antes de terem ficado juntos, e antes de Jago; os dias de diversão, de flertes despreocupados. Aquilo parecia ter acontecido há tanto tempo. Por um momento, Sabrina desejou que Dorian Rasmirez estivesse ali, com sua atitude de pai, para guiá-la por aquelas águas turbulentas com Vio. Mas talvez nem mesmo Dorian pudesse ajudá-la agora. *Estou apaixonada. Acho que é assim que eu deveria me sentir.*

— Então, o que acha? — Ao rolar para o outro lado enquanto Vio se afastava dela, Sabrina se apoiou no cotovelo de modo que os dois se encarassem. — Natal aqui? Juntos?

Vio estendeu o braço e acariciou a bochecha de Sabrina com suavidade.

— Claro. Parece um bom plano.

Ele sorriu, afastando a sensação de afogamento bem no fundo do estômago.

Não havia como escapar.

CAPÍTULO 23

Dorian Rasmirez olhou com tristeza pela janela do restaurante e pensou: *Preciso sair desta fossa*. Era fim de dezembro, alguns dias após o Natal, e Santa Monica ainda exibia seus melhores trajes de festa. As janelas das lojas brilhavam com vitrines reluzentes e atraentes de brinquedos e doces, e a Montana Avenue estava acesa com pisca-piscas em formato de flocos de neve e bengalas de doce vermelhas e brancas iluminadas. As vendas pós-Natal já haviam começado, e ainda que fossem sete da noite e já estivesse escuro, a calçada do lado de fora do Luigi's estava cheia de caçadores de descontos.

Normalmente, bastava estar no Luigi's para Dorian ficar de bom humor. A casa italiana modesta e reservada na esquina da Montana com a Seventh era um de seus restaurantes preferidos em Los Angeles. O prato de *cioppino* diante de Dorian, com notas de açafrão e vinho branco com alho flutuando na tigela, tinha um cheiro tão bom que dava água na boca. Mas ele não parecia conseguir aproveitar. Não com a ideia da sessão de aconselhamento matrimonial do dia seguinte pairando sobre Dorian como uma nuvem carregada.

Ele estava em Los Angeles havia três semanas, e a cada dia que passava entrava num estado mais profundo de depressão. Mas, na semana anterior, ele finalmente tinha conseguido assinar um acordo lucrativo de financiamento e distribuição com a Sony Pictures. A estratégia de Dorian, de aumentar a expectativa em torno de *O Morro dos Ventos Uivantes* ao manter o filme em segredo, não poderia ter funcionado mais perfeitamente, com a Sony e a Paramount terminando por competir uma contra a outra nos lances para levar uma fatia do filme. O acordo era amplo o bastante para pagar todas as dívidas imediatas de Dorian. E, mais importante, significava que *O Morro dos Ventos Uivantes* definitivamente não sofreria o mesmo destino que *Dezesseis noites* ao afogar-se no esquecimento aclamado, porém obscuro. A Sony promoveria o filme e garantiria que ele encontrasse o caminho até os cinemas do mundo todo. Também tinham prometido separar uma boa quantia para uma campanha para o Oscar, o que colocaria Dorian no páreo com *Celeste*, de Harry Greene, o outro filme de época de grande orçamento do ano. Aquele era o acordo do Cavaleiro no Cavalo Branco pelo qual Dorian rezava todas as noites desde que assinara o primeiro pagamento de Viorel Hudson. Mas será que tinha vindo tarde demais para ajudá-lo a consertar as coisas com Chrissie?

Naquele momento, certamente parecia que sim. Dorian pegara um avião para Los Angeles para ver a esposa e passar algum tempo com a filha durante as festas de fim de ano. O próprio Natal tinha sido um desastre. Combinaram de passar o dia juntos, na casa alugada de Chrissie em Brentwood Park, para tentar manter as coisas o mais normais possível para Saskia. Mas, na verdade, foi tudo menos normal. Dorian e Chrissie não ficavam juntos sob o mesmo teto desde que ela fora embora quatro meses antes, e os dois estavam tensos. Sentindo-se culpada a respeito de Saskia, Chrissie exagerara nas decorações, encomendando uma árvore que não teria parecido deslocada no Rockefeller Center, e assentando-a com pisca-piscas e festões suficientes para enfeitar uma pequena cidade do Meio-Oeste.

— Jesus! — dissera Dorian ao chegar às nove horas com bolsas de presentes penduradas nos braços. — Morra de inveja, Charlie Brown. Esta é a maior árvore de Natal que já vi. — A intenção era que fosse um elogio, mas Chrissie imediatamente se sentiu ofendida, presumindo que fosse apenas mais uma de suas críticas contundentes sobre os gastos e o estilo de vida dela.

Chrissie balançou a cabeça com amargura.

— Incrível. Você se ressente até mesmo de ter que pagar para que sua filha tenha um Natal decente. — E as coisas basicamente prosseguiram numa espiral descendente daí em diante. Como sempre, Dorian não acertava uma. Saskia, cansada demais e percebendo a tensão entre os pais, comportou-se de forma terrível, chorava pela menor das coisas, quebrou em menos de uma hora a casa de bonecas cara, feita à mão, que Dorian lhe deu e, por fim, comeu tantos doces no almoço que vomitou por todo o casaco novo de pele de marta tricotada Ralph Lauren da mãe.

— Ela nunca se comporta assim quando você não está aqui — disse Chrissie, em tom acusatório. — Isso a deixa chateada, ver você de novo depois de tanto tempo.

Dorian tentou não mostrar o quanto se sentia magoado por aquele comentário. Ou em pânico, porque suspeitava que, no fundo, fosse verdade. Ele sabia que tinha ficado na Romênia mais tempo do que deveria, terminando *O Morro dos Ventos Uivantes*. Porém, como sempre, o processo de edição tinha se provado ser mais longo, árduo e complicado do que esperava. Também fora viciante. A interpretação de Sabrina como Cathy era completamente eletrizante. Fora boa nas cenas filmadas em Loxley, mas melhorara tanto desde que ela e Vio ficaram juntos, que foi praticamente uma batalha juntar as imagens sem que a diferença se fizesse notar. Hudson também brilhou como Heathcliff, mas o trabalho dele havia sido mais consistente ao longo das filmagens. No todo, Dorian estava imensamente orgulhoso do filme e mais animado com ele artisticamente do que tinha ficado em relação a qualquer coisa que tivesse feito nos últimos dez anos. As reações das primeiras exibições do filme tinham sido entusiasmantes. Isso, mais que qualquer outra coisa, garantira o tão necessário acordo com a Sony. Mas, pessoalmente, o tempo extra que Dorian dedicara à pós-produção tivera um preço.

O que eu esperava?, pensou Dorian enquanto voltava sozinho para o minúsculo apartamento alugado, tarde na noite de Natal. *Aparecer depois de três meses e Saskia me receber de braços abertos?*

A hostilidade de Chrissie causara menos surpresa, embora, talvez estranhamente, Dorian tivesse percebido que estava menos magoado com ela do que esperava. Ele atribuiu isso ao cansaço gerado pelas discussões. Depois de tentar, sem sucesso, fazer a esposa feliz por pelo menos a última década, Dorian sentia torpor e resignação no lugar em que, certo dia, teria sentido depressão aguda. Desde que voltara a Los Angeles, os dois frequentavam sessões de terapia de casal duas vezes por semana. Eram uma melhora pequena em relação à terapia por telefone, mas ainda pareciam se resumir a Dorian escrever um cheque astronômico toda semana pelo privilégio de se sentar num sofá encardido em Venice, diante de uma hippie de unhas sujas, e ouvir Chrissie recitar as falhas dele como marido. A cada sessão ela parecia ficar com mais raiva. E, no entanto, ainda não tinha dado entrada no divórcio, o que deixava Dorian agarrado a um precário fio de esperança de que talvez a terapia *valesse a pena*; e talvez, de algum modo não previsto e que ele não compreendia, aquelas sessões *estavam* aproximando Chrissy dele.

— Não gostou da sopa de peixe, senhor?

Dorian ergueu o rosto, espantado. O *cioppino* estava diante dele, gelado e intocado.

— Perdão, Luigi. Pensei que estivesse com fome, mas acho que perdi o apetite.

— Não é problema algum, senhor. — O velho anfitrião sorriu com gentileza. Dorian Rasmirez frequentava o lugar havia mais de dez anos, o tipo de freguês habitual com o qual todo restaurante sonha: famoso, rico, generoso com as gorjetas e sem atitude afetada. Ele parecia exausto e deprimido, e o homem idoso sentiu pena dele. — Vou pedir que alguém na cozinha embrulhe para viagem. Vamos acrescentar um prato de tiramisu também. Se isso não abrir seu apetite, acho que o senhor vai ter de ir a um médico.

— Obrigado. — Dorian sorriu, mas sentia-se exausto. Se a viagem do dia seguinte até Venice fosse tão improdutiva quanto as oito últimas sessões, ele teria que falar com Chrissie. Em algum momento ela teria de dizer a ele de que lado iria ficar. Chrissie pareceu levemente satisfeita quando Dorian lhe contou sobre o acordo com a Sony e sobre o fato de que *O Morro dos Ventos Uivantes* estava pelo menos garantido como um enorme sucesso comercial. Mas ainda precisava se comprometer com o futuro dos dois, e nem toda a terapia do mundo poderia tomar a decisão por ela. Chrissie queria ou não Dorian de volta? Se não quisesse, pelo menos ele saberia qual era sua posição. E se ela quisesse... para sua surpresa, Dorian achava que pensar nessa perspectiva era mais mentalmente exaustivo que divertido. Se Chrissie o aceitasse de volta, haveria um milhão de outras barreiras a transpor, coisas sobre as quais precisavam começar a conversar agora. Ela esperava que ele se mudasse de volta para Los Angeles? E, se esperava, o que aconteceria com a Romênia e a casa da família dele? Dorian não podia simplesmente deixar o castelo. Era o dever dele. Mas se não concordasse em mudar... A cabeça dele começou a latejar.

A caminhada de volta ao apartamento era de cinco minutos, e o ar frio da noite fazia algum bem a Dorian, assoprava para longe o pior das ansiedades dele. *Vamos encontrar uma saída para isso. Já enfrentamos tantas tempestades juntos. Depois que o filme sair e for um sucesso, nossas preocupações com dinheiro irão acabar. Poderei assinar um cheque próprio para meu próximo filme, passar mais tempo com minha família. Tudo ficará bem de alguma forma.* Quando chegou em casa, Dorian quase acreditava nisso. Depois de afundar no sofá com um saco de batatas fritas e uma Budweiser — *o apetite voltou; as coisas já estão melhorando* —, ele mudou o canal da TV para o *E!*, esperando pegar as prévias do festival de Sundance. Em vez disso, uma imagem do rosto de Sabrina Leon preencheu a tela. A princípio, ele se sentiu estranhamente assustado por ter a sala de estar invadida pelas feições incríveis dela: aquela boca familiar, macia, larga e aqueles olhos verdes como menta pairando sobre Dorian como algum tipo de Big Brother sexualmente carregado. Então a imagem se dissipou e foi substituída por uma montagem ágil de fotos dos interesses amorosos de Sabrina, do passado e do presente, culminando numa fotografia dela com Viorel Hudson no restaurante The Ivy, na Robertson, no mês anterior. Os dois estavam de mãos dadas por cima da mesa, emanando felicidade; o olhar de amor entre eles era inegável.

— O *E! True Hollywood Story*, Sabrina Leon e Viorel Hudson, volta já depois dos comerciais. — A voz do locutor acordou Dorian do transe. *Já estão mesmo exibindo programas de casal sobre esses dois?* Era impressionante como a ânsia da imprensa aumentara em torno do relacionamento de Vio e Sabrina. É claro que a publicidade era uma ótima notícia para o filme de Dorian. Deveria tê-lo animado o fato de o programa *THS* já estar fazendo um perfil de seus atores principais como um casal poderoso de Hollywood, um Brangelina mais jovem e mais emocionante para a nova geração de fãs do cinema. Então por que ele não se animava?

Na volta dos comerciais, Sabrina estava na tela novamente, dessa vez conversando com Diane Sawyer sobre a infame crise do ano anterior e como a vida dela parecia diferente agora.

— Venho trabalhando constantemente desde a primavera passada — disse ela, a voz mais baixa e mais suave do que Dorian se lembrava. — Estou realmente grata por isso, e grata ao Sr. Rasmirez por ter acreditado em mim.

Sr. Rasmirez? Dorian franziu a testa. Ela fazia com que ele parecesse velho. Como o diretor da escola, ou algo assim.

— Mas, na verdade, acho que estar apaixonada e tão feliz na vida pessoal foi o que me mudou mais. — Inclinando-se para a frente, parecendo linda e reservada com uma camiseta de algodão branca da Donna Karan e jeans Ksubi, Sabrina tratava Diane com um sorriso cintilante. — Estou mais feliz agora do que jamais estive.

— E você tem um certo inglês para agradecer por isso, presumo?

Uma imagem estática de Viorel como Heathcliff apareceu na tela. *Nossa, o cara está com tudo*, pensou Dorian. Desde Johnny Depp, nenhum ator principal sério tinha aquela combinação de beleza, profundidade e arrogância sexual selvagem que irradiava de Vio como se fosse calor do sol. Dorian percebia o que Sabrina via nele — o que todas as mulheres viam nele. Dorian ouvira os rumores sobre um possível caso entre Vio e Chrissie no último verão, na Inglaterra. Sets de filmagens eram redutos notórios de fofocas, nem todas verdadeiras. Dorian não sabia se os boatos sobre a mulher e Hudson eram verdade, mas ao olhar para as feições bonitas e sensuais de Viorel naquele momento, conseguia imaginar que poderiam ser. Talvez estranhamente, esse pensamento não o fez odiar Viorel. Seria como odiar um terremoto ou uma enchente. O tipo de energia sexual que Hudson possuía era um fenômeno natural, selvagem e irrefreável.

A câmera cortou de volta para Sabrina, com olhos lindos e adoráveis.

— Tenho, sim — contou ela a Diane Sawyer. — Ainda está no início, mas estamos muito apaixonados.

De repente, Dorian se sentiu enjoado. A cerveja e as batatas fritas se reviraram no fundo de seu estômago como leite azedo. E então ele percebeu, como um tropeção, bem ali, como se alguém tivesse cortado o cabo do elevador e o abandonado mergulhando no abismo: *Estou apaixonado por ela.*

Estou apaixonado por Sabrina.

Não era apenas a exaustão que o impedia de progredir com Chrissie. Não era frustração, ou desespero, ou o perfeccionismo inato de Dorian que o enclausurara na ilha de edição. Era mais que isso. Ele não estava mais apaixonado pela esposa.

Não amo minha mulher.

O pensamento era tão chocante, tão inesperado, que Dorian tentou expulsá-lo fisicamente, balançando a cabeça de um lado para o outro como se fosse um cachorro se secando após nadar. Ele até mesmo tentou dizer as palavras em voz alta, para ver como soavam ridículas.

— Não amo Christina.

O soar da verdade era tão ensurdecedor que Dorian explodiu em gargalhadas. *Puta merda.* Por um momento, ele se sentiu livre, cheio de algo que parecia elevação. Mas então a realidade bateu de novo. A questão não era Chrissie, se ele a amava ou não. Havia Saskia para considerar. Eles eram uma família. Não se implodia um relacionamento de vinte anos porque seu coração não saltava mais sempre que viam um ao outro. A não ser que você fosse um adolescente. Ou um babaca. E quanto a estar apaixonado por Sabrina, aquilo era simplesmente loucura. *Ela é jovem o suficiente para ser minha filha. Sem contar que está totalmente caída por Viorel.* De novo, ele tentou dizer as palavras em voz alta.

— Eu a amo. Estou apaixonado por Sabrina Leon.

O telefone tocou. Dorian deu um salto de susto, como um adolescente culpado surpreendido com a revista de mulher pelada do pai. O coração dele estava acelerado e as palmas das mãos suadas quando atendeu.

— Alô?

— Dorian?

— Sim, sou eu. — Ele não reconheceu a voz do outro lado da linha, mas era masculina e parecia direta e profissional. — Quem é?

— Jonathan Lister.

Lister, Lister, Lister... o nome parecia vagamente familiar.

— Da Sony Pictures.

Ah, é. Lister. Alto. Louro. Dentes muito brancos. O braço direito de Mike Hartz. Quase tanto senso de humor quanto um agente funerário com hemorroida.

— Oi, Jonathan. E aí?

— Precisamos de você no escritório amanhã bem cedo. Às oito horas.

Dorian se irritou. Ele não gostava que lhe dessem ordens, mesmo alguém tão poderoso quanto Johnny Lister.

— Sinto muito, mas não será possível. Amanhã não. Eu...

— Torne possível. Nos deparamos com uns problemas significativos. Talvez tenhamos que retirar nossa oferta.

Agora Lister tinha a atenção de Dorian. Ele colocou a TV no mudo, lutando para reprimir as sensações de pânico que pressionavam seu peito.

— Como assim "retirar"? Não podem retirar.

— Certamente podemos retirar. — A voz do outro lado da linha era inexpressiva e direta como a de um androide. — Talvez não chegue a esse ponto, mas problemas significativos surgiram...

— Que tipo de problemas? — Dorian exigiu saber. — Não entendo.

Jonathan Lister começou a frase seguinte com duas palavras que levaram pesar ao coração de Dorian.

— Harry Greene surgiu no último minuto com uma proposta que precisamos considerar com seriedade, está bem?

— *Está bem?* — repetiu Dorian, incrédulo. — Não, não "está bem". Fizemos um acordo, Johnny. Assinamos um acordo. Você e Mike não podem simplesmente me foder porque Harry Greene disse "buu". Sabe que o cara tem uma rixa pessoal contra mim.

Houve uma pausa.

— Esteja em nosso escritório às oito horas, Dorian. É de seu interesse.

Dorian sentiu a raiva crescer.

— Eu disse a você. Não posso fazer uma reunião amanhã. Tenho uma sessão de terapia o dia inteiro com minha esposa. Aconselhamento matrimonial. Então, qualquer que seja a merda que vocês estejam tentando fazer, terão que me contar por telefone. Ou melhor, peça que Mike Hartz faça o próprio trabalho sujo e me ligue pessoalmente.

Outra pausa, mais longa dessa vez. Quando Jonathan Lister falou de novo, o tom de voz dele foi diferente. Se Dorian não soubesse que ele era um robô sem emoções, desprovido de vergonha, poderia quase ter pensado que o homem estava desconfortável.

— Acho que sua sessão de terapia pode ter sido cancelada.

Dorian franziu a testa.

— O quê? Do que está falando? Que diabo sabe sobre meu aconselhamento matrimonial?

— Vi sua mulher esta noite. Em um evento para angariar fundos do BAFTA.

Mais silêncio. Dessa vez, Dorian não o preencheu, mas esperou que o canalha da Sony continuasse.

— Ela estava com Harry Greene. Estavam juntos.

Dorian esfregou os olhos. A cabeça dele girava.

— Não seja ridículo.

— Eu estava na mesa deles — disse Jonathan.

Dorian tentou processar aquela informação.

— Não, isso não é possível — gaguejou ele. — Chrissie sabe... Ã-hã. Ela jamais namoraria Greene. Você deve ter se enganado.

— Sinto muito. — A voz de autômato estava de volta. — Achei que você soubesse. Parece que ele pediu que ela fosse morar com ele. Chrissie está com um anel de diamante na mão do tamanho do Hollywood Bowl.

Dorian ficou mudo. Por alguns segundos, a linha ficou silenciosa. Então Jonathan Lister disse cruelmente:

— Veja pelo lado bom. Sua agenda acaba de ficar livre amanhã. Mike e eu o veremos às oito horas.

CAPÍTULO 24

— Tínhamos um acordo, Mike. Você apertou a minha mão nesta mesma porra de sala. Tínhamos um acordo!

Dorian conseguia ouvir o desespero na própria voz e se odiava por isso. Só queria mandar aqueles babacas duas caras da Sony irem se foder. Mas enquanto houvesse qualquer chance, ele precisava tentar se controlar. Sem aquele acordo, Dorian poderia ver o lindo filme desaparecer no buraco negro do esquecimento. Precisava deles, e todos na sala de reuniões desalmada do sétimo andar sabiam disso.

Michael Hartz deu de ombros, com a despreocupação de um homem que sabia que estava com todos os trunfos.

— Por favor, Dorian. Ambos estamos neste negócio há muito tempo. Quando recebe uma oferta como essa, o jogo vira. Não é nada pessoal.

— Nada pessoal? — Dorian queria esticar o braço até o outro lado da mesa e esganar o diretor-executivo careca e de olhos esbugalhados da Sony até que ele ficasse tão azul quanto a camisa da Ralph Lauren que vestia. — É claro que é pessoal, porra! Harry Greene quer me destruir. Ele está comendo minha esposa para que ela conte tudo sobre meu acordo com vocês e ele possa usar essa informação para me foder. Minha *esposa*, Michael. Tem certeza de que não é nem um pouquinho pessoal?

O diretor-executivo encarou-o de volta impassível.

— Greene nos deu um acordo por escrito para a entrega de *Fraternidade IV* e *V* sob a condição de que não iríamos distribuir *O Morro dos Ventos Uivantes* pelos próximos 24 meses. A franquia de filmes *Fraternidade* vale, por baixo, mais de 800 milhões de dólares, Dorian.

— Não preciso do sermão! — Dorian perdeu a calma. — Sei quanto os filmes porcaria do Greene valem. Mas você assinou um contrato comigo.

— Um contrato para receber oitenta por cento dos lucros de *O Morro dos Ventos Uivantes* e para promover e distribuir o filme. O que vamos cumprir.

— *Cumprir?* — disparou Dorian. — Como acha que vai fazer isso? Vocês vão se sentar sobre o filme durante *dois anos*. Estão assinando o atestado de óbito dele.

— Não seja tão derrotista. — Mike Hartz deu um sorriso enervante. — É um clássico. As pessoas ainda o assistirão em dois anos.

Até parece que vão, pensou Dorian. Mesmo que, por algum milagre, o fizessem, seria tarde demais para ele. O Coutts não esperaria mais duas semanas pelo dinheiro, que dirá dois anos. E, é claro, ele poderia dar adeus às esperanças de um Oscar. Não apenas para ele, mas para Viorel e Sabrina. *Ai, meu Deus, Sabrina*. Ela precisava daquele acordo quase tanto quanto ele.

— Se não vão lançá-lo, encontrarei outra pessoa que o lance — disse Dorian, em tom desafiador. — Nem todo mundo nesta cidade está disposto a arriar as calças só porque Harry Greene está de pau duro.

Jonathan Lister, que até então ficara sentado em silêncio absoluto durante toda a intensa discussão, de repente pigarreou.

— Ah, mas esse é o problema, você vê, Dorian. Como você bem apontou, assinamos um acordo. Não temos qualquer obrigação de liberá-lo do contrato.

— Isso é besteira! — irrompeu Dorian. — Não me pagaram um centavo. O contrato não é válido até que paguem...

— Dez por cento do valor total do acordo antes do dia 14 de janeiro — interrompeu-o Lister, lendo diretamente do memorando do acordo na frente de Dorian. — Acredito que essa quantia tenha sido transferida para a Dracula Productions... Foi ontem, Mike?

— Ã-hã. — Hartz assentiu, demonstrando frieza. — Isso mesmo. Ontem à tarde.

— Seus desgraçados. — Dorian balançou a cabeça. Como podia ter sido tão burro, deixando uma cláusula como aquela no contrato? Estava tão distraído tentando salvar o casamento, e tão feliz com o acordo com a Sony, que não pensou nas possíveis implicações.

— Olhe, Dorian, esse acordo ainda pode funcionar para você — continuou Mike Hartz. — Ainda receberá, em algum momento. O filme será exibido no festival de Sundance, conforme planejado. E você sabe que se não quiser esperar dois anos por uma estreia em todos os cinemas, estamos abertos a outras opções.

Dorian se odiou por perguntar, num último esforço desesperado, mas precisava.

— Como quais?

Jonathan Lister deu um risinho.

— O Sr. Greene disse que ficaria mais do que contente se nós lançássemos *O Morro dos Ventos Uivantes* diretamente em DVD. Se você concordar, é claro.

Dorian se levantou, trêmulo de raiva.

— Foda-se Greene. E fodam-se vocês. Espero que apodreçam juntos no inferno.

Enquanto Dorian irrompia para fora da sala, Mike Hartz gritou atrás do diretor:

— Como eu digo, cara. Não é nada pessoal.

No andar de baixo, sentado atrás do volante do Prius, Dorian se forçou a tentar pensar.

Foco. Deve haver uma saída disso.

Ele olhou para o relógio: nove e dezessete. Eram cinco da tarde em Londres.

Dorian ligou para o Coutts. Havia uma chance ínfima, mas talvez fosse possível...

— Um pagamento substancial da Sony Pictures entrou na minha conta ontem?

— Deixe-me verificar, Sr. Rasmirez. — A pausa de seis segundos pareceu uma década. — Não. Nada aparece no sistema ainda.

Dorian tentou conter a animação.

— E quanto a hoje?

Outra pausa. A voz da atendente retornou, em tom de desculpas.

— Ainda não, senhor. Às vezes nosso sistema é um pouco lento. — A garota não sabia que estava dando a Dorian a melhor notícia que ele poderia esperar receber. — Imagino que entre da noite para o dia. Gostaria que avisássemos quando...

— Pode interrompê-lo? — perguntou Dorian, sem fôlego. — Pode se recusar a recebê-lo?

— Creio que não — respondeu a garota. — Não se for uma transferência automática. — O coração de Dorian ficou pesado. — Podemos devolver depois de receber, mas não podemos impedir que entre na sua conta.

Dorian desligou. Pelo menos ainda não estava em sua conta bancária. Ainda havia tempo, mas cada minuto contava.

Às nove e vinte, ele estava ao telefone com o empresário.

David Finkelstein foi compreensivo, porém direto.

— Não pode ser feito. Não em 12 horas e provavelmente não de modo algum.

— Pode ser feito — disse Dorian, com teimosia. — Tem que ser. Se alguém assinar um contrato de distribuição antes do dinheiro da Sony entrar na minha conta, posso salvar meu filme.

— Dorian, ouça. Ninguém vai pagar para você sair dessa.

— Por que não?

— Porque estariam assumindo um risco enorme, é por isso. Quem quer ser inimigo de Harry Greene *e* da Sony Pictures? Ninguém, é isso. E mesmo que quisessem, teriam que fazer as análises apropriadas, pedir que a equipe legal preparasse um contrato. Isso leva semanas, ou dias, no mínimo. Você tem horas. Não se faça de babaca correndo pela cidade como um rato numa roda giratória. Não dê a Harry Greene essa satisfação.

Dorian se encolheu, mas não disse nada. Ele sabia que David Finkelstein estava certo, mas o que deveria fazer? Sentar-se e assistir enquanto *O Morro dos Ventos Uivantes* sofria uma morte lenta e anônima?

— Aceite o dinheiro da Sony e tente fazer um acordo com seus credores — disse David. — Sei que é difícil, mas é o melhor conselho que posso dar a você, como empresário e amigo. Acrescente a suas experiências e siga em frente.

— Não posso — respondeu Dorian. — Preciso tentar. Quero que você pegue o telefone, David. Peça todos os favores que puder, para todos os estúdios, grandes ou pequenos; independentes, estrangeiros, não me importo. Consiga uma reunião cara a cara com os tomadores de decisões. Esta manhã. Agora.

O suspiro do outro lado da linha disse tudo.

— Farei o melhor que posso. Mas Dorian...

A linha já estava muda.

A primeira reunião dele foi ao meio-dia, com a Paramount, a concorrente original da Sony.

Richard Bleaker, o chefe de distribuição, parecia comovido.

— Sinto muito, Dorian. Assisti ao filme e sabe que acho que é incrível. Trabalho magnífico, supercomercial.

— Então qual é o problema, Rich?

— Sabe qual é o problema. O departamento legal iria rir na minha cara. Acha mesmo que a Sony não viria atrás de nós? Nem Greene?

— Mas essa é a questão — disse Dorian. — Se fecharmos isto agora, eles não teriam contestações legais contra qualquer um de nós.

— Vamos lá, cara — respondeu Richard Bleaker, de modo racional. — Você não é advogado, nem eu. Não posso fazer isto com um aperto de mão. É uma confusão.

— A papelada está uma confusão, admito. Mas veja o lado maior aqui. O filme será um clássico, Rich. Uma das maiores histórias de amor de todos os tempos. Você verá, depois que for exibido em Sundance, fará sucesso. Estamos falando de interpretações merecedoras de Oscar de duas das estrelas mais rentáveis de Hollywood.

Bleaker se mexeu desconfortavelmente na cadeira. Ele se sentia mal por Rasmirez. Harry Greene era um desgraçado. Mas conhecia um filme morto quando o via.

— Não estou discutindo com você, Dorian. É um trabalho incrível, já disse isso.

— E esta é a sua chance de colocar seu nome nele. Você se arrependerá se deixar isto passar, Rich.

— Provavelmente — respondeu Richard Bleaker, de modo indulgente. — Mas minhas mãos estão atadas. Sinto muito.

A reunião seguinte de Dorian, na MGM, foi às duas da tarde. A mesma história.

— Adoraríamos assisti-lo. Precisaremos de pelo menos uns dois dias.

Às três horas ele estava na Miramax, às quatro, com uma distribuidora independente em Valley, às seis horas, com a gigante asiática Kunomo, e às sete, com a Red Line Productions. Repetidamente, as respostas inevitáveis vieram.

— Sinto muito.

— Fora de questão.

— Amamos o filme, mas estamos de mãos atadas.

Entre as reuniões, Dorian ligava para Chrissie repetida e freneticamente, para o celular dela, para a casa alugada em Brentwood, até para a escola de Saskia, numa tentativa desesperada de conseguir falar com ela. Nenhuma das mensagens foi respondida. Obviamente, Chrissie o havia traído e ficado do lado de Harry Greene. Ela contara a Harry sobre o acordo com a Sony e dera a ele a vantagem de que precisava para destruir *O Morro dos Ventos Uivantes*. A ideia de Chrissie dormindo com Greene ainda era perturbadora demais para que Dorian a contemplasse. David Finkelstein confirmara o que aquele desgraçado do Lister dissera a Dorian na noite anterior: que os dois estavam morando juntos, mas Dorian ainda não conseguia acreditar mesmo que fosse verdade. Seria ela realmente tão burra? Não podia ver que Greene a estava usando, por um motivo, e apenas um: destruir Dorian? Talvez, se ele pudesse levar razão a Chrissie, ela conseguisse desfazer parte do prejuízo. Persuadir Harry a desistir da vingança maluca, ou pelo menos permitir que Dorian tivesse tempo para comprar o filme de volta e fechar um novo acordo.

Por outro lado, talvez não. Se Greene não se importava com Chrissie, por que a ouviria?

Mesmo assim, tinha de valer a tentativa. Mas Dorian não podia tentar porque, não contente por ter destruído a vida dele, Chrissie agora se recusava a atender às ligações de Dorian.

Às oito e meia da noite, física e emocionalmente exausto, Dorian cambaleava para dentro do Toscana na San Vicente Boulevard para se encontrar com David Finkelstein para jantar. A camisa branca da James Perse estava amarelada e encharcada de suor, os cabelos bagunçados e ensebados por ter passado as mãos por eles tantas vezes.

— Você está com uma cara terrível. — David Finkelstein entregou a Dorian uma taça de Sangiovese. Após se sentar, Dorian tomou um gole longo e sedento.

— Não só a cara. Me sinto terrível.

David empurrou um prato de torradas de alho para o outro lado da mesa. Dorian o atacou afoito, empurrando as torradas para dentro com o vinho. Não comera o dia todo e, apesar do turbilhão mental, estava faminto. Por um minuto, nenhum dos dois falou. Dorian quebrou o silêncio primeiro.

— Eles mataram meu filme.

— Sei que parece isso — disse David.

— E é isso. Amanhã de manhã, terei as trinta moedas de prata da Sony. Ele jamais verá a luz do dia.

O garçom chegou e recitou os pratos especiais da casa. Ao sentir que o cliente não estava com humor para tomar decisões, David fez o pedido para os dois: carpaccio de carne seguido por robalo cozido com espinafre e fritas com alho. Ao reparar que Dorian já tinha terminado o vinho e servia-se de outra taça, ele pediu mais uma garrafa de Sangiovese.

— Olhe, os críticos em todas as exibições fechadas gostaram — disse David, tentando pensar em algo encorajador para dizer. — Quem sabe? Se tudo der certo em Sundance, poderia ser um sucesso inesperado em DVD. Coisas mais estranhas já aconteceram.

Dorian gargalhou com amargura.

— Certo. O filme que foi direto para DVD e deu certo. Por favor.

Os eventos das últimas 24 horas tiveram diversas consequências, nenhuma delas boa. David ainda falava, e Dorian tentava se concentrar no que ele dizia, mas os pensamentos negativos ficavam retornando, como água do mar invadindo as rachaduras de um navio que naufraga devagar. *Terei que abrir mão do castelo. Não tenho como pagar por ele agora.* Ao pensar no pai, em como ele ficaria desapontado, Dorian sentiu-se enjoado. *Mas isso nem é o pior. Não tenho bens, nada que possa vender para pagar o empréstimo bancário com o Coutts. Será que eu deveria declarar falência?*, pensava ele, inexpressivo, embora não tivesse ideia de como se fazia tal coisa. Dorian se sentia como se estivesse num labirinto mental. Para cada lado que se voltava, dava com outra parede, outro beco sem saída.

— Desapontei a todos — disse Dorian, em voz alta, embora seu olhar vazio deixasse claro que estava falando mais consigo mesmo do que com o empresário. — Meus pais, Chrissie e Saskia, todos que trabalharam tanto em *O Morro dos Ventos Uivantes*. Viorel, Sabrina...

— Isso é besteira — disse David Finkelstein, determinado. — Seus pais estão mortos, Chrissie deixou você, não esqueçamos, e seus atores receberam pagamento. Eu diria que são os únicos que de fato se deram bem nesse fiasco todo.

— Sabrina não recebeu nada — comentou Dorian, distraído.

Ele estava relembrando a noite anterior, enquanto assistia Sabrina na televisão declarando seu amor por Viorel para o mundo e percebia, com uma clareza nauseante, que a amava. Estivera tão ocupado naquele dia tentando salvar o precioso filme que não pensara muito na revelação. Mas ela o atingia de novo, como um copo d'água gelado no rosto. Tinha como a vida de Dorian ficar ainda mais perdida?

— Como vou contar a ela que o filme não será lançado? — disse ele em voz alta para David Finkelstein. — Era o grande retorno dela. Trabalhou tanto nisso.

— Minha nossa, cara, pode parar de se martirizar? — disse David, pegando um pedaço do suculento bife da espessura de um wafer que o garçom acabara de trazer. — Deveria experimentar isso, aliás, está verdadeiramente delicioso. Olhe, Sabrina Leon estava na merda quando você a escalou. Agora, ela está a meio caminho de voltar a ser a queridinha da América. Vai ser a atração de Sundance na semana que vem, não importa o que aconteça com aquele filme. Ela está "apaixonada". — David pronunciou estas últimas palavras com tanto deboche quanto o número de sílabas permitia. Por ser empresário de Hollywood durante mais de vinte anos, David Finkelstein tinha uma visão compreensivelmente comum do romance das celebridades. — Sabrina Leon é a última pessoa da qual deveria ter pena.

Dorian comeu em um silêncio sepulcral. Tudo que David dissera era verdade. Mas ele sabia que Sabrina ficaria arrasada pela notícia daquele dia, tão arrasada quanto ele. Todos ficariam.

— Se quiser, ficarei feliz em avisar o elenco — disse David, ao ler os pensamentos sombrios do amigo. — Convocarei uma reunião na Dracula de manhã. Ou posso ligar para cada uma das pessoas, se você achar que é mais apropriado?

Dorian balançou a cabeça com vigor.

— Não. Eu faço. Mas não posso esperar até a manhã. Tem mais alguém com quem preciso falar esta noite.

Chrissie Rasmirez ergueu os pés no banquinho francês antigo com uma sensação de satisfação profunda.

Isso está certo. Aqui é onde eu deveria estar.

Como decoradora de interiores de Harry, ela já havia transformado a propriedade em Coldwater Canyon que ele comprara por uma bagatela de 65 milhões de dólares no outono. Mas agora, como a namorada que morava com Harry, Chrissie finalmente podia aproveitar os frutos de seu trabalho. Era incrível o que podia ser conquistado, e tão rápido, quando uma pessoa tinha dinheiro ilimitado para colocar num projeto. Todo o ouro e o mármore tinham sido arrancados, com os candelabros do Liberace e os tapetes felpudos do Austin Powers. No lugar deles, Chrissie colocara pisos de madeira de demolição antiga, instalara torneiras exóticas feitas à mão e banheiras de porcelana e escolhera uma variedade eclética e de bom gosto de mobílias antigas e modernas e tapetes persa para alegrar as áreas de estar recém-pintadas com tintas Farrow & Ball. A casa sempre fora espetacular. Mas agora, Chrissie se parabenizava, tinha *classe*.

Recostada sobre uma das poltronas de estofamento macio Ralph Lauren que comprara na semana anterior, usando um longo vestido vermelho incandescente da Carolina Herrera, Chrissie finalmente sentia que tinha conseguido. A luta e os conflitos de sua vida com Dorian começavam a parecer coisas do passado, como se fossem parte de outra vida. E tudo isso graças a Harry.

O relacionamento de Chrissie com Harry Greene deslanchara muito mais rápido do que ela jamais esperava ou imaginava. É claro que ele flertara com ela durante anos. Mas depois que começou a trabalhar para Harry na casa, as coisas passaram de flerte para algo mais sexy e sério no ritmo estimulante de um redemoinho. Chrissie até hesitou quando Harry sugeriu que ela desistisse da casa alugada em Brentwood e se mudasse para a casa dele com menos de um mês de namoro.

— Se fosse somente eu, seria diferente. Mas preciso pensar em Saskia — respondeu ela, repousando a cabeça no peito de Harry depois de uma sessão de sexo surpreendentemente erótico e atlético. Aquela era outra vantagem de Harry. Ele tinha a energia sexual de um adolescente, e jamais ficava envolvido demais com o trabalho para não querer trepar. Ao contrário de Dorian.

— E quanto a Saskia? — perguntou ele, acariciando os cabelos de Chrissie. — Ela vai amar isto aqui. Qual é o brinquedo preferido dela? Do que gosta no momento?

— Barbie — respondeu Chrissie. — Mas essa não é a questão, querido. Ela já passou por tantas mudanças este ano. E se...

— Farei um quarto da Barbie. Será como uma megaloja de brinquedos aqui! Ela terá o próprio palácio cor-de-rosa de plástico.

Chrissie sorriu.

— Isso é muito generoso da sua parte, querido. Mas, veja, e se as coisas não funcionarem entre nós? Sabe, no longo prazo.

Harry rolou para cima de Chrissie e segurou o rosto dela nas mãos. Encarando profundamente os olhos de Chrissie, ele disse:

— Darão certo. Você se preocupa demais.

Os dois fizeram amor de novo, e Chrissie pôde sentir sua determinação começar a fraquejar. Mas somente no dia seguinte ela se desfez completamente.

— Ai, meu Deus! — Chrissie engasgou quando Harry a levou, orgulhoso, para os closets Dele & Dela na suíte máster. — O que você *fez*?

Por todas as quatro paredes, closets recém-construídos tinham sido preenchidos com as peças mais lindas das coleções de primavera antecipadas. Chrissie viu três terninhos da Stella McCartney, um vestido de festa com aplicações azul como a noite, da Bottega Veneta, e uma pilha de négligés exóticos nude da La Perla antes mesmo de se virar. No centro do quarto, a *pièce de résistance* era uma "ilha" de sapatos, na altura dos ombros, e cheia de todos os pares imagináveis de todos os estilistas preferidos de Chrissie: Jimmy Choo, Jonathan Kelsey, Manolo, YSL, Zanotti, Louboutin, Chanel. Havia scarpins, botas, saltos agulha, sapatilhas de todas as cores e todos os estilos concebíveis.

— Isso aqui parece a Bergdorf! — exclamou ela, exultante, enquanto pegava cada um dos pares com o assombro de Dorothy tocando os sapatos de rubi. — Sinto como se tivesse entrado no sonho de Carrie Bradshaw.

— É seu sonho agora — disse Harry. Ele parecia genuinamente satisfeito por tê-la agradado. — Você gosta? Vai ficar?

Está na hora de eu me colocar em primeiro lugar, para variar, pensou Chrissie. *Só porque Dorian me desapontou e me subestimou não quer dizer que todo homem fará o mesmo.* Para Chrissie, nada dizia compromisso como 50 mil dólares em sapatos.

— Tudo bem — disse ela, e fechou os braços ao redor do pescoço de Harry e o beijou. — Avisarei sobre a mudança para o locador de Brentwood esta tarde.

Aquela noite era a primeira que Harry saíra sem ela desde que Chrissie se mudara. Ela fizera um biquinho na mesma hora quando Harry contou que tinha um jantar de negócios, mas, secretamente, estava aliviada. Por mais que gostasse da companhia dele e dos mimos constantes que advinham dela, Chrissie sentia como se não tivesse tido um momento para si em semanas. Depois que Saskia se deitou, ela passou o início da noite brincando de se arrumar, então finalmente experimentou todas as roupas de noite exóticas que Harry comprara para ela, e mesclou acessórios com a satisfação desenfreada de uma garotinha no armário da mãe. Depois de sair da poltrona para se olhar no espelho, Chrissie de repente soltou um grito de arrepiar os cabelos. Uma figura masculina estava de pé no corredor atrás dela, meio escondida nas sombras.

— Saia! — gritou ela, o medo e o choque a tornavam agressiva. *Como diabo um intruso tinha entrado ali? Cada centímetro da propriedade era rastreado por câmeras de segurança. Devia haver alguma falha com o sistema.* — Meu namorado vai voltar a qualquer segundo. Ele não vai esperar pela polícia; vai soltar os cachorros e deixá-los fazer você em pedaços.

— Isso parece doloroso. — Dorian deu um passo à frente, para a luz. — Seu "namorado" não parece um cara legal.

— Dorian. — Chrissie expirou, a adrenalina ainda lhe corria pelas veias. — Você quase me matou de susto. Que diabos está fazendo aqui? Se está procurando por sua filha, ela foi dormir há horas. Ah, me desculpe, que boba eu sou — acrescentou ela, com desdém —, é claro que não está procurando por sua filha. Por que estaria?

Ele passou por Chrissie no quarto. Era um espaço lindo, grande, porém não frio, luxuoso, mas simples. Ele reconheceu o estilo de Chrissie instantaneamente.

— Você decorou o quarto?

Ela assentiu.

— Decorei a casa toda.

— Parece ótima.

— Obrigada.

Dorian se virou e olhou para ela. Como era estranho jogar conversa fora com a mãe de sua filha, a mulher que ele amara e com a qual vivera por toda a vida adulta. Mas a parte mais esquisita de todas era que Chrissie não parecia ser essa mulher. Parecia uma completa estranha. Uma linda estranha, Dorian precisava admitir. No vestido vermelho de tafetá justo, com os cabelos louros recém-coloridos, curtos e repicados, com diamantes reluzindo em cada orelha agora à mostra, ela parecia radiante. Tão feliz e revigorada quanto Dorian estava exausto e derrotado.

— Você está bonita, Chrissie.

Os olhos dela se semicerraram com desconfiança.

— O que quer, Dorian? Estava falando sério sobre Harry voltar. Ele deve voltar para casa a qualquer minuto.

— Casa? — Dorian balançou a cabeça. — Acha que esta é sua casa?

— É minha casa — disse Chrissie, em tom desafiador. — Saskia e eu estamos muito bem-instaladas aqui.

— Instaladas? — Dorian gargalhou com ironia. — Meu Deus. Acha mesmo que Harry Greene vai se casar com você, não acha? Que vocês dois vão viver felizes para sempre?

— Nós *três* — corrigiu Chrissie. — E sim, acho. Para sua informação, Harry é louco por mim.

— Você é tão burra assim? — Dorian caminhava pelo piso de nogueira frustrado. — Não vê que ele a está usando para se vingar de mim?

— Certo — disse Chrissie com escárnio —, porque tudo gira em torno de você, não é, querido?

Contra seu bom senso, Dorian se aproximou e agarrou Chrissie pelos punhos. Como se, ao prendê-la fisicamente, ele pudesse forçá-la a ouvir a voz da razão.

— Greene está tentando me arruinar há anos. Ele sabia o quanto eu dependia desse filme. Queria destruí-lo por vingança, e você, *você*, minha própria mulher, disse a ele como fazê-lo.

— Não seja tão melodramático — disse Chrissie. — Eu não fiz nada disso.

— Você contou a ele sobre o meu acordo com a Sony! — explodiu Dorian. — Poderia muito bem ter-lhe entregado minha cabeça numa bandeja! — Dorian soltou os punhos dela. — Mas sabe qual é a notícia ruim para você?

— Esclareça. — Chrissie bocejou.

— Harry já conseguiu o que queria. Não precisa mais de você.

— Ah, é? — disse Chrissie. — Então por que acha que ainda estou aqui?

Era um bom argumento. Por um minuto, Dorian não conseguiu pensar numa resposta.

— Você está certo — continuou Chrissie. — Harry não *precisa* de mim. Ele me *quer*. Faço o melhor sexo da minha vida e estou me *divertindo*, e Harry também. E *você* não consegue suportar isso.

Vaca, pensou Dorian. Apesar de tudo, aquela parte do sexo ainda o magoava.

— Ele enganou você, querida — disparou Dorian de volta. — Podia ver como estava carente e explorou essa fraqueza.

Aquilo era demais para Chrissie. Como Dorian ousava aparecer ali e tratá-la com condescendência?

— Você já pensou que talvez *eu* quisesse enterrar a porra do seu filme, e não Harry? — ciciou ela. — O filme que você priorizou no lugar do nosso casamento, da nossa família? E se fosse Harry quem tivesse *me* ajudado a manter *O Morro dos Ventos Uivantes* no chão da sala de edição, e não o contrário? Porque ele me ama. Já pensou nisso?

Dorian parou. Algo no rosto de Chrissie, o relance de fúria nos olhos dela, fez com que ele pensasse. Será que estava dizendo a verdade? Aquela coisa toda fora ideia dela? Seduzir Harry Greene deliberadamente para que ele pudesse usar sua influência para detonar o acordo de distribuição de *O Morro dos Ventos Uivantes*? Durante todo o pesadelo que foi a rodada de reuniões daquele dia, Dorian imaginara Chrissie como a marionete ingênua de Harry Greene: culpada, é claro, mas somente por associação e fraqueza. Greene jogara com a insegurança dela. Tinha usado Chrissie, seduzindo-a, como um pedófilo cínico fazendo amizade com uma criança incauta e carente. *Mas e se foi ao contrário? E se Chrissie fosse a mente por trás do plano e Greene o cúmplice, apesar de um cúmplice mais do que disposto? Ela realmente o odiava tanto?*

— Você ficou muito quieto de repente. — Chrissie caminhou até a janela. — Não quer falar mais sobre como Harry não me ama?

— Você ouviria? — perguntou Dorian.

— É claro que não, e por que deveria? Depois do que você me fez passar, diminuindo minha carreira, flertando com suas atrizes e me deixando sozinha durante meses a fio naquela lixeira de país do qual você saiu. Se veio me dizer que me quer de volta, então sinto muito. Chegou tarde demais.

— Na verdade, não foi por isso que vim — disse Dorian, baixinho. Ele tinha ido até lá para fazer Chrissie enxergar, tentar fazer com que ela desfizesse o mal que havia causado, se aquilo era possível, ou pelo menos que visse o novo amante como a cobra traidora que ele era. Mas Dorian percebia que ele estivera trabalhando com uma ideia equivocada. E não apenas com relação ao colapso do acordo por *O Morro dos Ventos Uivantes*. Com relação a todo o casamento de vinte anos.

— Não amo você, Christina. Não mais.

— Certo. — Chrissie revirou os olhos de modo sarcástico, afundando novamente na poltrona e fazendo questão de mostrar admiração pelo anel de diamante de oito quilates no dedo. — É claro que me ama. Só está amargo porque me perdeu para um homem melhor.

— Está errada. Não amo você — disse Dorian. Ao olhá-la nos olhos, sem raiva ou medo, ele teve certeza de que aquilo era verdade. Era tão libertador que Dorian quase sentiu vontade de gargalhar. — E quanto a Harry Greene, o homem é incapaz de amar. Mas acho que isso é algo que você vai ter que descobrir sozinha.

Ele se virou e saiu do quarto. Furiosa e determinada a não deixar que Dorian tivesse a última palavra, Chrissie o seguiu.

— Não vai funcionar, sabe — berrou ela atrás dele. — Você não vai envenenar as coisas entre mim e Harry.

Dorian continuou andando.

— Você está acabado no negócio do cinema, entende isso?

Ele estava quase na porta de entrada agora. A cada passo que dava, Chrissie se tornava cada vez mais colérica.

— Sua preciosa porra de "obra-prima" terá sorte se conseguir chegar a DVD. Está me ouvindo? Aquela puta da Sabrina Leon pode se esquecer do suposto "retorno" dela. Sabrina vai voltar para o ferro-velho ao qual pertence!

Dorian estava do lado de fora agora, caminhava em direção ao carro. No topo da colina, viu o farol de uma Ferrari. Era Harry Greene, sem dúvida, voltando para casa.

— E pode se esquecer de ver Saskia — gritou Chrissie, num último esforço de conseguir a atenção de Dorian. — Harry já é duas vezes o pai que você jamais foi.

Aquilo funcionou. Dorian se virou. Caminhou na direção dela, aproximou-se tanto que Chrissie entrou em pânico por um momento, achando que ele bateria nela. Instintivamente, ela se encolheu como uma cascavel nervosa.

— Ninguém vai manter minha filha longe de mim — murmurou Dorian, sombriamente. — Entendeu? Ninguém. Vou brigar com você por aquela criança até meu último suspiro.

— O que está acontecendo aqui? — A voz nasalada e irritante de Harry Greene cortou o ar da noite como se fosse arame farpado. Depois de bater a porta do carro, ele caminhou atrás de Dorian. — Rasmirez. Que diabos está fazendo na minha propriedade? — Ele passou um braço ao redor de Chrissie, era a imagem da preocupação conjugal. — Está bem, querida? Ele machucou você?

— É claro que não a *machuquei* — disse Dorian, indignado.

— Ainda não — respondeu Chrissie, devolvendo o abraço de Harry. — Estou tão feliz por você estar em casa, querido. Dorian estava saindo. Não estava?

— Claro — murmurou Dorian. Ele queria sair dali tanto quanto os outros. Ignorando Harry, Dorian caminhou de volta para o carro sem dar uma palavra e ligou o motor. — Falei sério com relação a Saskia — gritou ele da janela para Chrissie enquanto se afastava. — Se tentar alguma coisa, vou lutar como você jamais viu.

— Claro, claro — gritou ela de volta, empertigada de novo, agora que Harry estava ali para protegê-la. — Acho que verei você no tribunal, então. Se puder pagar.

Mas as palavras dela foram sufocadas pelo roncar nervoso do motor de Dorian.

Ele tinha ido embora.

CAPÍTULO 25

Três semanas depois

— Mais vinte abdominais com pedaladas. Vai!

— Vinte? — Sabrina revirou os olhos. Ele estava brincando? Ela havia contratado Diego Vera porque ele era conhecido como um dos mais rigorosos e eficientes personal trainers. E quando se tratava de ficar gostosa para Viorel, nada menos que a perfeição funcionaria. Mas depois de uma hora inteira de tortura física no terraço do apartamento de Vio em Venice, os músculos da barriga de Sabrina já estavam se contraindo como se alguém tivesse injetado arsênico neles. O rosto da atriz estava vermelho como um tomate nada atraente e o short de malhar Stella McCartney novo e a camiseta ficaram tão encharcados pelo suor quanto um pano de cozinha velho. Diego parecia tê-la confundido com o Exterminador do Futuro, ou com Lara Croft, ou algum outro cyborg super-humano e imune à dor.

— Não posso, Diego. Estou falando sério.

— Eu também. — O homem mexicano atarracado sorriu para ela, com os braços cruzados. — Não existem as palavras "não posso". Agora mexa-se antes que eu mude de ideia e passe para cinquenta.

Por mais que odiasse exercícios, Sabrina não parecia conseguir afastar o poço de felicidade que transbordava dentro dela. A ironia era que, uma vez na vida, tinha muito do que reclamar se quisesse. Três semanas antes — duas semanas após a exibição triunfante em Sundance —, Dorian Rasmirez revelara para ela e para o restante do elenco a notícia de que *O Morro dos Ventos Uivantes* não seria lançado nos cinemas. O filme que consumira o último ano da vida de Sabrina, e pelo qual ela não recebera nada além da promessa de um retorno profissional, jamais seria assistido por um público cinematográfico. Simples assim, o *retorno* de Sabrina se transformara em *queda*, e ela não podia fazer nada a respeito disso. Seis meses antes, aquele era justamente o tipo de decepção que a jogaria de volta ao fundo do poço, para as drogas e para as saídas e para todo o comportamento autodestrutivo que acabara com ela tão espetacularmente no passado. Mas agora — agora que estava com Viorel, agora que estava apaixonada — era incrível como se sentia facilmente capaz de lidar com aquilo.

É claro que era uma pena que *O Morro dos Ventos Uivantes* não fizesse sucesso. Era bom. *Ela* era boa. Teria sido gratificante ter sua atuação reconhecida, ter um público além dos críticos de Sundance para assistir ao que ela era capaz de fazer como atriz. Mas haveria outras oportunidades. E mesmo que não houvesse, Sabrina tinha coisas mais importantes em que pensar. Principalmente nela mesma no papel principal de sua vida, como a Sra. Viorel Hudson.

Serei uma esposa, disse Sabrina a si mesma, alegre. *Vamos ficar juntos para sempre, o casamento mais feliz de Hollywood.*

Sabrina tinha até mesmo começado a pensar na possibilidade de ter filhos — não agora, talvez, mas alguns anos adiante: uma trupe de pequenos Vios perfeitos. Quando era adolescente, Sabrina fizera um voto secreto para si mesma de que jamais seria mãe. A ideia de repetir os erros da própria mãe era aterrorizante demais, e as exigências práticas de um bebê eram distrações demais para a tão importante carreira, a busca infindável de Sabrina pela fama. Mas agora pensava diferente. Com o amor de Viorel em casa, ela não precisava mais do amor de um público adorador e sem rosto com a mesma violência desesperada que tinha antes. *O Morro dos Ventos Uivantes* seria um fracasso comercial, mas ainda era o filme que mudara completamente a vida de Sabrina. Por isso, ela seria eternamente grata.

— Terminamos? — Levantando-se com dificuldade até se sentar, depois do último abdominal, Sabrina olhou para o treinador pedindo clemência.

Ele olhou para o relógio na parede.

— Terminamos — disse Diego. — A não ser pelo alongamento.

Em uma espreguiçadeira, do outro lado do terraço, o celular de Sabrina tocou alto.

— Salva pelo gongo. — Ela sorriu. Ao ignorar o olhar de reprovação de Diego, Sabrina correu para atendê-lo. Era Ed Steiner, mas ele falava tão rápido e estava tão sem fôlego que a princípio Sabrina não entendeu uma palavra do que ele dizia.

— Devagar — disse ela, segurando o telefone a alguns centímetros do ouvido. — E pare de gritar. Não consigo entender nada do que diz.

Depois de duas tentativas, Ed finalmente se acalmou o suficiente para elaborar uma frase coerente.

— A Academia publicou as indicações esta manhã — disse ele, ofegante.

— É só isso? — Sabrina riu. — Foi para isso que me ligou? Cruzes, Ed, eu sei que é dia das indicações. Moro em Los Angeles e tenho uma TV. Quem se importa?

— Você se importa, querida — disse Ed. — *O Morro dos Ventos Uivantes* conseguiu quatro indicações. *Quatro!*

Sabrina hesitou. Aquilo tinha de ser uma pegadinha. Mas Ed não era do tipo que fazia brincadeiras.

— Não é possível — disse ela, racionalmente. — Você deve ter cometido um erro.

— Erro nenhum. Quatro indicações, inclusive Melhor Filme e *você*, para Melhor Atriz.

O coração de Sabrina começou a acelerar.

— Mas... mas... Harry Greene sequestrou nossa distribuidora.

— Eu sei.

— Mas, Ed, vamos direto para DVD. Ninguém nem viu o filme.

— A Academia viu. E *teve* uma exibição cinematográfica, então, tecnicamente, ele se classifica.

— Está falando de Sundance? Aquilo não foi nada!

Ed Steiner gargalhou.

— Bem, acho que foi o bastante para os críticos. Olhe, confie em mim, eu fiquei tão chocado quanto você. Quem sabe como aconteceu? Todo mundo pensava que o filme estava mais morto que vivo. Talvez alguém próximo da Academia tenha ficado puto por receber ordens de Harry Greene? Ou talvez seja o ano chinês do drama de época. *Celeste* também está concorrendo a Melhor Filme.

— Contra quem estou concorrendo? — perguntou Sabrina, no piloto automático, a ambição batendo conforme ela começou a perceber que aquilo estava mesmo acontecendo.

— Anne Hathaway, Emily Blunt por *Cachorros loucos*, Laura Linney por aquele filme de espião e uma belga da qual nunca ouvi falar. O filme está concorrendo com o daqueles sapos da Pixar, o filme de guerra do Eastwood, *Celeste* e alguma bobagem francesa obscura que Woody Allen coproduziu.

— *Embouteillage* — falou Sabrina, distraída.

— Isso, tanto faz. Mas dá para acreditar? — Sabrina jamais ouvira Ed Steiner tão animado. — Voltamos dos mortos, querida! Somos a porra do Lázaro!

Sabrina ergueu o rosto e viu que o personal trainer tinha arrumado as coisas e ido embora, deixando-a sozinha no terraço do apartamento de Vio, em choque de felicidade. Ela não podia esperar para contar a Viorel. Ele tinha uma seleção de elenco naquela manhã, mas deveria estar de volta àquela hora. Por uma fração de segundo, passou pela mente de Sabrina que Vio poderia sentir inveja, ficar chateado porque ela havia sido indicada e não ele. Mas Sabrina logo afastou essa ideia. Ele não era assim.

— O que Dorian disse? — perguntou ela a Ed. — Deve estar nas nuvens. Fez uma declaração?

— Ah — continuou Ed. — Eu tinha esperanças de que você pudesse me dizer. Dorian sumiu do radar pelas últimas duas semanas, ao que parece.

— O que quer dizer com sumiu do radar?

— Ele fez as malas no apartamento de Los Angeles e partiu. Ninguém sabe onde diabos ele está. O empresário me ligou faz vinte minutos. Pediu que eu perguntasse a você e a Hudson se tinham ouvido falar de Dorian.

— Sinto muito — respondeu Sabrina. — Tenho certeza de que ele ligará em breve. Se o empresário não conseguir falar com ele, Dorian verá nos noticiários.

Ela imaginou o choque e a satisfação de Dorian e sentiu uma descarga de afeição e felicidade pelo diretor. *Ele é um homem tão bom. Merece isso mais que qualquer um de nós.*

Parecia que a maldição de *O Morro dos Ventos Uivantes* estava bastante e verdadeiramente quebrada. A sorte de todos estava finalmente mudando.

— Como isto é possível? COMO esta PORRA está acontecendo?

Harry Greene caminhava pelo escritório de Mike Hartz como um tigre enjaulado, batendo com o punho na parede para que sua raiva fosse ouvida reverberando até os corredores da Sony Pictures.

— Você me disse que mataria aquele filme. E agora está concorrendo a uma porra de um Oscar? Ah, me desculpe, erro meu, quatro Oscar? Inclusive Melhor FILME, caralho? Por aquela pilha de merda sentimentaloide?

— Com todo respeito, Harry — Mike Hartz engoliu em seco —, não temos influência alguma sobre a Academia. É extremamente raro que algo assim aconteça, ainda mais tão tardiamente. Se preferir, digamos que foi uma zebra.

— Se eu preferir? — Harry Greene explodiu, o rosto vermelho como a bunda de um babuíno empertigado. — NÃO PREFIRO PORRA NENHUMA, Mike, seu filho da puta arrogante. Você me disse que enterraria Rasmirez. Com o quê? Uma pilha gigante de porras de prêmios da Academia?

— Harry, seja sensato. O fato de *O Morro dos Ventos Uivantes* ter sido indicado não quer dizer que tem a mínima chance de realmente ganhar. Rasmirez não tem dinheiro nem para o café, que dirá fundos para uma campanha séria para o Oscar. *Celeste* ganhará Melhor Filme.

— É melhor que ganhe — resmungou Harry, em tom ameaçador. — Porque se não ganhar, juro por Deus que vou pegar de volta *Fraternidade IV* e queimá-lo antes de deixar vocês lançarem, seus babacas.

Mike pigarreou, nervoso.

— Devo lembrá-lo que assinou um contrato. Se você...

Ele não conseguiu prosseguir. Lançando-se para o outro lado da mesa, Harry agarrou o produtor aterrorizado pela lapela.

— Se você alguma vez, *alguma vez*, pronunciar a palavra "contrato" para mim de novo, vou rasgar a porra do contrato e enfiar os pedaços pela sua garganta até que você morra engasgado, seu merda corporativo inútil. Entendeu? Vou arrancar suas bolas e usá-las como brincos.

Do lado de fora, no saguão, Linda, a secretária de Mike Hartz, ouviu o chefe ser eviscerado por Harry Greene e sentiu uma pequena e ilícita descarga de prazer. Mike era um valentão, ganancioso, machista e cruel. A equipe inteira o odiava.

Linda pesquisou no Google as chances de Dorian Rasmirez derrotar Harry Greene e levar o prêmio de Melhor Filme para casa.

Uma em cem.

Não era encorajador. Mas aquilo era Hollywood.

Qualquer coisa poderia acontecer.

Viorel esperava diante do sinal de trânsito no cruzamento da Doheny com a Sunset, alheio aos olhares dos turistas na calçada. Normalmente, ele gostava da atenção, embora jamais tivesse total certeza se as pessoas olhavam com admiração para ele ou para o Bugatti, o Batmóvel lustroso, envelopado de preto, o sonho de todo garotinho. Mas naquele dia, ele não se importava. Nada poderia melhorar seu humor, a plateia na rua, a luz do sol incandescente de Los Angeles acima, saber que o teste que fizera naquela manhã fora o mais próximo da perfeição que ele poderia desejar. Tudo em que Viorel pensava era na fita reproduzida diversas vezes em sua mente:

Tenho que contar a ela.

Tenho que terminar com Sabrina.

Ele queria fazer isso havia semanas, mas sempre que ela erguia os olhos para Vio, com aquele rosto adorável, confiante e lindo, a coragem o abandonava. Viorel se detestava pela própria fraqueza, por permitir que as coisas tivessem se desenvolvido tão rápido entre eles quanto se desenvolveram. Mas era tão difícil, com a imprensa fazendo tanto alarde sobre o relacionamento deles e sobre como o amor de Vio tinha "salvado" Sabrina. Viorel gostava de ser um salvador. Soava melhor que "canalha partidor de corações". A pressão de saber que os

Estados Unidos inteiros debatiam os detalhes de um casamento que ele sabia do fundo do coração que jamais aconteceria — a recepção seria ao ar livre, fechariam acordo com uma revista, Sabrina optaria por um vestido tradicional ou algo mais ousado? — esmagava Viorel como um peso morto, e espremia toda a coragem de dentro dele como se fosse um mosquito gigante inchado que havia chupado o sangue de Vio. Mas nada se comparava à dor que estava prestes a infligir a Sabrina.

Pobre garota. A ironia era que ele se importava com Sabrina muito mais agora do que quando começaram a namorar. Naquela época, tinha sido puramente sexual, algo motivado pelo orgulho, mais que qualquer outra coisa. Viorel precisava tê-la, conquistá-la, tornar Sabrina sua. Mas agora que a conhecia, agora que vira a vulnerabilidade e a meiguice dela, todo o ímpeto sexual tinha ido embora. Ela era tão linda e desejável quanto sempre fora, mas não bastava. Viorel não estava apaixonado por Sabrina. Jamais poderia ser o marido que ela precisava que ele fosse, e ficava horrorizado ao pensar no que ela faria quando lhe contasse isso.

O sinal finalmente abriu e Vio acelerou na direção oeste na Sunset, passou pelas enormes mansões de Beverly Hills e pela magnificência cor-de-rosa kitsch do famoso Beverly Hills Hotel. Pelo menos uma vez o tráfego de fato seguia. Perdido nos próprios pensamentos, Viorel dirigiu pela Holmby Hills, passou pela mansão da Playboy e pelos portões leste e oeste de Bel Air, na direção da tranquilidade suburbana de Brentwood, alheio a tudo, exceto ao pesar no coração. Ele *precisava* fazer aquilo naquele dia. Se não o fizesse, estaria a caminho de um colapso nervoso.

Ao virar na Ocean, conforme os condomínios de Santa Monica davam lugar aos chalés em ruínas dos anos 1920 de Venice, ele experimentou algumas frases.

Precisamos conversar.

Acho que as coisas não estão funcionando.

Acho que não sou o homem certo para você.

Cruzes. Era tudo tão clichê, tão corriqueiro, como um episódio ruim da série *Em terapia*. Mas existiria um conjunto certo de palavras para dizer a alguém que esperava se casar com que você não estava apaixonado pela pessoa, no fim das contas?

Como de hábito nos últimos tempos, Viorel viu que seus pensamento se voltavam para Tish Crewe. Ela saberia o que dizer, como desapontar Sabrina com delicadeza. Ela sabia tanto sobre essas coisas. Vio desejou que o relacionamento dos dois estivesse num ponto no qual pudesse ligar e pedir os conselhos de Tish, mas depois da última conversa desastrosa por telefone, ele não tinha certeza alguma de que um dia falaria com ela de novo. Esse pensamento o deprimiu ainda mais.

Ao virar no beco de fundos, atrás da Navy, Viorel viu que a entrada de sua garagem estava bloqueada por uma multidão de paparazzi. Desde que Sabrina se mudara, um pequeno grupo persistente de paparazzi passara a rodear o apartamento todos os dias, uma invasão de privacidade que Vio detestava violentamente. Era difícil para eles conseguirem qualquer fotografia decente, no entanto, graças às paredes de fortaleza do apartamento e aos portões de metal altos, a maioria havia desistido de ficar de tocaia. Um grupo grande como aquele — 14 ou 15 fotógrafos, todos se espremendo para se posicionar em volta do portão — era distintamente anormal. Quando o Bugatti se aproximou e a porta da garagem abriu, eles desceram até Viorel como gafanhotos, gritando o nome dele enquanto os flashes disparavam.

— Parabéns!

— Já falou com Sabrina? Ela está em casa?

— Ficou surpreso com a notícia?

Vio não disse nada, entrou com o carro na garagem ainda com os óculos Ray-Ban e o boné dos Lakers puxado para baixo sobre o rosto. Ele ainda conseguia ouvir as câmeras e os gritos abafados conforme as portas elétricas desciam e se fechavam atrás de si. *Que merda estava acontecendo?*

Viorel pegou o elevador até o apartamento. Assim que as portas se abriram, uma Sabrina nua, ainda molhada do banho, saltou nos braços de Vio e começou a cobri-lo de beijos.

— Aimeudeusaimeudeusaimeudeus! — gritava ela, esganiçada, sorrindo de orelha a orelha como uma criança na manhã de Natal. — Já soube?

— Não. Soube do quê? — Vio gargalhou desconfortavelmente. A pele nua e escorregadia de Sabrina enviava mensagens indesejadas e automáticas para o pau dele, o que era a última coisa de que Viorel precisava no momento. Ao colocá-la no chão, ele abriu o closet do corredor e pegou uma toalha. — Aqui. — Viorel enrolou Sabrina na toalha. — Não morra de frio.

— Não vou morrer de frio — disse ela, sorrindo. — Mas talvez morra de animação. E *você* talvez morra de choque. *O Morro dos Ventos Uivantes* recebeu quatro indicações hoje.

— Indicações pelo quê? Lançamento mais curto da história?

— Estou falando sério! — disse Sabrina. — Estamos concorrendo a quatro Oscar, inclusive Melhor Filme.

Vio franziu a testa.

— Isto é impossível.

— Eu sei, foi o que eu disse. — Sabrina gargalhou. — Mas você deveria ligar para Ed Steiner se não acredita em mim. Está em todos os noticiários também... ligue a TV. Quatro indicações, é o segundo maior número, depois de *Celeste*. E... — Sabrina inspirou fundo, de modo dramático — ... estou concorrendo a Melhor Atriz.

Viorel percebeu a alegria no rosto dela. Voltada para ele com esperança, os cabelos molhados ainda pingando, Sabrina esperava pela aprovação de Vio, pelo amor dele. Sem maquiagem, com cheiro de pasta de dente e sabonete, ela parecia mais nova e mais inocente do que Viorel já vira. Tão confiante, querendo apenas compartilhar o triunfo com o homem que amava. Ele sentiu a determinação ruir até tornar-se nada, como um castelo de areia na chuva.

— Isto é maravilhoso, querida. — Viorel a abraçou com força. *Covarde, covarde, covarde.*

Sabrina inspirou no peito dele.

— Amo tanto você. Vamos para a cama.

Dorian estava sonhando o telefone tocou pela primeira vez.

Ele estava de pé na ponte sobre o rio de Loxley. Caía uma tempestade. De um lado da ponte, Chrissie brincava de esconde-esconde com Saskia, que escorregava na encosta em direção à água. Dorian correu para tentar salvar a filha, mas percebeu que era puxado de volta para o outro lado da ponte. Ao se virar para ver quem o puxava, viu Sabrina Leon.

— O que está esperando? — perguntou ela.

Sabrina usava um vestido branco e tinha um sorriso estranho e angelical no rosto.

— Volte para a casa. Está chovendo. — Dorian olhou para Loxley e de repente a casa começou a desabar, tijolos e alvenaria caíam ao redor dele como granizo gigante. Então Dorian ouviu o alarme de sirenes. O serviço de emergência devia estar chegando. As sirenes ficaram cada vez mais altas, mais esganiçadas, e o arrastaram, sonolento, de volta à consciência... *meu telefone*.

Depois de tatear a mesa de cabeceira em busca do celular, quando conseguiu pegá-lo, tinha parado de tocar. Com o coração acelerado, Dorian se recostou no travesseiro da cama de motel encardida. Burro. Devo ter deixado ligado ontem à noite por engano. Tinha visto, bêbado, as fotos no aparelho antes de dormir, fotos da filha. Desde que fugira de Los Angeles, duas semanas antes, Dorian fizera questão de manter o celular desligado. A noite anterior foi a primeira vez em que olhou para ele em mais de uma semana; ignorou as mais de cem chamadas perdidas e a caixa de entrada que resmungava e foi diretamente para a galeria de fotos.

Saskia, segurando o gato cinza e bocejando.

Saskia, rindo num balanço num parquinho de Santa Monica.

Saskia dormindo no carro, a cabeça gorducha de bebê caída para um lado da cadeirinha de criança, um retrato da inocência e da paz.

Fui uma merda de pai. Nunca estive por perto para ela. Harry Greene não pode fazer um trabalho pior do que eu fiz. Os pensamentos obscuros e deprimentes retornavam, um após o outro, como ondas num mar de dor.

Depois de ter dado a notícia para o elenco e a equipe de que o trabalho e o compromisso de um ano tinham sido em vão, Dorian seguiu dirigindo pela costa, parou apenas para abastecer o carro e comprar suprimentos básicos antes de chegar à pocilga de motel no entorno de Big Sur. Um prolongamento assombroso da costa da Califórnia, Big

Sur era um destino popular para casais em férias românticas, ou para artistas e amantes da natureza em busca de inspiração nas paisagens marítimas dramáticas e nas antigas florestas majestosas de sequoias. O Sea View Motel era um dos raros prédios feios que podiam ser encontrados ali, um caixote baixo dos anos 1960 com janelas sujas, afastado da estrada entre alguns pinheiros desfolhados. Mas, para Dorian, era perfeito. Remoto. Anônimo. Barato. Ele não fazia ideia de quanto tempo pretendia permanecer, ou quais eram seus planos futuros. Só sabia que não podia ficar perto de gente. Ainda não. Sua vida familiar estava em destroços. A carreira, acabada. Dorian estava financeiramente arruinado. E, mesmo assim, nenhuma dessas coisas o assombrava tanto quanto um fato óbvio e inalterável.

Sabrina Leon iria se casar com Viorel Hudson.

Os dois apareceram na reunião da Dracula juntos, de mãos dadas, duas crianças de um pôster sobre juventude, esperança e romance. Sabrina ficou obviamente desapontada, embora tivesse tentado não mostrar. Dorian viu o modo como ela se inclinou sobre o peito de Viorel em busca de apoio, como ele tinha passado um braço reconfortante e possessivo ao redor dos ombros dela. Como um transeunte que encara um acidente de trânsito, Dorian não parecia conseguir desviar os olhos. Mas a dor era fenomenal.

Deus sabia que Dorian não *queria* estar apaixonado por Sabrina. Era ridículo, um homem da idade dele e uma garotinha como aquela. É claro que ela estava apaixonada por Hudson. Por que diabos não estaria? Se Dorian fosse, em parte, um homem honrado, ficaria feliz por eles.

O telefone tocou de novo, um toque irritante e insistente como uma abelha presa exigindo ser solta. Dorian atendeu.

— Suma.

— Então você está vivo. — David Finkelstein parecia mais irritado que aliviado. — Onde *diabos esteve*, D? Estou tentando falar com você faz mais de uma semana.

— Desculpe, David. Não quero falar com ninguém — respondeu Dorian, e desligou.

Antes que conseguisse largar o telefone, tocou novamente.

— Falei sério — disse Dorian, agora mais irritado. A ressaca estava começando a bater depois de entornar uma garrafa e meia de Cabernet, sozinho, na noite anterior. Ainda era cedo, pelo menos ele achou que fosse cedo, e queria voltar a dormir. — Me deixe em paz.

— O *Morro dos Ventos Uivantes* foi indicado a Melhor Filme pela Academia — disparou o empresário de Dorian, antes que desligasse na sua cara de novo. A linha ficou mortalmente silenciosa. — Dorian? Ainda está aí?

— Estou aqui — respondeu Dorian.

— Bem, não vai dizer alguma coisa? É o Oscar, cara. É o grande prêmio. Você recebeu quatro indicações. Sabrina está concorrendo a Melhor Atriz.

A menção ao nome de Sabrina pareceu tirar Dorian do transe.

— Falou com ela?

— Cruzes, D, não, não falei com ela. Não é minha cliente. Você é. Tenho *tentado* falar com você. E que surpresa, a Sony de repente quer falar com você.

— Não tenho nada a dizer àqueles desgraçados — disse Dorian, com emoção.

— Não importa, precisa trazer sua bunda de volta para a cidade. Cada veículo de mídia deste lado da porra da lua quer uma entrevista.

— Tudo bem — respondeu Dorian. — Ligo de volta.

— Não, D, espere! Não desligue! — implorou David. Porém era tarde demais. A linha já estava muda.

Depois de atirar a roupa de cama para o lado, Dorian colocou o celular de volta na mesa de cabeceira e cambaleou pelo quarto para abrir as persianas. A luz do sol ofuscante irradiou pela janela. Dorian se encolheu. *Merda*. Devia ser meio-dia, pelo menos. Quanto tempo dormira? Ele ligou a cafeteira ao lado da TV que nem havia ligado e abriu um pacote de biscoitos Oreo, engolindo-os, distraído, enquanto a mente aos poucos rastejava para a realidade.

O Oscar. Quatro indicações. Melhor Filme.

Era uma fantasia. O tipo de coisa da qual os sonhos hollywoodianos são feitos, mas que jamais *acontece* de verdade em Hollywood. Pelo menos não com ele. Dorian fora salvo por algum anjo da guarda bem no momento em que parara de acreditar. Deveria estar em êxtase. Bêbado de felicidade. Em vez disso, sentia-se... o quê? Não sentia nada. Vazio.

Talvez eu esteja perdendo a cabeça. Talvez precise de ajuda psicológica.

O café estava pronto. Dorian se serviu de uma xícara e bebeu; puro e forte, o líquido amargo o reavivava enquanto Dorian queimava a língua e a garganta.

Tinha de voltar. Fazer uma declaração. Uma indicação de Melhor Filme significava que precisaria falar com a imprensa, viajar, promover o filme até que as solas dos pés doessem e a voz estivesse rouca. Mas como pagaria por uma turnê de relações públicas, Dorian não fazia ideia. A Sony quase certamente não financiaria, Harry Greene se certificaria disso. Não que Dorian fosse aceitar um centavo do dinheiro de Mike Hartz, mesmo que fosse oferecido.

Mais importante, uma indicação ao Oscar significava que ele não podia mais hibernar e lamber as próprias feridas. Teria de ver Sabrina de novo. Com Viorel. Ficar ao lado dos dois e sorrir enquanto eles declaravam seu amor ao mundo, de mãos dadas na noite do Oscar, observando como um cupido paternal, o homem que juntara o novo casal de ouro de Hollywood. De súbito, vergonhosamente, os olhos de Dorian se encheram de lágrimas.

Recomponha-se, disse ele a si mesmo, com raiva. *Você é diretor e amigo de Sabrina. Nada mais.*

Ele poderia voltar a Los Angeles, parabenizar Sabrina, dominar suas emoções e fingir ser feliz. Mas, por dentro, Dorian imaginou se algum dia seria realmente feliz de novo.

CAPÍTULO 26

Sabrina se sentou à mesa reservada do Mastro's, ciente de que todos os olhos no restaurante tinham-na seguido conforme ela caminhava pelo salão. Talvez não devesse se sentir tão grata pela adulação. Mas, por outro lado, não era todo dia que alguém era indicado ao Oscar. Por que não aproveitar?

Depois de uma tarde de felicidade fazendo amor com Viorel — como sempre, o sexo fora uma performance virtuosa, com Vio tão perdido e intoxicado pelo momento quanto ela —, Sabrina fora de carro até o escritório de Ed Steiner, na esquina da Wilshire com a Beverly Glen, e fizera uma coletiva de imprensa. Da última vez que Sabrina encarara a imprensa no escritório do empresário, declarara um mea-culpa relutante e pré-roteirizado para um mar de rostos hostis e sedentos por sangue. Dessa vez, o amor no recinto era tão espesso que ela poderia tê-lo comido com uma colher.

Como se sentiu ao voltar para o topo da carreira? Estava surpresa pela indicação, considerando o lançamento bastante limitado do filme? Tinha falado com Dorian Rasmirez ou com o restante do elenco?

Vestida de modo simples, com uma camiseta Michael Stars e calça jeans *skinny* da Ksubi, os longos cabelos presos para trás num rabo de cavalo e nenhum acessório além de um sorriso que poderia ter abastecido Los Angeles inteira com energia, Sabrina respondeu a todas as perguntas com paciência e humildade.

— Sei como tenho sorte — disse ela aos repórteres. E foi sincera. Se a felicidade era querer o que se tinha, naquela noite, Sabrina Leon era tão verdadeiramente feliz quanto qualquer ser humano na Terra jamais havia sido.

Depois do encontro com a imprensa, ligou para Vio e combinou que se encontrassem para jantar no *steakhouse* Mastro's, um recanto popular das celebridades no centro de Beverly Hills e um dos restaurantes preferidos deles por causa da atmosfera antiga, do bar com piano tocando Frank Sinatra e da iluminação tênue que garantia a privacidade deles. Vio já estava lá quando ela chegou, sentado, vestia um blazer preto e uma camisa azul da Ralph Lauren, e brincava, distraído, com o guardanapo.

Como ele está exótica e ridiculamente lindo, pensou Sabrina pela milionésima vez.

— Oi. — Ela sorriu e se inclinou para beijá-lo enquanto se sentava. — Me desculpe pelo atraso. As coisas se estenderam um pouco no Ed.

Sabrina começou a contar a Viorel sobre a coletiva de imprensa, tagarelando de forma animada sobre quem a havia perguntado o quê e quais tinham sido suas respostas. Cinco minutos inteiros se passaram até que ela percebesse que ele não estava mais ouvindo, mas olhava para além de Sabrina, na direção do bar com piano nos fundos.

— Ei — disse ela, franzindo a testa. — Estou entediando você?

— Hum? Ah, não. Me desculpe. Eu estava só...

— Sei o que estava fazendo — falou Sabrina, de modo reprovador. Ao olhar por cima do ombro, viu uma loura bonita, de rosto élfico, sozinha no bar, diretamente no campo visual de Viorel. — Você a conhece? É uma ex? — Sabrina se encolheu pela insegurança na própria voz. Mas, sério, era um pouco demais ele se sentar ali com olhar desejoso para outras mulheres, naquela, entre todas as noites.

— Não — respondeu Vio, culpado. — Ela me lembrou alguém, só isso.

Considerando a reputação passada dele, a reputação passada dos dois, fantasmas dos antigos relacionamentos inevitavelmente surgiam de vez em quando, principalmente num universo tão pequeno e movido a fofocas quanto Hollywood. Sabrina tentou não ficar com ciúmes, mas era difícil. Amava tanto Viorel.

— Quem? — perguntou ela, desejando não se importar tanto. — Quem ela lembra que deixou você tão distraído?

Nossa, você parece uma chata. Deixe isso de lado. Não quer brigar esta noite.

— Se quer saber, ela me lembra Tish — disse Vio.

— Tish Crewe? — Sabrina gargalhou, instantaneamente aliviada. Então ele não estava pensando numa antiga amante. Ao se virar, ela estudou a garota de novo. — Sabe, está certo. Ela lembra um pouco Tish. Nossa, Tish Crewe. — Sabrina balançou a cabeça e se virou de novo para Vio, então tomou um gole do martíni de maçã azedo, pensativa. — Ela era engraçada. Imagino o que está fazendo ultimamente. Salvando o mundo em algum lugar, sem dúvida, adotando mais crianças, tentando superar Angelina.

— Duvido — disse Vio, bruscamente. Mas Sabrina não reparou no tom de voz gélido.

— Acha que ela soube da notícia do Oscar? Acho que não se interessam tanto por isso lá na Velha e Feliz Inglaterra. Ou na Romênia ou onde quer que ela esteja. Ei, eu me pergunto se ela virá para a premiação da Academia...

— Por que deveria? — replicou Vio, irritado.

— Não sei — disse Sabrina, parecendo levemente magoada. — Talvez Dorian a convide. Ele está solteiro agora, e sempre achou mesmo que o sol brilhava da bunda dela. Aposto que ela correria para namorá-lo, agora que a carreira dele está a toda de novo.

— Besteira — replicou Vio. — Tish jamais foi remotamente interessada em Rasmirez no sentido romântico. Além disso, nem todos são tão obcecados com fama quanto você.

Os olhos de Sabrina se encheram de lágrimas.

— Isso não é justo.

Viorel virou o rosto. Ele sabia que estava sendo um babaca, sem falar um hipócrita. Não era exatamente imune a um pouco de caça às câmeras também. E Sabrina só estava tentando puxar conversa. Não era culpa dela que Viorel tivesse sido covarde demais para recusar sexo naquela tarde; ou que ele estivesse furioso consigo mesmo por ter gostado tanto.

— Desculpe — murmurou Vio, sentindo-se culpado. — Podemos falar de outra coisa?

— Claro — disse Sabrina, instantaneamente perdoando-o agora que a tempestade inesperada havia passado. Ela odiava quando os dois brigavam. Aquilo a fazia se sentir fora de controle de um modo que a aterrorizava. Ao afastar o medo, Sabrina matou a fome, feliz, com um bife de filé e batata palha, e fez o melhor que pôde para desviar a conversa de *O Morro dos Ventos Uivantes* e o papo de Oscar para um assunto mais seguro: as fofocas de Hollywood e quem estava supostamente comendo quem pelas costas de quem. Mas, como uma mariposa atraída de volta para a luz, ela logo percebeu que era impossível evitar o assunto da indicação completamente. Quando a torta de limão chegou para sobremesa, Sabrina tinha passado para o tão importante tópico do vestido.

— Não é apenas a cerimônia de premiação em si — disparava ela, animada. — Haverá o jantar dos indicados, a cerimônia do Independent Spirits algumas semanas antes. Além disso, quase certamente haverá uma estreia agora para o lançamento do filme nos Estados Unidos, no mínimo, e acho que alguma coisa em Londres também. Não acha?

— Claro. — Vio fingiu entusiasmo. — Todos estaremos ocupados com a promoção agora, mas você principalmente.

— *Nós* principalmente — corrigiu Sabrina. — Ninguém quer me ver sozinha, querido. O mundo quer a história de amor.

Ai, meu Deus, pensou Vio, desesperado. *Ela está certa. Agora serei sugado ainda mais para dentro disso do que antes.*

— Pensei em usar um curto para o Independent Spirits e para a estreia nos Estados Unidos. Provavelmente um Marchesa, embora Jason Wu esteja fazendo umas coisas incríveis para a primavera...

— Ã-hã. — Vio assentiu, distraído.

— Para o Oscar precisa ser um longo, basicamente. Mas não quero nada romântico ou com muito babado. — Sabrina esticou o braço até o outro lado da mesa e segurou a mão de Viorel. — Estou guardando o vestido de princesa para o nosso casamento.

Vio puxou a mão de volta e passou-a pelo cabelo.

— Ai, Deus, Sabrina — disse ele, em desespero. — Não vai haver um casamento.

Sabrina hesitou por um momento. Então gargalhou e disse:

— Bem, não, este ano não, é óbvio. Com todo esse circo de melhor atriz acontecendo, não teremos tempo de planejar...

— Ano nenhum. Nunca — disse Viorel. Ele não queria olhar para Sabrina, mas precisava. Sabia que cada palavra a atingia como um golpe de martelo, mas precisava continuar. — Não estou apaixonado por você. Me desculpe. Queria estar, mas eu...

— Há outra pessoa? — A voz de Sabrina era baixa, fraca e aguda como a de uma criança pequena. Não parecia que vinha dela, e de fato Sabrina não teve ciência de ter pensado na pergunta antes que seu subconsciente a disparasse para fora.

— Não — respondeu Viorel, com sinceridade.

— Então talvez... talvez haja uma chance? — Sabrina estremeceu. Viorel se encolheu. O coração partido na expressão dela, o desespero nas palavras... era insuportável.

— Não há — respondeu ele. Vio se sentia como um assassino.

— Mas como pode saber disso? — implorou ela. Lágrimas desciam livremente pelo rosto de Sabrina na escuridão. Lágrimas silenciosas, não as lágrimas histéricas e raivosas que teriam sido tão mais fáceis. Ela não estava fazendo um escândalo. Toda a dor no rosto de Sabrina era pura e genuína. Viorel se sentiu enjoado. — Você me amava antes.

— Não amava — murmurou ele, parecendo pouco menos angustiado que ela. — Quer dizer, eu amo você, Sab. Mas não do modo como você diz. Mais como uma... uma irmã.

Pela primeira vez, Sabrina pareceu enraivecida, embora a ira estivesse quase perdida entre a dor.

— Uma irmã? Caramba, Vio, você não pareceu muito fraterno esta tarde. Quando estava na minha cama, implorando que eu gozasse para você. Lembra-se disso?

— Eu sei. — Viorel abaixou o rosto para o colo, mais envergonhado do que já se lembrava de ter estado na vida. — Eu sei. Sexualmente, as coisas sempre foram tão boas entre nós. Isso é parte do problema.

Sabrina riu, mas era um riso sem um pingo de alegria.

— Não é que eu não deseje você — disse Viorel.

— Só que não quer se casar comigo.

Ele assentiu, sentindo-se deprimido.

— Me desculpe, anjo. Mas eu não conseguiria fazê-la feliz.

— Conseguiria! — insistiu Sabrina, as lágrimas caindo mais rápido que nunca.

— Não. Não conseguiria. E não posso ficar diante de milhões de pessoas e continuar vivendo essa mentira. Me desculpe.

— É o que fica dizendo — falou Sabrina. Ao enterrar a cabeça no guardanapo, ela se sentou, parada, por um momento, respirando profundamente, tentando compreender as emoções. Finalmente, ergueu o rosto, as lágrimas secas, a voz controlada. — Agradeço por me contar a verdade — disse ela, calma. — Não deve ter sido fácil para você.

— Ai, meu Deus, por favor, não seja boa comigo — pediu Viorel. — Sou um completo canalha. Você merece muito mais.

Sabrina se levantou. Gentilmente, esticou o braço e acariciou a bochecha de Vio.

— Você é uma graça — disse ela, baixinho. — Mas acho que preciso ficar sozinha agora. Ficarei num hotel esta noite.

— Não — insistiu Vio. — Por favor. Eu ficarei num hotel. Por algumas semanas, ou por quanto tempo precisar. O apartamento é seu, para sempre, se quiser.

Sabrina hesitou por um momento.

— Tudo bem — disse ela, finalmente. — Obrigada. — E sem mais uma palavra, ela se virou e foi embora.

Viorel não sabia quanto tempo tinha ficado sozinho à mesa, encarando a cadeira vazia de Sabrina. Ele esperava sentir alívio, agora que o mal estava feito. Em vez disso, sentia-se terrivelmente deprimido, como se toda a esperança tivesse sido sugada de dentro si. Quando tomou ciência de que um garçom falava com ele, o bar estava vazio.

— Posso trazer mais alguma coisa para você, Sr. Hudson?

Vio balançou a cabeça.

— Só a conta.

Algo estava faltando em sua vida, decidiu Viorel. Ou talvez estivesse faltando dentro *dele*. Alguma peça crucial do quebra-cabeça que tinha sido perdida, e sem a qual ele não poderia ser verdadeiramente feliz. *Pobre Sabrina*, pensou Vio, esfregando os olhos, cansado. *Espero que esteja bem.*

Dorian hesitou diante do sinal vermelho no cruzamento da Wilshire com a Ocean.

Será que eu deveria dar meia-volta? Fazer isso amanhã? Será que dez e meia da noite é tarde demais para uma visita inesperada?

Ele estava a caminho do apartamento de Viorel — de Viorel e de Sabrina — para parabenizar Sabrina pessoalmente. Era a coisa certa a fazer. A coisa *normal* a fazer. De alguma forma, precisava tentar levar a vida de volta a algum tipo de normalidade, aceitar as coisas como eram. Sabrina e Vio estavam juntos. Ele era o diretor dos dois. Estavam todos à beira de um momento determinante nas carreiras. Aquele era o momento para graciosidade, para profissionalismo, para maturidade. Tanto Sabrina quanto Hudson eram pouco mais que crianças. Dorian era a velha guarda de Hollywood. Os dois procurariam Dorian para conselhos e liderança em meio ao frenesi midiático que um Oscar sempre gerava.

O sinal ficou verde. Acima da cabeça de Dorian, o céu sem lua da Califórnia estava iluminado não apenas pelas estrelas, mas pela luz que irradiava do distrito comercial de Santa Monica, Third Street Promenade, e o brilho ofuscante néon e cafona do píer. Dorian pensou na Transilvânia, com as noites tão claras e as estrelas tão brilhantes como diamantes que as pessoas quase sentiam que podiam esticar o braço e tocá-las com as pontas dos dedos. Como era selvagem e absurdamente díspar de Los Angeles. E, no entanto, como ele amava os dois lugares com enorme paixão. Ambos faziam parte da vida dele, de seu sangue, sua história. Ele ainda não tinha dado início à papelada que oficialmente transferiria o castelo novamente para o governo romeno. Será que agora, com aquela notícia do Oscar, não precisaria? Talvez pudesse pagar pelo lugar, afinal de contas.

Ao estacionar no fim da Main Street, em Venice, Dorian desligou o motor do Prius alugado e ficou sentado, sozinho, no banco do motorista, debatendo consigo mesmo.

Não quero entrar porque é tarde demais? Ou porque não posso suportar ver os dois juntos, apaixonados e animados?

Depois de ter voltado a Los Angeles e reservado um quarto no Beverly Wilshire, Dorian fizera a barba, tomara banho e comera, numa tentativa de se fazer parecer menos com um homem louco de olhos vazios. Tinha funcionado, pelo menos aparentemente. Mas por dentro ele ainda sentia um desespero que ameaçava se transformar em lágrimas vergonhosas a qualquer momento. Dorian tinha adiado o inevitável pelo máximo de tempo que pôde, atendeu a ligações de negócios no quarto de hotel, caminhou em Beverly Hills para comprar um jornal, um novo pacote de lâminas de barbear e uma garrafa de água vitaminada de açaí bastante necessária — *quando em Los Angeles, certo?* Mas, finalmente, ele percebera que se não encarasse Sabrina naquele dia, teria de fazer isso no dia seguinte, ou no outro. E que outra noite com aquele machado pairando sobre sua cabeça era mais do que até mesmo Dorian poderia suportar.

Vá de uma vez, seu grande medroso. Toque a campainha, suba, tome uma taça de champanhe com eles e vá embora.

Por algum motivo, os 180 metros de caminhada da Main Street até a Navy conseguiram levar 15 minutos. Mas, finalmente, Dorian estava de pé ao portão do apartamento. É agora ou nunca. Ele estava prestes a tocar a campainha quando percebeu que o portão, na verdade, estava entreaberto. Ao entrar, ele o trancou atrás de si e subiu as escadas até o apartamento de Viorel. O apartamento também tinha a porta de entrada aberta, embora o lado de dentro estivesse sombriamente silencioso e escuro. Dorian sentiu a pulsação acelerar.

Deus. Houve um arrombamento.

Invasões domiciliares não eram incomuns naquela parte de West Side. Mas na casa de uma celebridade, era sempre preciso imaginar se algum jornalista inescrupuloso de tabloide não estaria envolvido, ou um aspirante a chantagista, esperando encontrar algum material comprometedor, drogas ou uma fita de sexo ou... *Por favor, que não seja uma fita de sexo*, pensou Dorian, em agonia.

— Oi? — gritou ele, nervoso, para a escuridão. — Tem alguém aí? Silêncio.

Dorian vasculhou o bolso em busca do celular, esperando poder usar a tela como uma lanterna improvisada. *Talvez eu devesse chamar a polícia?*, pensou ele, *apenas por segurança*. Mas Dorian já estava dentro do apartamento, apontando a luz tênue do Nokia para as paredes, em busca de um interruptor. Finalmente, ele o achou e acendeu as luzes. A sala em plano aberto se iluminou inteira, como se fosse um cenário de filme, com uma luz tão forte que, por um minuto, Dorian meio que fechou os olhos diante do brilho. Nada parecia ter sido tocado. O lugar parecia imaculado, como se fosse aparecer na revista *Dream Homes*. Hudson sempre se imaginara como um guru do design frustrado.

— Viorel? — gritou Dorian de novo, ficando menos assustado agora que podia enxergar. — Está aí? Sou eu, Dorian. — Ele caminhou pelo corredor em direção ao quarto. — A porta estava escancarada. Eu quase...

Dorian parou no meio da frase. Esparramada, nua, à porta do quarto, estava Sabrina. Ao olhar para além dela, para dentro do cômodo, Dorian viu uma fileira de vidros de pílulas esvaziados pela cama, pelo chão e pela mesa de cabeceira.

Não.

— Sabrina! — Ele a virou e deu tapas no rosto dela, sacudiu seu corpo inerte como se fosse uma boneca de pano. Nenhuma resposta. Desesperado, Dorian levou o rosto à boca de Sabrina, para tentar ver se ela estava respirando. Não estava. Em pânico, ele congelou por alguns segundos, tentando se lembrar de qualquer coisa sobre primeiros socorros, sem o mínimo sucesso. Finalmente, lembrou-se do celular na mão e discou para a emergência.

— Emergência. Sim, estou com uma amiga, ela teve uma overdose, número 11991, Navy Boulevard, Venice. Ela... não está respirando. — Dorian conseguia ouvir a própria voz falhando. — Acho que pode estar morta.

CAPÍTULO 27

O Hospital St. John, na esquina da Santa Monica com a Twentieth, consistia em duas torres brancas reluzentes conectadas por um prédio de vidro mais baixo, e tudo a respeito dele remetia a modernidade, eficiência e riqueza. Tudo, exceto a Emergência, um porão fedorento e sem janelas cheio de mendigos bêbados, viciados descontrolados, crianças gritando e sangrando e seus pais transtornados, além de três das atendentes mais obesas, infelizes e inúteis que Dorian já tivera a infelicidade de encontrar.

— Overdose? — perguntou a enfermeira encarregada, no mesmo tom entediado e monótono com o qual uma garçonete do McDonald's poderia ter perguntado se ele queria batatas fritas.

— Sim — respondeu Dorian, sem fôlego, freneticamente. — As anotações estão bem aqui. Ela parou de respirar de novo. Os paramédicos vêm tentando reanimá-la pelos últimos...

— Ã-hã. Espere aqui, por favor.

— "Espere aqui"? Acho que você não está me ouvindo. Ela *não* está *respirando*!

— Ouvi, senhor. — A enfermeira deu um suspiro pesado. — Sua amiga é a terceira overdose que recebemos nas últimas duas horas. Vamos entubá-la assim que pudermos.

— É Sabrina Leon — disparou um dos paramédicos, ofegante.

A enfermeira olhou mais de perto para o rosto pálido e mascarado na maca.

— É?

— Ã-hã. A própria.

— Bem, por que não disse antes? — Instantaneamente, o rosto da mulher gorda mudou de hostil para agradável. — Siga-me, por favor. Quarto seis, triagem. O Dr. Emanuelle estará com você em breve.

E, a partir do momento em que o nome de Sabrina foi mencionado, o Dr. Emanuelle chegou até eles rápido, assim como uma verdadeira legião de voyeurs de jaleco branco, todos passando pelo quarto da triagem como se fosse uma revoada de pombos sedentos por fama. *Só em Los Angeles*, pensou Dorian com amargura, embora pelo menos uma vez estivesse grato pelo tratamento especial que as celebridades recebiam, e abriu caminho para deixá-los trabalhar, a identidade do próprio Dorian aparentemente despercebida, conforme colocavam tubos e agulhas no corpo sem vida de Sabrina e uma quantidade impressionante de monitores, espátulas e fios.

— O que está acontecendo? — Dorian cutucou o ombro de uma das enfermeiras, incapaz de sequer ver Sabrina entre toda a multidão. — O que estão fazendo com ela? Está respirando de novo?

— Você é da família? — perguntou a enfermeira.

— Não. Sou amigo. Fui eu quem a encontrou.

— Então, sinto muito, senhor, mas terei que pedir que espere lá fora. Só podemos dar informações a membros imediatos da família ou parceiros, e nem eles devem ficar aqui.

Ao contrário da megera da recepção, aquela enfermeira era gentil e educada no tom de voz. Mas também era rigorosa. Dorian empurrou as portas duplas de saída e ficou no corredor, chocado, como se fosse um homem que acabava de ser bombardeado e cavava o caminho para fora dos destroços, em direção à luz do sol. O corredor estivera cheio vinte minutos antes, mas agora parecia vazio, exceto por um encarregado de uniforme azul que dobrava camisolas sobre um carrinho. O silêncio somava-se à sensação bizarra de irrealidade, mas foi logo partido por uma voz familiar.

— Dorian?

A primeira vista, Viorel parecia o mesmo de sempre, galante e impecável, a lã preta do blazer e o azul no tom de lápis-lazúli da camisa refletiam perfeitamente os cabelos pretos oleosos dele e os olhos azuis como o céu. Mas quando se aproximou, Dorian distinguiu os círculos de estresse sob os olhos de Viorel e a depressão assombrosa nas bochechas dele. *Viorel parece quase tão arrasado quanto eu.*

— Onde está ela? — Vio passou a mão pelo cabelo, em desespero. — Dirigi até aqui feito um maluco. Me ligaram há vinte minutos. Acho que estou listado como o parente mais próximo, ou algo assim. Ela está bem?

— Está viva — respondeu Dorian, inexpressivo. — Mas não está respirando. Pelo menos não estava há alguns minutos. Há uns cem médicos com ela agora.

— Ai, Deus. — Aquilo saiu mais como um gemido do que como palavras. Recostado contra a parede, Vio literalmente desabou no chão, como um paraplégico cuja cadeira de rodas de repente é arrancada de debaixo de si. — É tudo culpa minha.

— Besteira — disse Dorian. Não havia dúvida de que a angústia de Viorel era genuína. A fraqueza dele fez com que Dorian recuperasse as próprias forças. Ele não poderia permitir que Viorel se culpasse. — Sabrina tomou aquelas pílulas. A decisão foi dela.

— Sim, mas foi só porque eu a levei a isso. — Viorel soltou um grito que foi metade de luto, metade de ódio. — Juro por Deus — soluçou ele. — Pensei que ela estivesse bem. Quando saiu do restaurante, parecia bem. Ai, Deus, o que eu fiz?

Dorian se sentou no chão e passou um braço de forma paternal sobre os ombros de Viorel. Devagar, aos pouquinhos, a história se desdobrava: Viorel contou que se sentira preso pelo relacionamento, falou da carência aterrorizante de Sabrina e da crescente fantasia da mídia; confessou como ele fora medroso demais, fraco demais para acabar com as coisas mais cedo; mas como naquela noite, finalmente, Viorel não aguentara e terminara o relacionamento numa mesa reservada no Mastro's.

— Eu sabia que ela estava triste, é óbvio. Ela chorou, sabe, quando eu disse a ela. Mas quando saiu, parecia bastante calma e... — Vio procurou a palavra certa —... não sei. Conformada, acho.

— A que horas ela saiu? — perguntou Dorian.

— Por volta das nove da noite — respondeu Vio. — Por quê?

Dorian fez um cálculo rápido. Sabrina devia ter levado pelo menos trinta minutos para chegar em casa, e talvez mais dez para se despir, encontrar todas aquelas pílulas e engoli-las. No mínimo umas nove e quarenta e cinco, provavelmente mais para dez horas. A que horas Dorian a havia encontrado? Às onze? E ela vomitou na ambulância vinte minutos depois. O que significava que as drogas não poderiam ter ficado *tanto* tempo no corpo dela.

— Por nada.

O encarregado espremeu-se para passar por eles, o carrinho empilhado até o alto com camisolas perfeitamente dobradas.

— Se ela morrer, a culpa será minha — murmurou Viorel, em desespero.

Dorian olhou nos olhos de Vio.

— Não, não será — disse ele, com firmeza. — Você fez a coisa certa. Precisava contar a ela. Não tinha como saber que Sabrina faria uma loucura.

Ele foi sincero. Se alguém deveria se sentir culpado, era Dorian. Quando Viorel lhe contou que Sabrina e ele haviam terminado naquela noite, a primeira sensação de Dorian fora de felicidade, esperança. *Com Sabrina lutando pela vida atrás dessas portas? Que tipo de projeto narcisista e egocêntrico de homem eu sou?*

— Ela vai ficar bem, não vai? — perguntou Vio, desesperado por conforto.

— Tenho certeza de que vai — mentiu Dorian.

Alguns momentos depois, o Dr. Emanuelle, um latino alto, de pele morena e sorriso branco de estrela de cinema, emergiu das portas duplas com uma expressão séria. Viorel praticamente agarrou o homem pelo colarinho.

— O que está acontecendo? — perguntou ele. — Ela está bem? Sou o... — ele hesitou — ....o parente mais próximo.

— Sei quem você é, Sr. Hudson — disse o médico, com gentileza. — Ela está viva. E está respirando. Não sozinha, no entanto. Com ajuda.

Dorian sentiu a sala começar a girar.

— Com ajuda?

— Sim.

— Está falando de algum respirador?

— Sim. A Srta. Leon está em coma.

Viorel perdeu o fôlego. Ao ver que as pernas dele começavam a tremer de novo, Dorian passou um dos braços pela cintura do ator, para segurá-lo de pé.

— Ah, por favor, não. Ela não pode morrer.

— Sei que é muito estressante — disse o Dr. Emanuelle. — Mas tente se acalmar. O fato de ela estar em quadro comatoso não significa necessariamente que vai morrer. Às vezes, o corpo desliga para poder se consertar. Um pouco como fechar todos os programas abertos no seu computador para que possa reiniciá-lo — acrescentou o médico tentando explicar a situação.

Os dois homens o encararam de volta, inexpressivos.

— Olhem, saberemos mais nas próximas horas. Vamos fazer uma ressonância do cérebro, uma tomografia computadorizada, tudo. Por enquanto, ela está estável. Vamos transferi-la para o CTI. Podem esperar lá em cima enquanto fazem os testes. É muito mais confortável do que este buraco.

Do lado de fora do estacionamento, o encarregado fechou a mão em concha, de maneira furtiva, em volta do celular, certificando-se de que não seria ouvido.

— Sim, tenho certeza de que é ela. Ouvi Viorel Hudson com meus próprios ouvidos, cara. Mas não vou dizer mais nada a você até que veja algum dinheiro.

O resto da noite foi uma das noites mais longas tanto na vida de Viorel quanto na de Dorian. Acampados na sala de espera familiar do CTI, recebiam informações escassas ao longo das horas conforme os resultados dos testes de Sabrina chegavam. Algumas eram positivas. O fígado, os pulmões e o coração dela pareciam saudáveis. Outras eram torturantemente inconclusivas. Não estava claro se ela sofreria ou não danos permanentes no cérebro. Muito dependeria de quando — e se — Sabrina sairia do coma.

— Poderia ser em uma hora — disse o Dr. Emanuelle a Vio. — Poderia ser amanhã. Poderia levar semanas ou meses a partir de agora. Obviamente, esperamos que esse não seja o caso. Mas você precisa estar preparado. Não há mesmo muita razão em ficar esperando aqui. Ela está estável e, se isso mudar, ligaremos para você. Mas vocês dois deveriam ir para casa e descansar um pouco.

A princípio, Viorel se recusou. Mas quando o sol nasceu, o bando de repórteres reunido do lado de fora do hospital tinha aumentado até quase cem pessoas, alguns com equipe inteiras de câmeras. Da janela da sala de espera, Vio podia ver claramente a equipe do noticiário do Canal 9, assim como a do odiado *Extra*.

— Você deveria sair daqui enquanto ainda pode — disse Dorian. — É você quem eles querem ver, não eu.

— Ou eu ou algum médico dizendo a eles que Sabrina está morta — respondeu Viorel, com amargura. — Parasitas de merda. Como podem fazer entretenimento com algo deste tipo?

— Sério, o Dr. Emanuelle está certo. Não há nada que possa fazer aqui. Precisa dormir um pouco.

— E quanto a você?

Dorian deu de ombros.

— Sou um vampiro, lembra-se? Não gostamos muito de dormir. Além disso — acrescentou ele, sarcasticamente —, não tenho para onde ir.

Vio hesitou.

— Promete que vai me ligar se houver qualquer notícia?

— Prometo. Vá.

Do lado de fora, um nascer do sol espetacularmente alaranjado e cor-de-rosa se espalhava pelo céu de Santa Monica. Equipes de câmeras e paparazzi corrigiam ansiosamente os fotômetros, enquanto repórteres e apresentadores verificavam os microfones, preparando-se para a saída de Viorel ou para uma declaração oficial da assessoria de imprensa do St. John sobre a condição de Sabrina.

Com a ajuda da equipe do hospital, Viorel conseguiu planejar aquilo, de modo que foi retirado às escondidas pela entrada de suprimentos exatamente na mesma hora que o Dr. Emanuelle saía pela porta da frente para falar com a mídia.

— Senhoras e senhores — gritou ele, erguendo uma das mãos para pedir silêncio conforme o amontoado barulhento se aproximava dele. — Lerei uma declaração factual curta detalhando a condição atual da Srta. Leon. E não vou, repito, *não* vou responder a mais nenhuma pergunta neste momento.

Com as lâmpadas dos flashes estourando e os microfones *boom* apontados para ele como se fossem lanças acolchoadas, o médico leu a declaração preparada. Sabrina tinha sido levada às onze e meia, na noite anterior, após uma aparente overdose de medicamentos com receita. A condição dela era crítica, porém estável. Os resultados dos testes até então davam margem ao otimismo, mas ainda não se poderia fazer mais comentários àquela altura com relação ao prognóstico final.

Conforme o médico abaixou o pedaço de papel e se virou para entrar no hospital, o furor que irrompeu atrás dele foi ensurdecedor.

— Pode confirmar que foi uma tentativa de suicídio?

— É verdade que Sabrina tentou se matar porque Viorel Hudson a deixou?

— Viorel está com ela agora?

— Hudson será acusado de alguma infração? A polícia foi envolvida?

— Viorel dará uma declaração?

Somente com a ajuda de três seguranças troncudos o Dr. Emanuelle foi fisicamente capaz de se retirar da multidão que o cercava e voltar para dentro em segurança.

— O que diabos há com essa gente? — reclamou ele com uma das enfermeiras. — A garota está lutando pela vida lá em cima e todos só estão interessados em servir a cabeça do Hudson numa bandeja.

A enfermeira ergueu uma sobrancelha.

— Isso o surpreende?

O Dr. Emanuelle suspirou.

— Acho que não.

— Você vive pela espada e morre pela espada. — A enfermeira deu de ombros. — Essa é a natureza da fama.

O médico balançou a cabeça com tristeza. Às vezes odiava aquela cidade.

Durante as duas semanas seguintes, o elenco e a equipe de O Morro dos Ventos Uivantes rezou para os deuses de Hollywood para que aquele antigo adágio fosse verdadeiro, a respeito de toda publicidade ser boa publicidade. Por todos os Estados Unidos, por todo o mundo, as manchetes berravam.

O azarão do Oscar daquele ano era o filme que arruinara o casamento, antes notoriamente sólido, de Rasmirez. Que unira dois amantes fotogenicamente estelares apenas para separá-los. Isso muito possivelmente resultaria na morte de uma das mais brilhantes, porém mais perturbadas, estrelas de sua geração, e apenas *semanas* antes de ela ter a chance de ganhar um Oscar e dar uma guinada na vida e na carreira.

Como toda boa novela, o rastro de destruição de O Morro dos Ventos Uivantes tinha os ingredientes cruciais de esperança e desespero, de fama, fortuna e glamour, lado a lado com a tragédia, a miséria e o desastre. Tinha uma heroína — a recém-perdoada e novamente adorada Sabrina, numa cama de hospital, lutando pela vida — e agora um vilão: Viorel Hudson.

Ignorando os protestos de Dorian, Vio financiara a campanha pré-Oscar de relações públicas de *O Morro dos Ventos Uivantes* do próprio bolso.

— Eu teria feito o filme por metade do dinheiro, de qualquer forma — argumentava Vio. — E quero derrotar o desgraçado do Harry Greene tanto quanto qualquer outro. Além disso, devo a Sabrina. E não é como se eu mesmo pudesse promovê-lo.

Aquilo, infelizmente, era verdade.

Viorel se recusara a dar uma declaração defendendo a si mesmo no término com Sabrina.

— Por que deveria? — disse ele ao empresário, irritado. — Não devo uma explicação ao mundo.

Com nada concreto e factual em que se embasar, e com a recusa irritante de Sabrina em morrer ou dramaticamente se recuperar, os tabloides e as emissoras de TV enchiam a programação vazia de assassinatos corrosivos e venenosos da personalidade de Viorel, alimentados por informações de "pessoas próximas" anônimas. O encarregado do hospital que ouvira as confissões carregadas de culpa de Vio para Dorian Rasmirez alegremente abandonara o emprego de 20 mil dólares por ano no St. John em troca de uma série de entrevistas lucrativas em todos os programas de entretenimento de direitos abertos. Como os outros, ele pintava Vio como um sedutor desalmado que levara a pobre e inocente Sabrina ao suicídio com a infidelidade, abandonando-a cruelmente em público no mesmo dia em que ela descobrira que fora indicada ao Oscar, esmagando o espírito frágil da atriz e aniquilando impiedosamente a recuperação recente e corajosa de Sabrina de seus "demônios".

— Você tem que processá-los. — O advogado de Viorel, George Lewis, finalmente conseguiu entrar em contato com o cliente depois que a história mais revoltante e difamatória foi publicada no *National Enquirer*. — Pelo menos, me deixe exigir uma retratação.

— Por quê? — respondeu Vio, cauteloso. — Que bem vai fazer? Só vai alimentar as chamas desse circo idiota. Deixe que eles publiquem e vão para o inferno.

E publicaram. Mas foi Viorel quem viveu um inferno.

Enquanto isso, Dorian surgia como o herói improvável da peça, para seu próprio espanto, e para a irritação de sua em breve ex-mulher. Tinha sido Dorian quem encontrara Sabrina "à beira da morte!", conforme entoava a *US Weekly*, incansavelmente. O mentor devoto da atriz não saíra do lado de sua cama desde então.

Rasmirez, descrito por pessoas próximas como uma figura paterna para a jovem estrela, continua sua vigília solitária no quarto de hospital de Sabrina, escrevera o repórter da revista. *Diz-se que ele se recusou a permitir que Viorel Hudson tivesse acesso à atriz em estado grave e está, de acordo com amigos, "transtornado" pelos eventos recentes.*

Bem, a última parte era verdade, pensou Dorian. Ele tinha, de fato, voltado para o quarto no Beverly Wilshire duas vezes na última semana, uma para pegar algumas roupas e suprimentos, inclusive o computador, e outra para uma série de reuniões estratégicas para a campanha do Oscar com a empresa de relações públicas que Vio contratara. Em ambas as vezes, Dorian chegara e partira num táxi amarelo, e nas duas se manteve ignorado, talvez porque a imprensa acreditasse nas próprias porcarias a respeito de ele estar acorrentado à cama de Sabrina, observando cada respiração dela. Era verdade que Viorel não voltara ao St. John desde que Sabrina fora internada. Mas isso era puramente por causa da intromissão da mídia, e pela insistência do médico de que a presença de Viorel ali faria mais mal do que bem, e não tinha nada a ver com uma "ordem de banimento" vinda de Dorian. De fato, fora Viorel quem dera permissão para que Dorian pudesse ficar com Sabrina. Os dois homens mantinham contato constantemente.

Mas Dorian estava distraído. Ele sabia que a cada dia que se passava as chances de que Sabrina ao menos acordasse, ainda mais sem sequelas, minguavam. Acariciando a mão dela, Dorian conversava com a atriz durante horas, lia cada crítica sobre a interpretação marcante dela como Cathy, assim como poesias, romances, até mesmo novos roteiros, numa tentativa de despertá-la, mesmo que momentaneamente, do sono sem sonhos. Os médicos eram enfáticos ao dizer que ela não ouvia. Mas Dorian havia lido centenas de histórias sobre pacientes em coma que acordavam após décadas e anunciavam que tinham ouvido cada palavra dita a elas. De toda forma, a conversa era tanto para ele quanto para Sabrina. Parar de falar seria como perder as esperanças. E Dorian não podia fazer isso.

Era uma quarta-feira de manhã e estava incomumente chato e cinzento do lado de fora quando algo aconteceu. Segurando seu latte matinal, Dorian estava de pé à janela do quarto de Sabrina, tentando conseguir um sinal para o celular, quando ouviu uma voz atrás de si.

— Oi.

Não foi uma voz baixa, não estava rouca ou fraca, nem chorosa. Era apenas uma voz do tipo "Oi, como vai você?" rotineira, e Dorian se virou esperando ver uma enfermeira. Mas não havia ninguém ali.

Somente ele e Sabrina. Com o coração acelerado, Dorian caminhou até a cama. Sabrina parecia inalterada, os olhos fechados, o peito subindo e descendo no ritmo de sempre, aparentemente dormindo, em paz. *Eu devo estar imaginando coisas*, pensou Dorian. *Estou enclausurado aqui há tanto tempo.*

No momento em que esse pensamento lhe ocorreu, os olhos de Sabrina se abriram amplamente, como os de uma boneca, e ela disse:

— Estou com sede. Preciso de água.

Dorian deu um salto e seguiu apressado para o corredor. Os gritos dele podiam ser ouvidos reverberando até a ala da maternidade.

— Chame o Dr. Emanuelle! Chame alguém! Ela acordou! — Ao correr de volta para Sabrina, ele a abraçou e a beijou, resistindo com dificuldade à tentação de espremer a vida de volta de dentro dela. Quando falou, para a própria surpresa, Dorian parecia irritado. — Porra, Sabrina, como você pôde ser tão burra?! Sabe o quanto todos nós ficamos assustados?

— Água — repetiu Sabrina, com fraqueza. — Por favor.

— Ah, merda, desculpe. — Dorian correu até a pia e retornou com um copo de papel de água da torneira. Ele o ergueu até a altura dos lábios dela e Sabrina bebeu-o com gosto, assentindo para o diretor por mais um copo, e então um terceiro.

— Bem, olá! — O Dr. Emanuelle entrou parecendo felicíssimo, como bem deveria. — Não tínhamos certeza se você faria uma reapresentação. É bom conhecê-la, Srta. Leon.

Sabrina olhou para o médico sem compreender nada, então se voltou para Dorian. Ele podia ver, fisicamente, a memória do que acontecera voltando-lhe devagar e dolorosamente, a dor daquilo se espalhando como se fosse uma nuvem tempestuosa pelas feições de Sabrina, da sobrancelha franzida até o lábio inferior trêmulo.

— Eu não morri — murmurou ela.

— Não, querida — respondeu Dorian, com carinho. — Você não morreu.

Os olhos de Sabrina se encheram de lágrimas.

— Eu queria. — Recostando-se de novo contra o travesseiro, ela fechou os olhos novamente.

— Sabrina! — Dorian entrou em pânico. — Faça alguma coisa — gritou ele para o Dr. Emanuelle. — Ajude-a!

— Ela está bem — disse o médico, ao olhar para as linhas vermelhas no monitor que mediam as ondas cerebrais de Sabrina. — Está cansada, só isso. Deixe-a descansar. Deixarei a enfermeira com você. Quando ela acordar de novo, faremos todos os testes, mas você deve tentar relaxar agora, Sr. Rasmirez. Ela conseguiu.

O médico estava certo. Era incrível como rapidamente, depois de ter recobrado a consciência, Sabrina dera um salto de volta à normalidade. Bem, talvez "salto" não seja a melhor palavra. Ao longo do dia, o humor dela permaneceu letárgico e contido. A própria Sabrina não parecia compartilhar da felicidade geral por ter sobrevivido. Mas, fisicamente, a recuperação foi tão rápida quanto miraculosa. Ao fim daquele primeiro dia, ela já conseguia se sentar na cama, comendo e bebendo e atualizando-se com o noticiário da TV. Quando surgiu uma menção ao Oscar, ela aumentou o volume. Mas quando o comentário se revelou ser sua própria recuperação dramática — evidentemente, Ed Steiner não perdera tempo em laçar um comunicado — e incluir imagens dela com Viorel, Sabrina ficou visivelmente perturbada.

— Desligue — pediu ela a Dorian, que ainda estava sentado na poltrona de sempre, ao lado da cama de Sabrina. — Não posso assistir.

Ele fez o que foi pedido. Odiava vê-la tão chateada, lutando contra as lágrimas.

— Ele não era o homem certo para você, sabe disso — falou Dorian, com carinho.

Era a coisa errada a dizer, como abrir as válvulas de uma enorme represa de emoções.

— Era, sim! — soluçou Sabrina. — Era certo para mim. Eu não era boa o bastante para ele, esse era o problema.

— Como pode dizer isso? — disse Dorian. — Você é boa *demais* para ele. Você é boa demais para qualquer homem, na verdade. Você é perfeita.

Sabrina ficou tão surpresa que parou de chorar por um momento. Aquele era o mesmo Dorian Rasmirez que passara a maior parte do ano anterior dizendo a ela como era uma madamezinha mimada, egoísta e irritante?

— Perfeita?

— Bem. — Dorian sorriu. — Talvez não perfeita no sentido estrito da palavra. Mas é perfeita para mim. — Ao pegar a mão dela, ele disse, solenemente: — Amo você, Sabrina. Estou apaixonado por você. Quer se casar comigo?

Sabrina ficou parada por um momento, sem dizer nada. *Eu deveria saber*, pensou ela consigo mesma. *Ele está aqui no hospital esse tempo todo, esperando por mim. Isso é mais do que preocupação de amigo.* Mas, ao mesmo tempo, ela lutava para conciliar o Dorian que conhecera na Inglaterra, o diretor ditatorial, com o homem que agarrava sua mão agora, proclamando o amor por ela.

— Não posso me casar com você — disse ela, a voz tão calma e gentil quanto pôde. — Sei que não há esperança quanto ao meu relacionamento com Viorel. Se eu não tivesse certeza disso, não teria... — Sabrina deixou a frase no ar.

— Eu sei — disse Dorian, baixinho.

— Mas isso não muda o fato de que ainda o amo. Sinto muito.

Conforme Sabrina disse as palavras, ela pensou: *Sinto pelo que, exatamente? Por ter acabado tudo entre mim e Vio? Ou por eu ter acabado de rejeitar uma oferta de casamento de um dos homens mais maravilhosos do mundo?* A verdade era que sempre houvera algo entre ela e Dorian. Naquela noite em que ele a defendeu do lado de fora do pub, em Loxley, e os dois acabaram tendo uma briga aos berros; ou depois de Dorian tê-la tirado de uma cela de delegacia em Manchester e os dois compartilharem um beijo totalmente inesperado; ou na Romênia, quando ele havia confidenciado a Sabrina sobre o fim de seu casamento. Havia uma faísca entre os dois, uma conexão que ia além da amizade, ou mesmo além do notoriamente volátil relacionamento atriz/diretor. Ela simplesmente não estava preparada para que aquilo fosse verbalizado ali, naquele momento, no hospital, apenas dias após Viorel tê-la deixado. O que mais podia dizer além de "não"?

A resposta de Sabrina não foi o que Dorian quis ouvir. Mas ele mal podia declarar surpresa. Mesmo que ela não estivesse mais obcecada por Hudson, que razão uma garota como ela — reconhecidamente linda, com a vida inteira pela frente — teria para se interessar por um recluso como Dorian, que estava envelhecendo e que tinha passado de sua época? Como ele devia ter parecido tolo ao pedi-la em casamento do nada daquela forma?

— Não — respondeu, Dorian, envergonhado. — Peço desculpas. Foi tolice minha.

— Não foi tolice — disse Sabrina, com sinceridade. — Estou lisonjeada.

— Olha, podemos esquecer isso? — pediu Dorian, de mau humor. — Vamos conversar sobre outra coisa.

— Tudo bem. — Pela primeira vez desde que abrira os olhos naquela manhã, Sabrina sorriu. — Vamos conversar sobre sua estratégia, então.

— Estratégia? — Dorian ergueu uma sobrancelha.

— Para o Oscar — disse Sabrina, impaciente. — Eu teria conseguido o prêmio de Melhor Atriz com certeza se tivesse feito a coisa decente e morrido.

— Cruzes, Sabrina, não diga isso!

— Por que não? É verdade. Mas agora que consegui escapar, vamos ter que lutar por ele.

— Você só precisa lutar pela sua força — respondeu Dorian, com sobriedade, maravilhado pela milésima vez com a ambição aparentemente sem limites de Sabrina. Mesmo com o coração partido, e tendo acabado de sair de um coma, ela estava pensando no próximo passo para a carreira.

— Dane-se — disse Sabrina, com determinação. — Harry Greene fodeu com sua mulher. Depois fodeu com seu acordo na Sony. Vai realmente se sentar e deixá-lo foder com suas chances no Oscar também?

Dorian sorriu.

— Bem, quando você coloca dessa forma...

— Ótimo. — Sabrina sorriu. — Então concordamos. Nada mais de chorar ou ranger dentes. Vamos aniquilar o desgraçado ardiloso.

Dorian pensou que jamais a havia amado tanto.

Duas semanas depois, Viorel Hudson tentava sair do carro em Beverly Hills quando acidentalmente abriu a porta do carro no rosto de um paparazzo, derrubando o homem na sarjeta.

— Vá se foder! — berrou o fotógrafo, agarrando o nariz, do qual jorrava sangue como se fosse uma torneira. — Vou processar você por agressão, seu babaca.

— Boa sorte com isso — disparou Viorel, e passou por cima do homem ferido enquanto abria caminho por uma multidão de compatriotas dele. — Talvez seu advogado devesse me avisar para onde mando a conta do meu carro? Acho que você pode ter arranhado a pintura.

Viorel tinha decidido, algumas semanas antes, que se as pessoas iriam retratá-lo como vilão, ele poderia muito bem atender a essa nova e injusta reputação. *Querem um desgraçado desalmado? Darei a eles um desgraçado desalmado.* Sabrina havia deixado o hospital alguns dias antes e fizera uma coletiva de imprensa na qual o exonerava completamente de qualquer erro, mas não fizera diferença. "CORAJOSA SABRINA PERDOA EX", era o que diziam as manchetes. "HUDSON HUMILHADO PELA COMPAIXÃO DE LEON". Viorel partira o coração mais uma vez da queridinha do país. Sabrina podia estar preparada para perdoá-lo, porém ninguém mais estava.

Como resultado disso, Viorel emergira do esconderijo em que se colocara e começara a viver a vida em público novamente, comendo nos restaurantes conhecidos, frequentando desavergonhadamente festas da indústria cinematográfica, na contagem regressiva para o Oscar, e comportando-se, em geral, como um homem que não se importava que metade dos Estados Unidos parecesse vê-lo como semelhante de Saddam Hussein. Após aperfeiçoar seu melhor sotaque inglês de vilão ao estilo Jeremy Irons, ele deliberadamente provocava a mídia hostil, ignorava fotógrafos e proclamava tantas frases de efeito curtas e irônicas quanto podia pensar para todos os jornalistas diretamente acusatórios que se aproximavam dele. Em particular, Viorel conversara com Sabrina duas vezes desde que ela se recuperara da overdose. Nenhuma delas tinha sido fácil, mas Viorel ficou feliz porque ela parecia saudável e concentrada no trabalho. Estava na casa de hóspedes privativa da propriedade de Ed Steiner. Vio se oferecera para fazer uma visita a Sabrina e conversar sobre as coisas em particular, mas ela se recusou.

— De verdade, não posso suportar ver você. Ainda não — dissera ela, a voz falhando. — Falei com Dorian que ainda não estou pronta para fazer promoção, pelo menos não em conjunto.

— Tudo bem — falou Vio, sarcástico. — Ninguém me quer *perto* dos eventos promocionais. Eu seria tão popular quanto Hitler num bar mitzvá.

— É. Sinto muito por isso — disse Sabrina.

— Não é culpa sua, anjo.

— Vai passar. Será notícia velha antes que você se dê conta.

Viorel gargalhou.

— Muito obrigado!

— Vamos lá, sabe o que quero dizer. Já estive desse lado, lembra-se? Talvez devesse tentar tomar alguns remédios? Funcionou para mim.

— Não brinque com isso — replicou Vio, com raiva. Ele se importava com Sabrina. Muito, muito mais do que as pessoas sabiam, ou se importariam em admitir. Mas, teimoso até o fim, ele preferiria morrer a demonstrar isso à imprensa, que estava tão determinada a destruí-lo.

Uma loura bonita, de cabelos oxigenados, com uma minissaia jeans vintage e camisa de seda Gucci com decote se atirou na frente de Vio enquanto ele atravessava a rua.

— É verdade que vai desistir de Hollywood e se mudar de volta para a Inglaterra?

— Não — disparou Vio. — Não é. É um monte de besteira, mas suspeito que você vá publicar mesmo assim.

Ironicamente, Vio se pegava pensando bastante na Inglaterra ultimamente. Ele sempre adorara Los Angeles. Nos últimos seis anos, não conseguia pensar numa única ocasião na qual sentira saudades de casa. Mas recentemente, o fascínio das luzes brilhantes de Hollywood tinha ficado azedo, até mesmo para ele. Enclausurado, sozinho no apartamento, sob prisão domiciliar imposta por ele mesmo, a mente de Vio retornava para Abel e Tish, para Loxley em toda sua tranquilidade gloriosa, para a atitude enlouquecedora e certinha de Tish e para os tons de voz afetados da alta classe dela, os quais o haviam enojado tanto no verão anterior, mas que agora pareciam chamar Viorel com toda a atração nostálgica de uma canção de sereias.

— Você irá na premiação da Academia com o restante do elenco de O Morro dos Ventos Uivantes? — A garota oxigenada não era nenhuma sereia. A voz dela era nasalada e arranhada, o equivalente auditivo a suco de limão nos olhos. — Como se sente ao ver Sabrina novamente? — Ela cheirava ainda pior do que aparentava. O perfume estava tão forte que Vio sentiu como se tivesse entrado num banheiro recém-desinfetado.

— Apoiarei o filme de toda forma que me pedirem — disse ele, brevemente. — E não me importo nem num pouco se verei Sabrina de novo. — Imediatamente, surgiram engasgos horrorizados dos transeuntes que ouviam. — Agora, seja boazinha e saia daqui, porra, por favor? Estou ocupado.

Ao empurrar a garota enquanto ela escrevia alegremente a última frase, como um presente de Viorel, ele correu para dentro da loja mais próxima. Era como ser cercado por uma matilha. Era justamente isso que os paparazzi eram, uma matilha de cachorros sedentos por sangue, determinados e arrancar a pele do corpo dele. Foi um alívio quando a porta com moldura dourada da Louis Vuitton se fechou atrás dele e Vio se viu do lado fresco, com ar-condicionado, do vidro jateado da fachada da loja, finalmente sozinho.

Ou foi o que pensou.

— Ora, ora. Isto é uma surpresa. Sr. Viorel Hudson, ao vivo e a cores.

Chrissie Rasmirez saiu de trás de uma fileira de casacos de pele e lançou para Vio um sorriso galante. O primeiro pensamento de Viorel foi: *Nossa, ela está bonita*. Sair com Harry Greene obviamente fazia bem a Chrissie. Com os cabelos recém-cortados e pintados de um tom mais suave de louro mel, e com a pele reluzindo como a de uma adolescente, ela parecia dez anos mais jovem do que quando Vio a vira pela última vez, na Romênia. O minivestido vermelho da Hervé Léger que ela usava era provavelmente um pouco jovem demais para Chrissie, mas com a silhueta tamanho 36 ela conseguia ficar bem.

— Está comprando ou se escondendo? — Chrissie indicou os fotógrafos alinhados do lado de fora da vitrine da loja como se fossem um pelotão de fuzilamento.

— Nenhum dos dois — respondeu ele. Não estava com humor para jogar conversa fora com a vaca da ex-mulher de Dorian.

— Bem, tem que ser um ou outro — disse Chrissie, deixando de perceber o fora de Viorel, ou ignorando-o. — Talvez esteja procurando por uma oferta de paz para a pobre Sabrina? Se for o caso, posso recomendar a estola de marta. Uma pele muito *reconfortante*, a marta, sempre acho.

Viorel olhou para Chrissie, lutando para pensar em alguma coisa para dizer. Sempre que a via, sentia-se culpado em relação a Dorian, embora a tarde de amor dos dois em Loxley parecesse ter sido há uma eternidade agora.

— Sinto muito — disse ele, de súbito. — Preciso ir.

— Espere, não faça isso — gritou Chrissie atrás de Vio. — Queria conversar com você. — Havia um tom de súplica genuíno na voz dela. Relutante, Viorel se virou. — Como está Dorian? Sei que vocês dois devem se ver bastante, com a proximidade do Oscar e tudo o mais.

— Ele está bem — disse Viorel, gélido. — Muito bem, na verdade.

— Ele não resistiu em acrescentar. — Animado com as chances do filme. Todos estamos.

— Eu não ficaria tão animada se fosse você — retorquiu Chrissie, e passou os dedos de modo adorável por um casaco longo de pele de raposa. — *Celeste* está com todas as chances de ganhar os jurados.

— Bem, veremos — disse Vio. — Por que se importa com Dorian, de toda forma? Obviamente já o superou.

Chrissie fez biquinho.

— Ficamos juntos por quase vinte anos, sabe. Ainda me importo.

Ah, tá, pensou Vio. *Quer manter seu leque de opções, caso ele ganhe mesmo o Oscar, ou caso Harry troque você por um modelo mais jovem.*

— Li que ele ficou ao lado da cama de Sabrina durante semanas, como se fosse um cachorrinho apaixonado — disse Chrissie, maliciosa. — Sempre soube que havia algo acontecendo entre aqueles dois, embora, é claro, ele negasse.

Viorel gargalhou. A hipocrisia dela era mesmo assombrosa.

— Não há nada acontecendo. Jamais houve. Sabrina é jovem o bastante para ser filha dele.

Chrissie gargalhou alto.

— Ah, querido, por favor. Isto é Los Angeles!

— Olhe — disse Viorel —, Dorian é meu amigo, está bem? Ele está bem e vai continuar bem contanto que você fique longe da vida dele. Já não causou prejuízo suficiente?

O sorriso dissimulado sumiu dos lábios de Chrissie.

— *Eu?* — ciciou ela. — E quanto a você? Que tipo de amigo dorme com a mulher do outro pelas costas dele? Sem falar de sua crueldade com a pobre Sabrina. Não se importa com quem magoa, então não *ouse* presumir que pode me julgar.

— Deixe Sabrina fora disso — avisou Vio, com raiva, porque sabia que as acusações de Chrissie tinham justificativa. — E quer saber, *me* deixe fora disso também. Se quer saber como está Dorian, pergunte você mesma a ele. Adeus, Chrissie.

Viorel disparou para fora da loja. Dessa vez, nem mesmo virou o rosto.

CAPÍTULO 28

Tish se ajoelhou e abriu os braços conforme o garotinho cambaleava, sem equilíbrio, na direção dela.

— Bravo! — Ela sorriu de modo encorajador. — Bravo, Sile!

O menino de 2 anos sorriu. Ele tinha nascido com os pés voltados para dentro e passou por uma série de cirurgias dolorosas para corrigi-los. Naquela manhã, após meses de fisioterapia, ele andava sem ajuda pela primeira vez pela sala de brincar coberta com um tapete alegre em Curcubeu, trôpego, mas orgulhoso, até os braços de Tish enquanto as outras crianças observavam, batendo palmas e torcendo.

— Você *conseguiu*! — Tish o abraçou, ergueu o menino no ar e fez cócegas até que ele mal conseguisse respirar de tanto rir. Momentos como aquele faziam tudo valer a pena. *Tenho de me lembrar disso*, disse ela a si mesma. *Tenho de lembrar por que estou aqui.*

Não era fácil manter-se animada em Oradea em fevereiro. O frio era tão cruel, tão pungente que braços e pernas pareciam estar constantemente doendo, a mesma dor que irradia para o crânio quando se toma sorvete gelado demais. E embora a neve, sem dúvida, tornasse mais pitorescas as entediantes ruas de concreto da cidade, cobrindo a frieza comunista com um deslumbrante cobertor branco, ela também entupia as estradas, congelava os canos e se amontoava em morros infinitos do lado de fora de Curcubeu; tais morros tinham de ser derrubados com uma pá, à mão, quase que a toda hora. O aquecimento central do orfanato de Tish já tinha quebrado duas vezes desde o Natal e no apartamento, ela, Abi e Lydia passavam as noites aconchegados ao redor de dois aquecedores, depois iam dormir com meias e luvas sem dedos.

O tempo congelante não era a única coisa que deprimia Tish. Como o resto do mundo, ela acompanhara pela TV e pelos jornais o drama da "Maldição de *O Morro dos Ventos Uivantes*", desde a indicação repentina do filme ao Oscar até o término chocante de Sabrina e Viorel e, é claro, o quase suicídio de Sabrina. Embora jamais tivessem se entendido, Tish se sentia péssima por Sabrina. Também tivera seu coração partido no ano anterior, por causa de Michel, e conseguia imaginar a angústia que a pobre garota deveria ter sentido para fazer algo tão terrível. Parte de Tish quis ligar quando ouviu a notícia, desejar melhoras a Sabrina, pelo menos. Mas desde que se mudara de volta para a Romênia, Tish não tinha contato algum com qualquer das pessoas de Los Angeles, nem mesmo Dorian, que a enchera de ligações em Loxley. Aquele período da vida de Tish, o verão anterior e as filmagens na Inglaterra, quase parecia um sonho agora. E embora às vezes se sentisse desejosa e nostálgica em relação a ele, Tish dizia a si mesma que cortar aqueles laços era o melhor. Principalmente para Abel, cuja proximidade com Viorel Hudson tinha começado a atingir proporções perigosas. A última coisa de que o filho de Tish precisava eram mais perturbações na vida, na forma de uma figura paterna pouco confiável e inconstante. Não. Estava na hora de seguir em frente. Obviamente, Viorel também achava isso, ou não teria parado de ligar.

Apesar do silêncio nas comunicações, ou talvez por causa dele, Tish habitualmente se pegava pensando em Viorel, e em como ele estava lidando com todos os comentários horríveis publicados sobre ele na imprensa, depois da overdose bastante pública de Sabrina. Mal, ela suspeitava. Viorel reagia a críticas, mesmo quando sabia que eram justas. Culpá-lo pela tentativa de suicídio de Sabrina, como Tish suspeitava, era injusto, ou, no mínimo, grosseiramente simplificador. Ela se lembrava muito bem da última conversa com Vio ao telefone, em Loxley, quando ele a havia acusado de ser egoísta por levar Abel de volta para a Romênia. Às vezes, quando via a respiração gelada do filho pairando no ar enquanto ele tentava fazer o dever de casa no apartamento congelante, as palavras de Viorel retornavam a Tish. Aquilo a incomodava. A verdade era que tudo a respeito de Viorel Hudson a incomodava. Tish ficaria satisfeita quando o Oscar tivesse passado e as histórias sobre ele e Sabrina perdessem a graça. Talvez então ela finalmente escapasse de Viorel, e encerrasse aquela parte da vida de vez?

Depois de entregar Sile de volta para a cuidadora e terminar as rondas de verificação das outras crianças, Tish entrou no confiável (embora meio enferrujado) Fiat e seguiu para a cidade. Mais esperançosa que ansiosa, ela ligou o aquecedor no máximo enquanto sacolejava pelas ruas de terra para fora de Tinka. Um leve sussurro de calor passava pelas fendas de ventilação, acompanhado por um ruído como o de um avião decolando. Tremendo, Tish estendeu o braço para o banco do carona e pegou um cobertor de lã verde e sujo para estender sobre os joelhos. Quando chegou ao hospital infantil, estava tão gelada que as pontas dos dedos estavam azuis e o nariz reluzia, vermelho como o de um velho bêbado.

— Achei que não viria. — Michel Henri a encontrou no elevador do quarto andar. De calça jeans e camisa azul de colarinho aberto (do lado de fora era como o Ártico, mas dentro do hospital as alas eram mantidas quase como assadeiras), ele estava tão lindo e inabalado como sempre, mas Tish não sentia mais a pulsação acelerar dolorosamente ao vê-lo. Não podia especificar quando, exatamente, seus sentimentos por Michel tinham mudado. Mas estava muito aliviada por isso ter acontecido. *A única coisa mais gratificante que se apaixonar*, pensou ela, *é se desapaixonar.*

— Sinto muito — disse Tish, ofegante, tirando as três camadas superficiais de roupas. — As estradas estavam de matar.

— Seu carro é de matar — brincou Michel. Ele se preocupava com ela. Não apenas em relação à segurança física de Tish, mas com a infelicidade dela, com a distância que via nos olhos de Tish desde que ela retornara da Inglaterra. Tish não estava mais feliz na Romênia, não do modo como costumava ser. — Não poderia ter usado algum dinheiro do filme para comprar alguns confortos? Como um motor melhor, por exemplo?

Tish gargalhou.

— Infelizmente, não. Aquele dinheiro foi gasto antes de ser ganho.

— Na casa do seu irmão.

— Na casa da *família* — corrigiu Tish. — Além disso, gosto do meu carro.

— É uma armadilha — disse Michael. — Deveria pedir a seu amigo Viorel Hudson para comprar outro para você. Ele provavelmente tem contas na lavanderia mais altas que o valor de um Punto novo.

— Meu carro está bem — afirmou Tish, de repente ansiosa para mudar de assunto. Os dois caminharam pelo corredor em direção à UTI. — Como está Fleur? Já sentiu algum desejo?

Michel sorriu.

— Que não seja por mim, quer dizer? *Non*.

A noiva de Michel, a linda repórter do Canal Plus, estava grávida de quatro meses, e Michel não conseguia esconder a satisfação. Tish estava feliz por ele.

— Mas está mal-humorada, meu *Deus* — reclamou Michel. — No fim de semana passado, meu voo para Paris pousou com vinte minutos de atraso. Ela quase arrancou meus olhos com as unhas quando voltei para o apartamento.

— Você se atrasaria para o próprio funeral — provocou Tish.

— Sim, mas dessa vez não foi culpa minha! — disse Michel. — Além disso, ela se recusa a sequer discutir o casamento. Acha que está gorda. — Depois de pegar o celular, ele mostrou a Tish uma foto de uma mulher esguia e sorridente em jeans apertados, apontando para uma protuberância quase imperceptível na barriga.

— Ela está maravilhosa — elogiou Tish, de maneira sincera.

— Eu sei. Disse isso a ela centenas de vezes. Fico com uma barriga maior que essa depois de duas cervejas, mas ela não ouve. Qual é o problema com vocês mulheres? — Michel ergueu os braços de modo dramático. — Loucas, todas vocês.

O celular de Tish tocou. O número de Vivianna apareceu na tela. *Agora não, mãe.* Tish desligou. Desde que o drama de *O Morro dos Ventos Uivantes* se tornara notícia de capa, Vivianna passara a ligar regularmente para a filha, "só para bater um papo, querida", em busca de informações privilegiadas sobre Vio ou Sabrina com as quais impressionar as superficiais amiguinhas expatriadas em Roma. O fato de que Tish não sabia nada, e não contara nada a ela, não parecia tê-la feito desistir. Outro motivo para desejar o fim da temporada do Oscar.

Tish passou o resto da tarde com Michel e as crianças, brincando e conversando com elas e fazendo anotações de reclamações para repassar ao serviço social. Somente muito mais tarde, depois de chegar em casa e colocar Abi para dormir, que se lembrou de ligar de novo o celular.

— Você tem seis chamadas perdidas — disse uma voz robótica. — Primeira chamada perdida recebida hoje... — Tish vasculhou os números. Quatro das seis chamadas eram da mãe dela. Duas eram de Loxley Hall.

Mais um dos dramas de Jago, pensou Tish, desconfiada. *Imagino qual será o problema agora. O caviar matinal dele não estava suficientemente envelhecido? Ele achou um amassado na meia de caxemira e mamãe quer que eu pegue um avião para passá-la para ele?*

Ela ligou para a casa e ficou aliviada quando a Sra. Drummond atendeu.

— Alô, Sra. D — disse Tish, automaticamente sorrindo ao ouvir a voz da governanta. — O que está acontecendo? Recebi 101 mensagens da mamãe, então só posso presumir que seja alguma loucura a respeito de Jago.

— Ah, Letitia. Você não sabe. — O estremecimento da voz da velha senhora mandou formigamentos pela espinha de Tish. Aquilo não era brincadeira.

— Sei o quê? — perguntou ela, rezando para que Jago não tivesse se machucado ou se matado ou alguma coisa terrível tivesse acontecido, e já se arrependia dos pensamentos anteriores sobre o caviar. — Ele está bem? Mamãe está...?

— Ele está bem — respondeu a Sra. Drummond, com amargura. — Seu irmão e sua mãe estão, os dois, muito bem.

— Ah. Então o que...?

— É Loxley Hall. Sinto ser a pessoa que tem de contar isso para você, minha querida. Mas Jago vendeu a propriedade.

CAPÍTULO 29

Durante 364 dias do ano, o Kodak Theatre, no número 6801 da Hollywood Boulevard, é apenas mais uma parada habitual no roteiro do turista em Los Angeles. Parte de um amplo complexo de restaurantes e lojas na Hollywood e na Highland, é mais conhecido por ser o local onde o *American Idol* é filmado, embora também abrigue diversos shows e programas de auditório ao longo do ano, e serve de coadjuvante para o maior e mais prestigiado Nokia Theatre. Mas durante uma noite em março, o Kodak brilha, não somente como a estrela mais reluzente de Hollywood, mas como a luz guia da indústria do entretenimento mundial inteira. A meca das estrelas, grandes e menores, durante uma noite mágica, milhões de pares de olhos são atraídos para a famosa fachada curva do teatro e para o tapete vermelho que leva até a entrada principal. Na noite do Oscar, o Kodak Theatre se torna o centro do mundo.

A Academia de Artes e Ciências Cinematográficas — a Academia, para encurtar — na verdade aluga o teatro com semanas de antecedência para a noite do Oscar. Desde as questões de segurança até a iluminação, da acústica até problemas de encanamento, tudo deve ser verificado e checado duas vezes, lustrado, polido e melhorado, de modo que na própria noite a fantasia permaneça fantástica, intocada por imperfeições mortais, uma verdadeira reunião dos deuses. Assim como as grandes pirâmides do Egito, o trabalho e o suor de inúmeras mãos menores e invisíveis são, de fato, responsáveis pelo milagre que parece se desdobrar sem esforços do nada. O trabalho começa cedo e termina tarde. Enquanto isso, a cidade de Los Angeles se torna envolta num tipo de febre, um frenesi de antecipação tão difundido e arrebatador que transcende a própria indústria. Uma luz, um pó de fadas de agitação, recai sobre todos, desde caixas bancários até garçonetes, de traficantes até policiais. Nessa que é a mais disparatada e cruel das cidades — conforme Dorothy Parker notoriamente declarou: "Cinquenta e quatro subúrbios procurando por uma cidade" —, durante uma noite de março, o coração de todos bate como um só. Eles chamam isso de Magia do Oscar, e ela é preparada no Kodak.

Todo ano há uma história grandiosa, a narrativa emocionante da semana do Oscar, ao redor da qual dramas menores giram. A morte de Heath Ledger foi uma história desse tipo. O nascimento do romance Brangelina foi outra, os impropérios de Mel Gibson, bêbado, contra os judeus, uma terceira. Naquele ano, na 85ª Premiação da Academia, os mais próximos da indústria estavam concentrados na batalha de Melhor Diretor/Melhor Filme entre Harry Greene e Dorian Rasmirez. Mas, para o mundo como um todo, a grande história era Sabrina Leon e Viorel Hudson. Os dois não eram vistos em público juntos desde antes da tentativa de suicídio de Sabrina. Então a pergunta nos lábios de todos era: *Viorel Hudson iria aparecer?*

Ninguém duvidava de que Sabrina iria. Como forte candidata a ganhar o prêmio de Melhor Atriz, e com o amor e a afeição do público por ela mais altos do que nunca, o Oscar daquele ano prometia ser o grande retorno de Sabrina Leon.

Sem pressão, pensou Sabrina, ao verificar os cinco vestidos de alta-costura que seu estilista estendera sobre a cama. Ela estava hospedada no Peninsula, numa ampla suíte na cobertura. Naquele momento, o quarto lembrava um escritório empresarial fervilhando, cheio de empregados atarefados, todos parecendo estressados e com celulares colados aos ouvidos.

Os vestidos sobre a cama de Sabrina eram os cinco últimos. Ela recebera, e recusara, pilhas de modelitos de todos os estilistas sob o sol: Marchesa, Lanvin, Carolina Herrera, Jason Wu, Marc Jacobs, e achou que tinha se decidido por um Armani de paetês prateados; mas então, naquela manhã, uma das garotas da maquiagem disse que achava que a fazia parecer apagada, o que fez Sabrina mergulhar de volta no frenesi da indecisão.

— Esqueça os curtos. — Katrina, a estilista britânica mandona que Ed Steiner empurrara para Sabrina no dia em que ela foi indicada (*Você é uma indicada agora, querida. Melhores atrizes não se vestem sozinhas*), pegou dois vestidos Versace para festas casuais exoticamente decorados e os atirou, sem cerimônias, na pilha que estava no chão. — Então sobram o Gucci, o Lanvin e o Victoria Beckham. — Ao mencionar este último nome, Katrina fez o sinal da cruz. Ela sempre jurara que o inferno congelaria antes que vestisse uma de suas clientes com algo imaginado pela mulher de um jogador de futebol originária de Essex, mas até mesmo Katrina precisava admitir que o tubinho longo, justo, de seda vermelho-vinho e um drapeado sutil ao longo da clavícula, além do decote V acentuado e sensual nas costas era, definitivamente, deslumbrante.

Sabrina olhou para os vestidos de novo, imaginando-se no palco, no Kodak, a mesma fantasia que tinha todos os dias nos últimos sete anos, desde que subira pela primeira vez num palco no teatro de Sammy Levine, em Fresno. Mas naquele dia, não era uma fantasia. Naquele dia, aconteceria de verdade. E ela não fazia ideia de qual Sabrina queria ser. O Lanvin era virginal, branco, lindo e feminino, perfeito para a Sabrina inocente e injustiçada que a imprensa parecia desejar que ela fosse. O Gucci era mais maduro, mais profissional, de uma seda cinza metálico de corte bonito, o que anunciaria para o mundo que ela havia finalmente crescido, expulsado seus demônios e evoluído para a excelente atriz que sempre desejava ser. Mas o vestido Beckham era um enigma. Sexy, mas sem ser vulgar, perigoso, no entanto contido, obscuro e tentador e complicado.

Queria que Dorian estivesse aqui, pensou Sabrina. *Ele saberia que vestido eu devo usar. Ele saberia tudo.*

Era estranho como Sabrina havia se aproximado mais de Dorian desde a bizarrice do pedido de casamento quando ela estava no hospital. Sabrina esperava se sentir desconfortável perto dele depois daquilo, ou que Dorian se sentisse envergonhado, deformado demais pelo orgulho ferido para ficar perto dela. Mas, na verdade, durante a rodada interminável de promoções e festas pré-Oscar que havia se tornado a vida de Sabrina desde que saíra do hospital, o relacionamento dos dois tinha desabrochado de forma bastante inesperada. Depois que Viorel voluntariamente se retirou de todas as ações promocionais de O Morro dos Ventos Uivantes, Dorian assumira um papel mais proeminente. Como resultado disso, ele e Sabrina se esbarravam constantemente, davam entrevistas para *talk shows* de todas as emissoras dos Estados Unidos. Havia uma nova dinâmica no relacionamento dos dois, um clima de brincadeiras que nunca havia existido durante os longos meses de filmagens. A amizade de Dorian mantivera Sabrina sã durante aquele passeio louco de montanha-russa, e a impedira de pensar muito em Viorel.

— Você tem *tanto* pela frente — dizia Dorian para ela, dia após dia. — Tanto trabalho bom, tanto amor. Este é o começo, Sabrina, não o fim. — Em certo momento, Sabrina começou a acreditar nele.

— Usarei o VB — disse Sabrina, de súbito, determinada.

— Ótimo — respondeu Katrina. — Concordo. Agora, acessórios.

— Sem acessórios — disse Sabrina.

— Não seja ridícula — exclamou a estilista, bruscamente. — É o Oscar, não a noite do baile de Bethlehem, na Pensilvânia. Você precisa de diamantes. Agora, a questão é, escolhemos Fred Leighton? — Katrina abriu uma caixa vermelho-escura e revelou uma gargantilha elaborada de diamantes e rubis, além de brincos pendurados combinando. — Ou mantemos o estilo clássico com Cartier?

— Não — disse Sabrina. — Nada de joias.

— Mas Sabrina...

— E quero o cabelo preso.

— Sem brincos? — A estilista engasgou, incrédula.

Dorian sempre diz que faço meu melhor trabalho quando paro de tentar demais. Se ele estivesse aqui, me diria para manter as coisas simples.

— Sem brincos.

Sabrina sorriu. Podia sentir a confiança retornando. Apenas pensar em Dorian fazia com que se sentisse mais calma. Ela conseguia imaginá-lo naquele momento, ajustando as abotoaduras com o mesmo drama que sentiria se fosse sair para um jantar casual com amigos. *Se pelo menos eu pudesse ser um pouco mais assim.*

— Não posso fazer isso. Não posso ir.

Dorian se recostou no divã do terapeuta, os olhos fechados, imaginando se iria vomitar.

— Por que diz isso?

Porcaria de terapeutas. Sempre fazendo perguntas, jamais dão uma resposta direta.

— Porque não posso! E se Viorel aparecer?

— E se ele aparecer? Achei que vocês dois se davam bem?

— Nós nos damos — respondeu Dorian, deprimido. — Mas Sabrina vai olhar para ele, e então olhará para mim, e eu terei que ver o... — disse ele, com a voz ficando mais fraca — ...o amor nos olhos dela, e terei que reconfortá-la. E não posso. Não posso fazer isso. Não posso ir. Ai, Deus. — Dorian apoiou a mão no peito, querendo que a pulsação diminuísse.

Era tão irônico. Todos consideravam-no o equilibrado, a nave mãe, tranquilo, calmo e contido em meio a todos os dramas. Durante o último mês, ele havia devotado cada grama de energia a esconder de Sabrina seus verdadeiros sentimentos. Mas naquela noite, com o mundo inteiro assistindo, ele não sabia se conseguia se segurar. E se Sabrina e Vio voltassem? O que diabos ele faria então?

— Você pode ir — disse o terapeuta, com suavidade. — A questão é: você quer?

E a resposta é não, pensou Dorian. Vencendo ou perdendo, esta noite marcaria o fim de algo que ele passara a valorizar. O fim do tempo de Dorian e Sabrina juntos, todos os dias. Que desculpa ele teria para estar perto dela depois daquilo?

Mas a verdade era que precisava ir. *A quem estou enganando? É claro que tenho que estar lá. Estou concorrendo a Melhor Diretor e a Melhor Filme. Eu contra Harry Greene. Esse é o momento. O confronto final.*

Já eram quase duas da tarde. Se ele quisesse chegar ao Kodak a tempo, precisava voltar para o hotel imediatamente, trocar de roupa e entrar na limusine com a expressão impassível.

— Sinto muito, doutor. — Dorian se levantou, esfregando os olhos como se tivesse acabado de acordar de um sono profundo. O que, de certa forma, tinha feito. — Preciso ir.

— Boa sorte — disse o terapeuta, sacudindo a mão de Dorian. — E lembre-se, você não é vidente. A verdade é que não sabe o que Sabrina está pensando, ou sentindo, ou quais podem ser as reações dela. Mas quaisquer que sejam, não pode controlá-la. Só pode controlar a si mesmo.

Espero que sim, pensou Dorian. Ele se sentia enjoado. Mas era hora de partir.

Harry Greene olhou ao redor do auditório lotado e sorriu.

Até então, a noite seguia bem. Quando a limusine de Harry encostou, ele ficou praticamente surdo com a gritaria dos fãs, *Celeste* era um fenômeno. Tinha batido todos os recordes de bilheteria para um drama de época, fez quase tanto sucesso com o público quanto *Fraternidade*. Com ou sem Oscar, o filme seria sucesso garantido. De fato, se não fosse pela obsessão em esmagar Dorian Rasmirez, Harry nem se importaria com as chances de ganhar um Oscar. Quem se importava com o que um bando de velhos arrogantes da Academia pensava a respeito das habilidades dele como diretor? O público era o único crítico que importava para Harry Greene. Mas ele sabia que Rasmirez pensava diferente. Que o rival de fato se importava com as opiniões dos "pares", como ele pretensiosamente os chamara no *talk show* da Katie Couric no dia anterior, aquele babaca. Dorian realmente queria os prêmios de Melhor Filme e Melhor Diretor. Harry Greene mal podia esperar para ver o olhar no rosto de Dorian quando ele perdesse. Mas primeiro, ia saborear o prazer de caminhar pelo tapete vermelho com a mulher de Dorian, corneando o diretor na frente de centenas de milhões de pessoas no mundo inteiro.

Chrissie estava linda naquela noite, com um Carolina Herrera de gola canoa, vermelho vivo, com corte enviesado e uma clássica cauda estilo Antiga Hollywood. Conforme o adequado para qualquer acompanhante de Harry, ela também usava metade do peso do corpo em diamantes. Não havia sentido em ter um troféu se você não podia fazê-lo brilhar. Em casa, por trás de portas fechadas, Harry já começava a achar a carência de Chrissie entediante. Ela o pressionava constantemente para marcar a data do casamento, o que era difícil, pois Harry ainda não havia decidido se pretendia seguir em frente com ele. De diversas maneiras, seria a cereja no bolo da aniquilação de Dorian. Mas, por outro lado, significava estar casado. Matrimônio jamais fora o melhor lado de Harry Greene.

Chrissie, por sua vez, estava se divertindo como nunca. Fotógrafos gritavam para ela de todos os lados.

— Parabéns pelo noivado!

— Obrigada — respondia Chrissie, com graciosidade, agarrada, inocentemente, ao braço de Harry.

— Pode nos mostrar o anel?

— Como se sente por ter que ver seu ex-marido de novo esta noite? Está nervosa?

— Nem um pouco — gabava-se Chrissie, virando-se de um lado para outro de modo que as câmeras pegassem o melhor ângulo do vestido. — Dorian e eu ainda somos ótimos amigos. Desejo o melhor para ele.

— Com certeza passaremos para reconfortá-lo depois do show — acrescentou Harry, arrancando gargalhadas de todos.

Dentro do teatro, as coisas estavam ainda melhores. Harry recebera um assento seis fileiras à frente de Dorian. Mas, conforme o auditório começou a encher, o assento de Dorian, e aqueles reservados para o restante dos indicados de *O Morro dos Ventos Uivantes*, permaneciam vazios. Por um momento, o coração de Harry pesou. Certamente não seria possível que ele se ausentasse. Não naquela noite. Harry sonhara com aquela noite durante oito longos anos. Derrotar Rasmirez não era o suficiente. Ele queria *assistir* ao diretor sendo derrotado, ver a dor nos olhos dele. Mas, para seu alívio, alguns minutos antes de as luzes se apagarem, Sabrina Leon chegou, seguida rapidamente por um Dorian mal-arrumado e aparentemente estressado.

Era de pensar que ele mandaria passar a porra do terno para a premiação da Academia, pensou Harry, com desprezo, avaliando o paletó enrugado do smoking de Dorian e a gravata-borboleta, amarrada com amadorismo. O rosto dele estava péssimo também, tão pálido que parecia quase verde (*nervosismo?*), os olhos com rugas e inchados pela exaustão.

— Ele chegou? — Chrissie se virou, seguindo o olhar de Harry. — Ai, meu Deus — espantou-se ela. — Ele parece doente.

Está doente de amor, pensou Chrissie, com presunção. *Sente minha falta. Talvez, quando tudo isto acabar, eu o aceite de volta? Deveria me casar com Harry primeiro, é claro, conseguir um acordo de divórcio decente...*

Depois da dupla rejeição de Dorian e de Viorel no ano anterior, era maravilhoso ter dois homens lutando por ela. E não apenas dois homens, mas dois dos jogadores mais poderosos de toda Hollywood. Para uma atriz de novela aposentada com mais de 40 anos, Chrissie não se saía tão mal.

Ao erguer a mão de luva branca, Chrissie acenou com majestade para Dorian, mas ele olhava diretamente para além dela.

Inclinando-se, Sabrina sussurrou no ouvido de Dorian:

— Bruxa Má do Oeste acenando à frente.

— Hum? — respondeu Dorian. — Ah. — Ele acenou de volta, distraidamente, para Chrissie. Era como reconhecer a presença de um mero conhecido. Dorian só conseguia pensar, só conseguia ver Sabrina.

Sentada ao lado dele, com o vestido vermelho vivo, ela irradiava beleza e sofisticação, assim como aquela vulnerabilidade marcante que a ajudara a se transformar na Cathy perfeita. O pescoço e os punhos nus reluziam com brilho infinitamente maior que os diamantes de Chrissie, pelo menos aos olhos de Dorian. Como ele a esqueceria?

Mas isto é ridículo, disse Dorian a si mesmo, convicto. *Você jamais a teve, para início de conversa.*

Pelo menos o assento de Viorel, à direita de Sabrina, continuou resolutamente vazio. Ele sabia que não deveria, mas Dorian agradeceu ao ator por aquilo, por ficar longe. Somente quando as luzes diminuíram e a melodia de abertura de "Hollywood" emanou da orquestra, Dorian se deu conta.

Aquilo era o Oscar. Melhor Filme. Melhor Diretor. Tecnicamente falando, ele poderia mesmo ganhar, embora, de acordo com todos os críticos da indústria, *Celeste* fosse obviamente o favorito às duas estatuetas.

Sabrina apertou a mão de Dorian.

— Boa sorte.

— Obrigado — respondeu Dorian, e soltou os dedos dela com relutância. — Para você também.

Como sempre, a cerimônia se arrastou pelo que pareceu uma eternidade. A ladainha interminável de discursos de agradecimento era o bastante para fazer qualquer um perder a vontade viver. Melhor Edição de Som, Melhor Curta de Animação — *Por que todas as pessoas de animação eram sempre carecas, usavam gravatas de tricô e óculos de armação "cômicos" e não pareciam conseguir falar sem murmurar?*, pensou Sabrina —, era torturante. Tentou afastar a sensação de irrealidade que parecia ter se instaurado. Ela, Sabrina Leon, de Fresno, Califórnia, tinha sido indicada a Melhor Atriz. Melhor Atriz. No Oscar. Com certeza, a qualquer momento, ela acordaria. Se acordasse, e aquilo tudo fosse um sonho, será que Viorel acordaria ao lado dela? Será que ela queria que isso acontecesse?

Ao olhar para o assento vazio de Viorel, Sabrina imaginou por que não se sentia pior. Será que esperava que ele aparecesse naquela noite, ou temia por isso? Ela nem sabia mais. A única coisa que sabia, enquanto sentia o calor do corpo de Dorian ao lado do seu, era que estava feliz porque o amigo estava ali para lhe dar apoio. Feliz também por estar ali por ele, principalmente com aquela vaca da Chrissie ali, girando a faca, e Harry Greene obviamente determinado a destruir Dorian. Se *O Morro dos Ventos Uivantes* ganhasse como Melhor Filme, a Sony seria forçada a dar meia-volta e lançar o filme nos cinemas, afinal de contas. Ou isso, ou permitir que outro distribuidor comprasse a parte deles no contrato, por um lucro extorsivo, é claro. Nem mesmo Harry Greene tinha poder o bastante para manter um clássico vencedor do Oscar longe dos cinemas por tempo indeterminado.

Ao mesmo tempo, Sabrina sabia que era a honra de vencer Melhor Diretor que Dorian cobiçava, em segredo, de verdade. *Devo tanto a ele*, pensou ela, ao reparar pela primeira vez como ele parecia enjoado e doente. *Por favor, Deus, faça com que ele ganhe como Melhor Diretor. Ele merece tanto.*

Assim que Sabrina teve esse pensamento, Clint Eastwood subiu ao palco parecendo velho e encurvado. Aquela era a hora. Nervosa demais para olhar para Dorian, ela segurou a mão dele em silêncio.

— E os indicados a Melhor Diretor são... — O tom familiar de caubói de Eastwood ecoou pelo auditório. — Jason Reitman, por *Todos os filhos de Deus*.

Na enorme tela de plasma atrás dele, uma montagem do filme de guerra de Reitman começou a passar. Para Sabrina, era pouco mais do que luzes e cores. Ela estava tão tensa que mal conseguia respirar.

— Harry Greene, por *Celeste*.

Uma onda de aplausos altos varreu o salão conforme as imagens de *Celeste* começaram a ser exibidas. Sabrina deliberadamente evitara assisti-lo até então. Depois de Harry Greene efetivamente cortá-los pela raiz, toda a equipe de *O Morro dos Ventos Uivantes* boicotou a narrativa de época tão aclamada. Mas, ao ver as melhores cenas naquele momento, até mesmo Sabrina precisou admitir que era uma obra suntuosa, o equivalente cinematográfico de um cupcake de massa vermelho felpudo, rico e texturizado e tão delicioso que você tem vontade de comer devagar, saborear cada segundo. *Ele é um babaca*, pensou ela, encarando as costas esticadas autoritárias de Harry, ao lado de Chrissie Rasmirez, *mas é um babaca talentoso.*

Videoclipes dos outros indicados se seguiram, mas Sabrina achava difícil se concentrar. A julgar pelo aperto cada vez mais forte da mão de Dorian na dela, ele também se debatia.

— E por fim, mas não menos importante — entoou Clint. — Dorian Rasmirez por *O Morro dos Ventos Uivantes*.

Não houve aplauso para as imagens de *O Morro dos Ventos Uivantes*. Apenas um silêncio sem fôlego de admiração. Sabrina, que não assistia ao filme desde antes da noite em que Viorel terminou com ela, agora via o rosto dele de novo na tela, 1,80 metro de formas tão perfeitas quanto qualquer escultura de Michelangelo.

Merda, ele é lindo, pensou ela, apertando a mão de Dorian com mais força. Mas a dor no coração de Sabrina era menos brutal do que ela esperava. Mesmo quando mostraram a cena na torre do sino, o momento que marcara o início do caso com Viorel, Sabrina percebeu que conseguia se distanciar o bastante para apreciar a qualidade do trabalho, e a realização incrível de Dorian como um cinegrafista. Lá estava Loxley Hall, parecendo mágica e assombrada sob o crepúsculo. Lizzie Bayer estava praticamente irreconhecível como a Isabella agonizante. Como Dorian devia ter trabalhado incansavelmente com ela para conseguir aquela atuação tão crua. Ele era mesmo um gênio.

Quando a tela ficou escura pela última vez, um silêncio de espanto recaiu sobre o salão. Depois do que pareceu uma eternidade, Clint Eastwood pigarreou.

— E o prêmio vai para...

— Parabéns — sussurrou Chrissie, com a voz rouca, no ouvido de Harry.

— Obrigado. — Harry Greene sorriu, movendo-se, imperceptivelmente, para a frente do assento.

— ... Jason Reitman, por *Todos os filhos de Deus*.

CAPÍTULO 30

Três mil pessoas se espantaram ao mesmo tempo.

Harry Greene afundou de volta no assento como se tivesse levado um tiro. O rosto incrédulo de Chrissie Rasmirez exibia inexpressão e um sorriso ao mesmo tempo. Dorian, que ficou igualmente surpreso, conseguiu manter o rosto impassível.

— Sinto muito — sussurrou Sabrina, com os lábios entreabertos, ciente de que, em algum lugar, uma câmera estaria observando os dois para captar suas reações.

— Não sinta — respondeu Dorian, aplaudindo alto enquanto Reitman abria caminho até o tablado. — Ele é um diretor incrível. E ninguém gosta de alguém que não aceita a derrota.

— Ele não se compara a você — disse Sabrina, lealmente.

— Obrigado, querida. — Dorian deu um sorriso largo para ela. — Para ser sincero, estou feliz por ter acabado. E pelo menos Greene não ganhou.

Àquela altura, Harry Greene também sorria para as câmeras, tendo rapidamente recuperado a compostura depois do choque inicial. Por dentro, no entanto, ele estava fervilhando de ódio. *Jason Reitman? Quem é essa merda de Jason Reitman?* Quando Harry descobrisse quais membros tinham votado contra ele — e Harry *descobriria* —, faria com que desejassem jamais ter ouvido o nome de Jason Reitman.

Com um dos Seis Grandes fora do caminho, mais uma rodada de prêmios menores começou, e a agitação do triunfo chocante de Reitman sobre os dois diretores renomados da noite arrefeceu. O segundo grande prêmio seria de Melhor Ator, o qual, previsivelmente, foi para Roger De Gray, de *Celeste*. Era a terceira estatueta da noite para o filme de Harry Greene, depois de Melhor Figurino e Melhor Trilha Sonora Original, categoria na qual tinha derrotado *O Morro dos Ventos Uivantes*. As fontes infiltradas de Harry o haviam assegurado que Melhor Filme estava cem por cento ganho, como deveria estar, depois da quantia que ele gastou na campanha. Por outro lado, Harry estivera bastante confiante a respeito de Melhor Diretor também, e aonde aquilo tinha levado?

Quando Julia Roberts subiu ao palco, Sabrina disse, audivelmente:

— Agora não! Não pode ser agora!

Gargalhadas carinhosas irromperam quando as câmeras fecharam um zoom no rosto de Sabrina. *Era* incomum que as indicações para Melhor Atriz fossem anunciadas logo após Melhor Ator. Mas o choque de Sabrina era adoravelmente ingênuo. O público adorou.

— Lá se vai meu comportamento tranquilo — sussurrou ela, como se pedisse desculpas, para Dorian.

— E tornar o mundo um pouco mais frio? — sussurrou ele de volta. — Quem se importa? Estão todos torcendo por você, de qualquer forma.

Os videoclipes foram exibidos. A competição estava acirrada naquele ano. *O Morro dos Ventos Uivantes* e *Cachorros loucos* eram, ambos, filmes incríveis e complexos, com papéis principais femininos escritos com beleza, e Anne Hathaway e Laura Linney eram duas das atrizes mais queridas pela indústria, assim como pelo público em geral. Sabrina era a favorita para ganhar, mas isso, por si só, poderia se voltar contra ela, conforme Dorian sabia muito bem. Ele se sentiu muito mais nervoso por Sabrina que por si mesmo. Enquanto as indicações eram anunciadas, ele fez uma oração silenciosa. *Ela passou por tanta coisa, Senhor. Faça com que consiga isso. Faça com que acredite em si mesma.*

— E o Oscar vai para... Sabrina Leon, por *O Morro dos Ventos Uivantes*.

Por um momento, Sabrina congelou, ciente de nada além de um apito alto em sua cabeça, acompanhado pelo insistente *tum-tum-tum* do coração. Era a sensação mais esquisita, como se o Kodak Theatre inteiro estivesse submerso em água e tudo acontecesse em câmera lenta. No fundo da mente, ela percebia os sorrisos e os aplausos, as cabeças voltadas em sua direção... e Dorian. Dorian a abraçava, erguia-a do assento para o ar, como se Sabrina fosse o prêmio. No rosto dele, apenas um sorriso imenso, e o cheiro da pele de Dorian: sabonete, pós-barba Floris e algo mais, algo reconfortante e familiar e forte. Foi Dorian quem a empurrou para a frente, impulsionou Sabrina para que subisse ao palco. Dorian, cuja voz, de alguma forma, penetrou o apito.

— Você ganhou, querida. Conseguiu. Suba lá.

Às cegas, Sabrina colocou um pé à frente do outro até que se viu apertando a mão de Julia Roberts e segurando a estatueta dourada surpreendentemente pesada nas mãos. O discurso cuidadosamente montado que Ed Steiner preparara para ela fugiu instantaneamente da cabeça de Sabrina. Em vez disso, ela tagarelou algumas palavras breves de agradecimento — a Dorian, a Tarik Tyler, a Sammy Levine, de Fresno, e a Viorel, cujo nome arrancou vaias de grande parte do público.

— Ah, não. — Sabrina pareceu magoada. — Por favor, não façam isto. Ele é meu amigo. Se não fosse por ele, eu não estaria aqui.

Ela nem mesmo soube como voltou para o assento, até que sentiu o braço congratulatório de Dorian ao redor de si, envolvendo-a e protegendo-a, do modo como ele sempre fez.

— Minha nossa. Aqueles dois parecem tão próximos quanto parceiros de gangue — disse Chrissie, com malícia, para Harry.

— E daí? — disparou ele de volta para ela. Harry jamais tinha usado aquele tom de voz com Chrissie antes. Era feio, maligno. Dorian jamais teria falado com ela, ou com qualquer mulher, daquele jeito.

— E daí, nada. — Chrissie tentou manter a voz tranquila. — Só estava comentando. — Mas por dentro, ela sentiu o revirar desagradável de nervosismo no fundo do estômago. Observar Dorian e Sabrina juntos a deixava mais incomodada do que Chrissie sabia que deveria ficar.

Ela se sentiu pior, quando, ao se voltar para Harry, surpreendeu-o flertando descaradamente com Carey Esposito, a deslumbrante estrela de 18 anos do último sucesso adolescente da Disney, *O amor é uma droga*. Será que ele já estava perdendo o interesse nela?

Só havia mais um prêmio grande agora, aquele que todos no auditório — e todos aqueles colados à TV ao redor do mundo — esperavam. Melhor Filme.

Martin Scorsese apresentava o Oscar naquele ano. Ele subiu ao palco, desajeitado, parecendo tão baixinho, atarracado e indistinto quanto qualquer avô italiano.

— Imaginei que ele teria mais presença — murmurou Sabrina, mas Dorian não estava ouvindo. Tudo dependia dos próximos minutos. Se ele ganhasse, *O Morro dos Ventos Uivantes* seria lançado e Dorian estaria a caminho do sucesso; a fé no filme que lhe custara o casamento, o lar e a reputação profissional seria vingada. Se perdesse, encararia a ruína financeira. Seu filme, seu lindo filme, a melhor coisa que já realizara, afundaria sem deixar rastros.

Teria valido a pena?, imaginou ele, enquanto os videoclipes de Melhor Filme eram exibidos na tela. Fazer aquele filme mudara a vida de Dorian — em todos os sentidos tangíveis — para pior. A família dele estava em frangalhos. A casa de seus ancestrais, prestes a ser retomada pelo Estado. Ele estava trágica e pateticamente apaixonado por uma garota que não tinha qualquer interesse romântico nele. Será que um Oscar realmente faria tudo valer a pena?

Seis fileiras à frente, Dorian observava os ombros tensos sob o smoking do rival, Harry Greene, e imaginou o que estaria passando pela cabeça *dele*. Harry era o preferido para o prêmio, é claro, por *Celeste* — aquele homem estranho que erguera uma inimizade tão feroz do mais absoluto nada; que dormira com a mulher de Dorian e tentara afastá-lo da filha; que sabotara o acordo de Dorian com a Sony Pictures por puro desprezo. Ocorreu a Dorian que não conhecia, de fato, Harry Greene, nem um pouco, assim como Harry não o conhecia de verdade. E, no entanto, alguma força gravitacional estranha e tóxica unira as vidas e as carreiras dos dois, impulsionando-os em direção àquele momento, àquele julgamento final sobre... o quê? Qual dos dois era o mais talentoso? Dificilmente. Todos sabiam que era o dinheiro dos estúdios que garantia o Oscar hoje em dia. Dinheiro dos estúdios que Dorian simplesmente não tinha.

Mesmo assim, aquela noite decidiria a disputa de oito anos entre Harry Greene e Dorian Rasmirez de uma vez por todas. Em alguns poucos segundos, um dos dois ganharia e o outro perderia. *Cara ou coroa pelo trabalho da minha vida inteira.*

— E o Prêmio da Academia para Melhor Filme vai para...

CAPÍTULO 31

Por toda Los Angeles, as pessoas faziam festas extravagantes e luxuosas para comemorar o Oscar. Mas todo mundo que era alguém sabia que havia apenas três eventos que importavam. A festa da Madonna. A festa da *Vanity Fair*. E o Baile do Governador.

Vencedores das estatuetas importantes costumavam aparecer em dois dos três, no mínimo, com o Melhor Ator e a Melhor Atriz sendo os convidados mais cobiçados para cada uma das pós-festas. Naquele ano, eram Roger De Gray e Sabrina Leon, mas como De Gray já havia anunciado que ele e a mulher, bastante grávida, iriam somente ao Baile do Governador, a histeria quando Sabrina apareceu na festa da *Vanity Fair* não foi superada. Os seguranças precisaram de cinco minutos para ajudá-la a entrar, com segurança, no Château Marmont, passando entre a multidão de repórteres pré-aprovados que se aglomeravam ao redor de Sabrina como gafanhotos.

— Sabrina! Como se sente?

— Já falou com Viorel?

— Sabia que ele não viria esta noite?

— Ele parabenizou você?

Sabrina sorriu para todos, mas, por dentro, estava irritada. *Por que as pessoas não param de falar sobre Viorel? Acabei de ganhar um Oscar, pelo amor de Deus. Esta noite não pode ser sobre isso?*

— Deve ser difícil para você esta noite, sem alguém com quem compartilhar o triunfo. — O comentário veio de uma morena de cabelos arrepiados que Sabrina reconheceu como uma freelancer da revista *People*.

— Tenho alguém aqui — disse Sabrina, passando pela repórter, em direção ao hotel. — Tenho meu amigo, Dorian Rasmirez.

Mas não tinha. Onde *estava* Dorian?

Celeste ter ganhado o prêmio de Melhor Filme era motivo o bastante para Dorian querer desaparecer para lamber as próprias feridas. Mas ele parecera bastante sociável a respeito disso na hora, permaneceu sentado e calmo durante o discurso de aceitação presunçoso de Harry Greene, aceitou educadamente palavras de conforto de muitos amigos que foram falar com ele depois da cerimônia. Dorian e Sabrina saíram do teatro juntos, mas em algum lugar em meio à confusão de parabenizadores e velhos amigos, Sabrina se viu sendo levada para longe, e os dois haviam se perdido. No fim das contas, ela foi sozinha para a festa da *Vanity Fair*, esperando encontrar Dorian lá. Mas conforme vasculhava o mar de rostos famosos no conhecido jardim de rosas do Château, não conseguia ver o único rosto com o qual se importava.

— Sabrina.

Ela se virou. Tarik Tyler, parecendo mais velho do que Sabrina se lembrava, mas com os mesmos olhos gentis e o sorriso torto, estava logo atrás dela. Sabrina não via o antigo diretor em pessoa havia mais de dois anos, não desde o comentário ingrato sobre o "motorista escravo" que marcara o início da decadência dela.

— Parabéns, garota. — Tarik sorriu com carinho. — E obrigado pela menção em seu discurso. Gostei daquilo.

Sabrina se viu momentaneamente sem palavras. Mas, finalmente, encontrou as certas.

— Me desculpe, Tarik. De verdade.

— Sei que se ressente — disse ele, e a abraçou. Desconfortável, Sabrina sentiu os olhos se encherem de lágrimas.

— Ei, pelo amor de Deus, é sério isso? — disse Tarik. — Não pode chorar hoje. Esta é sua noite, e você merece muito isto.

Sabrina balançou a cabeça.

— Não mereço. — Ela ergueu o Oscar. — Quem merece é Dorian. Foi ele quem me deu uma chance quando ninguém mais daria. Se não fosse por ele... — As palavras de Sabrina se esvaíram.

Tarik Tyler olhou para ela por bastante tempo. Sabrina se lembrou de como ele costumava fazer aquilo no set de filmagens, encarar os atores como se estivesse buscando uma chave, uma pista no rosto deles que destravaria qualquer emoção que ele estivesse tentando tirar dos atores. Era desconcertante naquela época, porém era ainda mais agora.

— O quê? — Sabrina riu, nervosa. — Estou com espinafre nos dentes, ou algo assim?

Tarik continuava encarando-a. Finalmente, ele disse.

— Por que simplesmente não conta a ele?

Sabrina franziu a testa. Jamais fora boa com charadas.

— Apenas conte que o ama.

Sabrina suspirou.

— Sinto muito Tarik, mas está totalmente enganado. Viorel é parte do meu passado e eu sempre o amarei por isso. Mas acabou. Não estou pensando nele, sinceramente.

— Nem eu — disse Tarik. — Estava falando de Dorian Rasmirez.

Dorian estava sentado na cama no quarto de hotel, olhando para fora, para as luzes de Beverly Hills, lágrimas descendo pelo rosto. Ele se odiava por se sentir deprimido. *Tem gente morrendo de fome neste mundo*, disse Dorian a si mesmo. *Agora mesmo algum pobre coitado está recebendo a notícia de que tem câncer terminal e você está sentado aqui, chorando porque não ganhou Melhor Filme? Porque perdeu algum dinheiro e não pode mais morar num castelo? Qual é a porra do seu problema?*

O que Dorian não queria admitir para si mesmo, mas que sabia bem no fundo, era que não estava chorando porque não ganhara Melhor Filme. Nem mesmo porque Harry Greene vencera, e agira de modo tão desprezivelmente triunfante e deselegante a respeito disso. Na verdade, Dorian percebeu com perfeita clareza conforme saía do Kodak Theatre que não se importava nem um pouco com Harry

Greene, ou com Chrissie, que ligara duas vezes para o celular dele na última hora, oferecendo o que pareciam genuinamente sinceros pêsames. Dorian esperava que ela abrisse os olhos com relação a Harry Greene em algum momento. Talvez então eles pudessem se tornar amigos. Pelo bem de Saskia, isso tinha de ser uma coisa boa. Dorian tentou imaginar o rosto sorridente e meigo da filha, mas nem isso conseguia tirá-lo do desespero. A única pessoa que poderia fazer isso estava a alguns quilômetros, do outro lado da cidade, ele esperava que se divertindo como nunca naquela noite.

Dorian se sentiu culpado por cabular as festas pós-Oscar. Como aceitara oficialmente tanto o convite do Baile do Governador quanto o da *Vanity Fair*, ele deveria estar lá, pelo menos para apoiar Sabrina. Dorian sabia que sua *não* aparição fazia com que ele parecesse um mau perdedor, e pensar nisso o incomodava. Sem dúvida a mídia o crucificaria pela ausência, como tinham feito com o pobre Viorel, que fora acusado de covardia por não aparecer naquela noite, mas sem dúvida teria sido crucificado pela insensibilidade caso aparecesse.

Mas um homem precisava conhecer os próprios limites. Dorian não sabia se conseguiria esconder as emoções naquela noite, se poderia agir com felicidade ao lado de Sabrina. *E se não posso ser feliz perto dela, não tenho direito de estar lá. Este é o momento de Sabrina, não o meu.*

— Serviço de quarto.

Uma batida à porta levou Dorian de volta à realidade. O serviço no hotel The Peninsula era mesmo excelente. Ele acabara de pedir o uísque, alguns minutos antes, e alguém já estava à porta.

— Já vou.

Depois de tirar os sapatos e deixar o blazer amassado sobre a cama, ele atravessou, cambaleante, o quarto.

— Isso foi rápido. Eu...

Dorian perdeu o fôlego.

Recostada contra o batente, com o lindo corpo inclinado como o de uma estátua grega e a cabeça timidamente caída para o lado, Sabrina parecia mais perfeita que nos sonhos dele.

— Posso entrar?

— Não.

Ela franziu a testa.

— Não? Era meio que uma pergunta retórica. Por que não?

— Porque — Dorian olhou para o relógio — são apenas onze e quinze. Você deveria estar no Baile do Governador, aproveitando.

Sabrina deu de ombros.

— Você também.

Dorian passou, desconfortável, o peso do corpo de um pé para outro.

— Eu não estava com humor para festejar.

— De qualquer forma, eu aproveitei. Deveria ter visto a cara de Chrissie quando Harry Greene enfiou a língua na boca de Carey Esposito na pista de dança.

— Mentira! — Dorian engasgou. — Sério? Nossa. Me sinto mal por ela.

— Por quê? — Sabrina o empurrou e entrou no quarto. — Ela tratou você feito merda. — Mas a atriz não tinha ido até ali para falar sobre Chrissie Rasmirez. Depois de tirar os próprios sapatos, ela segurou a barra do vestido e foi para a varanda. Sem saber o que mais fazer, Dorian a seguiu.

— Sabe — disse Sabrina, refletindo —, quando vi o assento vazio de Viorel esta noite, senti tristeza.

— Eu sei — replicou Dorian, automaticamente. — Entendo. — Mas por dentro, o coração dele ficou pesado. *Ai, meu Deus. Ela quer falar sobre Hudson. Vai começar a chorar e a me dizer que jamais o superou, e terei que ficar aqui para ouvi-la e reconfortá-la.*

— Senti tristeza porque acabou.

— Isso é normal, querida — disse Dorian. — Essas coisas levam tempo.

— Não. — Sabrina se virou e o encarou. — Você não entendeu. Eu senti tristeza porque acabou e percebi que o que tínhamos não era amor, no fim das contas. Jamais foi. — Sem saber como responder àquilo, ou mesmo se a ouvira corretamente, Dorian não disse nada.

— Ah, foi obsessão e carência e um monte de outras coisas — continuou Sabrina. — Atração, acho. Mas não foi amor. Adivinhe quem vi esta noite?

A mudança súbita de assunto pegou Dorian desprevenido.

— Como?

— Tarik Tyler.

— Hum! — Dorian pareceu ansioso. — E como foi?

— Na verdade — disse Sabrina, e a expressão sombria dela se evaporou de repente, conforme exibia um sorriso deslumbrante no rosto —, foi bastante esclarecedor. Ele me fez ver algo que deveria ter visto há muito tempo. — Inclinando-se para a frente, ela colocou as mãos sobre as bochechas de Dorian, envolvendo o rosto dele com carinho, e o beijou na boca.

Dorian tentou não corresponder, disse a si mesmo, severamente, todos os motivos por que não deveria. Sabrina estava bêbada. Ela estava confusa a respeito de Viorel. Zonza pelos eventos da noite e não pensava com clareza. Infelizmente, nem os lábios nem a virilha de Dorian pareciam querer ouvir a razão. Era como pedir à onda que não quebrasse na praia, ou à lua que não brilhasse. Puxando Sabrina para bem perto, ele a beijou de volta com tanta paixão e força que ela precisou se apoiar na grade da varanda para se equilibrar.

— Eu amo você — disse Dorian, sem conseguir evitar, quando, finalmente, os dois se separaram para pegar fôlego.

— Que coincidência. — Sabrina sorriu. — Eu amo você também.

Ao pegá-la nos braços, Dorian caminhou de volta para o quarto e deitou Sabrina na cama. Devagar, desesperado para saborear cada segundo daquele milagre, ele se apoiou sobre os cotovelos até que o rosto estivesse sobre o dela. Então puxou para baixo a seda vermelha do vestido de Sabrina, colocou os lábios sobre a pele macia logo acima dos seios e fechou os olhos, inspirando o cheiro de Sabrina, a glória e a magia. Quando ergueu o rosto, seus olhos encontraram os dela, e Dorian teve certeza de que nunca, jamais a deixaria de novo.

— Então, a oferta ainda está de pé? — sussurrou Sabrina.

— Oferta? Que oferta?

— Você sabe. Aquela que fez no hospital. Aquela do "até que a morte nos separe".

Harry Greene podia ficar com a estatueta de ouro. Na verdade, podia ficar com qualquer Oscar e qualquer recorde de bilheteria do mundo. Dorian acabara de ganhar o único prêmio que importava.

— Ah, sim — disse ele, baixinho. — A oferta está definitivamente de pé.

CAPÍTULO 32

Viorel olhava para fora da janela imunda do táxi, para a paisagem estéril e congelada, e imaginou quanto tempo conseguiria viver ali antes de se matar. *Uma semana? Um mês?* Como diabo Tish suportara aquilo por seis anos?

O voo dele chegara em Budapeste, na Hungria, algumas horas antes, e Viorel acabara de cruzar a fronteira para a Romênia, conduzido por um homem com o pior problema de odor corporal que Viorel já conhecera, dentro de um carro cujas janelas, ele logo descobriu para sua infelicidade, não abriam. Com o nariz pressionado contra o vidro encardido, Vio tentou se distrair do fedor ao se concentrar na "paisagem". *Nossa, que buraco.* Aquilo era bastante diferente da Romênia do castelo de Dorian Rasmirez, o paraíso verdejante dos Cárpatos, o lar romântico de vampiros e nobres princesas. A região de Bihor era plana e desolada, com estradas enlameadas de pista única que se esticavam adiante, infinitamente, por uma paisagem sem atrativos, pontuada apenas por assentamentos ciganos em ruínas, grandiosamente nomeados "cidades", mas que, de fato, eram pouco mais que favelas rançosas. A cada 16 quilômetros, mais ou menos, eles passavam por paradas na lateral da estrada, nas quais motoristas de caminhão podiam estacionar e descansar. Em cada uma dessas paradas, prostitutas tremiam em minissaias baratas de couro falso, esperando se vender para um dos caminhoneiros por alguns leus romenos ou, em alguns casos, por alguns copos de vodca. O alcoolismo estava por toda parte ali, nos rostos corados dos romenos indigentes, nos corpos inchados das mulheres, nos defeitos de nascença das crianças empobrecidas e sem esperanças que ocupavam a rua como lixo, malquistas, imundas e ignoradas.

Eu poderia ter sido uma dessas crianças, pensou Vio, e estremeceu. *Eu fui uma dessas crianças*. Por mais que se ressentisse da frieza da mãe, era grato a Martha Hudson por tê-lo retirado, fisicamente, daquele lugar perdido como se fosse um pesadelo.

Agora era a vez dele de salvar.

Enquanto o mundo especulava a respeito do fim do romance dele com Sabrina Leon e os motivos de Viorel por ter faltado ao tapete vermelho do Oscar, a verdade era que ele nem pensara na premiação da Academia. Desde que recebera a ligação de Abel, uma semana antes, a mente, o coração e a alma de Viorel estavam ali, na Romênia. Levara sete dias para chegar — teve um negócio urgente para resolver na Inglaterra primeiro —, mas agora, finalmente, seu corpo estava ali também. Ele sabia o que tinha de fazer. Mas será que conseguiria? Viorel pensou em Tish, em como ela era teimosa, como era irritantemente a dona da verdade, como se recusava a ouvir a voz da razão. Ele não tinha certeza.

— Quanto tempo mais? — perguntou Vio ao motorista, apontando para o relógio. O homem respondeu com um gesto de ombros tão letárgico que talvez nem fosse isso. Momentos depois, um enorme rebanho de vacas caminhou para a estrada, seguido por um pastor com aparência artrítica, usando um avental que poderia ter saído direto da Idade Média.

Viorel suspirou. Seria um longo dia.

Tish Crewe também tivera um longo dia. Primeiro, o aquecedor batera as botas mais uma vez em Curcubeu, e ela fora forçada a esvaziar a conta bancária do orfanato de caridade para instalar um novo boiler. Carl e os outros voluntários estrangeiros estavam dispostos a abrir mão dos salários durante um mês ou dois para cobrir os custos, mas os funcionários romenos precisavam dos pagamentos. Depois daquele dia, Tish não fazia ideia de como iria remunerá-los. Tinha sido chamada pela professora de Abel, que a pedira para buscá-lo mais cedo.

Aparentemente, o menino se comportara terrivelmente a manhã toda, o que era muito incomum para ele, e acabara destruindo o livro escolar de outra criança e derramado tinta nas cisternas dos vasos sanitários.

— É um comportamento clássico para chamar atenção — disse a professora —, mas sinto que não possamos mesmo tolerar esse tipo de comportamento na escola. Terá que vir buscá-lo.

Tish interrogou Abi no carro durante o caminho todo de volta para casa, mas, de novo fora do normal, ele decidiu invocar o direito ao silêncio e se manteve calado ou monossilábico durante toda a viagem de vinte minutos. Para uma criança que normalmente só tomava fôlego uma vez por hora, aquilo era desconcertante.

Quando, finalmente, Tish chegou em casa, encontrou um bilhete de Lydia, a babá rabugenta, porém indispensável de Abel, que anunciava que ela não podia mais tolerar os horários inconstantes de Tish e, portanto, partiria; a isso se seguiu uma mensagem na secretária eletrônica deixada pela mãe de Tish, com quem ela tentara em vão falar a semana inteira, na qual Vivianna anunciava alegremente que não fazia ideia de onde Jago estava nem tinha qualquer detalhe sobre a venda de Loxley Hall, mas se sentia aliviada porque o "coitado do JJ" tinha vendido "aquela pilha velha deprimente".

— Ele precisava de um novo começo, querida. Tenho certeza de que você consegue entender isso.

Como sempre, Vivianna não deixou nenhum telefone.

— Abi, o que está *fazendo*? — perguntou Tish, irritada. O desenho de dinossauro de Abel tinha escapulido do papel e tinta verde permanente circulava por toda a mesa da cozinha. — Qual é o seu problema hoje?

— Nada. — Abel sorriu e olhou para a porta pela terceira vez em minutos. Ele estava realmente agindo de uma forma muito esquisita naquele dia. Depois de aprontar na escola, Tish esperava encontrá-lo com raiva, ou num humor deprimido, mas em vez disso, o menino parecia sentir uma mistura estranha de felicidade e distração.

— Não está se sentindo bem?

— Estou bem, mamãe.

Houve uma batida à porta. Abel praticamente saltou para fora da cadeira.

— Está esperando alguém? — perguntou Tish. Talvez fosse Lydia voltando após ter mudado de ideia? — Não convidou um amigo para vir aqui sem falar com a mamãe, convidou?

— Mais ou menos — respondeu Abel, envergonhado. Outra batida.

— Não vai abrir?

Desconfiada, Tish abriu a porta.

— Posso entrar?

Antes que ela pudesse responder, Abel atravessou a cozinha correndo e se atirou com força nos braços de Viorel.

— Eu sabia — gritou ele, satisfeito. — Eu sabia que você vinha!

Vestindo calças de gorgorão marrom-escuras e um colete grosso, estilo pescador, com os flocos de neve brancos ainda derretendo em seus cabelos pretos como petróleo, Viorel estava tão sexy que era de revirar o estômago, exatamente como Tish se lembrava. Antes que ela tivesse tempo de descobrir se ele era real ou fruto de sua imaginação exausta, os olhos atentos de Abel se arregalaram com cobiça para o embrulho que despontava da bolsa de Viorel.

— Isto é para a mamãe?

— Hã... — Viorel hesitou.

— Foi uma ideia *tão* boa você trazer um presente para ela, porque ela gosta muito de presentes, na verdade, não é, mamãe? Mas se trouxer um cartão, ela só gosta daqueles feitos em casa, não daqueles que as pessoas compram na loja, porque os daquele tipo são um desperdício de dinheiro e se as pessoas desperdiçam dinheiro, sabe o que minha mãe fala?

Viorel sorriu.

— O que ela fala?

— Ela fala "Que droga de idiota!". E droga é um palavrão, então na verdade é muito sério e você jamais deve fazer isso. Mas vá logo, dê o presente para ela agora para que a mamãe possa se apaixonar por você.

Era difícil dizer quem tinha ficado mais vermelho, Tish ou Viorel.

— Na verdade, amigo, o presente é para você. — Depois de colocar Abel no chão, Viorel entregou a caixa ao menino. Ele a abriu em segundos.

— Um dinossauro! — gritou Abel, com felicidade. — Tem controle remoto!

— Gostou?

— AMEI. Olha, mamãe. — O menino ergueu o brinquedo orgulhoso. — Um acrocantossauro elétrico com controle remoto. Nunca tive uma coisa com controle remoto que estivesse extinta!

— Nem eu. — Tish sorriu. — Como se diz?

Depois de colocar o dinossauro no chão, Abel abraçou as pernas de Viorel com força.

— Obrigado. — O menino inspirava agitado. — Eu amo você.

— Amo você também, amigo — respondeu Vio, a voz parecendo engasgada.

Instintivamente, Tish se encolheu. O que tinha feito? Jamais deveria ter permitido que Abi se apegasse tanto.

— Agora vá abrir a caixa no seu quarto — continuou Viorel. — Preciso falar com sua mamãe.

— Tudo bem — respondeu Abel, acrescentando num sussurro fingido enquanto saltitava para longe —, espero que tenha um presente pra ela também. Ela com certeza vai gostar mais de você com um presente.

Depois que o menino se foi, Tish e Viorel ficaram de pé, encarando um ao outro, como dois atores com medo de palco que tinham esquecido as falas.

Tish quebrou o silêncio primeiro.

— Ele sentiu sua falta.

— Eu senti falta dele — disse Vio.

Tish pareceu ofendida.

— Você não deveria estar aqui.

Não era a resposta que Viorel esperava, mas ele imaginou que era um começo tão bom quanto qualquer outro.

— Por que não?

— Porque...! — disse Tish exasperada. — Você *sabe* por quê.

Vio inclinou a cabeça para o lado.

— Sei?

Ai, meu Deus, pensou Tish, desesperada. *Por que ele tem que ser tão atraente? Isso faz com que pensar seja muito difícil.*

— Sim — respondeu ela, então se sentou no sofá e gesticulou para que Viorel se sentasse ao seu lado. — Você sabe. Porque você entrar e sair da vida dele quando lhe convém não é justo para Abel.

— Eu concordo bastante.

— Você é um astro de cinema — continuou Tish, ignorando o reconhecimento de Viorel. — Você vive num mundo completamente diferente de Abel e eu. E é claro que é emocionante quando você aparece do nada.

— Você está animada?

Os olhos azuis profundos de Viorel fixaram-se nos de Tish. Ela sentiu o estômago virar gelatina.

— Eu... eu estou feliz — gaguejou Tish. — Olhe, estamos falando de Abel, certo, não de mim. Ele precisa de estabilidade, não de ter as esperanças alimentadas continuamente e então derrubadas.

— Como eu já disse, concordo.

— Bem, pare de dizer "concordo"! — respondeu Tish, irritada. — Se concorda, por que diabos está aqui?

— Estou aqui para resgatá-lo — disse Viorel.

Tish instantaneamente enrijeceu.

— Resgatá-lo? De quê?

— Disto — disse Vio, e olhou ao redor do apartamento congelando e feio. Acima da cabeça dele, uma gota amarronzada caiu de um ponto de infiltração no teto. Tish abriu a boca para protestar, mas Viorel a interrompeu. — Pare de discutir comigo por um minuto, mulher, e ouça.

Tish ficou tão espantada que, pelo menos uma vez, fez como foi pedido.

— Abel está infeliz aqui e você sabe disto. E se não sabe, estou dizendo. Ele me ligou na semana passada em prantos e me disse o quanto queria voltar para casa.

— Aqui é a casa dele — afirmou Tish, com teimosia.

— Besteira — respondeu Viorel. — Loxley é o lar de Abel e você sabe disto. É o seu lar também.

— Não é mais — replicou Tish, triste, pensando em Jago e na venda.

Com gentileza, porém firme, Vio levou um dedo aos lábios dela. O contato físico era como um choque elétrico. Tish ficou horrorizada ao descobrir que teve o desejo de pegar a mão dele e beijá-la, mas resistiu.

— Aquilo não foi a única coisa que Abel me contou.

— Não foi? — Tish mal confiava em si mesma para respirar, falar então.

— Não. Ele me contou que você anda triste. E que ele acha... — Viorel respirou fundo. — Ele acha que você sente saudades de mim.

A mão dele ainda estava no rosto de Tish. O silêncio era insuportável.

— Você sente saudades de mim?

Imperceptivelmente, Tish deu um leve aceno com a cabeça. Ela mesma não tinha percebido totalmente até que Viorel apareceu à porta. Mas era verdade. Ela sentia saudades dele. Dia após dia, quase sem perceber, Viorel abrira caminho até os pensamentos de Tish como se fosse erva daninha quebrando uma velha parede de pedras. Ela sentira saudades do rosto dele, da voz, do humor. Sentira saudades da animação que experimentava sempre que os dois brigavam, sempre que Viorel entrava num cômodo.

— Senti saudades de você também — disse ele, relutante. — De vocês dois. Mais do que achei que fosse possível.

Ao esticar um dos braços sobre o encosto do sofá, ele acariciou a parte de trás dos cabelos de Tish. Ela colocou a mão direita sobre a dele e os dois entrelaçaram os dedos.

— Não voltei só por Abel — continuou Vio. — Voltei para resgatar você também. Porque tenho quase certeza de que é a única mulher na Terra que pode me resgatar.

Ao soltar a mão de Tish, Vio desceu devagar do sofá e se apoiou no chão sobre um joelho.

— Quer se casar comigo?

Foi tão repentino que as emoções de Tish tinham dificuldades em acompanhar.

— E quanto a Sabrina? — Tish se ouviu perguntar.

— O que tem ela? — O olhar de Vio estava imóvel. — Jamais amei Sabrina. Sempre amei você.

— Você tinha um jeito muito engraçado de demonstrar isso! — Tish gargalhou. — Você foi totalmente irritante comigo durante a maior parte do tempo que estivemos em Loxley.

— Sim, bem, você me lembrava a minha mãe — respondeu Vio, ainda ajoelhado. — Na época — acrescentou ele, às pressas. — Agora não lembra. Acho que eu estava um pouco confuso.

— Acho que devia estar mesmo! — disse Tish, mas ela estava feliz demais para brigar por causa disso. Aquele era Viorel. O Viorel *dela*. Dela e de Abi. *Ele veio nos salvar.*

— Então? — A voz de Viorel interrompeu os devaneios de Tish. — Você quer?

— Quero o quê?

— *Casar* comigo. — Viorel franziu a testa. — Sinceramente, você não presta atenção nas coisas?

Uma voz na cabeça de Tish estava praticamente gritando. Sim, sim, pelo amor de Deus, apenas diga que sim! Mas velhos hábitos de praticidade são difíceis de abandonar, e as palavras seguintes que saíram da boca de Tish foram:

— Mas onde iríamos morar? Você não iria se mudar para a Romênia.

— Com certeza que não — respondeu Vio, com sinceridade.

— E eu *jamais* poderia morar em Hollywood.

— Não. -- Vio concordou com um sorriso. — Acho que você não conseguiria.

— Então?

— Então vamos morar na Inglaterra. Pelo amor de Deus, Letitia, isso é só uma questão de geografia. Você ainda não respondeu à pergunta. Quer se casar comigo ou não?

Tish libertou o sorriso que tentava escapar dos lábios dela desde o momento que Viorel passara pela porta.

— Quero. Sim. Acho mesmo que quero.

— Você *acha* que quer? — Depois de segurar a mão dela, Viorel puxou Tish para o chão tão repentinamente que ela engasgou. Então ele a beijou com tanta paixão e por tanto tempo que Tish achou que poderia desmaiar.

— Vou dizer a você o que vai acontecer — anunciou Vio, finalmente se separando dos lábios deliciosos de Tish. — Primeiro, vamos colocar Abel para dormir.

— Ah, *vamos*? — protestou Tish. Levaria um tempo para ela se acostumar a essa coisa de copaternidade. — Entendo. Então o quê?

— Então — disse Vio, sorrindo —, vou fazer amor com você até que você mal consiga ficar de pé.

— *Viorel!* — Tish corou.

— E depois *disso*, amanhã, vou levar vocês dois para casa, em Loxley. Goste você ou não.

Tish se sentou ereta. Devagar, tristemente, a realidade começou a voltar.

— Eu amo você — disse ela, e beijou Vio de novo. — Amo mesmo. Mas não podemos simplesmente partir em direção ao pôr do sol juntos.

— É claro que podemos.

— Estou falando sério — disse Tish.

— Eu também — replicou Vio.

— Não posso simplesmente abandonar Curcubeu. Eles precisam de mim.

— *Au contraire* — disse Viorel. — Eles precisam é se tornar financeiramente sustentáveis a longo prazo, e serem gerenciados por uma equipe profissional em tempo integral. Carl Williams comandará a caridade de agora em diante. Como seu principal doador, na verdade, sejamos honestos, como seu único doador, decidi tomar algumas decisões executivas no que diz respeito à gerência.

— O quê? — gaguejou Tish. — Desde quando você é um doador?

— Desde que concordei em transferir 1 milhão de dólares para sua fundação.

— Ai, meu Deus! — Tish engasgou, então franziu a testa. — Você não fez isso de verdade?

— Com certeza fiz. Também concordei em investir mais 1 milhão para a geração de renda a longo prazo — disse Viorel. — Sob a condição de que você e Abel se mudem de volta para casa, para a Inglaterra. De vez.

Tish recostou-se e pensou nisso por um momento.

— Isto é chantagem — disse ela, por fim. — Você está maculando minha decisão.

O sorriso de Viorel se alargou.

— Isso.

Ele a beijou de novo então, carregou-a para o quarto e deitou-a sobre a cama. Ao deslizar a mão por dentro da camiseta de Tish, Viorel finalmente acariciou aqueles seios lindos, redondos como maçãs, por cima do algodão do sutiã Gap de Tish. Depois de passar o braço pelas costas dela, Vio tinha quase conseguido abrir o sutiã quando Tish se sentou de novo, tão rápido que quase deu uma cabeça no nariz de Viorel.

— Tem outra coisa. Não acredito que esqueci.

Viorel suspirou profundamente.

— Minha nossa. O que é agora?

— É Loxley — disse Tish. — Podemos voltar para Londres se você quiser mesmo, mas acho que teremos que encontrar outro lugar para morar.

— Hã?

Tish assentiu, triste.

— Foi vendida. Jago vendeu o lugar para algum comprador americano e agilizou os procedimentos. A pobre Sra. D anda desesperada, assim como os Connelly. O novo dono vai se mudar na semana que vem, então todos terão que ir embora até domingo.

— Merda. — Viorel ficou de pé num salto. — Isso me lembra. — Depois de voltar para a sala, ele pegou o casaco jogado e começou a vasculhar os bolsos, procurando por algo. — Para você. — Ele entregou um envelope a Tish.

Ela olhou para aquilo desconfiada.

— O que é?

— É antraz — respondeu Viorel.

Tish ergueu uma sobrancelha com sarcasmo.

— Abra e descubra.

Ainda com a testa franzida, Tish tirou a única folha de papel dobrada de dentro do envelope. Ela leu uma vez, então duas, e depois uma terceira vez.

— Não vai dizer nada? — perguntou Vio.

— É... é a escritura de Loxley — sussurrou Tish.

— Bem, você disse que precisávamos de um lugar para morar.

— *Você* a comprou? O advogado me disse que foi um americano.

— E foi. Você não acha que Jago a teria vendido para mim, acha? Ele ainda me odeia por causa do lance com Sabrina. Não, ele vendeu para um texano charmoso de nome John Dwight. Eu deveria avisá-la, precisei de bastante persuasão para convencer o Sr. Dwight a passar a propriedade para mim e sinto que ele não a tenha liberado por um preço baixo. O que significa que terei que fazer muitos filmes para pagar nossas dívidas. Acha que consegue tolerar Hollywood uma vez ou outra?

— *Nossas* dívidas? — disse Tish. — Engraçado, não me lembro de pegar nada emprestado.

— O que é meu é seu, Sra. Hudson. — Vio sorriu com malícia, seus olhos se moveram descaradamente na direção do corpo magnífico, porém (*como era possível?*) ainda vestido de Tish. — E o que é seu está prestes a se tornar meu.

— Com licença — disse uma vozinha familiar e carente, no momento em que Viorel abaixava as mãos para abrir os botões do jeans de Tish. — Meu dinossauro não está rugindo direito. Eu... Ah! — Ao reparar de repente que Tish e Vio estavam a caminho de se abraçarem, Abel sorriu, contente. — Que bom. Então vocês estão casados.

— Não exatamente. — Tish gargalhou.

— Quase — respondeu Viorel.

— Legal. Bem, mesmo assim, meu dinossauro definitivamente está com algum problema e acho que precisa de pilhas novas. Pode consertar, Viorel?

Vio olhou para Tish, desejoso.

— Por favooor? — implorou Abi.

Tish sorriu.

— Bem-vindo à paternidade. Vá lá. Conserte. Não vou sair daqui.

Ao observar Viorel seguir o filho dela até o quarto, Tish pensou, feliz: *Ele já consertou. Ele já consertou tudo.*

Tish Crewe finalmente iria para casa.

Este livro foi composto na tipologia Minion Pro,
em corpo 12/15, e impresso em papel off-white
no Sistema Cameron da Divisão Gráfica
da Distribuidora Record.